# 삼생삼세 십리도화

**三生三世 十里桃花**



이 도서의 국립중앙도서관 출판예정도서목록(CIP)은
서지정보유통지원시스템 홈페이지(http://seoji.nl.go.kr)와
국가자료종합목록 구축시스템(http://kolis-net.nl.go.kr)에서 이용하실 수 있습니다.
(CIP제어번호: CIP2017012910)

# 삼생삼세 십리도화

당칠공자
장편소설

문현선 옮김

三生三世 十里桃花

문학동네

차례

## 『삼생삼세 십리도화』의 세계

『삼생삼세 십리도화』에는 중국 고서 『산해경山海經』과 도교, 불교, 중국 고대 전설과 신화의 세계관이 혼합되어 있다. 부신父神과 모신母神이 세상을 만들고 이후 혼돈으로 돌아갔다. 이렇게 만들어진 세상은 인간계와 신선계로 나뉘어 있는데, 사해팔황四海八荒으로 구분되는 신선계에는 구중천九重天의 천족, 봉황족, 호족의 일가만이 존귀한 신분으로 남아 있다.

## 등장인물 소개

### 천족天族

**천군** 천족을 다스리는 구중천의 주인.

**앙착** 천군의 큰아들. 야화의 아버지.

**상적** 천군의 둘째 황자. 백천과의 혼약을 깨고 백천의 시녀 소신과 인연을 맺은 후 북해수군에 봉해진다.

**야화** 천군의 손자. 어찌된 일인지 전쟁의 신인 묵연과 생김새가 흡사하다. 이만 살의 나이로 상선이 된 최연소 기록을 가지고 있다.

**아리** 백천이 속인 '소소'의 신분으로 속세에 있을 때 야화와의 인연으로 낳은 아들. 백천은 아리를 찹쌀경단이라는 애칭으로 부른다.

**소금** 야화의 측비.

**묵연** 창세 부신의 큰아들로, 전쟁의 신이다. 천족의 중요한 성지인 곤륜허에서 제자들과 함께 기거한다. 귀군 경창과의 싸움에서 경창을 동황종에 봉한 뒤 스스로 기운이 다해 혼절한다. 칠만 년 후, 백천이 십사만 살이 되던 해에 다시 살아나 곤륜허로 돌아온다.

**동화** 뭇 신의 군주이자 홍황시대에 천지를 모두 주관하는 제군. 현재 천족 내 지위는 표면적으로는 천군 아래지만 실질적으로는 천군도 무척 어려워하는 존재. 백천의 조카 봉구가 짝사랑하는 인물.

### 봉황족鳳凰族

**절안** 홍황시대에 태어난 첫번째 봉황. 천군보다도 지위가 높다. 십리도림에 은거한다. 호족 백지제군의 넷째 아들인 백진을 각별히 챙긴다.

### 호족狐族

**백지** 동해의 동쪽에 있는 청구를 다스리는 제군. 슬하에 아들 넷과 딸 하나가 있다.

**백진** 백지제군의 넷째 아들. 유일한 여동생인 백천과 형제들 중 가장 가깝다. 절안 상신과 절친하여, 그가 선물한 새 필방을 타고 다닌다.

**백천** 백지제군의 막내딸이자 사해팔황의 유일한 여 상신.

**봉구** 백지제군의 둘째 아들 백혁의 외동딸. 백천에겐 유일한 조카.

**현녀** 백지제군의 큰아들 백현의 아내인 미서의 막냇동생. 후에 귀족의 이경과 혼인한다.

### 귀족鬼族

**경창** 귀족의 선왕. 천족이 사해팔황을 다스리는 세상에 반란을 일으켜 천족의 대표자 격인 묵연과 싸움을 벌이다가 동황종에 봉인당한다.

**이경** 경창의 둘째 아들. 사음을 좋아한다.

## 백천의 삼생삼세

삼생삼세는 불교에서 전생,현생,내생을 일컫는 말이다. 하지만 『삼생삼세 십리도화』의 주인공들은 대부분 영원에 가까운 삶을 영위하는 신선이기에 그들에게 '삼생삼세', 즉 세 번의 삶이란 죽음에 의해 구별되는 것이 아니라, 겁劫이나 봉인에 의해 결정되는 다른 형태의 삶을 의미한다.

**사음** 묵연의 가르침을 받기 위해 오만 살의 백천이 남자로 분한 뒤 사용했던 이름. 사음은 묵연의 열일곱번째 제자로 그의 밑에서 이만 년간 수행한다. 경창의 반란 때 부상을 당한 스승 묵연의 선체를 갖고 청구의 염화동으로 사라진다. 이후 백천의 모습으로 돌아가 그곳에서 칠만 년 동안 자신의 심장의 피로 묵연의 생명을 지킨다.

**백천** 십사만 살을 오백여 년 앞두었던 백천은 동황종을 깨고 나온 경창과 한바탕 전쟁을 치른 뒤 이백여 년간 잠에 든다. 잠을 자는 동안 실은 기억과 법력을 봉인당하고 평범한 속인 소소로 살았다. 잠에서 깨어나 야화를 다시 만난 후, 그와 다시 사랑에 빠지게 된다.

**소소** 백천이 경창에게 봉인돼 동황 준질산에서 속인으로 살 때 야화가 지어준 이름이다. 야화의 아이를 낳은 후 소금의 간계에 빠져 주선대에서 몸을 던진다.

## 『삼생삼세 십리도화』 속 신선의 품계

**신선**神仙 → **상선**上仙 → **상신**上神

보통 신선은 수행을 통해 상선이 된 다음, 상신이 된다. 상신이 되려면 짧게는 칠만 년, 길게는 십사만 년이 걸리며 두 차례의 겁운을 겪어야 한다. 겁운을 잘 넘기면 영원한 생명을 얻지만 넘기지 못하면 그 자리에서 죽는다. 백천이 사음의 신분이었을 때는 상선이었고, 이후 상신이 되기 위해 속인 소소의 몸으로 주선대에서 뛰어내리는 겁운을 겪었다. 백천 외에 절안, 묵연 등이 상신의 지위에 있다.

프롤로그 1

# 사랑과 증오 사이에서

요즘 들어 그녀는 쏟아지는 졸음을 견디기 힘들었다.

"뱃속의 황자 아기씨 때문에 피곤하셔서 그럴 것이니 걱정하지 마세요, 마마."

그녀를 돌봐주는 시녀 내내奈奈가 말했다. 내내는 구중천九重天* 세오궁洗梧宮에서 유일하게 그녀를 보고 살갑게 웃으며 '마마'라 부르는 선녀였다. 다른 선녀들은 그녀를 우습게 여겼다. 야화夜華가 그녀를 무엇에도 봉하지 않은데다 그녀가 선계仙界에 속하지 않은 속인俗人에 불과한 때문이었다.

내내가 창문을 열자 살랑거리는 바람에 발걸음 소리가 실려왔다. 내내가 기쁨에 들뜬 목소리로 말했다. "마마, 태자 저하께서 오

* 중국 고대 전설에서는 가장 높은 하늘을 구중천이라 칭하고, 그곳에 궁궐이 있다고 전한다.(이하 주석은 모두 옮긴이주)

"

그녀가 나무인형처럼 천천히 몸을 일으킨 뒤 침대 난간에 기대 앉았다. 얼마나 잤는지 몰라도 머리가 그다지 맑지 못했다. 방금 전에 깼는데도 견딜 수 없게 피곤했다.

흑발에 검은 옷을 입은 태자 야화가 이불을 살짝 누르며 침대 가장자리에 앉았다.

그녀는 이불을 끌어안은 채 뒤로 살짝 물러났다. 침묵이 이어졌다. 태자가 화를 내고 있는 것 같았다. 언제부터인지 그녀는 태자를 만날 때마다 그런 두려움이 일었고 두려움은 어느새 본능처럼 자리잡아버렸다. 태자에게 자신이 아직도 화났다는 인상을 주면 안 될 것 같았다. 어쩐지 그의 미움을 사면 안 될 것이라는 모호한 짐작으로, 그녀는 떨림을 억누르며 조용히 물었다. "오늘밤에도 별이 밝은가요?" 미처 목소리의 떨림까지 억누를 수는 없었다.

야화가 한참 후에야 대답했다. "소소素素, 지금은 낮이오."

그녀는 습관적으로 눈을 비비려다 눈에 감긴 하얀 비단을 만지고선 눈이 없다는 사실을 깨달았다. 아무리 비벼도 칠흑 같은 어둠뿐, 무엇 하나 보이지 않았다. 그녀는 이 넓고 아득한 천궁에 어울리지 않는 속인이자 맹인이었다.

한참을 조용히 있던 야화가 그녀의 얼굴을 천천히 쓰다듬으며 말했다. "당신과 성혼하여 당신 눈이 되어주겠소."

소소, 당신 눈이 되어주겠소.

그녀의 얼굴을 어루만지는 손길은 살짝 차갑긴 해도 충분히 부드러웠다. 하지만 그녀에게는 순간적으로 칼날이 심장을 푹 하고 파고드는 것만 같았다. 그날 밤의 악몽이 다시 한번 생생하게 되살아나 그녀는 두려움에 몸을 떨며 야화를 밀쳐냈다. 그러고는 황공하여 애써 해명했다. "제가…… 일부러 밀친 게 아니에요. 노여워…… 마세요."

야화가 그녀의 손을 잡았다. "소소, 왜 그러는 게요?"

걷잡을 수 없이 가슴속 깊은 곳에서 백지 위에 떨어진 먹물처럼 고통이 번져 그녀는 이를 덜덜 떨며 거짓말로 둘러댔다. "갑자기…… 좀 피곤해져서요. 자고 싶으니 가서 일보세요. 저는 상관 마시고요."

또 한번 침묵이 이어졌다.

그녀는 진심으로 야화가 관심을 끊어주길 바랐다.

한때 그토록 그리워하고 절절하게 원했던 이, 그가 이제는 참을 수 없는 존재가 되었다. 때때로 정말 궁금했다. 야화는 그 여자를 그렇게 좋아하면서 애당초 왜 그런 황당한 요구를 받아들인 것일까. 처음부터, 처음부터 그러지 말았어야 했다.

한참 뒤 발소리가 났다. 야화가 떠났다. 내내가 조용히 문을 닫았다.

그녀는 이불을 안은 채 몸이 더이상 떨리지 않을 때까지 한참을 멍하니 앉아 있다가 무겁게 침대에 누웠다. 머릿속은 엉망으로 뒤엉켜 동황東荒의 준질산俊疾山이 떠올랐다가 야화의 얼굴이 떠오르고, 피가 뚝뚝 떨어지는 비수와 도려내진 자신의 두 눈이 떠올랐다.

그녀는 몽롱한 상태로 생각에 잠겼다. 뱃속의 아이만 낳으면 준질산으로 돌아가리라. 그곳이야말로 내가 속한 곳이고 이 끔찍한 사랑이 시작된 곳이니 그곳에서 끝내야 한다. 최대한 빨리.

그녀는 눈에 감은 하얀 비단을 만지며 아프다고 중얼거렸다. 목소리에는 흐느낌이 섞여 있었지만 눈물은 나올 리 없었다.

한 차례 눈을 붙이고 나자 내내가 살금살금 들어와 그녀를 가만히 불렀다. "마마, 마마, 깨어 계신가요?"

그녀가 헛기침으로 잠긴 목을 풀었다. "무슨 일인데?"

내내가 그 자리에 서서 대답했다. "소금 천비素錦天妃께서 함께 차를 마시자며 초대장을 보내오셨어요."

그녀는 귀찮다는 듯 이불을 머리끝까지 덮어썼다. "잠자리에 들었다고 해."

최근 들어 소금이 친한 척 자꾸 살갑게 굴어왔다. 내 눈을 얻어 나를 눈멀게 하더니 마음에 걸리는 게 있나보군. 그녀는 정신이 맑아졌을 때 이렇게 추측했다. 하지만 이내 자신의 순진함에 실소를 터뜨렸다. 소금이 가책을 느낄 리가. 야화에게 내 눈을 도려내라고 한 이가 바로 소금이 아니던가.

그들 중 어느 누구도 더는 만나거나 상대하고 싶지 않았다. 이제 그녀는 삼 년 전 그 아가씨가 아니었다. 처음 도착해 안절부절못하면서도 웃기게도 모두의 환심을 사려 했던 그 아가씨가.

해가 기울 무렵 내내가 그녀를 흔들어 깨웠다. 그러고는 마당에 저녁놀이 비스듬히 깔려 무척 아름답고 마침맞게 시원한 바람도 부니 마당에 나가 기분 전환 좀 하는 게 어떻겠느냐고 권했다. 그녀 역시 하루종일 누워 있었더니 온몸이 찌뿌둥해 조금 움직여야 할 것 같았다.

내내가 마당으로 흔들의자를 옮긴 다음 그녀를 부축하려 했다.

하지만 그녀는 내내의 부축을 거절한 뒤 탁자와 벽을 짚으며 한 걸음 한 걸음 혼자 나아갔다. 조금 힘겹고 이따금 넘어지기도 했지만 마음속으로 한줄기 서광이 느껴졌다. 최대한 빨리 적응하려면 이러한 노력이 꼭 필요했다. 그래야만 준질산에 돌아간 뒤에도 혼자서 잘 살아갈 수 있을 터였다.

흔들의자에 누워 부드러운 바람을 맞자 또 까물까물 잠기운이 찾아왔다.

정신이 아득해지면서 꿈결 속으로 빠져들었다. 꿈에서 그녀는 처음 야화를 만났던 삼 년 전, 준질산으로 되돌아갔다.

검은 옷을 입은 흑발의 준수한 청년이 손에 검을 쥔 채 피투성이의 몸으로 그녀의 초가 앞에 쓰러져 있었다. 그녀는 한참을 멍하니 쳐다보다가 허둥지둥 청년을 집으로 옮긴 뒤 지혈약을 바르기 시작했다. 그 순간 상처가 저절로 아무는 것이 아닌가. 그녀는 눈이 휘둥그레진 채 지켜보았다. 생명이 위태로울 정도로 심각했던 상처들이 이틀도 되지 않아 완전히 아물었다. 정신을 차린 청년이 아무 말 없이 한참 동안 그녀를 쳐다보다가 입을 열었다. 편안하면서 듣기 좋은 목소리가 흘러나왔다. 청년은 목숨을 구해준 은혜에 감사하며 꼭 보답하고 싶다고 말했다. 그녀는 별거 아니라고, 약초만 약간 썼을 뿐이라 은혜랄 것도 없다고 했지만 청년은 한사코 고집을 부렸다. 그럼 금산이나 은산을 내놓으라고 하자 청년이 그윽한 눈빛으로 그녀를 바라보며 말했다. "아가씨는 제 목숨을 하찮게 생각하시는군요." 세상에 생명의 은인치고 그녀처럼 난감한 경우가 또 있을까. 그녀는 귀찮고 답답한 나머지 두 손 두 발을 모두 드는 심정으로 "그럼 몸으로 갚으시든가요"라고 말했다. 청년은 당황해 어쩔 줄 몰라 했다.

하지만 그 황당한 대답 이후 둘은 정말로 결혼하게 됐고 그녀는 임신까지 했다.

그녀가 기억하는 한 자신은 준질산에서 혼자 살았었다. 사시사철의 변화나 산속 날짐승과 들짐승만 알았다. 가족이 없으니 이름도 없었다. 청년이 그녀를 소소라고 부르면서 이름이 생겼다. 그때 그녀는 혼자서 며칠 동안이나 기뻐했다.

나중에 청년이 구중천으로 데려왔을 때에야 그녀는 청년이 천군天君의 손자라는 것을 알았다. 그때 그는 태자로 책봉되기 전이었다.

그런데 구중천에서는 누구도 청년이 그녀의 남편인 것을 인정하지 않았다. 청년 역시 동황에서 속세 여자를 아내로 얻어 왔다고 천군에게 고하지 않았다.

어느 밤 그녀가 탕국을 만들어 청년의 침소로 갔을 때 문밖을 지키는 사람은 보이지 않고 소금 천비의 애절한 목소리만 흘러나왔다. "내가 당신을 버리고 천군께 시집갔기 때문에 속인을 아내로 얻은 것 아닌가요? 하지만 내게 무슨 방법이 있었겠어요? 사해팔황四海八荒*의 어느 여자가 천군의 은총을 거부할 수 있죠? 말해봐요. 야화, 아직도 날 사랑하죠? 그 여자의 소소라는 이름도 내 이름에서 따온 거잖아요, 그렇죠?"

* 온 세상을 가리키는 말로 동해, 서해, 남해, 북해와 동황, 서황, 남황, 북황, 동남황, 동북황, 서남황, 서북황의 통칭.

현실과 한 치의 차이도 없는 꿈은 거기에서 뚝 끊기고 그녀는 식은땀을 줄줄 흘리며 눈을 떴다. 한참을 멍하니 있다가 그녀는 자신의 불룩한 배를 어루만졌다. 아이를 가진 지 어느새 삼 년, 몸을 풀 날이 멀지 않았다.

밤이 깊어가는데 내내는 잠자리에 들 준비를 도와주지 않았다. 아직은 혼자서 씻을 수가 없어 그녀는 내내를 채근할 수밖에 없었다. 내내가 그녀의 다리를 덮은 담요를 꾹꾹 눌러주며 대답했다.

"마마, 조금만 더 계세요. 저하께서 오실지도 모르잖아요."

그녀는 자신도 모르게 헛웃음을 터뜨렸다. 그 일이 있은 뒤 야화는 이곳에서 밤을 보내지 않았다. 앞으로도 오지 않을 게 확실했다. 상관없었다. 온다고 해도 할말이 없으니 괜히 그의 화만 돋울지 모른다.

이곳에서 그녀는 완벽한 약자였다. 예전에는 그런 줄도 모르고 언제나 그의 보호 속에 있으려니 생각했다. 그러다 그 일이 터지자 그녀는 직격탄을 맞고 말았다. 유일하게 의지할 수 있던 존재마저 그녀에게서 돌아서 상처를 주었다. 그녀는 또다시 주체할 수 없게 떨리는 두 손을 꽉 마주 쥐었다.

사실 그때 동황의 준질산에서, 야화가 마음에 품은 이가 있다고 얘기했었더라면 이렇게 터무니없는 이유로 결혼하지 않았을 것이다.

그때 그녀는 야화를 사랑하지 않았다. 깊은 산속에서 오랫동안 혼자 지내다보니 너무 외로웠을 뿐이다.

그러나 그는 아무 말도 하지 않았었다. 그녀와 예를 갖춰 결혼했고 구중천으로 데려오기까지 했다.

구중천은 그들 둘만 있던 준질산처럼 조용하지도 단순하지도 않았다. 늘 야화와 소금 천비에 관한 뒷말들이 들려왔다. 그녀는 태생적으로 속내를 잘 감추는 성격이어서 야화와 소금 천비의 온갖 사연을 듣고도 못 들은 척할 수 있었다.

어쨌든 야화는 자신을 아내로 맞았고 동황의 호수에서 하늘과 땅에 대고 맹세하지 않았던가. 또 자신은 야화의 아이를 가졌고 이토록 그를 사랑하니 언젠가는 야화도 감동할 것이라고 생각했다.

그리고 확실히 그녀를 대하는 야화의 태도가 점점 따뜻해지고 있었다.

그 역시 자신을 사랑까지는 아니어도 좋아하는 듯하니, 다행한 일 아닌가?

사랑이란 때때로 사람을 정말 초라하게 만든다.

그러다 그 일이 일어났다. 그녀는 환상에서 벗어날 수 있었지만 그 대가를 두 눈으로 치렀다. 빛을 잃고 말았다.

그날은, 맑고 바람이 상쾌했다. 소금 천비가 그녀에게 요지瑤池 못으로 꽃구경을 가자고 청했다. 그녀는 여자들이 모두 모이는 연회인 줄 알고 어리석게도 초대를 받아들였다. 하지만 그녀와 소금, 둘뿐임을 요지에 도착한 뒤에야 알았다.

궁녀를 물린 뒤 소금 천비가 그녀를 주선대誅仙臺로 데려갔다.

운무가 자욱한 주선대에 서서 소금은 차가운 웃음을 지었다. "알고 있나? 천군께서 야화를 태자로 책봉한 뒤 나를 배필로 짝지어주신다더군."

신선들의 규율도, 간교한 술수도 처음 대하는 터라 그녀는 가슴에서 피가 솟구치는 것만 같았다. 그 감정이 분노인지 막막함인지조차 알 수 없었다.

화려한 옷차림의 소금 천비가 계속 여유롭게 웃었다. "나와 야화는 한마음이야. 이 구중천은 애당초 속인이 머물 수 있는 곳이 아니라고. 아이를 낳으면 주선대에서 뛰어내려 네가 돌아가야 할 곳으로 돌아가."

만약 주선대에서 뛰어내리면 정말로 준질산에 돌아갈 수 있는 건지도 알 수 없었고, 떠날 생각조차 없었던지라 그녀는 어리둥절해하며 물었다. "야화가 저를 돌려보내는 건가요? 저는 그이의 아내이니 함께 있어야 하는 것이 도리일 텐데요."

이제와 보니, 굴욕을 자초한 발언이었다.

허나 당시에는 야화가 자신을 조금은 좋아하니 다행이라고, 그가 조금이라도 좋아하는 이상 그의 곁에 있으리라 줄곧 생각했었다.

소금 천비가 우습다는 듯 탄식을 내뱉었다. 그러고는 갑자기 그녀의 손을 꽉 잡고 주선대 가장자리로 향했다.

그녀는 소금이 주선대에서 자신을 미는 줄 알고 다급하게 울타리를 잡았다. 하지만 주선대에서 떨어진 것은 소금이었다. 그 순간, 그녀가 미처 반응하기도 전에 검은 그림자가 휙 스치더니 따라서 뛰어내렸다.

소금을 품에 안은 야화가 그녀 앞으로 다가와 차갑게 그녀를 바라보았다. 검은 두 눈에는 하늘을 삼킬 듯한 분노가 서려 있었다.

야화의 품에서 소금이 가느다란 숨결로 말문을 열었다. "소소를 탓하지 마요. 일부러 민 것 같지는 않으니까. 천군께서 나를 당신한테 준다는 얘기에 충동적으로 반응한 것 같아요."

그녀는 눈이 휘둥그레졌다. 믿을 수가 없었다. 분명 그녀는 아무 짓도 하지 않았다.

"아니에요, 내가 아니에요. 밀지 않았어요. 야화, 믿어줘요, 믿어줘요……" 그녀는 계속해서 눈앞의 청년에게 해명하려 했다. 놀라서 허둥댔고, 두서도 조리도 없는 모양이 어릿광대 같았다.

야화가 손을 내저으며 나직하게 질책했다. "됐소. 나는 내가 본 것만 믿소."

야화는 그녀의 해명을 거부하고 그녀를 믿지 않았다. 소금을 품에 안고는 미간을 찌푸린 채 얼음처럼 차가운 눈으로 그녀를 바라볼 뿐이었다. 그러고는 그녀를 버려둔 채 급하게 주선대를 내려갔다.

거처까지 어떻게 돌아왔는지 기억나지 않았다. 야화의 눈에서 강렬하게 타오르던 분노의 불길만 머릿속을 맴돌 뿐이었다.

밤이 되자 야화가 다급하게 그녀의 거처로 찾아와 어두운 표정으로 말했다. "주선대 밑의 포악한 기운에 소금의 눈이 화상을 입었소. 소소, 인과응보라 했소. 남에게 빚을 지면 반드시 갚아야 하는 거요." 그러고는 잠시 쉬었다가 말을 이었다. "두려워하지 마시오. 당신과 결혼해 앞으로는 내가 당신 눈이 되어주겠소."

구중천에 온 뒤 야화가 결혼하겠다는 말을 꺼낸 것은 그때가 처음이었다. 그녀는 순간 가슴이 차갑게 가라앉으면서 분노와 공포가 한꺼번에 밀려오는 것을 느꼈다. 이렇게 이성을 잃는 날이 오리라고 상상조차 해본 적이 없었다. 그녀가 야화의 손을 붙들고 신경질적으로 소리쳤다. "왜 내 눈을 내놓으라는 거죠? 그 여자가 뛰어내렸어요. 자기가 뛰어내린 거지, 나하고는 아무 관련이 없다고요. 왜 나를 안 믿죠?"

야화가 침통한 눈빛으로 쳐다보다가 차갑게 웃었다. "주선대 아래는 포악한 기운이 가득한데 스스로 뛰어내렸다는 거요? 살기 싫어서? 소소 당신은 정말 갈수록 납득하기 힘들어지는군."

야화의 눈에서 뿜어져나오는 한기에 그녀는 순간 망연해졌다. 구중천에서 그녀에게 야화는 하나뿐인 존재였다. 뱃속에 아이가 생긴 이후 그녀는 소망을 하나 품게 되었다. 아이가 태어나면 언젠가 야화와 함께 아이 손을 잡고 망망하게 출렁이는 운해와 멀리로 뻗어가는 노을을 보러 가리라는 소망. 그녀에게 빛이 얼마나 큰 의미인지 야화는 알지 못했다.

그렇게 그녀는 두 눈을 잃었다. 내내가 사흘 동안 보살폈다. 사흘 뒤 소금이 그녀를 찾아와 웃으며 말했다. "네 눈은 내가 잘 쓰고 있어."

그녀는 완전히 깨달았다.

누군가를 사랑해본 적이 있는가.

누군가를 증오해본 적이 있는가.

그 일은 결국 야화와 소금 사이의 애증 문제였고 그녀는 지나가다 애매하게 끼어든 과객에 불과했다. 모든 것이 정해진 액운이었다.

요 며칠 새 그녀는 밤낮을 헷갈리지 않게 되었다. 귀로 작은 단서들을 포착해 아침과 저녁을 구분할 수 있었다.

점심식사 후 내내가 쓰러질 듯 뛰어들어와 숨을 헐떡거리며 말했다. "마마, 마마, 천군께서 방금 조서를 내리셨는데요, 소금 천비를 태자 저하의 배필로…… 배필로 정하신대요."

그녀는 웃었다. 야화가 태자로 책봉된 지 꽤 되었으니 조만간 일어날 일이었다. 하지만 소금도 결국 야화의 정실은 될 수 없을 것이다. 얼마 전 그녀는 천군과 구미호족九尾狐族 청구국青丘國 백지白止제군의 약속에 대해 들었다. 차기 천군을 백지제군의 딸인 백천白淺과 맺어주기로 했다는 내용이었다. 야화는 이러한 일들에 대해 언급한 적이 없었지만 어떤 일들은 그녀가 알고자 한다면 얼마든지 알 수 있었다. 그녀는 그들이 생각하는 것처럼 멍청하지도 않았고 방법이 없지도 않았다.

처음부터 신선과 얽히지 말았어야 했다.

배에서 갑자기 격렬한 진통이 시작되었다.

내내가 연거푸 소리쳤다. "마마, 왜 그러세요?"

그녀가 배를 감싸안으며 힘겹게 대답했다. "아마, 나오려나봐."

분만 내내 그녀는 정신을 잃었다가 진통에서 깨어나기를 반복했다. 소금이 눈을 바꿀 때 야화가 온종일 소금 곁을 지켰다는 이야기를 들었는데, 야화의 아이를 낳는 이 순간 그녀 곁에는 내내뿐이었다. 극심한 고통 속에서는 약해지기 쉬운 법이라, 그녀는 야화의 이름을 부르지 않기 위해 안간힘을 썼다. 이미 충분히 비참했다. 더이상 비참해질 수는 없었다.

내내가 울면서 애원했다. "마마, 손을 놓아주세요. 태자 저하를 모셔올게요. 제가 태자 저하를 모셔올게요."

그녀는 말조차 제대로 할 수 없을 만큼 고통스러웠기 때문에 입

모양으로 내내에게 말했다. "내내, 조금만 있어줘, 조금만."

내내의 울음소리는 더 커져갔다.

사내아이였다.

언제 왔는지는 모르겠지만 그녀는 정신을 차렸을 때 자신의 손을 잡고 있는 야화를 느낄 수 있었다. 여전히 차가운 그의 손에 몸이 떨렸지만 그녀는 꾹 참으며 손을 빼지 않았다.

야화가 아이를 안고 왔다. "얼굴 좀 만져봐요. 당신을 쏙 빼닮았군."

그녀는 움직이지 않았다. 뱃속에 삼 년 동안 품었던 아이, 수많은 나날을 함께한 아이니 당연히 사랑했다. 하지만 준질산으로 데려가 키울 수 없었다. 이미 아이를 포기하기로 결심한 상태였다. 그러므로 만지면 안 된다. 안아도 안 된다. 감정을 더 키우면 안 된다.

야화는 그녀 곁에 한참을 앉아 있었다. 아이는 때때로 울음소리를 냈지만 야화는 한 번도 입을 열지 않았다.

야화가 떠난 뒤 그녀는 내내를 불러 아이의 아명을 아리阿離라 지었다 말하고는 앞으로 잘 보살펴달라고 부탁했다. 내내는 어리뜩한 표정으로 알겠다고 대답했다.

야화는 매일 그녀를 찾아왔다. 야화는 원래 말수가 적었고, 예전에야 말이 많던 그녀는 요사이 말할 기분이 아니라 야화와 그녀는 대부분의 시간을 침묵으로 보냈다. 다행히 산후조리중이라는 것을 감안해서인지 그녀가 말이 없어도 야화는 노여워하지 않았다. 이러한 침묵 속에서 때때로 눈을 잃기 전 마지막으로 본 것이 야화의 한기 서린 눈빛이었다는 사실이 떠올라, 그럴 때마다 그녀는 자신도 모르게 몸서리를 쳤다.

야화는 그녀에게 소금과의 혼사에 대해 거론하지 않았다. 내내도 마찬가지였다.

석 달이 지나자 그녀의 몸이 모두 회복되었다. 야화가 옷감을 잔뜩 들고 와 예복을 지으려 한다며 어떤 것이 좋으냐고 물었다.

"소소, 당신과 결혼할 거라고 말했잖소."

아뜩했다. 결혼하겠다는 상대가 어째서 자신의 눈을 도려내 갔단 말인가.

얼마 뒤 그녀는 납득할 수 있는 답을 찾았다. 야화는 자신을 동정할 뿐이다. 속인인데다 눈까지 없으니 자업자득이라 여겨도, 미운 한편 무척 가련하리라. 측실側室이야 얼마든지 둘 수 있으니 어정쩡한 명분 하나 주는 게 무슨 대수겠는가.

그녀는 반드시 떠나야겠다고 다짐했다. 구중천에 남아야 할 이유가 더이상 없었다.

내내의 부축을 받으며 그녀는 세오궁에서 주선대까지 반복해서 다녔다. 내내가 이상하게 여기자 그녀는 충성스러운 이 궁녀에게 그 길의 연꽃 냄새가 유난히 좋아서라고 핑계를 댔다.

보름 후, 그녀는 자신의 감각만으로도 아무 막힘 없이 세오궁에서 주선대까지 오갈 수 있게 되었다.

내내를 속이기는 아주 쉬웠다.

주선대에 서자 마음이 바람처럼 가벼워지는 듯했다. 아리에게는 내내가 있으니 안심이었다. 안개가 망망하게 펼쳐져 있을 누대에서니 그녀는 갑자기 야화에게 다시 한번 말하고 싶어졌다. 소금을 밀지 않았으니 자신이 소금에게 빚진 것은 없다고, 오히려 그들이 그녀에게 두 눈과 평온한 반평생을 빚졌다고.

예전에 준질산에서 야화에게 예쁜 청동거울을 받았다. 그때 야화는 중요한 일을 처리하러 멀리 가야 한다며 혼자 외로울 그녀를 위해 소맷부리에서 그 보물을 꺼내주었다. 어디에 있든 그녀가 거울에 대고 야화의 이름을 부르면 들을 수 있다며, 바쁘지 않다면 그녀와 이야기할 수 있을 거라고 말했다.

왜인지는 몰라도 구중천에서도 그녀는 거울을 지니고 다녔다. 야화가 그녀에게 준 유일한 물건이어서였을까.

그녀가 거울을 꺼냈다. 이미 오랜 동안이나 야화의 이름을 부르지 않아서 조금 어색했다. "야화."

한참이 지난 뒤 야화의 목소리가 들려왔다. "소소?"

잠시 가만히 있다가 그녀가 입을 열었다. "준질산으로 돌아가니 찾지 마요. 혼자서도 잘 지낼 수 있어요. 나 대신 아리를 잘 돌봐주고요. 언젠가 아리의 손을 잡고 별과 달, 구름과 햇빛을 보면서 준질산에서 있었던 우리 이야기를 들려주고 싶었는데 아무래도 못할 것 같네요." 그녀는 잠깐 생각에 잠겼다가 덧붙였다. "엄마가 속인이었다고는 말하지 마요. 하늘의 신선들은 속인을 우습게 보잖아요."

평범한 작별인사인데 갑자기 눈물이 날 것 같아 그녀는 얼른 고개를 들어 하늘을 향했다. 하지만 또 금세, 진즉에 없어진 눈에서 눈물인들 어디로 나오겠는가 하는 생각이 들었다.

야화의 목소리가 살짝 굳어졌다. "어디 있소?"

"주선대요. 소금 천비가 주선대에서 뛰어내리면 준질산으로 돌아갈 수 있다고 했어요. 이미 안 보이는 것에도 적응했고, 준질산은 내 고향이라 익숙하니 혼자서도 불편하지 않을 거예요. 그러니 걱정하지 마요." 잠시 말을 멈췄다가 다시 이었다. "그때 당신을 구하지 말았어야 했어요. 시간을 되돌릴 수 있다면, 구하지 않을 거예요."

야화가 다급하게 그녀의 말을 끊었다. "소소, 거기에 가만히 있어요. 내 당장 갈 테니."

결국 그녀는 소금을 밀치지 않았다는 사실을 끝내 해명하지 못했다. 그러나 어차피 이번 생에 다시 볼 일은 없을 테니, 더이상 옳고 그름을 따지는 것은 그다지 중요하지 않았다.

그녀가 조용히 말했다. "야화, 나는 당신을 놓았어요. 당신도 나를 놓아줘요. 이제 서로 빚진 거 없어요."

청동거울이 그녀의 손에서 떨어지고 쨍그랑 소리와 함께 야화의 "가만 있어. 뛰어내리면 안 돼……" 하는 거친 울부짖음도 사라졌다.

그녀가 주선대에서 몸을 날렸다. 휭 하는 바람 소리 속에서 긴 탄식이 나부꼈다. 야화, 더이상 당신에게 아무것도 바라지 않아요. 이게 좋아요.

그때, 그녀는 주선대가 신선의 신력을 없애는 곳임을 알지 못했다. 속인이 주선대에서 떨어지면 그대로 흔적 없이 소멸된다는 사실도 몰랐다.

그때, 자신이 실은 속인이 아니라는 것도 알지 못했다.

주선대 아래의 포악한 기운이 그녀의 몸을 만신창이로 만들었다. 하지만 천만대군에 필적할 정도로 엄청난 그 기운이 그녀 이마의 봉인 또한 풀었다. 자신의 이마에 있는 붉은 점이 이백 년 전 동황의 종鍾을 부수고 나온 귀군鬼君 경창擎蒼을 다시 가두기 위해 벌인 전투에서 경창에게 찍혀 생긴 봉인이라는 사실을 그녀는 전혀 몰랐다. 봉인은 그녀의 용모와 기억, 신선의 기운을 모두 없애고 그녀를 속인으로 만들었다.

과거의 기억이 연달아 떠오르면서 뒤엉켰던 머릿속이 맑아지기 시작했다. 그녀는 포악한 기운에 몸이 타들어가는 고통을 감내하면서 조용히 중얼거렸다. "백천, 너는 원래 신선이었어. 수행할 필요 없는 여신. 하지만 세상천지에 쉽기만 한 일이 어디 있나. 겁운劫運을 겪지 않고 어떻게 상신上神에 오를 수 있겠어. 이번에 겪은 수십 년짜리 애증과 원한도 한바탕 겁운에 지나지 않는 거야."

그녀는 동해의 동쪽 상신인 절안折顔의 십리도림十里桃林에서 의식을 잃고 쓰러졌다. 절안이 그녀를 발견해 깨운 뒤 크게 탄식했다. "네 부모님과 오빠들이 미친듯이 너를 찾아다녔어. 나도 지난 이백 년 동안 편히 잔 적이 없고. 네 눈과 온몸의 상처들…… 대체 무슨 일이 있었던 게냐?"

주선대의 강한 살기에 기억이 조금 훼손됐는지 머릿속이 흐릿했지만 가슴의 상처는 너무도 생생했다. 어찌된 일이냐고? 한바탕 업보를 겪은 것뿐이었다.

그녀가 웃으면서 절안에게 물었다. "잊고 싶은 일을 완전히 지워주는 약을 가지고 계셨던 걸로 기억하는데, 맞죠?"

절안이 눈썹을 치켜세우며 말했다. "그사이 가슴앓이를 제대로 했나보구나."

분명 가슴앓이를 했다. 다행히 몇 년일 뿐이었다.

탕약에서 김이 모락모락 올라왔다.

그녀는 단숨에 탕약을 마셨다. 이제 준질산의 소소는 사라졌다. 그것은 청구국 백지제군의 딸 백천 상신이 꾸었던 꿈, 한없는 괴로움과 약간의 분홍빛을 띤 꿈에 불과했다.

꿈에서 깬 뒤 백천은 무슨 꿈을 꾸었는지 깨끗이 잊어버렸다.

## 프롤로그 2
# 청구의 백천

삼백 년 후.

동해수군東海水君이 새로 얻은 아들의 만 한 달 잔치를 준비하고 있다는 핑계를 대며 며칠 연속 능소전凌霄殿 조회에 불참했다. 하지만 천군은 모르는 척 계속 내버려두었다.

그래봐야 잔치일 뿐인데 왜 저리 유난을 떨까, 다보원군多寶元君은 호기심이 일었다.

그리하여 퇴청한 뒤 진짜 연유를 알아보려고 평소에 동해수군과 친한 남두진군南斗眞君을 쫓아갔다.

원래 무료하기 이를 데 없는 구중천이다보니, 그렇지 않아도 신선들 모두 동해수군의 핑계에 관심이 많았다. 다보원군이 가락을 떼는 것을 보고 모두들 몰려가 남두진군을 에워쌌다.

남두진군이 오히려 의아해하며 물었다. "보름 뒤 동해 잔치에 청구의 고모姑母님도 오신다는 것을 모르십니까?"

동해의 바깥, 대황大荒의 중심, 그곳이 바로 청구였다.

그렇게 말한 뒤 남두진군은 두 손을 공손히 모아 동쪽 청구를 향해 절한 다음 이어서 말했다. "그 고모님이 안질을 앓고 계셔서 강한 빛을 쬐면 안 된다고 합니다. 한데 동해 용궁의 산호벽과 유리기와는 눈부시게 찬란하지요. 그래서 동해수군이 사방팔방으로 노랑어리연꽃을 구하러 다니고 있습니다. 그것으로 덮개를 만들어 환한 곳을 가리려는 것이지요."

그 말에 능소전 앞이 소란스러워졌다.

남두진군이 말하는 고모는 백지제군의 막내딸 백천으로, 아득한 윗대의 태고신太古神이라 모두들 예의를 갖춰 고모라 불렀다.

반고盤古가 거대한 도끼를 휘둘러 천지를 가른 뒤 각 종족 간에 전쟁이 끊이지 않으면서 세상의 주인이 여러 차례 바뀌었다. 그사이 태고신 대부분이 겁운을 치르며 사라지거나 깊은 잠에 빠졌다.

아직까지 남은 태고신은 구중천의 천군 일가와 동해의 동쪽 십리도림에 은거중인 절안 상신, 청구국의 백지제군 일가뿐이었다.

오만 년 전, 백천은 천군의 둘째 황자인 상적桑籍과 정혼했었다. 대등한 집안끼리의 잘 어울리는 혼사였는데 갑자기 상적이 백천의 시녀에게 반해 죽어도 백천과 혼인할 수 없다고 고집을 피웠다.

백지제군은 모욕이라고 펄펄 뛰면서 절안 상신과 구중천으로 찾아가 천군에게 해명을 요구했다.

천군은 격노하여 둘째 황자를 북쪽에 유배시키고 북해수군北海水君으로 강등했다. 또한 차기 천제는 백천을 황후로 맞이해야 한다는 조서를 천족의 명의로 발표했다.

그리고 삼백여 년 전, 천군은 장손 야화를 차기 천제로 봉한다는 조서를 사해팔황에 내렸다.

구중천의 신선들은 머지않아 야화와 백천의 혼인식이 있을 거라 기대했지만 삼백 년 동안 둘의 혼인에 관한 소식은 전혀 들리지 않았다.

야화군에게 아들은 있는데 정비 자리는 여전히 비어 있다는 소문만 들릴 뿐이었다. 또한 백천 상신은 청구국에만 머물며 누구의 초대에도 응하지 않는다고 했다.

둘 모두 미혼인데 양가에서 전혀 서둘지 않는 점도 영 이상한 일이었다.

신선들은 조심스럽게 탄식한 뒤 동해수군이 운수대통했다며 부러워했다. 몇 만 년 동안 청구를 나온 적이 없는 고모가 동해수군의 초대에 응했으니 실로 면이 설 만했다.

남두진군이 고개를 끄덕이며 말했다. "본디 체면이 서는 일인데 지금 동해수군은 걱정이 한가득입니다. 고모님이 초청에 응하시리라고는 예상 못했기 때문에 그에 앞서 북해수군도 초청했거든요. 심지어 며칠 전에 들으니, 야화군이 천손을 데리고 동황에 놀러왔다며 그 김에 동해에 들러 축하하겠다고 했다는 겁니다. 셋이 잔치에서 부딪힐 수밖에 없는 상황이지요. 혹시라도 무슨 사달이 날까 봐 동해수군이 얼마나 걱정하는지 모릅니다."

구중천 신선들은 대부분 연조年祚가 길어서 북해수군과 청구 백천, 차기 천제의 일을 잘 알고 있었다. 하지만 신선 반열에 오른 지 얼마 되지 않은 소선小仙 역시 있었기에 "청구의 고모님이 누구며 야화군, 북해수군과 무슨 관계입니까?"라는 질문이 나왔다.

신선들이 왁자지껄 설명하기 시작했고 그 속에서 이상하고 비밀스러운 소문 역시 줄줄이 딸려 나왔다.

어리숙한 소선이 핵심을 파악하지 못한 채 아무 그림도 없는 하얀 부채를 멍하니 흔들며 말했다. "백지제군의 노여움을 사는 한이 있어도 고모님 시녀와 결혼하겠다고 했다니, 그 시녀의 미모가 궁금합니다."

다보원군이 입가를 가리며 기침한 뒤 말했다. "제가 그 여자를 본 적이 있답니다. 당시 둘째 황자가 그 여자를 데려와 천군 앞에 무릎 꿇고 지위를 내려달라 했지요. 확실히 흔치 않은 미모였지만 백지제군의 마마님에 훨씬 못 미쳤습니다. 제가 비록 고모님을 뵌 적은 없지만 고모님은 어머님을 닮은 정도가 아니라 훨씬 더 아름답다고 하더군요."

신선 가운데 가장 나이 많은 남극선군南極仙君이 길고 하얀 수염을 쓰다듬으며 중얼거렸다. "저는 고모님을 뵌 적이 있습니다. 천군의 동자童子였을 때 천후 마마를 따라 절안 상신 거처로 복숭아꽃 구경을 갔을 때였지요. 그때 고모님이 복숭아나무 가지 위에서 춤을 추셨답니다. 워낙 멀어서 흐드러진 복숭아꽃 사이로 붉은 옷만 보였는데 춤추는 자태가 무척 감미롭고 아름다웠습니다."

신선들의 탄식이 줄줄이 이어졌다. 그와 같은 절세미인도 파혼을 당한다니 하늘의 뜻은 실로 예측할 수 없다며 애석해하고는 만족스럽게 흩어졌다.

그뒤 소문에 따르면 동해수군의 초대장을 받은 이들은 사해팔황의 많은 이들로부터 부러움을 샀다고 한다.

# 삼생삼세 십리도화

三生三世 十里桃花

# 1장
# 지난 일

동해로 시집간 약수신군若水神君의 맏딸이 삼 년도 되지 않아 동해수군에게 아들을 안겨주자 약수와 동해 두 집안 모두 크게 기뻐하였다.

특히 동해수군 본인이 뛸듯이 좋아하며 아들의 만 한 달을 기념하는 만월연滿月宴 초대장을 각지로 보냈다. 아버지와 어머니의 호리동狐狸洞에도 초대장이 왔다.

그런데 아버지와 어머니는 이미 수백 년째 외지를 여행중이고 큰 오라버니와 둘째 오라버니, 셋째 오라버니는 잇따라 가정을 꾸려 각자의 영지로 나갔으며 넷째 오라버니는 사라진 필방조畢方鳥* 를 찾아 서산에 갔다. 결론적으로 호리동에는 나 혼자뿐이었다.

동굴 앞 폭포수를 뚫고 들어오는 역광에 초대장을 한참 동안 비

* 중국 전설에서 불과 나무의 신이라 여겨지는 새.

줘보았다. 어머니가 나를 낳을 때 지독한 난산이었는데 동해수군 증조부의 산파 덕분에 고통을 많이 줄일 수 있었다고 했던 게 생각났다. 그래서 호박만한 야명주夜明珠를 챙겨 동해로 떠날 준비를 시작했다.

워낙 길치라 출발하기에 앞서 이웃의 미곡迷谷노인 거처로 미곡나무 가지를 얻으러 갔다.

미곡나무는 검은색인데 다섯 가지 빛깔의 꽃을 피웠다. 하지만 꽃은 밤에 조명으로 쓰는 것 외에는 아무 쓸모가 없었다.

내가 원한 것은 몸에 지니고 있으면 절대 길을 잃지 않는 미곡의 나뭇가지였다.

미곡노인은 본래 천지개벽 이전의 혼돈 초기, 남황南荒의 소요산招搖山에서 자라던 미곡나무였다.

어머니가 넷째 오라버니를 가졌을 때 하루는 아버지와 다툰 뒤 집을 나갔다가 길을 잃어 소요산까지 갔다고 한다. 어머니를 찾은 아버지는 다음번에 어머니가 혼자 나가더라도 길을 잃지 않도록 아예 소요산에 하나뿐인 미곡나무를 청구로 옮겨와 집 앞에 심었다.

신선의 땅인 청구에서 해와 달의 광휘를 흠뻑 받고 사계절의 기운을 흡수한 미곡나무는 삼천 년 후 사람의 형상을 갖추게 되었다. 그리고 다시 삼천 년 뒤 크지도 작지도 않은 지선地仙이 되었다.

아버지가 대나무 몇 짐을 축하선물로 보냈더니 미곡노인은 그 대나무와 띠로 호리동 옆에 세 칸짜리 오두막을 짓고 우리 이웃이 되었다.

청구국에서 신선이 되었기 때문에 미곡노인도 다른 소선들을 따라 아버지를 군상君上이라 불렀다.

사실 미곡노인은 노인이 아니었다. 내가 태어난 지 이천여 년 뒤에 인간의 형상을 갖춘 미곡은 붉은 입술에 하얀 치아, 살짝 위로 올라간 요염한 눈을 지닌 청년이었다.

청구의 여자 신선 대부분이 미곡노인과 다리를 놓아달라고 어머니에게 부탁할 정도였지만 성사된 적은 한 번도 없었다.

미곡노인은 멋들어진 외모와 달리 예의를 무척 중요시했다. 나와 마주치면 항상 두 손을 모으며 공손하게 "고모님" 하고 불렀다. 나는 그 예의바름이 무척 좋았다.

나뭇가지를 건네는 미곡노인의 안색이 자못 어두워 보였다. 하지만 무슨 일인지 물으면 하소연이 끝도 없이 이어질 게 뻔했다. 잠시 고민하다가 나는 결국 아무것도 묻지 않고 물건을 받자마자 작별인사를 한 뒤 구름을 불러 타고 곧장 동해로 향했다.

동해의 동쪽에는 십리도림이 있었다.

내가 동해 잔치에 간다는 소식을 들은 셋째 오라버니가 돌아오는 길에 절안에게 들러 도화주 두 병을 가져다달라고 편지를 보내왔다.

십리도림의 주인은 절안으로, 자기 나이가 정확히 얼마인지조차 잊어버렸을 만큼 늙은 봉황이었다.

어머니 얘기에 따르면 절안은 천지개벽 이후 홍황洪荒시대*에 태어난 첫번째 봉황이었다. 부신父神이 그를 직접 키워 지금의 천군

---

* 태곳적을 일컫는 말.

보다도 지위가 높다고 했다.

내가 태어났을 때 부신의 흔적은 이미 세상에 남아 있지 않았다.

부모님이 나를 데리고 절안을 찾아갔을 때 그는 눈썹 끝을 비스듬히 치켜세우고 입을 오므려 웃으며 아버지에게 말했다. "자네 마나님이 새로 낳아준 아가씨라는 거지? 조그마한 게 아주 예쁘장하네."

절안과 청구국의 인연은 어머니에게서 시작되었다.

억만년 전에 절안은 어머니에게 청혼하며 예물까지 보냈다.

하지만 어머니는 어리숙한 우리 아버지를 마음에 두고 있어서 절대 받아들이려 하지 않았다.

그러자 절안은 아버지와 속이 풀릴 때까지 대판 싸웠고, 그렇게 싸운 뒤 아버지와 절안은 의형제를 맺었다.

일 년 뒤 아버지는 성대한 예를 갖춰 어머니를 청구로 맞아오면서 절안에게 혼사를 주재해달라고 부탁했다.

항렬로 따지면 나와 오라버니들은 절안을 '백부님'이라고 불러야 옳았다.

하지만 절안은 연장자 취급받는 것을 질색했다. 아직도 젊다고 강력하게 주장하면서 나이든 호칭으로 부르는 이가 있으면 천만 년 동안 증오했다.

그래서 우리는 부들부들 떨면서도 부모님이 그리하시듯, 절안의 이름을 바로 부르는 수밖에 없었다.

절안은 술을 아주 잘 빚었지만 정작 그 자신은 떠들썩한 술자리를 좋아하지 않았다.

그는 스스로를 "세상에서 물러나 속세와 연을 끊은, 취향이 우아하고 품격은 더욱 우아한 신비한 상신"이라고 정의했다.

그러고는 신선들한테 연회 초대장을 받을 때마다 웃으며 내던져 버렸다.

신선들은 직위는 없지만 지위는 매우 높은 이 상신에게 친근함을 표하기 위해 초대장을 보낸 것이었다. 절안이 계속 상대하지 않자 신선들도 이 한가한 상신은 존중하되 가까이할 수 없다는 나름의 명목을 만들었는지, 절안을 초대하려는 생각을 점점 거두게 되었다.

그렇게 조용해지자 절안은 아주 기뻐하며 복숭아숲에서 농사에 전념하기 시작했다.

동해 근처에 도착해 손가락으로 시간을 따져보았더니 잔치가 시작되려면 하루 반나절이나 남아 있었다.

셋째 오라버니의 부탁이 생각나 절안부터 찾아가기로 결정했다. 도화주 한 단지를 받아 오라버니에게 두 병을 덜어다주고 동해수군에게도 야명주와 함께 한 병 선물한 뒤 나머지는 호리동 부근에 묻어뒀다가 천천히 마실 생각이었다.

마침 복숭아꽃이 절정인 계절이라 십리도림 온 산야에 꽃이 흐드러지게 피어 있었다.

나는 익숙하게 숲속 깊은 곳으로 들어갔다. 공터에서 책상다리로 앉아 복숭아를 먹는 절안이 금세 눈에 들어왔다. 커다란 복숭아가 눈 깜짝할 사이에 씨만 남았다.

절안이 활짝 웃으며 손짓했다. "백가 꼬맹이 아니야? 갈수록 아름다워지는구나. 이리 와." 절안이 자기 옆 빈자리를 탁탁 치며 말했다. "여기 앉아. 자세히 좀 보자."

하늘과 땅 선계를 통틀어 나를 꼬맹이라고 부를 수 있는 연배는 몇 없었다.

꼬맹이라는 호칭에 내가 아직 어리다는 착각이 불쑥 들면서 감개무량하고 기분이 좋아졌다.

내가 '고분고분' 앉자 절안이 내 소매를 끌어다 손을 닦았다.

어떻게 입을 열어야 순조롭게 술을 얻을 수 있을지 생각하고 있는데 절안이 피식 웃음을 터뜨렸다. "수만 년 동안 청구에만 있더니, 마침맞게 나왔구나."

나는 한참 동안 멍하니 있었다. 왜 그런 말을 하는지 이해할 수가 없어서 따라 웃는 수밖에 없었다. "여기 복숭아꽃들도 딱 예쁘게 피었네요. 참 좋아요."

절안이 더욱 의미심장하게 웃었다. "며칠 전에 북해수군이 자기 마누라랑 와서 며칠 동안 꽃을 구경하고 갔다. 그 마누라를 이번에 처음 봤거든. 정말 천진하고 귀엽더구나."

이번에는 웃을 수가 없었다.

북해수군의 마누라란 소신少辛을 말하는 거였다. 내가 이름을 지어준 바로 그 소신.

언제였는지 정확히 기억나지는 않지만 넷째 오라버니와 동정호洞庭湖에 놀러갔을 때, 갈대가 허리 높이까지 자란 습지에서 숨이 간

당간당한 구렁이 파사巴蛇를 발견했다.

보고 있자니 너무 불쌍해서 오라버니를 졸라 청구로 데려왔다.

그때 파사는 이미 어느 정도 수행을 거쳐 어설프나마 인간의 형상을 취할 수 있었다. 그 파사가 바로 소신이다. 소신은 청구에서 이 년 동안 치료를 받았다. 그러고는 완쾌한 뒤에도 내게 보답하고 싶다며 청구에 남았다.

당시에도 부모님은 청구에 안 계실 때가 많아 넷째 오라버니가 호리동을 관리하고 있었다. 오라버니는 소신에게 청소를 맡겼다. 그때까지 호리동에는 시녀가 하나도 없어서 청소 같은 일은 전부 내 몫이었다.

나는 유유자적 돌아다니는 것을 좋아해 집에 잘 붙어 있지 않고 큰 오라버니, 둘째 오라버니, 셋째 오라버니, 절안의 거처를 번갈아 놀러 다녔다.

그렇게 평온하게 이백 년이 흘렀다. 어느 날 부모님이 청구로 돌아와 내 혼처가 결정됐다고 했다. 그 상대가 바로 북해수군 상적이었다.

당시 상적은 천군의 총애를 받는 둘째 아들로 아직 구중천에 살았고, 당연히 북해로 쫓겨나기 전이었다.

천군이 상적과 나의 정혼을 세상에 공포하면서 신선이란 신선은 전부 우리 일을 알게 되었다.

이후 신선들은 청구로 찾아와 이런저런 이야기를 늘어놓으며 축하인사를 건넸다.

넷째 오라버니와 나는 귀찮은 나머지 보따리를 싸 절안의 복숭아숲으로 숨어버렸다.

그렇게 숨었을 때 문제가 터졌다.

복숭아를 실컷 먹은 뒤 청구로 돌아왔더니 소신은 보이지 않고 먼지가 뽀얀 호리동에 상적의 파혼서만 굴러다녔다. 소신에게 정이 들었고 이번 생은 꼭 소신과 결혼하고 싶다며 내게 미안하다는 내용이었다.

나는 대수롭지 않게 받아들였다. 첫째, 상적을 한 번도 본 적이 없으니 감정도 없었다. 둘째, 소신과 함께 지낸 시간이 길지 않아 소신과의 정도 그다지 깊지는 않았다. 셋째, 숲속 짐승도 예쁜 짝을 선택할 자격이 있지 않은가. 모든 생물이 평등한데 상적만 그 권리를 빼앗기는 것은 이치에 맞지 않았다. 빈말이 아니라 그 둘이 함께해도 정말 아무렇지 않았다.

하지만 그 일은 결국 천군 면전에서 큰 화로 불거졌다.

소란을 피운 것은 결코 내가 아니었다.

상적이 직접 소신의 손을 붙들고 천군의 어전으로 나아가 꿇어앉아서는 소신을 받아들여달라고 청했던 것이다.

그 일은 반나절도 되지 않아 선계 곳곳으로 알려졌다.

좋은 마음에서 "청구 백가의 막내딸 불쌍해서 어쩌나. 전에도 좋은 혼처를 받았다가 삼 년도 못 돼 파혼을 당하더니, 앞으로 어떻게 시집을 갈지……"라고 하는 신선도 있었지만 "파사가 얼마나 절색이기에 구미호의 타고난 미모를 꺾었을까?"라고 입에서 나오는 대로 내뱉는 신선도 있었다.

부모님과 큰 오라버니, 둘째 오라버니, 셋째 오라버니, 절안은 그제야 파혼 사실을 알았다.

절안은 그 즉시 부모님을 이끌고 구중천으로 천군을 찾아가 해명을 요구했다.

구체적으로 어떤 논의가 오갔는지는 모르겠지만, 그뒤 상적이 천군의 총애를 잃었으며 곧이어 동생인 사해수군四海水君 연송連宋보다도 아래인 북해수군에 봉해졌다는 소식이 들려왔다. 이는 상적이 유배되었음을 뜻한다는 사실을 눈치가 재빠른 이라면 단번에 알 수 있었다. 결국 상적과 소신의 결혼은 처음부터 끝까지 인정받지 못했다.

아버지는 이 일에 대해 딱 한마디만 했다. "죽일 놈, 그 정도로 그치다니."

절안은 좀더 관대했다. 흥미롭기도 하고 안타깝기도 하다는 어투로 탄식했다. "여자 때문에 앞날을 망치다니 이 무슨 바보 같은 짓이람?"

당시 나는 어려서 세상물정을 잘 몰랐다. 상적과 소신 간의 일이지 나와는 별 관련 없어서 딱히 손해 본 것도 없다고 여겼다.

문제는 천군이 조회 때 직접 조서를 공표하면서 시작되었다. 그 재수없는 조서는 비록 태자가 아직 정해지지 않았지만 청구 백가의 막내딸 백천을 천족의 며느리, 미래의 황후로 정한다는 내용이었다.

다시 말해 천군의 아들 중 누구든 제위를 잇고 싶으면 청구 백가의 백천과 결혼해야 한다는 뜻이었다.

대단한 은혜처럼 보였다. 하지만 지나치게 대단한 은혜였다. 천군의 아들들은 제왕의 자리를 노린다는 오해를 피하기 위해 철저히 나를 외면했다. 물론 나 역시 그들을 거들떠보지 않았다. 한편 다른 신선들은 천족의 체면을 생각해야 했다. 천족과 얼굴 붉힐 위험까지 무릅쓰며 아버지에게 혼담을 꺼낼 수 없었다. 그때부터 나는 철저히 무관심의 대상, 시집갈 수 없는 신선이 되었다.

그러다 삼백여 년 전 천군이 장손인 야화군을 태자로 봉했다.

나는 갑자기 태자로 봉해진 야화에 대해 전혀 아는 바가 없었다. 상적이 유배된 뒤 다른 아들들의 자질이 평범해 천군이 무척 답답해했는데, 다행히 삼 년 뒤 큰아들 앙착央錯에게서 영민한 손자를 얻어 무척 기뻐하며 안심했다는 소식을 들은 게 전부였다.

그 영민한 손자가 바로 야화였다.

천군이 반포한 조서에 따르면 야화군이 미래의 내 남편이었다. 나는 그 어린 신군과 결혼해야 했다. 허나 야화는 소금이란 측비를 무척 총애하며 아들까지 두었다고 하니 나와의 혼인에 관심 없을 게 뻔했다. 나는 따로 마음에 품은 상대는 없지만 야화보다 구만 살이나 많아 연배로는 고모뻘이고 연수로는 조상뻘이었다. 그러니 내가 나서서 혼사를 치르자고 할 수도 없는 노릇이었다.

결국 혼사는 지금까지 미뤄지고 진즉에 선계의 웃음거리가 되었다.

그러니 북해수군 상적이 야기한 사건으로 내가 손해 본 게 어떻게 없겠는가. 손해도 이만저만한 손해가 아니었다. 나도 드러내지 않았다 뿐이지, 이 일을 초래한 상적을 죽이고 싶은 마음이 굴뚝같았다.

가만 생각해보니 절안이 군이 내 짜증을 돋우려고 북해수군을 거론했을 것 같지는 않았다. 뭔가 대단한 이야기를 하려고 운을 뗀 듯해서, 나는 아주 흥미롭다는 표정으로 귀를 쫑긋 세우며 들을 자세를 취했다.

입가의 주름이 한층 더 깊이 파일 정도로 웃으며 절안이 말했다. "그 마누라가 입덧이 무척 심하다더구나. 불과 몇 만 년 사이에 북해수군의 아이를 셋이나 낳고 지금 또 넷째를 가졌다니, 파사는 확실히 출산력이 좋아. 어쨌든 입덧이 심해서 북해수군한테 하루종일 복숭아가 먹고 싶다고 타령을 했대. 지금 이 계절에 복숭아꽃이야 만발하지만 문제는 열매지. 여기 말고 다른 곳에서는 먹을 수 없잖아. 그래서 북해수군이 얼굴에 철판을 깔고 찾아왔더라. 그렇게 부탁하는데 안 줄 수가 있어야지."

나는 절안을 한번 노려본 다음 고개를 숙이고 치마에 잡힌 주름을 폈다. 그동안 절안을 청구의 가족이라 생각해, 당연히 절안도 우리의 적을 자신의 적으로 간주하리라 여겼는데 북해수군을 내쫓기는커녕 복숭아를 아낌없이 내주었다니 정말 실망스러웠다.

절안이 나를 잠시 살펴보다가 피식 웃음을 터뜨렸다. "봐라 봐, 입이 댓 발이나 나왔네. 아이 못 낳는 복숭아를 몇 개 줬어."

나는 얼른 고개를 들었다. 너무 갑자기 드는 바람에 고개를 숙이던 절안의 관자놀이를 그대로 들이받고 말았다.

절안은 전혀 개의치 않고 장난스럽게 놀렸다. "이거 봐. 금슬 좋은 부부한테 아이 못 낳는 복숭아를 줬다니까 금방 마음이 풀리네. 그래봐야 몇 만 년 동안 다섯째를 못 낳게 할 뿐이야. 북해수군의 복을 줄이는 것도 아니고 내 음덕을 깎지도 않지."

사실 북해수군이 언제 다섯째 황자를 얻든 나와 무슨 상관이란 말인가. 그 복숭아를 먹고 죽는 것도 아니고. 그때 그가 파혼만 안 했어도 이렇게 나쁜 일이 무더기로 일어나지 않았을 것이다. 이번에 절안이 북해수군을 골려준 일은 정말 고마웠다. 어쨌든 이미 내 마음이 풀린 것을 절안이 알아차렸으니 굳이 더 말하지 않아도 될 것 같아 나는 그냥 조용히 있었다. 절안은 또 한바탕 위로의 말을 늘어놓았다. 천군 일가는 나쁜 놈들이고 자손들까지 대대손손 전부 나쁜 놈들이라는 내용이었다.

천군 일가에 대해 욕하기를 마친 다음 절안은 우리 집안 상황을 물어보고, 동황 바깥 세상이 몇 만 년 동안 얼마나 변했는지부터 시작해 경내에서 소규모 전쟁이 몇 차례 있었는지, 누구네 집 누가 누구네 집 누구를 좋아해서 곧 성사될 것 같다든지 하는 이야기를 늘어놓았다. 절안은 늘 온갖 소문을 다 꿰고 있었다. 나는 별의별 자질구레한 일들이 내 귀로 줄줄이 흘러들어오는 것을 조용히 듣고 있었다.

처음에는 도화주를 확실히 기억하고 있었는데 절안이 하도 정신없이 떠드는 통에 어느 순간 까맣게 잊고 말았다.

땅거미가 내릴 때쯤 오히려 절안이 챙겨주었다. "셋째가 술을 두 병 달라고 해서 뒷산 벽요지碧瑤池 옆에 묻어두었다. 잎이 몇 개 없는 족두리풀 밑이야. 오늘밤은 거기서 자고 내일 파내서 가져다줘. 엎지 말고 몰래 마시지도 말고."

내가 입을 삐죽이며 대꾸했다. "너무 치사한 거 아니에요?"

절안이 몸을 쑥 내밀어 내 머리카락을 쓰다듬으며 말했다. "그 술은 정말로 네가 마시면 안 돼. 정 마시고 싶으면 내일 술 저장실에서 꺼내 가거라. 가져갈 수 있는 만큼 얼마든지 가져가." 그러고는 뭔가 생각난 듯 또 웃으며 당부했다. "밤에 여기저기 돌아다니지 말고. 오늘은 다른 손님도 있거든. 그 손님과 지금 마주치면 서로 별로 안 좋을 것 같구나. 역시 안 보는 게 좋아."

술 이야기에 대해서는 공손하게 감사인사를 하며 알았다고 했지만 실은 딴마음을 먹고 있었다. 요즘은 어릴 때와 달리 십리도림에 한번 오는 게 쉽지 않았다. 그러니 도화주 두 병도 몰래 마시고 저장실의 술도 최대한 가져갈 작정이었다.

손님에 관한 이야기는 하나마나 한 당부였다. 요즘은 떠들썩한 자리가 싫어 밤에 잘 나가지도 않을뿐더러 친구는 더더욱 사귀지 않았다. 손님이 누군지 별 흥미조차 일지 않았다. 더군다나 절안이 피하라는 자를 굳이 만날 이유가 없었다.

## 2장
## 예기치 못한 재회

넷째 오라버니와 함께 만든 작은 오두막이 벽요지 옆에 흔들흔들 서 있었다. 절안의 거처에 올 때마다 나는 늘 이곳에 혼자 묵었다.

그 옛날 복숭아숲을 떠날 때에도 이미 낡을 대로 낡았던 오두막이 몇 만 년의 비바람과 햇살에도 꿋꿋하게 서 있는 것을 보자 감탄이 절로 나왔다.

야명주를 꺼내 사방을 둘러보니 절안이 신경쓴 게 보였다. 이부자리부터 시작해 모든 것이 내 마음에 쏙 들게 구비되어 있었다.

문 옆에는 돌쟁기가 기대 세워져 있었다. 예전에 내가 복숭아 묘목을 심을 때 땅을 팠던 쟁기로, 도화주를 파기에 딱 좋았다.

구중천에 모처럼 둥근 달이 떠 절안이 말한 족두리풀을 쉽게 찾을 수 있었다.

족두리풀 밑의 황토 한쪽으로 쟁기를 내리찍었다. 챙, 운이 좋았다. 흐트러진 황토 사이에서 모습을 드러낸 동령옥東嶺玉 술병이 족두리풀 잎사귀 밑에서 초록색 영롱한 빛을 뿜어냈다. 잔뜩 흥분한 나는 얼른 술병을 꺼내 안고는 지붕으로 몸을 날렸다. 오두막이 몇 번 풀썩거렸지만 무너지지 않고 단단히 버텨주었다.

지붕 위는 밤바람이 꽤 차가워 몸이 살짝 떨렸다. 굳게 봉해진 술병 입구를 더듬어 뚜껑을 열자 순식간에 십리도림 사방으로 술 향기가 퍼졌다. 나는 눈을 감고 숨을 깊이 들이마셨다. 절안의 술 빚는 솜씨는 갈수록 훌륭해지는 듯했다.

나는 평생 그다지 풍류를 즐기지 못했는데 술도 그 가운데 하나였다.

술을 마시는 일은 때와 장소, 술친구가 중요한 법이다. 일단 맑은 물에 밝은 달이 떴으니 때는 좋았다. 장소 또한 동해의 십리도림이라 더할 나위 없고, 오두막 지붕에 까마귀가 몇 마리 있으니 그런대로 술친구까지 갖춘 셈이었다. 술병을 입에 대고 단숨에 몇 모금을 넘긴 뒤 입맛을 다시는데 이 동령옥 도화주는 예전에 마셨던 술들과 맛이 살짝 다른 느낌이었다. 혹은 절안의 술을 너무 오랜만에 마셔 제대로 기억하지 못하는지도 몰랐다.

한 모금 또 한 모금, 안주는 없어도 차가운 달과 푸른 호수가 있어 충분히 훌륭했다.

얼마 지나지 않아 반병이 비었다. 바람이 불자 술기운이 퍼지면서 살짝 몽롱해졌다.

갑자기 눈앞의 새까맣게 빛나는 밤에 분홍색 장막이 내리는 것 같더니 몸에서 불이 화르르 타오르는 것처럼 열이 났다. 나는 고개를 흔들며 덜덜 떨리는 손으로 옷섶을 풀어헤쳤다. 하지만 뼈에서까지 땀이 날 것 같은 뜨거운 열기가 수그러지기는커녕 점점 더 안으로 파고들었다. 의식이 흐릿해져 정신을 차릴 수가 없었다. 보통 취기와 완전히 다르다는 것만 어렴풋하게 느낄 수 있었다. 열기는 더이상 물러설 수 없을 정도로 나를 압박해왔다. 어떤 방법을 써야 누를 수 있을지, 혹은 그것을 누를 방법이나 있을지 전혀 알 수 없었다.

나는 벽요지에 몸을 담가 열을 식힐 요량으로 휘청휘청 일어났다. 그러다 비틀거리며 발을 헛디뎌 지붕에서 그대로 떨어지고 말았다.

땅에 부딪히면서 틀림없이 엄청난 고통이 엄습하리라 생각했는데 이상하게도 둔중한 통증은 느껴지지 않았다. 오히려 돌연 차가운 물체에 감싸여 화기가 제법 가라앉는 느낌이었다.

겨우겨우 눈을 뜨자 어렴풋하게 사람의 형상이 보였다. 검은색 도포를 입은 모습이 절안은 아니었다.

세상이 빙글빙글 돌고 드넓은 복숭아숲이 하얀 달빛에 덮여 꽃과 잎들이 환하게 빛났다. 몇 걸음 떨어진 벽요지는 수증기가 몽실몽실 올라와 언뜻 활활 타오르는 불바다처럼 보였다.

나는 얼른 눈을 감았다. 몸이 고통스러울 정도로 뜨거웠다. 차가운 기운을 따라 눈앞의 사람에게 필사적으로 기대는 수밖에 없었다. 고개를 들자 뺨이 그의 턱과 목덜미에 닿았는데 차가운 옥석에 닿는 느낌이었다. 손가락이 말을 듣지 않아 벌벌 떨면서 그의 허리띠를 풀려 했지만 그가 나를 밀쳐냈다. 나는 곧장 몸을 붙이며 "걱정 마요, 두려워 마요. 그냥 손을 식히려는 거예요" 하고 안심시켰다. 하지만 그는 더욱 단호하게 밀어냈다.

지난 십여만 년 동안 미혼술로 누구를 유혹해본 적이 없지만 그날 밤만은 다른 방도가 없었다. 몽롱한 상태로 염력을 모아 그를 쳐다보면서도 사실은 오랫동안 사용하지 않은 술법이라 과연 효과가 있을지 조금 불안했다. 곤혹스러운 듯 그의 눈동자가 어둡게 흔들렸지만 그는 이내 천천히 나를 끌어안았다.

금계가 세 번 울었을 때 늘쩍지근하게 눈을 떴다. 지난밤의 흥미로운 꿈이 어렴풋하게 떠올랐다. 꿈속에서 나는 방탕한 모습으로 젊은 남자를 제멋대로 희롱했다. 희롱이라고 해봐야 그를 안고 뜨거운 손을 식히는 수준이었지만. 절안이 셋째 오라버니에게 가져다주라던 술은 정말 문제가 있었다. 나는 머리를 쓰다듬으며 젊은이의 모습을 찬찬히 떠올려보았다. 그러나 검은색 도포와 드넓은 복숭아숲만 흐릿하니 기억날 뿐이었다. 꿈 같기도 하고 아닌 것 같기도 했다.

절안의 복숭아숲과 동해는 별로 멀지 않았기 때문에 서두를 이유가 없었다. 나는 뒷산의 술 저장실에서 묵은 술 세 단지를 꺼내와 지난밤의 도화주 한 병 반과 함께 소매에 넣은 뒤 절안에게 작별인사를 했다.

절안이 웅얼거리는 목소리로, 넷째 오라버니에게 산 앞쪽 황무지 개간을 도와줬으면 한다는 말을 전해달라고 부탁했다.

나는 사실을 전해주었다. "오라버니는 집 나간 필방조를 찾으러 가서 벌써 한참 동안 호리동에 돌아오지 않았는걸요. 아무래도 그 일은 힘들겠어요." 웬일로 절안이 심각한 얼굴을 하더니 길게 탄식했다. "그때 넷째와 서산에서 필방을 잡아오는 게 아니었어. 제 발등 제가 찍는다더니, 꼭 이런 상황을 두고 하는 말이겠지." 나는 손을 내밀어 절안을 위로하는 한편, 가면서 먹을 복숭아 몇 개를 그의 소매에서 꺼냈다.

확실히 길일이었다. 멀리 바라보니 동해에는 푸른 파도가 넘실거리고 하늘 곳곳에는 상서로운 구름이 떠 있었다. 신선들이 벌써 모두 모인 듯했다.

나는 소매에서 손가락 네 개 너비의 하얀 비단을 꺼내 눈을 잘 감싼 뒤 물로 뛰어들 준비를 했다.

동해는 다 좋은데 수정궁이 지나치게 환했다. 내 눈은 삼백 년 전부터 밝은 것을 견디지 못했다.

어머니는 그게 배냇병이라고 하셨다.

어머니가 나를 가졌을 때 천군이 대홍수를 내려 사해팔황 천하 만민을 벌했다. 당시 입덧이 심했던 어머니는 합허산合虛山의 합허과만 입에 맞아 거의 주식처럼 먹었는데 대홍수 때문에 동황 합허산의 초목도 모두 죽고 말았다. 합허과는 구할 수 없고 다른 음식은 또 입에 맞지 않아 어머니는 눈에 띄게 말라갔다. 결국 나는 쭈글쭈글한데다 이상한 눈병까지 있는 조그마한 여우로 태어나고 말았다.

태생적인 눈병은 십여만 년 동안 아무 문제 없이 내 안에 잠들어 있다가 삼백 년 전쯤 열병을 계기로 터져나왔다. 그런데 얼마나 깊은 병인지 아무리 좋은 선약을 써도 낫지를 않았다. 다행히 지혜로운 어머니의 조언으로 아버지가 황천의 현광玄光을 빌려 빛을 차단하는 흰색 비단을 만든 덕분에 눈부신 곳을 갈 때 그것으로 눈을 가리면 크게 지장이 없었다.

바닷가 얕은 물에 손을 담가보니 몸이 떨릴 정도로 차가웠다. 선기仙氣로 몸을 감싸기 위해 손가락을 구부려 인印을 맺으려는데* 갑자기 뒤에서 "언니, 언니" 하고 부르는 소리가 들렸다.

부모님은 우리 다섯 남매만 낳아 내게는 동생이 없었다. 대체 누가 나를 그렇게 부르나 의아해하며 몸을 돌리자 화려한 옷을 입은 묘령의 처자 여럿이 서 있었다. 잔치에 초대받은 신선의 가족 같았다.

맨 앞에 선 보라색 옷의 아가씨가 자못 화난 표정으로 말했다.

"우리 공주님이 부르시는데 왜 대답하지 않는 게요?"

나는 순간 멍해졌다. 일곱 명 중 가운데에 선 하얀 옷의 소녀가 가장 좋은 금비녀를 꽂고 가장 큰 진주가 달린 꽃신을 신고 있는 게 보였다. 나는 그 소녀 쪽으로 몸을 기울이며 고개를 끄덕였다.

"무슨 일인지요?"

하얀 옷 소녀의 백옥 같은 뺨이 붉어졌다. "저, 이 몸 녹수綠袖는 언니 몸에서 선기가 피어오르는 것을 보고 동해 잔치에 가는 신선이라고 생각했습니다. 길을 안내해달라고 부탁하려 했는데 언니 눈이 그럴 줄은……"

---

* 신령한 기운을 일으키거나 사악한 힘을 물리치기 위해, 혹은 내면의 깨달음을 나타내기 위해 손가락으로 특정한 형태를 만드는 것을 '인을 맺는다' 또는 '인계(印契)'라고 일컫는다.

황천 현광으로 만든 하얀 비단은 보통의 비단과 달라 눈을 가려도 보는 데 전혀 지장이 없었다. 더구나 미곡도 있으니 길 안내는 식은 죽 먹기였다. 나는 소녀를 향해 고개를 끄덕였다. "제대로 봤네요. 나도 잔치에 가는 길이고 눈도 문제없으니 따라오세요."

아까 나섰던 보라색 옷의 아가씨가 부들거리며 "어쭈, 우리 공주님이 말씀하시는데 그런 태도라니, 뭘 모르나본데……"라고 끼어들자 공주가 소매를 잡아당겼다.

요즘 젊은 신선들은 참 재미있구나 싶었다. 모두들 활발한 모습이 내가 젊었을 때와는 완전히 달랐다.

물길은 무척 무료했다. 하지만 녹수 공주의 시녀들이 조용함을 참지 못하고 속닥거리기 시작해 동행인 나도 심심함을 덜 수 있었다.

"큰 공주님께서 일부러 우리를 떼어놓고 가신 것 같아요. 우리가 잔치에 가지 않아야 혼자 돋보일 수 있으니까요. 아마 우리끼리 올 줄은 생각도 못했겠죠. 나중에 수군께 고해바치면 남해에 갇혀서 몇 백 년 동안 반성해야 할 거예요. 그래도 또 괴롭힐 수 있을지 두고 보라죠."

알고 보니 남해수군의 가족이었다.

"큰 공주님이 예쁘긴 예쁘지만 공주님에 비하면 한참 아래지요. 공주님 걱정 마세요. 이제 공주님이 가시면 큰 공주님은 잔치에서 주목받지 못할 거예요."

자매가 서로 질투하며 다투는 상황이고.

"천후가 이미 정해졌다지만 야화군은 분명 그 청구 노친네를 싫어할 거예요. 십사만 살이라니 우리 수군보다도 몇 세대가 높잖아요. 정말 야화군을 생각하면 안타까워요. 공주님은 천상천하를 통틀어 보기 드문 미인이잖아요. 이런 미모야말로 야화군께 어울리지요. 이번 동해 잔치에서 야화군과 잘 이루어지기만 하면 반고의 천지개벽 이래 가장 아름다운 일이 될 텐데요."

나는 한참을 멍하게 있은 뒤에야 '청구 노친네'가 다름 아닌 나라는 사실을 깨달았다. 세상일은 변화무상하고 시간은 나는 듯 빠르다는 생각이 들면서 울 수도 웃을 수도 없는 기분이 들었다.

시녀들 수다가 정도를 넘는 듯하자 녹수 공주가 살짝 나무랐다.

"실없는 소리들 그만해."

소심한 시녀들은 즉시 입을 다물고 조금 배짱 있는 시녀는 혀를 날름거렸다. 그중 가장 배짱이 두둑한 보라색 옷의 시녀는 필사적으로 항변했다. "지금 야화군이 어린 천손을 데리고 동황을 유람하고 있대요. 그 천손이 야화군의 총애를 한몸에 받는다고 해서 큰 공주님은 여기저기 수소문해 특별한 선물을 준비했고요. 큰 공주님은 이렇게 능소능대 수완을 발휘하는데 공주님은 왜 복지부동 가만히 계세요?"

나름 견문이 많은지 보라색 옷의 말하는 품이 꽤 유식했다.

녹수 공주가 얼굴을 붉혔다. "선물은 나도 준비했어. 천손이 좋아할지는 모르겠지만……"

그들은 곧 이 이야기에 몰입했다. 나는 그들보다 앞서 걸으며 살짝 묘한 기분에 빠졌다. 천군이 자랑스러워하는 영민한 손자 야화군이 뜻밖에도 사교계의 고수였구나. 만나기도 전에 그를 사모하는 여자를 둘이나 발견하다니 실로 문무를 겸비했나보군. 얕보면 안 되겠어.

반 시진時辰쯤 지나서 동해 바다 밑 까마득하게 솟은 수정궁에 도착했다.

순간 갈림길에서 길을 잘못 든 것은 아닌지 의심이 들었다. 눈앞에 높이 솟은 궁전이 기억과 너무도 달랐기 때문이었다. 휘황찬란한 수정과는 일말의 관계도 없어 보였다.

녹수 공주도 벙벙한 표정으로 검푸른 궁벽을 가리키며 물었다.

"위에 덮인 저거 노랑어리연꽃 맞죠?"

나는 육지에서 나고 자란 뭍짐승이라 물속 생물에 대해서는 아는 바가 거의 없었다. 그래서 모호하게 "그럴걸요" 하고 대답했다.

미곡노인의 나무가 정확하다는 것은 이내 사실로 판명되었다. 정말로 그 거무튀튀한 건물이 동해수군의 수정궁이었다.

궁문 옆에서 안내를 맡은 궁녀 둘이 멍하게 서 있는 녹수 공주를 보고는 얼른 초대장을 받아든 뒤 살랑거리며 우리 여덟 명을 안으로 안내했다.

원래 환하게 빛났던 수정궁이 부모님의 호리동보다 어두침침했다. 다행히 길을 따라 은은한 빛의 야명주를 배치해 넘어질 일은 없었다. 동해수군의 취향이 이렇게 독특하리라고는 전혀 예상하지 못했다.

하지만 길을 밝히는 야명주가 나름 정취 있는 풍경을 연출했다. 제법 신경써서 배치한 게 느껴져 나중에 만나서 이야기해보고 싶어졌다.

분명 연회까지 시간이 좀 남았는데 대전에는 이미 신선들이 잔뜩 모여 삼삼오오 무리를 이루고 있었다. 예전에 아버지 생신잔치 때를 떠올려보면 초대받은 하객들이 안 오는 경우는 없었으나 미리 오는 경우도 거의 없었다. 그런데 이번 동해수군 아들의 만월연에는 전부들 앞다퉈 달려오다니 확실히 세상이 변했다는 생각과 함께 요즘 신선들은 무척 한가한가보다는 생각이 들었다.

두 궁녀가 녹수 공주를 동해수군에게 안내했다. 동해수군은 조상의 풍채를 제법 풍겼다.

나는 뒤쪽으로 떨어져 신선들 무리에 뒤섞였다. 하인에게 쉴 곳으로 안내해달라고 할 요량이었다. 반나절을 걸었더니 꽤 피곤했다. 보아하니 대전의 생명체란 생명체가 전부 녹수 공주를 멍하니 쳐다보고 있었다.

태고신의 기준에서 냉정하게 말하자면 녹수의 자태는 보통 수준으로, 우리 새언니들보다 훨씬 떨어졌다. 아무래도 이번 세대의 신선들 속에는 미인이 없는 모양이었다.

넋을 놓은 듯한 그들 모습에 미인을 만나는 게 이렇게 어렵나 싶어 방해하기 미안했다. 결국 잠시 둘러보다가 혼자 빠져나왔다. 우선 아무데서나 눈을 좀 붙이고 잔치가 시작되면 선물을 전한 뒤 식사를 하고 일찍 떠날 작정이었다. 미곡과 헤어질 때 그의 낯빛이 어두웠던 게 떠올랐다. 길게 하소연할까봐 묻지 않았는데 생각해보니 좀 이상해 어서 돌아가 연유를 물어야 할 것 같았다.

이리저리 모퉁이를 수도 없이 돌며 살폈지만, 커다란 동해 수정궁 어디에도 누울 만한 곳이 보이지 않았다. 어쩔 수 없이 대전으로 돌아가려는데 갑자기 어디로 가야 할지 갈피를 잡을 수가 없었다. 소매를 뒤져본 후에야 미곡나무 가지가 사라진 것을 알았다.

큰일이었다. 길치에 가까운 내 감각으로는 잔치가 시작되기 전에 돌아가기는커녕 끝나기 전까지만 돌아가도 그야말로 아미타불! 감사할 일이었다.

세상에는 원래 길이 없으니 발길 닿는 대로 가다보면 언젠가는 나갈 수 있다는 넷째 오라버니의 말이 떠올랐다. 맞는 말 같았다. 미곡나무 가지를 잃어버렸어도 앉아서 기다리는 것보다 운에 맡긴 채 가보는 게 나을 것 같았다.

그렇게 나섰다가 동해수군의 후원으로 들어가게 될 줄 누가 알았겠는가.

잘 가꿔진 후원은 궁전 전체의 품격과 아주 잘 어울렸다. 짙푸른 녹음이 미궁과 같은 분위기를 자아냈다. 들어온 지 한 시진이 지났지만 출구는 코빼기도 보이지 않았다. 정말 기묘했다. 경치가 빼어나면서 사람도 가둘 수 있는 곳이라니, 적이 쳐들어와도 이 후원에 가두면 동해수군은 언제까지나 안심할 수 있을 듯싶었다.

보아하니 벌써 몇 시진째 같은 곳을 맴돌고 있었다.

결국 한참을 생각하다 하늘에 맡기기로 결정했다.

근처 갈림길 앞에서 마른 나뭇가지를 하나 주운 뒤 손에 놓고 흔들다가 눈을 감은 채 던졌다. 나뭇가지가 떨어지면서 한쪽 끝이 정확히 왼쪽 길을 가리켰다. 나는 손뼉을 쳐 손가락 사이에 붙은 나무 부스러기를 떨어낸 뒤 오른쪽 오솔길로 방향을 꺾었다.

하늘은 늘 골탕 먹이는 것을 좋아한다. 그러니 이렇게 운을 따라야만 하는 상황에서는 하늘과 대립하는 것이 현명한 법이다.

나는 스스로에게 감탄했다. 한 시진 넘게 정원을 돌아다녀도 사람은커녕 소금쟁이 한 마리 만나지 못했는데, 나뭇가지가 알려준 것과 반대되는 길로 접어들자 몇 걸음 가지 않아 살아 움직이는 찹쌀경단을 만난 것이다.

하얗고 보들보들한 찹쌀경단이 머리를 양 갈래로 묶어올리고 진녹색 비단옷 차림으로 두 사람 키 높이의 녹색 산호초 위에 엎드려 있었다. 자세히 보지 않았으면 산호인 줄 알았을 정도였다.

보아하니 어느 신선의 아들 같았다.

고개를 숙인 채 산호에 붙은 노랑어리연꽃을 정신없이 뜯고 있는 아이에게 다가가 말을 붙였다. "찹쌀경단, 뭐하니?"

아이가 고개도 들지 않고 대답했다. "풀 뽑아요. 아바마마가 이 잡초 아래에 숨겨진 산호가 동해 해저에서 제일 예쁘다고 했거든요. 아직 본 적이 없어서 풀을 뽑은 뒤에 보려고요."

아바마마? 천족의 아이였구나.

힘들게 풀을 뜯는 모습에 순간 마음이 짠해져 도와주고 싶어졌다. 나는 소매에서 부채를 꺼내 아이에게 내밀며 부드럽게 말했다. "이 부채를 쓰렴. 살짝만 흔들어도 노랑어리연꽃이 깨끗이 사라지고 산호가 나올 거야."

아이는 왼손으로 계속 풀을 뽑으면서 오른손으로 부채를 받아 심드렁하게 흔들었다.

순간 광풍이 일면서 수정궁 전체가 세 차례 덜컹거렸다. 시커먼 바닷물이 열 장丈 높이까지 솟으며 칼집에서 나온 신검처럼, 고삐 풀린 야생마처럼 압도적인 기세로 포효했다. 불과 몇 분 만에 동해 수군의 어두침침했던 수정궁이 완전히 탈바꿈했다. 단순히 환해졌다는 말로는 표현할 수 없을 정도였다.

나는 살짝 놀랐다.

파운선破雲扇의 위력은 사용하는 이의 신력에 달려 있었다. 찹쌀경단처럼 어린아이의 신력이 이리도 대단할 줄은 생각도 못했다. 살짝 흔들었을 뿐인데 동해 수정궁의 분위기가 완전히 바뀌었다.

나는 박수를 치며 대단하다고 칭찬하고 싶은 마음을 힘껏 억눌렀다.

찹쌀경단이 바닥에 주저앉아 어리둥절한 표정으로 나를 바라보며 중얼거렸다. "제가 무슨 사고를 친 거죠?"

내가 아이를 위로했다. "걱정 마. 사고 친 건 너 혼자만이 아니니까. 내가 부채를……"

내 말이 채 끝나기도 전에 갑자기 찹쌀경단의 눈이 커졌다. 얼굴의 4분의 3이 하얀 비단으로 덮인 모습이 그처럼 작은 아이에게는 꽤 무서운 모양이었다. 손을 들어 얼굴을 가리려는 순간 찹쌀경단이 휭하니 바람처럼 달려와 내 다리를 안으며 소리쳤다. "어머니!"

나는 멍하니 굳어졌다.

아이가 내 다리를 붙들고 가슴을 찢을 듯 서럽게 울면서 확신에 찬 목소리로 소리쳤다. "어머니, 어머니, 왜 아리와 아바마마를 버리셨어요……" 그 바람에 내 치마 끝이 눈물 콧물로 뒤범벅되었다.

아이의 울음에 나는 겁이 덜컥 나 기억을 차근차근 되짚기 시작했다. 상전벽해가 수도 없이 일어났을 십여만 년 동안 정말로 남편과 아이를 버린 적이 있는지 생각하고 있을 때 뒤에서 아주 묵직한 목소리가 들려왔다. "소…… 소?"

그러자 찹쌀경단은 얼른 고개를 들고 누그러진 목소리로 아버지를 불렀지만 여전히 내 다리를 꽉 안은 채였다.

나는 아이에게 붙들려 몸을 돌릴 수가 없었다. 몇 세대가 높은지도 모를 만큼 나이가 많은 처지에 아이의 손가락을 떼어내기도 난감해 가만히 서 있을 수밖에 없었다.

아바마마라는 이가 어느새 내 앞까지 달려왔다.

그가 너무 가깝게 다가선 바람에 나는 고개를 숙였다. 보이는 것이라고는 검은색 장화와 구름 문양이 수놓인 검은 도포의 앞자락뿐이었다.

그가 길게 탄식했다. "소소."

그제야 나는 그가 소소라고 부르는 대상이 다름 아닌 이 몸, 본 상신이라는 것을 깨달았다.

넷째 오라버니는 늘 내게 건망증이 심하다고 했지만 지난 십여만 년 동안 나를 다섯째, 아음, 열일곱째라고 부른 경우는 있어도, 물론 대부분은 고모라고 불렀지만, 소소라고 불린 건 확실히 처음이었다.

마침 찹쌀경단이 눈을 비비려 손을 풀기에 나는 얼른 뒤로 한 걸음 물러났다. 그런 다음 웃으며 고개를 들었다. "잘못 보신 것 같습니다. 사람을 착각하셨어요."

내 말에 그는 별 반응이 없었지만 나는 크게 놀랐다. 들판에 풀이 무성하고 봄잠에 날이 새는 줄 모른다더니, 찹쌀경단 아버지의 얼굴은 세상에…… 내 은사인 묵연墨淵과 매우 흡사했다.

나는 정신이 아득해졌다. 아니, 묵연과 닮았지만 절대 묵연은 아니었다. 딱 봐도 훨씬 젊었다.

칠만 년 전 귀족鬼族의 난이 발발해 은하가 세차게 출렁이고 붉은 화염이 하늘을 불태웠을 때 묵연은 귀군 경창을 약수若水 인근 동황종에 봉한 뒤 스스로도 기운이 다해 쓰러졌다. 나는 혼이 나간 묵연의 육신을 필사적으로 지켰다. 그리고 청구 염화동炎華洞으로 옮긴 뒤 매달 생피를 한 그릇씩 먹이며 그 육신을 보전했다. 지금도 묵연은 염화동에 누워 있을 터였다.

묵연은 부신의 적장자로 음악과 전쟁을 주관하는 상신이다. 사실 나는 묵연이 그렇게 죽었다고 전혀 믿지 않는다. 지금도 그때의 꿈을 꾸지만 여전히 믿지 않는다. 언젠가는 묵연이 다시 깨어나 웃는 듯 마는 듯한 표정으로 "열일곱째" 하고 부를 것 같아 한 달에 한 번씩 내 심장의 피로 그의 육신을 유지하고 있다. 그렇게 칠만 년의 하루하루를, 정말 한없이 긴 시간을 기다리고 있다.

가슴 아픈 옛일이 가물가물 떠올라 찹쌀경단 아버지가 갑자기 손을 올리는 것을 알아채지 못했다. 넓은 소맷자락이 눈앞을 스칠 때 나는 반사적으로 눈을 감았다. 그는 무례하게도 내 눈을 감싼 비단을 풀고 차가운 손가락으로 내 이마를 어루만졌다.

찹쌀경단이 옆에서 떨리는 목소리로 "우와아, 호색한, 호색한!" 하고 소리쳤다.

호색한이라, 딱 어울리는군.

오랫동안 나는 상냥하고 온순하게 지내왔다. 심지어 붉은 여우 봉구鳳九가 불도장 요리를 하겠다며 내 동굴 앞 영지버섯을 전부 뽑아 갔을 때도 아무 말 하지 않았다. 허나 이 순간에는 이마의 핏줄이 파르르 떨려왔다.

"무엄하구나." 한동안 사용하지 않았던 표현이 터져나왔다. 너무 오랜만이라 생소하기까지 한 단어였다. 누군가 감히 내 머리에 손을 댄 게 대체 얼마만인가?

찹쌀경단이 놀랐는지 내 치맛자락을 잡아당기며 쭈뼛거렸다. "어머니…… 어머니 화났어요?"

아이 아버지는 한참 동안 움직이지 않았다.

기품을 유지하기 위해서는 '적이 움직이지 않으면 나도 움직이지 않는 상태'가 중요하지만 기품을 충분히 유지하려면 '적이 움직여도 나는 까닥하지 않는 상태'가 더 중요한 법이다.

몇 만 년 동안 청구에 틀어박혀 있었지만 거만이라는 것도 막상 떨어보니 아주 낯설지는 않았다.

찹쌀경단이 자기 아버지와 나를 번갈아 보다가 말없이 내게 다가와 다리에 누룽지처럼 딱 달라붙었다.

찹쌀경단의 아버지는 한참 동안 가만히 있다가 비단을 다시 내게 묶어주고는 두어 걸음 물러나 담담하게 말했다. "그렇군요. 제가 잘못 보았습니다. 그 사람은 당신처럼 기세가 당당하지도 않고 아름답지도 않습니다. 실례했습니다."

그렇게 너무 가깝지도 멀지도 않은 거리에서야 나는 찹쌀경단 아버지의 검은 도포 옷섶과 소매에 같은 색으로 수놓인 용 문양을 똑똑히 볼 수 있었다.

내가 기억하는 한 신선들 가운데 구중천 일가가 가장 엄격하게 예법을 따졌다. 천군 일가가 아니고서는 하늘 끝부터 황천까지의 어느 신선도 옷자락에 용 문양을 새긴 채 유유자적 돌아다닐 수 없었다. 그렇다면 이 청년은 신분이 대단히 높다는 뜻이었다. 그와 손을 잡고 있는 찹쌀경단을 다시 쳐다본 뒤 나는 이 검은색 도포를 입은 이가 천군이 그토록 자랑스러워하는 손자 야화군이라는 사실을 깨달았다.

순간 화가 절반쯤 풀렸다.

야화군이라면 당연히 잘 알지. 우리 아버지의 훌륭한 사위, 내게 허락된 젊은 남편이 아닌가.

천족과 청구의 원한은 차치하고 야화와 나 둘 사이만 따진다면, 오만 살밖에 되지 않은 옥 같은 청년이 십사만 살이나 되는 노인과 결혼해야 한다는 것은 통탄하지 않을 수 없는 일이었다. 청구국으로서는 그에게 송구할 수밖에 없었다.

이런 관계 때문에 나는 늘 야화군에게 미안한 마음을 가지고 있었다. 그러다 이렇게 마주쳤으니 분명 상대가 무례를 범한 상황인데도 그것이 야화군이라는 사실에, 실은 내가 실례했다는 착각이 고집스럽게 밀려왔다. 절반쯤 남은 화도 순식간에 사라지고 행여 태도와 웃음이 충분히 상냥하지 못할까봐 걱정하면서 그의 사과에 대꾸했다. "실례는요, 같은 신선끼리 너무 깍듯하시네요."

나를 보는 그의 눈빛이 차갑고 어두웠다.

나는 옆으로 비켜서며 길을 내주었다. 찹쌀경단은 여전히 콧물 범벅인 채 나를 향해 어머니라고 부르고 있었다.

조만간 진짜로 새어머니가 될 수도 있으니 굳이 야박하게 반박할 필요가 없을 듯해 나는 살짝 웃으며 받아주었다. 그러자 찹쌀경단이 눈을 반짝이며 달려오려다가 제 아버지한테 붙들렸다.

야화군이 고개를 들어 복잡한 눈빛으로 나를 쳐다보았고 나는 미소로 답했다.

그는 발버둥치는 찹쌀경단을 아예 안아들고는 순식간에 길 끝 모퉁이를 돌아 사라졌다.

그렇게 털끝 하나 보이지 않게 되었을 때 머릿속이 번쩍하면서 낭패라는 생각이 들었다. 지금 길을 잃고 헤매는 중이잖아, 저들 부자가 가버리면 누가 나를 이 후원에서 꺼내주지?

얼른 뒤따라갔지만 그들은 이미 그림자도 보이지 않았다.

## 3장
# 드러난 진실

야화 부자가 사라진 모퉁이를 돌아 사방을 둘러보는데 북쪽에서 소박한 차림의 여자가 잰걸음으로 다가왔다.

나는 눈을 가늘게 뜨고 한참을 쳐다본 다음 아무래도 오늘은 다채롭고 환상적인 날이 될 운명인가보다고 마음 편히 받아들였다.

배가 남산만한데도 총총거리며 걷는 모습이 무척 경쾌해 보였다. 파운선을 꺼내들고 이걸 왼쪽에서 오른쪽으로 부치면 그녀를 동해에서 북해까지 곧장 날려보낼 수 있지 않을까 생각했다. 하지만 커다란 배를 보자 마음이 약해져 부채를 도로 집어넣었다.

내 앞까지 온 그녀가 풀썩 소리를 내며 아예 무릎을 꿇었다.

인사를 받고 싶지 않아 옆으로 몸을 돌렸다. 그녀가 멍하니 바라보다가 무릎걸음으로 나를 따라왔다.

멈춰 서는 수밖에 없었다.

그녀가 고개를 들어 눈물이 그렁그렁 맺힌 눈으로 나를 올려다보았다. 오만 년 전보다 얼굴이 둥글고 매끄러워졌다는 것만 빼면 별로 변한 게 없었다.

요즘 신선들은 늘씬한 경우만 미인이라고 하는지, 풍만한 경우를 미인이라고 하는지 궁금하던 차에 아까 녹수를 미인이라고 했던 게 떠올랐다. 녹수의 몸매가 늘씬했던 것으로 보아 마른 몸매가 환영받는 것이 틀림없었다.

내게는 별로 좋아하지 않는 상대를 만나면 그 상대가 싫어하는 이야기를 굳이 꺼내는 나쁜 버릇이 있었다. 이번에도 혹시 싶어서, 절대 몸매 이야기를 하면 안 된다, 몸매 이야기는 꺼내지 말자고 속으로 계속 다짐했다. 수만 년 동안 만나지 않았고 살짝 원한이 있는 상대지만 어쨌든 내가 연장자 아닌가. 또 상대가 예를 갖춘 이상 나 또한 체통을 잃고 체면에 어긋나는 말을 해서는 안 될 것 같았다.

그녀가 반짝반짝 그렁그렁한 눈으로 내 등마루가 시릴 때까지 줄기차게 나를 쳐다보다가 마침내 눈물을 닦으며 흐느꼈다. "고모님."

나는 결국 참지 못하고 말을 내뱉었다. "소신, 왜 이렇게 살쪘니?"

"……"

잠시 어리벙벙해하던 소신의 뺨에 불그레한 홍조가 확 피어올랐다. 소신은 오른손으로 불뚝 솟은 배를 어루만지며 어쩔 줄 모르겠다는 듯 우물거렸다. "소신은, 소신은……"

한참을 우물거리다가 내 말이 단순한 인사말이지, 정말로 왜 살이 쪘느냐고 묻는 게 아님을 알아차린 듯 소신은 다시 몸을 깊이 숙여 큰절을 했다. "방금…… 방금 전에 화원에서 광풍이 일고 바닷물이 역행할 때 기세가 파운선 같아서, 고모님인가 하고 급히 달려왔는데 정말로…… 정말로……" 그러면서 또 눈물을 흘리려 했다.

소신이 왜 우는지 알 수 없었지만 그 모습이 밉지는 않았다.

파운선은 내가 소신에게 선물한 물건이었다. 예전에 소신이 중상에서 갓 회복됐을 때 극도로 불안해하기에 위로 차원에서 주었던 것이다. "또 누가 괴롭히면 이 부채로 부쳐버려. 장담컨대 청구 밖까지 날아갈 거야." 정말로 사용한 적은 없지만 소신은 부채를 보물처럼 생각하며 늘 몸에 지니고 다녔다. 하지만 왜인지 호리동을 떠날 때는 가져가지 않았다.

파사족은 수행을 끝내면 하나같이 대범하고 매혹적인 여자가 되었다. 그런데 소신은 완전히 달랐다. 어렸을 때 괴롭힘을 너무 심하게 당해서인지 청구에서 완치된 후에도 툭하면 겁을 먹고 도망가 숨어버렸다. 청구를 통틀어 나와 넷째 오라버니를 제외하면 누구도 소신 곁에 가까이 다가갈 수 없었다. 심지어 인기 많은 그 미곡이 먼저 호감을 드러냈을 때도 소신은 줄행랑을 놓았다.

그러던 어느 날 어린 파사가 사랑에 눈을 떴다. 소신은 향낭에 수를 놓아 넷째 오라버니에게 선물했다. 마음을 전하려는 뜻이 아니겠는가. 그런데 백진白眞 그 목석은 향낭을 절안에게 줘버렸고, 그것으로도 모자라 소신을 찾아가서는 절안이 그 향낭의 무늬는 마음에 들어하지만 색깔을 별로 좋아하지 않는다며 연보라색으로 다시 만들어줄 수 없겠느냐고 물었다. 소신의 두 눈가가 그 자리에서 붉어졌다. 그럼에도 절안을 위해 연보라색 향낭을 다시 만들어주었다. 그 이후 소신은 더욱 소심하고 나약해졌다.

얼마 후 소신은 상적과 눈이 맞았고, 상적은 나와 파혼했다.

사실 나는 그렇게 소심하고 겁 많던 소신이 어떻게 상적을 전혀 경계하지 않고 종국에는 몰래 도망까지 쳤는지 지금까지도 정확히 알지 못한다.

넷째 오라버니는 생각할 게 뭐 있느냐며, 아마 상적이 젊고 예쁜 소신을 보자마자 반해서 몽둥이로 기절시킨 뒤 마대에 담아 유괴했을 거라고 했다.

그때 오라버니는 마침 절안과 『태고신의 애정사 고증 창세편』을 엮고 있었는데 사랑은 유괴에서 시작되었다는 글을 쓰고 있었다.

오라버니가 전문적인 배경지식에 따라 추론했을 테니 믿기지 않아도 믿어야 한다고 생각해 나는 그대로 받아들였었다.

화를 내며 뿌리치고 갈 수도 있었지만 소신의 가련한 모습을 보자 마음이 약해졌다. 마침 옆에 돌 의자가 있기에 나는 탄식하며 의자에 앉았다. "오랫동안 청구를 나오지 않았더니 아는 이를 만날 수도 있다는 생각을 하지 못했구나. 일없이 찾아오진 않았을 테고. 소신, 내가 널 만나기 싫어할 줄 알면서도 이렇게 무릎까지 꿇는 걸 보니, 아무래도 부탁할 일이 있나보구나. 네가 내 하녀였던 인연도 있고 시집갈 때 혼수도 못 해줬으니 그걸 대신하는 셈 치마. 그래, 들어줄 테니 말해봐라. 무엇을 원하는 게냐?"

소신이 멍하니 나를 쳐다보았다. "고모님이 화가 나셨으리라 짐작은 했습니다. 하지만…… 왜 저를 만나기 싫으셨는지요?"

나는 깜짝 놀랐다. 아무리 생각해봐도 내 입장에서 소신이 반가울 리 없다는 것은 충분히 이해할 만한 일 같았다. 그렇다면 문제는 분풀이를 하느라 외면하고 있다는 말을 어떻게 완곡하고 우아하게 전달하는가였다.

내가 뭐라 대답하기도 전에 소신이 다시 무릎걸음으로 다가와 다급하게 말했다. "고모님은 상적을 만난 적도 없잖아요. 또 그를 좋아하지 않으니 결혼하면 행복하지 않을 거라고도 하셨고요. 상적은 저를 좋아하고 저도 상적을 좋아합니다. 고모님은 상적을 잃고 더 좋은 상대를 얻으셨잖아요. 야화군이 상적보다 백배 천배 낫지 않습니까? 미래의 천군이시고요. 하지만 저는…… 상적을 잃으면 아무것도 없습니다. 저는…… 고모님이 대의명분에 밝은 신선이라고 생각합니다. 제가 아무 인사도 없이 멋대로 청구를 떠나 화가 나셨다면 이해할 수 있지만, 상적과 결혼해서 화가 나셨다면 받아들일 수 없습니다. 고모님, 고모님은 늘 제가 정정당당하게 세상을 살아가길 바라지 않으셨나요?"

수만 년 못 본 사이 말재주 없던 어린 파사가 이렇게 입심이 좋아지다니, 자연의 조화도 신기하지만 시간은 그보다 더 신기해 감탄이 절로 나왔다.

나는 파운선을 뒤집어 겉면을 쓰다듬으며 물었다. "소신, 그때 갈대 습지에서 너를 괴롭힌 동족을 증오하지?"

소신이 의아함과 당황이 섞인 표정으로 고개를 끄덕였다.

"사실 그들 중 일부는 너를 괴롭힐 마음이 없었지만 너를 보호하면 틀림없이 자기도 괴롭힘을 당할 테니까 어쩔 수 없이 제일 강한 녀석을 따라 가장 약한 너를 괴롭혔잖니. 너도 알지?"

소신이 또 고개를 끄덕였다.

내가 턱을 세우며 소신을 바라보았다. "그럼 어쩔 수 없이 너를 괴롭힌 녀석을 용서할 수 있니?"

소신이 이를 악물며 고개를 저었다.

그렇게 빙 돌려 핵심을 지적해냈다는 사실에 나는 무척 기뻤다. 심지어 어투도 꽤 상냥하고 부드러웠다. "그렇다면 소신, 입장 바꿔서 생각해봐. 내가 널 만나기 싫은 건 인정상으로나 도리상으로나 아주 당연한 거야. 나는 여신이긴 하지만 십여만 년을 수행한 뒤에야 겨우 상신의 지위에 올랐어. 지조와 지성이 아주 낮다는 뜻이지. 무슨 대의명분에 밝은 신선이라고 할 수 없다는 말이야. 네가 너무 높게 평가했다고."

소신의 눈이 돌연 커다래졌다.

이런 미녀를, 심지어 임신한 미녀를 이렇게 놀라게 만들다니, 본 상신이 나쁜 짓을 하고 있구나.

그러다 고개를 숙여 내 다리를 내려다본 순간 나 역시 눈이 커지고 말았다.

정원을 떠났어야 하는 찹쌀경단이 어디에서인지 갑자기 나타나 살랑살랑 내 치맛자락을 흔들며 보들보들 하얀 얼굴로 인정할 수 없다는 표정을 짓고 있었다. "어머니는 왜 본인이 대의명분에 밝은 신선이 아니라고 말해요? 어머니는 세상에서 대의명분을 제일 잘 아는 신선이잖아요."

나는 한참을 멍하니 있다가 도무지 이해할 수 없다는 표정으로 물었다. "너 혹시 토행손土行孫*이니?"

아이가 고개를 들어 내 뒤쪽 아왜나무를 보며 입을 삐죽거렸다.

찹쌀경단의 아버지, 구중천의 태자 야화군이 아왜나무 그늘에서

* 명나라 때의 장편소설『봉신연의』속 인물로, 몸집이 작고 땅속을 뚫고 다닌다.

걸어나왔다. 그런데 아까와 완전히 다른 표정에 미소까지 띠며 천천히 말하는 것이었다. "저 야화는 아가씨가 청구의 백천 상신이신 줄 몰랐습니다."

나는 몸을 흠칫 떨었다. 오만 살짜리 애송이가 나를 아가씨라 부르다니 온몸에 닭살이 돋았다.

하지만 점잖게 응해주었다. "이건 아니지요. 제가 부당한 것은 못 참는 성격이라, 야화군보다 구만 살이 많으니 항렬에 따라 고모라고 부르세요."

야화군이 웃는 듯 아닌 듯한 표정으로 대꾸했다. "아리는 어머니라 부르는데 제가 고모님이라고 부른다면, 이거야 원. 천천淺淺, 말이 됩니까?"

천천이라는 호칭에 나는 또 부르르 몸을 떨었다. 이건 지나치게 친근하지 않은가.*

소신은 아무 말 없이 우리를 쳐다보고 있었다.

상황이 괜스레 난처해지기 시작했다. 세속 일에 오랫동안 관여하지 않아서인지 한편으로는 신선하기도 했다. 다만 지켜보는 눈이 있으니 따질 것은 따져야 했다.

나는 한차례 기침을 한 뒤 말했다. "이치를 따지니 하는 말인데, 나무 뒤에서 이렇게 오래 엿듣는 것은 말이 됩니까?"

큰 놈은 아무렇지도 않은 듯 무반응인데 작은 놈이 내 무릎에서 급히 미끄러져 내려오더니 아왜나무 뒤쪽에 가려진 오솔길을 가리키며 해명했다. "일부러 엿들은 게 아니에요. 어머니가 우리를 쫓

* 중국에서는 이름 자를 두 번 연이어 부르는 것이 친근함의 표시로 여겨진다.

아온다며 아바마마가 저 길로 되돌아왔는데 여기 부인이랑 이야기 하고 계셔서 자리를 피한 거예요."

아이가 조심스럽게 나를 쳐다보았다. "어머니, 아리랑 헤어지기 싫어서 쫓아오신 거죠? 아리랑 아바마마랑 천궁으로 돌아가시려는 거죠?"

너무 얼토당토않은 소리라 고개를 저으려는데 아바마마란 작자가 단호하게 고개를 끄덕였다. "그렇단다. 어머니는 정말로 아리랑 헤어지기 싫대."

찹쌀경단이 환호성을 지르며 신이 난 얼굴로 나를 쳐다보았다. 눈이 반짝반짝 빛났다. "어머니, 그럼 우리 언제 천궁으로 돌아가요?"

야화가 대신 대답했다. "내일 돌아가지."

찹쌀경단이 다시 환호하고는 신이 난 얼굴로 계속 나를 쳐다보았다. 눈이 훨씬 더 반짝반짝 빛났다. "어머니가 집에 오신다니, 진짜 오랜만이라 어머니도 흥분되시죠?"

이번에는 야화가 대신 대답해주지 않았다.

하하 억지로 웃는 내 웃음소리가 귓가를 맴돌았다. "그래, 흥분되는구나."

가는 김에 이 귀신 같은 정원에서 나도 좀 빼내달라고 급히 뒤쫓아갔다는 사실은 끝내 밝힐 수 없었다. 하지만 보아하니 상황이 엉망진창이긴 해도 목적은 달성된 듯했다.

야화가 나타난 뒤에도 소신은 조용히 바닥에 꿇어앉아 있었다. 그런데 가끔씩 야화를 바라보는 소신의 눈에 설핏설핏 분노가 내비쳤다.

상적에 대한 천군의 총애를 생각할 때, 당시 상적이 파혼하지 않았다면 태자 자리가 어떻게 야화에게 돌아갔겠는가. 하지만 세상 만사란 인과로 얽히는 법이다. 상적이 원인을 제공했기 때문에 당연히 그런 결과가 나온 것이다. 나는 불에 기름을 몇 방울 부어 그가 감내해야 할 인과의 길에 어정쩡한 분노를 더했을 뿐이다. 그만하면 꽤 교양 있는 편이었다.

중간에 튀어나온 찹쌀경단 부자 덕분에 나와 소신의 회포는 거기서 끝났다. 원하던 바라 기분이 좋았다. 떠나기에 앞서 파운선을 다시 소신에게 주었다. "딱 하나만 들어줄 테니 내게 무엇을 청할지 잘 생각해보아라. 마음을 정하면 청구로 찾아오고. 이 부채가 있으면 미곡 등도 너를 막지 않을 게다."

야화가 소신을 잠깐 쳐다본 뒤 시선을 내게로 돌리고는 "제 생각으로는……" 하고 입을 뗐다가 뒷말을 다르게 이었다. "참 선량하시군요."

선량이니 포악이니 따질 필요도 없는 사소한 일이었다. 어쨌든 소신은 내 시녀였으니 이 정도쯤이야. 소신에게는 대단한 은혜겠지만 내게는 별일도 아니었다. 이런 말을 시시콜콜 할 수가 없어서 나는 건성으로 대답했다. "보는 눈이 있군요. 제가 확실히 선량하지요."

찹쌀경단이 아쉽다는 듯 소신이 들고 있는 부채를 뚫어져라 쳐다보았다. "나도 갖고 싶은데."

나는 아이의 머리를 쓰다듬으며 "어린아이가 무시무시한 무기를 가져서 뭐하게"라고 말한 뒤 소매에서 사탕을 꺼내 아이의 입에 넣어주었다.

야화는 감탄을 자아낼 정도로 방향 감각이 좋았다.

화원 입구에 도착한 뒤 야화와 함께 잔치에 참석하는 것은 별로 현명한 처사가 아니라는 생각이 들어 작별을 고하려 소매를 들었다. 찹쌀경단의 표정이 그 즉시 절망으로 가득해졌다. 난감해진 나는 마음에도 없는 위로를 던졌다. "처리할 일이 있어서 정말 어쩔 수가 없구나. 내일 꼭 만나러 갈게."

찹쌀경단은 한참 가만히 있더니 받아들이기로 한 모양이었다. 여전히 기분은 좋지 않아 보였지만 입을 삐죽거리며 새끼손가락을 내밀었다.

야화가 옆에서 웃는 듯 마는 듯한 표정으로 말했다. "천천, 혹시 우리 부자와 함께 참석하면 뒷말이 무성할까 걱정하는 거 아닙니까?"

천천이라는 호칭에 본능적으로 몸을 떨면서 고개를 돌려 예의바르게 대답했다. "야화군은 농담을 좋아하시는군요."

야화는 그렇다 아니다 대답 없이 의미심장하게 웃기만 했다. 옛 스승 묵연의 모습과 매우 비슷했다.

그 웃음에 잠시 아뜩해졌다가 정신을 차리고 보니 어느새 야화에게 손을 잡혀 있었다. 야화가 조용히 말했다. "천천 당신도 우리 혼약에 대해 아는군요. 그렇다면 확실히, 피할 필요가 없지 않습니까?"

야화가 길고 아름다운 두 손으로 아무렇지도 않게 내 왼손을 감쌌다. 여유로운 표정에 눈으로 미소까지 짓고 있었다. 그 표정과 태도는 내 비단을 풀어냈던 아까의 차가운 신군과 완전히 달랐다.

마음이 복잡해졌다. 요즘 세상에서는 약혼한 남녀 대부분이 이런 식으로 시시덕거리나 싶었다. 내가 젊을 때보다 훨씬 자유분방해진 모양이었다. 자주 나오지 않았더니 확실히 시대에 뒤떨어졌다. 하지만 이 몸의 상황은 좀 특수하지 않은가. 이처럼 낯간지러운 행동이야 마음만 먹으면 나도 얼마든지 할 수 있었다. 다만 내가 구만 살일 때 겨우 엄마 뱃속에서 나왔을 야화와 이런 친밀한 장면을 연출하는 것은 너무 추해 보였다. 거의 범죄 수준 아닌가? 그렇다고 무작정 손을 빼는 것 또한 본 상신의 기품을 떨어뜨리는 행동 같았다.

이런저런 생각 끝에 나는 오른손을 들어 야화의 머리카락을 매만지며 뜻깊은 탄식을 내뱉었다. "제가 야화군 둘째 숙부와 정혼했을 때만 해도 야화군은 세상에 태어나지도 않았는데 어느새 이렇게 자랐군요. 상전벽해라더니 시간이 정말 빠르네요."

나는 야화가 멍해진 틈을 타 두 손을 거둬들인 뒤 고개를 까딱여 보이고 자리를 떠났다.

삶이 이토록 놀라움의 연속일 줄 내 어찌 알았겠는가. 세 걸음도 채 옮기기 전에 이번에는 대전에 있던 동해수군이 득달같이 날아와 하늘에서 뚝 떨어졌다. 그러고는 거대한 자홍색 말뚝처럼 딱딱하고 곧게 내 앞을 막아서며 멈추라고 세 번 외쳤다.

멈추라는 그의 고함은 실로 타당치 못했다. 하나뿐인 길을 동해수군의 몸이 완전히 막아버려 사람의 모습을 하고 있는 본 상신이 소금쟁이로 변한대도 빠져나가기 어려워 보였다.

나는 뒤로 두어 걸음 물러나며 진심으로 탄복했다. "신법이 정말 대단하시군요. 두 걸음만 더 오셨어도 제가 깔려 죽었겠습니다."

동해수군은 산호처럼 부푼 네모난 얼굴로 야화에게 먼저 절하고 찹쌀경단에게도 공손히 인사한 뒤에야 몸을 돌려 나를 보았다. 얼굴이 잔뜩 일그러지고 서슬 퍼런 눈에 눈물까지 맺혀 있었다. "제가 선사仙使님께 무슨 죄를 지었기에 굳이 제 경삿날, 제 정원에 분풀이를 하신 겁니까?"

순간 진땀이 났다. 전부 들통났구나 싶었다.

야화는 옆에서 차갑게 쳐다보며 가끔씩 찹쌀경단의 윤기 나는 머리카락을 쓰다듬기만 했다.

사실 나는 종범에 불과했지만 나를 어머니라고 부르는 찹쌀경단을 주범으로 들이밀기도 뭐했다. 말할 수 없다면 혼자 뒤집어쓰는 수밖에. 와중에 정원 장식을 망가뜨린 게 나라는 걸 어떻게 알았는지 정말로 궁금했다. 한참을 망설이다가 더는 참지 못하고 물어보았다.

동해수군은 화가 나서 눈을 부릅뜬 채 씩씩거렸다. 나를 가리키며 한참을 벌벌 떨고 나서야 겨우 마음을 가라앉히고 말했다. "여봐요, 발뺌까지 하려 하다니. 내 정원의 산호 정령이 녹색 옷의 소선이 바람을 일으키는 걸 직접 보았다는데, 그래도 잡아뗄 거요?"

나는 고개를 숙여 내 푸른색 긴 옷을 훑어보고 다시 고개를 들어 야화군 옆의 찹쌀경단이 입은 진녹색 옷을 바라본 다음 어떻게 된 일인지 깨달았다. 동해수군의 산호 정령이 말한 '소선'은 두 가지 해석이 가능했다. 정령은 어린 신선이라는 뜻으로 말했지만 동해수군은 지위가 낮은 신선이라 해석한 것이다. 찹쌀경단은 야화의 아들이자 천군의 증손자니 지위가 낮을 리 없었다. 그리고 지금 내 차림새는 절대 상신으로 보이지 않았다. 동해수군이 착각할 만했다.

애당초 내 잘못이었다. 동해수군이 어렵게 아들을 얻어 만월연을 열면서 정성스럽게 초대장을 보내왔는데, 나는 손님으로 와서는 그의 흥을 깨버렸으니 말이다. 동해수군은 내가 발뺌한다고 믿고 있었다. 물론 그럴 의도는 전혀 없었지만 그렇다고 아무것도 모르는 상대에게 사실대로 밝힐 수도 없었다.

동해수군은 이미 참을성을 잃고 노발대발하고 있었다. "선사는 본 군의 정원을 망가뜨리고도 전혀 미안한 기색이 없으니 정말 무례하고 방자하기 짝이 없소. 본 군은……"

"수군의 말씀이 옳습니다" 하며 내가 그의 말을 잘랐다. 붉은 여우 봉구가 내게 잘못했을 때마다 굽실굽실 몸을 낮추던 모습을 떠올리며 같은 방식으로 고개를 숙였다. "소선이 방금 너무 놀라 추태를 보였으니 수군께서 널리 양해해주십시오. 십리도림에서만 지내다 처음 밖에 나와 경박하게 소란을 일으켰습니다. 무심결에 저질렀으나 분명 수군의 흥을 깨고 절안 상신의 체면을 떨어뜨렸으니 부끄러워 몸 둘 바 모르겠습니다. 수군의 화가 풀릴 때까지 엄히 처벌하십시오. 달게 받겠습니다."

야화가 나를 슬쩍 쳐다보는데 두 눈이 반짝거렸다.

남의 집에 손님으로 와서 그 집 후원을 망가뜨린 것은 실로 창피한 일이었다. 다행히 동해수군이 나를 몰라보니 그대로 계속 밀고 나가 철저히 속이리라 마음먹었다. 그리고 창피함을 피할 수 없는 이상, 절안의 체면을 깎는 게 부모님 체면을 깎는 것보다 낫겠다 싶었다. 철없던 시절에 넷째 오라버니와 바깥에서 말썽을 피울 때도 늘 절안의 이름을 팔았다. 아무리 말썽을 피워도 절안은 웃고 넘겨주었다. 아버지라면 우리 가죽을 벗겨버렸을 것이다.

동해수군이 멍하니 나를 바라보았다. "십리도림의 상신이시라면…… 바로 그……"

동해수군이 숨을 죽이더니 엄숙한 표정으로 절안의 이름을 피했다. 알고 보니 이 네모난 얼굴의 수군이 그래도 예법을 제법 지킬 줄 아는 모양이었다.

나는 안심하며 소매에서 호박만한 야명주와 미리 준비했던 술 한 병을 꺼내 동해수군에게 건넨 뒤 의미심장하게 탄식했다. "믿지 못하시겠는지요? 그러실 만도 합니다. 저희 어르신은 확실히 몇 만 년 동안 신선들과 왕래하지 않으셨으니까요. 하지만 이번에는 청구국의 백천 상신이, 흠흠, 상신이 십리도림에 오셨다가 그만 병에 걸리셨는데, 수군의 초대를 받으셨다며 약속을 어길 수 없다고 하셨거든요. 그래서 대신 축하를 전하라고 소선을 동해로 보내신 겁니다." 그러고는 야명주와 술을 가리키며 "이 야명주는 백천 상신의 선물이고, 이것은 저희 어르신이 직접 담근 도화주입니다"라고 말한 뒤 어두운 표정으로 고개를 숙였다. "축하선물을 드리면 수군께서 틀림없이 기뻐하실 거라고 어르신께서 말씀하셨는데 소선이 이렇게 큰 소란을 일으켰으니 정말……"

나는 눈물을 쏟으려고 했다. 하지만 눈가에 눈물이 맺히기도 전에 동해수군이 다급하게 달래기 시작했다. "무슨 말씀이십니까, 멀리서 오셨는데 마중 나가지 못한 제 불찰입니다. 그래봐야 정원일 뿐이고 도리어 이렇게 환해졌는걸요." 동해수군이 손을 모아 십리도림 쪽으로 절했다. "두 분 상신께서 저를 생각해 이렇게 귀한 선물을 보내주시니 감사할 따름입니다." 이어 손을 휘저으며 말했다. "오시느라 피곤하실 텐데 대전에서 술이라도 드시지요."

나는 계속 핑계를 대며 거절했지만 동해수군은 끊임없이 들어가

자고 청했다. 그때 야화가 다가와 자연스럽게 내 손을 잡으며 말했다. "그래봐야 술 한잔인데 너무 사양하시는군요."

이마에서 진땀이 났다. 나는 야화에게 잡힌 오른손을 가리키며 동해수군에게 말했다. "사실 저는 여장남자입니다."

동해수군이 눈을 휘둥그레 뜨고 한참 동안 바라보다가 더듬더듬 대꾸했다. "동성끼리 감정이 깊으시군요."

남자라고 하면 불필요한 오해를 피할 줄 알았는데 요즘 신선들은 아는 것도 많았다. 아무리 발버둥쳐도 이 누명은 벗기 힘들겠구나. 오호 애재라.

# 4장
# 이심전심

동해수군이 앞에서 안내하고 그 뒤를 찹쌀경단이 졸랑졸랑 따라갔다. 야화는 맨 뒤에서 내 손을 잡고 걸었다.

나는 살짝 거짓말을 했을 뿐이고, 거짓말 대부분이 찹쌀경단을 보호하기 위해서였다. 그런데 야화는 모르는 척 지켜보다가 나를 궁지로 몰아넣다니, 정말 화가 치솟았다.

이제 더이상 상신의 품위고 뭐고 귀찮아져서 술법을 써서 야화의 손을 풀려고 했다. 그런데 야화도 가볍게 웃으며 술법으로 가로막는 게 아닌가.

우리는 가는 내내 술법을 겨뤘다. 야화는 두려울 게 없었지만 나는 앞서가는 동해수군의 동정을 시시각각 살펴야 했기 때문에 집중할 수가 없었다. 결국 참패하고 말았다.

얼마 전 넷째 오라버니가 요즘 세태를 통탄한 적이 있다. 신선들이 태고 홍황시대에 한참 뒤떨어져 하루종일 유유자적 놀기나 할 뿐, 술법도 엉망이고 도법도 바닥이라고 말이다. 나는 오라버니의 허튼소리를 그대로 믿었다. 그런데 야화군 수준을 보니, 대체 어디 술법이 엉망이고 도법이 바닥이란 말인가.

동해수군이 이쪽으로 고개를 돌렸다. 웃는 낯이었으나 두 눈은 우리가 맞잡은 손에 꽂혀 있었다. "군상, 선녀님, 바로 저 앞이 대전입니다."

찹쌀경단이 환호하며 사랑스럽게 다가와 내 다른 한 손을 잡았다. 그런 다음 천군의 증손자답게 위엄 있는 자세를 취했다.

만약 천궁에 사는 야화의 측비가 지금 내 자리에 있다면 전혀 문제되지 않을 터였다. 하지만 이 자리에 있는 것은 본 상신이 아닌가. 몇 번을 생각해봐도 이해할 수 없었다. 내가 아무리 야화와 관련이 깊다고 해도 아직 무엇이 결정된 관계는 아닌데, 대체 왜 이렇게 끌고 들어가려는지 야화의 의도를 알 수가 없었다.

화려한 대전 입구가 이미 눈앞이었다. 머리가 살짝 지끈거렸다.

대전에서는 신선들이 연회가 시작되기를 눈 빠지게 기다리고 있었다. 야화가 얼굴을 드러내자 모두들 양옆으로 물러나 가지런히 꿇어앉아 가운데에 상석으로 통하는 길이 만들어졌다. 우리 셋이 앉자 신선들도 소리 높여 축원한 뒤 자리에 앉았다. 그렇게 연회가 시작되었다.

가장 가까이에 앉은 신선이 술을 들고 다가와 야화에게 먼저 올린 뒤 내게 올리면서 공손히 인사했다. "오늘 이렇게 소금 마마를 뵈오니 실로 영광이옵니다……"

야화는 옆에서 술잔을 든 채 구경만 했다. 나는 어떻게 맞춰줘야 할지 난감하기 그지없었다.

동해수군이 하얗게 질린 얼굴로 내 앞의 신선에게 필사적인 눈짓을 보냈다.

더이상 두고 볼 수 없어서 하하 웃으며 내가 대꾸했다. "소선은 사실 오랫동안 떨어져 있던 야화군의 친누이며 절안 상신의 하인입니다."

술을 마시던 야화가 멈칫하는 바람에 술잔에서 술이 주르륵 떨어졌다.

동해수군은 망연하게 나를 바라보았다.

술을 올리던 신선은 죽은 파리를 삼킨 양, 넘실거리는 술잔을 들이켜지도 거두지도 못한 채 한참을 멍하게 있다가 더듬더듬 말했다. "소신이 몰라 뵈었으니 벌주를 마시겠습니다. 벌주를 마셔야지요."

나는 부드럽게 웃으며 별일 아니라는 듯 함께 술을 마셨다.

아래에서 술자리가 떠들썩하게 벌어졌다. 내가 귀 밝은 여우인 덕분에 술잔과 함께 오가는 말소리를 전부 들을 수 있었다.

"오늘 고모님을 못 뵈어 유감스럽군요. 그래도 절안 상신의 선녀를 보내셨으니 성의 표시는 하셨다고 할 수 있겠지요. 그건 그렇고, 오늘 고모님이 안 오신 것은 야화군과 북해수군이 연회에 참석하는 줄 아셨기 때문 아니겠어요? 그래서……"

"그럴 수 있지요. 제가 보기에 고모님이 안 오시고 절안 상신이 선녀를 보낸 것에는 큰 의미가 있습니다. 모두들 아시다시피 그분의 이상한 성격 때문에 절안 상신께는 동해수군이 초대장을 보내지 않았잖습니까."

"그렇지요. 일리가 있습니다. 그런데 절안 상신의 저 선녀가 야화군의 여동생이라니요?"

"정말 야화군의 여동생일지 저는 의심스럽군요. 제가 천궁에서 오랫동안 봉직해왔는데 야화군에게 여동생이 있다는 말은 들어본 적이 없습니다."

"방금 못 보셨습니까? 야화군이 저 선녀의 손을 잡고 오지 않았습니까? 그렇게 보면 남매라는 것도 어느 정도 믿음이 갑니다."

지금 동해수군이 연회를 파한다면 저 신선들은 떨듯이 기뻐하며 어디 후미진 곳을 찾아 신나게 떠들어대겠구나 싶었다. 지금은 공개 석상이라 꾹 참으면서 감질나게 귓속말을 주고받을 뿐이니 참 괴로울 것 같았다.

한참을 들어봐도 더는 재미있는 내용이 없어 혼자 술잔을 비웠다. 야화가 눈살을 찌푸리며 내 술병을 치웠다. "주량이 세기도 하군요. 그래도 좀 자제하십시오. 또 주정 부리지 말고."

가소로웠다. 동해수군의 술도 나름 훌륭하긴 했지만 절안의 술에 비하면 맹물에 불과했기 때문이다. 하지만 역시 따지기 귀찮았다. 이미 여러 차례 체면을 구긴 게 사실이라, 오늘 운수가 사나운 것을, 집에서 나올 때 책력을 들쳐보지 않은 것을 탓할 뿐이었다.

연회 중반쯤이 되자 완전히 흥미를 잃고 말았다. 어서 식사를 마치고 호리동으로 돌아가고 싶었다.

그때 동해수군이 짝짝짝 박수를 세 번 쳤다.

나는 마지못해 정신을 모았다. 뜻밖에도 무희들이 손에 부채를 들고 아주 시원한 옷차림으로 살랑살랑 들어왔다. 동해수군의 생일잔치가 아니라 갓난아기의 만월연인데 무희가 흥을 돋운다?

음악소리가 울려퍼졌다. 나는 몸을 내밀어 야화가 옆으로 치워 둔 술병을 잡았다.

예전에 귀군 경창에게 납치당해 그의 대자명궁大紫明宮에서 며칠 대접받은 적이 있었다. 그곳에는 청초한 무희는 물론 우아한 무희, 요염한 무희 등 온갖 자태의 무희가 다 있었다. 어쩔 수 없이 순종하는 척 그들과 사나흘 잘 지냈더니 그후로는 사해팔황의 어떤 무희도 눈에 들어오지 않았다.

야화를 슬쩍 살펴보니 그 역시 따분한 표정이었다.

그 순간 찹쌀경단이 갑자기 "와, 저 누나" 하고 소리쳤다.

찹쌀경단의 시선을 따라 대전 중앙을 바라보았다. 하얀 옷의 무희들이 하얀 연꽃잎을 형상화하면서 가운데 노란 옷의 소녀를 부각시키고 있었다. 언뜻 보기에 특별한 점은 없는 용모였지만 살짝 살짝 동해수군의 그림자가 엿보였다.

고개를 돌려 동해수군을 쳐다보지 않을 수 없었다.

내 눈빛을 귀신같이 알아챈 동해수군이 기침을 내뱉으며 멋쩍은 웃음을 지었다. "제 누이입니다." 그러면서 찹쌀경단 옆으로 한 걸음 다가가 물었다.

"천손께서는 제 누이동생을 알아보시겠습니까?"

찹쌀경단이 나를 흘끗 쳐다보고는 우물우물 "알아요, 알지요" 하고 대답했지만 곧바로 손을 내저으며 결연하게 "하지만 친하지는 않아요"라고 말했다. 그런 다음 몰래 아버지를 훔쳐보았다.

동해수군의 여동생은 내 옆에 앉은 야화군을 애타게 쳐다보고 있었다. 열렬하면서도 침착하고 애절하면서도 행복한 눈빛이었다.

야화는 술잔을 든 채 미동도 없었다. 순식간에 내가 처음 보았을 때의 그 차가운 신군으로 변해 있었다.

이건 또 무슨 상황이람? 떨어지는 꽃은 뜻이 있건만 흐르는 물은 뜻이 없도다? 다정한 여인이 차가운 낭군을 만났네, 소첩은 덩굴나무가 되려 하나 낭군의 마음은 흔들림이 없으니, 소첩의 이 터질 듯한 진심은 끝내 응답받을 수 없나요?

나는 만족스럽게 고개를 끄덕였다. 재미있는 광경에 혼자 술을 따르며 흥미진진하게 지켜보았다. 한창 흥이 올랐을 즈음, 음악이 뚝 끊기더니 동해수군의 여동생이 야화 쪽으로 절을 한 다음 무희들 속에서 표표히 빠져나가는 게 아닌가.

야화가 고개를 돌려 예의 웃는 듯 마는 듯한 표정으로 나를 보았다. "선사님은 왜 그렇게 실망한 표정이십니까?"

나는 멋쩍어 내 얼굴을 쓰다듬으며 억지로 웃었다. "그랬나요?"

연회는 거기서 한 시진쯤 더 지나서야 끝났다. 드디어 헤어질 순간이 왔을 때 야화가 갑자기 찹쌀경단을 내 품으로 밀며 말했다. "아리 좀 봐주십시오. 곧 돌아오겠습니다."

하필이면 그 순간 신선들이 작별인사를 건네러 다가왔다. 정신을 차리고 보니 야화는 이미 그림자도 보이지 않았다.

이런저런 일들에 몇 시진이나 억눌렸던 나의 총기가 돌연 깨어났다. 그러자 곧 이마에서 진땀이 솟았다. 설마 찹쌀경단을 어르느라 했던 그 말에 책임을 지라며 천궁으로 데려가려는 수작은 아니겠지?

그런 생각이 들자 보들보들한 찹쌀경단이 뜨거운 감자처럼 느껴졌다.

급히 대전을 나섰다. 어서 빨리 찹쌀경단의 아버지를 찾아 돌려

보내야 했다.

몇몇 하인들에게 물었지만 야화군을 보았다는 이는 없었다. 나는 말을 바꿔서 동해수군의 여동생이 어디 있는지 물었다.

야화군의 다급한 행색이며 담담함 가운데 숨겨진 친밀함, 소원함 가운데 감추어진 완곡함. 지난 십여만 년 동안 목도한 연애사로 미루어 볼 때 연인을 만나러 간 것이 틀림없었다.

그때 한 하인이 멀리, 길 끝의 수정궁 후원을 가리켰다.

찹쌀경단을 데리고 정원 입구에 서서 깊은 한숨만 내뱉었다.

이 몸이 나이만 많았지 방향 감각은 형편없어서 들어간 다음 도로 나올 수 있을지 장담할 수 없었다. 한참을 고민한 끝에 역시 입구에서 기다리는 게 좋겠다는 결론을 내렸다.

하지만 찹쌀경단이 반대하며 작은 주먹을 움켜쥐고는 표독스러운 표정을 지었다. "어머니가 가서 갈라놓지 않으면 아바마마는 목청繆淸 공주가 채갈 거예요." 그러고는 한 손을 허리에 대고 다른 한 손으로는 이마를 어루만지며 짐짓 슬프게 탄식도 했다. "자고로 화원은 분쟁이 많은 곳이지요. 얼마나 많은 재인들이 화원에서 미인에게 현혹돼 앞날을 망치고 평생 고생했던가요."

나는 잠시 멍하게 있다가 더듬더듬 물었다. "그, 그, 그런, 그런 말들을 누가 가르쳐줬니?"

찹쌀경단이 어리둥절해하며 대답했다. "삼백 년쯤 전에 성옥成玉이라는 소선이 하늘로 올라왔어요. 천군 할아버지께서 성옥을 원군에 봉해 성옥원군이 되었는데 바로 그분이 가르쳐줬어요." 찹쌀경단이 머리를 긁적이며 멍한 표정으로 물었다. "틀린 거예요?"

말은 맞는 말이었다. 그저 야화군 눈 밑에서 찹쌀경단에게 감히 이런 것들을 가르치고 심지어 가슴에 새기도록 만들다니, 성옥원군의 그 능력이 나름 감탄스러웠다. 이런 훌륭한 사람은 나중에 만나게 되면 꼭 친분을 맺어둬야지.

찹쌀경단은 아예 내 소매를 잡아끌면서 화원으로 들어가려 했다.

어린아이에게 계속 안 된다고만 할 수 없어 그럴듯한 말로 달래기 시작했다. "네 아버지는 젊고 건강하시잖니. 그 아가씨 이름이 목청이라고? 목청 공주도 결혼하기 딱 좋은 나이더구나. 젊은 남녀가 서로 사모하는 것은 인지상정이란다. 두 남녀가 이미 연인관계인데 우리가 끼어들어 공연히 사이를 망가뜨린다면 죄를 짓는 거지. 너와 목청 공주 사이에 무슨 원한이 있어 그 인연을 망쳐야 속이 시원한 게 아니라면, 베풀 수 있을 때 관용을 베풀렴."

마지막 말이 너무 과했는지 찹쌀경단이 입을 삐죽거렸다. 나는 얼른 달래며 뽀뽀하고 쓰다듬어주었다. 그제야 찹쌀경단이 마음을 풀고 상냥한 목소리로 말했다. "저를 구해준 적이 있지만 충분히 고맙다고 인사했어요. 그런데 그뒤로 아바마마 앞에서 뭐라도 된 듯 군단 말이에요. 아바마마가 저를 데리고 어머니의 준질산 오두막에 갈 때마다 찾아와서 귀찮게 굴어요. 정말 싫어요."

나는 더이상 참지 못하고 야단을 쳤다. "생명을 구해준 은혜는 바다보다 깊다고 했거늘, 어찌 고맙다는 인사로 충분하다고 할 수 있겠니?"

고맙다는 인사만으로 마음이 편해질 수 있다면 나는 지금쯤 얼마나 홀가분할까. 묵연과 사제지간으로 좋았던 감정만 생각하고, 그 많은 죄의식과 유감은 가슴속에 그대로 묻어둔 채 절대 꺼내지 않아도 될 테니까.

찹쌀경단은 잠깐 반성하는 듯하다가 이내 발을 동동 굴렀다. "분수를 모르잖아요. 아바마마한테 아내가 있는 줄 뻔히 알면서 아바마마를 귀찮게 굴어요. 어머니 방에 묵으면서 어머니 그릇을 쓰더니 어머니 남편까지 뺏는다고요."

나는 하늘을 올려다보았다. 묵연을 찍어놓은 듯한 야화의 얼굴이 떠오르면서 남다른 감회에 빠졌다.

그것은 목청을 탓할 수만은 없는 일이다. 본 상신도 그런 얼굴을 몇 만 년 동안 지켜본 지금에서야 겨우 마음을 억누를 수 있으니. 보통 여자라면 그 얼굴 앞에서 본분을 지키기 매우 어려울 것이다. 그런데 동황의 준질산이 언제 소금의 소유가 되었는지 의문이 들었다.

지나가듯 물었는데 찹쌀경단이 낱낱이 알려주었다.

사실 아이의 설명은 두서없이 뒤죽박죽이었지만 실마리를 놓치지 않고 대강의 이야기를 꿸 수 있었다. 스스로가 정말 감탄스러웠다.

찹쌀경단의 친어머니는 야화군의 측비인 소금이 아니라 지상의 속인이었다. 지금도 아이의 침전에는 그 속인의 초상화가 걸려 있는데, 오늘의 나처럼 푸른 옷을 입고 하얀 비단으로 얼굴을 가리고 있다고 했다. 그 속인은 삼백 년 전 무슨 이유에서인지 찹쌀경단을 낳은 뒤 주선대에서 뛰어내렸다. 주선대라면 나도 들은 바가 있었다. 신선이 뛰어내리면 신력이 모두 사라지고, 속인이 뛰어내리면 갈기갈기 찢겨 아무것도 남지 않는다고 했다. 찹쌀경단은 이것까지는 모르는 모양이었다.

그 속인은 천궁에 오르기 전에는 동황의 준질산에서 살았다. 야화군은 옛날을 그리워하며 그녀가 살았던 집을 봉인하고 매년 찹쌀경단과 함께 찾아가 열흘에서 보름을 묵었다.

나는 야화군의 배짱에 진심으로 탄복했다. 그런 은원이 뒤섞인 궁정 이야기를 찹쌀경단에게 전부 들려주고 아이 마음에 그늘이 질까 걱정하지 않다니.

한편 목청과 찹쌀경단, 야화의 인연은 백여 년 전에 시작되었다.

백여 년 전 어느 날, 찹쌀경단이 혼자 숲에서 토끼를 쫓으며 놀다가 뱀 요괴를 만났다. 아이의 영기를 따라온 요괴는 어느 집 꼬마 도사려니 생각해 아이를 잡아먹어 선기를 보충하려 했다. 다행히 준질산으로 산책 나온 동해의 목청 공주가 그 광경을 목격하고 찹쌀경단을 구해주었다. 공주는 찹쌀경단이 알려주는 대로 산 정상의 오두막까지 데려다주었다. 원래 오두막은 봉인 때문에 외부인에게 보이지 않는데 찹쌀경단이 생명의 은인을 대접하기 위해 신분을 밝히고 안으로 데려가 차를 내준 것이다. 차를 다 마신 목청 공주가 작별을 고하려 할 때 마침 야화군이 돌아왔다. 그 순간 천둥이 땅에 불을 댕겼다. 막 사랑에 눈을 뜰 나이였던 목청 공주는 야화군을 보는 순간 사랑에 빠졌다.

야화군은 신세를 갚기 위해 동해 공주에게 소원을 하나 들어주겠노라 말했다.

이후 백 년 동안 목청은 동황 준질산을 거의 떠나지 않고 지내며 야화 부자가 오면 그들의 빨래와 음식을 도맡았다. 야화는 공주가 하인들 일을 하는 것이 타당하지 않다고 여겼으나, 공주가 고개를 숙이며 수줍게 "이게 제 소원이니 들어주십시오"라고 말해 내버려두는 수밖에 없었다.

하지만 이는 찹쌀경단의 말일 뿐이었다. 지금 상황으로 보면 바람둥이 야화군이 이해심 많은 동해 공주에게 마음이 없다고 보기는 힘들었다.

갑자기 허탈해졌다. 야화는 이제 겨우 오만 살인데 벌써 이렇게 많은 여인들의 마음을 흔들어놓고 다닌다니 실로 인재人才라는 생각이 들었다.

이 몸은 오만 살 때 무엇을 했더라?

찹쌀경단이 복잡한 얼굴로 무슨 말을 하려다 멈추기에 내가 늠연하게 말했다. "남자로서 피해야 할 행동 첫번째가 우물쭈물하는 거야. 여차하면 옹졸해 보이거든. 할말이 있으면 해. 통쾌하게."

아이가 눈물이 그렁그렁해져서 나를 가리켰다. "어머니는 신경도 안 쓰시네요. 이미 다른 사람이 생기신 건가요? 아리와 아바마마가 필요 없으세요?"

나는 아연실색했다. 야화와 정혼하긴 했지만 오늘 처음 만났는데 신경을 쓰고 말 게 어디 있단 말인가.

하지만 찹쌀경단은 뒤로 두어 걸음 물러나더니 얼굴을 가리고 원망을 쏟아냈다. "아바마마가 새어머니를 얻고 어머니가 새아버지를 얻으면 아리는 이별을 뜻하는 이름대로 살아가야겠죠. 단란한 가족을 꿈꾸지 못하고 혼자 외롭게요. 모두 아리를 원하지 않으니까 아리 혼자 지내야죠."

찹쌀경단의 흐느낌에 나는 가슴이 두근거리고 살이 떨렸다.

친어머니가 자신을 버리고 주선대에서 뛰어내렸으니 찹쌀경단은 틀림없이 어려서부터 가슴에 응어리가 맺혔을 것이다. 그런데 지금 그 응어리가 한층 더 단단해지는 듯해 걱정스러웠다.

나는 얼른 웃는 얼굴로 찹쌀경단을 안았다. “엄마인 내가 너를 싫다고 할 리 있겠니?”

아이가 따졌다. “하지만 아바마마를 싫어하잖아요. 어머니가 아바마마를 원치 않으시면 아바마마는 목청을 아내로 맞을 거예요. 목청을 맞아 또다른 아이를 낳으면 아바마마도 더이상 아리를 원치 않겠지요.” 이렇게 말하는 아이의 눈에서 눈물이 쏟아지려 했다.

머리가 지끈거렸다. 아이를 실망시키지 않기 위해 이를 악물고 달콤한 말을 하는 수밖에 없었다. “네 아버지는 내 심장이고 보물이고 벌꿀인데 어찌 싫어하겠니.”

그렇게 말한 뒤 나는 몸서리를 쳤다.

찹쌀경단이 매우 만족스러워하며 내 다리를 안아 화원으로 끌었다. 그대로 따라가는 수밖에 다른 방법이 없었다. 야화군이 제발 화원에 없기를, 그래서 내가 정말로 그 둘 사이를 방해하는 연기를 하는 일이 없기를 간절히 바라며 말이다.

만약 불행히도 이 몸의 예상이 적중해 화원에서 연인을 만나고 있다면, 야화군 오늘 당신 인연을 방해하는 것은 당신 아들의 정신적 건강을 위해서이니 내 원망은 마요.

홍예문을 지나자 멀지 않은 곳에 정갈한 정자가 있었다. 그 정자 안, 검은색 도포를 입고 뒷짐을 진 채 서 있는 남자는 다름 아닌 야화였다. 그 옆에 앉은 노란색 옷의 소녀는 역시나 목청 공주였다.

본 상신은 너무 영특해서 탈이다. 예상대로 야화군은 연인을 만나러 갔던 것이었다.

찹쌀경단이 내 소매를 흔들며 부추겼다. "어머니가 나서실 차례예요."

정말 빨리도 몰입하는구나. 나는 어떻게 시작하면 좋을지 궁리하느라 머리에 쥐가 날 지경이었다.

내 주변에 도화살이 있는 이는 큰 오라버니 백현白玄뿐이었다.

새언니가 큰 오라버니의 여자들을 처리할 때 어떤 방법을 썼더라?

아, 맞다. 우선 눈빛. 반드시 차가운 눈빛으로 상대 여자를 위아래로 훑어봐야 한다. 미녀가 아니라 배추를 보듯이.

다음은 목소리. 가물가물한 목소리로 "이번에는 아주 보기 좋네요. 당신이 좋다면 거두세요. 나도 동생 하나 늘리지요"라고 말하는 거다. 전진을 위한 일보 퇴각이다.

그러나 큰 오라버니는 여기저기 접근해 오는 여자가 많아도 초지일관 새언니에게만 사랑을 쏟았다. 그렇기 때문에 새언니의 방법이 유용했던 것이다. 반면 지금 내 상황은 새언니와 완전히 다르니 그런 방법은 의미가 없겠다.

내가 계속 망설이자 찹쌀경단이 쪼르르 달려가 아버지 앞에 무릎을 꿇었다. "소자, 아바마마를 뵙습니다."

야화가 눈을 가늘게 뜨며 찹쌀경단 너머로 나를 뚫어져라 쳐다보았다.

나는 눈 딱 감고 걸어가 인사 대신으로 고개를 끄덕여 보이고는 찹쌀경단을 일으켜 세워 무릎의 먼지를 떨어주었다. 그런 다음 아이를 안고 의자에 앉았다.

뒤로 야화군의 강렬한 눈빛이 느껴져 제대로 움직이기가 힘들었다.

목청 공주가 먼저 입을 열었다. "언니는 누구신지요?"

나는 최대한 겉웃음을 치며 찹쌀경단의 얼굴을 쓰다듬었다. "이 아이가 저를 어머니라고 부르지요."

목청이 그 순간 벼락을 맞은 듯 굳었다.

사실 속으로 무척 미안했다. 목청 공주는 꽤 괜찮아 보였다. 남해의 녹수 공주보다는 못하지만 미인이라고 할 수 있었다. 아무런 원한도 없는 여자에게 도리에 맞지 않는 행동을 하고 있었다. 나이도 훨씬 많은 어른이 돼서 젊은 친구한테 시비를 걸다니, 그것도 이런 연애사에. 누가 알면 얼굴을 들고 다닐 수 없을 판이었다.

하지만 처량한 속마음과 달리 겉으로는 제법 연기를 하면서 계속 웃기까지 했다. "먹구름이 가득하니 분위기가 무척 운치 있네요. 동생에게는 밀회하기 마침맞겠지만 이 언니는 공연히 시를 짓고 싶어지는군요."

야화는 아예 정자 기둥에 기댄 채 내 헛소리를 듣고 있었다.

찹쌀경단이 이해할 수 없다는 듯 멍하니 고개를 돌려 나를 보았다. 나는 아이 이마를 톡톡 건드리며 신경질적으로 웃었다. "짙푸른 하늘, 망망한 들판, 붉은 살구가 담장을 넘었네." 그런 다음 다시 목청 공주를 보며 물었다. "동생, 나름 상황에 맞지요?"

목청 공주는 이미 제정신이 아니었다. 삽시간에 두 줄기 눈물이 눈가에서 와락 쏟아져내리더니 털썩 내 앞에 무릎을 꿇었다. "마마, 노여움을 거두소서. 목청…… 목청은 마마이신 줄 몰랐습니다. 어찌 감히 마마의 동생이 되겠습니까. 목청은 그저 군상을 사모할 뿐이며 군상께 무엇도 바라지 않습니다. 이번에 저희 오라버니가 저를 서해로 시집보내겠다고 하는데 서해 둘째 왕자는…… 겉멋만 든 난봉꾼입니다. 혼인 날짜는 가까워오고 달리 방법은 없어 발만 동동거리던 차에 군상께서 천손과 연회에 오신다고 하여 춤을 추어 만나뵐 생각을 하였나이다. 목청은 평생 군상을 따르며 시녀로 시중들길 바랄 뿐이지 다른 생각은 없습니다. 마마, 부디 제 청을 이루어주소서."

이런 사연이 있었다니. 이 아가씨는 야화에게 진심이고 그 마음은 실로 감동적이었다. 솔직히 커다란 천궁에 한자리 준들 또 어떠하겠는가. 하지만 이 모든 것은 야화군의 가정사였다. 목청 공주의 마음이 진실되지 않다면 내가 방해해도 상관없었겠지만, 더는 그럴 수 없었다.

사랑이란 본래 도덕을 논할 수도, 옳고 그름을 나눌 수도 없는 것. 아직 어린 찹쌀경단은 나중에 잘 가르치면 된다. 더는 이 악역을 맡을 수 없다는 생각이 들었다. 탄식이 절로 나왔다. 일단 그 자리를 벗어나기 위해 찹쌀경단을 안고 일어섰다.

찹쌀경단이 억울하다는 듯 의자에 꽉 매달렸다. "아까 아바마마는 어머니의 심장이고 보물, 벌꿀이라고 하셨잖아요. 다른 사람이 아바마마를 빼앗아가는데 그냥 내버려두겠다니, 왜 이제 와서 두말하세요?"

머리가 터져버릴 것 같았다.

정자 기둥에 기대서 있던 야화가 어리둥절해하다가 갑자기 웃음을 터뜨리더니 한걸음 다가와 길을 막았다. 그러고는 손가락으로 내 머리카락을 가르며 한참 만에 천천히 입을 열었다. "내가 당신 심장이라고요?"

나는 하하 억지로 웃으며 뒤로 한걸음 물러났다.

야화가 다시 한걸음 다가왔다. "당신 보물이라고요?"

나는 한층 더 억지스럽게 웃으며 또 한걸음 물러났다.

야화는 아예 나를 정자 모퉁이로 몰아넣었다. "당신의 벌꿀?"

이제는 억지웃음조차 나오지 않았다. 입에서 쓴내가 났다. 이게 무슨 꼴이란 말인가, 대체 무슨 꼴.

나는 눈을 질끈 감으며 저질러버리자 마음을 정했다. "재수 없어. 이미 알고 있으면서 꼭 말로 하라니, 정말 못됐어요."

품안의 찹쌀경단이 몸서리를 쳤고 눈앞의 야화도 몸서리를 쳤다.

두 부자가 멍해진 틈을 타 나는 찹쌀경단을 의자에 내던지고는 그대로 줄행랑을 쳤다.

정말 망신살이 뻗쳤다.

몇 만 년 새에 이렇게 망측한 꼴은 처음이었다.

## 5장
# 대자명궁

미곡나무 가지를 잃은데다 밤빛마저 제법 짙었다. 아주 늦기 전에 동해를 빠져나온 것만으로도 큰 공덕을 입은 셈이라 날이 밝기 전에 청구로 돌아가는 것은 바라지도 않았다.

게다가 동해는 사방이 물길이었다. 네 발로 땅을 디디던 여우 시절부터 육지에서 살아온 나에게 물길은 다 비슷해 전혀 구분이 안 됐다. 물에서 나온 뒤에야 북쪽을 동쪽이라고 방향을 완전히 착각했음을 알았다.

하늘에서 달이 밝게 빛났다. 나는 동해 북쪽 해안의 암초에 앉아 깊은 고민에 빠졌다.

왔던 길로 되돌아가 동해에서 헤엄쳐 가면 어렵지 않겠지만 행여 야화군을 또 만나면 도저히 얼굴을 들 수 없을 것 같았다. 이리저리 생각한 끝에 일단 이 해안에서 어떻게든 밤을 보내고 다음날 다시 결정하기로 했다.

속계의 4월은 꽃이 만발하고 햇살도 제법 따스했지만 밤이 되자 꽤 쌀쌀해졌다. 옷도 얇고 바다에서 하얀 수증기가 거세게 밀려와 몇 번이나 연달아 재채기를 했다. 결국 암초에서 내려와 옆쪽 숲으로 들어갔다.

절안의 숲처럼 훌륭하지는 않아도 나무가 높고 빽빽해 나뭇잎이 바람을 잘 막아주었다. 물론 그만큼 빛도 거의 차단되었다. 구중천에서 환한 달빛이 쏟아졌지만 숲속은 지척을 분간할 수 없을 정도로 컴컴했다. 나는 눈을 감쌌던 비단을 풀어 잘 챙긴 다음 소매에서 비둘기 알만한 야명주를 꺼냈다. 세 갈래로 자라난 나뭇가지를 찾아 밤을 보낼 생각이었다.

숲은 확실히 번잡하고 어수선했다. 내가 비록 산짐승이고 야명주도 있지만 내 눈은 보통 짐승에 한참 뒤떨어질 정도로 나빴다. 비틀비틀 세 장 정도를 걸었을까, 아차 하는 순간 발밑의 커다란 구멍으로 빠지고 말았다.

넷째 오라버니는 절안과 책을 쓰기 위해 사해팔황에서 황당한 이야기를 많이 수집했다.

그중 한 이야기에 따르면, 동황에 염공焰空이라 불리는 외딴 산이 있는데 산기슭에 패루牌樓*가 세워져 있었다. 그 패루 밑에는 끝이 없는 동굴이 있었고, 그곳에 아름다운 요괴가 살았다. 부끄러움을 많이 타고 심성도 착한 요괴였는데 끝이 불행히도 수행중인 속

* 중국에서 시설물이나 무덤, 공원 등의 어귀에 세우던 문.

인에게 반하고 말았다. 속인은 신선의 반열에 이르려 하고 요괴는 그에게 집착하니, 은원이 뒤엉키면서 결국 수행도 무너지고 수많은 산속 생명까지 사라지게 되었다. 오라버니는 후배 신선들에게 경고하고자 이 이야기를 책의 훈계편에 넣었다.

내가 빠진 동굴이 오라버니가 묘사한 끝없는 동굴과 무척 비슷했다. 하지만 이 산이 염공산이 아니므로 이 동굴 역시 그 동굴일 리 없었다. 그렇다고 사랑에 빠진 아름다운 요괴가 살지 않으리라 누가 장담할 수 있겠는가. 만약 요괴를 만난다면 교화시킨 뒤 넷째 오라버니에게 보내 필방조 시중을 맡겨야겠다고 생각했다. 그러면 이번 출타로 좋은 인연을 맺는 셈이 될 것이다.

그렇게 생각하자 마음이 가벼워져 쉼없이 아래로 떨어지는 게 크게 부담되지 않았다.

일각一刻쯤 지나자 두 다리가 바닥에 닿았다.

눈앞이 갑자기 확 트였다. 술법으로 만든 하늘에서 달이 환하게 빛나고, 굽이도는 물길과 그 위에 자리잡은 정자가 보였다. 부모님의 호리동보다도 약간 넓었다.

정자에는 남녀 한 쌍이 부둥켜안고 있었다.

아직 악행을 저지르지 않은 요괴를 교화할 생각만 했지, 남의 침실 광경을 생생하게 엿보게 될 줄은 전혀 예상 못했기 때문에 당황스러운 한편 난감했다.

남자는 나를 등진 상태라 얼굴이 보이지 않았지만 여자는 내 쪽을 보고 있었다. 남자 어깨에 고개를 묻고 있어 얼굴이 절반만 보이는데도 꽤 아름다웠다. 전혀 요괴 같지 않았다. 내가 먼지를 풀

풀 날리며 구멍에서 뚝 떨어지는 장면을 봐서인지 동그란 눈에 당황한 기색이 가득했다.

나는 여자를 안심시키기 위해 살갑게 웃었다. 하지만 여자는 물끄러미 나를 노려볼 뿐이었다.

밀회를 즐기느라 한데 엉겨 있던 터라 남자 역시 이상한 낌새를 전달받았는지 몸을 돌려 나를 보았다.

연못 절반을 사이에 두고 있음에도 남자의 눈빛이 한여름에 펄펄 끓는 기름을 고스란히 끼얹는 것처럼 느물느물 달라붙어 깜짝 놀랐다.

오랜 시간에 걸쳐 가까스로 지운 기억이 줄줄이 떠올랐다.

남자가 복잡한 눈으로 나를 뚫어져라 쳐다보다가 한참 만에 입을 열었다. "아음阿音."

나는 눈을 내리깔며 정중하게 대꾸했다. "이경離鏡 귀군이셨군요. 저는 귀군과 오래전에 연을 끊었으니 아음이라는 호칭은 적절치 않습니다. 번거롭겠지만 제 호로 불러주십시오."

남자는 아무 말도 하지 않고 품안의 여자는 몸을 부들부들 떨었다. 여자의 얼굴이 온전히 드러났다.

나는 조금 짜증이 났다. 하지만 요즘 젊은 신선들은 귀족과 원만히 지내는 터라 내 개인적인 은원 때문에 어렵게 성사된 우호 관계를 망가뜨릴 수는 없었다. 그러니 너무 냉정하게 대할 수도 없었다.

"아음, 칠만 년이나 피해놓고 아직도 나를 피하려는 게냐?" 마치 나를 만날 수 없었던 게 매우 유감스러웠던 듯 무척 간절한 어조였다. 정말 눈물이 날 지경이었다.

문득 궁금해졌다. 우리 관계는 이미 너 죽고 나 죽자는 식으로 끝장나지 않았던가. 서로 만나지 않는 편이 더 낫다는 것을 분명히 알고 있으면서, 어쩜 저렇게 친근한 척 말할 수 있을까?

내가 피했다지만 실은 엄청난 원한 때문 아니었던가. 아무리 나이가 들면 쉽게 잊는다고들 하지만…… 태양혈을 문지르며 재삼 기억을 떠올려봐도 칠만 년 동안 우리가 만날 수 없었던 까닭은 내가 피해서가 절대 아니라 연분이 끝났기 때문이었다.

칠만 년. 길다면 길고 짧다면 짧은 시간. 동황에서 상전벽해가 스무 번은 일어났을 그 시간도 이제 결말을 볼 때인 듯싶었다.

칠만 년 전 어느 날, 사냥을 나온 전대 귀군 경창이 아홉째 사형 영우令羽에게 반해 남자 황후로 삼기 위해 대자명궁으로 납치해 갔다. 당시 나는 영우와 함께 있다가 재수없게 덩달아 끌려갔다.

나는 오만 살 때 묵연의 제자로 들어갔다. 묵연은 여자 제자를 받지 않았기 때문에 어머니는 술법을 써서 나를 남자로 만든 뒤 대충 사음司音이라는 가짜 이름까지 붙여주었다.

당시 사람들은 묵연 상신의 열일곱째이자 막내 제자 사음이 부채를 법기로 사용하며 묵연 상신의 총애를 받는다는 사실만 알았다. 누구도 사음 신군이 여신이라고는 의심하지 않았다.

영우와 함께 납치되었지만 나는 곁다리에 불과했기 때문에 감시가 심하지 않았다. 하루에 세끼 식사 제공은 물론 대자명궁 내에서라면 얼마든지 자유롭게 돌아다녀도 상관하지 않았다.

대자명궁에서의 사흘째 점심식사 때 홍소육紅燒肉을 먹지 말았어야 했다고, 훗날 나는 두고두고 후회했다. 추가로 나온 그 홍소육을 먹지 않았다면 사해팔황이 지금과 달라졌을지도 모른다.

점심식사를 이미 끝낸 상태에서 그 운명의 홍소육이 추가로 나왔었다. 경창이 오전에 잡아온 멧돼지의 넓적다리를 요리사가 특별히 요리해 한 그릇은 영우에게 보내고 한 그릇은 내게 준 것이었다. 기름이 반지르르 흐르는 게 무척 맛있어 보여 나는 예의바르게 받아 깨끗이 비웠다.

점심을 두 끼 먹은 셈이었다. 식사 후 나선 산책길에서 평소보다 더 걷지 않을 수 없었다. 바로 그 길어진 산책 때문에 황자 이경과 만났고 이후의 내 인생 또한 바뀌고 말았다.

천리 제방이 개미구멍 때문에 무너지고, 찐빵 하나 때문에 피바람이 불 수도 있다고 했다. 내 경우는 홍소육 한 그릇 때문에 인생이 꼬였다고 해도 과언이 아니다. 지금 다시 돌아봐도 탄식을 금할 수 없다. 그리고 그 탄식은 유감이 삼 할, 실망이 칠 할을 차지한다.

무척 쾌청한 날이었다. 대자명궁의 회백색 안개막 너머로 멀리 보이는 태양이 소금에 절인 달걀노른자 같았다.

시중들던 궁녀가 어화원에 무척 귀한 겨울 연꽃이 피었다며 아직도 속이 더부룩하면 산책 삼아 가보라고 권했다. 물론 길도 알려주었다.

부채를 흔들며 길을 나섰지만 워낙 방향 감각이 없어서 한참을 헤매도 궁녀가 말한 희귀한 연꽃을 찾을 수 없었다. 다행히 어화원의 연못과 석가산에 그런대로 꽃과 나무가 무성하게 자라고 그 사이사이로 제비와 꾀꼬리 소리가 들려와 찬찬히 감상할 만했다.

혼자 기분좋게 즐기고 있을 때 갑자기 옆쪽 덤불에서 청년 하나가 튀어나왔다. 옷섶을 반쯤 풀어헤치고 봉두난발에 눈빛이 흐릿하며 어깨에는 꽃잎까지 붙어 있었다. 방금 잠에서 깬 모습인데도 경국지색과 같은 풍모가 전혀 죽지 않았다.

단수斷袖* 귀군의 어느 부인이려니 짐작하며 나는 살짝 고개를 끄덕여 보였다. 청년은 멍하게 쳐다볼 뿐, 인사에 답하지 않았다. 아직도 정신이 돌아오지 못한 모양이었다. 나는 꿈속을 헤매는 이와 승강이할 마음이 없어 예의만 차린 뒤 부채를 흔들며 다시 걸음을 옮겼다. 그런데 어깨를 스치는 순간 청년이 갑자기 내 소매를 잡아당기며 정중하면서도 의혹에 찬 눈빛으로 물었다. "옷 색깔이 이상하지만 아주 예쁘군. 어디서 만든 것인가?"

나는 순간 제대로 반응할 수가 없어서 말없이 청년을 뚫어져라 쳐다보기만 했다.

내 옷은 전체적으로 은보라색이었다. 요 며칠 이 한 벌을 밤마다 빨아 입느라 처음보다 색이 좀 바랬지만 그렇다고 이상하지는 않았다. 경창에게 갑작스럽게 납치당했는데 갈아입을 옷을 준비할 새가 어디 있었겠는가. 결국 달랑 이 옷 한 벌로 대자명궁에 들어왔다. 여기서 준비해준 옷은 어색하고 불편해 나는 열심히 빨아 입는 수밖에 없었다.

눈앞의 청년이 나를 잡은 채 한 바퀴 돌면서 위아래로 훑어보더니 간곡하게 말했다. "이런 색 옷은 본 적이 없네. 아바마마 생신에

---

* '단수'는 '소매를 자르다'라는 뜻으로, 중국 한나라의 애제(哀帝) 황제가 신하 동현과 함께 잠자리를 하다가 자신의 옷소매 위에서 잠든 동현을 깨우지 않기 위해 소매를 잘라내고서야 일어났다는 고사에서 연유했다. 남성 간의 동성애를 일컫는 표현으로 쓰인다.

적당한 선물을 찾지 못해 걱정하고 있었는데 이거 꽤 괜찮군. 이보게, 선심 좀 써서 이 옷을 내게 주게." 말이 끝나기도 전에 청년은 나를 꽉 잡고 하얀 얼굴에 발그레 홍조를 띠며 재빨리 내 옷을 벗기기 시작했다.

아무리 남자로 변신했어도 이 몸은 본디 숫처녀 여신 아닌가. 나는 모자라는 힘으로나마 최대한 반항했다.

그때 우리는 연못 옆에 서 있었다. 산들바람이 불어 연꽃 향이 기분좋게 날려왔다.

나는 술법을 쓰지 못하고 맨손으로만 밀치고 당기다가 갑자기 한쪽으로 쏠리면서 청년을 붙든 채 연못에 빠지고 말았다. 귀족은 워낙 귀가 밝은 종족이라 풍덩 소리가 나자 구경꾼이 잔뜩 모여들었다. 이만저만한 창피가 아니었다. 청년이 내게 손짓을 했다. 나는 올라가지 말자는 뜻임을 짐작하며 고개를 끄덕였다. 그렇게 해서 우리는 등을 맞댄 채 연못 속에 쪼그리고 앉았다.

날이 저물 때까지 노심초사하며 웅크리고 있다가 아무도 없을 것이라는 확신이 든 뒤에야 덜덜 떨면서 위로 올라왔다.

반나절을 함께 앉아 있었더니 어느새 나쁜 감정은 모두 사라지고 없었다. 우리는 서로 이름을 밝히고 호형호제하게 되었다.

그 아름다운 청년은 실제로 귀군과 깊은 관련이 있었다. 하지만 부인이 아니라 둘째 아들이었다. 그가 바로 이경이다.

당시 나는 동성을 사랑하는 귀군에게 아들이 있을 수 있다는 사실에 놀라고 탄식했다.

그뒤 이경은 매일 찾아와 차 혹은 술을 마시자거나 닭싸움을 하자고 청했다.

하지만 나는 전혀 그럴 정신이 아니었다. 2월 초삼일에 결혼식을 올리겠다는 경창의 협박에 영우가 차라리 죽겠다며 기둥에 세 차례 머리를 들이받았으며, 겨우 살아난 뒤에는 단식을 시작했다는 소식을 들었기 때문이었다.

당시 나는 영우를 구해 달아나기는커녕 나 혼자 빠져나가기도 벅찰 만큼 능력이 부족했다. 하지만 묵연이 폐관수련을 끝내면 틀림없이 우리를 구해주리라 믿었기 때문에 나는 그렇게 힘들지 않았다. 경창이 영우를 사모하는 이상 영우의 신변 역시 걱정할 필요가 없다고 생각했었다. 그런데 영우가 스스로를 그렇게 몰아갈 줄 누가 알았겠는가.

낮이고 밤이고 걱정을 놓을 수가 없었다.

이경이 이런 내 모습에 참지 못하고 성질을 내며 들고 있던 술잔을 내던졌다. "고작 그딴 일로 골머리를 썩으면서 나한테 도와달라고도 하지 않다니, 너는 나를 형제로 여기지 않는 게 분명하구나. 너는 아닌지 몰라도 나는 너를 동생으로 여기니 2월 초삼일 전에 빠져나갈 수 있게 해주겠다. 내가 오늘밤에 영우를 찾아가 안심시킬 테니. 전할 말이 있으면 잘 적어서 줘. 한데 어제 또 호수에 뛰어들었다고 하더군. 호수에 뛰어든다고 익사할 정도로 요즘 신선이 연약하지는 않을 텐데 아바마마는 어찌나 심각하게 보시던지."

뭐라 할말이 없었다. 지금까지 이 일에 대해 이경에게 시시콜콜 털어놓지 않은 것은 어쨌든 이경과 경창이 부자지간이므로 괜한 일을 만들어봤자 좋을 게 없다는 생각에서였다. 하지만 이경이 굳이 도와주겠다면 나로서는 마다할 이유가 없었다.

이경의 도움이 절대적으로 필요한 만큼 더이상 이경과 술 마시고 즐기는 데 소홀할 수 없었다.

나는 원래 술자리에서 시문 따위를 지어 대결해 벌주를 마시는 놀이를 제일 싫어했다. 당시에는 어리고 장난기도 심해서 하루종일 몇몇 어리숙한 사형들과 빈둥거리며 닭싸움, 개싸움을 붙이거나 거들먹거리고 다니며 공연히 연애나 걸었다. 시문과 음률은 전혀 몰랐으니 그런 풍류 넘치는 놀이를 할 때마다 벌주를 제일 많이 마셔야 했다. 반면 다른 대결에서는 내가 최고였다. 제비뽑기든, 주사위든, 가위바위보든 모두를 가볍게 제치곤 했다. 하지만 이번에는 이경에게 잘 보여야 했기 때문에 술자리에서 시문을 지을 때도 재미있는 척하며 되는 대로 말한 뒤 벌주를 마시고, 그 외에 다른 모든 겨루기에서도 안절부절못하는 척해야 했다.

이에 기분이 좋아진 이경은 급기야 상세한 계획까지 내놓았다. 우리는 초이튿 밤에 영우를 빼내기로 결정했다.

그렇게 해서 우리 관계는 하루에 천 리를 가듯 급속도로 가까워져 고작 열흘 만에 만 리에 이르러 혼인까지 논하게 되었다. 물론 나와 이경의 혼인은 아니었다. 어떻게 된 일인지 이경의 여동생 연지胭脂가 나에게 반해 그녀와의 혼담이 나온 거였다.

이경의 동생 연지는 딱 한 번 만났는데 어머니를 닮았는지 이경과는 사뭇 달랐다. 하지만 대단한 미색은 아닐지라도 나름대로 청초한 매력이 있었다.

이경은 인척간에 혼인을 맺는다며 무척 기뻐했다. 우리 사이에는 아무런 인척관계도 없었는데 말이다. 반면 나는 머리가 아팠다. 내가 남자였다면 말할 필요도 없이 기뻐했겠지만 나는 수컷의 상징 없이 태어난 암여우였다. 내가 스스로 나 같은 상놈은 연지 공주에게 가당치도 않다는 핑계로 거절해도 이경은 내가 부끄러워한다고만 생각해 웃으며 내 말을 일축해버렸다. 속으로 어머니를 얼마나 원망했는지 모른다. 원망한다고 이 비극에서 벗어날 방법은 없었지만.

그렇게 영우는 대자명궁 동쪽에서, 나는 서쪽에서 고통스럽게 지냈으니 어찌 보면 공평했다.

어느 날 꿈에 영우는 정말로 경창 귀군의 황후가 되고 나는 연지와 결혼했다. 이경이 다정하게 내 팔을 붙잡고 영우를 가리키며 "동생, 어마마마라고 불러봐"라고 했다. 머리를 금빛으로 단장한 영우가 내 손을 자기 배에 올리며 자애로운 목소리로 "몇 달 후면 이 어마마마가 어린 동생을 낳아줄 거예요. 아음, 좋지?"라고 물어 나는 굳은 얼굴로 "네" 하며 억지웃음을 지었다.

꿈에서 깨어나 보니 식은땀에 적삼이 푹 젖어 있었다. 찬물로 가슴을 진정시키려고 일어나 침대 휘장을 걷었다. 그런데 흰 도포 차림의 이경이 침대머리에서 형형한 눈빛으로 소리 없이 나를 바라보고 있는 게 아닌가.

나는 침대에서 굴러떨어졌다.

이미 밤이 깊어 달빛이 그리 밝지 않은데도 작은 방안이 훤히 다 보였다.

나는 바닥에 엎어진 채 생각했다. 괜찮아, 뭐 어때, 잠이 오지 않아서 기분 풀러 왔겠지.

과연 이경이 쪼그려 앉더니 한참을 망설이다가 말했다. "아음,

비밀이 하나 있는데 듣고 싶니?"

이런 시간에 잠도 못 들고 내 처소까지 찾아와 얘기하겠다니, 정말 괴로운 비밀이겠구나. 형제라면 듣지 않을 수 없었다. 잠시 생각한 끝에 나는 억지로 고개를 끄덕이며 본심과 다른 대답을 했다.

"듣고 싶어요. 얘기하세요."

이경이 수줍게 말했다. "아음, 너를 좋아해. 같이 자고 싶어."

막 바닥에서 몸을 일으키던 나는 그대로 휘청하며 다시 쓰러졌다.

내가 알기로 이경은 남자를 사랑하는 아버지를 극도로 싫어해 늘 여자만 만났다. 실제로 이경의 침전에는 늘씬하고 육감적인 몸매의 미인이 끊이지 않았다. 그때 나는 남자의 몸이었다. 얼굴은 여자일 때와 크게 다르지 않아도 가슴은 확실히 납작했다. 그러니 이경의 말을 들었을 때 얼마나 놀랐을지 짐작할 수 있을 것이다.

이경은 자기 속내만 털어놓으면 나와 합의된 거라고 생각했는지 내 옷을 벗기기 시작했다. 내가 결사적으로 앞섶을 보호하자 이경이 화를 냈다. "너도 동의해놓고 왜 이러는 게냐?"

내가 그때 침묵한 것은 결코 묵인해서가 아니라 얼이 빠진 때문이었다.

처음 만났을 때도 내 옷을 벗기더니 불과 열흘 만에 또였다. 점토 인형도 제 성질이 있다는데 하물며 나는 신군에 봉해진 명실상부한 신선 아닌가.

더이상 참을 수가 없어 손날로 이경을 내리찍어 바닥에 쓰러뜨렸다. 그런데 힘을 너무 과하게 실은데다 하필이면 목 뒤 천주혈을 치는 바람에 이경이 혼절하고 말았다. 내 배로 무겁게 쓰러지는 이경은 머리부터 발끝까지 술냄새가 진동했다.

그제야 이경의 행동이 주정이었음을 알았다. 술 취한 이와 상대해 무엇 하나 싶기도 하고 바닥도 너무 차가워 이불을 끌어다 이경의 몸을 대충 감쌌다. 그런 다음 둘둘 말아 침대 발치로 밀어버리고 나는 다시 침대로 올라가 잠들었다.

다음날 새벽 눈을 떴을 때, 이경은 불쌍하게도 간밤의 그 이불을 뒤집어쓰고 내 침대 발치에 엎어진 채 목을 어루만지고 있었다. 이경이 미간을 찌푸리며 물었다. "내가 왜 여기서 자고 있지?"

나는 속으로 재차 따져본 다음 천천히 대답했다. "어제 술을 마시고 삼경三更에 찾아와 저를 좋아한다고 하셨습니다. 저와 자고 싶다고요."

머리카락을 쥐고 있던 이경의 손이 허공에서 굳고 얼굴이 붉으락푸르락 달아올랐다. 그러고는 한참 뒤 더듬더듬 대꾸했다. "나…… 나는 남자를 사랑하지 않아. 내…… 내가 그렇다면 어떻게 누이…… 친누이를 네 아내로 주겠다고 하겠느냐?"

내가 옷섶을 한데 그러쥐며 안심하라는 듯 말했다. "확실히 단수는 아니시죠."

하지만 옷섶을 모으는 내 행동이 이경에게 큰 충격을 주었다. 이경이 벌벌 떨리는 오른손으로 나를 가리켰다. "너…… 그건…… 분명…… 내게 당할까봐 걱정하는 모습이 아니냐."

나는 멍하니 있다가 떨떠름하게 대답했다. "확실히 어젯밤에 제 옷을 벗길 뻔하셨습니다."

그뒤 며칠 연속 이경을 보지 못했다. 거의 매일 찾아와 귀찮게 하더니 이번에는 흔적을 감춰버렸다.

솔직히 조금 시끄러운 상대이기는 해도 늘 좋은 술을 가져왔고 함께 닭싸움이나 귀뚜라미싸움을 벌이는 것도 재미있었기 때문에 며칠 못 보자 몹시 그리워졌다.

그러던 어느 날 연지 공주가 찾아와 함께 화원을 산책하던 중, 연지 공주가 무심결에 오빠를 화제로 올렸다. 나는 그제야 이경이 여자를 끌어안고 방탕한 밤을 즐긴다는 사실을 알았다.

세심하고 온화한 연지 공주가 걱정스럽게 물었다. "혹시 신군과 오라버니 사이에 무슨 문제가 있었던 것은 아닌지요? 전에는 두 분이 한 몸이라도 되는 것처럼 딱 붙어 다니셨잖아요."

나는 뒤통수를 긁적이며 생각에 잠겼다. 그래, 그날 밤 술 취한 이경이 나를 희롱하려던 일만 빼면 우리는 죽이 잘 맞았지. 하지만 형제는 옷과 같고 아내는 수족과 같은 법. 이경이 자기 수족들과 번식을 위한 거사를 치를 때 확실히 옷은 불필요하다고. 미인을 품는 것은 풍류를 즐기는 일인데, 그럴 때 다른 남자가 옆에서 품안의 미인을 호시탐탐 노리면 그것은 더이상 풍류가 될 수 없지. 내가 진짜 남자가 아니라서 이경의 미인을 노릴 일은 절대 없지만 사정을 모르는 이경으로서는 경계할 수밖에. 남자 노릇도 쉽지 않겠지만 마누라 많은 남자 노릇은 더 힘들겠어. 그렇게 생각하자 이경을 이해할 수 있었다.

연지 공주가 자초지종을 묻는 듯 간절한 눈으로 나를 바라봤지만 내 생각을 여자에게 털어놓는 것은 좋지 않을 듯싶었다. 나는 한참을 난감해하다가 적당한 핑계를 대며 대충 얼버무렸다.

금세 2월 초하루가 되었다.

대자명궁에 초롱이 달리고 오색끈이 나부꼈다. 내 식사도 상당히 좋아졌다.

내 편지를 받은 뒤 안심이 되었는지 영우는 며칠 동안 그런대로 잘 지냈다.

하지만 탈출에 관해서는 워낙 조심스러운 일이라 편지에 따로 언급하지 않았더니 영우는 혼사가 가까워오자 다시 불안에 떨었다. 오전 두 시진 동안 혀를 깨물고 독을 마시고 목을 매는 등 온갖 난리를 쳤다.

나는 방안을 빙글빙글 열 바퀴쯤 돌다가 역시 이경을 찾아가 계획을 하루 앞당길 수 있는지 상의해보는 게 좋겠다는 결론을 내렸다.

하지만 이경의 침전 앞에 이르렀을 때 궁녀 둘이 나를 막아서며 둘째 황자님은 부인 두 분과 사냥을 나가 안 계시다고 말했다. 나는 잠시 생각한 뒤 둘째 황자가 돌아오면 사음이 재미있는 놀이를 발견해 기다린다고 전해달라고 말했다.

방안에 멍하니 앉아 씨앗만 까먹고 있을 때 뜻밖에도 이경이 아니라 스승 묵연이 나타났다.

묵연은 겨드랑이에 이불 뭉치를 끼고 있었는데, 이불 속에 누군가가 있었다. 자살을 시도했던 아홉째 사형 영우인 듯했다.

갑자기 씨앗 껍데기가 목에 걸려 내 얼굴이 파랗게 질렸다. 묵연이 이마를 찌푸리며 쳐다보다가 명치를 두들겨주었다.

기침과 함께 껍데기를 뱉어낸 나는 드디어 도망칠 수 있겠구나, 더이상 영우 때문에 놀라거나 걱정할 필요가 없겠구나 하는 생각에 순식간에 마음이 놓였다.

묵연이 영우를 내려놓고는 나를 품에 안았다. 내 허리를 꽉 안고서는 한참 만에야 도로 풀어주며 담담하게 말했다. "괜찮구나. 영우는 말랐는데 열일곱째는 쪘으니 우리가 손해만 본 건 아니구나."

내가 난처하게 웃으며 씨앗을 묵연 앞으로 내밀었다. "스승님, 이것 좀 드세요."

그날 밤 탈출은 결코 순조롭지 않았다.

경창은 영우를 사랑해 납치했지만 영우가 계속 따르지 않자 강다짐을 부려댔다. 한편 묵연은 신족과 귀족의 우호적인 관계를 생각해 무력을 동원하지 않고 혼자 조용히 대자명궁에 잠입했다. 그 정도면 경창의 체면을 충분히 세워준 셈이었다. 하지만 경창은 그런 마음을 헤아리기는커녕 우리를 잡기 위해 궁 앞으로 군사를 동원했다. 결국 묵연도 더이상 참지 못하고 살계殺戒를 펼쳤다.

영우는 계속 혼수상태라 그 광경을 보지 못했지만 나는 선혈이 낭자한 머리들이 눈앞에서 굴러다니는 것을 직접 보았다. 정말 끔찍했다.

스승 묵연은 패배라는 걸 몰랐다. 영우와 함께 묵연의 양팔에 안겨 궁문을 벗어나며 고개를 돌려 보니 방천화극을 든 경창이 암홍색 피바다 속에서 노발대발하는 모습이 눈에 들어왔다.

그러는 내내 이경은 보이지 않았다.

묵연은 나와 영우를 데리고 그날 밤으로 곤륜허崑崙虛*에 돌아왔

* 곤륜산 아래 넓은 땅이라는 뜻으로, 상제(上帝)의 하계(下界) 도읍이다.

다. 묵연은 오는 내내 아무 말이 없었고 영우는 계속 혼수상태라 더더욱 말이 없었다.

그날은 내가 영원히 잊을 수 없으면서 영원히 떠올리고 싶지 않은 밤이다.

곤륜허로 돌아온 뒤 스승 묵연은 영우를 넷째 사형에게 맡겼다. 그러고는 나를 급히 단약방으로 데려가 손으로 때려 기절시킨 뒤 단약을 만드는 아궁이에 가뒀다.

정신을 막 차렸을 때 나는 묵연이 내게 벌을 내리는 중이라 생각했다. 영우를 제대로 돌보지 못해 보름 넘게 마음고생시키고 살을 쏙 빠지게 만든 벌.

그런데 갑자기 우르릉 천둥이 쳤다.

그제야 그게 내 겁운이라는 데 생각이 미쳤다. 스승 묵연은 내가 겁운을 피할 수 있도록 숨겨준 것이었다.

내가 아무리 신선으로 태어났어도 어떤 앞날은 나 스스로 개척해야 한다. 보통 신선은 수행을 통해 상선이 된 다음 다시 상신이 되는데 짧게는 칠만 년, 길게는 십사만 년이 걸리며 두 차례의 겁운을 겪어야 한다. 겁운을 잘 넘기면 영원한 생명을 얻지만 넘기지 못하면 그 자리에서 죽는다.

그때 나는 묵연 밑에서 꼬박 이만 년을 있었다. 일반적으로는 자신의 겁운이 언제 어디에서 어떻게 떨어질지 추론한 뒤 미리 대응책을 준비해 연습하기 때문에 전혀 문제가 되지 않는다. 하지만 나는 원래부터 추론을 매우 싫어했다. 그 인계는 정말 너무나 재미가 없어서 묵연이 수업할 때마다 대놓고 졸 지경이었다. 그래서 그렇게 오랜 세월 배웠어도 속인의 수명이나 대충 계산할 수 있었고 그나마도 열 번 중 대여섯 번은 맞지 않았다.

나는 내 도법이 얼마나 형편없는지 잘 알았다. 그런 식으로 수련해 겁운을 넘기겠다는 것은 닭의 배를 갈라 오리알을 꺼내는 것처럼 불가능했다.

다행히 칠만 년 동안 나는 유유자적하며 잘 지냈다. 어느 순간 사라진다고 해도 특별히 유감이 없을 것 같았다. 그러니 겁운에 대해 안달복달하지 않았다. 이번 해라는 것만 대충 짐작했을 뿐 나머지는 깜깜이었다.

아궁이 속에서 한참을 웅크리고 있을 때, 불현듯 내가 이렇게 피한 겁운을 누가 대신 맞을까 하는 의문이 들었다. 겁운은 하늘이 정한 액운이라 일반적인 액운과는 다르다. 일단 떨어지면 반드시 누군가가 맞아야 끝난다.

엄청난 천둥소리에 머릿속이 하얗게 비었다. 아궁이에서 나가려 혼신의 힘을 쏟았지만 끝내 나갈 수 없었다. 지난 이만 년의 수련 기간을 엉망으로 보냈다는 후회가 생전 처음으로 밀려왔다.

다음날 큰 사형이 아궁이 뚜껑을 열어주며 의미심장하게 말했다. "열일곱째, 어제 스승님이 아궁이 옆에서 벼락 세 번을 고스란히 맞으셨어. 앞으로는 제대로 좀 배워. 다음에 상신이 될 때 또 스승님한테 넘기면 안 되잖아."

스승 묵연은 나 대신 겁운을 견뎌낸 뒤 내가 아궁이에서 나오기 전에 폐관수련에 들어갔다.

나는 동굴 앞에서 사흘 동안 무릎을 꿇은 채 눈물 콧물을 쏟으며 흐느꼈다. "스승님, 중상을 입으신 건 아닌지요? 상처는 잘 다스리고 계신가요? 제자가 실로 어리석어 늘 스승님께 누만 끼칩니다. 절대로 병환을 앓으시면 안 됩니다. 만일 그렇다면 제 육신을 고아서라도 보신시켜드리겠습니다."

그렇게 체통 없이 슬피 운 적은 내 평생 그때 딱 한 번뿐이다.

# 6장
## 귀족鬼族의 난

그 일 이후 나는 매일 방에 틀어박혀 선술과 도법을 연구하고 한가할 때면 윗세대 신선들이 남긴 고서를 살펴보는 등 열심히 수련했다. 그렇게 노력하는 모습에 큰 사형은 꽤 안심하는 눈치였다.

그리고 기술을 익힐 때마다 묵연의 동굴 앞에서 시전했다. 묵연이 알든 모르든 그래야 내 마음이 편했다.

하루는 뒷산 복숭아숲에서 가부좌를 틀고 참선하는데 큰 사형이 두루미 편에 전갈을 보내왔다. 손님이 찾아왔으니 어서 대청으로 내려오라는 내용이었다.

복숭아꽃 가지를 꺾었다. 묵연의 방에 있는 복숭아꽃이 시들했다. 폐관중이라 빈방이었지만 언제든 묵연이 출관하면 편안히 지낼 수 있도록 늘 묵연의 방을 정리했다.

복숭아꽃 가지를 들고 대청으로 향했다.

안마당을 지날 때 열셋째, 열넷째 사형이 대추나무 아래에서 손님이 남자일지 여자일지 내기를 하고 있었다. 나는 넷째 오라버니 백진이려니 생각하며 야명주를 꺼내 조심스럽게 내기에 참가했다. 대청으로 들어가 보니 큰 사형이 말한 손님은 뜻밖에도 오랫동안 보지 못했던 귀족의 둘째 황자 이경이었다.

이경은 매혹적인 자태로 배나무 의자에 단정하게 앉아 눈을 살짝 내려 감은 채 차를 음미하고 있었다. 그러다 내가 오는 것을 보고는 얼이 빠진 듯 쳐다보았다.

묵연이 대자명궁을 피바다로 만들었으니 빚을 받으러 온 모양이었다. 하지만 이경은 빠른 걸음으로 다가와 내 두 손을 반갑게 맞잡았다. "아음, 이제 분명히 알았어. 나는 너와 함께하고 싶다."

복숭아꽃 가지가 털썩 바닥으로 떨어졌다.

열셋째 사형이 문밖에서 외치는 소리가 들려왔다. "돈 내놔, 여자잖아."

나는 아뜩해져서 한참을 생각하다 앞섶을 풀어헤쳤다. "저는 남자라고요. 황자님도 침전 부인들과 아주 잘 지내시니 단수는 아니시잖아요."

물론 나는 남자가 아니었다. 살가죽 아래 손바닥만한 여우 심장 역시 남자처럼 호방하지 않고 보통 여자처럼 온화하고 민감하며 섬세했다. 그러나 애초에 어머니가 묵연을 속이기로 한 이상 나는 순조롭게 학업을 마치고 나갈 때까지 남자의 모습을 유지해야 했다.

이경이 평평한 내 가슴을 한참 동안 쳐다보다 코피를 닦으며 말했다. "그날 네 방에서 나온 뒤 많이 생각했다. 내가 정말로 너한테 이상한 감정이 생겼나 두려워서 종일 꽃밭을 뒹굴며…… 여자들로 나를 마비시키려 했지. 터무니없게도…… 처음에는 효과가 있는 듯했지만 네가 떠난 뒤 나는 밤이고 낮이고 네 생각에서 벗어날 수 없었어, 아음." 이경이 감정을 억누르지 못해 나를 끌어안고는 무겁게 말했다.

"너 때문이라면 단수가 된들 어떠하겠느냐?"

나는 들보 위의 복숭아나무를 바라보며 곰곰이 생각에 잠겼다. 뜬금없고 이상야릇한 상황이 아닐 수 없었다.

문밖에서 열넷째 사형이 "돈을 달라고요? 누가 누구한테 할 소리?"라며 하하 웃는 게 들렸다.

아무리 먼길을 달려 곤륜허까지 찾아와 고백했다고 해도 동성애를 나눌 생각이 없었기 때문에 이경에게 실망을 안겨주는 수밖에 없었다.

다만 땅거미가 내린 뒤라 산길을 가기 힘들까봐 하룻밤 묵어가라고 권했다. 그런데 큰 사형은 단수가 나를 데려가려 한다고 생각해 기어코 이경을 밖으로 내쫓았다.

이경의 담력에 탄복했다. 큰 사형에게 그렇게 박대당하고도 이경은 절대 포기하지 않았다. 며칠에 한 번씩 자신이 타고 다니는 불기린을 통해 절절한 상심의 시를 보내왔다. 처음에는 "하늘에서는 비익조가 되고 땅에서는 연리지가 되길 바라네"라고 썼다가 며칠 뒤에는 "그리운 내 님 언제나 만날까, 지금 이 밤 더욱 괴로워라"라고 쓰고 또 며칠 뒤에는 "허리띠 느슨해져도 후회 않으리, 그대를 위해서라면 기꺼이 초췌해지리"라고 썼다.

그 시들은 부뚜막을 담당하는 열셋째 사형에게 불쏘시개용으로 전부 빼앗기고 말았다. 종이라 불이 잘 붙는다는 거였다. 나는 어떻게든 지키려 했지만 "넌 하루종일 산에서 일도 안 하고 먹기만 하면서 이제 겨우 갚을 만한 폐지가 생겼는데 이렇게 쩨쩨하게 굴거야?"라고 하는 바람에 더 버틸 수 없었다.

아무리 남자들과 뒤섞여 지냈어도 그때까지 나는 소녀 감성을 완전히 지우지는 못했다. 답장 한 번 없어도 이경이 참을성 있게 계속 편지를 보내오자 결국 마음이 흔들리기 시작했다.

어느 날 불기린이 이런 시를 가져왔다. '천지가 영원하다 해도 다할 때가 있겠지만, 이 한스러움은 끊길 날이 없으리.' 마치 자살하기 전에 남긴 유서 같아 가슴이 철렁 내려앉았다. 놀라고 걱정스러운 마음에 곧장 불기린에 올라탔다. 그런데 불기린은 대자명궁이 아니라 산기슭의 동굴로 나를 데려갔다.

깔끔하게 정리된 천연 동굴로 들어가 보니 이경이 돌침대에 비스듬히 누워 있었다. 그가 죽었는지 살았는지 알 수 없어서 하늘이 절반쯤 무너진 심정으로 불기린에서 뛰어내려 그를 흔들었다. 흔들고 흔들고 또 흔들었지만 이경은 깨어나지 않았다. 하는 수 없이 법기를 꺼내 천둥과 벼락, 광풍을 하나씩 펼쳤다. 그래도 깨어나지 않았다. 보다못한 불기린이 방법을 일러주었다. "그런 법기를 써봐야 몸에 통증만 줄 뿐입니다. 전하의 약해진 심장을 자극하면 깨어나실지도 모릅니다."

그래서 나는 이경의 심장을 자극할 그 말을 내뱉었다.

"일어나요. 받아줄 테니 제발 깨어나요."

이경이 번쩍 눈을 떴다. 내 부채에 처참하게 당한 뒤인데도 싱글벙글 웃으며 말했다. "아음, 받아준다는 말 절대 번복할 수 없다.

나 좀 부축해줘. 그 법기에 뼈가 다 부서진 것 같구나."

마침내 전부 계략이었다는 것을 알았다.

훗날 큰 오라버니에게 이런 말을 들은 적이 있다. 연애할 때의 계략은 계략이 아니라 놀음이라고. 또한 연애의 놀음은 놀음이라 할 수 없고 계략일 뿐이라고. 실연을 겪은 뒤에는 일리 있는 말이라 생각하게 되었지만 그때는 그 의미를 제대로 알지 못했다.

이경이 침전의 부인을 모두 내보낸 뒤 우리는 함께하기 시작했다. 마침 속계의 시간은 4월이라 산에 복숭아꽃이 만개했다. 목적을 이루었기 때문에 이경은 더이상 시를 보내오지 않았다. 큰 사형은 이경이 마침내 포기했다며 무척 좋아했고, 그 덕분에 우리도 수업이 많이 줄어서 모두 행복해졌다.

이경은 큰 사형에게 된통 당한 기억 때문에 기슭에만 머물 뿐 산에 오를 엄두는 내지 못했다. 그래서 매일 수업이 끝나면 묵연의 동굴에 들렀다가 이경을 만나러 산을 내려갔다. 그러다보니 늘 눈코 뜰 새 없이 바빴다.

이경은 누가 '꽃밭'에서 단련된 남자가 아니랄까봐, 상대의 마음을 녹이고 환심을 사는 데 아주 뛰어났다. 지금도 이경이 주었던 깜찍한 선물들을 기억한다. 향부자 줄기를 엮어 만든 귀뚜라미나 청죽 피리 같은 것들 모두 직접 만들어 더욱 감동이었다. 물론 값나가는 물건이 아니라는 점은 조금 유감이었지만.

한번은 오이덩굴에 열린 오이꽃을 선물받았다. 이경의 눈은 노란색과 보라색을 구분하지 못한다는 이야기를 연지 공주에게 들은 적이 있었다. 이경의 눈에는 노란색과 보라색이 같은 색으로 보이고, 그게 어떤 색인지는 이경 본인 외에 아무도 모른다 했다. 내게 오이꽃을 줄 때 이경은 분명 절세의 진귀한 꽃이라고 생각했을 것이다. 어쨌든 오이꽃도 꽃이니 이후 아무 말 없이 잘 말려서 도법책에 끼워두었다.

실연당한 뒤로는 이경과 애틋했던 시간을 더이상 떠올리지 않았다. 시간이 많이 지나면서 세세한 기억들이 흐릿해지기도 했고.

현녀玄女의 등장에서부터 다시 기억을 되살려보자면 이렇다.

현녀는 큰 새언니 미서未書의 막냇동생이다. 새언니가 시집올 때 집안에 사고가 생겨 아직 강보에 싸인 갓난아이였던 현녀를 함께 데려왔다. 큰 오라버니 내외가 현녀를 거두면서 우리는 어울려 자랐다.

현녀도 미인이었지만 왜인지 내 얼굴을 무척 좋아했다. 어릴 때부터 나랑 똑같이 생겼으면 좋겠다고 온종일 내 귀에 노래를 해댔다. 그렇게 수백 년을 듣다보니 진력이 날 정도였다. 어느 해 현녀의 생일날 특별히 십리도림으로 절안을 찾아갔다. 절안은 술법으로 생김새를 바꿀 수 있었다. 절안에게 청해 현녀를 나와 칠팔 할 정도 닮게 만들어주었다. 현녀는 소원을 이룬 뒤 무척 기뻐했다. 나는 조용해져서 기뻤다. 그렇게 모두들 행복해졌다.

그런데 얼마 뒤 문제가 발생했다. 절안이 술법을 못 부려서가 아니라 나와 비슷한 얼굴이 하루종일 눈앞에서 왔다갔다하자 내가 어지러워 견딜 수 없게 된 것이다. 그래서 점점 현녀를 멀리하고 넷째 오라버니와 하루종일 붙어다니게 되었다.

나중에 현녀가 장성해 자기집으로 돌아간 뒤로는 완전히 연락을 끊었다.

이경과 한창 잘 지내고 있을 때 새언니가 편지를 보내왔다. 친정어머니가 현녀를 곰에게 시집보내려 해서 현녀가 새언니네 동굴로 도망 왔는데 아무래도 친정어머니가 찾아올 확률이 높아 안전하지 않다는 것이었다. 그래서 큰 오라버니와 상의 끝에 내가 있는 곳으로 잠시 피신시키려 한다는 내용이었다.

새언니의 편지를 받은 뒤 나는 방을 하나 치우고 큰 사형에게 친구가 며칠 곤륜허에서 신세를 져도 되겠느냐고 물었다. 그렇지 않아도 기분이 좋던 큰 사형은 친구가 여자라니 한층 더 반색하며 호쾌하게 그러라고 허락했다.

사흘 뒤 현녀가 풀죽은 모습으로 회색 구름을 타고 곤륜허에 왔다.

나를 보는 순간 현녀의 표정이 그대로 굳었다.

새언니 편지에는 현녀에게 나를 어릴 때 동무 백천이라 말하지 않고 그들과 친분이 약간 있는 신선이라고만 말했다고 적혀 있었다.

그렇게 현녀는 곤륜허에서 지내게 되었다. 이미 나와 구 할은 흡사해진 현녀의 모습을 보고 큰 사형이 평했다. "네 동생이 아니라니 믿기 힘들다. 기품만 살짝 다르고 완전히 똑같아."

나는 당시 모든 일이 잘 풀려 현녀처럼 애상에 젖은 가련한 모습을 연출할 수 없었다. 그러다보니 확실히 기품이 좀 떨어졌다.

현녀는 종일 우울하게 가라앉아 있어서인지 멀쩡하던 얼굴이 점점 누렇게 변해갔다. 그래도 사돈인데 안쓰러운 마음이 들어 이경을 만나러 산을 내려갈 때 현녀도 데려갔다.

이경은 현녀를 보고 완전히 넋을 놓았다. 겨우 정신을 차린 뒤에도 어리둥절한 표정으로 한마디 내뱉었을 뿐이다. "어디서 여자 사음이 왔네?"

현녀가 피식 웃음을 터뜨렸다.

현녀가 드디어 웃는 것을 보자 마음이 놓였다. 그뒤 이경을 만나러 갈 때마다 현녀를 데려갔다.

어느 날, 이경의 동굴에 갈 때 가져가려고 안마당 대추나무에 올라 대추를 따고 있을 때였다. 큰 사형이 쌩하니 날아와 나무 아래 서서 이를 갈며 말했다. "너, 지난번에 너를 끌고 가려던 단수를 내가 심하게 때렸다고 원망했지. 그날 놈을 때려죽이지 못한 게 한스럽구나. 너를 데려가지 못하게 했더니 현녀를 꾀어내……"

휘청, 나무에서 떨어졌다. 나는 힘겹게 고개를 들고 물었다. "큰 사형, 방금 뭐라고 하셨어요?"

큰 사형이 어리둥절한 얼굴로 얼른 나를 부축했다. "방금 산기슭 멀리서 그 단수와 현녀가 손잡고 산책하는 걸 봤어. 아주 친밀해 보이더라."

사형이 나를 부축하다 말고 "어?" 하고 멈칫하더니 턱을 쓰다듬으며 말했다. "현녀는 여자 신선이고 그는 분명 단수인데 둘이 어떻게 같이 어울리지?"

나는 날벼락이라도 맞은 것처럼 사형의 손을 뿌리치고 날듯이 문을 나섰다.

불기린이 동굴 입구에서 졸고 있었다.

나는 인계를 맺어 나방으로 변한 뒤 나풀나풀 동굴 안으로 날아들어갔다.

돌침대에 한 쌍의 그림자가 뒤엉켜 있었다.

아래쪽의 여자는 나와 똑같은 얼굴로 가늘게 헐떡이고, 위쪽의 남자는 칠흑의 머리카락을 풀어헤친 채 부드럽게 "현녀, 현녀" 하고 외쳤다.

가슴이 차갑게 얼어붙으면서 더이상 견딜 수가 없었다. 결국 나는 동굴로 불어 들어온 바람을 이기지 못하고 바닥으로 떨어지며 인간의 형상으로 돌아왔다. 그래도 다행히 안정적으로 착지해 곤륜허의 품위를 떨어뜨리지는 않았다.

이경과 현녀가 나란히 고개를 돌렸다. 그때 두 남녀가 얼마나 허둥거렸는지는 얘기할 필요도 없을 것이다.

나는 아주 침착하게 다가가 먼저 이경의 따귀를 때린 뒤 현녀의 따귀도 때리려 했다. 하지만 이경에게 손을 잡혔다. 현녀가 이불을 둘둘 감은 채 이경의 품에서 몸을 움츠렸다. 이경의 얼굴이 붉으락푸르락했다.

이경은 나와 일다경一茶頃 정도, 아주 잠시 대치하다가 마침내 내 손을 풀어준 뒤 떨떠름하게 말했다. "아음, 미안하다. 나는 결국 단수가 아니었어."

화가 극도로 치밀자 도리어 웃음이 났다. "아주 유용한 핑계네요. 단수니 아니니, 전부 당신이 말하면 그만이니 얼마나 편해요. 나는 이제 어쩔 셈인가요?"

이경이 한참을 침묵하다가 대답했다. "전에는 내가 터무니없었던 게지."

현녀가 눈물범벅이 되어 애원했다. "사음 상선님, 저희를 인정해주세요. 저와 이경은 같은 마음입니다. 두 분은 모두 남자니까 결국…… 결국 바르지 못한 거잖아요."

나는 제정신을 찾고 차갑게 웃으며 대꾸했다. "그럼 뭐가 바른 거지? 농락하고 버리는 게 바른 건가? 남의 연인을 유혹해 인연을 망가뜨리는 게 올바른 거야?"

현녀는 얼굴이 하얗게 질려 더이상 대꾸하지 못했다.

나는 심신이 극도로 피곤해져 두 남녀에게 떠나라는 의미로 대충 소매를 휘둘렀다. 그렇게 이경과 나는 완전히 끝났다.

그때는 확실히 너무 어려서 일을 제대로 처리하지 못했다. 쓸데없이 도리를 따지느라 침만 낭비했다. 쾌도난마를 몰랐다. 한칼에 둘을 모두 죽여 마음을 푸는 게 옳았다.

처음 맛본 사랑에 그렇게 큰 충격을 받았으니 당연히 가슴이 찢어질 듯 아팠다. 이경과 현녀가 만나도록 다리를 놓아준 멍청이가 결국엔 다름 아닌 나인 셈이라 더 가슴이 아팠다. 하나는 실연의 아픔이고 다른 하나는 얼뜨기가 된 아픔이었다.

이경과 함께했던 모든 순간, 값도 안 나가는 그의 선물들, 그 모든 게 나를 고통스럽게 했다. 이리저리 뒤척이던 끝에 선물들은 모두 꺼내 불태웠지만 마음이 풀리지 않았다. 그보다는 술이 좀더 효과적이었다. 나는 곤륜허 술창고에서 사흘 동안 술만 마셨다.

정신을 차리고 보니 묵연의 품에 있었다.

스승 묵연은 커다란 술독에 기댄 채 오른손으로는 술이 담긴 조롱박을, 왼손으로는 나를 붙들고 있었다. 내가 깬 것을 보고는 이마를 찌푸리며 조용히 말했다. "이 많은 술을 마셨으면 울어서 내보내야지, 가슴속에 맺히게 두면 내 좋은 술만 버리는 거라고."

나는 결국 묵연의 다리를 붙들고 울음을 터뜨렸다. 다 울고 난 뒤 고개를 들어 물었다. "스승님, 드디어 나오셨네요. 상처는 괜찮으십니까? 후유증 같은 건 없으십니까?"

묵연이 나를 한번 쳐다보고는 가볍게 웃었다. "괜찮다. 네 몸을 고아서 보신할 필요는 없겠구나."

이경과의 연애는 완벽한 비밀로 남았다.

사형들은 전부 내가 현녀를 사랑했다고 생각했다. 이경에게 현녀를 뺏겨 고민하고 괴로워한다고 여겼다. 정말 뒤죽박죽이었다.

묵연만이 상황을 꿰뚫어보고 내 머리를 쓰다듬으며 담담하게 말했다. "이경이 눈은 좋던데 눈썰미는 별로구나."

묵연은 출관한 뒤 얼마 지나지 않아 동신冬神 현명玄冥의 초대를 받았다.

북황에 사는 현명 상신은 하늘 북쪽의 일만 이천 리 지역을 관할했다. 이번에 법회를 열려고 하는데 설법을 해줬으면 좋겠다며 특별히 곤륜허로 사자를 보내왔다.

묵연은 창세 부신의 적자라 지위가 무척 높기 때문에 사해팔황의 상신들은 법회를 열 때마다 꼭 묵연을 초대했다.

묵연은 초대장을 대충 훑어본 뒤 말했다. "설법은 재미없지만 현명이 사는 그 산은 오를 만하지. 열일곱째, 너도 준비해서 따라나서거라."

나는 기뻐 펄쩍펄쩍 뛰면서 짐을 챙기러 방으로 갔다.

큰 사형이 따라와 문 앞에서 당부했다. "지금까지 스승님은 이런 재미없는 초대에 쉽게 응하신 적이 없어. 틀림없이 네가 우울해하니까 기분 전환 시켜주시려는 거야. 열일곱째, 너 힘든 건 아는데 스승님은 하루종일 엄청난 일에 시달리시거든. 이 바쁜 와중에 널 위해 짬을 내시려니 더 피곤하실 거야. 너도 이제 컸으니 스승님 걱정을 덜어드릴 줄도 알아야지. 그게 바로 제자 된 도리야."

나는 느릿느릿 고개를 끄덕였다.

북황에서의 마흔아흐레를 나는 대부분 유유자적하며 보냈다.

묵연이 설법에 나서지 않을 때는 온 산과 벌판을 돌아다니고, 묵연이 연단에 오르면 법회에 참석한 신선들 사이에 끼어 앉아 씨앗을 까먹거나 졸았다.

평소에는 법도가 무료하다던 묵연인데 일단 설법을 시작하자 청산유수로 설을 풀었다. 그러다보니 수많은 신선들이 몰려와 토론이 벌어졌다. 대부분 윤회와 열반, 예측하기 어려운 민심 등에 대해서였는데 묵연이 늘 압도적으로 이겼다. 여기저기서 탄식이 흘러나왔다.

그렇게 해서 나는 이경의 일을 거의 잊었다. 고요한 밤에 가끔 악몽만 꿀 뿐이었다.

현명 상신의 법회는 매우 훌륭했다.

법회가 끝나고도 스승 묵연은 나를 데리고 북황에 사흘을 더 머물렀다.

곤륜허로 돌아오자 귀족의 둘째 황자가 결혼했다는 소식이 들렸다. 결혼식은 성대하게 치러졌으며 귀족의 축하 행렬이 아흐레 연속 이어졌다고 했다.

대자명궁과 곤륜허는 진즉부터 악감정이 많아 당연히 초대장이 오지 않았다. 다만 큰 새언니가 편지를 통해 친정어머니가 무척 만족스러워하며 현녀가 내 보살핌에 고마워한다고 전해왔다.

나 백천은 또 그렇게 쩨쩨한 이가 아니다. 분명 이경이 나를 저버렸지만 그래봐야 한바탕 사사로운 감정 아닌가. 천만 년쯤 지나 자연스럽게 마음이 풀리면 서로 만나 술잔을 기울이는 것도 얼마든지 가능했을 것이다.

그뒤의 일만 벌어지지 않았다면.

묵연은 나와 영우를 구하던 밤 경창에게 심각한 상처를 입혔다. 이경이 결혼식을 치르고 석 달 뒤, 마침내 부상에서 회복한 경창은 묵연이 아내를 강탈해갔다는 명목으로 군사를 일으켰다.

물론 터무니없는 핑계였다. 강탈했다는 말은 차치하고 영우와 결혼식도 올리지 않았으니 아내라고 할 수도 없었다. 하지만 경창은 그 졸렬한 명목으로 귀족의 십만 장병을 끝내 설복시켰다. 그러고는 자신의 각오를 드러내기 위해 이경에게는 귀족 여자를 내리고 시집온 지 얼마 되지 않은 현녀를 피가 낭자할 정도로 때려 곤륜허로 보냈다.

자비로운 큰 사형이 현녀를 담요로 감싸 데리고 들어왔다.

묵연은 보고도 못 본 척 내버려두었다.

귀족 병사들이 두 종족의 경계 삼십 리 앞까지 이르고 구중천의 천군이 동자 열여덟 명을 보내 재차 청한 뒤에야 묵연은 궤짝에 오랫동안 박아두었던 검은색 투구와 갑옷을 꺼냈다. 그러고는 먼지를 떨며 담담하게 말했다. "경창이 나를 명목으로 내건데다 나는 전쟁의 신이니 이 일전을 피할 수 없을 것이다. 열일곱째, 이 갑옷과 투구를 꼼꼼하게 점검하거라. 너무 오랫동안 꺼내지 않아 좀이라도 슬었을까 걱정이로구나."

천군이 기뻐하며 묵연에게 십만 장병을 내리고 천문에서 술 석 잔을 뿌리며 전송했다. 우리 열일곱 동문도 각자 직책을 맡았다.

내 평생 처음 참가한 그 전쟁은 여든하루 동안 지속되었다.

장장 팔십일 일 동안 봉화가 꺼지지 않고 초연이 자욱하게 깔렸다. 묵연은 불패의 전쟁신이라 원래대로라면 신속하게 전쟁이 끝났어야 했다. 하지만 귀족의 패색이 짙어지고 있을 때 현녀가 천족의 진법도를 훔쳐 이경에게로 달아났다. 그제야 우리는 현녀가 폐비된 것이 귀족의 고육지책이었음을 알게 되었다. 그런 줄도 모르고 큰 사형이 현녀, 그 배은망덕한 늑대를 구해서 곤륜허로 들인 것이다.

묵연은 상황을 만회하기 위해 더 많은 기력을 쏟아 원기가 크게 손상되었다. 그렇지만 귀족이 마흔아홉 개의 진법을 파악할 때까지 기다릴 수도 없었다. 결국 병사를 이끌고 그대로 기습 공격을 펼쳐 귀족의 남은 병사 삼만을 약수에서 포위했다.

당시 나는 너무도 우둔해 묵연이 아무리 초인적인 능력을 가졌다 해도 나 대신 맞은 세 차례의 벼락이 작지 않은 타격이었음을, 단 몇 개월 만에 회복될 수 없는 상태였음을 전혀 몰랐다.

그때 내가 조금만 의심했더라도 그런 결말을 맞지는 않았을 것이다.

하지만 묵연은 너무나 잘 숨겼다. 늘 아무렇지 않아 보였다.

마지막 전투를 앞두고 양측이 약수 양 기슭에 늘어섰다. 천리 광활한 하늘에 먹구름이 세차게 출렁거렸다.

나는 이제 곧 귀족이 투항하거나 멸족을 당할 테니 더이상 걱정할 필요 없다고 생각했다. 그런데 뜻밖에도 경창이 동황종을 꺼내 부리기 시작했다. 동황이 나오면 모든 게 재로 변하고 세상이 소멸될 터였다. 그것은 세상에서 가장 신기한 보물이자 가장 잔혹한 무기였다.

경창이 웃으며 말했다. "내가 귀족의 왕으로 있는 이상 절대 항복은 없다. 천지도 변할 때가 되지 않았는가. 팔황의 모든 신과 함께 사라질 테니 나도 억울할 것 없다."

나는 그런 상황에서도 안심하고 있었다. 동황종이 세상을 멸할 수 있는 무기라고 해도 어쨌든 묵연이 만들었으니 쉽게 없앨 수도 있을 거라고 생각했다.

묵연이 가까스로 버티고 있는 줄 전혀 몰랐다. 분명 동황종은 묵연이 만든 신물이지만 이미 제어할 수 없는 상황이었다. 동황종의 노기를 가라앉히려면 그것이 완전히 열리기 전에 강력한 원신元神* 을 희생시켜야 했다.

경창의 손에 있던 동황종이 순식간에 부풀어오르고 위쪽의 붉은 연꽃이 이글이글 타오르기 시작했다.

지금까지도 헌원검軒轅劍**을 든 묵연이 있는 힘껏 달려가 동황종

---

* 수행을 통해 쌓이는 근원적인 물질로, 육체적 차원을 넘어 단독으로 존재할 수 있다.

을 끌어안던 광경이 생생하게 기억난다. 종에서 핏빛 같은 선홍빛이 사방으로 뿜어져 나오더니 묵연의 몸을 뚫고 지나갔다. 점점 강해지는 붉은빛 속에서 묵연이 갑자기 고개를 돌려 약하게 입술을 들썩였다.

스승 묵연이 임종 전 남긴 마지막 말은 나중에 독화술을 잘하는 일곱째 사형을 통해 전해들었다. "기다리거라."

묵연은 동황종의 주인이므로 당연히 동황종 내면의 세계에 대해 누구보다 잘 알았다. 동황종에 신력이 전부 빨리기 전 묵연은 남은 기력을 모아 술법을 펼쳤다. 목숨을 걸고 기어이 경창을 동황종에 가둔 것이다. 그렇게 해서 귀족은 팔황 으뜸의 기물을 부리고도 아무런 소득을 얻지 못했다.

귀군이 봉인되자 장군으로 따라온 귀족 황태자와 그의 삼만 잔병은 천족의 십만 장병 앞에서 사시나무 떨 듯 벌벌 떨다가 곧장 투항했다.

넷째 사형의 말에 따르면 그때 나는 선혈이 낭자한 스승 묵연을 끌어안고 시뻘건 눈으로 죽어도 귀족의 항복을 받을 수 없다고 노발대발했다고 한다. 열 손가락으로 부채를 꽉 쥔 채 "스승님이 돌아가시면 세상 사람을 전부 같이 묻어버리겠다"고 외치면서 말이다. 하마터면 내가 구중천 천군의 대사를 그르칠 뻔했다.

노심초사하던 사형들이 하는 수 없이 나를 기절시킨 뒤 묵연의

** 중국 건국 신화의 삼황오제(三皇五帝) 중 하나인 헌원씨의 검으로, 흔히 명검의 대명사로 쓰인다.

육신과 함께 곤륜허로 데려갔다.

넷째 사형은 그때의 나를 정말 비적匪賊 같았다고 묘사했지만 나는 전혀 기억이 없다. 한밤중에 깨어보니 묵연과 한침대에 나란히 누워 두 손으로 묵연의 열 손가락을 꽉 잡고 있었는데 그의 숨이 느껴지지 않았던 것만 기억난다.

귀족의 난은 그렇게 끝났다. 그뒤 대자명궁에 정변이 일어 황태자가 감금되고 둘째 황자 이경이 푸른 도포를 입고 군주의 자리에 올랐다고 했다. 제위에 오르던 날 이경은 천군에게 자신의 정원에서 가장 귀한 겨울 연꽃을 공물로 진상했다.

천군은 우리 열일곱 동문을 도와 묵연의 후사를 치르라며 열여덟 상선을 내려보냈다. 나는 머리를 풀어헤친 채 어디서 끌어왔는지 모르는 법력을 써, 부채 하나만으로 그 열여덟 상선을 전부 곤륜허에서 내쫓아버렸다.

일곱째 사형이 나를 위로했다. "이미 돌아가셨지만 스승님 입으로 직접 기다리라고 말씀하셨잖아. 그러니 스승님 시신을 보존하고 있으면 정말로 돌아오실 수도 있지 않을까?"

나는 물에 빠졌다가 지푸라기라도 잡은 심정이었다.

묵연의 육신을 보존하는 일은 불가능하지 않았다. 사해팔황 다른 지역에서는 모르겠지만 청구의 여우라면 누구나 꼬리 아홉 달린 백여우의 심장에 바로 그런 효과가 있다는 것을 알고 있었다. 백색 구미호 심장의 피를 매달 한 사발씩 주입한다면 묵연의 육신을 보존할 수 있었다.

묵연은 남신이기 때문에 암여우를 찾아야 음양의 조화가 맞았다. 그리고 공교롭게도 내가 바로 암여우였다. 그것도 수행을 꽤 쌓은 암여우. 나는 그 자리에서 심장에 칼을 꽂아 피를 뽑은 뒤 묵연에게 먹였다. 하지만 나도 부상이 심해 이틀 밤 연속으로 피를 뽑자 견디기 힘들었다.

사실 그 또한 술법을 쓰는 거라서 묵연에게 내 피를 먹인 이상은 계속 내 피를 주입해야 했다. 다른 여우로 대체해서는 안 됐다.

나는 한없는 시름에 빠졌다. 그런데 그때 귀족에게 옥혼玉魂이라는 기물이 있는데 그걸 입에 물리면 묵연의 육신을 영원히 보존할 수 있다는 말을 들었다. 다만 그 옥혼은 귀족의 성물聖物이라 구하기 힘들다고 했다.

이경에 대한 내 응어리는 따질 겨를이 없었다. 그저 이경이 한때의 우리 우정을 생각해 옥혼을 빌려주기만 바랐다. 묵연을 그렇게 만든 장본인이 바로 그들 귀족이었지만 전쟁에서의 일이니 누구의 잘잘못을 따질 필요는 없었다.

그때 내가 얼마나 비굴하게 굽실거렸는지.

휘황찬란한 대자명궁의 옥좌에 앉아 이경이 나를 한참 살펴보았다. 귀군이 되어 그런지 확실히 이전보다 훨씬 위엄 있어 보였다.

이경이 천천히 입을 열었다. "옥혼이 비록 우리 귀족의 성물이나 본 군과 상선의 교분을 생각할 때 상선에게 빌려줘도 무방하오. 허나 궁에 정변이 일었을 때 옥혼 또한 사라졌으니 상선에게 실로 미안할 뿐이오."

마른하늘에 날벼락이라도 맞은 것처럼 순간 정신이 아뜩해졌다.

멍한 상태로 대자명궁을 나오다 화려한 옷차림의 현녀와 마주쳤다. 현녀가 조심스럽게 웃음을 지었다. "먼길을 오셨는데 왜 쉬지도 않고 떠나십니까? 이리 가시면 대자명궁에서 대접을 소홀히 한 것처럼 보이지요."

현녀가 정말 싫었지만 그때는 심신이 피폐해 뭐라 대거리해줄 기력도 없어 그냥 옆쪽으로 피해 걸음을 옮겼다. 하지만 현녀는 전혀 아랑곳하지 않고 한 손으로 내 앞을 가로막으며 부드럽게 말했다. "이 옥혼을 구하러 오신 게지요." 하얀 손바닥 위에 반지르르 빛나는 옥석이 놓여 있었다.

나는 망연히 고개를 들어 현녀를 보았다. 현녀가 까르르 웃었다. "일전에 군상께서 주셨습니다. 흉터를 다스리라고요. 그때 경창님 채찍이 가볍지 않아서 지금도 상처가 있거든요. 아시다시피 여자 몸에 상처가 많으면 좋지 않잖습니까."

여자 몸에 상처가 남으면 확실히 좋을 게 없지. 나는 하늘을 보며 크게 웃은 뒤 몸을 날려 현녀를 겨드랑이에 끼고는 쥘부채를 부려 단숨에 이경의 대전으로 들어갔다. 그런 다음 현녀의 오른손을 벌려 이경의 면전에 내밀었다.

이경의 아름다운 얼굴이 일순간 하얗게 질렸다. 고개를 들어 나를 보면서 입을 벌렸지만 아무 말도 하지 못했다.

나는 현녀를 이경의 품에 내던진 뒤 대전 입구까지 물러나 쓴웃음을 지었다. "사음 평생 가장 후회하는 일이 바로 대자명궁에서 당신 이경 귀군을 만난 일입니다. 부부가 똑같이 배은망덕하니 정말 천생배필이군요. 앞으로 대자명궁은 사음의 불구대천 원수입니다."

당시의 나는 젊고 다혈질이라 옥혼도 빼앗지 않고 곧장 대자명궁을 나왔다.

곤륜허로 돌아와 스승 묵연의 안색이 점점 어두워지는 것을 보면서 나는 다른 생각은 접기로 했다.

황혼 무렵 단약방에서 몰래 미혼약을 빼내 와 사형들의 음식에 섞었다.

밤이 되어 모두들 깊이 잠든 틈에 몰래 묵연을 업고 곤륜허를 빠져나와 재빨리 청구로 돌아왔다.

청구 북쪽에 풍이산楓夷山이라는 작은 산이 하나 있고, 그 산허리에는 아버지가 염화동이라고 이름 붙인 영기 가득한 동굴이 있었다. 나는 묵연을 염화동의 얼음침대에 눕혔다. 그러고는 행여 피를 뽑고 난 뒤 기운이 떨어져 먹이지 못할까봐 나도 아예 그 옆에 누웠다.

묵연의 온몸이 상처투성이여서 일단은 매일 피를 먹이고 상처가 다 아문 뒤에는 한 달에 한 번씩 주입해야 했다.

며칠 밤이나 더 피를 뽑을 수 있을지 알 수 없었다. 내가 죽으면 묵연도 돌아올 수 없다는 생각뿐이었다. 그래도 우리가 나란히 묻히면 저승에서 외롭지 않을 것 같아 염화동으로 데려왔다. 염화동은 내가 겁운을 맞을 경우를 생각해 선택해둔 영면의 장소였다.

그렇게 다시 이레가 지났다.

더이상 살 수 없을 줄 알았다. 그런데 눈을 떠보니 눈두덩이가 빨갛게 부은 어머니가 보였다.

어머니는 신력의 절반을 내게 주입해주었다. 그렇게 나는 목숨을 구하고 남장 생활도 끝냈다.

어머니의 보살핌 덕분에 매일 가슴을 찔러 심장의 피를 뽑는 일이 그렇게 힘들지 않았다. 그저 아직 침대에서 내려올 수 없을 뿐이었다.

어머니는 내가 답답할까봐 일부러 절안의 거처까지 가서 책을 많이 빌려다주었다.

그제야 묵연을 곤륜허에서 몰래 빼내오는 바람에 역사를 집필하는 신관들이 난처해졌다는 사실을 알았다. 묵연의 공덕을 기릴 전기를 써야 했는데 마지막에 그의 유체가 어디로 갔는지 고증할 수 없었던 것이다. 덕분에 묵연은 선계 족보에서 유일하게 행방이 묘연한 신선이 되었다. 앞으로 후배 신선들의 입방아에도 얼마나 오르내리게 될지 알 수 없었다.

나중에 나를 보러 청구에 온 절안도 그 일에 대해 이야기해주었다. 절안이 소매를 걷으면서 미소를 지었다. "지금 사해팔황이 떠들썩해. 온갖 말들이 다 나온다니까. 진문晉文네 집필 소선 몇은 너와 묵연이 동성애에 빠졌는데 사제지간에 그럴 수는 없으니 묵연이 죽은 척하고 너와 숨어산다고 추측하더라. 나름 일리가 있는 것 같아서 내가 특별히 확인하러 왔지."

나는 울 수도 웃을 수도 없었다. 진문은 글을 주관하는 상신으로, 신족의 예법을 바로잡는 권한을 지녔다. 그러다보니 그 집에서 수련한 신선들은 자연스럽게 신족의 예속을 제정하는 일을 했다. 그런데 그 신선들이 이렇게 진보적으로 생각할 수 있다니 실로 존경스러웠다.

한편 곤륜허의 사형들은 나를 몇 천 년이나 찾았지만 사실은 내가 여신이며, 심지어 청구 백가의 백천이라는 것을 상상도 못했기 때문에 아무런 성과도 거둘 수 없었다.

오늘날 구중천에서 가장 정통성 있는 역사서는 묵연에 대해 기록하기를 '……호덕군皓德君 63,082년 가을 귀족의 난이 끝난 뒤 부신의 적자 묵연군은 열일곱째 제자 사음과 은거하여 행적이 묘연하다……'라고 하고 있다.

그나마 내가 묵연의 육신을 훔친 부분은 기록하지 않았으니 내 체면을 살려준 셈이다.

너무 오래 살아서인가, 옛일을 떠올리기만 하면 한도 끝도 없어진다.

이경이 대나무다리를 건너 내 앞까지 온 뒤에야 나는 커다란 동굴에 떨어져 귀군과 어떤 요괴의 밀회를 방해하고 있다는 현실을 자각할 수 있었다.

이경이 내 손을 잡으며 힘겹게 입을 뗐다. "아음, 칠만 년이나 찾아다녔다."

나는 정자에 그대로 서 있는 여자를 흘끔거리며 의문에 빠졌다. 채권자가 채무자를 쫓아다닌다는 말은 들어봤어도, 채무자가 채권자 발뒤꿈치를 따라다니며 왜 빚 독촉을 하지 않느냐고 성화를 부린단 말은 들어본 적이 없었다. 아무리 계산해봐도 나와 이경 둘 사이에는 이경이 빚진 게 더 많았다.

나는 손을 뿌리치며 뒤로 한 걸음 물러섰다. 이경이 다시 한 걸음 다가와 나를 뚫어져라 쳐다보았다. "남자로서 충분히 멋있었는데 왜 이렇게 여자처럼 꾸몄느냐? 아음, 아직도 나를 원망하느냐? 그때 너는 대자명궁을 불구대천의 원수라고 말했지만 알아야 할 게……"

나는 소매를 걷으며 억지로 웃었다. "귀군은 심려치 마십시오.

한때 화를 못 참고 내뱉은 말에 불과합니다. 지금은 귀족과 신족이 화목하게 지내고, 저 또한 긴 시간을 헛되이 보내지는 않아 조금은 도리를 깨치고 있습니다. 공연히 생트집을 잡아 대자명궁의 태평을 깨는 일은 절대 없을 것입니다. 그러니 우리 둘, 서로 간에 침범하지 말도록만 하지요."

이경이 어리둥절해하다가 다급하게 말했다.

"아음, 그때 내가 너를 버린 것은 네가 여자가 아니라서였지만…… 그래도 나는…… 지난 칠만 년 동안 모두들 말하길 네가 이미…… 하지만 나는 믿지 않았다. 그 오랜 시간 너를 생각했어. 아음……"

이경이 계속 아음이라고 부르는 통에 머리가 빙빙 돌고 화가 치솟았다. "여자가 아니라고요? 눈 뜨고 똑바로 보라고요. 남자가 이렇게 생겼나요?"

나를 잡으려던 이경의 손이 갑자기 허공에서 멈췄다. 한참 뒤 이경이 아연실색하며 말했다. "여자라고? 그때, 그때 너는……"

내가 옆으로 몸을 피했다. "스승님이 여자를 제자로 들이지 않아서 제 어머니가 남자의 몸으로 변신시켜주셨어요. 귀군이 계속 그때, 그때 하시니 저도 그때 이야기를 하지요. 그때 귀군은 저를 버리고 현녀를 택했어요. 그리고 기린을 동원해 현녀를 대자명궁으로 맞아 아흐레나 축하연을 연 것은 정식 혼례……"

이경이 손을 내저으며 내 말을 끊었다. "그때 마음이 아팠다면 왜 내게 여자라고 밝히지 않은 게냐?"

그 바람에 하려던 말을 완전히 잊어버렸다. 나는 잠시 생각한 뒤 사실대로 대답했다. "확실히 그때는 슬퍼했지요. 지금은 기억조차 잘 나지 않지만. 그리고 당신은 현녀의 취향과 품성에 반해 현녀를 사랑한 거지, 설마 이 얼굴 때문은 아니었잖아요? 당신과의 관계가 끝난 이상 내가 여자라는 사실을 말하든 말하지 않든 마찬가지였어요."

이경이 입술을 꽉 깨물었다.

정말 재수없는 밤이라는 생각만 들었다. 아무 말도 못하는 이경을 향해 얼른 인사를 하고 몸을 돌렸다. 그러고는 인계를 맺어 바람을 타는 한편 더이상 어떤 것과도 마주치지 않게 몸을 숨겼다.

뒤에서 이경이 허둥지둥 아음을 부르는 소리가 들렸다.

허나 이제 세상 어디에 아음이 있단 말인가.

## 7장
## 불청객

셋째 오라버니 부부는 집에 없었다.

동굴을 지키는 선동仙童들이 두셋씩 입구에 쪼그리고 앉아 귀뚜라미싸움을 벌이고 있었다. 제일 위인 운생雲生이 나를 보고 활짝 웃으며 손을 흔들었다. "고모님, 정말 오랜만에 오셨는데 어떡하죠? 마님이 가출하셔서 전하께서 어제 백액호白額虎를 타고 찾으러 가셨어요. 괜찮으시다면 제가 대신 시중을 들게요."

나는 잠시 생각에 잠겼다. 이 부부는 서로 도망가고 쫓아가는 게 취미생활이라니까, 몇 만 년째 질리지도 않고 계속해대니…… 시장하긴 한지라 운생에게 음식을 좀 준비해달라고 해 아침을 먹었다. 그러고는 물 섞은 도화주 두 병을 건네고 몇 마디 당부를 전한 뒤 구름을 타고 청구로 향했다.

도중에 하주夏州를 지나다가 문득 천오天吳의 무덤이 생각나 잠시 들러 성묘했다.

태고신은 대부분 용모가 출중한데 천오는 예외였다. 그 대신 양으로 보충하려는 듯 머리가 여덟 개였다. 곤륜허에 제자로 있을 때 천오와 친분을 쌓았다. 그 태고신이 겁운을 맞을 줄 누가 알았겠는가. 천오는 들불과 벼락 속에서 목숨을 잃었다. 그가 겁운을 맞았다는 소식을 듣고 급히 청구에서 하주로 갔지만 이미 백골만 남은 상태였다.

반나절을 하주에서 보내고 청구로 돌아오니 어느새 정오였다.

청구 땅에 두 발을 들이자마자 짙은 녹색 옷을 입은 아이가 호리동에서 뛰어나오는 게 아닌가.

미곡이 유모 같은 표정으로 뒤따라오며 조바심을 냈다. "아기씨, 천천히, 천천히."

나는 눈을 비볐다.

아이가 후다닥 내 다리까지 달려와 눈물이 그렁그렁한 눈으로 무척 서운하다는 듯 소리쳤다. "어머니, 왜 약속을 어기세요? 어제 분명히 저희와 천궁으로 돌아간다고 하셨잖아요!"

미곡이 눈을 땅으로 내리깐 채 계속 나를 흘끔거렸다. 뭔가 하고 싶은 말이 많은 눈치였다.

나는 미곡을 한번 노려본 뒤 소매를 휘둘러 허락했다.

그러자 미곡이 두 손을 가지런히 모으며 고개를 조아렸다. "미곡이 만 번 죽어 마땅합니다. 고모님이 청구를 잘 지키라고 하셨는데, 제가 소선 정도는 응대할 수 있지만 천족의 태자 저하가 오시니 막을 수가 없었습니다. 게다가 태자 저하께서 고모님 아기씨까지 데려오셔서, 아기씨를 봐서라도 태자 저하를 청구로 모실 수밖에 없었습니다. 사정은 이러하지만 미리 고모님께 여쭤보지 못했으니 벌하여주십시오."

나는 멍해졌다. 야화군도 왔다고? 설마 어제 연인과 만나는 것을 방해했다고 일부러 따지러 온 건가?

어제는 급히 달아나느라 야화와 목청 공주가 어떻게 끝을 냈는지 보지 못했다. 목청의 감정이 그렇게 깊으니, 내가 이성을 잃고 아이의 부추김에 넘어가 소란을 피웠다고 해도 야화가 정말 목청을 원한다면 어려울 리 없을 터였다. 그런데도 굳이 찾아와 따지겠다니 이만저만 쩨쩨한 성격이 아닌 듯했다. 나도 모르게 몸서리를 쳤다.

찹쌀경단이 내 오른손을 잡으며 고개를 들고 중얼거렸다. "천궁이 익숙하지 않아서 어머니가 같이 안 가시려는 거라고 아바마마가 얘기해주셨어요. 그런 건 아무 문제 없어요. 저와 아바마마가 어머니 계신 곳으로 오면 되니까요. 어머니만 계시면 아리는 어디서든 잘 지낼 수 있어요."

나는 머리가 지끈거려 굳은 표정으로 말했다. "나와 함께 살겠다고? 네 아버지도 함께?"

찹쌀경단이 천진난만하게 고개를 끄덕였다.

미곡이 내 마음을 알아채고 얼른 나를 부축하며 나직하게 속삭였다. "고모님, 침착하세요."

사실 비슷한 선례가 있긴 했다.

지금의 천군이 태자였을 때 풍류를 무척 즐겼는데, 선대 천군이 본가의 사촌누이를 태자비로 정하자 받아들이려 하지 않았다. 이에 선대 천군은 조서를 내려 태자를 고모 자택에 감금해버렸다. 당시 태자는 갇혀 있던 한 달 동안 사촌누이와 사랑에 빠졌고 함께 천궁으로 돌아갔다. 그렇게 모든 일이 잘 풀려 지금은 미담으로 남았다.

그러니 야화군이 청구에서 지내겠다는 것도 정당한 명분이 있는 셈이고 누구도 그를 내보낼 수 없었다.

다만 나를 괴롭히려는 의도에서 찾아온 듯해 살짝 걱정스러웠다.

그나마 야화는 찹쌀경단을 미곡에게 맡긴 뒤 혼자 천궁으로 돌아갔다고 해서 안심이 되었다.

앞으로 천군의 제위를 이어 사해팔황의 신선들을 관리할 야화의 지위를 감안하면 하루종일 잡다한 업무에 둘러싸여 있을 확률이 높았다. 정말로 청구에서 지낼 계획이라면 돌아가서 처리할 일이 꽤 많을 법했다.

찹쌀경단이 하늘빛을 살피더니 간절한 눈빛으로 나를 올려다보았다. "어머니, 아리는 배가 고파요."

호리동에서는 이미 며칠째 밥을 하지 않았기 때문에 나는 몸을 돌려 미곡에게 물었다. "미곡의 거처에 음식이 좀 있지?"

미곡이 난감해하며 대답했다. "아…… 아니요."

의아한 마음에 다시 물었다. "요즘 봉구가 미곡의 식사까지 준비해서 매일 가져다주는 것 아니었어? 설마 자기 부모님 동굴로 돌아갔어?"

미곡이 어두운 표정으로 대답했다. "반년 전쯤 속세에 은혜 갚으러 간다며 짐을 챙겨 떠났어요. 이렇게 오래도록 돌아오지 않는 걸 보니, 그 은인이 눌러앉힌 게 아닌가 싶어요. 이러다 돌아올 때 새끼 여우 손이라도 잡고 오는 건 아닐지."

나는 고개를 끄덕이며 응응 맞장구를 쳤다.

당장 먹을 게 없다는 사실을 눈치챈 찹쌀경단의 눈이 한층 촉촉해졌다.

잠깐이나마 함께 있으면서 나는 아이의 성격을 조금은 파악했다. 불쌍한 표정을 잘 짓지만 절대 눈물을 쏟는 법은 없었다. 눈에 눈물을 그렁그렁 담은 채 고양이가 할퀴듯 가슴을 헤집어, 마치 내가 아이를 학대하는 나쁜 사람이 된 것처럼 느끼게 만들었다. 학대 같은 거 조금도 하지 않았는데.

미곡이 먼저 견디지 못하고 얼른 찹쌀경단의 손을 잡으며 달랬다. "이 형이 식사할 수 있는 데로 데려갈게요. 우리 아기씨는 비파枇杷나무 열매를 좋아하나요?"

나는 입을 삐죽거렸다. 찹쌀경단은 이제 겨우 이삼백 살이고 미곡은 이미 십삼만 칠천 살인데 자신을 형이라고 부르다니 뻔뻔스러웠다.

둘의 뒤를 따라 동쪽 시장으로 갔다.

과일 파는 소선들이 나를 보고는 손을 멈추고 공손하게 고모님 하고 부르며 인사했다. 무척 예의발랐다.

그중에는 백발이 성성하고 피부가 쭈글쭈글한 노인들도 꽤 많았다. 당연히 나에 비하면 한참 어렸지만 찹쌀경단은 기분이 나빴는지, 잣을 파는 잣나무 신선에게 달려가 작고 통통한 허리에 손을 얹으며 진지하게 물었다. "우리 어머니는 이렇게 젊고 예쁜데 왜 그렇게 노인 부르듯 해요?"

잣나무 신선이 크게 벌어진 입을 한참이나 다물지 못했다. "고모님, 언제 이런 아이를 얻으셨습니까?"

나는 고개를 들어 하늘을 보며 대답했다. "어제요."

올해는 비파가 풍년이라 한 무더기씩 비파를 쌓아놓은 대나무광주리가 저잣거리 곳곳에 자못 귀엽게 놓여 있었다. 찹쌀경단은 무척 신나 보였다.

하지만 비파를 재배해 들고 나온 소선들은 찹쌀경단만큼 신나 보이지 않았다. 워낙 풍년이라 싼 값에 팔 수밖에 없으니 흥이 나지 않는 모양이었다.

미곡이 여러 곳을 돌며 한참을 살펴보고 맛까지 본 뒤에야 검푸른 광주리를 가리키며 나와 찹쌀경단에게 말했다. "이 집에서 반 광주리 고르면 되겠어요."

과일이나 채소를 고르는 미곡의 안목은 봉구가 직접 가르쳤기 때문에 충분히 신뢰할 수 있었다. 나는 고개를 끄덕이고는 광주리 옆에 쪼그리고 앉아 꼼꼼하게 고르기 시작했다.

찹쌀경단이 내 맞은편으로 뛰어와 작은 팔과 다리로 나를 따라하려 했다. 하지만 그 작은 키로 쪼그려 앉자 광주리에 몸이 완전히 가려졌다. 아이는 마음에 들지 않는 듯 투덜거리다 까치발을 하고 광주리 가장자리에 엎드렸다. 그런 다음 비파 하나를 꺼내 천연덕스럽게 쳐다보고 또 하나를 꺼내 그럴싸하게 요리조리 살폈다.

신나게 비파를 고르고 있을 때 갑자기 손이 하나 끼어들었다. 뼈마디가 분명하고 긴 손이었다. 나는 미곡이려니 생각하며 옆으로 비켜주었다. 그런데 굳이 내가 골라 손에 든 비파를 빼앗는 게 아닌가. 뭔가 이상하다는 생각에 그 검은 옷소매를 따라 고개를 들었다. 찹쌀경단의 아버지, 구중천에서 열심히 일을 처리하고 있어야 할 야화군이 허리를 굽힌 채 빙글거리며 나를 보고 있었다.

그 얼굴로 그렇게 웃으니 정말 죽을 지경이었다.

내가 초대하지는 않았지만 이미 청구에 온 이상, 설령 불청객이라 해도 예의를 중시하는 청구에서 대접을 소홀히 할 수는 없었다. 얕보이지 않게 반드시 주인다운 풍모로 응대해야 했다.

그런 생각에 나는 손을 거두고 환하게 웃었다. "어머, 야화군이셨군요. 식사하셨나요? 오늘 점심으로 비파를 먹으려고 하는데 식사 전이시면 함께 드시지요."

야화가 웃음을 거두고 못마땅하다는 듯 손안의 과일을 뒤적거렸다. "한창 클 나이인 아리한테 이런 것을 먹인다고요?"

나는 손을 뻗어 찹쌀경단의 얼굴을 만지작거리며 물었다. "비파 좋아해, 안 좋아해?"

찹쌀경단이 머뭇머뭇 고개를 끄덕이면서 작은 소리로 "좋아해요"라고 답했다.

야화는 아무 말 없이 이마를 짚은 채 한참 동안 나를 쳐다보다가 내 손을 잡아끌었다. "이 근처에 고기와 야채를 파는 데는 어딥니까?"

내가 잠시 어리둥절해하는 사이 야화는 이미 나를 끌며 걸음을 옮기고 있었다. 뒤에서 미곡이 찹쌀경단을 안아들고 다급하게 소리쳤다. "고모님, 비파는 사요, 마요?"

야화의 걸음이 너무 빨라 나는 비틀거리며 손을 흔들었다. "사, 그렇게 정성껏 골라놨는데 남 좋은 일 시킬 거야? 당연히 사야지."

오늘 장보기는 정말 대단했다.

얼마 지나지 않아 동서남북의 시장 신선들 모두 어떤 잘생긴 남자가 어린아이를 데리고 주군의 동굴에 살게 되었으며 하얗고 통통한 아이는 고모님을 어머니, 남자를 아바마마라고 부른다는 사실을 알게 되었다.

청구는 오랫동안 태평해 넷째 오라버니가 타고 다니는 필방조가 행방불명된 일이 신선들 입에서 삼 년 내내 오르내렸다. 그러니 나에 관한 소문을 들은 신선들이 어떠했겠는가. 다들 재밌어 어쩔 줄 몰라했다. 심지어 물고기를 잡아 파는 북쪽 장터의 회색늑대는 생선 한 바구니를 선물하며 하하 웃었다. "그냥 생선 몇 마리일 뿐입니다. 고모님 푹 고아서 몸보신 좀 하세요."

야화가 바구니를 받으며 싱긋 웃었다. "아이 보는 일이 쉽지 않으니 보양을 좀 해야겠지요."

회색늑대가 머리를 긁적이며 어수룩하게 웃었다.

그 둘이 맞장구치는 모습이 정말 눈꼴사나웠다. 보양은 무슨.

호리동으로 돌아오니 찹쌀경단은 이미 트림이 나올 정도로 비파를 배불리 먹은 뒤였고 미곡은 차분하게 빗자루로 바닥의 껍질을 쓸고 있었다.

야화가 알아서 냉차를 따라 마시며 내게 말했다. "가서 요리하시죠."

나는 태연히 미곡에게 눈치를 주며 자리에 앉아 냉차를 따랐다. 찹쌀경단이 배를 두드리며 손을 내밀고는 "어머니, 저도요" 하고 애교를 떨었다. 나는 따랐던 냉차를 아이에게 주었다.

미곡이 얼굴을 찌푸리며 빗자루를 안고 옆에 섰다. "고모님, 잘 아시면서……"

나는 담담하게 미곡을 안심시켰다. "무슨 일이든 처음이 있잖아. 벼락도 견뎌냈으면서 뭐 이런 걸 겁내. 잘할 수 있을 거야."

미곡이 마지못해 부엌으로 들어갔다.

야화가 손으로 뺨을 괸 채 한참 동안 나를 바라보다가 나직하게 웃었다. "정말 당신을 모르겠습니다. 분명 청구는 신선들이 사는 곳인데 속세처럼 다스리니. 남자는 농사짓고 여자는 베를 짜면서 술법은 전혀 쓰지 않더군요."

야화에게 손님으로서 가져야 하는 자각이 조금도 없다면 나 역시 주인으로서의 체면을 억지로 차릴 필요가 없어 느긋하게 웃었다. "모든 일을 술법으로 해결하면 신선 노릇인들 무슨 재미가 있겠어요? 그러면 벌써들 무료해졌을 테니 신선들이 갑갑해 죽지 않도록 전쟁이라도 해야 했을걸요. 심신을 즐겁게 할 오락거리로 말이죠."

찻잔이 탁 소리와 함께 탁자에 부딪쳤다. 야화가 웃는 듯 아닌 듯한 표정으로 말했다. "그거 재미있군요. 혹시 그런 때가 오면 저도 천족 병사를 보내서 좀 도와드릴까요?"

막 좋다고 대답하려 하는데 갑자기 부엌에서 펑 소리가 들렸다.

봉두난발에 먼지투성이가 된 미곡이 입구에 서서 커다란 국자를 들고 나를 원망스럽게 쳐다보았다.

나는 한참 동안 멍하니 있다가 야화 쪽으로 몸을 숙였다. "어쨌든 찹쌀경단은 트림할 정도로 먹었고 우리 셋은 나이든 신선이니 안 먹어도 별문제 없잖아요. 점심은 그냥 넘어가죠." 그런 다음 몸을 돌려 위엄 있게 분부했다. "어서 속계에 가서 봉구를 불러오거라."

미곡이 국자를 안은 채 분부를 받들었다. "어떤 명목으로 부를까요?"

내가 잠시 생각한 뒤 진지하게 말했다. "청구에 심각한 일이 벌어졌다고 해."

말이 채 끝나기도 전에 야화가 나를 부엌으로 끌고 갔다. "장작 넣는 일 정도는 할 수 있죠?"

찹쌀경단은 배를 문지르며 대나무 의자에 누워 우리를 보다가 몸을 뒤집고 콜콜 잠이 들었다.

상황이 이 정도에 이르자 신기할 지경이었다.

만난 지 이틀밖에 되지 않은 야화군이 소매를 걷어붙이고 우리 부뚜막에서 거리낌없이 음식을 볶는 것도 모자라 "장작이 너무 많으니 조금 줄여요"라거나 "불이 약하네요. 장작 좀 더 넣어요" 하며 지휘까지 하다니.

갑자기 친어머니가 동황 준질산의 속인이라고 했던 찹쌀경단의 말이 떠올랐다. 아하, 주선대에서 뛰어내린 기구한 운명의 부인에게 배워서 저렇게 뒤집개를 잘 휘두르나보군.

양손으로 국자와 뒤집개를 현란하게 놀리는 야화를 보면서 나는 감탄에 감탄을 거듭하다가 진심 어린 찬사를 내뱉었다. "전 부인이 가르쳐줬군요. 요리 실력이 대단했나보네요."

하지만 야화는 멍한 표정을 지을 뿐이었다.

뒤늦게 그 부인이 이미 이 세상 사람이 아니라는 걸 떠올렸다. 이렇게 이야기를 꺼내면 상처를 들추는 게 아니겠는가.

불꽃이 솥 바닥을 쉬익쉬익 핥았다.

나는 침을 꿀꺽 삼키고는 조용히 아궁이 속으로 장작을 더 넣었다.

야화가 접시에 음식을 담은 뒤 이상한 눈빛으로 나를 쳐다보며 무심하게 말했다. "그 친구는 딱 당신처럼 내가 요리할 때 불붙이고 장작이나 넣었지요." 나는 머쓱해서 아무런 대꾸도 하지 못했다. 야화가 몸을 돌려 그릇에 탕을 담으며 가볍게 탄식했다. "나를 만나기 전에는 준질산 그 황량한 곳에서 어떻게 살았는지."

분명 혼잣말인데 들으라고 하는 말 같았다. 그 낮고도 무거운 탄식에 공연히 마음이 짠해졌다.

야화는 요리 세 종류와 탕 하나를 만들었다.

미곡도 이미 씻고 옷도 갈아입은 뒤라 함께 먹자고 불렀다.

야화가 찹쌀경단을 흔들어 깨우고는 음식을 이것저것 억지로 입에 넣어주었다. 찹쌀경단이 터질 듯 불룩해진 볼로 씩씩거렸다. "아바마마, 계속 이렇게 먹이시면 아리는 공이 될 거예요."

야화가 태연하게 아까 따랐던 냉차를 마시며 대꾸했다. "그럼 좋지. 천궁으로 돌아갈 때 구름에 태울 필요 없이 뭉쳐서 굴리면 될 테니까. 네 경운전慶雲殿까지 굴려주마."

찹쌀경단이 곧바로 내 무릎으로 엎어지며 우는 시늉을 냈다. "으아앙, 아바마마 나빠요."

야화가 찻잔을 내려놓고 솥에서 생선탕 한 그릇을 덜어 웃는 듯 마는 듯한 표정으로 찹쌀경단에게 말했다. "이제 기댈 곳이 생겼다 이거지." 그러고는 생선탕이 가득 담긴 그릇을 내 앞으로 밀며 부드럽게 말했다. "자, 천천, 당신도 보양을 좀 해야죠."

미곡이 사레들어 연신 콜록거렸다.

나는 살짝 상기된 얼굴로 찹쌀경단을 무릎에서 일으키고는 미소를 지으며 그릇을 들었다. "착하지, 한 그릇 더 먹어."

야화의 솜씨는 정말 훌륭했다. 내가 생선탕을 싫어해서 그렇지, 탕을 제외한 나머지 세 요리는 정말 맛있게 먹었다.

점심을 든든하게 잘 먹었더니 마음까지 느긋해졌다. 그 탓인지 야화가 공문을 처리할 서재를 하나 마련해달라고 하자 선뜻 셋째 오라버니가 쓰던 호숫가 방을 정리해 내주었다.

야화가 목청 공주와의 일을 따지러 왔다고 생각했는데 머문 지 보름이 지나도록 동해 수정궁에서 있었던 일은 한마디도 꺼내지 않았다.

매일 새벽마다 가윤伽昀이라는 소선이 찾아와 문을 두드렸다. 그러고는 야화가 전날 처리한 공문을 가져가는 동시에 결재가 필요한 새 공문을 전달했다.

가윤은 야화 옆에서 먹을 갈며 시중드는 문관으로 무척 책임감 있게 일을 잘 처리한다고 했다.

처음에는 내가 쿵쾅거리며 달려나가 직접 문을 열어줬는데 점점 출입 횟수가 늘어나자 가윤선관仙官이 송구스러워했다. 하는 수 없이 호리동 문을 닫지 않고 입구에 결계를 건 후 통과하는 법을 알려주었다. 그러고 나자 다시 편안히 잘 수 있게 되었다.

야화는 대부분의 시간을 서재에서 공문을 처리하며 보냈다. 그러면서도 아침저녁마다 나를 끌고 나가 산책하고, 밤에도 툭하면 바둑을 두자며 서재로 불렀다. 그렇게 계속 끌려다녔더니 하품이 날 정도로 피곤해 몇 번은 한밤중에 바둑을 두다 말고 엎드려 잠이 들고 말았다. 그러면 야화는 나를 깨우기는커녕 아예 자기도 옷을 입은 채 바둑판에 엎드려 잠을 잤다.

공문을 가지러 왔다가 그 광경을 본 가윤선관이 엉뚱한 상상이나 안 했을지 모르겠다.

맡은 바 책임을 다하는 신선이라 해서 뒷말하지 않는다는 법은 없다.

천궁의 소금 측비가 궁녀를 청구 골짜기로 보내 여러 차례 야화를 찾은 뒤에야 그 사실을 깨달았다.

미곡 때문에 그 궁녀를 만나는 행운은 누리지 못했다.

구경거리 좋아하는 소선들이 신나서, 하늘하늘한 검은 옷은 참 예쁘던데 생김새는 평범하더라고 떠드는 것을 들었을 뿐이다. 미곡이 골짜기 입구에서 막자 궁녀가 오만하게 말했다고 한다. "우리 마마께서도 이해를 못하시는 분이 아니오. 나중에 황후가 되실 몸이고. 마마께서 이렇게 호의로 나를 보내신 것은, 백천 상신께서 아직 태자 저하와 혼인한 사이도 아닌데 하루종일 얼굴을 맞대고 뒤엉켜 있는 것은 타당하지 않다고 일러주시려는 것뿐이오. 예전의 천군조차 그러시지는 않았으니 말이오. 또한 천궁에 데려다놓은 목청 공주를 태자 저하께서 냉대하시는 것도 옳지 않다고 하셨소."

청구는 원래 풍속이 자유로운 곳이라 결혼하지 않고 아이를 낳는 경우도 흔했으니 얼굴을 맞대고 누운 정도는 말할 필요도 없었다. 소선들은 콧방귀도 뀌지 않았을뿐더러 미곡이 입을 떼기도 전에 궁녀를 내쫓아버렸다.

나는 궁녀의 이야기를 곰곰이 생각해보았다. 얼굴을 맞댄 채 종일 뒤엉켜 있다는 오해만 빼면 나머지는 나름 일리가 있었다. 야화가 왜 이렇게 오래 머무는지 알 수 없던 터라 그 이유를 알기 위해 이번에 궁녀가 방문했던 일을 거론하기로 했다.

야화는 마침 창문을 열고 책상 앞에 서서 호수에 핀 연꽃을 감상하다가 내 이야기에 이마를 찌푸리며 물었다. "여기 있고 싶으니까 있는 거고 어쨌든 당신은 내 아내인데, 이게 남이 간섭할 일인가요?"

말문이 막혔다. 그의 말을 듣고서야 다시 분명히 생각났다. 눈앞의 야화군은 명명백백 천군이 내게 약속한 남편이었다. 자그마치 구만 살이나 어린 바로 그 낭군.

나는 아, 하고는 한마디 덧붙였다. "내가 제때 결혼했다면 당신만한 손자가 있을 텐데요."

붓을 든 야화의 손이 멈칫했다. 슬쩍 책상에 놓인 화선지를 곁눈질해보니 필치가 무척 힘찼다. 좋은 필법이었다.

잠시 아무 말도 없던 야화가 붓을 내려놓고 나를 뚫어져라 쳐다보았다. 그 눈동자가 무척 차가웠다.

나는 억지로 하하 웃으며 화제를 돌렸다. "동해의 목청을 천궁으로 데려갔다고요?"

좋지 않은 선택이었다.

그저 단순하게 남자들은 여자 이야기를 좋아한다고 생각했을 뿐이다. 예전에 곤륜허에서 열일곱째로 지낼 때 큰 사형이 화가 났다 싶으면 언제나 어느 집 아름다운 신선 이야기를 꺼냈다. 그러면 큰 사형의 노기를 쉽게 가라앉힐 수 있었다. 다만 내가 더이상 남장을 하고 곤륜허에서 지내던 열일곱째가 아니며, 남자 신선들끼리는 여자 신선에 대해 떠들기 좋아해도 여자 신선과 다른 여자에 대해 이야기하는 것은 원치 않는다는 사실을 잊었다. 확실히 내가 또 무례했다.

그런데 남자의 마음은 예측불허라더니, 방금 전까지 침울했던 야화가 그 말을 듣고는 담담하게 나를 보며 다시 붓에 먹물을 잔뜩 묻힌 뒤 살며시 미소까지 짓는 것이었다. "창가에 서봐요. 그렇지요. 대나무 의자 앞에. 음, 눕는 게 좋겠군요. 머리카락 좀 정돈하고 여유로운 자세를 취해요."

아무 생각 없이 하라는 대로 다 한 뒤에야 그가 내 초상화를 그리려 한다는 것을 알았다.

야화가 쓱쓱 그림을 그리다가 불현듯 입을 열었다. "목청이 서해의 둘째 왕자에게 죽어도 시집가기 싫다고 하더군요. 예전에 나와 아리에게 신경써준 게 많아서 천궁에 궁녀로 데려간 겁니다. 나중에 상황이 정리되면 다시 돌려보낼 거고요."

나는 잠시 얼떨떨했다. 야화가 이런 이야기를 꺼내리라고는 전혀 예상하지 못했다.

그가 고개를 들어 따뜻한 눈빛으로 천천히 말했다. "또 하고 싶은 말이 있으면 다 해요."

하고 싶은 말이라면 물론 있었다. "손 저린데 자세 좀 바꿔도 돼요?"

야화가 잠시 멍하게 쳐다보다가 웃음을 터뜨리더니 붓을 몇 차례 놀린 뒤에야 대답했다. "마음대로 해요."

그렇게 대나무 의자에서 깜빡 잠이 들었다.

깨어났을 때는 이미 어둑발이 내리고 있었다. 야화의 것으로 보이는 검은색 겉옷이 내게 덮여 있었지만 그는 어디로 갔는지 보이지 않았다.

# 8장
# 아리의 생일

이튿날 새벽, 침대에서 일어나 간단하게 세수를 한 뒤 진하게 우린 차를 마시면서 동굴 입구로 힘겹게 발걸음을 옮겼다. 야화가 오면 숲으로 산책을 나가야 했다. 도대체 무슨 버릇인지 몰라도 야화는 매일 새벽 호리동 주변을 걷는데 기필코 나를 끌고 나갔다. 이만저만 괴로운 게 아니었다.

그렇다고 호리동 주변의 풍광이 대단한 것도 아니었다. 대나무숲과 샘물이 몇 군데 있어 어쩌다가 한 번씩 걸을 만은 해도, 여러 번 가면 식상해지는 수준이었다. 그런데 벌써 근 보름이 되도록 질리지도 않고 여전히 잔뜩 신이 나서 나가니 대체 무엇 때문인지 이해가 되지 않았다.

문 쪽으로 천천히 걸어가는데 밖에서 쏴아아 소리가 들려와 비가 온다는 것을 알았다. 나는 기쁨을 억누르며 찻잔을 입구 옆 탁자에 두고 흔흔히 방으로 돌아가 다시 잠자리에 누웠다.

하지만 막 잠들려는 순간 급하지도 느리지도 않은 발걸음 소리가 들려왔다.

나는 눈을 뜨고 침대머리에 서 있는 야화를 보며 침통하게 말했다. "오늘은 어느 수군인지 비를 뿌리더군요. 야화군이 젖을까 걱정되니 오늘 하루는 안에서 쉬시지요."

야화는 입가에 살짝 미소를 띤 채 아무 대답도 하지 않았다.

그때 침대에서 곤히 자고 있어야 할 찹쌀경단이 야화 뒤쪽에서 휙 뛰어나와 내 침대로 와락 달려들었다. 노을빛으로 반짝이는 비단옷 때문에 하얗고 보드라운 손과 얼굴이 더욱 반들반들 빛나 보였다. 나는 울긋불긋 요란한 색깔에 눈앞이 어질했다. 아이가 내 목을 끌어안고 부드러운 목소리로 말했다. "아바마마가 오늘 속계에 데려가신다는데 어머니는 왜 아직도 침대에 누워 계세요?"

어안이 벙벙했다.

야화가 병풍에 걸쳐진 겉옷을 내게 건네며 말했다. "다행히 속계는 비가 오지 않더군요."

야화가 무슨 생각을 하는지 도무지 알 수 없었다.

속계가 익숙하지 않아 안내가 필요하면 토지신을 잡으면 될 일이었다. 곤륜허에 있을 때 내가 툭하면 속계로 내려가 놀았던 것은 사실이지만 워낙 길치라 별 도움이 될 리 없었다. 하지만 찹쌀경단이 물기 가득한 눈을 반짝거리며 쳐다보는데 안 된다고 할 수가 없었다.

구름에서 내린 나는 공자 모습으로 변신한 뒤 찹쌀경단에게 당부했다. "지금부터는 아바마마를 아빠라고 불러. 나는, 음, 의부義父

라고 하는 게 좋겠다."

잡쌀경단은 왜 그러는지 의아한 눈치였지만 워낙 내 말을 잘 듣는 아이라 눈을 껌뻑거리다 순순히 알았다고 대답했다.

야화는 옷차림만 속계 양식으로 바꾸었을 뿐 원래 모습을 유지했다. 야화가 나를 보며 가볍게 웃었다. "그렇게 하니까 아주 멋있네요."

어쨌든 이만 년 동안 남자로 살았으니 남자 행세가 어려울 리 없었다. 나는 두 손을 맞잡아 답인사를 하며 웃었다. "천만에요."

늙은 신선, 젊은 신선, 꼬마 신선 우리 셋이 내려간 곳은 번화한 시내였다.

잡쌀경단은 보는 것마다 전부 신기한지 천족의 체면 따위는 내던지고 가는 내내 환호성을 질렀다. 야화는 거의 간섭하지 않았다. 그저 나와 천천히 뒤따라가며 아이가 마음껏 뛰어다니도록 내버려두었다.

속계의 시장은 확실히 청구보다 떠들썩했다.

나는 손 가는 대로 부채를 흔들다가 문득 생각나 야화에게 물었다. "오늘은 어쩐 일로 속계로 나왔나요? 어제 아침에 가윤선관이 공문을 잔뜩 가져왔잖아요. 안색을 보니 간단한 문서 같지도 않던데."

야화가 나를 흘낏 쳐다보고는 대답했다. "오늘이 아리 생일입니다."

나는 높은 음조로 아, 하고 탄성을 내뱉고는 부채를 탁 접으며 심각하게 말했다. "정말 너무하네요. 이렇게 중요한 일을 왜 미리 알려주지 않은 거죠? 오늘은 아무것도 줄 게 없다고요. 아이는 나를 어머니라고 부르는데 생일에 선물 하나 준비하지 못했으니, 정말 당황스럽네요."

야화가 무심하게 대꾸했다. "어떤 선물을 주려고요? 야명주?"

내가 놀라서 물었다. "어떻게 알았어요?"

야화가 눈썹을 치켜세우며 웃었다. "천궁 연회 때 들었어요. 나이든 신선들이 술을 마신 뒤 당신 선물 취향에 대해 말하더군요. 오랫동안 한결같이 야명주를 선물한다고요. 젊은 신선에게는 작은 거, 나이든 신선에게는 큰 거, 아주 공평하다고요. 뭐 어쨌든 야명주는 귀한 물건인데, 아리는 아직 어려서 그 가치를 모르니 낭비라고 생각했습니다. 차라리 아리와 하루 놀아주는 것만 못할 것 같더군요."

나는 코를 문지르며 억지로 하하 웃었다. "사람 키 절반 정도 되는 야명주가 하나 있는데 멀리서 보면 작은 달 같아요. 아이 경운전에 가져다놓으면 묘일성군卯日星君 저택보다 밝을 거예요. 그건 사해팔황에서 유일한……"

내가 신나게 말하고 있을 때 야화가 갑자기 나를 품안으로 와락 잡아당겼다. 곧 이어 마차 한 대가 바로 옆을 질주해 지나갔다.

야화가 눈썹을 살짝 찡그리자 마차를 끌던 말 두 마리가 별안간 앞발을 높이 치켜들며 멈춰서 울부짖었다. 그 바람에 빠르게 끌려가던 수레도 제자리에서 빙그르르 한 바퀴 돌았다. 마부가 자리에서 굴러떨어지듯 내려와서는 땀을 닦으며 중얼거렸다. "이런 미친 말들 같으니, 하늘이 세워주셨구나."

방금까지 앞장서 뛰어가던 찹쌀경단이 말 아래에서 조금씩 모습을 드러냈다. 놀라서 흐느끼는 여자아이를 품에 안고 있었다. 여자아이가 찹쌀경단보다 조금 커서 언뜻 보면 찹쌀경단에게 허리를 잡혀 끌려오는 것 같았다.

사람들 사이로 젊은 여자 하나가 뛰어나와서는 찹쌀경단 손에서 여자아이를 잡아채며 울부짖었다. "엄마 놀라 죽는 줄 알았잖아, 심장이 다 떨어졌어."

그 광경이 까닭 없이 익숙하게 다가오면서 불현듯 어머니의 얼굴이 떠올랐다. 눈물범벅이 돼 나를 품에 꼭 안은 채 어머니가 말했다. "이백 년 동안 대체 어디에서 뭘 했기에 이 꼴이 된 거니……"

나는 무슨 마가 낀 것처럼 머리를 흔들었다. 당시의 어머니는, 내가 염화동에서 묵연과 죽을 뻔했을 때보다도 제정신이 아니셨다. 나 또한 아무 말 없이 청구를 이백 년이나 떠난 적은 처음이었다. 하아, 오백여 년 전 동황종을 깨고 나온 경창과 한바탕 전쟁을 치른 뒤 나는 자그마치 이백열두 해 동안 잠을 잤다.

찹쌀경단이 우리 앞으로 쪼르르 달려와 천진난만하게 물었다. "아빠, 왜 의부님을 계속 끌어안고 있어요?"

그제야 정신이 들었다. 떠들썩하던 저잣거리가 잠시 조용해졌던 터라 찹쌀경단의 앳된 목소리가 유난히 맑게 울렸다.

마차 사건으로 탄식하고 있던 길 양측의 노점상과 행인들이 곧장 반짝반짝 빛나는 시선을 우리에게 집중시켰다. 나는 야화 품에서 억지로 웃으면서 빠져나와 옷매무새를 정리했다. "넘어졌단다, 하하, 넘어졌어."

찹쌀경단이 안도의 한숨을 내쉬었다. "아빠 품으로 넘어져서 다행이에요. 그렇지 않고 땅으로 넘어져 의부님 미모가 망가졌더라면 아빠가 많이 속상했을 거예요. 아리도 속상했을 테고요." 아이가 잠시 생각하다가 고개를 들어 야화에게 물었다. "아빠, 그렇죠?"

반짝반짝 빛나는 그 시선들이 일순 야화에게 꽂혔다. 야화는 그 눈들을 조금도 개의치 않고 가볍게 고개를 끄덕이며 말했다. "물론이지."

옆에 있던 떡장수 아가씨가 얼떨떨한 표정으로 말했다. "진짜 단수는 내 평생 처음이야." 나는 부채를 펴서 얼굴을 가리며 총총히 사람들 속으로 파고들었다. 찹쌀경단이 뒤에서 의부님, 의부님 하고 큰 소리로 부르자 야화가 소리 없이 웃으며 말했다. "내버려두렴, 부끄러워서 그러니까."

부끄럽다고, 이게 다 누구 때문인데.

정오가 가까워져 거리 끝 호숫가 옆에 있는 요릿집으로 식사를 하러 갔다.

야화는 이층 창가를 골라 앉은 뒤 술과 일상적인 속계 요리 몇 가지를 주문했다. 아미타불! 다행히 생선은 없었다.

호수에서 불어오는 바람이 산뜻하고 상쾌했다.

음식을 기다리는 사이 찹쌀경단이 아까 산 장난감을 전부 탁자에 늘어놓고 하나씩 살피기 시작했다. 그 가운데 재미있게 빚은 인형 두 개가 눈에 띄었다.

음식이 나오기 전 종업원이 손님 둘을 데려와 동석해도 괜찮은지 물었다. 엄전한 자태의 여도사 뒤로 고분고분해 보이는 하인이 서 있는데 어딘가 낯이 익었다. 가만 생각해보니 아까 시장에서 말을 부리던 마부 같았다.

종업원이 연신 허리를 굽히며 간곡하게 양해를 구했다.

그래봐야 한끼 식사에 불과하고 실제로 위층 아래층 모두 빈자리가 없는 상황이어서, 나는 찹쌀경단을 가까이 앉힌 다음 두 자리를 내주었다.

여도사가 자리에 앉아 직접 찻물을 따르고는 두어 모금을 마셨다. 그러고는 야화를 향해 입술을 달싹이는가 싶었는데 아무 말도 하지 않았다.

그도 그럴 것이 야화가 어느새 차가운 신군의 모습으로 변해 있었기 때문이다. 뒤집개를 들고 부뚜막 앞에서 요리할 때의 따스함은 어디에도 없었다.

나는 찹쌀경단을 도와 탁자 위의 장난감을 하나씩 치우기 시작했다.

도사가 또 한 모금 차를 마셨다. 무척 긴장했는지 그러고도 한참이 지난 뒤에야 겨우 입을 열었다.

"아까 시장에서 선군께서 도와주신 덕분에 묘운妙雲이 재난을 피할 수 있었습니다."

나는 깜짝 놀라 도사를 바라보았다. 야화도 도사를 향해 고개를 돌렸다.

황급히 고개를 숙이는 묘운 도사의 귀밑이 새빨갰다.

한눈에 야화가 신선이라는 것을 알아채고 심지어 술법을 써서 도와주었다는 것도 간파한 걸 보니 보통 도사가 아닌 게 틀림없었다. 보아하니 십수 년 안에 신선이 되어 하늘에서 만날 수 있을 듯했다.

야화가 도사를 쓱 훑어보고는 냉랭하게 말했다. "별일 아니니 고마워하실 필요 없습니다."

묘운 도사의 귀가 새빨개져 피가 떨어질 것만 같았다. 도사가 입술을 깨물며 조용히 말했다. "선군께는 사소한 일이겠지만 제게는 큰 은덕입니다. 혹…… 선군의 호를 알려주실 수 없으신지요. 나중에 선계에 가면 선군을 찾아뵙고 이 생명의 은혜를 제대로 갚고 싶습니다."

어, 이 도사, 이 도사가, 설마 반한 건가?

그때 문득 나이와 출신은 상관없지만 여자는 안 된다는 곤륜허의 규칙이 떠올랐다. 묵연도 젊을 때 이런 난감한 일을 많이 당해서 훗날 그런 규칙을 만들었던 게 아닐까.

묵연의 얼굴은 확실히 여자를 많이 끌어들였으니까.

야화가 차를 마시며 여전히 쌀쌀맞게 대꾸했다. "원인이 있어 결과가 있는 것이지요. 오늘 도사께서 좋은 보답을 받은 것은 이전에 좋은 원인을 심었기 때문이지, 저와는 아무런 관련이 없습니다. 그러니 마음에 두지 마십시오."

꽤 괜찮은 논리였다. 묘운 도사는 한참 동안 아무 말 없이 입술만 깨물고 있었다.

때마침 나와 찹쌀경단이 탁자 가득 널려 있던 장난감 정리를 끝냈다. 나는 고개를 들고 도사를 향해 미소를 지었다. 도사 역시 웃음으로 답하고는 눈이 빠지게 음식을 기다리는 찹쌀경단을 보며 부드러운 목소리로 칭찬했다. "여기 어린 신선도 무척 잘생기셨군요."

내가 겸손하게 대꾸했다. "어렸을 때 귀여워도 자란 다음에 어떤 모습일지는 아무도 모르지요. 제 고향의 어린 신선들도 어렸을 때는 말로 표현하기 힘들 만큼 사랑스러웠는데 삼천 년쯤 지나자 어렸을 때의 모습을 거의 잃고 지극히 평범해졌답니다."

찹쌀경단이 내 소매를 잡아당기며 무척 서운한 눈빛으로 쳐다보았다.

아차, 부주의했군, 너무 겸손을 떨었어.

야화가 찻잔을 들고 웃는 듯 마는 듯한 표정으로 내게 말했다. “사내아이가 예뻐서 뭐합니까, 싸울 때만 들더라도 예쁜 얼굴보다는 멋진 주먹이 훨씬 유용하지요.” 그러고는 차를 한 모금 마신 뒤 계속 이어서 말했다. “딸은 아버지를 닮고 아들은 어머니를 닮는다고 하지 않습니까. 제가 보기에 아리는 나중에 자라서도 용모가 절대 떨어지지 않을 겁니다.”

찹쌀경단의 울 것 같던 얼굴이 곧장 환하게 밝아졌다. 그러고는 사랑이 듬뿍 담긴 눈으로 야화를 바라보며 미세하게 그쪽으로 다가앉았다.

내가 기침을 한 뒤 귀여워 죽겠다는 표정으로 말했다. “아리가 어떤 모습이든 제 마음에서는 언제나 최고일 겁니다. 저는 항상 아리 편일 거예요.”

찹쌀경단이 곧장 고개를 돌려 감격한 눈으로 나를 바라보며 다시 미세하게 내 쪽으로 다가왔다.

야화는 낮게 웃을 뿐 더이상 아무 말도 하지 않았다.

술이 먼저 나오고 얼마 지나지 않아 음식도 모두 나왔다. 종업원이 눈치 빠르게 계화주를 적당히 데워 내왔다.

묘일성군이 근무를 잘 서는지 햇살이 충분하면서도 뜨겁지 않게 비추고, 하늘에서 듬성듬성 무심하게 흐르는 구름이 지상의 울창하고 푸른 나무와 멋지게 어우러져 운치를 더했다.

그렇게 자연이 연출한 광경은 술을 마시고 시를 짓기에 더할 나위 없이 좋았지만 묘운 도사와 마부는 술을 마시지 않았다. 야화도 나와 두세 잔 들고는 더 마시지 않고 종업원에게 내 술잔마저 치우라고 했다. 덕분에 흥이 완전히 깨졌다.

식사하는 내내 야화는 나사 풀린 사람처럼 필사적으로 내게 음식을 집어주었다. 심지어 음식을 내 접시에 놓을 때마다 부드럽게 웃으며 "당신이 좋아하는 거니 많이 먹어요"라든지 "이건 싫어해도 몸에 좋은 거니까 좀 들어요. 이렇게 말라서도 자기 몸을 챙기지를 않으니 내 마음이 아프잖아요"라는 말들을 했다. 나를 이용해 여자 마음을 차단하려는 뜻임은 알았지만 몸서리가 쳐질 정도로 낯간지러웠다.

맞은편의 묘운 도사도 듣기 괴로웠는지 작은 얼굴이 종이처럼 하얗게 질렸다. 상황이 이상하게 돌아가는 것을 눈치챈 마부가 대충 밥그릇으로 신호를 보내 제 주인을 일으킨 뒤 자리를 떠났다.

야화가 마침내 손을 멈췄고 나는 길게 한숨을 내쉬었다. 그런데 이번에는 느긋하게 "그 정도 정담조차 듣기 힘들어해서 앞으로는 어쩔 셈이죠?"라고 묻는 것이었다.

나는 들은 척도 하지 않고 고개를 숙인 채 열심히 음식만 뒤적거렸다.

식사가 채 끝나기 전에 갑자기 허공에 가윤선관이 나타났다. 은신술을 썼으니 망정이지, 멀쩡히 살아 있는 이가 돌연 허공에서 숙연하게 내려다보는 모습을 속계 사람들이 봤으면 어떤 일이 벌어졌을지 아찔했다.

나는 가윤의 보고 내용에 별로 신경쓰지 않았다. 무슨 급히 처리해야 할 서신이 있다는 것 같았다.

야화가 알았다고 하고는 고개를 돌려 내게 말했다. "오후에 잠깐만 아리를 데리고 있어줘요. 천궁에 갔다가 저녁때 돌아올게요."

나는 입안에 음식을 가득 물고 있어 대답 대신 고개를 끄덕였다.

음식점을 나와 주변을 둘러보았다. 강렬한 햇살 때문에 노점상 대부분이 처마 밑으로 자리를 옮기고, 좋은 위치를 못 잡은 사람들은 장사를 접고 집으로 돌아간 뒤여서 시장이 무척 썰렁했다.

조금 전 계산할 때 종업원에게 행하行下를 많이 챙겨주었더니 만사차라는 찻집에 가서 평서評書*를 들으면 딱 좋을 시간이라며, 찻값은 조금 비싸지만 이야기를 아주 잘한다고 친절히 추천해주었다.

천궁에는 이야기를 들려주는 선관이 있을 것 같지 않아 찹쌀경단도 평서를 경험하게 할 겸 아이의 손을 잡고 찻집으로 향했다.

설화를 푸는 사람은 수염과 머리카락이 희끗희끗한 노인이었다. 우리가 자리에 앉았을 때는 막 은혜 갚은 학 이야기를 시작한 참이었다.

그런 공연을 처음 본 찹쌀경단은 두 눈을 반짝거리며 즐거운 미소를 짓기도 하고, 두 주먹을 불끈 쥐기도 하며, 또 때로는 감동해 탄성을 내뱉기도 했다. 나는 절안의 처소에서 워낙 많은 책을 읽어 상상력이 부족한 이런 이야기에는 별 흥미가 일지 않았다. 때문에 차를 마시며 탁자에 기대 쉬고 있었다.

---

* 설창 문예의 일종으로, 부채나 딱따기 등을 사용해가며 장편 이야기를 들려준다.

눈 깜빡할 사이에 초저녁이 되었다. 노인이 딱따기를 한 번 치고는 "어떻게 되었는지 알고 싶으면 다음 회를 들어주십시오"라고 할 때 창밖의 등불이 켜졌다.

나는 몽롱한 상태에서 눈을 뜨고 찹쌀경단을 찾았다. 그런데 아이가 앉아 있던 자리가 텅 빈 게 아닌가. 깜짝 놀라 졸음이 순식간에 달아났다.

다행히 내게는 수경이 있었다. 선계에서는 단장할 때 쓰는 보통 거울이지만 속계에서는 사람을 찾을 수 있는 유용한 도구였다. 부디 쉽게 알아볼 수 있는 곳에 있기를. 혹시라도 아무 특색 없는 방에 있다면 수경을 써봐야 소용이 없을 터였다.

후미진 곳을 찾아 거울에 찹쌀경단의 이름과 생일을 쓰자 거울에서 하얀 빛이 뿜어져 나왔다. 그 빛을 들여다본 순간 나는 휘청 중심을 잃으면서 하마터면 거울을 떨어뜨릴 뻔했다.

맙소사.

찹쌀경단이 있는 곳은 방은 방이었지만 일반적인 방이 아니었다.

한가운데 놓인 화려한 장식의 자단목 침대에 무척 시원하게 입은 남녀 한 쌍이 몸을 포갠 채 누워 있었다. 위쪽 남자는 이미 반라 상태고 아래쪽 여자도 진홍색 배두렁이만 남았다. 양갓집 규수라면 그렇게 자극적인 색깔을 입을 리 없었다. 머리가 어질어질했다. 나는 가까스로 버티고 서서 지나가는 사람에게 물었다. "형씨, 여기 기루妓樓가 어디 있습니까?"

사내가 나를 머리부터 발끝까지 훑어보고는 만사차 대각선 방향에 있는 건물을 가리켰다. 나는 고맙다고 말한 뒤 급히 달려갔다.

등뒤에서 혀 차는 소리가 들려왔다. "멀쩡하게 생긴 공자가 여색에 정신을 못 차리다니, 세상이 어찌 이렇게 망가졌누……"

찹쌀경단이 기루 안에 있는 것은 확실했지만 정확히 어느 방인지는 알 수 없었다. 그렇다고 장사를 방해할 수도 없는 노릇이라 인계로 몸을 숨긴 뒤 한 칸 한 칸 뒤지기 시작했다.

열세번째 방에 들어갔을 때에야 허공에 몸을 띄운 채 턱을 괴고 생각에 잠긴 찹쌀경단을 발견할 수 있었다. 얼른 아이를 끌고 벽을 통과해 밖으로 나왔다. 침대 위 남녀는 정신없이 입을 맞추고 있었다.

나는 얼굴이 시뻘겋게 달아올랐다.

사실 조금 전 침대에서의 유희는 그렇게까지 선정적인 장면은 아니었다. 옛날 곤륜허에서 지내던 시절, 처음 속계에 내려왔을 때 지적 호기심에서 춘화를 많이 봤다. 시장에서 파는 저급한 싸구려 판본부터 황제들이 베개 밑에 보관하는 희귀본에다, 남녀 간은 물론 심지어 남자와 남자 사이의 춘화까지 거의 모든 종류를 섭렵했다. 그때는 한 번도 얼굴이 빨개지거나 심장이 쿵쾅거리지 않고 나무막대기처럼 냉랭했는데 이번에는 달랐다. 실물의 춘화를 어린아이와 함께 구경한 셈이니 얼굴이 붉어질 수밖에 없었다. 아이가 늘 입에 달고 사는 어머니라는 사람에게도 실로 미안했다.

방 바깥에 있는 여자들의 웃음소리나 말소리도 경망스럽기는 마찬가지였지만 그나마 옷차림은 양호했다.

정말이지 기루에서는 조용한 곳을 전혀 찾을 수 없었다.

그때 빨간 옷을 입은 계집종이 녹두떡을 들고 살랑거리는 걸음으로 우리 옆을 지나갔다. 찹쌀경단이 코를 벌름거리더니 곧장 모습을 드러내고 좇아갔다. 나도 뒤따라가며 모습을 드러내는 수밖에 없었다. 찹쌀경단을 본 계집종이 귀엽다며 아이의 뺨을 쓰다듬어주고는 고개를 돌려 발그레한 얼굴로 나를 보고 웃다가 녹두떡을 접시째 찹쌀경단에게 주었다.

찹쌀경단을 복도 구석으로 데려가서는, 어떻게 해야 아이 기분이 상하지 않게 잘못을 지적할 수 있을지 한참 고민했다. 찹쌀경단의 생일이니 최대한 즐겁게 해주라고 야화가 부탁하지 않았던가. 이런 날 아이 기분을 망가뜨리는 것은 인정머리 없는 행동 같았다.

속으로 잘 따져본 뒤 함박웃음을 지으며 부드럽게 물었다. "만사차의 평서 공연도 재미있었잖아. 너도 처음에는 신나서 듣더니 어쩌다가 갑자기 이런 곳으로 왔어?"

찹쌀경단이 이마를 찌푸리며 대답했다. "아까 어떤 뚱뚱이가 거리에서 대놓고 누나한테 뽀뽀하잖아요. 그 누나가 못하게 하니까 뚱뚱이가 화를 내면서 옆에 있던 못난이들이랑 누나를 둘러쌌어요. 누나가 무서워하는 걸 보니까 참을 수가 없어서 구해줘야겠다는 생각이 들더라고요. 그런데 내려왔더니 아무도 없는 거예요. 뚱뚱이가 누나를 들쳐업고 이 화루花樓로 들어갔다고 어떤 아저씨가 말해줬어요. 뚱뚱이가 누나를 때릴까봐 들어오려는데 문 앞에 있는 아줌마가 못 들어오게 막아서 어쩔 수 없이 몸을 숨긴 채 들어왔고요. 에이, 그 아저씨는 왜 여기를 화루라고 했는지 모르겠어요. 위층 아래층 다 둘러봤는데 꽃은 하나도 없더라고요."

아이의 말에 나는 심장이 튀어나올 정도로 놀랐다. 설마 뭔가 심각한 걸 보지는 않았겠지?

속계 나이로 치면 찹쌀경단은 세 살 정도였다. 신선으로서의 기반이 전혀 잡히지 않아 보호가 절실한 나이였다. 지난 삼백 년 동안 아이 아버지가 무탈하게 잘 돌봐온 찹쌀경단을 내가 맡자마자 이런 사달이 나다니. 보아서는 안 되는 일을 보고 가져서는 안 되는 생각을 갖게 돼 찹쌀경단이 수행하는 데 지장이 생긴다면 아이 아버지는 나와 사생결단을 내려 할 게 틀림없었다.

나는 침을 꿀꺽 삼키고는 아이의 말을 계속 들었다.

"제가 찾았을 때 뚱뚱이는 이미 바닥에 길게 누워 있었어요. 누나는 하얀 옷을 입은 형한테 안겨 있었고요. 별일 없는 걸 확인했으니까 이야기를 들으러 돌아가려 했는데 벽을 잘못 뚫어서 다른 방에 들어갔어요."

그러고 보니 생각나는 게 있었다. 예전에 나와 열째 사형은 추론을 제대로 못해 도사로 변신해 속계의 저잣거리에 좌판을 깔고 점을 쳐주라는 벌을 받았다. 당시 사흘이 멀다 하고 양갓집 부녀자들이 불량배에게 희롱당하는 장면을 목격했다. 시집가지 않은 처녀는 길 가던 젊은 협객이 칼을 빼들고 달려와 도와주고, 시집간 부인은 어디에서 나타났는지 남편이 칼을 빼들고 와 구해주었다. 각각 협객과 남편이었지만 어쩐 일인지 모두들 꼭 하얀 옷을 입고 있었다.

찹쌀경단이 코를 만지작거리다 다시 이마를 찌푸리며 말했다.

"그 방에서는 두 사람이 침대에 한데 뒤엉켜 있길래 그 모습이 재미있어서 무엇을 하는 건지 보려고 잠시 머물렀고요."

나는 가슴이 철렁 내려앉아 떨리는 목소리로 물었다. "그래서 무엇을 봤어?"

아이가 깊이 생각하는 듯하더니 "서로 뽀뽀하고 만졌어요"라고 말하고는 잠시 뒤 더듬더듬 물었다. "어머니, 그 사람들은 무엇을 한 건가요?"

나는 하늘을 올려다보며 오랫동안 생각한 뒤 숙연하게 대답했다. "속인들이 하는 수행 중에 화합수행이라는 게 있단다. 그걸 했던 거야. 그래, 화합수행."

아이가 이해했다는 듯 대답했다. "속인들이 정말 열심히 수행하네요."

나는 하하 억지웃음을 웃었다.

생각 없이 몸을 돌리다가 맞은편에서 오던 딱딱한 가슴에 그대로 부딪히고 말았다. 술냄새가 진동했다.

코를 문지르며 두어 걸음 물러나 상대를 살펴보았다. 온몸에서 술냄새를 풍기며 손에 쥘부채를 쥔 남자가 가늘고 긴 눈을 반짝거리며 나를 보고 있었다. 얼굴은 그런대로 괜찮았지만 오장육부가 열기로 펄펄 끓는 듯했고 피부도 어두웠다. 음, 화합수행을 너무 열심히 해서 신장이 좀 망가진 모양이군.

남자가 낡은 부채를 호탕하게 흔들며 말했다. "출중한 용모로군, 본 왕이 반했도다."

아, 바람둥이 왕인가보군. 남자에게서 풍기는 술냄새에 머리가 어지러웠지만 억지로 손을 모으며 "과찬이십니다" 하고 대꾸한 뒤 찹쌀경단의 손을 잡고 모퉁이를 돌아가려 했다. 그런데 남자가 몸을 비틀어 내 앞을 가로막더니 재빠르게 내 손을 잡고 능글맞게 웃었다. "손이 아주 하얗고 부드럽군."

나는 어안이 벙벙해졌다.

지금까지 속세에서 겪은 바로는 여자가 얼굴을 내놓고 다니면 음흉한 시선을 받기 쉬웠다. 하지만 요즘은 남자도 안전하지 못하단 말인가?

찹쌀경단이 녹두떡을 입에 문 채 눈이 휘둥그레져서 남자를 쳐다보았다.

나도 눈이 휘둥그레진 채 남자를 바라보았다.

이 인간 오늘 운수대통이었다. 감히 상신의 몸을 건드려보다니 이런 행운이 또 어디 있단 말인가.

속인한테 희롱당하기는 또 처음이라 나름 신선했다. 나는 시끄럽게 따지는 대신 관대하게 손을 빼내며 눈치만 주었다.

그런데 이 덜떨어진 왕이 또 성큼 다가와 "본 왕이 공자를 보자마자 마음이 동했노라, 공자……" 하며 내 허리를 잡으려고 손을 뻗는 게 아닌가.

정도를 넘은 행동이었다.

나는 대부분의 상황에서 매우 자비롭지만 이런 경우에는 한계를 둘 수밖에 없었다. 앞으로 두고두고 기억하도록 만들어주리라 생각하며 근처 숲에 며칠 매달아두려고 주문을 외우려는 순간, 갑자기 뒤에서 강한 힘이 나를 끌어당겼다. 무척 익숙한 힘이었다. 나는 그 품안에서 고개를 들고 기쁘게 웃으며 인사를 건넸다. "하하! 야화, 딱 맞춰서 왔군요."

야화의 검은색 도포가 환한 등불 속에서 차가운 빛을 내뿜었다. 야화가 한 팔로 나를 안은 채 얼이 빠진 남자에게 마음에도 없는 겉웃음을 지으며 말했다. "내 아내를 아주 신나서 집적거리더구나."

나는 혼자 생각에 잠겼다. 명의상으로 미래의 황후니까 정실부인이라고 할 수 있지. 그러니 내가 희롱을 당한 마당에 체면상 그냥 넘어갈 수 없을 테고. 나를 안고 저 색정광을 근엄하게 꾸짖어야 본분을 다하는 셈이지. 그렇다면 나도 내 본분을 다해 보조를 맞춰줘야겠군.

찹쌀경단이 떡 반 개를 삼킨 뒤 입가를 혀로 핥고는 심각한 어조로 남자에게 말했다. "우리 아빠를 화나게 만들다니 대단하시네요. 그럼 부디 몸조심하세요!"

그러고는 제법 의젓하게 내 뒤로 와서 섰다.

남자가 화를 버럭 내며 차갑게 웃었다. "흥, 본 왕이 누군 줄 아느냐? 어허……"

말이 끝나기도 전에 남자가 눈앞에서 사라졌다.

내가 몸을 돌려 야화에게 물었다. "어디로 보냈어요?"

야화가 나를 한번 쳐다보고는 고개를 돌려 가물가물 꺼져가는 등불을 바라보며 담담하게 대답했다. "근처에 귀신이 출몰하는 숲이 있어요."

나는 깜짝 놀랐다. 지기로구나, 지기.

등불을 한참 쳐다보던 야화가 다시 고개를 돌려 나를 찬찬히 훑어보았다. "희롱당하면서 왜 피하지도 않았어요?"

나는 무안해졌다. "그래봐야 한두 번 건드린 것뿐인걸요."

야화가 무표정하게 고개를 숙이더니, 그대로 내 입술을 핥았다.

나는 한참 동안 반응할 수 없었다.

야화가 무표정하게 나를 쳐다보며 말했다. "그래봐야 한두 번 입맞추는 것뿐인걸요."

"……"

내가 오늘, 구만 살이나 어린 남자한테 놀림을 당한 거야?

찹쌀경단이 옆에서 입을 가린 채 키득키득 웃다가 녹두떡이 목에 걸려 캑캑거렸다.

밤에는 아이와 함께 강에 연등을 띄웠다.

속인들은 연꽃 모양으로 얼개를 만들고 안에 작은 초를 넣은 등불을 소원과 함께 물에 띄웠다.

찹쌀경단은 연등을 손에 든 채 중얼중얼 오곡 풍성부터 가축의 번성을 빌고, 이어서 천하태평까지 빈 뒤에야 마침내 만족스러운 듯 강물에 띄웠다.

아이의 수많은 소망을 담은 연등이 물위에서 빙글 돌더니 바람을 따라 흔들흔들 떠내려갔다.

야화는 내게도 연등을 하나 건넸다.

속인들은 신선에게 비는데 그럼 신선은 누구에게 빌어야 하나?

야화가 웃는 듯 아닌 듯한 표정으로 말했다. "그냥 기념 삼아 해봐요. 설마 연등 하나 띄웠다고 하는 일마다 술술 풀리겠습니까?"

역시 그렇겠다는 생각에 멋쩍게 연등을 받아서는 찹쌀경단 옆에서 함께 띄웠다.

정말 나무랄 데 없는 하루였다.

연등을 띄우고 나자 찹쌀경단은 피곤해 눈도 제대로 뜨지 못했다. 그러면서도 청구에 돌아가지 않겠다고 버티며 속계의 이불과 침대는 어떤지 궁금하니 하룻밤 자고 가자고 칭얼거렸다.

어느새 밤이 깊어 경을 알리는 딱따기 소리가 곳곳에서 들렸다. 객잔客棧이라 적힌 초롱이 드문드문 눈에 띄었지만 하나같이 영업이 끝나 문을 닫은 뒤였다.

작은 마을치고 유람 온 사람이 많은 모양이었다. 객잔 두 곳의 문을 두드린 뒤에야 방을 하나 잡을 수 있었다. 찹쌀경단은 야화의 품속에서 이미 세상모르고 잠들어 있었다.

주인이 비몽사몽간에 하품을 하며 말했다. "어차피 모두 공자님이니 함께 지내시면 어떨까요. 저희 마을에는 객잔이 세 곳밖에 없는데 왕씨네와 이씨네 모두 어제 예약이 끝났습죠. 저희 집도 방금 손님이 취소해서 겨우 하나 나온 겁니다."

야화가 살짝 고개를 끄덕이자 주인이 안쪽의 사람을 불렀다. 점원이 옷을 입으며 뛰어나와 대충 팔을 소매에 집어넣으며 길을 안내했다.

이층 모퉁이를 돌아 방에 들어서자 야화는 찹쌀경단을 침대에 눕히고 점원에게 씻을 물을 부탁했다. 그때 내 배에서 꼬르륵 소리가 났다. 야화가 나를 슬쩍 보더니 눈치 있게 간단한 음식도 주문했다.

점원은 어서 시중을 끝내고 잠자리로 돌아가고 싶었는지 빠르게 물과 음식을 내왔다. 간단한 고기와 채소 요리로 소금에 절인 쇠고기, 산초 돼지고기 볶음, 파 두부 버무리였다.

나는 젓가락을 들어 몇 번 맛본 다음 더는 건드리지 않았다.

원래는 음식을 별로 가리지 않는데 최근 야화의 음식을 많이 먹어서인지 제법 음식 맛을 따지게 되었다.

등불 아래에서 글을 읽던 야화가 고개를 들어 탁자의 음식과 나를 번갈아보고는 말했다. "못 먹겠으면 얼른 씻고 자요."

평범한 객실이라 침대가 하나뿐이었다. 나는 하나뿐인 침대를 바라보며 잠시 망설이다가 결국 옷을 입은 채 올라가 누웠다.

야화는 우리 셋이 어떻게 침대를 나눠 쓸지에 대해서는 아무 말 없이 시종일관 전혀 거리낌없는 표정이었다. 내가 나서서 물어보면 오히려 이상해질 것 같았다.

나는 잠에 푹 빠진 찹쌀경단을 침대 가운데로 옮긴 뒤 이불까지 옆에 놓고 나서 안쪽에 누웠다. 야화는 여전히 공문을 읽고 있었다.

한밤중 혼곤히 잠이 들었을 때 갑자기 누군가 양팔로 나를 끌어안으며 귓가에 길게 탄식했다. "당신 성격은 잘 알았지만 이렇게까지 단호할 줄은 몰랐소. 과거를 완전히 지워버리다니. 당신이 기억해내길 바라면서도 영원히 기억하지 못하면 좋겠소……"

나는 계속 잘 생각에 신경쓰지 않고 몸을 돌려 찹쌀경단을 품에 안았다. 그렇게 아이를 쓰다듬으며 편안하게 다시 꿈속으로 빠져들었다.

이튿날 아침 날이 환하게 밝은 뒤에야 일어났다. 야화는 간밤의 그 자리에서 계속 공문을 읽고 있었다. 초가 꺼졌다는 점만 달랐다.

밤새 쉬지 않고 공문을 읽었는지, 아니면 한잠 자고 내가 깨기 전에 다시 앉아 읽기 시작했는지 궁금했다.

찹쌀경단이 탁자 옆에서 나를 불렀다. "어머니, 어머니, 죽이 아주 잘됐어요. 아리가 벌써 어머니 죽까지 떠놨어요."

나는 아이의 머리를 쓰다듬으며 착하다고 칭찬한 뒤 세수를 하고 죽을 먹었다. 식감과 맛에서 살짝 야화의 솜씨가 느껴졌다. 내가 고개를 돌려 쳐다보자 야화가 고개도 들지 않고 말했다.

"여기 객잔 음식이 너무 별로라서 아리가 싫어할까봐 주방을 빌려 만들었어요."

아리가 옆에서 우물거렸다. "예전에 준질산에서 동해의 그 공주가 만든 음식도 싫어했는데, 그때는 아바마마가 따로 음식을 만들어주지 않았잖아요."

야화가 헛기침을 했다.

나로서는 편의를 누린 이상 가살을 떨 수 없었다. 그래서 고개를 숙인 채 죽에만 집중했다.

## 9장
# 복숭아꽃 악연

속계에서 청구로 돌아온 날 새벽, 야화는 가윤선관의 재촉에 바로 천궁으로 돌아갔다. 중신들과 의논할 일이 있어 며칠 걸릴 거라고 했다. 그뒤 며칠 동안 나와 찹쌀경단은 비파 바구니를 끌어안은 채 무척 처량하게 보냈다. 비파만 먹어 얼굴까지 등황색으로 변한 찹쌀경단이 내 소매를 잡아당기며 칭얼거렸다. “어머니, 아바마마는 언제 오시나요? 아리는 버섯찜도 먹고 싶고 배추무탕도 먹고 싶어요.”

보다못한 미곡이 그래봐야 버섯찜에 배추무탕인데 찹쌀경단이 저렇게 먹고 싶어하니 한번 해볼까 하며 고민하다 비장하게 소매를 걷고 부엌으로 들어갔다. 사실 야화의 버섯찜과 배추무탕은 풍부한 맛과 복잡한 절차가 어우러진, 일단 맛보면 누구나 놀라게 되는 절대 녹록지 않은 요리였다. 그러니 미곡이 호리동을 뒤집어엎으면서 만든 음식을 찹쌀경단이 좋아할 리 만무했다.

결국 찹쌀경단은 계속 내 옷을 잡아당기며 투덜거렸다. "어머니, 어머니, 아바마마는 언제 오시나요?"

예전에 봉구가 술에 취해 자신의 연애관에 대해 이야기한 적이 있다. 정이라는 것은 모르면 모를까, 일단 그 달콤함을 맛본 뒤에는 절대 포기할 수 없으며 세상에 그보다 더 괴로운 것은 없다는 말이었다.

내 생각으로는 세상에 애정보다 더 괴로운 것은 없을지라도 그와 비슷하게 괴로운 것은 얼마든지 있다. 예를 들면 야화의 음식 솜씨 같은.

찹쌀경단처럼 주야장천 떠들지 않았을 뿐 나도 속으로는 야화와 그의 음식 솜씨가 그리웠다.

동해 수정궁에서 처음 보았을 때 얼굴 때문에 조금 놀랐던 것을 제외하면 야화에게서 특별한 느낌을 받지는 못했다. 하지만 최근에는 천족의 태자로서 하루종일 매인 일도 많은 그가 내 거처에서 석 달 동안 요리를 해줬다는 점에 실로 대단하다는 생각이 들었다.

야화군은 정말 이해심 많고 친절하며 따스하다.

야화가 천궁에서 돌아와 마침내 나와 찹쌀경단은 배불리 먹을 수 있게 되었다. 미곡도 먹을 복이 있는지 때마침 비파를 들고 찾아왔다. 나는 함께 먹자고 불러 앉히는 김에 아미타불! 더이상 비파를 가져올 필요가 없다고 일러두었다.

그렇게 해서 야화의 요리가 없는 날이 얼마나 괴로운지 생생하게 체험했다. 이튿날, 나는 한껏 들떠 청구 소선들 중 야화의 요리를 배울 제자를 뽑겠다는 공고를 내붙였다.

그러자 소선들이 벌떼처럼 몰려와 호리동 앞에 두 줄로 길게 늘어섰다.

그 모습을 본 미곡이 흥분해서 말했다. "청구가 이렇게 떠들썩한 게 얼마만인가요. 기왕 이렇게 많이 몰려왔으니 아예 경연 무대를 만들면 어떨까요? 그러면 태자 저하의 기술을 전수받을 인재를 제대로 뽑을 수 있을 텐데요."

나는 맞는 말이라고 생각해 허락했다.

미곡은 손발이 얼마나 빠른지, 잠깐 낮잠을 자고 온 사이에 벌써 경연장이 마련되었다.

순식간에 청구에서 밥 짓는 연기가 피어올랐다. 찹쌀경단은 호리동 앞에서 쉼없이 침을 삼켰다. 한쪽에 혼자 앉은 야화가 눈꺼풀을 들어 이상한 눈빛으로 나를 흘끔 쳐다보았다. 나는 이리저리 둘러보다 야화 옆의 대나무 의자가 비어 있는 것을 보고 꾸물꾸물 다가가 앉았다.

찹쌀경단이 곧바로 내 무릎에 올라왔다. 야화는 시들한 표정으로 하품을 하고는 물었다. "미곡 말이 내 제자를 뽑는다고요?"

내가 고개를 끄덕였다.

야화가 무대에서 정신없이 요리중인 소선들을 대충 훑어보고는 고개를 기울이며 말했다. "가라고 해요. 재능 있는 사람이 없군요." 그런 다음 나를 머리부터 발끝까지 훑어보고 웃었다. "내가 보기에는 당신이 괜찮은데. 하지만 당신이 배울 필요는 없지요. 둘 중 한 사람만 할 수 있으면 되니까."

말을 마친 야화는 천천히 몸을 일으켜 서재로 돌아갔다.

나는 무슨 뜻인지 이해가 되지 않아 한참 멍하니 있었다.

미곡이 휘적휘적 뛰어와 물었다. "방금 태자 저하께서 누구를 뽑으셨나요?"

내가 망연히 고개를 흔들었다. "모두 돌아가라고 해. 마음에 드는 사람이 없대."

경연 사건이 있고 여드레쯤 지난 아침, 야화의 서재에서 나는 화본話本을 읽으며 씨앗을 까먹고 야화는 책상에 앉아 공문을 검토하고 있었다. 요즘 구중천 천군은 양생養生에 전념하느라 일을 내팽개친 모양이다. 아니고서야 손자가 매일 저렇게 바쁠 리가.

창밖 연못에 연꽃이 활짝 피었다. 산들바람이 불자 꽃술에 앉은 잠자리가 꽃가지를 따라 흔들거리고 은은한 향이 퍼졌다. 미곡은 찹쌀경단을 데리고 연못에서 작은 배를 젓고 있었다. 연잎을 따다가 잘 말려서 차를 만들면 무척 개운하다고 했다. 미곡이 부엌일은 못해도 차에는 일가견이 있었다.

야화가 공문을 내려놓고 창문을 활짝 열며 밖을 내다보고는 웃었다. "당신이 이렇게 게을러 연꽃이 저 혼자 피고 지는데도 정말 아름답게 자랐군요. 천궁의 연못에도 뒤지지 않을 정도니 실로 대단합니다."

나는 하하 웃으며 씨앗을 집어 야화에게 건넸다. 야화는 한 번도 씨앗을 먹은 적이 없었다. 이번에도 씨앗을 받은 다음 창가에서 껍데기를 벗겨 알맹이만 내게 건네주었다. "아리가 없으니 당신이 덕을 보는군요."

내가 고마워하며 받는데 연못에서 갑자기 찹쌀경단의 비명이 들려왔다. 창밖으로 머리를 반쯤 내밀었을 때 미곡이 어딘가로 날아가는 게 보였다.

아, 누군가 청구에 들어오려 하는구나.

나는 배에 혼자 남은 찹쌀경단을 불렀다. “와서 씨앗 먹어.”

아이가 연못 한가운데에서 머뭇머뭇 손을 꼬다가 얼굴을 붉혔다. “아리는 배를 저을 줄 몰라요.”

미곡이 파운선을 가져왔을 때 나는 화본에서 한창 재미있는 대목을 읽는 중이었다. 야화가 차가운 목소리로 말했다. “고개 좀 들어봐요. 내 둘째 숙부님 부인이 찾아왔네요.”

나는 머릿속으로 그들 집안의 신비하고 방대한 족보를 훑기 시작했다. 야화의 위치를 기준으로 둘째 숙부를 거슬러 탐색하다가 파운선을 보았다. 그제야 퍼뜩 야화의 둘째 숙부란 나와 파혼한 상적이라는 사실이 떠올랐다. 둘째 숙부의 부인이라면 자연히 소신이 되겠다.

지난번, 동해에서 만났을 때 옛정을 생각해 소원을 하나 들어줄 테니 잘 생각해본 뒤 부채를 들고 청구로 찾아오라고 했던 게 떠올랐다. 보아하니 무엇을 부탁할지 정한 모양이었다.

미곡이 어두운 낯빛으로 소신을 데려왔다. 나는 미곡에게 찹쌀경단이 아직도 연못 한가운데 있다고 눈짓으로 알려주었다. 미곡이 아, 하고 소리치고는 얼른 창문을 넘어 뛰어갔다.

야화는 아무 말 없이 공문을 계속 읽고 나는 아무 말 없이 화본을 계속 읽었다. 소신은 바닥에 묵묵히 꿇어앉아 있었다.

화본을 다 읽고 나니 찻잔이 비어서 차를 우리러 나가려고 몸을 일으켰다. 책상을 지나며 괜히 야화의 찻잔까지 챙겼다. 차를 우려서 돌아왔을 때도 소신은 계속 조용히 꿇어앉아 있었다. 놀랍고 의아해 차를 마시며 부드럽게 물었다. "네가 찾아온 것은 내게 원하는 바를 정했다는 뜻일 텐데 왜 계속 말을 하지 않느냐?"

소신이 고개를 들어 야화를 보고는 입술을 깨물었다.

야화는 기분좋게 차를 마시면서 공문을 검토하고 있었다. 나는 잔을 내려놓고 여전히 부드러운 목소리로 말했다. "야화군은 남이 아니니까 걱정 말고 말하거라."

야화가 고개를 들어 묘한 표정으로 나를 힐끗 쳐다보았다.

소신이 잠시 주저하다가 마침내 쭈뼛쭈뼛 입을 열었다. "고모님, 제 아들 원정元貞을 살려주세요."

소신이 눈물 콧물 쏟으며 사정 이야기를 끝낸 뒤에야 조금 전에 소신이 야화군을 꺼린 이유를 알 수 있었다.

소신이 말한 원정은 소신과 상적의 큰아들이었다. 지금 천군은 상적에게는 시큰둥해도 손자인 원정에게는 무척 살가워, 구중천에서 연회가 열릴 때마다 손자의 자리를 꼭 챙겼다.

얼마 전 천군의 탄일이라 상적은 원정과 함께 선물을 챙겨 구중천으로 갔다. 천군에게 축하인사를 올린 뒤 천궁에서 하루 묵었는데 문제는 원정이 크게 취하면서 벌어졌다. 원정이 비틀거리며 세오궁으로 들어가 소금 측비를 희롱하려 한 것이다.

소금 측비가 누구의 측비인지는 당연히 나도 알고 있었다. 야화를 흘끗 쳐다보니 그는 공문을 덮고 웃으며 나를 쳐다보고 있었다. 과연 비범했다. 오쟁이를 질 뻔했는데 유쾌할 수 있다니.

다행히 오쟁이 질 일은 현실로 일어나지 않았다. 원정이 마지막 중요한 순간에 멈춰 미수로 그쳤다. 하지만 강직한 성격의 소금 측비는 즉시 들보에 비단을 걸고 자진하려 했다. 당연히 이 일을 들은 천군은 경악했다. 예전에 내가 들은 바에 따르면, 소금은 원래 천군의 비였는데 야화가 마음에 들어하자 야화를 총애하는 천군이 들인 지 얼마 되지 않은 그녀를 야화에게 내렸다고 했다.

천군은 한때 자신의 비였던 소금을 여전히 애틋하게 여기고 있어서 원정이 희롱했다는 말에 격노하고 말았다. 이에 즉시 원정을 포박하라 명하고 육십 년 윤회를 겪은 뒤에야 다시 신선의 반열에 오를 수 있다는 조서를 반포했다.

소신은 대성통곡하며 길에서 개미 한 마리도 밟지 못할 만큼 선량한 원정이 그런 잘못을 저지를 리 없다고 말했다.

나는 선량한 것과 여색을 밝히는 것은 큰 연관이 없다고 생각한다.

어쨌든 원정은 속계로 보내졌다.

내가 찻잔을 문지르며 탄식했다. "미수로 그쳤는데 확실히 처벌이 중하구나. 하지만 네 아들이 희롱한 대상이 야화군의 측비고, 야화군은 호리동에서 두 달 넘게 우리 밥을 챙겨주고……"

야화가 다시 공문을 손에 잡으며 무심하게 말했다.

"내 사정 봐줄 것 없어요. 원정의 일은 나도 좀 심하다고 생각하니까."

나는 깜짝 놀랐다. "하지만 분명히 당신 측비를 넘본……"

야화가 차갑게 웃으며 "나한테는 측비가 없습니다"라고 말하고는 몸을 일으켰다. 그러고는 찻물을 가지러 가면서 내 찻잔도 가져갔다.

나는 한층 더 놀라고 말았다. 야화가 소금 측비를 총애한다는 소문이 사해팔황에 파다한데 그게 다 헛소문이란 말인가?

소신의 부탁은 그리 어려운 일이 아니었다. 원정이 속인으로 태어난 뒤 열여덟 살에 큰 재난을 겪는데 그 일로 평생 고생을 하게 되니, 원정이 액운을 피해 평안하게 살 수 있도록 도와달라는 정도였다.

그 일을 내게 부탁한 것은 사실 현명한 선택이었다. 신선이라면 누구나 속인의 운명을 바꿀 수 있는 능력이 있지만 신족은 그것을 법으로 엄격히 제한하고 있었다. 능력이 있어도 쓸 수 없다는 뜻이다. 하지만 우리 백가에게 천군이 진 빚이 조금도 줄지 않은 상황에서 내가 나서면 가볍게 무마되는 셈이니, 천군은 이 일을 유야무야 덮을 확률이 높았다.

원정은 제왕 송씨 집안에 태어나 송원정이란 이름으로 열두 살에 태자로 봉해졌다. 평생 먹고 살 걱정 없이 잘 지내다 이제 재난을 앞둔 열여덟 살이 되었다.

원정의 속계 어머니는 매우 독특한 여자였다. 원래 조정 태사의 외동딸로 열다섯에 입궁해 귀비가 되어 총애를 한몸에 받았지만 원정을 낳은 뒤 출가했다. 아무리 말려도 소용없자 황제는 황성 뒷산에 사원을 짓고 그곳에서 수행하도록 내버려두었다.

황귀비가 출가할 경우 관례대로라면 황자는 후궁에서 키워야 했다. 하지만 원정의 어머니는 죽어도 아이를 내놓을 수 없다고 강하게 반발하며 사원으로 데려가 직접 키웠다. 그리고 원정이 열여섯 살이 되었을 때에야 원정의 스승이라며 여도사를 딸려 궁으로 돌려보냈다. 사실 여도사는 원정의 친아버지인 북해수군 상적이 원정을 돌보라고 속계로 보낸 시녀였다. 속계로 내려가 내가 이번에 맡을 역할도 바로 이 사부였다.

소신을 돌려보낸 뒤 나는 따져보기 시작했다. 우선 남극장생대제南極長生大帝의 사명성군司命星君*을 찾아가 뒷거래를 해야 했다. 원정이 열여덟 살에 대체 어떤 재난을 몇월 며칠 몇시에 어떻게 겪는지 알아야 했다. 다행히 원정의 재난은 하늘에서 겪는 겁운이 아니고 인간의 몸으로 겪는 운명에 포함된 재난이라 피하면 그만이었다.

문제는 남극장생대제와 전혀 친분이 없었고 수하의 여섯 성군은 얼굴조차 본 적이 없었다는 것이다. 무턱대고 찾아가 도와달라고 하면 들어줄지 의문이었다.

야화가 옆에서 공문을 덮으며 말했다. "사명성군은 성격이 괴팍해요. 그의 명부는 천군도 빌려 보는 것을 장담할 수 없지요. 사명성군한테 손을 쓸 생각이라면 좀 어려울 것 같군요."

나는 얼굴을 찌푸리며 야화를 쳐다보았다.

야화가 잠시 뜸을 들였다가 차를 한 모금 마시고는 말을 이었다. "음, 나한테 방법이 하나 있기는 한데……"

내가 진지하고 친근한 눈으로 바라보았다.

야화가 웃으며 말했다. "명부를 가져다주면 부탁을 하나 들어줘요."

경계의 눈초리로 쳐다보자 야화가 고요한 표정으로 대꾸했다.

---

* 중국 전설에서 인간의 수명을 주관하는 신.

"속계에 내려갈 때 법력을 봉해달라는 부탁을 하려는데 대체 무슨 생각을 한 겁니까? 운명을 고치는 것은 본래가 하늘을 거스르는 일이에요. 설령 천군께서 모르는 척 넘어가도 당신이 법력을 잔뜩 써서 다른 이의 운명을 고치면 틀림없이 그 법력만큼 당신도 타격을 받을 겁니다. 그 점은 나보다 당신이 더 잘 알고 있겠지요. 당신이 아무리 상신이라도 그런 타격을 여러 번 받으면 견디기 힘들 거고요. 혹시라도 그런 상태로 내가 천군에 오르고 당신이 천후에 오르면 어떡할 겁니까?"

천제와 천후는 왕위를 계승할 때 여든한 번의 들불과 아홉 번의 벼락을 맞아야만 했다. 그런 대업을 겪은 뒤에야 사해팔황을 다스릴 수 있었다. 역대로 늘 그러했다. 만일 그때 법력이 따라주지 않는다면 정말 위험해질 수 있다. 이리저리 생각해보니 야화의 말이 옳은 듯해 고개를 끄덕였다. 그런데 약속을 하고 보니 뭔가 이상했다. "우리는 아직 혼인하지 않았으니 야화군이 곧 천군 자리를 계승한다해도 나는 함께 계승할 수 없지요. 어쨌든 혼인한 뒤에야 계승할 수 있는 거니까."

야화가 찻잔을 내려놓고 뚫어져라 나를 바라보다가 느닷없이 웃었다. "지금 빨리 청혼하지 않는다고 나무라는 건가요?"

그의 놀림에 갑자기 식은땀이 나 억지웃음을 지으며 무마했다. "그런 뜻이 아니에요. 하하, 절대 아니에요."

야화는 과연 다재다능하고 능수능란했다. 이튿날 새벽, 벌써 사명성군의 명부를 가져왔다. 그 얇은 책이 얼마나 희귀한 물건인지 들었기 때문에, 야화가 아무리 체면 불고해도 조금 베껴 오기나 할 줄 알았지 원본을 가져오리라고는 생각도 하지 못했었다.

야화가 명부를 건네며 살짝 탄식했다.

원정의 운명을 들쳐본 뒤 나도 살짝 탄식했다.

이렇게 복잡하게 얽히고 기복이 심한 운명이라니, 무척 기구한 삶이었다.

운명에 따르면 원정은 출생 후 열여덟 살까지는 평온하게 산다. 하지만 열여덟 살 유월 초하루를 기준으로 나빠진다.

유월 초하루 위타보살韋陀菩薩 탄신일에 황제가 백성들과 기쁨을 나누기 위해 후궁과 귀빈, 태자 원정까지 모두 대동해 수옥천漱玉川으로 놀러간다. 오시午時 무렵 수옥천으로 고운 놀잇배가 하나 흔들흔들 떠오는데 늘씬하고 아리따운 미인이 둥글부채로 얼굴을 가린 채 앉아 있다. 따스하고 즐거운 분위기가 무르익은 그때 하늘에서 느닷없이 커다란 붕새가 날아와 날카로운 발톱으로 놀잇배를 뒤흔든다. 미인은 부채를 안은 채 대경실색하다가 풍덩 소리와 함께 물에 빠진다.

원정은 사원에서 자라 성품이 선량한데다 수영을 잘해 즉시 물로 뛰어들어 미인을 구해낸다.

그림 같은 순간 원정과 미인의 눈이 딱 마주친다.

원정의 눈에 미인이면 옆 사람에게도 미인인 법이다. 그러니까 태자의 아버지 황제에게도. 황제는 물에 빠진 미인에게 반해 곧장 담요로 감싸서는 황궁으로 데려간다. 아, 황은이다.

원정은 비통하고 억울한 마음에 보름 가까이 속앓이를 하다가 칠월 보름, 지관地官이 죄를 사하러 내려오는 중원일中元日에 술에 취해 혼미한 상태가 되어 이미 비의 품계를 받은 미인과 사통한다. 애초에 하늘에서 이루지 못한 일을 성취하는 셈이다.

그러나 원정은 효성스러운 아들이라, 비록 그 밤에는 서로 뒤엉켜 즐겁게 보내지만 날이 밝아 술이 깨자 깜짝 놀란다. 자신이 친아버지의 아내와 잤다는 사실에 큰 충격을 받고는 꼬박 아홉 달을 앓는다. 아홉 달 뒤 겨우 몸을 추스르나 이번에는 미인이 아들을 낳았다는 소식을 듣고 자신의 아이일 수도 있다는 의문이 들어 다시 앓아눕는다.

미인은 원정과 옛정을 되살리려 하지만 원정은 밤이고 낮이고 아버지에게 송구한 마음만 들 뿐이다. 그 마음이 점점 커지면서 어느새 사랑의 불씨도 차갑게 꺼진다.

십여 년 뒤 미인의 아들이 어느 정도 자랐을 때 황제가 심한 병으로 사경을 헤맨다. 이에 미인의 아들은 원정과 태자 자리를 두고 다툰다. 그사이의 복잡한 갈등은 말할 필요 없고, 그때의 원정은 이미 예전의 원정이 아니기에 미인의 아들을 칼로 찔러 죽인다. 그 소식이 침전으로 날아들자 미인은 목을 맨다. 죽기 전에 남긴 서신에서 원정의 칼을 맞아 죽은 사람이 사실은 원정의 아들이라고 밝힌다.

편지를 읽은 원정은 자기 목을 찌르려다 자신이 황궁에 남은 유일한 남자라는 사실을 자각하고 비통함을 누르며 보위에 오른다. 그뒤 예순 살에 죽을 때까지 그 자리를 지킨다.

결국 원정은 위타보살의 탄신일에 물에 빠진 미인을 구한 뒤부터 신산한 삶을 사는 셈이다. 열여덟 살에 아버지의 첩을 사랑하게 되어 괴로워하고 열아홉 이후로는 동생이 아버지의 아들인지 자기 아들인지 고민하다가 서른다섯 살에 마침내 그 고민에 마침표를 찍지만, 아버지의 첩이 정말로 자기 아들을 낳았으며 결국 자신이 아들을 죽인 셈이니 매일 깊은 후회를 달고 산다.

그렇다면 더 생각할 것도 없이 물에 빠진 미인이 바로 원정의 액운이었다.

나는 명부에서 원정에 관한 부분을 일고여덟 차례 자세히 살펴보며 모든 설정이 정말 빈틈없다고 생각했다. 다만 수옥천에 등장하는 커다란 붕새는 이상했다. 아니, 속계에 이렇게 큰 붕새가 있단 말인가?

야화가 절반 정도 읽은 공문을 문진으로 눌러놓고 느긋하게 차를 마시며 "대붕은 대서천의 석가모니에게서 빌려온 겁니다"라고 말한 뒤 잠시 후 쯧쯧 혀를 찼다. "예전에 상적 숙부님이 사명성군과 문제가 조금 있었다더군요. 그래서 사명이 잔뜩 벼른 모양입니다."

나는 몸서리를 쳤다. 사명성군이 이렇게 뒤끝 있는 성격이라니. 이번에 그가 어렵게 벌여놓은 판에 끼어들어 휘저어놓으면 나한테도 앙심을 품는 게 아닐까 싶었다.

야화가 명부를 다시 챙긴 다음 나를 흘끗 쳐다보며 웃었다. "뭘 걱정해요? 사명성군은 나한테 크게 빚진 게 있다니까요."

이번 속계행은 일처리를 위한 길이라 당연히 찹쌀경단을 데려갈 수 없었다. 아이는 입을 내밀며 며칠 동안 골을 냈지만 천천히 풀어졌다.

떠나기 전 신중하게 생각해보았다. 원정의 액운은 유월 초하루에 병을 핑계로 수옥천에 가지 말라고 권하면 끝날 일이니, 확실히 술법을 쓸 필요가 없을 듯했다. 위급한 상황이 생겨도 피하면 그만이었다. 설령 피할 수 없어도 칼을 맞는 게 법력의 역풍보다 덜 고통스러울 터였다. 법력을 지닌 채로 내려가 자칫 쓰게 된다면 큰일이었다. 그래서 야화에게 법력을 봉인해달라고 했다.

속계에 내려가자 상적이 원정에게 배치해놓은 여도사가 마중을 나왔다. 그 도사의 뒤를 이어 원정의 스승이 되려면 우선 원정 어머니의 관문을 통과해야 했다.

북해의 궁녀는 원정을 열여덟 살까지 무탈하게 잘 보필했다. 물론 운명이 그렇게 정해진 까닭이었지만 원정의 어머니는 도사를 매우 높이 평가해 말과 행동에서 존경의 빛을 물씬 풍기며 수행이 뛰어난 인격자로 대했다. 북해 궁녀가 나를 원정 어머니에게 데려가 불진佛塵을 쓰다듬으며 말했다. "세상에 끝나지 않는 연회는 없다고, 빈도貧道와 원정 저하의 인연도 이제 끝났습니다. 허나 이렇게 갑자기 떠나기가 마음에 걸렸는데 마침 세상을 주유하던 빈도의 동문 사저께서 이곳을 지나다 마음에 드신다며 머물기로 하셨습니다. 이에 빈도가 사저께 제 대신 저하를 보살펴달라고 부탁드렸습니다. 수백 년 동안 사문師門을 나서지 않은 사저께서 이번에 원정 저하와 사제의 연을 맺는다면 저하께도 큰 복이 될 것입니다."

도사가 적극적으로 추천하자 원정 어머니는 매우 좋아하며 당장 원정을 불러 나를 스승으로 모시라고 했다.

어쨌든 근본이 신선이라 속인으로 환생했어도 원정에게는 신선의 기운이 꽤 남아 있었다. 겨우 열여덟 살인데 기품 있고 우아했다.

곤륜허는 제자를 받을 때 별다른 제한을 내걸지 않았지만 하나

같이 재색을 겸비한 인재들이 들어왔다. 원정의 재능은 어떨지 몰라도 용모만큼은 최소한 곤륜허의 체면을 깎지 않을 정도로 훌륭했다.

아직 정식 예를 올리기도 전인데 원정이 공손하게 손을 맞잡고 스승님이라고 불렀다.

나는 고개를 끄덕이며 원정을 위아래로 훑고는 만족스럽게 말했다. "확실히 자질이 좋습니다. 제자로 충분하겠습니다."

원정의 어머니가 매우 기뻐했다.

원정을 따라 동궁으로 가자 태감이 조용한 거처를 마련해주었다. 구중천 사명성군이 만들어놓은 판에 성공적으로 진입한 셈이었다.

이튿날 원정의 궁녀들이 이러쿵저러쿵 입방아를 찧어댔다. 어제 아침 태자 옆을 지키던 여도사가 드디어 떠난다는 소식에 황제가 무척 기뻐했는데 오후에 다른 도사가 또 왔다는 말에 밤새 진노했으며 오늘 아침에는 몇몇 대인에게 화풀이까지 했다는 내용이었다.

사실 황제의 분노는 당연한 반응이었다. 자식복이 없어서인지 황제는 아무리 노력해도 원정 하나밖에 얻지 못했다. 그러니까 이 아들은 나라의 동량 중에서도 동량인 셈인데 여도사가 잇달아 붙어서 아들을 도사 중의 도사로 기른다니, 나라도 화가 날 것 같았다. 비록 나와 북해 궁녀가 실은 원정의 수행과 아무 관련이 없지만. 원정은 원래 신선이기 때문에 수행할 필요가 애당초 없었다.

황제는 나의 사명을 완전히 오해하고 있어서 나를 만날 마음이 생기지 않는 듯했다. 결국 황궁에 들어온 지 일주일이 넘도록 황제를 만나지 못했다.

원정은 학구열이 강했다. 내게 공밥을 줄 수 없어서인지 매일 도법책을 가져와 어려운 문제를 해설해달라고 괴롭혔다. 심오한 이치를 다루는 그런 책들을 제일 싫어하는 나로서는 원정을 볼 때마다 애써 쌓은 수행이 삼 년씩 줄어드는 기분이었다.

유월 초하루가 한 달 보름밖에 남지 않았다.

원정과 며칠 지내면서 어느 정도 그의 성향을 파악할 수 있었다. 원정은 겸손하고 온순해 보였지만 어쨌든 소년이라 신선한 것을 좋아하고, 시키는 대로 잘 따르는 척하다 한눈파는 사이 제멋대로 하려 했다. 따라서 유월 초하루에 막무가내로 수옥천에 가지 말라고 하면 왜 안 되느냐고 물을 것이고, 무슨 이유든 갖다붙여 막으면 호기심을 참지 못해 몰래 따라가 내막을 캐내려 할 게 뻔했다. 세상의 수많은 비극이 끝장을 보려다가 일어난다는 사실을 모를 테니 말이다. 아무리 생각해봐도 덮어놓고 말리기보다는 역시 우회하는 편이 좋을 듯했다.

하지만 어떻게 우회해야 할지…… 내게 사명성군 같은 재능이 없다는 게 문제였다.

원정을 해할 운명의 미인이 물에 빠질 때 내가 먼저 뛰어들어 구하면? 음, 만일 미인이 자신을 구한 영웅을 사랑하도록 정해져 있어 내게 반하다면 어떡하지? 안 되겠다, 안 돼.

그럼 아가씨들을 많이 대비시켰다가 미인이 나타났을 때 수옥천 동서남북 사방에서 일제히 뛰어들라고 하면 어떨까? 원정이 운명의 그 미인을 구할 수 없도록. 음, 그래도 원정이 한 사람은 구할 텐데, 명부에 적힌 미인이 아니라고 해도 원정이 구한 여인에게 그 숙명이 옮겨가면 어쩌나? 이것도 안 되겠구나.

하루종일 고민에 빠져 있다가 무심코 거울을 봤는데 내 모습이 제법 심오해 보였다.

어느새 오월 초하루가 되었다.

다른 밤과 마찬가지로 등불 아래 앉아 눈을 감은 채 고심하다가 이경二更쯤 되어 그만 자야겠다는 생각에 눈을 뜨고 불을 끄려 했다. 그런데 순간 눈앞이 흐릿하더니 청구에 있어야 할 야화가 보이는 게 아닌가. 찻잔을 들고 내 앞에 앉아 진지한 표정으로 나를 바라보고 있는 모습이었다.

한참 어리벙벙해하다 내가 깜빡 잠들어 꿈을 꾸는 모양이라고 생각했다.

그런데 야화가 차를 마시고는 환하게 웃었다. "천천, 며칠 못 보니 정말 그립더군요. 내가 보고 싶지 않았나요?"

나는 휘청거리다 그대로 의자에서 떨어졌다.

야화가 손으로 뺨을 괸 채 의외라는 표정을 지었다. "이성을 잃을 정도로 그렇게 좋아요?"

나는 아무 말 없이 바닥에서 일어나 침대로 자러 갔다.

야화가 한 손을 뻗어 나를 부축하며 웃었다. "잠은 좀 이따 자고요. 중요한 일을 알려주러 왔어요. 원정의 속세 아버지 말인데요, 누가 환생한 건지 압니까?"

나는 너무 피곤해 대충 대꾸했다. "누가 환생했든 당신 할아버지 천군은 아니겠지요."

야화는 몸을 돌려 내가 침대에 눕지 못하게 침대 가장자리에 털썩 앉아서는 옆자리를 두드렸다. 나는 잠시 망설이다 앉았다.

야화가 탁자에서 찻잔 하나를 들어 건넸다. "정신 좀 차려요. 우리 할아버지까지는 아니어도 비슷하니까. 당신도 잘 아는 분일걸요."

나는 좀더 정신을 모아 귀를 기울였다.

야화가 천천히 입을 열었다. "동화자부의 소양少陽군."

나는 코로 차를 뿜고 말았다.

세상에, 원정의 속세 아버지가 동화제군東華帝君이라니……

확실히 잘 아는 이였다.

동화제군에 대한 명망은 오랜 전부터 귀에 못이 박힐 정도로 들어왔다.

붉은 여우 봉구가 동화제군을 이천여 년이나 짝사랑해 술만 취했다 하면 내 귀에 대고 동화가 어쩌고저쩌고 떠들어댄 덕분이었다. 그래서 지금까지도 굳이 머릿속을 뒤질 필요 없이 동화제군과 관련된 일들은 속속들이 다 기억하고 있었다. 둘째 오라버니 백혁白奕의 외동딸이자 내 유일한 조카 봉구가 곤드레만드레 취할 때는 늘 동화제군이 이유였다. 절안이 빚은 좋은 술이 봉구의 심사를 달래는 데 얼마나 들어갔는지 모른다.

동화제군은 뭇 신의 군주이자 홍황시대에 천지를 모두 주관한 인물로, 현재 천족 내 지위는 표면적으로는 천군 아래지만 실질적으로는 천군도 무척 어려워하는 존재였다. 최근에는 열세번째 하늘 태신궁太晨宮에 칩거한 채 신선들의 적籍을 관리한다고 했다. 신선이 되려는 정령이나 속인은 누구도 동화제군에 대해 모를 수 없었다. 상선 이하의 신선들도 품계를 높이려면 동화제군을 찾아가야 했다.

동화제군은 성격이 조용하고 자연의 순리를 따르는 무욕무구의 신선으로 냉정하고 올곧았다. 칭찬에 인색한 내 아버지조차 언젠가 "사해팔황 신선을 통틀어 동화제군보다 더 신선 같은 이는 없다"라고 했을 정도였다.

속계의 어느 유명한 시인은 외출 나온 동화제군을 한번 보고 그를 찬미하는 시를 지었다. 그중 몇 구절은 아직도 기억이 난다. "밝은 해가 동쪽에 떠올라 내 부상나무 난간을 비추네. 말을 어루만지며 천천히 달리니 어느새 밤이 교교하게 밝는구나. 용수레를 몰고 벼락을 타면서 구름 깃발을 구불구불 드리우네. 길게 탄식하며 하늘로 오르려니 마음이 가라앉고 아쉬워라. 아 음악과 춤이 즐거우니 보는 이들 빠져들어 돌아갈 것을 잊네.*" 속인들 눈에 신선은 금빛에 둘러싸인 것처럼 보여서 자못 화려하게 묘사되지만, 내가 아는 한 동화제군의 성격은 담담하고 검소했다.

담이 큰 봉구는 아직 술법이 미숙한 새끼 여우였을 때도 툭하면 동굴을 빠져나가 이리저리 돌아다녔다. 그러다 어느 날 호랑이 정령의 눈에 띄어 죽을 뻔한 순간 동화제군이 나타나 목숨을 구해주었고, 바로 그때 둘의 인연이 시작되었다.

봉구는 자라면서 동화에 대한 사랑을 계속 키워갔고 망신스러운 일도 많이 저질렀다. 몇 백 년 동안 신분까지 낮춰가며 동화제군의

* 중국 전국시대 초나라의 정치가이자 비극시인 굴원(屈原)의 『초사(楚辭)』 중 「동군(東君)」.

태신궁에서 하녀로 지내기도 했다. 하지만 동화의 냉정함에 내내 상처만 받다가 고작 수십 년 전에야 겨우 마음을 접었다.

그렇게 권세와 무력, 부귀, 여색에 흔들리지 않고 강직한 동화제군이 대체 무슨 일을 저질렀기에 속세로 떨어졌는지 의아했다.

야화가 침대 난간에 비스듬히 기대며 웃었다. "천군께서 속세로 보낸 게 아닙니다. 동화제군이 직접 내려오신 거죠. 속계에서 생로병사, 미운 사람과 만나는 고통, 사랑하는 사람과 헤어지는 고통, 원하지만 얻지 못하는 고통, 집착으로 인한 고통, 이런 인생의 고통을 세세히 느껴보고 싶으시다고요. 그래서 내가 특별히 알려주러 온 겁니다. 원정의 운명을 바꿀 때 절대 동화제군을 건드리면 안 된다고요."

야화의 말에 나는 기쁜 한편 걱정도 되었다. 우선 이렇게 오랜 세월 무수한 변화 속에서도 동화제군이 여전히 강직한 신선이라는 게 기뻤다. 하지만 원정을 미인계의 재난에서 보호할 수 있을지도 아직 미지수인데 이번 악연 속의 또다른 당사자를 끌어들이면 안 된다니 실로 어려워졌다.

밖에 바람이 거세게 부는지 창살이 계속 삐걱거려 조용히 일어나 창문을 닫고 왔더니 야화가 어느새 겉옷을 벗고 이불을 펼치고 있었다.

내가 눈을 휘둥그렇게 뜨고 쳐다보자 야화가 익숙하게 이불을 마저 편 뒤 고개를 돌려 물었다. "안쪽에서 잘래요, 바깥쪽에서 잘래요?"

나는 침대와 바닥을 번갈아보다가 간곡한 어조로 대답했다. "그냥 바닥에서 잘게요."

야화가 경쾌한 목소리로 말했다. "당신을 어쩔 생각이면 당신이 바닥에서 자든 침대에서 자든 결과는 똑같을걸요. 법력이라도 있으면 나와 죽자고 싸울 수 있겠지만, 음, 당신 법력은 내가 봉인하지 않았던가요? 혹시 내 짐작이 맞는다면 천천, 당신 싫은 척하면서 사실은……"

나는 이마에 솟아난 땀을 훔치고는 친근하게 이불을 들췄다. "대체 무슨 말이에요, 침대가 너무 좁아서 야화군이 불편할까 그렇지요. 하하, 먼저 누우세요. 나는 바깥쪽이 편해서."

야화가 웃는 듯 마는 듯한 표정으로 나를 힐끗 쳐다보고 말했다. "그럼 불 좀 꺼주시죠."

그렇게 해서 나와 야화는 각각 침대 안쪽과 바깥쪽에 누워 잠을 청했다.

내가 머물고 있는 자죽원紫竹苑은 이름 그대로 안팎에 대나무가 가득했다. 덕분에 여름에는 시원하겠지만 이 초여름 밤에는 서늘했다. 침대와 베개뿐만 아니라 하나뿐인 얇은 이불도 야화와 나눠 덮어야 했다. 야화를 등진 채 침대 끝 쪽에 누웠더니 팔다리가 다 이불 밖으로 빠져나왔다. 몸을 보호할 선기마저 없어 오들오들 떠는 수밖에 없었다.

야화는 이미 잠든 듯 호흡이 길었고 몸에서는 옅은 복숭아꽃 향기가 풍겼다. 나는 정말 죽을 지경이 되어 침대 끝으로 자꾸만 옮겨갔다. 이 길고도 긴 밤이 언제나 끝날지……

그때 야화가 몸을 뒤척여 나는 얼른 가장자리로 더 움직였다.

등뒤에서 야화가 물었다. "안겨 잘래요?"

순간 멍해졌다.

야화가 아무 말 없이 또 몸을 뒤척였고 나는 조건반사적으로 가장자리를 향했다.

꽈당, 그대로 침대에서 떨어졌다.

야화가 피식 웃으며 말했다. "봐요. 안아주지 않으면 밤새 몇 번이고 떨어질 것 같더라니, 아니나 다를까."

내가 시름없는 목소리로 대꾸했다. "침대가 너무 작아서 그래요. 침대가 너무 작아서."

야화가 나를 바닥에서 끌어올린 뒤 안쪽으로 눕혔다. "맞아요. 둘이 바로 누우면 그 가운데에 서너 명밖에 못 누울 정도로 정말 작지요."

나는 억지웃음을 지었다.

안쪽에 눕자 공격은 쉽지만 방어는 쉽지 않은 상태가 되어 더욱 잠을 이룰 수 없었다. 그런데 야화는 어쩐지 자꾸만 다가오고 복숭아꽃 향기도 끊임없이 밀려왔다. 정말이지 유명사幽冥司 십팔 층 지옥의 혹형이 따로 없었다.

탄식과 고뇌를 반복하고 있을 때 야화가 별안간 옆으로 누우며 얼굴을 내게 맞댔다.

내가 의아한 표정으로 쳐다보자 야화가 담담하게 말했다. "생각나는 일이 있어서요."

제대로 숨을 쉴 수가 없었다.

"천천, 사음 신군 알죠?"

나는 당황해 이불을 위로 끌어당겼다. "아, 곤륜허 묵연 상신의 열일곱째 제자라고 들어는 봤지만 만난 적은 없어요. 칠만 년 전 귀족의 난 이후로 묵연 상신과 잠적했다지요."

야화가 탄식했다. "더 많이 알고 있을 줄 알았는데요."

내가 하품하며 물었다. "무슨 사연이라도 있나요?"

"귀족의 난이 일어났을 때 천군은 태자였지요. 어렸을 때 천군께 내가 묵연 상신과 많이 닮았다는 소리를 들었어요."

나는 속으로 그렇다고 끄덕였다. 분위기는 물론 외모도 무척 닮았다.

"역사책에는 기록되지 않았지만 천군 말씀에 따르면, 귀족의 난 때 묵연 상신은 이미 소멸했기 때문에 절대 사음 신군과 은거했을 리 없다더군요. 당시 선대 천군께서 묵연 상신의 장례를 위해 열여덟 상선을 곤륜허로 보냈는데 사음 신군이 부채로 내쫓았고, 후에 곤륜허의 첫째 제자 응도應陶 신군은 사음 신군이 묵연 상신의 육신과 함께 사라졌다고 보고했지요."

놀란 척 "그런 일이 있었군요"라고 말했지만 속으로는 뜨끔했다.

야화가 고개를 끄덕였다. "칠만 년이 지나도록 사음 신군의 종적을 찾을 수 없었는데 최근 귀족의 이경 귀군이 그 신군을 사방으로 찾고 있다더군요. 어제 아래에서 한 괴성魁星*이 사음 신군의 초상화를 보내왔어요. 이경 귀군이 그렸다더군요."

심장이 덜컹 내려앉았다.

아니나 다를까 야화가 말했다. "언뜻 보고 남장한 당신이라고 생각했어요."

---

* 북두칠성의 앞쪽 네 개 별, 혹은 첫번째 별을 의미하며 문장(文章)과 흥망성쇠를 주관하는 신이다.

나는 크게 놀란 척 "정말 그런 일이 있었어요?" 하고 말한 뒤 하하 웃으며 말을 이었다. "그렇다면 나와 똑 닮은 사람이 세상에 둘이나 있는 거네요. 사음 신군은 모르지만 당시 이경 귀군이 맞이한 왕후는 우리 백가와 연고가 있어서 알지요. 바로 제 큰 새언니의 막냇동생이거든요. 당신도 봐야 할 텐데, 나랑 아주 똑같이 생겼어요."

야화가 한참 생각에 잠겼다가 천천히 말했다. "그래요? 기회가 생기면 만나봐야겠군요."

나는 그러라고 대답했다.

야화가 웃으며 말했다. "방금 당신이 이 가는 소리를 들은 것 같은데요. 그 새언니의 동생이 아무리 당신과 닮았어도 당신 같은 기품은 절대 없을 겁니다."

나는 침대 휘장을 올려다보며 대충 대답했다. 그렇게 뻔한 아첨을 얼굴색 하나 변하지 않고 술술 해대다니 정말 탄복하지 않을 수 없었다.

야화는 금방 잠에 빠져 일다경도 지나지 않아 조용해졌다. 잠버릇이 전혀 없었다. 코를 골거나 이를 갈지도 않고 괜히 손발을 내젓지도 않았다. 나는 몇 시간 동안 힘겹게 버티다가 자정이 한참 지나서야 몽롱하게 잠이 들었다. 비몽사몽간에 어렴풋이 뭔가 중요한 일이 생각났는데 자세히 떠올리려는 순간 정신이 흐릿해졌다.

그날 밤, 차갑고 서늘한 두 손이 가볍게 내 눈을 어루만지는 듯했다.

## 10장
# 양생주술

야화는 너그럽지 못했다.

이곳이 청구도 아니고, 내가 굳이 아침 일찍 일어나 그의 산책길에 따라나서줄 이유가 없는데도 기어코 나를 일으켰다.

어제 새로 입은 치마에 주름이 자글자글했지만 갈아입기 귀찮았다. 나는 한쪽에 기대 냉차를 따르고 입을 가린 채 하품을 했다.

야화는 기분이 무척 좋았다. 막힘없이 겉옷을 입고 허리띠를 맨 뒤 구리거울 앞에 앉아 느긋하게 말했다. "자, 이리 와서 머리 좀 묶어줘요."

나는 얼떨떨한 표정으로 물었다. "지금 나한테 한 말이에요?"

야화가 나무빗을 들었다. "미곡이 그러는데 상투를 아주 잘 튼다면서요."

확실히 그렇기는 했다. 아주 오랜 시간 연습했으니까. 호리동에는 시종이 없고 넷째 오라버니는 머리를 묶을 줄 몰라 항상 내가 묶어주었다. 평범한 모양은 물론, 십리도림에 절안을 만나러 갈 때면 새로운 모양도 자주 시도했다. 절안은 오라버니의 새로운 머리를 볼 때마다 무척 좋아했다. 그건 그렇고, 청구에 있을 때 야화는 머리를 틀어올리지 않았다. 끈으로 가지런히 동여맬 뿐이었는데, 그렇게 묶으면 야화의 차가운 인상이 온순해 보였다.

야화가 환하게 웃으며 빗을 건넸다. "오늘은 천군을 뵈러 가기 때문에 단정하게 해야 돼요."

야화의 새카만 머리카락은 윤기가 자르르 흐르고 부드러웠다. 나무빗이 매끄럽게 내려가 빗질은 수월했지만 머리카락을 틀어 정수리에 올릴 때는 손이 조금 갔다.

화장대에 옥비녀와 옥관이 놓여 있었다. 먼저 비녀로 머리카락을 잘 고정한 뒤 옥관을 씌웠다. 흠, 꽤 오랫동안 손을 놀리지 않았는데 솜씨가 전혀 녹슬지 않았다.

거울 속에서 야화가 웃음을 띤 채 나를 바라보고 있었다.

머리 모양이 야화에게 꽤나 잘 어울려 생기 있고 당당해 보였다. 굳이 다른 장식이 필요 없을 듯했다. 나는 만족스럽게 빗을 화장대에 내려놓았다.

거울 속 야화는 여전히 웃고 있었다. 빗을 내려놓는 내 오른손을 야화가 덥석 잡았다.

그러고는 나직하게 "예전에 당신이……" 하고 입을 여는데 그 눈에 뭔가 희미하게, 물기 같은 것이 어렸다.

어, 설마, 설마 오늘 또 뭔가 이상한 마음을 먹는 건 아니겠지?

나는 반쯤 구부린 허리를 펴지도 못한 채 왼손은 야화의 어깨에 얹고 오른손은 잡힌 채 힘겹게 다음 말을 기다렸다.

하지만 야화는 말을 잇는 대신 천천히 내 손을 놓아주었다. 그러고는 웃으며 소매에서 구슬 팔찌를 꺼내 내 손목에 끼워주었다. 살짝 풀이 죽은 모습이었다.

재앙을 복으로 바꿔주는 팔찌였다.

야화가 거울 앞에서 일어나 억지로 웃었다. “일단 하고 있어요. 지금 당신은 속인과 똑같으니까. 속계에서 큰일까지야 당하지 않겠지만 만일이라는 게 있잖아요.”

야화가 평소답지 않게 기쁨과 불안을 오가는 것 같아 나는 별말 없이 순순히 받아들였다.

야화가 고개를 끄덕이고는 손을 내밀어 내 얼굴을 쓰다듬으며 “그럼 나는 천궁으로 갈게요” 하고는 잠시 말을 끊었다가 이었다. “어제 진지한 일에 몰두하느라 이 얘길 잊었군요. 유월 초하루 운명이 바뀔 시간이 되면 어떻게든 당신은 원정을 붙잡아두고 다른 사람에게 동화제군을 물로 떠밀라고 시켜요. 동화제군이 물에 빠진 여인을 구하면 원정만 이 분란에서 빠져나오고 동화제군은 인생의 고통을 계속 체험할 수 있을 테니, 모두가 좋게 끝나겠지요.”

그런 뒤 야화는 몸을 돌려 사라졌다.

어젯밤 야화가 대체 무슨 진지한 일에 몰두했는지 생각해봤지만 아무리 생각해도 ‘진지’라는 말을 붙일 일은 하나도 없었다. 그건 내버려두고, 야화가 일러준 말을 곱씹어봤다.

우와, 정말 좋은 방법이잖아. 역시 제삼자가 명확하게 볼 줄 안다더니. 그간 내가 며칠을 고민하다가 도리어 미궁에 빠졌던 모양이다.

속 끓이던 일을 해결하고 나자 보름 가까이 얹혀 있던 커다란 돌이 일순간에 날아간 듯 머리부터 발끝까지 홀가분하고 가뿐해졌다.

홀가분하게 창턱에 핀 미모사를 한참 쳐다보다가 또 가뿐하게 앉아서 차를 마셨다.

차를 절반쯤 마셨을 때 별안간, 어젯밤 비몽사몽간에 떠올랐던 일이 생각났다.

아주 중요한 일이었다.

미곡은 봉구가 은혜를 갚으러 속계에 갔다고 했다. 그때는 어느 속인에게 은혜를 입어 갚으러 갔으려니 생각해 개의치 않았는데, 지금 돌아보니 봉구는 삼만 살이 넘도록 오로지 동화제군에게만 은혜를 입었다. 동화제군은 봉구와 비교가 되지 않을 정도로 뛰어난 신선이니 봉구가 은혜를 갚고 싶어도 그럴 기회가 없었을 것이다. 지금 봉구가 속계로 은혜를 갚겠다고 왔다면, 설마…… 환생한 동화를 찾아왔다는 뜻인가? 이제 겨우 동화에 대한 마음을 끊어냈는데 다시 만나 뒤엉키다보면 잘라냈던 생각이 다시 싹틀 수도 있다…… 그러면 둘째 오라버니네는 어쩐단 말인가?

얼른 일어나 옷을 갈아입고 밖으로 나섰다. 만나기만 하면 내 수행을 삼 년씩 갉아먹는 원정을 찾아가 반년 전쯤 이마에 봉우화鳳羽花 모양의 반점이 있는 젊은 여자가 황궁에 새로 들어오지 않았는지 물어봐야 했다.

둘째 새언니가 붉은 여우기 때문에 둘째 오라버니 부부가 붉은색과 흰색이 뒤섞인 얼룩 여우를 낳지 않을까 상상했었다. 하지만 결혼 삼 년 뒤 태어난 여우는 귀와 네 발만 하얗고 나머지 부분은 비둘기 피처럼 새빨갰다. 정말 깜찍하고 귀여웠다. 그런데 첫돌에 인간 모습으로 변하고 보니 이마에 꽃 모양 반점이 있었다. 반점도 예쁘기는 했지만 변신할 때 방해물이 되었다. 어떤 모습이든 인간으로만 변하면 꼭 나타났기 때문이다. 게으르기 짝이 없는 둘째 오라버니는 그 봉우화 때문에, 그리고 구월에 태어났다는 이유로 아이의 첫돌에 정식으로 이름을 지을 때 봉구라는 평범하기 그지없는 이름을 지어주었다. 백가의 성을 따라 백봉구. 청구의 소선들이 나를 고모님이라 부르긴 하지만 정말로 나를 고모라 부를 수 있는 이는 오직 봉구 하나뿐이었다.

때마침 내리는 단비처럼 내가 문을 나서기도 전에 원정이 두 권의 경문經文 두루마리를 들고 맞은편에서 들어왔다. 나를 본 원정이 눈을 반짝이며 공손하게 인사했다.

무엇이든 끝까지 파고드는 원정에게 무턱대고 봉구의 일을 물었다가는 귀찮아질 게 뻔했다. 잠시 고민한 뒤 원정을 옆쪽 돌의자로 데려가 앉혔다.

원정이 기침을 한번 내뱉더니 물었다. "스승님 목이 왜 그러십니까? 꼭…… 마치……"

깜짝 놀라 목을 만져봤지만 아무 느낌도 없었다.

원정이 소매에서 거울을 꺼내주었다. 받아서 들여다보니 목에 모기가 문 듯 붉은 자국이 있었다.

감히 내 피를 빨다니 실로 대담한 모기로군. 뭐 성공했으니 만팔천 년쯤은 거뜬히 버티겠구나. 그러면 모기 신선이 될지도 모르고. 흠, 운수대통한 모기로구나.

내가 고개를 끄덕이며 탄성을 내뱉었다. "원정 태자는 이렇게 별 것 아닌 작은 자국도 놓치지 않는군요. 개미 한 마리 밟지 못할 만큼 착하다고 들었는데 그 말이 맞는 것 같습니다."

원정이 얼굴을 붉히며 나를 바라보았다. "네?"

말을 이었다. "길을 갈 때 개미를 밟지 않으려면 선한 마음도 필요하지만 세심한 마음도 필요하지요. 선량함과 세심함은 본래 하나고요."

원정이 일어나 가르침을 받는 자세를 취했다.

나는 턱을 만지작거리며 수준을 높였다. "도는 하나를 낳고 하나는 둘을 낳으며 둘은 셋을 낳고 셋은 만물을 낳는다. 만물은 모두 무에서 나오고 무에서 유가 생긴다. 모두 심오한 말들이지요. 도를 배우려면 섬세해야 합니다. 그래서 오늘은 태자의 섬세함을 시험할까 합니다."

원정이 숙연하게 대답했다. "말씀하십시오."

나도 숙연하게 응수했다. "태자는 열여섯까지 도교 사원, 그러니까 도관에서 지내다 왕궁으로 들어왔다고 했지요. 태자를 난처하게 만들고자 함은 아니니 도관에 관한 문제와 왕궁에 관한 문제, 딱 두 가지만 묻겠습니다."

원정이 귀를 세웠다.

나는 나직하게 문제를 냈다. "태자가 어렸을 때 지내던 도관에 흰옷을 입은 여도사가 있었지요. 그 도사는 늘 불진을 들고 다녔는데 불진 손잡이가 어떤 나무였습니까?"

원정은 한참을 생각했지만 답을 내놓지 못했다.

되는대로 만든 문제인데 당연히 모를 터.

나는 안색을 가다듬고 계속 말했다. "이 문제는 답하지 못했으니 다음 문제는 잘 듣고 곰곰이 생각해보십시오. 왕궁에 관한 문제입니다. 이마에 봉우화 반점이 있는 여자가 있는데 어디에 살고 품계와 이름은 무엇입니까?"

원정이 한참 생각한 뒤 대답했다. "도관 문제는 확실히 제가 부족하여 맞히지 못했습니다. 하지만 이마에 봉우화 반점이 있는 여인은 알고 있습니다. 함담원菡萏院에 사는 진陣 귀인입니다. 사실 예전에는 반점이 없었는데, 작년 섣달에 연못에 빠져 약이 듣지 않을 정도로 크게 앓고 나서 이마에 반점이 생겼습니다. 모두들 그대로 생을 마감할 줄 알았는데 갑자기 호전되었지요. 이에 몇몇 후궁이 진인眞人을 불러 무슨 꽃인지 물었더니 요사스러운 꽃이라 하였습니다. 아바마마는 믿지 않으시면서도 이후 진 귀인을 멀리하셨습니다. 한데 진 귀인의 이름은 모르겠습니다."

아하, 과연 봉구가 동화를 찾아왔군. 그나저나 속임수로 먹고 사는 진인이 신녀의 이마에 있는 꽃이 요사스럽다는 걸 알아보다니 꽤 능력이 있는걸.

원정이 걱정스러운 눈으로 나를 바라보았다.

나는 고개를 끄덕이며 대답했다. "음, 이 정도 세심함이라면 이미 대단한 수준이라고 할 수 있지요. 하지만 도법을 수행하려면 좀 더 세심해야 합니다. 오늘은 이만 가서 경문을 읽는 대신 스스로의 태도에 대해 잘 생각해보십시오."

원정이 얼굴을 찌푸린 채 나갔다.

그 쓸쓸한 뒷모습을 보니 마음이 편치 않았다.

원정, 너는 이미 충분히 세심하단다. 더 세심하면 인간이 아니지.

원정의 뒷모습이 멀어지자 나는 시녀를 불러 진 귀인이 머물고 있다는 함담원으로 안내하라고 일렀다.

봉구가 동화에게 입은 은혜는 우리 청구에서 대신 갚으면 된다. 이 고모와 숙부들이 나중에 갚으면 되니 오늘은 어떻게든 봉구를 돌려보내리라.

내 거처가 이미 상당한 지위를 뜻해 후궁을 방문하는 일은 별로 어렵지 않았다.

너무 급박해 명첩을 준비하지 못했다고 하면서 마당에서 일하는 시녀에게 고해달라고 부탁했다. 얼마 뒤 시녀가 우리를 안으로 안내했다. 거처가 크지는 않아도 깔끔했다. 정원이며 연못이 잘 가꿔져 있어 음풍농월하기 딱 좋아 보였다.

연못 옆 정자에서 시름없이 앉아 물고기에게 먹이를 주는 둥근 얼굴의 여자가 눈에 들어왔다. 겉으로는 평범해 보였지만 이마의 봉우화로 볼 때 봉구가 깃든 속인이 틀림없었다. 탄식이 절로 나왔다. 청구에 있을 때 봉구는 우리 백가의 유일무이한 손녀이자 조카로 얼마나 시원시원하고 기개가 있었던가. 한데 지금은 동화 때문에 이 쓸쓸한 곳으로 내려와 물고기에게 먹이나 주고 있다니, 가슴이 미어졌다.

내 탄식에 물고기를 살피던 봉구가 고개를 돌렸다.

내가 서글프게 봉구를 불렀다. "봉구야, 고모가 왔어."

속세에서 반년가량을 혼자 보내 무척 외롭고 쓸쓸했는지 내 목소리를 듣자마자 봉구는 비통함을 참지 못하고 곧장 내 품으로 뛰어오려 했다.

나는 두 팔을 벌렸다.

봉구가 우왕 하며 달려오더니 나를 지나쳐 우리를 안내해준 시녀를 꽉 끌어안았다.

나는 팔을 거둬야 할지 계속 벌리고 있어야 할지 알 수 없었다.

봉구가 두려움이 담긴 얼굴로 울면서 한사코 고개를 저었다. "싫어요, 고모. 날 데려가지 마요. 그분을 사랑해요, 그이가 없으면 안 돼요, 누구도 우리를 갈라놓을 수 없다고요. 누구도 안 돼!"

나는 너무 놀라 한 걸음 뒤로 물러났다.

이건 우리 집안의 그 붉은 여우가 아닌데?

봉구는 분명 계집아이지만 이렇게 소리치며 운 적은 한 번도 없었다. 항상 속으로 혼자 삭였다. 동화에 대한 사랑이 깊어져 상처를 받아도 절대 그 상심을 다른 이에게 드러낸 적이 없었다. 보통 절안의 거처에서 술을 가져다 시름을 달랬다.

둘째 오라버니는 봉구가 어린 나이에 툭하면 인사불성으로 취하자 봉구를 매달아놓고 매질을 했었다. 숨이 넘어갈 정도로 때려, 지켜보는 우리가 가슴이 찢어질 정도였다. 그럼에도 봉구는 피가 날 정도로 입술을 꽉 깨물지언정 절대 울지 않는 아이였다. 나와 넷째 오라버니는 봉구가 고집을 부리다 둘째 오라버니의 화를 돋우어 또 된통 맞을까봐 호리동으로 데려와 치료해주었다.

언젠가 "어쨌든 술은 나빠……" 하고 내가 입을 떼는데 넷째 오라버니가 눈을 부릅뜨는 바람에 얼른 말을 바꿨다. "절안의 술이 확실히 좋기는 좋지. 하지만 종일 술로 심사를 푸는 건 절안의 솜씨에 아주 미안한 일이라고. 그리고 술이란 한순간의 해결책일 뿐, 깨고 나면 달라지는 게 없어. 널 괴롭히는 일이 술을 마신다고 해결되지는 않는다고." 내 말에 봉구가 왕 하며 울음을 터뜨렸었다. "시름을 없애려고 마시는 게 아니에요. 술로 마음을 풀 수 없다는 것 정도는 안다고요. 마시지 않으면 울고 싶어져서 그래요. 동화 앞에서 울 수도 없고 다른 사람들 앞에서 울 수도 없으니까."

결국은 봉구도 여린 아이였다. 나와 넷째 오라버니는 그 말에 무척 마음이 아팠다. 봉구의 눈물을 본 것은 그때 딱 한 번뿐이었다.

지금 내 앞에서 시녀를 끌어안고 떠나가라 우는 봉구를 보며 나는 아무 말 없이 고개를 흔들었다.

그런데 고개를 흔드는 내 모습을 보고 봉구가 한층 더 심하게 우는 것이었다. "고…… 모…… 부탁이에요. 우리 사이가 이루어지게 도와주세요. 다음 생에 고모의 견마가 되어 갚을 테니 제발 도와주세요!"

봉구에게 안긴 시녀가 바람에 떨어지는 낙엽처럼 몸을 떨었다.

나는 입을 삐죽거렸다.

봉구가 불쑥 주저앉으며 자기 옷섶을 꽉 쥐었다.

추풍낙엽처럼 떨던 시녀가 깜짝 놀라 펄쩍 뛰면서 소리를 질렀다. "마마, 또 피를 토하시겠어요. 거기 너는 어서 폐하께 알리고, 너는 수건을 가져와, 너는 어서 가서 대야를……"

나는 입을 가리며 기침을 했다. "그럼, 천천히 토하렴, 너무 급하게 토하다 목에 걸릴라. 나는 이만 가보마."

말을 마친 뒤 나와 함께 들어와 한쪽에서 눈만 둥그렇게 뜨고 있던 시녀를 끌고 얼른 작별을 고했다.

함담원에서 자죽원으로 돌아오는 길에 곰곰이 따져보았다. 진 귀인은 봉구와 성격이 완전히 달랐지만 이마에 확실히 봉우화가 있었고 한눈에 내가 고모라는 것을 알아보았다. 봉구는 신선이므로 속인의 몸을 잠시 빌렸다고 해서 속인이 생전에 가졌던 감정에 절대 연루될 리 없었다. 그런데 아까 상황으로 보면 설마…… 나는 이마를 문지르며 잠시 생각에 잠겼다. 설마 청구에서 금지하는 양생兩生주술을 썼단 말인가?

양생주술은 도리에 어긋나는 술법은 아니고 그저 일정 시간 동안 성격을 바꾸는 주술에 불과했다. 그래서 예전에 청구의 시장 소선들은 스스로에게 양생주술을 많이 걸었다. 그렇게 하면 아무리 성가신 손님 앞에서라도 진심이 가득 담긴 얼굴로 국화꽃처럼 환하게 웃으며 대할 수 있어 싸움 날 걱정이 없었기 때문이다. 하지만 분명 신실한 술법도 아니고 신선의 덕행에도 어긋나 넷째 오라버니와 의논 끝에 이 주술을 금지했었다.

만일 봉구가 정말로 양생주술을 사용했다면, 도대체 왜 그랬을까? 아무리 생각해도 이해가 안 됐다. 결국 오후에 잠깐 눈을 붙이고 밤에 다시 함담원에 찾아가봐야겠다고 생각했다.

내 마음을 알았는지 봉구가 먼저 거처로 찾아왔다.

마침 뒤뜰에서 혼자 저녁을 먹고 있을 때였다. 밝은 달빛 아래 대나무가 그윽하니 매우 운치 있었다. 한창 식사를 즐기고 있을 때 싸리나무 가지를 한 짐 짊어진 봉구가 느닷없이 담장에서 식탁으로 뛰어내렸다. 식탁의 그릇들이 박살나 사방으로 튀는 순간, 얼른 찻잔을 챙겨 옆으로 피했다.

봉구가 슬픈 표정으로 식탁에서 내려와 등에 짊어지고 있던 싸리나무 가지를 정리한 뒤 털썩 엎드려 큰절을 했다. "고모, 불초한 봉구가 매를 짊어지고 처분을 받으러 왔습니다."

나는 소매에 묻은 기름을 탁탁 떨어내며 진 귀인의 몸이 아니라 원래 모습으로 돌아온 봉구를 보았다. 확실히 보기 좋았다. "역시나 양생주술을 썼던 게로구나?"

봉구가 얼굴을 붉히며 고모는 대단하다고, 정말 똑똑하다고 감탄했다.

봉구의 말에 동의했다. 젊은 시절에는 어리숙할 때가 많았지만 이만큼 나이가 드니 총명할 때가 더 많아졌다.

봉구를 부축해 일으키려다가 봉구의 온몸에 기름이 튀어 달빛 아래 반들반들 빛나는 것을 보고 꾹 참았다. 대신 손짓으로 어서 일어나 옆의 돌의자에 앉으라고 했다.

나는 다행히 재난을 면한 찻잔을 들어 한 모금 마신 뒤 눈살을 찌푸리며 물었다. "동화의 은혜를 갚겠다고 왔으면서 왜 금기를 깨고 양생주술을 걸었니?"

봉구의 입이 커다랗게 벌어졌다. "제가 동화제군에게 은혜를 갚으러 온 줄 어떻게 아셨어요? 분명 동화제군의 환생은 극비라 사해팔황에 아는 이가 몇 명 없다고 사명성군이 말했는데요."

나는 느긋하게 차를 마시며 대단한 척 아무 말도 하지 않았다.

봉구가 갑자기 부들부들 떨며 "고모, 동화제군의 일거수일투족을 이렇게 잘 알고 있다니, 혹시 좋아하는 거 아니에요?"라고 묻고는 침통하게 팔목을 쥐며 말을 이었다. "동화제군은 확실히 북해수군보다 잘생겼고 술법도 뛰어나고 연배도 고모랑 어울리긴 하죠. 하지만 동화제군은 돌로 만들어진 신선이에요. 동화제군을 좋아하면 앞날이 걱정스럽다고요!"

나는 하늘의 달을 올려다보며 시큰둥하게 대꾸했다. "넷째 오라버니도 곧 서산에서 돌아오겠구나. 양생주술은 애초에 오라버니가 금하자고 주장했지. 내 기억으로는 예전에 어리석은 신선 하나가 말로만 금지하려니 하고 가볍게 생각해 양생주술을 몇 차례 썼다가 결국 청구에서 쫓겨날 뻔했지?"

봉구가 의자에서 벌떡 일어나 등에 진 나뭇가지를 추스르고는 두 손을 모아 절하며 공손하게 말했다. "제가 동화제군의 시녀로 지낼 때 사명성군의 편의를 봐준 적이 있어요. 사명성군은 그 보답으로 동화제군이 환생할 때 동자를 보내 알려주었고요. 제가 불초하여 동화제군의 은혜를 입고도 오래도록 갚지 못했는데, 제군이 환생한다는 소리를 들으니 어떻게든 속세에 있을 때 갚아야겠다는 생각이 들더라고요. 그래서 제군이 열네 살 때 꿈에 들어가 이 세상에서 꼭 바라는 소망이 있는지 물었어요."

내가 중간에 끼어들었다. "돌부처 동화가 뭐라고 했는데? 부귀영화나 천하는 필요 없고 진심으로 사랑하는 이를 원한다던?"

봉구는 몹시 의아해했다. "고모는 정말 모르는 게 없으시네요."

찻물을 뿜고 말았다. 이번 생에서 동화가 뜻밖에도 이렇게…… 이렇게 속되다니!

봉구는 얼굴 가득 튄 찻물을 닦으며 멋쩍게 말했다. "제군은 어렸을 때부터 사람들 마음이 권세에 쉽게 변하는 것을 본 때문인지, 진심으로 자신을 사랑하고 절대 떠나지 않을 여인을 만나게 해달라고 빌었어요."

"그래서 네가 직접 끼어든 거야?"

봉구가 고개를 끄덕이다가 다시 내저었다. "사실 끼어들었다고 할 수는 없어요. 사명성군이 전에 동화제군의 운명을 보여줬는데, 이번 생에서 제군은 진심으로 자신을 사랑해주는 여인을 만나지 못해요. 하지만 서른일곱 살 유월 초하루, 위타보살의 탄신일에 자신이 진심으로 사랑할 여인은 만나지요. 안타깝게도 그 여인이 사랑하는 상대가 제군의 아들인 원정 태자지만요. 비록 은혜를 갚으러 왔다지만 제가 제군의 운명을 바꿀 수는 없어요. 그러다 마침 반년 전에 한 귀인이 수명을 다했기에 고심 끝에 귀인의 몸을 빌리기로 했어요. 진심을 내어줄 생각으로요. 제군이 운명의 애정난을 겪기 전에 사랑받고 싶다는 소망을 잠시나마 이뤄주고 싶었어요. 제군이 진심으로 사랑하는 여인이 나타나면 저는 성공이라 생각하며 물러날 생각이고요. 그러면 제군의 운명을 바꾼 것도 아니잖아요."

나는 고개를 숙인 채 탄식했다. "예전에 그렇게 당하고도 아직도 부서질 마음이 남았니? 동화제군은 진심으로 사랑하는 여인을 원해. 신선일 때도 그 소망을 가졌다면 네가 그렇게 오래 제군을 좋아했으니 진즉에 갚은 셈이고."

봉구가 풀죽은 목소리로 대꾸했다. "고모 말이 옳아요. 처음에는 이 일이 아주 쉽다고 생각했어요. 제군을 이미 이천 년 넘게 좋아해왔으니까요. 이미 마음을 접었다 해도 예전의 감정을 되살리는 게 어려울 리 없다고 착각했지요. 진심이란 마음대로 넣다 뺐다 할 수 없다는 것을 몰랐어요. 그렇게 오랫동안 가졌던 감정인데도, 막상 진 귀인의 몸을 빌려 제군을 보는데 사모하는 마음이 생기지 않는 거예요. 한두 마디 일상적인 밀어조차 꺼낼 수가 없더라고요. 정말 제군께 미안하고 막막해요."

"죽어버린 마음이 쉽게 되살아날 수 없듯이 옛 감정도 쉽게 불붙을 수 없지. 그렇게 가책할 필요 없어."

내 위로에 봉구가 늠연하게 말했다. "이미 속계에 내려왔고 유명사 명주冥主의 도움까지 받아 진 귀인의 육신을 보전했는데 이대로 포기하면 은혜도 못 갚고 헛수고잖아요. 그래서 며칠을 고심하다가……" 봉구가 잠시 머뭇거리다가 말을 이었다. "결국 스스로 양생주술을 걸 수밖에 없었어요. 술법의 힘으로 낮에는 진 귀인 생전의 성격대로 제군을 사랑할 수밖에 없을 테니까요. 해가 지면 술법에서 벗어나고요. 사실 진 귀인의 성격이 이런 줄 몰랐어요. 밤에 낮 동안의 행태를 떠올릴 때면 얼마나 괴롭고 창피한지 몰라요."

"너무 개의치 마라. 그렇게 창피한 정도는 아니었어"라고 마음에도 없는 말을 내뱉고는 갑자기 중요한 일이 떠올라 물었다. "진 귀인의 몸을 빌린 뒤 혹시 동화에게 당했니?"

봉구가 잠시 멍해졌다가 고개를 저었다. "진 부인은 예전에도 그다지 총애받지 못했어요. 제가 진 부인 몸을 빌린 뒤에는 이마에 나타난 반점을 보고 어떤 거지같은 도사가 요사스럽다고 말하는 바람에 제군이 함담원에 발길을 완전히 끊었고요."

의문이 들었다. "그렇다면 매일 제군을 사랑해 죽고 못 사는 시늉을 하는 게 무슨 의미가 있어?"

봉구가 진지하게 대답했다. "진심으로 누군가를 사랑하는 일은 최선을 다해 모든 마음을 쏟는 거예요. 남들 앞에서는 사랑하고 뒤에서는 사랑하지 않고, 절대 그럴 수 없어요."

나는 하품을 했다.

이런 봉구를 보니 마음이 놓였다. 봉구가 스스로 순조롭게 은혜를 갚을 수 있다면 나와 오라버니들이 나설 필요가 없으니 나쁜 일도 아니었다. 봉구의 속내를 완전히 파악한 뒤라 기름이 뚝뚝 떨어지는 녀석에게 이제 그만 돌아가 세수하고 자라고 하려는 찰나였다. 바닥에서 상서로운 기운이 휘몰아쳤다.

아무래도 자죽원이 명당인 것 같았다.

오늘밤은 운수가 좋은 때이고.

절안이 허공에 모습을 드러냈다. 뜻밖에도 무척 피곤한 표정이었다. 피곤한 모습의 절안이라니, 하늘과 땅을 통틀어 정말 보기 힘든 광경이었다. 틀림없이 넷째 오라버니 때문이겠지만.

나는 담담하게 차를 마셨다.

과연, 절안이 이렇게 물었다. "최근에 진진이 찾아왔었니?"

진진이란 호칭에 봉구가 느닷없이 몸을 떨었다. 그렇게 오래 들었으면서도 영 적응을 못하다니 정말 딱했다.

내가 고개를 저었다. "오라버니는 필방조를 찾으러 서산에 가지 않았어요?"

절안이 무안하다는 듯 웃으며 "얼마 전에 돌아왔어" 하고는 이마를 짚으며 말했다. "그 필방조는 야생성이 강해서 정말 길들이기 힘들다니까."

절안이 떠나려다가 뭔가 생각난 듯 다시 고개를 돌렸다. "깜빡하고 너한테 말을 안 했는데, 네가 동해 잔치에 간 다음날 천군의 손자 야화가 찾아와서 삼백 년 전 네 일을 묻더라."

놀라서 "예?" 하고 묻자 절안이 이마를 찌푸렸다. "네가 오백 년 전에 큰 병에 걸려 이백 년 동안 잠들었었다고 했더니 더는 묻지 않고 갔어. 녀석, 야화와의 혼사가 또 잘못되는 것은 아니지?"

오백 년 전에 경창과 전투를 치른 일은 외부인에게는 당연히 비밀이었다. 청구와 경창은 아무런 원한도 없기 때문에 청구의 상신이 경창을 잡은 일은 살짝 도의에 어긋났다.

잠시 망설이다가 대답했다. "그럴 리 없을 거예요. 야화에게서 파혼하려는 기색은 안 보였거든요."

절안은 고개를 끄덕이며 "그럼 됐다"라고 한 뒤 몸을 틀어 봉구에게 말했다. "진진이 네 음식 솜씨를 그리워하던데 언제 시간 나면 도림에 한번 와라." 봉구가 고개를 한쪽으로 돌리며 대답했다. "시간 없어요."

절안이 봉구를 쳐다보며 "양생주술을 꽤 잘 걸었는데" 하고는 급히 떠났다.

봉구가 무척 억울하다는 듯 나를 바라보았다. "고모, 저 협박당한 거죠."

사람들 앞에서 황제를 물로 떠밀 수 있는 인재를 속계에서 찾기란 결코 쉽지 않았다. 그 인재만 빼고, 원정이 재난을 피할 수 있는 모든 것이 완비되었다. 원래는 봉구에게 맡기려 했는데 봉구가 진지하게 생각해보더니 간곡히 거절했다. "양생주술의 속박 때문에 낮에는 평소 제 모습을 잃으니 원래 진 귀인 같은 성격이라고 여기게 돼요. 날마다 눈물을 흘리고 피를 토할 정도로 제군을 사랑하는 거죠. 그런 진 귀인이니까, 제가 직접 제군을 떠밀 가능성은 거의 없어요. 떠밀지 못하게 방해하지 않는 것만으로도 아미타불을 외칠 일이죠."

맞는 말이라고 생각해 더이상 강요하지 않았다. 정 찾지 못하면 내가 나설 수밖에. 하지만 황제가 도사를 좋아하지 않으니 그 순간 황제의 배에 접근할 수 있을지가 문제였다. 더 생각해봐야 했다.

다행히 원정에게는 온 정성을 다해주는 어머니가 도관에만 있는 게 아니었다. 도관에 있는 어머니는 아들의 수행에 대해서만 노심초사할 뿐, 세속적인 일은 꽤 등한시했다. 세속적인 일에도 온 정성을 다하는 이는 바로 원정이 신선일 때의 어머니, 소신이었다.

소신은 원정의 액운이 얼마나 순화되었는지 보러 왔다가 나와 마주치는 바람에 황제를 물로 떠미는 책임을 맡게 되었다.

내 계획은 꽤 그럴듯했다. 소신이 술법으로 몸을 감추고 있다가 운명 속 미인이 나타나 모두들 미인에게 정신이 팔리면 뒤에서 황제를 물에 떨어질 정도로만 살짝 밀면 끝이었다. 하지만 술법으로 원정의 운명을 바꾸면, 아무리 임신한 몸이라고 해도 부도덕한 일을 저지른 죄로 역풍을 맞을 게 틀림없었다. 즉각 응분의 대가를 치르게 될 터였다.

소신의 불룩한 배에 시선을 둔 채 낮게 중얼거렸다. “네가 하는 것은 좀 위험하니 역시 튼튼한 사람을 찾아보자.”

소신은 한참 생각하다가 남편인 북해수군 상적에게 그 부도덕한 일을 맡기자고 했다.

## 11장
# 운명의 사랑

얼마 뒤, 유월 초하루가 되었다.

사명성군의 명부에 적힌 그대로 황제는 문무백관과 비빈을 이끌고 수옥천으로 유람을 나갔다. 나는 황궁에 들어온 뒤 줄곧 황제를 알현하지 못해 태자의 스승이라는 신분에도 불구하고 품계를 받지 못했다. 하지만 눈치 빠른 예부의 담당관들이 나를 높은 인물로 분류해 백관들 행렬에 넣어주었다. 덕분에 용선龍船에서 종팔품 간관諫官 사이에 한자리 차지하고 설 수 있었다. 다만 그 자리에서는 황제의 뒤통수만 겨우 보였다. 황제에게서 삼 장 정도 떨어진 곳에 진 귀인으로 추정되는 뒤통수도 보였다.

묘일성군도 나를 돕는 듯 원정과 동화제군이 재난을 맞는 중차대한 날에 아주 뜨거운 태양을 띄워주었다. 하늘을 삼삼오오 떠다니던 구름마저 열기 때문에 시들시들 빠르게 흩어졌다.

수옥천은 그다지 넓지 않은 반면 황제의 용선은 수면의 대부분을 차지할 정도로 컸다.

양쪽 강가에 백성들이 가득했다. 날이 밝자마자 진작에 강변으로 나왔어야 좋은 자리를 차지할 수 있었을 성싶었다. 황제가 지나는 물길은 길지 않은데 경성의 백성은 많다보니, 땅에서 자리를 잡지 못해 나무나 근처 지붕으로 올라간 사람도 무척 많았다.

배를 모는 관리가 무척 고생이었다. 양쪽 강기슭에 백성들이 빼곡히 앉아 있어 배를 정중앙에서 몰아야 했다. 왼쪽이나 오른쪽 어느 쪽이든 한 치의 치우침도 없어야 황제의 은덕이 사해에 공평하게 이른다는 것을 드러내고, 어느 한쪽 백성만 염두에 둔다는 오해를 잠식시킬 수 있었다. 하지만 그렇게 배를 모는 것은 극도로 정밀한 일이고, 정밀한 일은 느릴 수밖에 없어 배는 점점 느려졌다.

배 위의 사람들은 뜨거운 햇살 아래에서 하릴없이 발만 동동거렸다.

어느새 오시가 가까워졌다. 나는 뱃고물에서 일하는 환관에게 금이파리 두 장을 찔러주며 태자를 불러달라고 부탁했다. 환관이 몸을 재게 놀렸는지 내가 눈을 감고 얼마 쉬지 않았을 때 원정이 벙글거리며 찾아왔다.

하늘색 문직 금포를 입어 한층 준수해 보이는 원정이 나를 보고는 눈꼬리가 복숭아꽃처럼 환해졌다. "스승님, 오늘 같은 날 저를 부르시다니 무슨 중요한 일이 있으신가요?"

무엇이든 끝까지 캐묻는 원정의 성격을 이미 계산해둔 터라, 잠시 뜸을 들였다가 오묘한 표정으로 소매를 걷으며 묵직하게 말했다. "방금 가슴속에서 빛이 번쩍하더니 평소에 이해할 수 없었던 심오한 이치를 갑자기 깨달았습니다. 태자께서 도법에 관심이 많으시니 가르쳐드리고 싶어서요. 어떠십니까?"

원정이 곧장 읍하며 경청의 뜻으로 고개를 숙였다.

나는 숙연하게 목청을 가다듬었다.

실은 나는 곤륜허에서 뛰어난 학생이 아니었다. 도법이든 불법이든 법자가 들어간 수업은 모두 엉망이었다. 하지만 수업 때 아무리 졸았다고 해도 이미 수천 년을 배운 이상, 일개 속인에게 한두 시간 강연하는 정도는 문제가 아니었다.

나는 원정에게 설법하는 한편 사명성군의 명부에 나오는 미인을 기다렸다. 곧 오시가 지나려 해 조금씩 다급해지기까지 했다.

후반부에 이르렀을 때 원정이 몇 번이나 말을 참다가 결국 끼어들었다. "스승님, 방금 방중房中과 쌍수雙修, 정신 수양 부분을 처음부터 끝까지 네 번이나 반복하셨습니다."

속으로 스스로의 허점에 한탄하며 둘러댔다. "그 부분을 네 번 말한 데에는 나름의 이유가 있습니다. 우선 넷이라는 숫자가 무엇을 뜻하는지 깨달아야 합니다. 그 도법이 무엇인지도 깨달아야 하고요. 제가 그 도법을 네 번 말한 이유 역시 깨달아야 합니다. 도를 배울 때 가장 중요한 것이 바로 깨닫는 것이지요. 이렇게 매번 제 뜻을 헤아리지 못하면 도를 수양하기 힘들 것입니다."

원정이 부끄러워하며 고개를 숙였다.

원정이 끼어드는 바람에 맥이 끊겨 한참을 생각해야 했다. 방금 네 번이나 이야기했다는 대목이 뭐지? 에잇, 일단 관두자. 방중과 쌍수, 정신 수양에 이어서 이야기하면 되겠지.

설법을 하느라 입이 바싹 말라 계속 차를 마셨다. 차를 두 주전자나 비웠을 때 드디어 사명성군 명부의 그 미인이 나타났다.

나는 배의 뒤쪽에 타고 있어서 아무리 해도 뒤통수만 보일 뿐, 미인의 모습은 볼 수 없었다. 사명성군이 밑천을 아끼지 않고 대서천 석가모니에게 빌려온 금빛 날개의 대붕이 하늘 끝에서 맴도는 것을 보고 미인이 등장했음을 알았다.

이렇게 오래 살도록 황제가 물에 뛰어들어 미인을 구하는 광경은 본 적이 없어서, 그런 눈요기를 곧 할 수 있다는 생각에 피가 끓어올랐다. 하지만 원정의 안전이 우선이라 애써 아무 일도 없는 척할 수밖에 없었다.

양쪽 강가에서 백성들의 환호성이 일순간에 사라지고 배도 앞쪽부터 조용해지기 시작했다. 실눈으로 하늘 저편에 아직 점으로 있는 금빛 대붕을 보며 이 기이한 침묵은 절대 대붕 때문이 아니겠구나 짐작했다.

갑자기 조용해진 것은 사람들이 방금 나타난 미인에게 현혹되었기 때문이 틀림없었다.

원정은 여전히 도학의 방대하고 심오한 세계에 빠져 있어 이 이상한 상황을 눈치채지 못했다. 나는 살짝 안심하며 도법을 계속 발전시키는 한편 점점 다가오는 대붕을 몰래 힐끔거렸다.

석가모니 좌전의 대붕은 실로 위풍당당했다. 원래 날갯짓 한 번에 삼천 리를 난다는데 이번에는 보통 새인 척하느라 맹렬하게 날 수 없어 날개를 줄인 채 천천히, 느릿느릿 하늘 저편에서 날아왔다. 이렇게 어정뜨게 날아본 적이 없어서인지 대붕은 고개를 숙인 채 무척 답답해하는 모습이었다.

금빛 대붕은 힘겹게 수옥천 상공으로 날아와 살그머니 한 바퀴

돈 다음 살그머니 날개를 펼쳐 살그머니 하강했다가 다시 살그머니 느릿느릿 날아올랐다. 대붕으로서는 이렇게 나약하고 부드럽게 날아본 적이 한 번도 없었을 것이다.

하지만 대붕의 온화한 행동이 속인들 눈에는 전혀 다르게 보였을 테다. 사람들이 두려움에 내지르는 비명소리 때문에 귀가 윙윙 울렸다. 옆에 있던 한 간관도 손을 벌벌 떨며 말했다. "세상에 저렇게 큰 붕새가 있다니, 저렇게 사납고 빠르다니요."

원정은 여전히 미묘한 도학의 세계에 빠져 머리를 싸매고 있었다. 나는 미인이 이미 물에 빠졌으리라 예상하며 상적이 황제를 떠밀어 풍덩 소리가 나기를 느긋하게 기다렸다.

과연 뱃머리에서 풍덩 소리가 들려와 나는 기쁘게 고개를 끄덕였다. 됐어, 상적이 동화를 떠밀었군.

하지만 내가 고개를 다 끄덕이기도 전에 진 귀인의 날카로운 비명이 들려왔다. "폐…… 폐하께서는 수영을 못하신다!" 그러더니 연이어 풍덩 소리가 들렸다. 풍덩, 풍덩, 풍덩. 계속해서 풍덩 소리가 수도 없이 이어졌다.

어안이 벙벙해졌다.

세상에.

수많은 가능성을 다 따졌는데 동화의 환생이 수영을 못할 줄은 전혀 몰랐다. 그렇다면 물에 빠진 미인은 누가 구하나?

나는 얼른 뱃머리로 달려갔다. 원정도 진 귀인의 비명에 정신을 차리고 다급하게 내 앞으로 뛰어갔다. 비록 큰 실수가 생겼지만 원정이 물로 뛰어드는 것만은 막아야 했다. 동화의 운명이 바뀐다고 해도, 최소한 둘 모두 운명이 바뀌지 않는 것보다는 나았다. 나는 그 난리가 난 순간에도 이성을 유지하며 최선의 판단을 내렸다. 팔을 들어 원정의 손을 꽉 붙든 것이다.

원정은 바삐 뛰어가다가 나를 의미심장하게 쳐다보고는 다시 발걸음을 재촉했다. 태자가 길을 낸 덕분에 아무런 방해 없이 빠르게 뱃머리에 도착할 수 있었다. 우리는 이중삼중의 사람들을 뚫고 뱃머리 난간 앞에 섰다.

난간 너머로 아래를 내려다보았다.

정말 기이한 광경이 아닐 수 없었다.

수옥천이 온갖 관리들로 울긋불긋했다. 헤엄을 못 치는 사람은 물을 먹으며 살려달라고 외치고 헤엄칠 줄 아는 사람은 이리저리 오가며 황제를 외쳐 부르다가 수영도 못하면서 뛰어내린 동료를 만나면 그를 붙든 채 황제를 찾았다.

하지만 강물에 사람이 너무 많아서 이런 식으로 황제를 찾기란 거의 불가능해 보였다.

나는 배 위에서 강 전체를 훑어보았다. 수옥천의 대소 신료들이 열심히 찾고 있는 황제 폐하를 야리야리한 진 귀인이 품에 꽉 안고 힘겹게 용선으로 헤엄쳐오고 있었다.

보아하니, 상적이 쥐도 새도 모르게 황제를 물로 떠민 뒤 진 귀인이 "폐하는 수영을 못하신다"고 소리치자 황제의 충성스런 신하들이 충심을 드러내기 위해 다급히 물로 뛰어든 듯했다. 사방에서 적극적으로 나서자 헤엄을 못 치는 사람들도 분위기에 휩쓸려 이를 악문 채 소매를 걷고 따랐을 것이다. 이성적인 사람들은 맹목적인 군중심리에 동요되지는 않았더라도 남들 모두 뛰어드는데 자신만 안 뛰어들 수 없어 어쩔 수 없이 비통한 심정으로 뛰어들었을 테고. 틀림없이 수영을 할 줄 아는 황제의 호위들은 원래 황제 한 사람만 구하면 됐을 일을 눈앞에서 수영 젬병, 그것도 국가의 동량인 수영 젬병들이 뛰어드니 구하지 않을 수 없어 괜한 수고를 몇 배나 들여야 했다. 진 귀인이 황제를 끌고 배에 오른 뒤에도 황제의 호위들은 수영을 못하는 국가의 동량들을 구하느라 여전히 바빴다.

이 난리가 벌어지니 누구도 명부의 미인은 신경쓰지 않았다.

원정은 오로지 아버지 생각에 미인 따위는 거들떠보지도 않고 당장 아버지를 구하러 물로 뛰어들려 했으나 다행히 미처 뛰어들지 못한 칠팔십대 노신들에게 가로막혔다. 황제 또한 자신을 돌볼 기력도 없으니 미인을 구할 여력은 더더욱 없었다.

살며시 둘러보니 미인은 혼자 기슭으로 헤엄쳐가 울면서 돌아가고 있었다.

황제는 거의 죽기 직전의 상태였다.

진 귀인은 황제가 물에 빠졌을 때 뛰어든 유일한 후궁이자 황제를 직접 구해온 인물이라 당연히 지위가 달라졌다. 상황을 이해한 황후에 의해 다른 후궁들은 전부 한쪽으로 밀려나 흐느꼈지만 진 귀인만큼은 황제의 옥체에 엎드려 큰 소리로 "폐하, 정신 좀 차리세요, 신첩을 이리 버리시면 안 됩니다!" 하고 소리칠 수 있었다.

진 귀인은 울부짖다 가슴을 잡으며 피를 토하고 또 울부짖다 피를 토하기를 반복했다.

세상사에 밝은 수행 어의들이 황망하게 다가와 진 귀인을 황제에게서 떼어놓은 뒤 숙련되게 역할을 나누고 덜덜 떨면서 약상자를 열어 황제와 진 귀인을 각각 진맥했다.

이번 유람은 여기서 끝났다. 용선이 마침내 물위 마차로서의 강점을 발휘하기 시작했다. 더이상 아까처럼 조심스럽게 배를 몰 필요가 없어진 관리가 태자의 호령하에 마음껏 깃발을 휘날리며 쏜살같이 수로를 따라 배를 황궁으로 몰았다.

나는 뱃고물에서 아까 원정을 불러준 환관에게 물을 부탁했다. 원정의 액운은 잘 풀린 셈이었지만 불행히도 동화와 그 미인은 완전히 어긋나고 말았다. 뭇 신의 주인인 동화가 바쁜 업무 속에서 일부러 시간을 내서 속세로 환생하는 것이 얼마나 어려운지 잘 알았다. 그런데 나 때문에 인연이 망가졌으니 미안하지 않을 수 없었다.

땀을 닦고 물을 마시면서 이번 임무는 결국 제대로 해내지 못한 것이라 자책했다.

이렇게 제대로는 아니었지만 어쨌든 끝이 났다.

따져보니 속계에서 꽤 오래 지냈고 지금의 속계가 예전보다 더 재미있지도 않았다. 내일 황궁 뒤편 도관으로 원정의 도사 어머니를 찾아가 작별을 고함으로써 완전히 마무리짓고 청구로 돌아가리라 생각했다. 하지만 법력이 전혀 없는 상태에서 어떻게 청구로 돌아갈 수 있을지, 그게 문제였다.

그때 문득 봉구가 유월 초하루 위타보살의 탄신일에 동화가 진심으로 사랑하는 여자를 만나면 떠날 거라고 했던 말이 떠올랐다. 동화의 운명이 살짝 달라졌지만 봉구와 큰 관련도 없고, 오늘 생명을 무릅쓰고 동화를 재난에서 구한 것은 차치하더라도 갚아야 할 은혜는 모두 갚은 셈이니, 해가 진 뒤 봉구를 찾아가 내일 함께 청구로 돌아가자고 말하면 될 것 같았다.

나는 자죽원으로 돌아와 잠시 눈을 붙였다.

시녀가 부드러운 손으로 흔들어 깨웠을 때는 이미 칠흑같이 어두워진 뒤였다.

가볍게 식사를 한 뒤 시녀에게 초롱을 챙겨 함담원으로 가자고 했다.

황궁에서는 낮에도 동서남북을 구분하기 어려운데 등불이 흐릿하게 밝히는 밤이 되면 황궁에서 두 달도 채 지내지 않은 나로서는 어디가 어디인지 전혀 구분이 되지 않았다. 반면 초롱을 든 시녀는 전혀 헷갈리지 않고 아주 익숙하게 나아갔다. 나는 뒤에서 묵묵히 따라가며 속으로 경탄해 마지않았다.

화원에 있는 정자를 지날 때 갑자기 원정이 튀어나와 길을 막았다. 시녀가 인사를 올리자 원정이 두 손을 소매에 넣고 대충 응대했다. 그런 다음 고개를 돌려 나를 쳐다보며 어물어물 말했다. "스승님께 상의드릴 일이 있으니 저와 저쪽 정자로 잠시만 가주십시오."

가까이서 보니 살짝 수줍어하며 머뭇거리는 모양이라 나는 속으로 철렁했다. 오후에 원정이 아버지를 돌보러 가는 바람에 함께 있지 못했던 게 마음에 걸렸다. 지금 저러는 이유가 물에 빠진 그 미인과 아직도 운명의 끈이 연결된 때문은 아니겠지? 만약 그렇다면 사명성군의 명부는 실로 억세구나.

원정이 나를 정자로 데려가 자리를 잡았다. 저녁 바람이 호수에서 시원하게 불어왔다.

연정을 품은 듯한 원정의 모습을 보며 아무 말 없이 돌의자에 앉아 있었다.

원정이 한참을 혼자 히죽거리다가 조심스럽게 소매에서 뭔가를 꺼내더니 보물을 바치듯 내 앞에 내밀었다. "스승님, 좀 보십시오. 정말 귀엽지요?"

나는 원정의 손바닥을 아무 말 없이 들여다보았다.

그러고는 속으로 길게 탄식했다. 원정아, 원정, 참으로 걱정스럽구나, 네가 손에 넣은 게 무엇인지 알기나 하느냐?

원정은 확실히 자기 손에 있는 게 무엇인지도 모른 채 한껏 들떠 있었다. "오후에 배가 기슭에 닿았을 때 수행 관리들을 진정시키느라 제가 제일 마지막까지 남았습니다. 그때 이 귀염둥이가 하늘에서 떨어졌습니다. 아, 그때는 이렇게 작지 않고 날개를 펼치면 곁채 절반만했습니다. 무척 위풍당당했지요. 제 위로 떨어질 것 같았는데 사람을 아끼는지 저를 다치게 할까봐 곧장 이렇게 변해 제 품으로 떨어졌습니다."

원정의 손안에 얌전히 있는 귀염둥이, 바로 대서천 석가모니 좌전의 금빛 대붕은 참새만큼 작았다. 그렇게 작아져서도 여전히 금빛 찬란했다. 녀석은 금빛 속에서 의기소침하게 고개를 숙이고 있다가 귀염둥이라는 소리에 눈을 꼭 감고 몸서리쳤다. 자세히 살펴보니 두 발에 방울이 달려 있었다. 쇄선령鎖仙鈴이라는 희귀한 물건으로 구중천에서 영험한 짐승을 구속할 때 사용하는 방울이었다. 어쩐지 대붕이 원래 모습으로 돌아가지 못하고 이렇게 작아져 도마 위의 고기처럼 유린당하고 있더라니……

그렇지 않아도 정오에 하늘을 나는 대붕을 보면서 저렇게 움츠린 채 날면 허공에서 쥐가 나지 않을까 살짝 걱정했었는데, 아니나 다를까 우려가 적중한데다 하필이면 원정의 품으로 떨어지고 만 모양이다.

대붕 발에 달린 방울을 내가 넋 놓고 쳐다보자 원정이 다가와 말했다. "예전 스승님이 주신 방울입니다. 열두세 살 때쯤 도관 뒤에 살던 암사자 정령이 제 탈것을 자처하며 울고불고 난리를 피우자 스승님이 이것으로 다스리라고 주셨습니다. 나중에 녀석이 이웃 수사자 정령과 달아나는 바람에 쓸모가 없어졌는데 이제 귀염둥이를 부리면 될 것 같습니다."

귀염둥이가 또 몸서리를 쳤다.

내가 고개를 끄덕이며 진지하게 대꾸했다. "좋은 생각이로군요. 하지만 태자 손에 있는 것은, 음, 이분은, 주인이 있습니다. 몰래 감췄다가 주인이 나타나면 곤란해질 수 있습니다."

원정이 얼굴을 찌푸리며 원망하듯 말했다. "그래서 스승님께 상의드리는 것입니다. 스승님은 고명한 분이시니 제가 이 귀염둥이를 갖도록 도와주실 수 있지 않습니까? 귀염둥이가 영물이니 주인도 당연히 보통 사람이 아니겠지요. 하지만 저는 속인에 불과해 언젠가는 죽을 테니, 제 수명이 다해 흙으로 돌아간 뒤라면 귀염둥이도 자연히 주인에게 돌아갈 수 있지 않겠습니까."

나는 귀염둥이를 쳐다보았다. 사력을 다해 고개를 젓고 있었다. 인간의 모습이었다면 머리만 흔들렸겠지만 새의 형상이라 온몸이 전부 흔들렸다. 원정이 녀석을 내 눈앞에 가져다대며 말했다. "스승님, 보십시오. 귀염둥이도 제가 기른다니까 무척 좋아하지 않습니까."

귀염둥이는 주저앉아 필사적으로 몸부림쳤다.

나를 바라보는 원정의 간절한 표정에 가슴이 뜨거워졌다. 원정의 말에도 일리가 있었다. 더군다나 나 때문에 인연이 어긋나버려, 원래였다면 충실했을 이후 삶이 아주 무료할 판이었다. 이럴 때 귀여운 영물을 키운다면 어느 정도 위안을 받으며 시간을 보낼 수 있으리라. 또한 나를 스승님이라고 부르는 내 제자인데, 애초에 제자로 들이는 격식을 제대로 챙겨주지 않은 것도 찜찜했다. 전후 상황을 따져보니 대서천 석가모니에게 대봉을 잠시만 더 빌려달라고 부탁해도 큰 무리가 없을 듯했다.

결국 나는 고개를 끄덕였다. "그렇게 하시지요."

귀염둥이가 꽥 하고 소리를 질렀다.

원정은 좋아하며 귀염둥이를 소매에 넣고 내 손을 꽉 잡았다. "스승님, 정말 약속하셨습니다. 꿈은 아니겠지요? 실은 헛된 욕심이라고만 생각해서 스승님이 들어주시리라고는……"

원정의 말이 아직 끝나지 않았을 때 허공에서 "두 분 뭐하고 계십니까?" 하는 맑은 목소리가 들려왔다.

무척 귀에 익은 목소리였다.

깜짝 놀라 고개를 들어 올려다보았다.

한 달가량 보지 못했던 야화군이 달빛을 등진 채 허공에 떠 있었다. 차가운 얼굴에 번득이는 눈빛으로 나와 원정을 바라보는 야화군 뒤로는 남색 옷을 입고 웃음을 띤 부드러운 얼굴의 신선도 있었다.

속계에서 지낸 한 달 동안 함담원의 봉구 외에는 온통 낯선 사람들뿐이어서 아는 얼굴, 심지어 내 법력을 풀어줄 지인을 만나자 조금 흥분되었다.

최근 한가할 때 읽은 극본에서는 오랜만에 친구를 만나면 대부분 상대의 손을 잡고 술집으로 향했다. 그렇게 술을 마시면서 그리웠던 마음을 토로하는 것이 재회의 정석이었다.

오래 헤어졌던 것은 아니지만 잠깐이라도 이별은 이별 아닌가. 그런데 야화는 차가운 표정으로 허공에 선 채 제대로 된 인사조차 하지 않았다. 기분이 나빠졌다.

나를 잡은 원정의 손이 조금씩 떨리고 있었다. 나는 안심시키듯 원정을 쳐다보고는 허공에서 숙연한 표정으로 상서로운 기운을 내뿜는 두 신선에게 말했다. "두 분 어서 내려오시지요. 어둡고 바람이 셉니다. 두 분 모두 기품 있고 우아하지만 심약한 속인이 보면 깜짝 놀랄 테니 좋지 않습니다."

나는 최대한 둘의 체면을 살려주며 이야기했다. 남색 옷의 신선이 손을 모아 읍하며 먼저 구름에서 내려왔다. 야화도 원정을 훑어본 다음 내려왔다.

원정은 확실히 신선의 기운을 감당할 수 없는 속인이었다. 무척 놀랐으려니 싶어 멀리에서 초롱을 들고 서 있던 시녀를 불러 태자를 모셔가라고 분부하려 했다. 하지만 그쪽으로 시선을 돌리자 시녀는 벌써 바닥에 엎드린 상태고 초롱도 옆으로 쓰러져 있었다. 아, 시녀 역시 두 신선의 기운을 감당할 수 없구나.

원정의 손이 한층 심하게 떨렸다. 이 백천의 첫 제자가 신선을 보고 다리나 풀리다니, 하며 속으로 탄식했다.

원정을 안심시키기 위해 머리를 쓰다듬어주려던 나는 손을 채 들기도 전에 빨갛게 상기된 원정의 얼굴을 보고 깜짝 놀랐다.

원정은 피가 흐를 듯 시뻘건 얼굴로 눈을 반짝반짝 빛내며 나를 쳐다보았다. "스…… 스승님, 제가 정말…… 정말 신선을 뵙고 있습니까? 저는…… 살아 있는…… 진짜 살아 있는 신선은 처음 뵙습니다."

나는 조용히 손을 거두었다. 원정은 한껏 들떠서 야화 앞으로 달려가서는 공손하게 손을 모으고 말했다. "상고 때 헌원씨가 덕을 쌓고 군대를 정비하며, 다섯 기운을 다스리고 다섯 곡식을 심어 만백성을 돌보고 사방을 측량하자 봉황의 노랫소리가 울렸다고 하였습니다. 두 신선께서 이 밤에 찾아오신 것은 제 부황의 어진 정치가 하늘에 닿은 때문이 아닌지요?"

나는 속으로 탄식했다. 얘야, 네 부황의 덕치가 아니라 너와 네 부황의 치정이 하늘에 닿았단다.

야화가 웃는 듯 마는 듯한 표정으로 원정을 훑어본 뒤 시선을 내게 맞추며 말했다. "태자를 실망시켜드렸군요. 본 군은 아내를 찾는 지극히 사적인 일로 내려왔습니다."

원정이 야화의 눈길을 따라 나를 쳐다보고는 망연하게 머리를 긁적였다.

나는 멋쩍게 원정을 보며 웃었다. "저를 찾아온 겁니다."

원정이 벼락 맞은 오리처럼 깜짝 놀라 나를 바라보았다. 야화는 고개를 돌려 정자 밖의 어두운 호수를 감상했다.

속으로 슬며시 계획을 짰다. 안 그래도 원정과의 인연이 끝나 내일이면 돌아갈 참이었는데 야화가 마침맞게 왔구나. 신선과 대면까지 시켰으니 이 기회에 원정과 작별할 이유를 만들면 되겠어.

그런데 그럴듯한 핑계를 만들기도 전에 옆에서 한마디도 않던 남색 옷의 신선이 돌연 원정의 얼굴로 빛을 발사해 원정을 엎어뜨렸다.

남색 옷의 신선이 나를 보며 난감한 표정으로 웃었다. "너무 걱정 마십시오. 오늘밤 군상과 소신에 대한 기억을 지운 것뿐입니다. 고모님의 묘수로 원정 전하의 운명이 원만하게 바뀌었는데, 진짜 신선을 보고 나서 다른 고민과 풍파가 생길까봐 우려돼 그리했습니다. 그리고 동화제군의 운명도 원정 전하의 형세로 조금 달라졌습니다. 소신은 바로 그 부분을 보완하기 위해 왔습니다. 그러니 송구하오나 조카이신 봉구 전하가 계신 곳을 알려주십시오."

제법 말솜씨가 있는 신선이로군. 원정에게 연루된 동화의 운명이 어떻게 조금만 달라졌겠는가?

나는 원래 너그러운 신선인데다 이 신선의 지적이 구구절절 이치에 맞고 표정 또한 온화하여 원정을 넘어뜨린 일에 대해 차가운 얼굴로 따질 수가 없었다. 원정은 뭐, 어차피 엎드린 것 계속 엎드려 있게 두는 수밖에.

야화가 남색 옷의 신선에게 느릿느릿 말했다. "저분에게 길을 알려달라고 하면 내일 새벽까지 온 황궁을 다 돌아도 봉구의 거처에 가지 못할 걸세. 그냥 토지신에게 묻게나."

남색 옷의 신선이 의아한 눈으로 나를 쳐다보고는 토지신을 부르러 갔다.

나는 억지로 웃는 척했다.

평소와 달리 야화의 말에 가시가 돋혀 있었다. 하늘에서 뭔가 화나는 일이 있었던 모양이다.

이미 원정의 재난을 해소한 이상 야화는 더이상 내 법력을 봉할 이유가 없었다. 마침 남색 옷의 신선이 토지신을 잡아와 나는 그들과 함께 함담원으로 향했다. 길을 헤맬 걱정이 없었다.

떠날 때까지도 원정은 바닥에 엎드린 채였다. 원정이 허약하지는 않아도 아주 튼튼한 편도 아니라 차가운 밤바람에 몸이 상할까 걱정되었다. 천성이 상냥하고 자비로운 신선인 나는 누가 고통받는 게 싫어 남색 옷의 신선에게 술법을 써서 원정을 침전에 눕혀달라고 부탁했다.

야화가 나를 차갑게 쳐다보았다.

가는 길에 남색 옷의 신선이 방금 했던 말을 되짚어보니 그가 바로 남극장생대제의 사명성군임이 틀림없었다.

야화는 사명성군의 성격이 이상하다고 했지만 내가 보기에는 무척 온화했다.

이번에 동화의 운명을 보완하러 왔다면 아까 나를 찾아왔다는 야화의 말은 농담인 게 확실했다. 원래 말을 잘 담아두지 못하는 성격인데다 분위기까지 썰렁해지자 더이상 참지 못하고 야화에게 농담을 던졌다. “아까 아내를 찾으러 왔다고 하고는 이리 급하게 봉구의 거처로 가는 것을 보니, 음, 혹시 우리 봉구의 출중한 자태에 반한 거 아니에요?”

야화가 고개를 돌려 나를 힐끔 쳐다봤다. 무슨 생각인지 희미하게 웃음기가 비쳤지만 대답은 없었다.

야화를 자극하려는 농담이 예상과 달리 별 효과가 없자 나는 흥미가 떨어져 더는 말하지 않았다. 사명성군이 피식 웃음을 터뜨렸다. “아, 오늘 군상께서 몹시 초조해하며 소신을 천후 마마의 반도회에서 불러내시고는 어떤 상신이 원정 전하의 운명을 바꿀 때 동화제군의 운명까지 바꿨다며, 나중에 동화제군이 재난을 겪지 못한 채 돌아오시면 그 상신에게 원한을 품을까 걱정된다고 하셨지요. 그래서 천후 마마의 반도를 하나도 먹지 못한 채 군상께 이끌려 속계로 왔는데 그 상신이 고모님의 조카인 봉구 전하셨단 말씀입니까? 예전에 소신이 봉구 전하를 뵀을 때만 해도 여신이셨는데 언제 벌써 상신이 되셨습니까? 정말 빠르시군요."

야화가 쿨럭거렸다.

나는 억지로 하하 웃으며 사명에게 말했다. "네, 빠르지요, 빨라."

어느새 함담원 입구에 도착했다. 야화가 내 옆을 지나가며 살며시 "사명이 동화의 운명을 조정하러 온다기에 나는 당신을 보러 왔어요"라고 말한 뒤 몸을 숨긴 채 함담원으로 들어갔다.

나는 잠시 어리둥절했다.

눈치 빠른 토지신은 본분을 다해 우리를 함담원 입구까지 안내한 뒤 곧장 물러갔다. 사명성군이 옆에서 공손한 자세를 취하고 기다려 나도 기분좋게 몸을 숨기고 야화를 따라 함담원 대문으로 들어갔다. 오늘 함담원에 이렇게 많은 신선이 모였으니 앞으로 천년은 명당이 될 것이다.

봉구는 등불 아래서 침통한 표정으로 생각에 잠겨 있었다. 낮에 문무백관과 비빈들 앞에서 울부짖었던 게 생각할수록 창피한 모양이었다. 우리 세 신선이 모습을 드러냈을 때도 별로 놀라는 기색 없이 담담하게 바깥에 대고 소리쳤다. "옥당아, 손님 오셨으니 차 내오너라."

내가 봉구의 입을 막았다. "철딱서니 하고는, 정신 좀 차려라."

봉구가 몸을 부르르 떨며 움씰하다가 나라는 것을 발견하고는 내 허리를 감싸며 울음기 섞인 목소리로 말했다. "고모, 낮에 또 창피한 짓을 저질렀어요."

내가 봉구를 위로했다. "다행히 진 부인의 몸을 빌리고 있잖아. 창피도 진 부인 몫이지."

봉구가 내 품에 머리를 박고 도리질을 쳤다. "제군의 운명을 망쳐놓았어요. 조금 전에 곰곰이 생각해봤거든요. 강으로 뛰어들어 제군을 구할 때 보니, 대봉 때문에 놀라 물에 빠진 여자가 헤엄칠 수 있더라고요. 제가 괜히 뛰어들지 않았다면 그 여자가 제군을 구했을 수도 있는 거죠. 그랬다면 둘의 운명은 어긋나지 않았을 거예요. 원래 저는 오늘까지만 있다가 청구로 돌아갈 작정이었어요. 잠시 몸을 빌린 진 부인도 원래 총애를 많이 받던 후궁은 아니어서 오늘밤 죽어도 큰 풍파가 없었을 테고요. 하지만 제가 쓸데없이 제군을 구하고 말았지요. 오늘 제군은 혼미한 중에서도 제 손을 꽉 잡고 계셨고, 정신을 차린 뒤에는 또 얼마나 그윽한 눈으로 쳐다보는지 물기가 촉촉했어요."

내가 말을 끊고 끼어들었다. "네 착각이겠지. 물에 오래 있어서 두 눈까지 축축해졌을지 누가 알아."

봉구가 고개를 들고 처량한 표정을 지었다. "그렇지만 제 품계를 높이시겠다고 했어요."

나는 아무 말 없이 봉구의 등을 토닥여주었다.

사명성군이 냉차를 들고 흥분한 표정으로 다가왔다. "그러니까 동화제군께서 봉구 전하께 감정이 생기셨다는 뜻인가요?"

봉구는 그제야 나 말고 신선이 둘이나 더 있다는 것을 깨달은 듯했다. 나는 한쪽에 앉아 차를 마시는 야화를 곁눈질하며 봉구에게 말했다. "저쪽은 구중천 천군의 태자, 야화군."

하지만 봉구는 야화의 체면을 전혀 살려주지 않았다. 시선을 사명성군에게만 갖다 꽂은 채 한참을 쳐다보다가 얼굴을 찌푸리며 말했다. "사명, 무슨 운명을 이따위로 쓴 거죠?"

봉구가 대놓고 야화를 무시하는 게 무안해 야화를 향해 미안하다는 뜻으로 웃어 보였다. 야화도 한번 웃고는 아무렇지 않다는 듯 태연히 차를 마셨다.

이따위 운명이라는 봉구의 말이 사명성군을 자극한 듯했다. 마치 장원급제한 사람에게 무식하다고 하거나 기루의 기녀에게 대놓고 못생겼다고 하는 것처럼 해서는 안 되는 말이었다. 그러니까, 생계수단은 결코 모욕하면 안 되는 법이다.

사명성군이 냉차를 든 채 입을 삐죽거렸다. "애초부터 제군의 운명은 미흡한 감이 있었습니다. 어쨌든 제군이 이미 전하께 감정을 가지셨다니, 힘드시겠지만 제군을 위해 연극을 해달라고 부탁드려야겠습니다. 이번에 동화제군께서는 고통, 특히 사랑에 얽힌 고통을 겪고자 환생하셨습니다. 그리고 그 치정은 물에 빠진 여자에게서 비롯되는 것이었죠. 따라서 지금으로서는 봉구 전하께 수고를 부탁드릴 수밖에 없겠습니다."

봉구가 억울하다는 듯 말했다. "왜 나더러? 내가 입은 은혜는 이미 다 갚았어요. 내가 벗어날 방법을 찾아주지는 못할망정 남아서 재난을 만들라니, 사명, 우리의 오랜 우정을 저버리지 마요."

사명이 여유롭게 찻잔 뚜껑을 들어 찻물을 고르며 말했다. "좀 전에 말씀하신 것처럼 전하가 제군의 운명을 어지럽히셨습니다. 그러니 전하께서 제군의 치정에 얽히는 것이 응당한 보상이겠지요. 기어코 못 받아들이시겠다면 동화제군께서 속인의 삶을 끝내고 원래 몸으로 돌아오셨을 때 찾아가 용서를 구하시든가요."

나는 더 참지 못하고 끼어들었다. "이번 일은 봉구와 아무 관련이 없습니다. 제가 원정의 운명을 바꾸는 바람에 연이어……"

사명이 찻잔을 얼른 내려놓고 내게 공손히 절했다. "고모님이 모르셔서 그렇습니다. 천명이란 고리와 고리가 연결된 이치이며 앞선 고리의 원인이 다음 고리의 결과를 만들어냅니다. 봉구 전하께서 제군의 이번 결과에 앞선 원인입니다. 봉구 전하가 이번 일에 말려들었고 더구나 양생주술을 사용한 이상, 제군의 운명이 크게 바뀌었다면 역풍을 맞을 수밖에 없습니다. 소신이 방금 제시한 방법은 만전을 기하는 유일한 방법입니다."

나는 한없이 슬프게 봉구를 바라보았다.

봉구가 처량하게 의자에 주저앉아 처량하게 차를 따라서는 처량하게 한 모금 마시고 처량하게 사명성군에게 말했다. "내가 나서서 치정에 얽힌 재난을 만들어야 한다면, 말해봐요. 어떻게 해야 하죠?"

봉구는 이미 받아들인 것 같았다.

사명성군이 조용조용히 말했다. "우선 제군과 달달하게 지내면서 제군의 진심을 손에 넣은 뒤 그 감정이 깊어지기를 기다리십시오. 그런 다음 제군의 진심을 반복해서 짓밟고 유린하시면 됩니다."

봉구가 몸서리치고 나도 부르르 몸을 떨었다.

사명이 덧붙여 말했다. "나중에 소신이 극본을 가져다드리고 어떻게, 음, 어떻게 진심을 짓밟는지 알려드리겠습니다."

봉구가 탁자에 엎드린 채 울음을 터뜨렸다.

그때 바깥에서 황제가 도착했다고 환관이 알려 왔다. 나는 애잔하게 봉구의 머리를 쓰다듬고는 야화, 사명과 함께 벽을 뚫고 나왔다.

그들이 자죽원까지 데려다주었다. 야화가 나를 끌어안으며 말했다. "나는 아직 일이 좀 남았으니 당신 먼저 내일 청구로 돌아가요. 이삼 일 뒤에 갈게요."

그런 다음 몸을 돌려 사라졌다. 아까 사명성군이 반도회에서 빠져나왔다고 하더니 급히 돌아가야 하는 모양이었다.

나는 그 자리에 잠시 서 있었다. 방금 전에 살짝 익숙한 느낌이 들었는데 어디가 익숙한지는 꼬집어 말할 수가 없었다. 그나저나 야화는 그간 청구에서 그렇게 오래 지냈으면서도 아직 구중천에 돌아갈 생각이 없는 듯했다. 도대체 언제까지 있을 셈일까? 잠시 생각하다가 피곤이 몰려와 머리를 긁적이며 방으로 들어와서는 잠자리에 누웠다.

# 12장
# 자승자박

다음날 사시巳時까지 편안히 잘 자고 일어났다.

작별을 고하자 원정의 어머니는 무척 아쉬워했다. 그러나 내 지위가 높아 붙들 수 없음을 잘 알아서 잠시 훌쩍이다가 작별을 받아들였다.

그렇게 시간을 보내는 바람에 청구에는 오시가 다 되어서 도착했다.

속계에 겨우 두 달 정도 머물렀기 때문에 청구에는 별 변화가 없었다. 산도 물도 예전 모습 그대로였다. 묘일성군은 여전히 청구에 너그럽고 후해, 강하지도 약하지도 않은 편안한 햇살을 뿌려주고 있었다.

호리동 입구에서 오랜만에 보는 미곡에게 농담을 건넸다. "요즘 내가 없어서 귀찮게 심부름할 일도 없었을 테니 아주 편했겠네."

미곡이 어색하게 웃으며 이상한 말을 했다. "어제 오셔서 그렇게 큰일까지 처리하시고는 꼭 금방 돌아오신 것처럼 말씀하시네요."

어안이 벙벙해서 말했다. "어제는 확실히 속계에 있었어. 지금 돌아온걸."

미곡의 얼굴이 점점 하얗게 질렸다. "그럼 어제 온 사람은……"

나는 깜짝 놀라 소름이 돋았다.

단순히 내 모습으로 변신했다면 절대 미곡의 눈을 속일 수 없다. 이 세상에 미곡조차 나로 착각할 사람이 있다면 바로……

나는 눈을 감았다.

현녀.

그래, 좋다. 칠만 년 동안 너를 귀찮게 한 적이 없는데 너는 청구로 찾아왔다는 거지.

내가 한숨을 깊이 내쉬며 말했다. "어제 온 사람은 현녀겠군."

미곡이 눈을 부릅뜨고 입술이 새하얘질 정도로 꽉 깨물었다.

미곡의 안색이 달라진 것을 보고 물었다. "어제 무슨 일이 있었는데?"

미곡이 벌벌 떨며 대답했다. "어제…… 어제 오셔서 제게…… 묵연 상신의 선체를 보전할 새로운 방법을 찾았으니 선체를 가져다달라고 하셨습니다. 저는…… 고모님이신 줄 알고…… 염화동에서 상신의 선체를 모셔왔습니다. 그리고 마침 아기씨께서도 낮잠에서 깨 고모님, 아니 현녀를 보고 고모님인 줄 생각해 좋아라했지요. 현녀가…… 아기씨까지 데리고 갔습니다."

머리가 웅웅 울렸다. 나는 미곡의 옷깃을 움켜쥐며 물었다. "그러니까 스승님과 아리를 모두 데려갔다는 말이야?"

미곡이 하얗게 질린 얼굴로 내 눈을 뚫어져라 쳐다보았다. "고모님, 묵연 상신의 선체를 내주었으니 저를 죽여주십시오."

허공에서 우레가 쾅쾅 울리고 먹구름이 피어오르며 번개가 번쩍거렸다. 오백여 년 동안 사용하지 않았던 옥청곤륜선玉清昆侖扇이 눈앞 호수에서 모습을 드러내며 칠 장 높이의 물보라를 일으켰다. 시뻘건 내 눈이 물기둥에 그대로 비쳤다.

내가 웃었다. "곤륜선아, 네가 오늘 다시 피를 봐야겠구나."

미곡이 뒤에서 쉰 목소리로 "고모님" 하고 소리쳤다.

고개를 돌려 미곡을 안심시켰다. "스승님과 찹쌀경단을 데려오려는 것뿐이니까 그렇게 놀랄 것 없어. 아, 아궁이에 물 좀 끓여놔. 다녀와서 피로를 풀 겸 목욕 좀 하게."

비단끈을 꺼내 두 눈을 단단히 가린 뒤 인계를 맺어 검은 구름을 불렀다. 그리고 곧장 대자명궁으로 향했다.

상고시대에 일부 마족魔族이 지나칠 정도로 악행을 저지르자 죽은 아이만을 낳는 천벌이 떨어졌다. 전설에 따르면 접우라는 마족 여인은 살생을 너무 많이 저질러 아이 셋을 연이어 사산했다. 그러자 접우는 술법으로 죽은 아이의 혼백을 기르다가 상선을 죽여 아이의 혼백을 그 몸에 넣었다. 그렇게 죽은 아이를 살려냈다. 귀족의 난 이후 일만 년쯤 되었을 때, 청구에 왔던 절안이 무심코 이경의 왕후가 사산했다는 이야기를 한 적이 있었다.

현녀, 네가 감히 묵연의 육신을 건드린다면 두 종족의 우의를 제쳐두고 살계를 펼쳐 대자명궁을 피로 물들일 것이다.

칠만 년 전에는 경비 태세가 삼엄하던 대자명궁이었는데, 이번에는 궁문에 경비병이 하나도 없었다. 덫을 놓고 유인하는 듯했다.

하지만 나는 칠만 년 전의 백천, 묵연이 한밤중에 구하러 와야 했던 그 백천이 아니었다. 나는 차갑게 웃으며 손에서 풀썩거리는 곤륜선을 입가에 가져다대고 속삭였다. "피냄새가 느껴지지?"

대자명궁 왕후의 유영전流影殿 앞, 금빛 침상에 현녀가 단정하게 앉아 있고 양옆에는 귀족 병사들이 늘어서 있었다. 현녀가 웃으며 말했다. "천천, 칠만 년 동안 별고 없이 지냈지? 얼마 전 폐하께서 사음 신군이 여자라고 말씀하시기에 너라는 것을 직감했어. 사실 곤륜허에서 처음 사음과 만났을 때도 천천 너 말고 또 본 궁과 그렇게 닮은 사람이 있어서 무척 놀랐지."

내가 부드럽게 웃으며 대꾸했다. "왕후가 웃기는 소리를 하시는군. 너는 나와 닮은 게 아니지. 내가 기억력이 좋아서 지금까지도 네 원래 얼굴을 기억하거든. 그런데 왕후는 잊어버렸나? 아, 십리도림의 절안 상신이 요즘 한가하시던데, 기억나지 않으면 내가 좀 귀찮더라도 모셔올게. 네가 생각나도록."

현녀의 얼굴이 붉으락푸르락하다가 하얗게 질리는 게 재미있었다. 한참 뒤 현녀가 키득키득 웃었다. "어쨌든 오늘 여기서 네 목숨을 거둬버리면 이 세상에 본 궁과 닮은 사람은 더이상 없는 거지. 어제 묵연의 선체와 네 아들을 데려오면서 네가 찾아올 줄 알고 기다리고 있었다. 옥혼 없이도 묵연의 선체를 보전할 수 있을 줄 알고 있었지. 쯧쯧, 과연 본 궁을 실망시키지 않는다니까. 다만 이렇게 오래 찾아다니도록 한 것은 잘못이야. 아무튼 묵연의 선체를 잘 돌봤더구나. 본 궁의 아들에게 이렇게 좋은 몸을 줄 수 있게 돼 정말 기쁘다. 천천, 네 공로를 인정해 단칼에 죽여주마." 말을 마친 현녀가 침상 뒤로 물러나자 두 줄로 늘어섰던 병사들이 일제히 달려들었다.

나는 차갑게 웃으며 말했다. "어디 그럴 만한 능력이 있는지 보자."

허공에서 천둥소리가 울리고 옥청곤륜선이 내 손에서 솟아오르자 사방에 광풍이 휘몰아쳤다. 곤륜선이 삼 척尺까지 늘어났을 때 나는 몸을 날려 부채를 손에 쥐었다. 아래에서 번뜩이는 무기들이 그대로 돌진해왔다.

부채가 빙글 돌며 무기를 쳐내고 치명적인 초식을 날렸다. 곤륜선은 오랜만의 싸움에 물 만난 고기처럼 펄펄 날았다. 병사들의 몸을 스칠 때마다 선혈이 뿜어져나왔다. 병사들 중에는 싸움에 능한 자들도 있어 예리한 각도로 힘 있게 들어오는 무기를 몇 번이나 아슬아슬하게 피해야 했다. 확실히 실력으로는 내가 우세했지만 수적으로는 상대가 유리했다. 오시에 시작된 싸움이 해가 서산으로 넘어갈 때까지 이어졌다. 귀족 병사는 두셋밖에 남지 않았다. 그때 순간적으로 날아온 칼에 뒤쪽 어깨를 찔리면서 눈을 감싼 비단끈이 떨어졌다.

눈은 내 약점이었다. 그때를 놓치지 않고 싸움판 바깥에 있던 현녀가 금빛 찬란한 구슬을 휘둘렀다. 눈을 도려내는 듯한 아픔이 몰려와 휘청하는 순간 가슴을 찔리고 말았다. 현녀가 하하 크게 웃으며 말했다. "폐하께서 궁에 계셨다면 네 목숨을 구해주셨을지도 모르지만 너도 참 때를 잘 맞춰 죽으러 왔구나. 폐하는 사냥을 나가셨거든. 쯧쯧, 상처투성이 몸뚱어리를 보니 가슴이 다 아프네. 하지만 누가 너를 구할 수 있겠어? 곡나야, 천천의 목숨을 거둬와라."

묵연을 보지도 못한 채 죽는다면 얼마나 억울한가. 육신의 고통은 마음의 고통에 비하면 아무것도 아니었다. 내 가슴에 찌른 검을 등까지 관통시키며 곡나라는 병사는 아주 득의양양했다. 하지만 그 우쭐함으로 경계심이 풀어진 순간 나는 검날을 잡고 부채를 세게 휘둘렀다. 곡나가 반응하기도 전에 머리가 잘려나갔다. 싸울 때는 절대로 마음을 늦춰서는 안 되는 법이다. 번쩍이는 빛 때문에 나는 눈을 뜰 수 없었지만 뜨지 않을 수도 없었다. 눈가로 무엇인가가 흘러나왔다. 조금 전까지 신났던 현녀가 그 순간에는 아무 소리도 내지 못했다. 아직 남은 두 병사 역시 성가셨지만, 그 둘뿐인데다 곤륜선도 피에 잔뜩 흥분한 상태라 일다경도 되지 않아 전부 부채 밑에 쓰러졌다.

현녀가 구슬을 들고 흔들었다. "가까이 오지 마, 더 오면, 한 발짝만 더 오면 묵연과 네 아들을 없애버릴 거야."

언제 옮겨왔는지 현녀의 등뒤에는 정말로 얼음 관 두 개가 놓여 있었다. 크고 작은 두 개의 관에 묵연과 찹쌀경단이 누워 있었다. 눈앞이 피범벅이었지만 그래도 묵연의 창백한 얼굴을 알아볼 수 있었다.

걸음을 멈추고 부채에 기댄 채 분노한 목소리로 물었다. "아리를 어떻게 한 거냐?"

현녀가 여전히 떨면서도 조금 진정이 됐는지 얼음 관에 기대며 말했다. "아직까지는 자고 있지만 네가 한 걸음만 더 오면 어떻게 될지 모르지."

나는 온힘을 다해 현녀를 노려보았다. 눈에서 피가 한층 더 빠르게 흘러내렸다.

현녀가 만족스럽다는 듯 소리쳤다. "가슴의 검을 뽑고 부채를 이리 던져."

나는 전혀 아랑곳하지 않고 계속 부채를 짚으며 걸어갔다. 현녀가 놀라서 소리쳤다. "오지 말라니까. 더 오면 네 아들의 목을 베어 버릴 거야."

과연 현녀는 손에 칼을 들고 있었다.

내가 입을 삐죽거리며 웃었다. "오늘 대자명궁에 들어올 때 다시 나갈 생각 따위는 하지도 않았다. 죽여. 네가 아이를 죽이면 나는 너를 죽여 원수를 갚을 테니. 그러면 아이도 억울하지 않을 거야. 칠만 년이나 묵연을 지켰지만 끝내 돌아오지 않았고 나도 질릴 만큼 살았어. 아리 혼자 가면 무섭겠지만 내가 함께라면 괜찮겠지. 너나 나나 이리도 오래 살았으니 생사에 좀 초연해져야지."

현녀는 이미 두서없이 "미쳤구나, 미쳤어"라고만 중얼거릴 뿐이었다.

눈가에 흐르는 피를 닦으며 지금 내가 조금은 미친듯한데 많이는 미치지 않았다고 생각했다. 눈앞에서 내 스승님을 모욕하고 가족을 해치는데 어떻게 화를 참을 수 있겠는가. 어찌 현녀를 곤륜선으로 작살내지 않을 수 있겠는가?

옥청곤륜선이 노기를 뿜자 구주九州가 요동쳤다. 곤륜선은 피에 한껏 취해 극도로 흥분한 상태였다. 대자명궁 상공에서 천둥과 벼락이 요란하더니 장대비가 억수같이 쏟아졌다. 바닥의 피가 강물처럼 흘렀다. 현녀가 신경질적으로 소리쳤다. "너는 날 죽일 수 없어. 나를 죽이면 폐하가 너희 청구를 초토화시킬 테니까. 네 백성들까지 끌어들일 셈은 아니겠지?"

나는 이가 드러나도록 웃었다. "그때 우리는 모두 죽고 없을 텐데 뒷일 따위 무슨 상관이야?"

더군다나 청구의 백성들은 전쟁을 싫어해도 싸움을 못하지는 않는다. 이경이 청구를 초토화하려면 그만한 능력이 있어야 할 것이다.

그렇게 생각하자 덧붙이지 않을 수 없었다. "정말 뒷일을 걱정하려면 천족의 태자가 너희 귀족을 초토화시키지 않을까나 걱정해. 네가 이번에 그의 아들을 납치한 것도 모자라 하나뿐인 아들을 죽이려 하니, 장담컨대 그의 성격이라면 귀족을 몰살할 테지."

현녀는 더이상 어떻게도 반응할 수 없는 듯했고 나도 현녀의 반응을 기다릴 생각이 없었다. 이미 충분히 힘을 비축한 곤륜선이 번쩍이는 빛 속에서 빠르게 내 손을 빠져나가 현녀에게 날아갔다. 하지만 현녀 앞으로 갑자기 누군가 끼어들더니 곤륜선의 방향을 내 쪽으로 돌려놓았다. 놀란 가슴을 겨우 진정시킨 현녀가 그 누군가의 소매를 붙들고 벌벌 떨며 폐하라고 불렀다.

현녀를 죽일 생각으로 빠르게 날아갔던 곤륜선은 방향이 바뀌면서 반동이 더해져 한층 강렬한 기세로 되돌아왔다. 나는 방금 모든 힘을 쏟아 피할 기력이 없었다. 이를 악물고 눈을 감으며, 그래도 내 무기에 목숨을 잃는다면 억울하지 않겠다고 생각했다. 그런데 눈을 감는 순간 누군가 나를 꽉 안아 옆으로 끌었다. 고개를 들어 바라보자 야화, 바로 야화였다. 일부러 시간을 맞춰서 왔나, 조금만 일찍 왔더라면 이렇게까지 다치지는 않았을 것을.

야화는 시퍼렇게 질린 얼굴로 입술을 꽉 깨물고 있었다. 늘 고요하던 그의 눈에서 펄펄 끓는 분노가 보였다. 검정 도포의 하얀 소맷부리가 내 얼굴의 피로 붉게 물들었다. 곤륜선이 일으킨 분노의 폭우를 야화가 방어막으로 막아 대추만한 빗방울이 방어막을 때리면서 뿌옇게 물안개가 일었다. 야화가 내 뺨의 혈흔을 어루만지며 조용히 물었다. "천천, 누가 이렇게 만들었죠?"

내가 몸을 움직이며 대답했다. "나를 이렇게 만든 상대는 이미 다 내 손에 죽었어요. 마지막 한 명은 방금 죽이기 직전에 갑자기 나타난 그녀 남편이 살렸고요. 아, 온몸이 아프니까 살살 좀 안아요."

맞은편에서 현녀를 안고 있던 이경이 급하게 고개를 들더니 믿을 수 없다는 듯 외쳤다. "아음?"

이경의 품에 안긴 현녀가 몸을 떨면서 시선을 돌렸다가 질겁하며 눈을 커다랗게 떴다. "묵연 상신."

야화를 묵연이라고 생각한 모양이었다.

내가 힘겹게 이경에게 말했다. "이렇게 빨리 또 만날 줄은 몰랐군요. 귀군의 뛰어난 솜씨에 제가 목숨을 잃을 뻔했습니다."

이경이 현녀를 내려놓고 급하게 내 앞으로 걸어왔지만 야화가 쳐놓은 방어막에 막혀 더이상 다가올 수 없었다. 그 상태로 이경은 완전히 엉망이 된 나를 자세히 살펴보았다.

나는 술법으로 곤륜선을 소환해 손에 쥔 뒤 감탄을 늘어놓았다. "귀군께서 맞이한 저 왕후는 실로 대단하더이다. 칠만 년 전 그 전쟁에서도 이렇게까지 엉망이 되지는 않았는데, 오늘 잘 배웠습니다."

이경이 피를 많이 흘린 나보다도 얼굴이 더 하얘질 정도로 당혹해했다. "아음, 태자 저하? 이게…… 이게 무슨 일인지요?"

나를 조심스럽게 안은 야화가 낮은 음성으로 대꾸했다. "이경 귀군, 본 군도 이게 무슨 일인지 대자명궁에 묻고 싶습니다."

내가 고개를 돌려 야화에게 말했다. "질문의 대상이 틀렸어요. 내 스승님과 당신 아들을 납치한 사람은 현녀 왕후니 이경 귀군의 저 왕후에게 물어야 옳아요. 아, 찹쌀경단은 아무 일 없으니 걱정하지 마요."

야화가 부드럽게 말했다. "당신 아들이기도 해요."

양아들도 아들이니 나는 그냥 받아들였다. "그래요. 내 아들."

이경이 놀라서 "아들?" 하고 물었다. 내가 고개를 끄덕이자 이경의 눈빛이 어두워지며 "네가……" 하고 한참을 너만 찾다가 끝내 말을 잇지 못했다. 그러다 다시 고개를 돌려 현녀를 보았고 야화도 현녀에게로 시선을 맞췄다. 나는 그런 그들의 모습을 보았다. 결국 모두 현녀를 보았다.

현녀가 들고 있던 구슬은 진즉에 야화의 벼락에 산산조각이 났다. 현녀는 찹쌀경단의 관 앞에 꿇어앉아 이경을 보며 흔들리는 눈빛으로 말했다. "폐하, 우리 아들이 마침내 돌아올 수 있습니다. 얼마나 좋은 몸을 찾았는지 보세요. 묵연의 육신이 우리 아들에게 유용할 줄 알았다면 백천 저 계집이 대자명궁으로 옥혼을 빌리러 왔을 때 빌려줄 걸 그랬어요. 아, 하지만 생각지도 못하게 옥혼이 없이도 묵연의 몸을 이렇게 잘 지켰더라고요. 폐하, 예전에는 묵연을 질투하셨지만 이제는 절대 그러시면 안 됩니다. 이제 우리 아들이 될 테니까……"

이경이 크게 고함쳤다. "닥치시오."

현녀가 망연하게 말했다. "폐하, 설마 제가 잘못했다는 것입니까? 그때 폐하께서 묵연을 질투해 백천 저 계집에게 옥혼을 내주지 않은 것 아닙니까? 하지만 이제 우리 아들이 되니, 아참, 그렇지요,

폐하는 백천 저 계집이 누군지 아직 모르시죠. 청구의 백천이 바로 그때의 사음 신군……"

야화의 손이 흔들렸다.

나는 야화의 품에서 빠져나와 곤륜선을 짚으며 방어막 밖으로 나갔다. 그리고 차갑게 웃으며 말했다. "현녀, 어디 다시 한번 스승님을 모욕하고 나를 모욕해봐라. 스승님의 선체는 더없이 존귀하고 칠만 년 동안 내 심장의 피를 받아 지금껏 존재했으니 네 아들이 견디지 못할 거다."

이경이 홱 몸을 돌려 충혈된 눈으로 내게 다가왔다. "심장의 피, 설마……"

나는 뒤로 한 걸음 물러서며 원망스럽게 말했다. "귀군은 그때 무슨 생각을 한 겁니까? 귀군의 옥혼이 없으면 내가 스승님을 지키지 못할 거라고 여긴 겁니까? 방금 현녀가 한 말 똑똑히 들으셨지요. 나, 청구의 백천은 원래 꼬리가 아홉 개인 백여우입니다. 흰 구미호의 심장 피에 어떤 효능이 있는지는 귀군의 왕후에게 물어보십시오." 나는 내 가슴, 곡나의 검이 아직도 박혀 있는 왼쪽 가슴을 가리키며 무겁게 웃었다. "당시 스승님은 부상이 너무 심해 매일 밤 피를 한 그릇씩 석 달 동안 취해야 했습니다. 하지만 나 역시 전쟁에서 중상을 입어 매일 밤 피를 뽑았다가는 석 달을 버티지 못할 게 틀림없었지요. 그래서 예전의 정이 조금은 남아 있을 줄 알고 창피함을 무릅쓰며 옥혼을 빌리러 왔는데, 그때 이경 귀군은 어떻게 말했던가요?"

이경이 쉰 목소리로 말했다. "아음, 그때 나는 네가 중상을 입은 줄 몰랐다. 정말 몰랐어, 아음……"

나는 얼굴의 빗물을 닦은 뒤 묵연의 관을 가리키며 웃었다. "내가 매일 밤 피를 뽑으면서 어떻게 석 달을 버텼는지 압니까? 나 백천을 선량한 신이라고 말할 수 있다면 그것은 오로지 은혜에 보답하려는 마음이 있기 때문입니다. 스승님이 이만 년 동안 나를 보살피며 위험할 때마다 구해주셨는데 그 은혜를 갚지 않는다면 상신이라고 할 수 없지요. 아마도 내가 무능한 탓이겠지만, 당시 칠 일 내내 피를 뽑자 감각이 전부 사라졌습니다. 그때 내 어머니가 오셔서 신력의 절반을 나눠주시지 않았다면 사음 신군은 정말로 그 전설처럼 흔적도 없이 사라졌겠지요. 당시 내가 대자명궁과는 이제 원수지간이라고 했던 말을 기억하고 있겠지요? 신족과 귀족이 어렵게 맺은 우호관계를 생각해 대자명궁을 적으로 돌리지 않고 있던 것인데, 내가 당신들을 두려워해서 그런다고 생각한 겁니까?"

이경의 표정이 쓸쓸하게 바뀌었다.

말하면서 너무 힘을 줘 상처에 무리가 간 모양이었다. 방금까지만 해도 괜찮다가 말을 멈추고 숨을 몰아쉬자 참을 수 없이 아팠다. 그래도 나쁘지 않았다, 통증이 끊어졌다 이어졌다를 반복하니.

내가 애써 참으며 몇 차례 기침을 내뱉자 야화가 얼른 다가와 부축해주었다. 이경과 지난 이야기를 하는 사이 야화는 어느새 묵연과 찹쌀경단을 관에서 빼낸 다음 선기로 감싸 뒤편에 잘 세워놓았다. 그렇게 보니 야화는 묵연과 정말 비슷했다. 머리카락부터 옷차림까지, 묵연의 낯빛이 창백하다는 것만 빼면 둘은 정말 똑 닮았다.

이경이 한참 동안 나를 뚫어져라 쳐다보다가 입을 뗐다. "아음, 그런 게 아니다. 그날 네가 떠난 뒤 얼마나 찾아다녔는지. 칠만 년 동안 한 순간도 포기한 적이 없어. 나중에 아주 많이 생각했지. 현녀의 말이 맞다. 그때 네가 옥혼으로 사부를 구하려 한다는 사실을 알았기 때문에 내주지 않았던 게야. 묵연을 질투했으니까. 아음, 사실 나는 너에 대한 마음을 버린 적이 없어."

그 말에 나는 깜짝 놀랐다. 하지만 곧 정신을 가다듬고 탄식했다. "이경, 당신은 나에 대한 마음을 간직한 게 아니라 이미 잃어버렸거나 가질 수 없는 무언가를 평생 쫓는 거예요. 일단 얻고 나면 더이상 소중하게 여기지도 않잖아요."

이경의 눈에 눈물이 고였다. 그리고 또 한참 뒤 떨떠름하게 웃으며 말했다. "그렇게 말해서 부담을 줄이고 싶은 게냐? 애초에 나를 사랑한 적도 없지 않느냐. 그러니 내가 현녀와 만날 때 그렇게 아무렇지도 않게 포기한 게지. 그때 이미 나에게 질린 것 아니냔 말이다."

겨우 가라앉았던 피가 다시 솟아오르는 것 같아 나는 이를 악물며 웃었다. "그런 짓을 저지르고도 내가 받아줄 거라 기대한 거예요? 현녀와 한남자를 모실 거라고? 이제는 그게 내 잘못이 되는군요. 현녀는 약한 여자니까 돌봐줘야 한다고 생각했겠지요. 그때 내가 남자의 몸이었다고는 해도 내 심장이 돌도 아니고, 당신들한테 짓밟혀 얼마나 피눈물을 흘렸는데. 내가 실연당한 뒤 술에 취하고 악몽에 시달릴 때 당신은 어디에 있었죠? 현녀와 무엇을 하고 있었나요?"

이경의 얼굴이 창백해졌다.

나는 야화의 팔을 잡은 채 숨도 제대로 쉬지 못할 정도로 격렬하게 기침을 했다. 야화가 차갑게 웃으며 말했다. "본 군이 물을 게 있으니 귀군은 잠시 옛일을 접어두시지요. 오늘 귀군의 왕후가 한 일이 공적인 행동입니까, 사적인 행동입니까?"

이경이 답을 하기 전에 현녀가 부들부들 떨며 대꾸했다. "사적이면 어떻고 공적이면 어떻습니까?"

야화가 낮은 목소리로 이경에게 말했다. "사적인 행동이라면 이경 귀군께 저 상황 파악 못하는 왕후의 사지를 절단한 뒤 혼백을 축생도에 가두고 영원히 환생하지 못하게 해달라 청하겠습니다. 그래야 본 군의 분노가 풀릴 것입니다. 공적이라면, 천족의 군사들이 오랫동안 싸우지 않아 좀이 쑤실 지경이니 오랜 기간 동안 어느 종족 병사가 더 열심히 훈련했는지 겨뤄봅시다."

현녀가 헉 하고 숨을 들이마시더니 빗속에서 비틀비틀 기어가 이경의 다리를 붙들었다. 그런 다음 고개를 들고 애원했다. "폐하, 살려주세요!"

이경이 현녀를 한번 쳐다본 뒤 말했다. "확실히 상황 파악을 못하는군."

현녀가 처량하게 말했다. "정말로 제 사지를 절단할 생각이세요? 예전에 제가 폐하를 위해 했던 일을 잊으셨나요? 제가 없었다면 어떻게 그리 쉽게 귀군의 자리에 오르셨겠어요? 그러시고 이제…… 이제 와서……" 현녀가 계속해서 애원했다. "폐하, 천족은 출병하지 않을 것입니다. 야화군은 천족의 출병을 명할 권력이 없는 태자일 뿐입니다. 여자 하나를 위해 출병하겠다는데 천족이 동의할 리 없습니다……"

야화가 자세를 바꿔 나를 끌어안은 뒤 조용히 말했다. "본 군은 여자 하나를 위해 출병하지 않습니다. 묵연 상신은 우리 천족의 존경받는 신이고, 백천 상신은 천족의 미래 황후이며, 아리는 훗날 본

군의 지위를 이어받을 아이입니다. 이들 셋이 대자명궁에서 이런 기막힌 모욕을 받았는데 천족의 병사들이 가만있을 것 같습니까?"

이경이 다리에 매달린 현녀를 거들떠보지도 않은 채 굳은 표정으로 말했다. "현녀는 예전부터 정신이 온전하지 못했습니다. 그렇지 않다면 이런 잘못을 저지를 리가 없지요. 부디 태자 저하께서 살길을 열어주십시오."

야화가 부드러운 목소리로 내게 물었다. "천천, 당신이 말해봐요. 살길을 열어줘야 합니까?"

독한 말을 더 쏘아주고 싶었지만 긴장이 풀렸는지 온몸이 말할 수 없을 정도로 아파서 단호히 고개만 저었다.

현녀가 하하 웃었다. "야화군, 백천 그 계집에게 그렇게 친절하시다니, 저 계집이 자기 스승과 연분이 났던 것을 아시나요?"

나는 분노가 치솟아 어떻게든 현녀의 따귀를 때리려 했는데 야화가 먼저 벼락을 내렸다. 이경은 더이상 현녀를 보호하지 않았다. 현녀는 뒤로 십여 장이나 날아가 예의 금빛 침상에 부딪히며 피를 토했다.

야화가 말했다. "본 군은 원래 여자를 때리지 않소. 천천이 당신 얼굴이 자신과 무척 닮았다고 했는데 도대체 어디가 닮았는지 모르겠군."

나는 야화를 밀치고 곤륜선을 짚으며 현녀에게 다가갔다. 그리고 나와 거의 똑같은, 온통 피범벅이 된 얼굴을 바라보며 가볍게 웃었다. "처음 그 얼굴을 줄 때는 별로 개의치 않았는데, 이제 네 얼굴을 보는 걸 견딜 수 없구나."

현녀가 깜짝 놀라 뒤로 물러나며 횡설수설했다. "어쩌려고?

나…… 나는 원래 이렇게 생겼어. 내 미모를 빼앗겠다는 생각은 하지 마. 절안 상신을 모셔온대도…… 두렵지 않아……"

나는 오른손으로 인계를 맺으며 묘한 웃음을 지었다. "뭐하러 절안을 청해. 아까는 농담이었어. 용모 바꾸는 술법을 설마 사해팔황에서 절안만 부릴 수 있을 줄 알았니? 내가 재능은 없어도 칠만 년을 쉬는 동안 그 정도 술법이야 능통하게 익혔지. 네 사지가 절단될 때 그 얼굴로 당하게 둘 수 있나." 그런 다음 힘을 모아 주문을 외우며 결인을 빨리하자 하얀빛이 번쩍 지나갔다. 현녀는 멍하니 나를 바라보고 있었다.

나는 몸을 숙여 현녀의 얼굴을 두드린 뒤 소매에서 거울을 꺼내 건넸다. 다행히 거울은 피에 물들지 않고 깨끗했다. 내가 사근사근하게 말했다. "봐. 지금 이 얼굴이 좋지 않아? 이게 네 진짜 얼굴이니까 잘 기억해둬."

이경이 옆에서 중얼거렸다. "어떻게 이럴 수가, 어떻게 이럴 수가……"

현녀가 갑자기 비명을 질렀다. 그 소리에 뒤를 돌아보니 현녀가 자기 두 눈을 뽑아든 채 정신없이 떠들고 있었다. "아니, 아니, 아니야, 난 이렇지 않아. 이렇게 생기지 않았다고."

피범벅이 된 현녀의 얼굴은 조금 무서울 정도였다.

내가 고개를 흔들며 "그 정도도 못 받아들이다니"라고 말한 뒤 고개를 돌려 야화에게 말했다. "내 눈에는 원래 모습도 청초하고 예쁜데 왜 저렇게 내 얼굴에 집착하는지 모르겠어요."

야화가 눈살을 찌푸렸다. "누가 좋아하니까 집착하는 거겠죠."

야화에게 돌아가려는데 갑자기 목이 달큼해지면서 입에서 또 피가 흘러나왔다.

야화가 어두운 눈빛으로 나를 안고 이경에게 말했다. "이경 귀군이 알아서 처리하십시오." 그런 다음 내 귀에 대고 "천천, 버틸 수 있겠어요?" 하고 물었는데 나는 잠시 생각하다가 고개를 저었다. 눈앞에서 갑자기 부드러운 빛이 번뜩였다. 나는 이내 깊은 잠에 빠졌다.

# 13장
# 사랑 이야기

곤륜허에서 제자로 있는 동안은 엄격한 규율 속에 생활했었다. 아침에는 반드시 진시辰時 전에 일어나 오전 수업을 듣고 밤에는 자시子時까지 불을 끄고 잠자리에 들어야 했다.

큰 사형과 친하게 지낸 덕분에 나는 스승님이 산을 나가면 곧장 수업을 제치고 한두 시간씩 늦잠을 잘 수 있었다. 운이 좋을 때는 사시까지 잤다. 하지만 아무리 오래 자도 사시가 끝날 때까지였다. 그렇게 다년간에 걸쳐 형성된 습관은 사문을 나온 지 칠만 년이 된 지금도 몸에 고스란히 남아 있다. 심지어 나태해지는 겨울에도 사시가 지나면 더이상 침대에 누워 있지 못한다.

그래서 어제 대자명궁에서 한바탕 난리를 쳐 온몸이 상처투성이에 팔다리가 쑤시고 마음이 어지러운 와중에도 그 시간이 되자 기어코 눈이 떠졌다. 누워 있는 곳이 호리동 내 방의 내 침대라는 사실을 확인하고는 잠시 안심이 됐다.

어제 마지막 순간에 정신을 잃어 야화가 묵연과 찹쌀경단, 나까지 셋을 어떻게 데리고 나왔는지 알 수 없었다. 물론 야화의 신력으로는 별로 어렵지 않았을 것이다.

미곡은 총명하니까 묵연의 육신을 이미 염화동에 되돌려놓았겠지만, 원래 그 자세 그대로 뉘었는지 알 수 없어서 마음이 놓이질 않았다. 직접 가서 확인할 생각으로 이불을 젖히려 했다.

하지만 움직이자마자 가슴의 상처가 땅기면서 숨이 헉 들이켜질 정도로 아팠다.

내 숨소리를 들었는지 이불 위에서 무엇인가가 살짝 움직였다. 몽롱한 눈으로 자세히 보려는데 갑자기 뜨거운 시선이 느껴졌다. 시선의 주인은 침대 가장자리에 엎드린 채 따스하고 기쁜 표정으로 나를 보고 있었다.

나는 멍해졌다.

그렇게 멍해진 데에는 나름의 이유가 있었다.

속계에서 읽은 화본에 따르면, 서생이 길에서 강도를 만났다가 지나가던 협객의 도움으로 목숨을 건진 뒤 놀란 마음을 진정시키고 정신을 차릴 때면 반드시 젊고 능력 있는 은인 협객이 등장한다. 어떤 화본에서도 그 중요한 순간에 엉뚱한 단역이 등장하지 않는다. 지금 내 처지가 강도를 만난 서생 꼴이니 원래대로라면 의협심 넘치는 은인, 야화가 등장해야 할 순간인데 전혀 관련 없는 인물이 튀어나온 것이다. 그러니 멍해질 수밖에 없었다.

그 엉뚱한 단역이 반짝이는 눈길로 한참 동안 나를 쳐다보다 조용히 물었다. "저…… 기분이 어때요?"

나는 조심히 몸을 안쪽으로 옮기며 대답했다. "한잠 자고 났더니 거의 괜찮아졌어."

지난 십사만 년 동안 크고 작은 재난을 겪어낸 상신의 몸이라 웬만한 상처는 보통 사람보다 빨리 낫는 게 사실이지만, 그렇다고 방금 한 말처럼 빨리 나을 수는 없었다. 그럼에도 거짓말을 한 건 눈앞의 인물이 늘 나와 아웅다웅 부딪치던 사람이어서였다. 내가 약해 보이면 내 중상을 틈타 독수를 쓸지도 몰랐다. 그러면 정말 끝장이다.

나와 이 인물의 인연은 절안이 넷째 오라버니에게 탈것으로 필방조를 보낸 때로 거슬러올라가야 한다.

절안이 서산에서 잡아온 필방조가 바로 지금 내 눈앞에 있는 말쑥한 남자다.

필방이 넷째 오라버니를 태우기 시작했을 때만 해도 우리는 사이가 매우 좋았다. 심지어 나만 태우고 복숭아나 술을 먹으러 십리도림까지 날아가기도 했다. 하지만 언제부터인가 무슨 이유에서인지 더이상 나를 태우려 하지 않았다. 그 이유는 천 년쯤 지나 눈치챌 수 있었다. 그가 봉구를 좋아하는데 봉구가 나하고만 있으려 해 내게 악감정이 생긴 듯했다.

그런 질투가 당찮아 나는 필방조를 상대하지 않았다. 하지만 필방조도 물러서지 않고 툭하면 시비를 걸듯 따지려 들었다. 결국 내가 화를 낸 뒤에야 잠잠해졌다. 매정할지 모르겠지만 그래서 필방조가 떠난 뒤 나는 몰래 쾌재를 불렀다.

활짝 열린 창문으로 비쳐 들어오는 햇살이 강렬하지는 않았지만 내 눈이 워낙 좋지 않아 따갑게 느껴졌다. 필방이 얼른 다가와 물었다. "창문 닫을까요?"

필방이 이렇게 온화하다니. 나는 깜짝 놀라 달리 반응하지 못하고 콧소리로 대답을 대신했다.

필방이 창문을 닫고 돌아와 이불을 가지런히 정리해주었다. 그런 다음 침대 옆에 잠시 기댔다가 친절하게 물을 마시겠느냐고 물었다. 미곡조차 이렇게 세심하지는 못했다.

사실 목이 좀 말랐지만 필방의 행동에 의문이 들지 않을 수 없었다. 필방이 다정다감하게 차를 따르러 갔을 때 갑자기 머릿속이 반짝하면서 무슨 상황인지 짐작이 갔다.

내가 키득거리며 물었다. "넷째 오라버니? 오라버니죠? 내가 법력이 약해져 변신술을 몰라볼 거라 생각해서 필방으로 변신해 놀리는 거죠? 하하, 모습은 완벽하게 똑같은데 성격이 완전히 다르잖아. 필방이 평소에 나한테 얼마나 무덤덤하고 관심 없는지 몰라서 그래."

차를 따르던 그치가 멈칫했다.

그러더니 고개를 돌려 복잡한 표정으로 말했다. "변신 같은 거 안 했어요. 정말로 필방이에요. 상신과 전하께서는 일이 있어서 서해에 가셨고 나 혼자 도림에 있기 심심해서 당신을 보러 왔어요."

나는 말문이 막혀 입술만 달싹거리다 억지로 웃었다. "하하, 너희 날개 달린 종족은 천성적으로 우리 짐승과 달리 냉담한 편이지. 하하, 방금 한 말은 신경쓰지 마. 마음에 담아둘 거 없어……"

필방은 도무지 속을 알 수 없는 표정으로 나를 부축해 차 마시는 것을 도와주었다. 내가 한참 동안 조용히 있자 필방이 갑자기 입을 열었다. "내가 옆에 있었다면 온몸의 신력을 다 쓰는 한이 있어도 당신한테 손도 못 대게 했을 거예요."

내가 멋쩍게 대꾸했다. "모두 호리동 식구니까 당연하지. 필방 너에게도 그런 일이 생기면 나도 너를 도울 거야." 그런데 '온몸의 신력을 다 쓰는 한이 있어도'라는 필방의 표현에 비해 '돕다'라는 나의 표현은 좀 약한 것 같아 기침을 한번 한 뒤 덧붙였다. "설령 죽는 한이 있어도." 그러니 필방보다 훨씬 선심을 쓴 것 같아 기분이 살짝 좋아졌다.

말로 하는 선심이야 입만 벌리면 되니 얼마나 쉬운가. 진심이 아니더라도 한마디씩 주고받으면 기분이 좋아지는 법. 하지만 필방은 그렇게 좋아하는 눈치가 아니었다. 눈을 크게 뜨고 나를 쳐다보는데 그 모습이 뭔가 평소와 달랐다. 마치 원망하는 듯했다.

나는 부르르 몸을 떨었다.

필방이 몸을 기울여오며 말했다. "천천, 언제까지 모르는 척할 겁니까? 내가 당신을 좋아해서 청구에 온 줄 뻔히 알면서 꼭 그런 말로 나를 자극해야 하나요?"

나는 아뜩해졌다.

세상에, 조류는 가장 지고지순한 종족 아닌가. 일반적으로는 감정이 별로 없지만 일단 마음이 생기면 죽을 때까지 변하지 않는다고 했다. 누군가를 사랑하면 늙어 죽을 때까지 그 한 사람만 사랑한다고. 필방은 내 조카를 사랑했는데 조류답게 변함없이 사랑하지 않고 언제, 대체 언제 나를 좋아하게 됐단 말인가?

"당신이 천족의 태자와 일찌감치 약혼하는 바람에 어쩔 수 없이 진심을 숨겨야 했어요. 하지만 이번에 당신이 이런 변고를 당하는데 그 사람은 당신을 제대로 보호하지 못했지요. 게다가 천궁에 측비도 있다고 들었어요. 나, 오랫동안 나가 있으면서 확실하게 마음을 정했어요. 그런 바람둥이라면 당신한테 온전히 잘해줄지 알 수 없는데 내가 어떻게 마음놓고 보낼 수 있겠어요? 나는……"

필방이 아직 말을 끝내지 못했을 때 문이 쾅 하고 열렸다.

야화가 모락모락 김이 나는 탕약을 들고 검푸른 얼굴로 문 앞에서 있었다. 나는 망연한 와중에 한편으로 감개무량했다. 보은의 이야기가 갑자기 사랑 이야기로 바뀌었으니 이 극은 전혀 진부하지 않은 연극이었다.

필방은 야화를 힐끗 흘겨보고는 더이상 말하지 않았다.

야화가 약사발을 탁자에 올려놓았다. 필방이 침대 옆을 차지해 야화는 어쩔 수 없이 탁자 옆 의자에 앉아 차가운 얼굴을 하고는 아무 말 하지 않았다.

방안은 순식간에 정적에 휩싸였다.

그 틈에 나는 방금 전 필방이 한 이야기를 완전히 정리할 수 있었다.

필방은 내가 야화와 약혼했기 때문에 진심을 숨겼다고 했다.

진심을 너무 잘 숨겨서 만 년 동안 나는 전혀 눈치채지 못했고.

필방에게 같은 감정을 품지는 않았지만 나를 좋아한다는 말에는 확실히 기뻤다. 상적과 파혼하고 천군이 조서를 반포한 이후 사랑에 몇 번이나 뒹굴었어야 할 그 좋은 시절을 나는 혼자 외롭게 지내야 했다. 동년배의 신선들에 비하면 얼마나 무료한 시간들이었는지. 겉으로 드러내지 않았을 뿐 사실은 속으로 무척 억울해하고 있었다. 그래서 필방의 고백은 오만 년이나 억눌린 나의 비통함을 보상하고 감동을 가져다주었다.

필방의 마음을 받아줄 수는 없겠지만 최대한 다정하게 거절해야 했다. 절대 상처 줄 수 없었다. 한참을 생각한 뒤 나는 멋쩍게 입을 열었다. "그게, 어쨌든 천족의 정혼이 먼저였으니까, 나와 너는, 음, 그러니까 우리는 이루어질 수 없는 인연인 거지. 아까 나를 좋아한다고 했을 때 무척 기뻤어. 하지만 모든 일은…… 모든 일은 앞뒤를 따질 수밖에 없는 거잖아."

필방이 눈을 반짝이며 말했다. "당신만 받아준다면 나는 천족에게 완전히 미움받아도 상관없어요." 그러고는 야화를 힐끗 쳐다보았다. 탕약의 모락모락 피어오르는 김 속에서 야화의 얼굴이 말로 표현하기 힘들 정도로 일그러진 것을 그제야 눈치챘다.

야화가 얼굴을 구기는 것도 당연했다. 이해할 수 있었다. 약혼녀가 자기 면전에서 다른 남자와 사랑을 논하고 있으니 얼마나 황당한 일인가, 체면이 말이 아니겠지. 하지만 나는 필방과 광명정대한 사이고 야화가 공교롭게도 시간을 잘못 맞춘 상황이라, 야화를 위하자고 필방을 냉대할 수는 없었다. 나와 필방의 오랜 정을 생각해도 그렇고.

그런 생각에서 순전히 호의로 야화에게 권했다. "자리 좀 피해줄래요?"

야화는 대답 없이 무표정으로 그릇 가장자리만 만지작거렸다.

필방이 가까이 다가앉으며 부드럽게 물었다. "말해봐요, 나랑 함께하고 싶어요?"

야화 앞에서 이렇게 앉다니 정말 간이 부었군.

어색해하며 내가 대답했다. "내가 얼마나 예의를 중시하는지 너도 알 거야. 천족이 나를 황후로 정한 이상 내가 먼저 나서서 청구와 구중천을 곤란하게 만들 일을 벌일 수는 없어. 네 마음은 잘 알겠고 정말 고마워. 하지만 우리는 정말로 이루어질 수 없는 인연인가봐. 그 이상은 얘기하지 말자. 내게 품은 네 마음을 버릴 수 없다면 계속 숨겨줘. 어쨌든 네 마음을 알았으니까 오래도록 잊지 못할 거야."

얼마나 빈틈없고 완벽한가. 이 정도면 필방의 체면도 지키고 야화의 체면도 세워준 셈이었다.

필방이 멍하게 나를 쳐다보다가 한숨을 내쉬었다. 그런 다음 다시 한번 내 이불을 정리해주고 몸을 돌려 방을 나갔다.

야화는 여전히 탁자 옆에 앉아 있었다. 탕약의 김 때문에 표정이 잘 보이지 않았다.

사실 조금 전 잠에서 깼을 때만 해도 나는 혼미한 상태였다. 그런 와중에 필방과 대화하면서 놀라고 기뻐하고 걱정했더니, 얼마 안 되던 기력마저 금세 떨어졌다. 하지만 여전히 염화동에 다녀와야겠다는 생각을 버릴 수 없었다. 다만 야화가 방에 있어 갈 수가 없으니 야화를 내보낼 핑계를 찾느라 정신을 모았다가 기운 없는 목소리로 말했다. "아, 미안한데 약 좀 줘요. 갑자기 졸리네요. 약 먹고 한숨 잘 테니 야화군은 가서 볼일 보세요."

야화가 약을 건네주었다.

좋은 약은 입에 쓰다더니, 쓴 정도로 따지면 좋은 약이 틀림없었다. 얼마나 쓴지 약을 쭉 들이켜자 머리카락 끝에서 발가락 끝까지 부르르 떨렸다.

야화가 빈 그릇을 받아 옆에 있는 의자에 내려놓더니 그대로 서서 나를 보았다. "매번 내가 옆에 있는 게 싫을 때마다 졸리다고 핑계 대는 거 압니까? 지금도 정말 졸린 거 아니죠?"

나는 할말을 잃었다.

분명히 핑계였지만 내 기억으로는 맹세코 처음 쓰는 핑계였다. 매번이라는 표현은 맞지 않았다.

'매번'이라는 말을 생각하고 있을 때 야화가 어느새 내 허리를 끌어안았다. 워낙 상처가 심해서 나는 원래의 모습, 여우로 돌아와 치료받고 있었다. 그런데 야화는 여우의 몸이 인간의 체형과는 달라 허리의 위치를 구분하기 힘들 텐데도 정확히 허리를 찾아냈다. 탄복하지 않을 수 없었다.

야화가 잠긴 목소리로 느릿하게 "천천" 하고 불렀다.

나도 조용히 네 하고 대답했다.

야화는 그렇게 허리만 껴안은 채 아무 말이 없다가 한참 뒤 불쑥 물었다. "아까 했던 말 진심인가요?"

나는 어리둥절했다. 그것은 필방에게 한 말이지 야화와는 아무런 관련이 없는 말들이었다. 그 말이 진심인지 아닌지는 필방이 물어야 맞는 게 아닌가.

야화가 고개를 숙인 채 자조가 담긴 듯한 웃음소리를 냈다. 체념이 느껴졌다. "지금 당신을 안도록 내버려두는 것이나, 청구에서 지내는 동안 늘 차를 끓여주고 바둑 상대가 되어준 것 모두 그저 우리가 약혼했기 때문입니까? 다른 남자와 약혼했어도 당신은……" 야화는 나를 더욱 세게 끌어안으며 한숨을 쉬고는 더이상 말하지 않았다.

분명한 일이었다. 정말 이상한 질문이네, 당연한 일 아닌가. 우리가 약혼하지 않았다면 야화가 내 곁에서 이런 느끼한 행동들을 할 수 있었겠는가? 애초에 청구에서 살겠다며 왔을 때 미곡에게 몽둥이질을 당해 쫓겨났겠지, 어떻게 호리동에 들어와 좋은 방을 차지할 수 있었겠는가? 셋째 오라버니의 방을 서재로 내주며 충분히 성심껏 대우해주었건만.

야화를 만난 이후 한 번도 그의 흐트러진 모습을 본 적이 없었다. 면전에서 태산이 무너져도 눈썹 하나 까딱하지 않을 듯한 그였는데, 지금 내 앞에서 이렇게 약한 모습을 보이다니 뭔가 평소와 달랐다.

나는 억지웃음을 지으며 말했다. "야화군에게 잘하는 게 딱히 약혼 때문만은 아니에요."

야화가 멈칫하더니 고개를 들어 나를 보았다. 눈에서 무엇인가가 반짝 빛났다.

그 눈빛에 어색해져 흠흠 헛기침을 한 뒤 말했다. "호리동에서 지내는 동안 당신은 매일 공문 때문에 그렇게 바쁘면서도 우리 식사를 신경써줬지요. 정말 감동적이었고 늘 가슴에 새기고 있어요. 옛말에 오는 게 있으면 가는 게 있다고, 당신이 복숭아를 주면 나는 배로 보답해야지요. 배가 없으면 비파로라도 대신하든가. 다른 남자였다면 아무리 약혼했어도 당신처럼 못했을 거예요. 나도 성질을 참으며 차를 마시거나 바둑을 두지 않았을 테고."

꽤 일리가 있는 말이었다. 부부가 오랫동안 잘 지내는 방법이기도 했고. 그런데 야화의 눈이 어두워졌다. 그가 왜 그렇게 침울해하는지 알 수 없었고 끼어들어서는 안 될 것 같아 나는 침대 천장만 올려다보았다. 생각이 어느새 염화동으로 옮겨갔다. 아, 그러고 보니 염화동 입구의 결계를 바꿔야겠구나.

야화가 갑자기 머리를 내 어깨에 깊이 파묻으며 우울하게 말했다. "다른 사람에게 음식해준 적 없어요. 당신에게만 해줬지."

나는 앞발로 야화의 등을 두드리며 고개를 끄덕였다. "요리 솜씨가 정말 좋아요. 시간 내서 부모님과 할아버지께도 해드려요. 그게 효도지요."

야화는 내 말에 신경쓰지 않고 말했다. "약혼했기 때문이 아닙니다. 청구에서 지내는 것도 아리 때문만이 아니고."

나는 무슨 말인지 이해했다. "아, 요리가 당신 취미로군요. 아주 좋은 취미예요. 실용적이고."

야화가 나를 더 꽉 끌어안더니 여전히 내 말은 신경쓰지 않고 말했다. "천천, 사랑해요."

나는 얼이 빠져 한참 동안 눈만 크게 뜨고 있었다. 너무 놀랐다. 이게 무슨!

하늘이 무너져도 이보다 더 놀라지는 않을 것 같았다.

사랑의 나무가 있다면 내 나무는 몇 만 년이 지나도 꽃을 피우지 못하는 말라비틀어진 늙은 소철이라고 생각했는데 이 늙은 소철에 오늘 뜻밖에도…… 꽃이? 그것도 두 송이가 연달아?

야화가 고개를 들어 그윽하게 나를 쳐다보았다. "어떻게 생각해요?"

놀란 가슴이 아직 진정되지 않은 상태라 어떻게 대답해야 할지 감이 오지 않았다. 나는 그 애매한 상태에서 힘겹게 숨을 뱉어냈다. "그건…… 장난치지 마요."

야화가 담담하게 웃었다. "지금보다 더 진지했던 적은 없어요. 물론 사랑 없이도 오래도록 부부로 지낼 수 있겠지만, 나는 우리가 절절히 사랑하면서 오래 함께하면 좋겠군요."

한마디 한마디에 살갗이 오그라들 것만 같았다. 부끄럽고 놀란 와중에 정신을 차리고 생각해봤다. 우선 야화가 이런 마음인 줄 정말 몰랐다. 그동안 있었던 일들이 한 장면 한 장면 빠르게 눈앞을 스치고 지나갔다. 그 순간들만 봐도 야화는 진심이었다. 확실히 그런 낌새가 있었다. 순간 얼굴이 붉게 달아올랐다. 다행히 지금은 여우 몸이라 털에 뒤덮혀 붉어진 얼굴이 드러나지 않았다.

그러나 애석하게도 나는 야화에게 다른 마음을 품은 적이 하늘에 맹세코 없었다. 나중에 부부가 되어도 친구 같은 부부가 될 작정이었지, 엉뚱한 마음은 꿈에도 품지 않았다.

야화의 품성은 확실히 높게 평가하고 있었다. 그러나 그것은 먼저 태어난 세대로서 젊은 세대에게 가지는 관심과 호의일 뿐, 야화와 사랑을 논하기는 실로 좀…… 그랬다.

야화가 알 수 없는 눈빛으로 아무 말 없이 뚫어져라 나를 쳐다보았다. 괴로울 지경이었다.

나는 뜸을 들이다가 침을 삼키고 말했다. "어머니 말씀이, 부부가 오래되면 처음의 뜨거웠던 마음은 점점 옅어지고 가족 같은 마음이 훨씬 크게 남는다더군요. 나에겐 당신이 이미 가족 같아요. 그 중간 과정은 생략해도 괜찮지 않아요?"

이제는 흔적도 없이 사라졌지만, 이경 때문에 생긴 상처는 확실히 내게 나쁜 영향을 미쳤다. 제대로 된 상대를 만나지 못한다면 사랑이란 것은 몹시 나쁜 거라 생각하게 되었으니까. 내가 사오만 살쯤 젊어진다면 잠시 즐긴들 어떻겠는가. 몇 번 더 상처를 받는다고 해도 젊은 혈기 때문이라고 넘기면 그만이다. 하지만 이렇게 나이가 들고 보니 사랑이라는 것에 더는 흥미가 생기지 않았다. 문제는 야화가 너무 젊다는 사실이다. 내가 조용한 무위의 날을 원한다고 야화까지 끌어들이는 것은 말도 안 됐다.

역시 내 말이 옳았는지 야화는 더이상 아무 말이 없었다. 반면 나는 점점 대담해졌다. 곰곰이 따져보다가 마음속에 담고 있던 생각을 털어놓았다. "아무리 생각해봐도 확실히 당신은 마음껏 사랑도 해보고 증오도 해봐야 할 나이예요. 나에 대한 마음이 아직은 깊지 않을 때 그만두는 게 좋을지도 몰라요. 내 나이가 되면 알 거예요. 이렇게 오래 살면 사랑이라는 것에 덤덤해지고 아무 흥미도 없게 된다는 것을. 사람이 높은 자리에 오르면 외로워지는 것처럼요. 아, 천군의 조서 때문에 우리가 엮인 것에 대해서는 늘 미안하게 생각해요. 하지만 너무 걱정하지 마요. 결혼한 뒤 젊고 예쁜 측비를 몇 명 들여줄 테니까."

말을 마치자 그동안 가슴을 누르고 있던 커다란 돌을 내려놓은 듯 더할 나위 없이 홀가분하고 평온해졌다.

이쯤 되니 사해팔황에 나만큼 마음이 넓은 정비가 또 있을까 싶었다. 야화가 나와 결혼하면 나이에서 손해를 보기는 해도 이런 점에서는 확실히 감사해야 옳았다.

하지만 야화는 내 기대와 달리 기뻐하기는커녕 창백한 얼굴로 내 눈을 쳐다보며 물었다. "진심이에요?"

나는 정색하며 진지하게 대답했다. "진심이에요. 더이상 진심일 수 없을 만큼."

측비에 관해 다짐을 받으려 되묻는 건 줄 알았는데 뜻밖에도 야화는 입술을 한층 더 꽉 다물고 눈빛을 흐릴 뿐이었다.

오래 살다보니 성격은 미지근해져도 상관없지만 감정만큼은 맺고 끊기를 분명히 해야 뒤탈이 없었다. 그래서 계속 진지하게 말했다. "시간이 아무리 흘러도 내 생각은 같아요. 우리는 건전한 혼인 관계를 유지하는 게 좋아요. 사실 부부 사이에 정이 깊다고 꼭 좋은 것만은 아니에요. 예를 들어, 어느 날 당신이 첩을 들이고 싶어도 쉽게 들일 수 없겠지요. 지금 이 상태면 문제없지만요. 그러니 멀리 내다봐요. 아, 지금은 내 말을 이해하지 못할 수도 있겠군요. 언젠가 좋아하는 신선이 생겨 세오궁으로 들이고 싶어지면 지금 내 말이 얼마나 좋은 제안인지 알게 될 거예요."

야화는 한참을 조용히 있다가 천천히 말했다. "나를 괴롭히려고 일부러 그렇게 말하는 겁니까?"

가슴이 철렁했다. 야화는 아무래도 내게 완전히 빠진 듯했다. 호의에서 한 말이지만 가만 생각해보니 조금 조급했던 것도 같았다.

더 어떻게 충고해야 좋을지 알 수 없어 조용히 야화를 쳐다보았다. 이 일은 신중하게 천천히 생각해야 할 것 같았다.

야화가 나를 품에 안은 채 잠긴 목소리로 나지막이 말했다. "당신 한 사람만 사랑해요. 다른 사람을 사랑하는 일은 없을 겁니다." 그러고는 잠시 뒤 또 무어라 중얼거렸지만 잘 들리지 않았다.

아, 이런 골치 아픈 고집불통 아이 같으니.

내 두개골까지 마비시킬 정도로 강렬한 말을 쏟아낸 뒤에도 야화는 나갈 생각을 하지 않았다. 나를 부축해 누인 다음 이불의 네 끝자락을 꾹꾹 눌러 정돈해주었다. 비록 중상을 입었지만 눕는 것처럼 간단한 동작조차 못할 만큼 쇠약한 상태는 아니었다. 하지만 야화의 처연한 표정을 보니 괜히 불난 집에 부채질하는 꼴이 될까 봐 묵묵히 받아주었다.

이불을 정리한 뒤 야화는 의자에 두었던 약그릇을 탁자에 가져다두고 찻잔에 냉차를 따라와 침대 난간에 등을 기댔다. "아리는 천궁으로 보냈어요. 좀 놀랐을 뿐 다른 문제는 없어서 며칠 쉬면 괜찮을 거예요. 원래는 당신도 데리고 천궁으로 갈 생각이었답니다. 영보천존靈寶天尊*의 상청경上清境에 있는 왕천천汪天泉이 당신 몸조리에 좋을 것 같아서." 야화가 이마를 찌푸리며 말을 이었다. "하지만 아까 그 필방이 한사코 막더군요. 물론 당신이 가겠다면 그도 더는 할말이 없겠지요. 일단 좀 누워요. 내일 아침에 천궁으로 갑시다."

영보천존의 왕천천이라면 확실히 치유에 좋은 곳이라고 들었다. 한 달 정도는 몸조리해야 하는 내 상처 같은 경우도 이삼 일 만에 완치된다고 했다. 야화 덕에 그런 편의를 누릴 수 있다면 나야 감사할 밖에.

말을 마친 야화가 눈을 감고 휴식을 취했다. 나는 염화동에 가고 싶은 마음을 떨칠 수 없어 한참 궁리하다가 천천히 물었다. "오늘

---

* 영보천존은 원시천존(元始天尊), 태상노군(太上老君)과 더불어 도교에서 숭상하는 최고의 신이다.

은 공문 안 봐요?"

야화가 눈을 반쯤 뜨고 대답했다. "오늘은 바쁜 거 없어요. 졸리다면서요. 나도 여기 좀 기댈게요."

내가 입을 삐죽거렸다.

졸리다는 말이 핑계라는 걸 언제 알아챘었냐는 듯 야화가 부드럽게 웃음을 지었다. "왜요, 이제 안 졸려요?"

나는 실망스런 마음으로 이를 악물었다. "졸려요, 아주 졸려요."

야화는 그날 일은 그날 끝내는 성격이라, 내가 청구에서 한가롭게 뒹굴뒹굴할 때도 대부분의 시간을 서재에서 문서를 검토하며 정신없이 바쁘게 보냈다.

이번에 큰일이 있었다고 해서 가윤선관이 야화를 한가하게 둘 것 같지는 않았다. 분명 평소처럼 하늘에서 공문이 왕창 내려왔을 게 뻔했다.

어제와 오늘 이틀 동안의 공문이라니, 쯧쯧, 불쌍한 야화. 오늘 밤 제대로 잠자기는 틀렸구나.

지금 침대에 기댄 것도 나를 압박하려기보다 그 김에 자기 머리를 식히려는 뜻임을 짐작할 수 있었다. 속계에서 사형수의 목을 베기 전에 음식을 잘 먹인 뒤 단두대에 올리는 것과 비슷하다고 할까. 야화에게는 눈 붙일 시간이 절실할 것이다. 그렇게 정신을 가다듬어야 또 서재로 달려가 이틀간의 공문을 처리할 수 있을 테니까. 그래서 나도 눈을 감았다. 속으로는 그가 충분히 눈을 붙인 뒤 일어나 서재로 돌아가고 나면 다시 인간의 몸으로 변해 염화동에 가리라는 계획을 세우면서.

그런 내 계획이 물거품이 될 줄은 몰랐다. 처음부터 얼마 되지 않던 기력이라 일다경도 안 돼 나는 까무룩 잠이 들어버렸다.

비몽사몽간에 꿈을 꾸었다.

만 년 동안 한 번도 꾸지 못한 꿈을 드디어 꾸었다.

묵연의 꿈이었다.

## 14장
# 묵연의 과거

묵연이 떠나고 처음 몇천 년 동안 나는 애타게 묵연을 기다렸다. 꿈에서라도 만나 대체 언제 돌아올 거냐고 물어볼 수 있기를 바랐다. 그래서 밤마다 잠들기 전에 몇 번이고 그 질문을 되뇌며 한 글자 한 글자 완벽하게 암기했다. 꿈에서 정말 묵연을 만나면 너무 흥분해 질문을 잊어버릴까봐 걱정됐기 때문이다. 하지만 한 번도 그에 대한 꿈을 꾸지 못하면서 이 바람도 점점 옅어져갔다.

어쨌든 예전에 잘 연습해둔 덕에 이번 꿈에서 칠만 년이나 나를 힘들게 했던 그 케케묵은 질문을 잊지 않고 드디어 던질 수 있었다.

그 꿈은 절안이 나를 곤륜허로 데려간 장면에서부터 시작되었다.

내가 지금의 야화와 같은 나이인 오만 살 생일을 막 지났을 때였다.

어머니는 아들 넷을 낳은 뒤 힘겹게 딸을 하나 얻었다. 그런데 이 딸은 뱃속에서부터 병을 앓아 무척 약하게 태어나는 바람에 호리동의 모두가 마음을 졸여야 했다. 그래서 자유롭게 자란 오라버니들과 달리 나는 일상생활이 엄격하게 통제되었다. 호리동 밖으로는 갈 수 있는 곳도 청구와 절안의 십리도림 두 곳뿐이었다. 그런 식으로 힘들게 이만 년을 보내며 튼튼해졌지만 부모님은 계속 마음을 놓지 못했다.

내가 이만 살 때 부모님은 이런저런 이유로 청구를 비우는 날이 많아져 나를 넷째 오라버니에게 맡겼다.

넷째 오라버니는 내숭이 정말 대단했다. 겉으로는 온순하고 귀여워 보였지만 실상은 엄청난 말썽꾼이었다.

나는 넷째 오라버니를 동경했다.

아버지의 어명이 떨어지자 아직 어른이라고는 할 수 없는 넷째 오라버니가 강아지풀을 입에 물고 호리동 앞에 앉아 자상한 표정으로 나를 보았다. "오늘부터 이 오빠가 너를 돌볼 거야. 나무에서 새알을 발견하면 나 하나, 너 하나, 강에서 물고기를 잡으면 나 한 마리, 너 한 마리야."

이런 넷째 오라버니와 나는 단번에 뜻이 맞았다.

절안은 그때 이미 넷째 오라버니를 각별히 챙기고 있어서, 오라버니는 절안의 이름만 대면 아무리 큰 말썽을 저질렀어도 쉽게 무마시킬 수 있었다. 그래서 오라버니는 나를 데리고 전혀 거리낌없이 청구 곳곳을 돌아다니며 온갖 말썽을 부렸다. 꼬박 삼만 년을 그랬다.

시간이 나 호리동으로 돌아온 부모님은 하나뿐인 딸의 교육 문제를 되짚어보지 않을 수 없었다. 딸을 낳은 이상 우아한 동시에 대범하게 자라도록 해야 하는데 나는 그런 단어들과 거리가 멀었다.

다행히 청구에서 뛰어다닌 오만 년 동안 우리 남매는 적지 않은 말썽을 피웠어도 아주 심각한 일은 벌이지 않고 순조롭게 지냈다. 우리 둘의 성격은 지금 야화의 기백과는 전혀 다르게 천진난만하고 제멋대로였다.

그래서 이제 오만 살에 불과한 야화를 볼 때마다 천진난만은 아니더라도 젊은이로서의 활발함은 어느 정도 있어야 하는데, 하고 걱정이 됐다. 이렇게까지 진중하다니, 과거에 도대체 얼마나 많은 고통과 충격, 풍파를 겪은 것일까.

다시 내가 오만 살인 때로 돌아가보자.

당시 어머니는 내가 정말 형편없다고 생각해 고민에 빠졌다. 우선 시집이나 보낼 수 있을지 걱정이었다. 어머니는 호리동에 틀어박혀 보름 가까이를 고민했다. 그러던 어느 날 다행히 번뜩 생각이 트였다. 비록 성격에는 문제가 많지만 예쁘장한 편이라 시집 못 갈 일은 없겠다는 생각에 마음이 조금 편해진 것이다.

하지만 얼마 뒤 미곡이 이웃 산기슭 물속에 사는 촉음燭陰* 일가 이야기를 들려주었다. 그 집에서 딸을 시집보냈는데 이 촉음 아가씨는 어려서 어머니를 잃어 제대로 교육도 받지 못하고 성격도 까다로운 상태로 시집을 가게 됐다. 시어머니는 며느리가 마음에 들지 않아 날마다 온갖 이유를 대며 구박을 일삼았다. 결국 촉음은

* 용의 몸에 인간의 얼굴을 하고 있다고 전해지는 중국 신화 속 용신.

도저히 참지 못하고 시집간 지 석 달도 안 돼 울면서 친정으로 돌아왔다.

이 이야기를 듣고 나를 쳐다본 어머니는 겨우 진정시켰던 마음이 일순간에 도로 엉망이 됐는지 한층 더 걱정하기 시작했다.

내 성격으로는 시집을 간다고 해도 시어머니에게 하루에 세 번은 맞을 것 같아 고생문이 훤하다는 생각에 어머니는 나를 볼 때마다 비통해하며 눈물을 흘렸다.

그러던 어느 날 절안이 호리동에 놀러왔다가 조용히 눈물 닦는 어머니의 모습을 보았다. 자초지종을 들은 절안은 잠시 망설이다 탄식했다. "계집애 저 성격은 이미 저렇게 생겨먹었으니 고칠 수 없을 거예요. 지금으로서는 능력을 키워주는 수밖에 없죠. 나중에 시집가서, 집안을 관장하는 족장부터 청소하는 어린애까지 법력으로 저 녀석이 이겨버리면 좀 제멋대로 굴더라도 절대 당할 일은 없을걸요."

그 말에 어머니는 눈을 반짝이고는 옳은 말이라며 내게 스승을 찾아주기로 결심했다.

어머니는 워낙 승리욕이 강한 성격인지라 기왕 스승을 찾기로 한 이상 사해팔황에서 가장 뛰어난 스승을 찾아야 한다고 생각했다. 그래야만 그동안의 고민이 헛되지 않을 거라나.

보름 넘게 찾은 끝에 음악과 전쟁을 주관하는 곤륜허의 묵연 상신을 스승으로 정했다.

나는 묵연을 만난 적은 없지만 이름은 익히 들어 잘 알고 있었다.

나와 넷째 오라버니가 태어났을 때는 사해팔황에서 전쟁이 거의 사라진 상태였다. 간혹 작은 전투가 벌어지기는 했지만 입에 올릴 수준도 못 됐다. 어른들이 가끔씩 음양의 분리, 천지의 구분부터 시작해 쟁쟁한 대전투들을 거론하며 어떻게 팔황이 분노하고, 어떻게 구주가 피로 물들었는지, 뛰어난 대장부들이 어떻게 전쟁터에서 쓰러지고 죽었는지, 어떻게 공을 세웠는지 이야기할 때면 나와 넷째 오라버니는 완전히 몰입해 들었다.

그때 신족들 사이에서는 태고시절 전쟁을 다룬 책이 크게 유행했다. 우리 두 남매는 워낙 학구적이라 신선 친구들에게 빌리거나 진귀한 판본을 구해 친구들에게 빌려주면서 열심히 돌려 읽었다.

그 책들 곳곳에서 묵연의 모습을 볼 수 있었다. 책에서는 하나같이 묵연의 위풍당당한 모습을 칭송하며, 검은 갑옷과 투구로 무장하고 헌원검을 든 불패의 전쟁신이라고 표현했다.

나와 넷째 오라버니는 그런 묵연을 무척 숭배해 남몰래 그 위풍당당한 풍채를 그려보기까지 했다.

우리는 일 년 남짓 열심히 연구한 끝에 묵연 상신의 모습을 이렇게 결론내렸다. 동서남북 각 방향을 바라볼 수 있도록 머리가 네 개 달려 있고, 퉁방울처럼 둥근 눈과 부들부채 같은 귀, 네모난 이마와 커다란 입, 산봉우리처럼 두껍고 넓은 어깨와 등, 돌기둥처럼 굵고 단단한 팔다리를 가졌으리라. 숨을 한 번 내뱉으면 싹쓸바람이 휘몰아치고 발을 구르면 대지가 흔들릴 거라고. 이 정도는 돼야 한 수 위의 기민함과 한 수 위의 총명함, 한 수 위의 강인함을 드러낼 수 있으리라 믿었다. 묵연의 위풍당당한 모습을 대충 그려낸 뒤 우리는 잔뜩 흥분해, 그림을 잘 그리는 둘째 오라버니를 찾아가 초상화를 두 장 그려달라고 부탁했다. 방에 걸어두고 매일 경배할 생각이었다.

바로 그런 이유 때문에 묵연이 내 스승이 된다는 말을 들었을 때 얼마나 감격했는지 모른다. 넷째 오라버니는 나와 함께 가고 싶어 했지만 절안이 안 된다고 해 동굴에서 며칠 동안 성질을 부렸다.

절안과 두 시진 정도 구름을 타고 날아가 마침내 아주 깊고 그윽한 산에 도착했다. 청구와도 다르고 십리도림과도 완전히 달라 신선하게 느껴졌다.

산 입구를 지키던 선동 둘이 우리를 맞아 넓은 대청으로 안내했다. 대청 위쪽에는 검은 옷을 입은 남자가 턱을 괴고 팔걸이에 기대 앉아 있었다. 냉랭한 눈빛에 곱상한 얼굴이었다.

사실 나는 곱상한 게 어떤 것인지 잘 몰랐다. 넷째 오라버니가 절안의 얼굴이 준수함의 기준이라며 절안보다 못생기면 평범하고 그보다 많이 잘생기면 곱상한 거라고 했던, 모호하고도 그다지 점잖지 못한 표현을 기억하고 있을 뿐이었다.

넷째 오라버니 손에 자란 나는 늘 오라버니의 말을 잘 들었다. 심지어 우리가 억측으로 그려 방에 걸어둔 초상화를 두고 넷째 오라버니가 평범한 사람들은 이해할 수 없는 준수함이라고 평했을 때도 전혀 의심하지 않았다. 대신 평범한 사람이 되지 않으려고 묵묵히 노력했다.

그래서 곤륜허에 도착한 뒤 절안이 검은 옷차림의 기생오라비 같은 남자에게 "묵연, 칠천 년 동안 잘 지냈나?" 하고 인사했을 때 큰 충격을 받았다. 저 가늘고 긴 눈으로 천 리를 훑을 수 있을까?

저 부드러운 귀로 팔방의 소리를 들을 수 있을까? 저 얇은 입술로 웅웅거리는 모깃소리보다 더 큰 소리를 낼 수 있을까? 저렇게 갈걍갈걍한 몸으로 팔황신기의 하나인 헌원검을 들 수나 있을까?

책에 나온 묵연의 업적이 모두 거짓 같았다. 일종의 신앙이 무너져내린 듯한 공허감이 엄습해와 나는 절안의 손을 잡은 채 무척 속상해했다.

절안은 나를 부탁하면서 연민을 자극하는 거짓말을 잔뜩 늘어놓았다. 예를 들어 "부모를 모두 잃은 아이일세. 내가 발견했을 때 산골짜기에 엎어져 사경을 헤매고 있었어. 숨이 겨우 한 가닥 붙어 있고 털도 엉망진창이어서 씻기고 나서야 새끼 백여우라는 것을 알았다니까"라던가, "내가 오만 년 동안 길렀는데 최근 갈수록 훤칠해졌더니 우리집 그 사람이 좀 질투해"라던가, "어쩔 수 없이 여기로 데려온 거네. 워낙 고생을 많이 해서 오냐오냐 길렀더니 성격이 나빠졌어. 미안한데 신경 좀 써주게"라는 말들이었다.

나는 절안이 허튼소리로 속이는 게 마음에 걸려서 상심과 별개로 살짝 조바심도 났다. 묵연은 아무 말 없이 앉아서 듣기만 했다.

마침내 묵연이 나를 제자로 받아들였다. 절안은 그렇게 목적을 이룬 뒤 내게 배웅해달라고 하고는 산 입구까지 걸어가면서 세심하게 당부했다. "네가 지금 남자 몸이긴 하지만 절대 사형들과 같이 목욕하면 안 된다. 손해날 짓은 하지 말고 언제나 아가씨답게 조신해야 해." 나는 머리를 수그린 채 알았다고 대답했다.

묵연은 과연 각 방면으로 잘 챙겨주었다. 하지만 나는 영웅답지 못한 그의 생김새가 싫어서 그 보살핌에도 별 감흥이 일지 않았다.

내 인생의 첫번째 고비, 근골이 통째로 흔들릴 정도의 그 엄청난 사건이 터지기 전까지 나는 묵연에게 별로 공손하지 않았다.

그 일에 관해서라면 절안의 술 이야기부터 시작해야 한다.

절안은 술을 잘 빚고 넷째 오라버니를 총애해 직접 빚은 술을 옮기는 일을 오라버니에게 맡겼다. 오라버니는 또 항상 나를 챙기다 보니, 나는 십리도림의 술창고를 열심히 오가면서 술에 빠지게 되었다. 계속 공술을 마시는 게 괜히 미안했기에 크고 작은 연회에 참석할 때마다 신선들 앞에서 절안을 치켜세웠다. 물론 절안의 솜씨가 평범하지는 않았지만 그렇다고 최고도 아니었다. 하지만 젊고 철없던 시절이라 나는 허풍을 좀 많이 떨었다. 삼 할 정도면 오 할로 부풀리고 오 할 정도면 십 할로 과장해 하늘땅 통틀어 절안의 술이 최고라고 말했다. 자연히 몇몇 애주가들은 못마땅해하면서 또다른 전문가를 절안과 비교하며 내 기세를 꺾으려 했다.

곤륜허에도 그런 사람이 한 명 있었다. 바로 열여섯째 사형인 자란子闌이었다. 지금 생각해봐도 자란은 참 쩨쩨했다. 다른 사형들은 내가 절안을 칭찬하면 어려서 허풍이 심하려니 하며 웃고 넘겼다. 내 말에 동의하지 않아도 제일 어린 사제다보니 맘껏 떠들도록 내버려두었다. 하지만 자란은 달랐다. 입을 기름병처럼 쭉 내밀고 오만하게 흥 콧소리를 내며 "쯧쯧, 스승님 술보다 좋을 리가"라고 말했다. 자란이 말하는 스승이란 당연히 묵연이었다.

나는 묵연을 좋아하지 않아서 누가 그를 칭찬하면 반감부터 들었다. 자란이 어깃장을 놓았을 때도 골이 올라, 다음에 어떻게든 모든 사형들 앞에서 절안의 술이 묵연의 술보다 맛있다고, 묵연이 모자라도 한참 모자란다고 인정하도록 만드리라 결심했다.

내가 생각한 방법은 별게 아니라 곤륜허의 술창고에서 묵연의 술을 한 단지 훔쳐 절안에게 가져다주는 것이었다. 그 술을 참고해 백배 천배 더 좋은 술을 빚으라고 한 뒤 자란에게 가져가면 설복되지 않겠는가.

곤륜허의 술창고는 관리가 허술해 아주 손쉽게 한 단지 빼낼 수 있었다. 어쨌든 몰래 하는 짓이라 정문으로 나가기 쑥스러워, 뒷산 복숭아숲을 빙 둘러 산을 내려간 뒤 구름을 타고 절안에게 갈 계획을 세웠다.

그런데 복숭아숲을 감돌아들었을 때 길을 잃고 말았다. 한참이 지나도 숲을 나가는 길은 보이지 않고 목이 타들어갔다. 묵연의 술밖에 가진 것이 없어 그것으로 해갈하는 수밖에 없었다.

한 모금 마시자 알딸딸해졌다. 아주 조금 마셨을 뿐인데 향기가 온 입으로 퍼지면서 살짝 아릿한 기운이 목구멍으로 미끄러져 들어왔다. 절안의 기술은 아직 이런 경지가 아니었다.

묵연의 실력은 정말 대단했다. 기생오라비 같은 주제에 이런 솜씨가 있다니.

화가 나면서 우울해졌다. 절안에게 가져다줘도 아무 소용이 없을 것 같았다. 잠시 고민하다가 아예 벌컥벌컥 깨끗하게 마셔버렸다.

처음에 가볍게 넘어가다보니 뒷심이 그렇게 센 술인 줄은 전혀 예상하지 못했다. 머리가 어질어질해 잠시 복숭아나무에 기댔는데 얼마 지나지 않아 잠이 들었다.

나는 평소와 완전히 다른 방식으로 잠에서 깨어났다. 자연스럽게 눈이 떠진 것도 아니고 큰 사형의 딱따기 소리에 깬 것도 아니었다. 차가운 물세례였다.

물을 많이 뿌려본 솜씨였다. 방향과 힘 모두 대단히 안정적이었다. 한 대야를 맞았을 뿐인데 정신이 번쩍 들었다.

눈이 녹는 초봄이었으므로 틀림없이 그 물도 눈석임물이었을 것이다. 옷이 차갑게 젖으면서 일다경도 지나지 않아 우렁찬 재채기가 줄기차게 튀어나왔다.

찻잔을 들고 흑단의자에 앉은 여자가 차를 딱 한 모금만 마시고 잔을 내려놓았다. 그러고는 무시하는 듯 차가운 눈으로 나를 바라보았다. 흑단의자 양옆에는 호박 모양으로 머리를 올린 시녀 둘이 서 있었다.

사문에 막 들어왔을 때 큰 사형이 호박 머리를 올린 여자는 절대 건드리지 말라고 주의를 주었다. 상대가 먼저 무례하게 나와도 곤륜허의 제자는 어느 정도 예의를 지켜야 한다면서. 곤륜허로 자주 나들이 나오는 호박 머리들은 십중팔구 요광瑤光 상신의 시녀이기 때문이었다.

요광 상신은 평소에는 온화하다가 싸울 때는 사납게 돌변하는 여신으로 우리 스승님인 묵연 상신을 사모하고 있었다. 최근 짝사랑 정도가 심해져 아예 곤륜허 인근의 산기슭으로 거처를 옮기고는 며칠에 한 번씩 시녀들을 보내 시비를 걸어왔다. 일단 묵연과 싸움을 벌이면 묵연이 요광 상신의 능력에 승복해 배필로 맞아줄 것이라고 믿어서였다.

나름 괜찮은 계획이었지만 묵연은 전혀 관심이 없었다. 제자들에게 손님이니 양해할 수 있는 만큼 양해해주라고 분부했을 뿐이다.

시녀들의 호박 머리 덕분에 바로 그 정체를 알아챌 수 있었다. 흑단의자에 앉아 차를 마시는 이는 묵연을 짝사랑하는 요광 상신이 틀림없었다.

술 취한 나를 끌고 오면서 자신의 숙원을 떠올렸을 것이다. 묵연을 자극해 결투하리라. 싸우는 동안 서로 존중하고 아끼다가 암암리에 감정이 생긴 뒤 서로의 마음을 떠보고 애정을 확인한 다음, 금슬 좋은 한 쌍이 되어 그림자처럼 붙어다니리라. 하지만 그 숙원성취에 징검돌로 삼는 게 하필 나라니. 무고하고 억울했다.

나는 그렇게 원통해하고 있었다.

그때 오른쪽의 시녀가 주인의 눈짓을 받아 갑자기 기세 좋게 기침을 한 뒤 나를 노려보며 쩌렁쩌렁 훈계조로 말했다. "곤륜허는 사해팔황 최고의 청정 성지거늘 어떻게 요사스러운 여우 따위가 들어와 묵연 상신을 호린단 말이냐?"

어려서 호린다는 말이 무슨 뜻인지 몰랐던 나는 잠시 멍하니 마주 쳐다보다가 아? 하고 말끝을 올려 의문을 표했다.

그러자 시녀가 매섭게 나를 노려보았다. "네 눈과 눈썹, 입 전부 세속적으로 생겼구나. 너를 제자로 들인 뒤 묵연 상신이 하루종일 세심하게 챙긴다지." 요광 상신의 낯빛이 살짝 일그러지자 시녀가 얼른 말을 바꾸었다. "신선의 도를 흩뜨리니, 같은 신선으로서 묵연 상신이 잘못된 길로 빠지는 것을 두고 볼 수 없어 우리 상신께서 부득이하게 나서셨다." 시녀가 잠시 말을 끊었다가 다시 이었다. "네 잘못이 이리 크지만 자비로운 우리 상신께서는 너를 동자로 받아주겠다고 하셨다. 열심히 수행하면 네 어리석음과 세속적인 마음을 없앨 수 있을 터, 어서 무릎 꿇고 감사드리지 못하겠느냐."

나는 도대체 무슨 일인지 이해할 수 없어 멍하니 그들을 쳐다보았다. 한참을 생각해도 곤륜허에 들어온 뒤 몰래 술을 훔친 것 외에는 규칙을 어긴 일이 없었다. 그래도 잘못한 일이 있다면 애초에 연줄을 통해 이 사문에 들어온 것뿐이었다. 하지만 그 연줄 역시 내 생각에서 비롯된 건 아니었다.

나는 당당하고 떳떳했다. "내가 스승님께 뭘 어쨌다는 거예요? 스승님도 지인의 부탁을 받고 내 처지를 불쌍히 여겨 잘해주시는 것뿐이에요. 그런데 나를 잡아와 물을 뿌리다니요. 스승님의 손가락 하나만 따져봐도 당신보다 백배 천배 좋으니, 나는 당신 동자 따위는 되지 않겠습니다." 말은 그렇게 했지만 사실 묵연이 요광보다 좋다고 생각하지는 않았다. 그저 요광에게 화가 났을 뿐이었다.

아니나 다를까 요광 상신은 화가 나서 부들부들 떨며 탁자를 세게 내리쳤다. "참으로 어리석고 둔하구나. 저놈을 우선 물감옥에 사흘 동안 가둬라."

지금 생각해보면 요광은 질투에 눈이 뒤집혀 오해했을 뿐이다. 그런데 나는 혈기 왕성한 철부지에 말주변도 없어 얼마든지 바로잡을 수 있는 오해를 굳이 사실로 굳혔으니, 이후 이틀 동안의 고생은 당해도 쌌다.

요광 상신의 물감옥은 일반 물감옥보다 훨씬 흥미로운 곳이었다. 사람이 없을 때는 허리 높이에서 흐릿한 물이 찰랑거리다가 산 사람이 던져지면 허리부터 한 치 한 치 천천히 머리끝까지 차올랐다. 그런데 머리끝까지 올라가도 익사시키지는 않고 질식의 고통만 안겨주었다. 계속 그 상태면 어떻게든 또 익숙해지련만 한 시진쯤 숨통을 조인 뒤 천천히 도로 줄어들었다. 그리고 숨을 돌릴 때쯤 다시 처음부터 괴롭혔다.

너무 오래 빈둥거렸기 때문인지 젖 먹던 힘까지 쏟아도 상신에게 대적하기는커녕 반항조차 할 수 없어 그대로 당하는 수밖에 없었다.

묵연이 찾아왔을 때 나는 거의 초주검 상태였다.

숨이 반쯤 넘어가 혼미한 상태였지만 그래도 팔팔한 젊은이 아닌가. 묵연이 어두운 얼굴로 감옥 문에 걸린 쇠사슬을 단번에 날리고 불꽃이 낭자한 속에서 나를 건져 겉옷으로 감싼 뒤 품에 안던 상황을 모두 머리에 새겼다. 얼굴이 창백하게 질린 요광에게 묵연이 싸늘한 어조로 "2월 17일 창오산 정상에서 이 빚을 갚으리다"라고 말한 것까지도.

요광이 처연하게 대꾸했다. "당신과 겨뤄보고 싶었던 건 사실이지만 이런 상황으로는 아니었어요…… 결코……"

나는 요광의 말이 끝나는 것을 듣지 못했다. 묵연이 나를 안은 채 한걸음에 그곳을 떠났기 때문이다. 입구에서 기다리던 큰 사형이 나를 건네받으려 팔을 내밀었지만 묵연은 나를 안은 채 그대로 걸음을 옮겼다.

묵연이 크지 않은 그 입으로 우렁차고 묵직하게 말할 수 있다는 것을 그때 처음 알았다. 팔이 돌기둥처럼 굵지 않아도 강건하고 힘이 넘친다는 것도 알았다. 묵연은 절대 기생오라비가 아니었다.

곤륜허로 돌아온 뒤 나는 죽은 듯이 잠들었다. 정신을 차리자 스승님은 이미 요광 상신과 싸우러 창오산으로 떠났다고 큰 사형이 알려주었다. 천만 년에 한 번 볼까 말까한 광경이라 둘째 사형부터 열여섯째 사형까지 모두 몰래 구경하러 갔다면서 아주 유감스러워했다. "스승님은 왜 굳이 나를 지목해 너를 돌보라고 하셨을까?" 당연히 나도 알 수 없었다. 묵연과 요광의 결투를 볼 수 없다는 것은 나 역시도 매우 유감이었다.

큰 사형은 입을 가만두지 못하는 사람이라, 며칠 지나지 않아 요광이 얼마나 주도면밀하게 납치극을 진행했는지 모두 들을 수 있었다.

그날 밤 등불이 꺼진 뒤에도 내가 돌아오지 않자 사형들은 초조해하며 곤륜허를 샅샅이 뒤졌다. 그럼에도 끝내 찾을 수 없자 요광 상신의 시녀를 건드려 끌려갔을 거라고 의심했다. 하지만 추측일 뿐 증거가 없어 걱정만 하다가 더이상은 안 되겠다 싶을 때 스승님께 알렸다. 잠자리에 들려던 스승님은 상황을 듣자마자 겉옷을 걸친 뒤 큰 사형을 데리고 요광 상신의 거처로 달려갔다.

요광 상신이 극구 부인하자 스승님은 헌원검을 꺼낸 뒤 예의고 뭐고 내팽개치고 곧장 안으로 들어가 나를 찾아냈다.

큰 사형이 쯧쯧 혀를 차며 "스승님이 박력 있게 나가지 않았으면 열일곱째 너는 더이상 하늘을 볼 수 없었을 거야" 하고는 이어서 웃음을 지었다. "너 곤륜허로 돌아오자마자 그냥 푹 쓰러지더라. 정신을 잃어서도 스승님 손을 꽉 붙들고 소리소리 치면서 어떻게 해도 떨어지지를 않았어. 스승님이 안됐다 싶으셨는지 네 등을 두드리며 '걱정 마, 괜찮아, 스승님이 지켜주마' 하셨다니까. 하하,

네 꼴이 꼭 영락없는 계집애더라고." 나는 얼굴이 붉어졌다. 큰 사형이 의혹에 찬 표정으로 또 물었다. "대체 요광 상신에게 무슨 죄를 지었어? 좀 포악하기는 해도 그렇게 독하게 군 적은 없었는데."

나도 쉬는 동안 그 일의 전후를 따져보았고 어느 정도 내막을 파악했다. 그래서 요광 상신이 영문을 알 수 없는 질투 때문에 내게 화풀이한 것이라 말해주려 했지만 왠지 뒤에서 남들이 이러쿵저러쿵하는 것도 좋지 않을 듯해 대충 둘러대고 말았다.

이번에 꾼 묵연의 꿈은 바로 그때의 일이었다. 여기까지는 현실과 똑같았다. 원래 창오산에서의 대결을 끝내고 묵연은 그날 오후에 곤륜허로 돌아왔다. 참담하게 패한 요광은 이후 묵연에 대한 마음을 완전히 접고 거처도 멀리 옮겼다. 하지만 꿈에서는 창오산의 대결 뒤에도 묵연이 돌아오지 않았다. 나는 매일 큰 사형을 붙들고 스승님은 대체 언제 돌아오시느냐고 물었다. 큰 사형은 곧, 곧 오셔, 하고 대답했다.

꿈이었지만 그 질문은 한 셈이었다. 다만 질문이 너무 늦었다.

그럼에도 나는 큰 사형의 말을 믿었다. 곧, 곧 오셔. 정말 곧 오실 것만 같았으니.

꿈에서도 칠만 년을 기다렸다. 칠만 년이나 기다려놓고도 곧 오신다는 큰 사형의 말을 바보같이 계속 믿었다. 그 천진하고 낙관적인 마음이 현실과 완전히 달랐다.

## 15장
## 상전벽해

덧없는 꿈에서 깨어나 혼몽하게 눈을 뜨자 해가 서쪽으로 기울고 있었다. 겨우 서너 시진이 지났을 뿐이었다.

꿈이었지만 칠팔만 년은 늙어버린 느낌이었다.

예상했던 대로 야화는 방에 없었다. 나는 위쪽 휘장을 잠시 쳐다보다가 최대한 가슴의 상처를 건드리지 않게 조심조심 침대에서 몸을 뒤집어 내려왔다. 자세는 볼품없어도 네 발로 땅을 디디자 상처가 전혀 욱신거리지 않아 스스로의 몸놀림에 혼자 감탄했다.

염화동은 묵연의 몸이 보일 듯 말 듯할 정도로 안개가 자욱했다. 나는 인간의 모습으로 변한 뒤 묵연이 있는 곳으로 천천히 걸음을 옮겼다.

역시 괜한 걱정이었다. 미곡은 묵연을 아주 잘 옮겨놓았다. 베개 위 머리카락 한 올까지 잘 정리해 까다로운 내 눈에도 흠잡을 구석이 하나 없어 보였다.

한데 쓸쓸하고 허전한 기분이 들었다.

잠시 멍하니 묵연 옆에 앉아 있었다. 칠만 년이 넘도록 한 번도 열리지 않은 눈과 오뚝한 콧날, 꽉 다문 입술. 이 영준한 외모를, 우습게도 칠만 년 전 처음 보았을 때는 기생오라비 같다고 생각했다. 얼마나 어리고 무지했는지.

살면서 가장 두려운 것은 변수가 아닐런지. 바로 '변수' 때문에 이 절세의 용모가 순식간에 영원히 멈춰버렸다. 칠만 년이나 묵연의 웃는 모습을 보지 못했지만 그가 곤륜허의 뒷산, 복숭아꽃이 만발한 숲에 서 있던 모습은 아직도 생생했다.

동굴 안은 무척 조용했다. 한참을 앉아 있었더니 살짝 한기도 돌았다. 묵연의 두 손을 가슴에 잠시 안고 있는데 몸이 부르르 떨렸다. 밖으로 나가 한창 피어난 들꽃을 꺾고 화병으로 쓸 만한 것을 찾아 냇물을 담아 묵연의 옆에 가져다두었다. 쓸쓸하던 동굴에 조금이나마 활기가 도는 것 같았다.

다시 우두커니 앉아 있자니 며칠만 지나면 치자꽃이 피겠다는 생각이 문득 들었다. 그러면 작년에 모아둔 버드나무 가지에 꽃을 엮어서 염화동 입구에 발을 드리우리라. 맑은 향기가 퍼져 묵연도 훨씬 편안해지겠지. 그런 생각이 들자 기분이 조금씩 나아졌다.

어느새 어둑어둑해진 하늘을 보고는 무릎을 꿇고 절을 올렸다. 염화동 곳곳을 샅샅이 훑어보고 나서 급히 산을 내려가기 시작했다.

하늘에 보름달이 뜨면서 산허리의 나무들이 어른어른 모습을 드러냈다. 한참을 고개를 숙인 채 걷다가 불현듯 산을 내려가봤자 특별한 일이 없다는 생각이 들어 걸음을 늦추었다.

그동안 혼수상태에 있었기 때문에 누가 내 상처에 붕대를 감았는지는 알 수 없지만 야화, 미곡, 필방 셋 중 하나가 아니겠는가. 그들 가운데 누구였든 어쨌든 나는 여자니까, 아무리 내가 여우로 변한 상태였더라도 핏자국이나 닦았겠지 목욕통에서 씻겼을 리는 없었다. 더군다나 산에 오르고 염화동 안팎을 들락거리기까지 했으니, 한숨 돌리며 바람을 맞자 온몸이 끈적끈적하게 느껴졌다.

풍이산 중턱에 있는 작은 호수가 떠올랐다. 영보천존의 왕천천에 비할 수야 없겠지만 평범한 목욕을 즐기기에는 충분했다. 곧장 호수로 가는 길을 더듬더듬 떠올린 다음 방향을 틀고 신나게 호수로 달려갔다.

겉옷을 벗고 상처를 기氣로 감싼 뒤 머리부터 물에 넣었다. 만년설이 녹은 물이라 초여름인데도 살을 엘 듯 차가웠다. 이가 덜덜 떨려와 곧장 들어가려던 마음을 접고 물을 뿌려 몸을 적응시킨 뒤 천천히 들어갔다.

가슴까지 담갔을 때 젖은 속치마가 몸에 달라붙어 거치적거렸다. 그래도 푸른 호수로 검붉은 줄이 한두 가락 퍼지고 속치마의 하얀 그림자가 비치는 광경은 나름 운치 있었다.

이 시간이면 호숫가를 돌아다니는 사람도 없을 테니 속치마까지 벗어버리면 어떨까 한창 망설이고 있을 때, 어디선가 화가 잔뜩 묻은 고함소리가 들렸다. “백천.”

성까지 붙여 정식으로 불린 내 이름에 몸이 오소소 떨려왔다.

아주 익숙한 목소리였지만 그 목소리가 성과 이름 모두를 부른 것은 이번이 처음이었다.

의아해하며 몸을 떨다가 정신이 흐려졌다. 통제력을 잃자 공력으로 서 있던 몸이 순식간에 기우뚱 기울어져 하마터면 손도 못 쓰고 그대로 익사할 뻔했다.

야화가 재빠르게 호수 중심까지 건너와 나를 꽉 안은 덕분에 익사는 면했지만.

크고 건장한 야화가 너무도 간단하게 나를 그의 품안에 가두었다. 가뜩이나 중상을 입었는데 딱딱한 가슴에 세게 부딪혀, 얼마나 아픈지 피를 토할 것만 같았다. 야화는 기를 모을 새도 없이 호수로 뛰어들어 옷이 전부 젖어버렸다. 물방울이 똑똑 떨어지는 그의 긴 머리카락이 내 귀에 달라붙었다.

밀착한 수준을 넘어 온몸이 꽉 갇힌 바람에 야화의 안색은 볼 수 없었지만 북소리처럼 울리는 그의 심장소리는 아주 선명하게 들을 수 있었다.

속치마를 벗지 않아 천만다행이라고 속으로 탄식했다. 그 순간, 갑자기 몸이 느슨해지는가 싶더니 무언가가 내 입술을 덮어왔다.

너무 놀라 벌어진 이를 다물지도 못한 사이 그의 혀가 들어왔다.

나는 눈을 크게 뜬 채 야화를 쳐다보았다. 둘의 거리가 너무 가까워 눈동자의 휘몰아치는 검은색만 보였다. 서로 눈빛이 마주친 순간에도 그는 계속 입을 놀려 강렬하게 물고 빨았다. 위아래 입술은 물론 혀까지 얼얼할 지경이었고 설핏 피비린내까지 느껴졌다.

목이 메면서 눈물이 날 것 같았다. 어렴풋하게 익숙한 기분이 들고 가슴 밑바닥이 자꾸 흐릿흐릿 아련해졌다.

야화가 가볍게 내 아랫입술을 깨물며 분명하지 않은 소리로 말했다. "천천, 눈 감아요."

순간 그 말이 내 정수리를 가격해 정신이 번쩍 들었다. 나는 야화를 획 밀어냈다.

물속은 확실히 평지와 달라 우리 같은 들짐승은 자유롭게 움직이기 힘들었다. 게다가 크게는 육체적 상처에 작게는 정신적 혼란까지 더해지니, 야화의 부축을 벗어나자마자 발밑이 출렁하면서 거의 고꾸라질 뻔했다.

야화가 얼른 손을 뻗어 나를 안았다. 이번에는 가슴의 상처를 떠올린 듯 움직임이 조심스러웠다. 그런데 내가 체면치레의 말을 내뱉기도 전에 야화가 내 어깨에 머리를 깊이 파묻고는 잠긴 목소리로 말했다. "당신이 호수에 투신하려는 줄 알았어요."

어안이 벙벙해 어떻게 대답해야 할지 알 수 없었다. 하지만 그 터무니없는 추측이 진심인 것 같아 웃음을 터뜨린 뒤 대꾸했다. "목욕하러 왔을 뿐이에요."

야화가 나를 또 꽉 끌어안았다. 그러고는 입술을 내 목 가까이에 붙이고 무겁게 숨을 몰아쉬며 천천히 말했다. "또다시 당신을……"

무슨 뜻인지 알 수 없는 말이었다.

이상한 기분이 들었지만 가만있는 것도 능사는 아닌 것 같아 야화를 두어 번 불렀다. 대답이 없었다. 난감하고 어색해도 계속 시도하는 수밖에 없어 이번에는 최대한 안전한 화제를 꺼냈다. "서재에서 공문을 검토하고 있지 않았나요? 어떻게 온 거예요?"

목덜미에 느껴지던 숨결이 마침내 안정적으로 변했다. 잠시 뒤 야화가 시무룩하게 대답했다. "미곡이 당신 식사를 가져갔다가 없어진 것을 발견하고 알려줘서 아무데나 찾아다녔어요."

내가 야화의 등을 토닥였다. "아, 식사 시간이군요. 그럼 돌아갈까요?"

야화는 아무 대답 없이 여전히 나를 가볍게 안고만 있었다. 무슨 생각인지 알 수 없었다.

경험자로서, 사랑에 빠진 사람은 제정신이 아닐 때가 많으므로 최대한 맞춰주는 게 상책이었다. 나는 야화를 자극하지 않으려고 가만히 품에 안겨 있어주었다.

하지만 곧 재채기가 나왔다. 적시적기의 재채기 덕분에 야화는 내가 부상을 입어 차가운 물속에 오래 있으면 좋지 않다는 점을 떠올렸다. 야화가 얼른 나를 안고 기슭으로 올라왔다. 그런 다음 술법으로 젖은 옷을 말리고 겉옷을 챙겨주고는 함께 산을 내려왔다.

호수에서의 입맞춤으로 나는 살짝 혼몽한 상태였다. 몸속 깊은 곳에서 무엇인가가 갑자기 솟아올라오는 듯했다. 그것은 격렬하게 용솟음쳤지만 아무런 형체가 없어서 끝내 잡히지 않고 한순간에 사라졌다. 나는 속으로 조용히 한숨을 내쉬었다.

야화가 앞장서고 나는 뒤따라갔다. 쏴쏴 하는 산바람 소리와 가끔씩 끼어드는 풀벌레 소리만 들렸다.

정신이 완전히 다른 데 팔려서 야화가 걸음을 멈춘 줄도 모르고 계속 걸어가다 그대로 부딪혔다. 야화가 왼쪽으로 한 걸음 비켜 내게 앞을 터주었다.

나는 코를 찡그리며 앞쪽을 바라보았다.

풍이산 비탈의 정자에서 나른하게 웃고 있는 절안의 얼굴이 고스란히 보였다.

유월인데도 낡은 쥘부채를 펼치지 않고 꽉 접은 채 넷째 오라버니의 어깨에 얹고 있었다. 오라버니는 절안 옆에서 다리를 꼬고 앉아 가늘게 실눈을 뜨고 입에 강아지풀을 물고 있었다. 오라버니가 나를 보고 눈꺼풀을 들어올렸다. "막내, 술 마셨니? 얼굴이 왜 그렇게 빨개?"

내가 아무렇지도 않은 척하며 그럴듯한 이유를 찾고 있는데 야화가 가볍게 기침을 했다. 절안이 우리를 위아래로 훑어보고는 쥘부채를 가볍게 치며 짐작이 간다는 듯 말했다. "달빛이 시원하고 버드나무와 꽃이 아름다우니 밀회를 즐기기에 딱이지." 내가 하하 억지로 웃으며 단념하듯 야화를 흘낏 쳐다보았다. 야화는 입술 한쪽 끝을 올린 채 축축한 머리카락 뒤에서 반짝이는 눈빛으로 있었다.

절안과 오라버니가 이 시간에 달구경을 하면서 글월을 읊자고 청구에 왔을 리는 만무했다. 듣자 하니, 내가 누군가에게 초주검이 되도록 맞았다는 필방의 편지를 받았다고 했다. 그리하여 좀처럼 보기 힘든 사건이라며 내가 얼마나 초주검이 되었는지 보고 싶어 일부러 달려왔다는 것이다.

나는 이를 악물며 어깃장을 놓듯 말했다. "지난번에 초주검이 되었을 때는 확실히 실례했어요. 노인네가 구경하러 올 때까지 기다리지 않고 멋대로 나아버렸으니. 이번에도 중상을 입기는 했지만 초주검 상태는 아니니 또 노인네를 실망시켜드려야겠네요."

절안이 대수롭지 않게 웃고는 쥘부채를 내게 건네며 키득거렸다. "실망은 무슨, 됐어. 네 화를 돋우었으니 보물을 내놓지 않으면 노기가 풀리지 않겠지? 서해 첫째 황자가 그런 부채니까 네가 이득일 게다."

나는 속으로 좋아라 받으면서도 겉으로는 흥하고 콧방귀를 뀌었다.

호리동으로 돌아가는 길, 절안과 오라버니가 앞서고, 나와 야화는 그 뒤에서 걸었다.

야화가 골똘히 생각하다가 나지막하게 말했다. "말 몇 마디로 당신 화를 돋울 수 있다니 절안 상신은 능력이 정말 대단하군요."

나는 입을 가리며 하품을 했다. "능력과는 전혀 관련없어요. 절안은 나보다 나이가 훨씬 많으니까 내가 화를 좀 낸들 아무렇지 않아하거든요. 연배가 밑인 신선들이 내게 실수한다면 나 역시도 연장자로서 일일이 따질 수 없겠죠."

야화가 잠시 침묵한 뒤 말했다. "나는 당신이 사사건건 나한테 따져주면 좋겠는데."

나는 또 하품을 하려고 입을 벌렸다가 그대로 굳어버렸다.

미곡이 호리동 앞에 단정히 서서 기다리고 있었다. 이미 술시戌時가 지나 원래대로라면 불을 꺼야 할 때인데 계속 걱정하게 만들었으니 살짝 미안했다.

우리를 본 미곡이 먼저 다가와 예를 갖춘 뒤 검푸른 얼굴로 말했다. "귀족의 이경 귀군이 고모님을 뵙고 싶다고 청한 뒤 골짜기 입구에서 반나절이나 기다렸습니다."

야화가 걸음을 멈추고 미간을 찌푸렸다. "아직도 뭐가 남아서?"

절안이 동굴로 들어가려는 오라버니의 뒷덜미를 잡으며 하하 웃었다. "우리가 때마침 잘 온 모양인데. 오늘 운이 좋구나, 구경거리가 생겼어."

나는 걸음도 멈추지 않고 동굴로 들어가며 미곡에게 냉정하게 분부했다. "내쫓아버려."

미곡이 몸을 떨며 대꾸했다. "고모님, 골짜기 입구에서 기다리고 계십니다. 들어오지는 않았고요."

내가 알았다는 듯 고개를 끄덕였다. "아, 그럼 내버려둬."

절안은 구경거리가 생겨 뜨거워졌던 피가 나 때문에 그대로 식을 듯하자 불티가 완전히 사그라지기 전에 최후의 몸부림을 쳤다. "어떤 은원관계든 끝맺음이 있어야지. 너처럼 미루면 쓸데없이 번뇌만 늘어날 뿐이야. 쇠뿔도 단김에 빼라고, 오늘밤에 끝장내는 게 어때?"

야화가 차가운 눈빛으로 절안을 곁눈질했다. 나는 이마를 쓰다듬으며 잠시 생각한 뒤 말했다. "끝내야 할 것은 이미 다 끝냈어요. 이경과는 더이상 끝낼 게 없다고요. 하지만 상신께서 이 일에 흥미가 있으신 것 같으니, 이경을 만나보고 싶으시면 미곡에게 등불을 준비해드리라고 할까요?" 절안의 눈에서 아직 건재하게 남아 있던 불티가 쏴하고 완전히 꺼졌다. 절안이 탄식했다. "어렵게 왔는데 재미있는 구경 좀 시켜주면 어때서."

호리동에는 찾아오는 손님이 별로 없어 사랑방은 한 칸밖에 사용하지 않았다. 이 하나뿐인 사랑방을 야화가 쓰고 있고, 큰 오라버니와 둘째 오라버니가 사용했던 방은 먼지가 가득했다. 절안은 무척 좋아하며 조금 전의 유감을 보상받으려는 듯 넷째 오라버니의 방을 함께 쓰겠다고 했다.

미곡에게 그만 돌아가 쉬라고 했지만 미곡은 굳이 나를 찾아 밖으로 나간 필방을 기다리겠다고 했다. 함께 기다리다가 내가 연달아 하품을 하자 야화가 나를 부축해 방으로 데려다주었다.

미곡은 자상하게도 내가 잠들기 전에 따뜻한 물로 목욕할 수 있게 뜨거운 물을 준비해두었다. 무척 만족스러웠다.

이튿날 아침 야화가 방문을 두드리더니 함께 천궁으로 가자고 재촉했다. 전날 오후에 너무 늦게까지 자서인지 저녁 때 연달아 하품을 하고도 정작 침대에 누워서는 잠을 잘 이루지 못한 상태였지만 어렴풋이 야화의 발소리가 들리자 정신이 번뜩 들었다.

야화가 이미 만반의 준비를 마쳐 나는 방을 한 바퀴 둘러본 뒤 손길 닿는 대로 옷 두 벌과 전날 받은 부채만 집어들었다.

이렇게 나이를 먹도록 사해팔황 곳곳을 돌아다녔지만 구중천에는 가본 적이 없었다. 이번에 야화 덕분에 인연이 닿아 실컷 구중천을 돌아볼 수 있게 되었으니, 아직 몸은 좀 불편했지만 살짝 흥분되었다.

청구국을 드나드는 길은 하나뿐이었다. 구름을 타든 걷든 동쪽의 반월형 골짜기 입구를 반드시 거쳐야 했다. 새벽마다 산책하는 야화의 습관에 맞춰 우리는 곧장 구름을 부르는 대신 입구까지 걸어갔다.

골짜기 입구는 선계와 속계가 만나는 경계여서 늘 상서로운 기운과 혼탁한 홍진이 부딪히며 일 년 내내 몽롱하니 안개가 짙었다.

짙은 안개 속에서 쭉 뻗은 그림자가 하나 보였다. 은자색 도포를 입고 미간 사이가 넓은 준수한 용모의 이경이었다.

나를 발견한 이경이 잠시 멍하니 있다가 천천히 입을 열었다. "아음, 네가 다시는 나를 만나주지 않을 줄 알았다."

이경이 아직도 기다리고 있으리라고는 전혀 생각지 못했기 때문에 순간 정신이 아뜩해졌다.

예전에 곤륜허 산기슭에서 보름 가까이 나를 기다렸을 때의 이경은 하루종일 대자명궁에서 여자와 보내거나 투계, 투견을 즐길 뿐인 한가한 황자에 불과했지만 지금은 일족의 군주가 아닌가. 아직도 이렇게 유유히 지낼 수 있을 줄은 생각도 못했다.

아무 표정 없이 옆에 서 있던 야화가 나를 잠시 쳐다본 뒤 담담하게 말했다. "절안 상신의 말이 옳아요. 매듭지어야 하는 일은 일찌감치 매듭짓는 게 맞습니다. 당신 혼자 끝이라고 생각한들 끝이 아닐 수 있습니다. 양측 모두 깨끗이 끝내야 해요."

나는 놀라서 웃음을 지었다. "조예가 깊은 것을 보니 경험이 있나봐요."

야화의 표정이 굳더니 왠지 모르게 창백해졌다.

내가 골짜기 입구에 있는 돌의자로 가 앉자 야화가 눈치 있게 "앞에서 기다릴게요"라고 말한 뒤 자리를 피해주었다.

이경이 몇 걸음 다가와 억지웃음을 지었다. "네 모습을 보니 마음이 좀 놓이는구나." 그런 다음 머뭇거리다가 물었다. "상처는 큰 문제 없는 거지?"

내가 소매를 걷으며 담담하게 대답했다. "귀군께서는 걱정 마십시오. 이 몸은 원래 강건해 그런 작은 상처쯤은 아무것도 아닙니다."

이경이 한숨을 쉬며 말했다. "그럼 됐어, 다행이다." 그러더니 소매에서 무엇인가를 꺼내 곧장 내 앞으로 내밀었다. 힐끗 쳐다보니 반들반들한 비취색 물건이었다. 지금껏 그렇게 청했지만 끝내 얻지 못했던 옥혼이었다. 나는 쥘부채를 손에 탁 치며 고개를 들고 물었다. "귀군, 이게 무슨 뜻입니까?"

이경이 쓴웃음을 지으며 대답했다. "아음, 그때 순간적인 판단 착오로 중대한 잘못을 저질렀다. 이 옥혼을 묵연 상신의 입에 넣으면 더이상은 매달 피를 뽑을 필요가 없을 게야."

놀라고 의아하지 않을 수 없었다. 갑자기 마음이 복잡해져 한참 동안 이경을 바라보다가 웃으며 대꾸했다. "귀군의 호의는 잘 받겠습니다. 하지만 스승님은 오백여 년 전부터 제 피가 필요치 않으니 이 귀한 물건은 가져가 귀족을 위해 사용하십시오."

오백여 년 전 경창을 동황종에 가둔 뒤 나는 이백 년 넘게 잠들었다. 당연히 그동안은 묵연에게 피를 줄 수 없었다. 잠에서 깨어나자마자 묵연의 육신을 확인하러 갔다. 무슨 변고라도 났을까 걱정되어 손발이 얼어붙을 지경이었지만 뜻밖에도 내 피가 없이도 묵연의 육신은 아주 잘 보전되고 있었다. 절안이 감탄하며 묵연이 깨어나려나보다고 말하기도 했다. 나 역시 놀라고 기뻐하며 같은 생각을 품었지만 절안의 예상은 빗나갔다. 그렇게 묵연은 아직까지도 깨어나지 않았다.

이경이 한참 동안 옥혼을 들고 있다가 묵묵히 거두면서 풀죽은 표정으로 흐릿하게 말했다. "아음, 우리 다시 돌아갈 수 없을까?"

사방의 자욱한 안개에 묻혀 그의 목소리 또한 가물가물 어슴푸

레해 전혀 현실 같지 않았다.

사실 살짝만 돌아봐도 기억 깊은 곳에서 젊었을 때의 이경을 찾을 수 있었다. 아버지를 닮아 곱상한 계집처럼 생기긴 했지만 시원시원하고 풍치 있는 모습이었다. 항상 혈색이 좋고 밝아, 방에 틀어박혀 감상과 실의에 빠진 샌님 같은 기색은 전혀 없었다. 세월 앞에 장사 없다더니……

그런 애석함 때문인지 방금 이경을 맞닥뜨렸을 때의 불쾌함이 많이 누그러들었다. 함께했던 옛일들 하나하나가 전부 전생의 일처럼 느껴져 마음이 평온하게 가라앉고 더는 파문조차 일지 않았다. '돌아간다'는 것은 논할 가치조차 없었다.

나는 뿌연 하늘을 올려다보며 체념하듯 입을 열었다. "귀군은 가슴속에 응어리가 아직 남았을 뿐입니다. 제가 전에 말씀드렸지요. 귀군 같은 성격은 평생 얻을 수 없는 것만 추구하다가 막상 얻으면 더이상 아끼지 않는다고요. 지금 귀군이 제게 집착하는 것도 제가 버려진 뒤 어디 가서 죽지 않고 멀쩡하게 살아 있기 때문입니다. 제가 한 번도 귀군을 마음에 품은 적이 없다고 생각해 이렇게 매달리는 것이지요."

살짝 올라간 이경의 눈꼬리가 붉어지며 얼굴이 더욱 농염해 보였다. 이경은 아무런 대꾸도 하지 않고 물끄러미 나를 바라보기만 했다.

나는 마음을 가라앉히고 부채를 펼쳐 선면에 그려진 복숭아꽃을 어루만졌다. 그리고 잠시 뒤 부드러운 목소리로 말을 이었다. "우리가 이렇게 앉아 편안히 이야기 나누는 일도 다시는 없을 듯하니 몇 가지는 분명하게 밝히지요. 칠만 년 전 당신을 만나 처음으로 사랑이라는 감정을 느꼈습니다. 처음이라 어찌해야 좋을지 몰라 다소 냉담하고 피동적으로 굴었지요. 하지만 당신에 대한 감정만큼은 가슴이 터질 정도로 충만했어요. 어머니는 늘 내 천방지축 성격을 누가 좋아하겠느냐며 백가의 명성 없이는 시집조차 못 갈 거라고 걱정하셨는데 당신은 내 신분도 모르고, 심지어 내가 여자인 줄도 몰랐으면서 진심으로 나를 좋아해주었지요. 게다가 매일매일 연애시를 보내오고 그 많은 첩들을 내보내기까지 했고요. 당신의 행동에 정말 기뻤고 감동받았지요. 우리 백여우족은 들짐승이지만 다른 짐승처럼 마음이 헤프지 않아요. 일단 배우자로 받아들이면 온 마음을 다하지요. 그때 나는 이미 당신을 평생 함께할 부군으로 보고 있었어요. 현녀의 사건이 없었다면 수행을 마치고 하산한 뒤 당신에게 시집갔을 거예요. 당신도 알다시피 당시 우리 두 종족 사이에는 마찰이 좀 있었지요. 그래서 당신과 함께하게 된 뒤에는 어떻게 아버지와 어머니를 설득해 결혼 승낙을 받아낼 수 있을까 날마다 고민했어요. 좋은 방법이 생각날 때마다 행여 잊어버릴까봐 기뻐하며 비단에 적어두었고요. 길이가 한 장도 넘는 비단이 작은 해서체로 가득찼었어요. 지금 생각해보면 정말 바보 같네요."

이경의 입술이 파르르 떨렸다.

나는 계속 부채의 그림을 만지작거리며 담담하게 말했다. "현녀는 당신을 도울 수 있었지요. 그런데 청구 신녀인 이 백천인들 당신을 도울 수 없었을까요? 당신은 당신에 대한 내 마음이 뜨겁게 타오르고 있을 때 직통으로 일격을 가했어요. 당신과 현녀의 일을 알고 가슴이 타들어가는 것처럼 아팠어요. 현녀를 그렇게 정성껏 보살펴주고 뒤통수나 맞다니, 내가 멍청한 탓이라고 자책할 수밖에 없었고요. 당시 현녀의 따귀를 때리려 했을 때 당신은 그리도 감싸고 들었지요. 그때 내 마음이 얼마나 아팠는지 모를 거예요. '전에는 내가 터무니없었던 게지'라는 당신의 말에 정말 모든 의욕을 잃었어요. 당신은 내가 호탕하게 포기했다고 말했지만, 그 호탕함 뒤에서 얼마나 아파하고 힘들어했는지 모르지요. 이경, 모든 사람이 고통을 당당하게 드러낼 수 있는 것은 아니에요. 얼굴에 드러내지 않는다고 고통스럽지 않은 것도 아니고요. 줄곧 당신 아내가 되는 상상만 했지, 그 모든 게 전부 우스갯소리가 될 줄은 정말 생각도 못했지요. 내내 악몽에 시달렸어요. 당신이 현녀를 안고 나를 곤륜허로 밀어버리는 꿈이었지요. 그렇게 계속 악몽에 시달릴 때, 당신의 기린 네 마리가 현녀를 대자명궁으로 맞아들여 갔고 아흐레 연속 잔치가 벌어졌다는 소식을 들었어요. 말하자면 우스운데, 겉으로는 아무렇지 않은 척했어도 사실 그 순간까지도 나는 당신에게 가져서는 안 되는 감정을 품고 있었어요. 나중에 귀족이 난을 일으키고 현녀가 경창에게 맞아 곤륜허로 왔을 때 속으로 기뻐했지요. 시간만 나면 끊임없이 속으로 당신을 변호했어요. 당신은 현녀를 진심으로 사랑한 게 아니다, 그렇지 않고서야 현녀를 산 채로 이런 고통 속에 내버려둘 리 없다 하면서 스스로를 세뇌시켰지요. 그러자 기쁘고 위안이 되더군요. 나중에서야 당신들의 고육책이라는 것을 알았지만요. 이경, 그때 내 마음이 어땠는지 모를 거예요. 그러고 나서 스승님이 돌아가셨을 때, 나는 비참함을 억누르며 대자명궁으로 옥혼을 구하러 갔고요. 그때 얼마나 큰 용기를 내야 했는지 당신은 영원히 모를 거예요. 그날 당신이 얼마나 나를 실망시켰는지도요. 당신은 스승님을 질투해 옥혼을 주기 싫었다고 했는데, 이경, 당신이 내게 그렇게 깊은 상처를 주었어도 사실 당신이 내 마음에서 차지하는 비중은 스승님의 만분의 일도 되지 않아요. 염화동에서 과다 출혈과 중상으로 목숨이 위태로울 때 내 눈앞에 떠오른 얼굴은 당신이 아니었어요. 그때 마침내 감정이 끝났다는 것을 알았지요. 비로소 벗어난 거예요."

이경이 두 눈을 감더니 한참 뒤에야 다시 떴다. 그리고 붉게 충혈된 눈으로 흐느끼듯 말했다. "아음, 이제 그만해."

나는 간신히 부채를 접고 슬픔을 가누며 말했다. "이경, 당신은 정말로 이 백천이 십사만 년 동안 유일하게 온 마음으로 사랑한 남자예요. 하지만 모든 것이 변했으니 우리는 돌아갈 수 없어요."

이경은 부르르 떨더니 결국 주르륵 눈물을 흘렸다. 한참 뒤에야 이경이 씁쓸하게 말했다. "내가 너무 늦게 깨달았구나. 결국 너는 그때 그 자리에 없는데."

내가 고개를 끄덕였다. 이제 귀족과 연관된 일은 아무것도 남지 않았다. "이제 우리 앞으로는 아무 상관 없는 남남일 뿐이니 더 볼 일이 없겠지요." 나는 그렇게 탄식한 뒤 자리를 떠났다.

안개를 헤치며 걸어가자 야화가 앞쪽 멀지 않은 곳에서 기다리고 있었다. "분명 달콤한 말들인데 당신 입에서 나오니 비수처럼 가슴을 찌르더군요."

나는 억지로 웃음을 지어 보였다.

## 16장
# 엇갈린 사랑

남천문南天門 앞에 이르자 수문병은 없고 호랑이 몇 마리만 졸고 있었다. 윤기가 자르르 흐르는 검고 노란 털의 호랑이는 한눈에도 범상치 않은 영물 같았다.

내가 탁탁 부채를 치면서 놀렸다. "우리 청구도 어쨌든 미곡이 입구를 지키는데 삼십육천三十六天 대라천大羅天에 겨우 호랑이 몇 마리뿐이라니요?"

야화가 미간을 찌푸렸다. "오늘 태상노군의 강연이 열려서 모두들 그 법회에 갔나봅니다." 그러고는 희미하게 웃으며 말을 이었다. "천천, 원정을 도우러 속계에 내려갔을 때 원정과 함께 도를 논했다던데 도에 대한 조예가 상당하겠군요. 노군은 워낙 오래 강연해서 하늘에 더이상 대적할 상대가 없답니다. 최고의 경지에 이르러 무척 쓸쓸해하시죠. 기왕 하늘에 왔으니 당신이 노군과 토론하면 딱 좋을 듯한데."

내가 침을 삼키며 억지로 웃었다. "천만에요. 천만에."

망망하게 펼쳐진 하얀 구름 일색의 풍경을 지나 남천문 안으로 들어서자 완전히 다른 풍경이 펼쳐졌다. 황금 바닥과 옥석 계단, 비취 대나무…… 상서로운 기운이 가득했다. 금빛 찬란한 사해 수정궁보다 더하면 더했지, 전혀 뒤지지 않았다. 구중천에 올라오기 전 만일을 대비해 비단끈으로 눈을 가린 게 얼마나 영명한 선택이었는지, 그렇지 않았으면 눈이 망가졌을지도 모른다. 가끔씩 머리 위로 두루미가 청명한 울음소리를 내며 푸드덕 날아갔다. 나는 감개무량한 마음으로 야화의 두 손을 잡고 진지하게 말했다. "당신 집안은 정말 부자군요."

야화의 얼굴이 하얘졌다가 파래졌다. "천상의 모든 궁실이 다 이렇지는 않습니다."

우리는 천천히 앞으로 걸어갔다.

자세히 둘러볼수록 구중천의 화려함은 논밭과 농가가 가득한 청구와 확연히 달라, 색다른 재미가 있었다.

무엇보다 어쩌다 마주치는 궁녀들의 조신하고 예의바른 태도에 기분이 좋았다. 눈에 하얀 비단을 맨 내 이상한 모습에도 전혀 놀라지 않고 야화는 물론 내게도 공손하게 인사했다.

야화가 삼만 살 때 천군으로부터 하사받은 독립된 저택이 바로 세오궁이라고 했다.

그 세오궁 앞에 서자 이상한 느낌이 들었다.

구중천은 확실히 처음인데 왜인지 세오궁을 보자 전에는 이렇게 어둡지 않았다는 생각이 들었다. 황금 담장이나 옥 기와와 상관없이 좀더 밝고 생기 넘쳐야 할 것 같았다.

멍하니 정신을 놓고 있을 때 야화가 나를 뒷문 쪽으로 데리고 갔다.

그러고는 뒷문 쪽 담장을 여기저기 진지하게 비교해보더니 한 곳을 가리키며 말했다. "넘어요."

내가 망연하게 물었다. "뭐라고요?"

야화가 눈살을 찌푸리더니 와락 나를 안아들고 방금 가리켰던 곳을 훌쩍 넘어 정원으로 들어갔다.

구중천은 대문이 아니라 담장을 넘어 집으로 들어간단 말인가? 정말 이상한 풍습이네……

야화가 소매를 정리하며 내 표정을 보고 겸연쩍게 웃었다. "정문으로 들어가면 모두들 놀라서 야단법석을 떨까봐요. 차라리 담을 넘는 게 편하지요."

순간 머릿속에 반짝 떠오르는 게 있어 부채로 야화의 어깨를 쳤다. "오늘 우리가 너무 일찍 나와서 아직 가윤선관이 공문을 가지고 출발하지 않았겠군요. 청구에 갈 필요가 없다고 알려주지 않은 거죠? 허탕 치게 만들려고? 정문으로 들어가서 가윤선관에게 들키면 당신이 곤란해지겠군요. 하하, 어젯밤에 우리가 호리동으로 늦게 돌아가는 바람에 공문이 좀 쌓였을 텐데, 어느 정도예요?"

야화가 순간 멈칫하더니 얼굴을 살짝 붉히고는 소매를 걷으며 부자연스럽게 기침을 했다.

늘 야화가 애늙은이 같아서 걱정이었다. 겨우 오만 살인데 언뜻 보면 동화제군 같은 신선보다 진지하고 진중해 보였다. 그런데 오늘은 이처럼 소년 같은 모습을 보게 되어 흐뭇한 마음으로 부채를 부쳤다.

야화의 거처인 자신전紫宸殿은 찹쌀경단의 경운전 바로 옆에 있었다.

나는 구중천에서 이삼 일 정도만 요양할 계획인데다, 이렇게 몰래 들어와 상신의 이름으로 예우받을 이유가 없으니, 거창하게 침전을 준비해달라고 할 생각이 전혀 없었다. 대충 찹쌀경단의 경운전에서 지내면 될 듯했다. 하지만 야화는 이미 나를 독립된 정원으로 데려가고 있었다.

고개를 들어 보니 대문 높이 걸린 편액에 전서체로 '일람방화一攬芳華'라고 적혀 있었다.

야화가 눈빛을 흐리며 말했다. "당신 거처예요."

나는 부채를 흔들며 머뭇거렸다. 과연 천상의 격식은 지상과 급이 다르다는 생각이 들었다. 지난번 원정을 도우러 속계에 내려갔을 때는 오래 머물러야 해서 어쩔 수 없이 따로 거처가 있었다지만 이번에는 겨우 이삼 일 머물 예정 아닌가. 그런데도 독립된 거처라니, 왕가라고 해도 신선의 군주와 인간의 황제는 도량에서 천지 차이가 났다.

감탄을 내뱉으며 문을 밀었다.

끼익 소리와 함께 주홍색 대문이 열렸다. 정원 가득한 복숭아나무에 꽃이 만발해 정원이 온통 꽃빛 일색으로 보였다.

나는 얼떨떨한 표정으로 겸연쩍게 말했다. "이제 보니 천후의 반도원蟠桃園을 지키라고 데려왔군요."

야화가 굳은 표정으로 입을 삐죽거렸다. "반도원이 고작 이만할 거 같아요? 여기 복숭아나무는 내가 이백 년 전에 직접 심어 지금까지 가꿨어요. 올해 처음 꽃이 피었고요."

갑자기 심장이 쿵쾅거렸다. 하지만 왜인지는 알 수 없었다. 부채로 복숭아나무 가지를 들어올리며 천천히 정원으로 들어갔다. 복숭아꽃이 무척 청아하고 수려했다.

막 부채를 거둬들이려는데 뒤에서 갑자기 애절한 목소리가 들려왔다. "마…… 마?"

고개를 돌렸다. 정원 안쪽 계단에 서 있는 야화는 검은 머리카락에 눈이 가려 눈빛이 명확히 보이지 않았다. 야화의 뒤쪽 문간에 궁녀 차림의 여자가 있었다. 왼손에 정교한 화병을 들고 오른손으로 주홍색 대문을 꽉 붙든 시녀는 애정 어린 눈으로 나를 바라보고 있었다. 그녀가 눈을 한 번 깜빡이자 눈에서 맑은 눈물이 주르륵 흘러내렸다.

내 손이 흔들리면서 부채로 받치고 있던 꽃가지가 세차게 출렁였다. 꽃잎이 우수수 내 몸과 주변으로 흩날렸다.

어느새 비틀비틀 달려와 내 다리를 끌어안은 시녀가 하염없이 눈물을 흘렸다. "마마, 정말 마마시군요. 내내는 삼백 년을 기다렸습니다. 마침내 돌아오셨군요." 그녀는 울다가 웃다가 하며 야화에게 말했다. "마마를 털끝 하나 다치지 않게 지켜주었으니 결백등結魄燈이 정말 신물인 모양입니다."

보아하니 이 시녀 또한 나를 다른 사람으로 착각한 것 같았다. 붙잡힌 다리를 빼낼 수 없어 두 손으로 시녀를 잡아당겼다. 시녀가 눈물 가득한 눈으로 나를 보았다. 온통 눈물이었지만 기쁜 기색이 역력했다.

나는 더이상 참지 못하고 눈을 감싼 비단을 만지작거리며 말했다. "잘못 보셨군요. 저는 선자仙子가 찾는 마마가 아니라 청구의 백천이라 합니다."

자신을 내내라 밝힌 선녀는 혼란스러워하면서도 내 다리를 놓지 않았다.

나는 하는 수 없이 한쪽에 가만히 서 있는 야화에게 눈짓을 했다. 하지만 비단 때문에 눈빛이 전달되지 않아 다시 손짓으로 야화를 불렀다.

야화가 다가와 내내를 일으켰다. 하지만 내내와 시선을 맞추지 않고 눈앞의 복숭아나무만 쳐다보며 담담하게 말했다. "이분은 청구국의 백천 상신이시다. 여기서 며칠 머무실 테니 잘 보살펴드리거라. 마마가 아니라, 상신이라 부르는 것 잊지 말거라."

내 다리를 꽉 끌어안았던 내내가 망연하게 야화와 나를 번갈아 보았다. 내가 위로하듯 웃어 보이자 내내도 더는 아무 말 하지 않고 소매로 얼굴 가득한 눈물을 닦으며 고개를 끄덕였다.

나는 옷 두어 벌 말고는 준비해온 게 없었다. 야화가 내내에게 목욕 용품과 옷을 준비하라고 이른 뒤, 내게는 찹쌀경단을 데려올 테니 우선 쉬고 있으라고 당부했다.

최근 야화는 내 마음을 정말 잘 헤아렸다. 부상 입은 몸으로 계속 움직여 완전히 녹초 상태라는 것을 간파했을 뿐만 아니라 찹쌀경단을 보고 싶어하는 마음까지 알아차리다니, 감동스러웠다.

찹쌀경단도 내가 무척 그리웠던 모양이었다. 나를 보자마자 아버지 품에서 몸을 불쑥 내밀며 "어머니" 하고 달콤하게 불렀다. 뭐라 표현하기 힘든 기쁨이 밀려왔다.

쨍그랑. 내내가 복사꽃을 꽂아 들고 오던 화병을 바닥에 떨어뜨렸다. 찹쌀경단이 나를 어머니라고 부른 때문 같았다. 아이 친모는 세상을 등져 더이상 자식의 재롱을 즐길 수 없는데 계모란 여자가 그 기쁨을 거저 얻으니 거슬렸던 게 틀림없다.

아, 정말 충직하고 의로운 시녀가 아닌가.

야화 말로는 찹쌀경단이 살짝 놀랐을 뿐 아무 이상 없다고 했다. 여전히 뽀얗고 통통한데다 보조개가 드러나게 활짝 웃는 천진난만한 아이의 모습을 확인한 뒤에야 진심으로 안심할 수 있었다.

찹쌀경단은 내게 달려들고 싶은 눈치였지만 야화가 꽉 안은 채 한참이 지나도 놓아주지 않자 살짝 짜증을 냈다. 억울하다는 듯 입을 삐죽거리고 거짓 눈물까지 그렁그렁 만들며 나를 바라보았다.

내가 자상하게 머리를 쓰다듬어주며 부드럽게 말했다. "엄마 몸이 안 좋아서 그러니까 우선 아바마마에게 안겨 있으렴."

아이가 커다란 두 눈을 깜빡거리다가 갑자기 얼굴이 새빨개지더니 머뭇머뭇 조용히 말했다. "아, 알겠어요. 어머니 또 아기를 가지신 거죠?"

나는 어안이 벙벙해졌다. "뭐?"

찹쌀경단이 부끄러운지 옷자락을 배배 꼬았다. "책에서 봤어요. 부인이 아기를 가지면 남의 아기를 안지 못하도록 조심하게 한다고요. 그게…… 음……" 한참을 생각하다가 작은 주먹으로 머리를 톡 치며 단호하게 말했다. "맞다, 태기를 잘못 건드릴 수 있다고요."

가슴이 철렁했다. 세상에, 이제 마늘종만한 아이가 무슨 태기를 안단 말인가!

야화가 가볍게 웃으며 물었다. "그 책을 어디에서 봤니?"

찹쌀경단이 천진하게 대답했다. "성옥이 빌려줬어요."

야화의 이마에서 정맥이 불끈거렸다.

이런, 속계에서 승천했다는 성옥원군이라는 자는 실로 대단하구나. 태세신이 지나는 곳에 집을 짓고 호랑이 꼬리에서 털을 뽑는 능력이라니. 정말 감탄스러웠다.

옆에 있던 내내가 의혹에 차서 물었다. "상신께서 회임하셨는데 왜 아기씨가 얼굴을 붉히죠?"

찹쌀경단이 두 손을 내밀어 힘껏 내 얼굴을 받치고는 뽀뽀했다. "기뻐서. 어머니가 아기를 가졌다면 더이상 구중천 막내는 내가 아니잖아."

야화가 잠시 생각한 뒤 말했다. "아니면, 우리 혼인하자마자 하나 낳을까요?"

내가 겸손하게 대꾸했다. "야화군이 낳으십시오. 저는 기쁘게 도울 테니."

"……"

이번에 하늘에 온 이유는 오로지 영보천존의 왕천천에 몸을 담그기 위해서였다. 이런저런 응대를 모두 마친 뒤에야 마침내 영보천존의 상청경으로 향할 수 있었다.

천존의 샘을 빌려 쓰는 터라 나는 당연히 신분과 내력을 모두 드러내야 했다. 그게 최소한의 성의였다.

하지만 공교롭게도 오늘은 태상노군의 법회가 열려 영보천존은 옥신궁玉宸宮에 없었다. 노군의 스승으로서 법회에 참석하지 않을 수 없었던 것이다. 선백仙伯 일곱 명이 대전에서 맞아주며 법회가 끝나면 천존께서 고모님을 찾아뵐 것이라고 말했다. 나는 느긋하게 일곱 선백에게 야명주를 하나씩 나눠주었다. 그런 다음 꽃술과 과실주 등을 손에 들고 두 열로 늘어선 열여덟 선녀의 안내를 받으며 그 치유의 샘으로 향했다.

상신을 예우할 때 열여덟 선녀를 대동시킨다는 천족의 예법을 이미 알고 있었기에 잠시 참았다가 야화에게 물었다. "당신 정비의 신분으로 왕천천을 빌리면 선녀가 몇 명 나오나요?"

야화가 찹쌀경단을 안은 채 잠시 생각에 잠겼다가 대답했다. "열네 명이요. 그건 왜요?"

내가 부채를 쥐고 자못 실망한 듯 탄식했다. "그냥요. 당신에게 시집오면 내 품계가 오르기는커녕 떨어지는 셈이니, 아주 좋은 거래는 아닌 듯하군요."

야화가 잠시 침묵했다가 이를 갈며 대꾸했다. "천군의 제후로서라면 스물네 명의 선녀가 안내하고 별도로 솜씨 좋은 선녀 넷이 등을 밀어줍니다."

내가 억지로 웃으며 진심 어린 찬사를 표했다. "그건 괜찮네요."

왕천천은 한 석가산 뒤 후미진 곳에 있었다. 주변의 기운과 샘물이 온통 짙푸르렀다. 마치 음양이 갈라지기 전 혼돈의 시대에 천지를 자욱하게 감싸 흐르던 푸른색 같았다.

찹쌀경단은 선녀들이 옷을 벗겨주자마자 환호성을 지르며 하얗고 보들보들한 몸을 풍덩 물로 날렸다. 그래도 물속 깊숙이 들어가지는 않고 물위에서 첨벙첨벙 물장구만 쳤다.

야화가 옆에서 잠시 지켜보다가 선녀들이 들고 있는 과실주를 하나하나 살펴본 뒤 고개를 돌려 내게 말했다. "전부 과실주니까 아리에게 조금은 줘도 됩니다. 그렇지만 절대 많이는 안 돼요. 여기 제철 과일은 각각 반 개씩만 먹이고요."

나는 알았다고 고개를 끄덕인 뒤 부모 노릇하기 정말 힘들겠다는 생각에 감탄스러운 눈으로 야화를 다시 쳐다보았다.

야화가 잠시 어리둥절해하다가 얼음이 녹아내리듯 찬란하게 웃었다. 그러고는 내가 손에 쥐고 있던 부채를 가져갔다. "복숭아꽃 그림이 멋지던데 걸맞은 시가 없어 조금 아쉽더군요. 내가 채워줄게요. 당신은 여기서 몸 푹 담그고 나중에 서재로 와요."

그 웃음이 어릿할 정도로 눈부셨다. 어느새 야화는 부채를 가지고 자리를 떴다.

찹쌀경단이 샘에서 풍덩거리며 물었다. "아바마마는 왜 우리와 함께 목욕하지 않고 그냥 가세요?"

내가 하하 웃으며 말했다. "하늘에서 아주 큰 임무를 내려서 그 일을 하러 가셨단다."

찹쌀경단은 술이 무척 약했다.

야화가 과일을 반 개씩 먹이면 된다고 말했기 때문에 나는 당연히 과실주도 종류별로 반병씩 먹여도 되려니 생각했다. 하지만 찹쌀경단은 반병씩 두 종류를 마시고 나자 완전히 취해버렸다. 천진난만한 얼굴로 바보처럼 웃다가 몸이 기우뚱하나 싶더니 물위에서 잠이 들었다.

내내가 걱정스럽게 말했다. "아기씨는 이렇게 술을 마셔본 적이 없습니다. 완전히 취하셨으니 아무래도 소인이 약군부藥君府에 모셔가는 게 좋을 듯합니다."

나는 십만 년 넘게 술을 마신데다 절안 같은 고수의 술만 마셨기 때문에, 겸허하게 말해도 술에 관한 한 반 전문가라 할 수 있었다. 찹쌀경단이 마신 과실주는 선과를 오래 묵혀 발효시킨 술이라 취기가 오르지도 않고 아무리 많이 마셔도 몸에 해가 되지 않는 종류였다. 찹쌀경단이 취해 잠든 것은 한 번도 많이 마셔본 적이 없어 주량이 워낙 적은 때문이었다. 방금 전 잠들었을 때 살짝 맥을 짚어보니 기가 나보다도 안정적이었다. 그러니 술기운을 풀러 약군부에 가는 것은 침소봉대인 듯해 나는 잠시 망설이다가 내내에게 말했다. "사내아이를 그렇게 응석받이로 키워야 쓰나. 크게 문제없으니 데려가서 재우시게. 늦어도 삼경 전에는 깰 테니."

선녀 둘이 얼른 찹쌀경단을 건져 옷을 입힌 뒤 내내에게 안겨 돌려보냈다.

나는 과일을 먹고 찹쌀경단이 남긴 술까지 모두 마신 다음 혼곤하게 잠에 빠졌다. 눈을 뜨니 어느새 술시였다. 기슭에선 열여덟 선녀가 하릴없이 자리를 지키고 있었다. 정신을 가다듬으며 머리카락을 쓸어내리고 옷을 걸친 뒤, 옥신궁과 세오궁으로 가는 길이 눈부셨던 것을 떠올리며 눈에 하얀 비단을 감았다.

어쨌든 청구에서 두세 달을 함께 보낸 덕분에 나는 야화의 생활습관을 어느 정도 꿰고 있었다. 이맘때쯤이면 그에게 붙들려 바둑을 두곤 했으니, 아직 서재에 있을 확률이 높았다. 또 부채가 있어야 밤에 모기를 쫓기 좋을 것 같아 일람방화로 돌아가는 대신 야화의 서재로 향했다.

서재 앞에는 지키는 이도 하나 없고 문을 두드려도 대답이 없었다. 가볍게 문을 밀자 스르륵 열렸다. 바깥쪽 방도 텅 빈 채 맹렬하게 타들어가는 초만 그림자를 드리우고 있었다.

불현듯 안쪽 방에서 여자의 낮은 흐느낌이 들려왔다. 가슴이 무겁게 쿵쿵 울리고 망연해지면서 귀뿌리가 확 달아올랐다. 요즘 도화살이 끼었는지 자꾸 남의 애정사에 연루되었다. 이번에는 문발을 사이에 두었으니 직접까지는 아니었지만 어쨌든 또 남의 애정 행각과 마주친 셈이었다.

마음을 가다듬었다.

야화가 아무리 냉정하고 진중해도 혈기왕성한 나이 아닌가. 오늘 만난 천상의 선녀들 모두 미모가 뛰어났고. 밤낮 지루한 공문만 보면 틀림없이 답답할 텐데, 문득 고개를 들었다가 옆에서 시중드는 그림처럼 예쁜 선녀를 보면……

살짝 기분이 이상해졌다.

야화가 나에 대한 불순한 마음을 버린 것은 대단한 공덕이므로 기뻐야 마땅했다. 그런데 웬일인지 그림 같은 선녀가 정말 그림처럼 예쁘지 않으면 야화에게 별로 어울리지 않겠다는 걱정이 들었다.

잠시 고민했지만 사당 열 곳을 부술지언정 혼인 하나를 깨지 말라는 부처의 말이 역시 옳다는 결론을 내렸다. 그래서 뜨겁게 달아오른 귀를 잡고는 소리 없이, 조용히, 흔적 없이 나가려 했다.

오른발이 문지방을 반쯤 넘었을 때 갑자기 야화의 부드러운 목소리가 들렸다. "천천, 기껏 왔다가 왜 그냥 갑니까?"

나는 이마를 문지르며 가볍게 탄식했다. 미인을 품에 안고도 옆에서 나는 소리까지 신경쓸 수 있다니 정말 대단한 신이로구나.

문발 너머로 촛불이 넘실거렸다. 들어갈 수도, 안 들어갈 수도 없어 망설이고 있을 때 야화가 느릿하게 말했다. "부채에 글을 다 썼으니 들어와서 가져가요."

음, 들어오라고 했으니 들어가도 실례가 아닐 터. 낮게 흐느끼는 선녀가 어떤 모습인지 궁금했던 차에 야화의 말이 떨어져, 나는 얼른 정신을 가다듬고 신나게 문발을 걷으며 들어갔다.

내 생각은 틀리지 않았다.

안에는 과연 선녀가 있었다.

다만 하나가 아니라 둘이었다.

두 선녀가 옷을 멀쩡하게 입은 채 나란히 고개를 숙이고 바닥에 꿇어앉아 있었다. 왼쪽 선녀의 어깨가 들썩거리는 것으로 보아 울고 있는 듯했지만 울음소리는 조금도 새어나오지 않았다.

야화는 공문이 산더미처럼 쌓인 책상 앞에 앉아 있었다. 공문 옆에 놓인 청화 탕그릇에서 김이 모락모락 올라왔다. 진지한 모습들을 봐서는 춘정이 돌았던 것 같지는 않았다.

가슴속에서 의혹이 파도처럼 일어 높은 산과 깊은 골짜기를 지났다. 하지만 젊은 선녀들 앞에서 상신으로서의 품위를 잃을 수는 없었다. 나는 의혹을 꾹 누르고 냉정한 척하며 야화의 손에서 부채를 건네받았다. 그리고 글자를 살펴보며 무심한 척 물었다. "이건 무슨 의미죠?"

야화는 글씨를 참 잘 썼다. 작은 해서체로 '술잔을 들어 동풍을 축복하며 함께 느긋하게 즐기기 바라네'라는 구절이 두 줄로 적혀 있었다. 사실 부채를 펼칠 때만 해도 혹시 '지난해 오늘 이 문 안에서 여인의 얼굴과 복숭아꽃이 서로 비추었네' 같은 시구가 적혀 있으면 어쩌나 마음을 졸였다.

부채에 적힌 야화의 글귀는 무척 마음에 들었다.

방안이 한참 동안 너무 조용해 무슨 일인가 고개를 들었다가 오른쪽에 꿇어앉은 선녀의 두려움에 가득한 눈과 마주쳤다.

무척 아름다운 눈이었다. 십사만 년을 살면서 이렇게 아름다운 눈은 처음이었다. 조카 봉구의 눈도 예뻤지만 아직 나이가 어린 탓에 세월의 깊이가 느껴지지 않는데, 이 눈은 무한한 정감을 품은 듯해 나도 모르게 빨려들어갈 것만 같았다.

이 선녀는 좀 비범하구나.

하지만 눈에 비해 용모는 평범한 편이었다. 남해수군의 녹수 공주보다 떨어졌다.

선녀가 입술을 덜덜 떨다가 한참 만에 이름 하나를 내뱉었다. 놀랄 것도 없이 주선대에서 뛰어내렸다는 찹쌀경단의 친모 이름이었다.

나는 하얀 비단을 어루만졌다. 계속 오해를 받다보니 어느새 익숙해져 별로 반박할 마음도 들지 않았다. 그래서 차를 한 모금 마시고는 머리부터 발끝까지 다시 한번 눈앞의 선녀를 훑어본 뒤 조용히 칭찬했다. "눈이 정말 예쁘군요."

진심이 담긴 칭찬의 말에는 보통 기뻐하기 마련 아닌가? 그런데 눈앞에 꿇어앉은 선녀는 완전히 다른 반응을 보였다. 좋아하기는

커녕 오히려 바닥으로 픽 쓰러지며 공포와 혼란이 가득한 눈으로 나를 뚫어져라 쳐다보았다.

정말 이상했다.

비록 넷째 오라버니보다 조금 떨어지긴 해도 내 외모는 청구 여자들 중에서 최고라는 칭송을 받아왔다. 그런데 오늘, 수만 년 동안 쟁쟁하던 내 미모가 눈앞의 선녀를 탄복시키기는커녕 놀라서 쓰러지게 만들 줄이야!

야화가 아무 말 없이 내 눈을 감싼 비단을 풀고 나를 자기 옆에 앉혔다.

바닥의 두 선녀가 눈을 동그랗게 떴다. 그 멀뚱거리는 눈동자들이 내 얼굴에서 떠날 줄 몰랐다. 마침내 내 생김새가 잡쌀경단의 친모와 다르다는 것을 깨달은 듯했다.

야화가 턱을 들고 나를 뚫어져라 쳐다보는 두 선녀에게 차갑게 말했다. "목청 공주, 본 군은 세오궁의 어떠한 자리도 허락할 수 없으니 내일 아침 동해로 돌아가십시오. 소금, 당신이 친분을 그리 중시한다고요. 정말로 목청 공주와 헤어지기 싫다면 천군께 청하여 함께 동해로 시집가도 좋소. 어떠시오?"

야화의 냉기 가득한 말에 꿇어앉은 두 선녀의 얼굴이 하얗게 질렸다.

나는 멍하니 쳐다보기만 했다. 먼저 눈을 가늘게 뜬 채 소리 없이 울음을 삼키는 왼쪽의 선녀를 훑어보았다. 동해수군의 모습이 어렴풋하게 느껴지는 청아한 얼굴, 이 선녀가 동해의 목청 공주가 아니면 누구겠는가.

그렇다면 눈과 얼굴이 어울리지 않는 오른쪽 선녀가 바로 나의 그 불초한 제자 원정에게 희롱당해 자살을 시도했던 야화의 측비, 소금이렸다.

그렇지 않아도 평범한 외모라고 생각했는데 제자에 대한 애절함까지 더해지자 더욱 별 볼 일 없게 느껴졌다. 나는 소매를 정리하며 한탄했다. 원정아, 원정, 너의 그 준수한 외모로 저 측비를 희롱하다니, 차라리 거울을 보며 너 자신을 희롱하지 그랬느냐. 속계에서의 육십 년은 비록 눈 깜짝할 시간이지만, 이 스승님의 영명함이 없었다면 너는 지금 괴롭고 힘든 시간을 보내야 했을 것이다.

나를 보는 소금의 눈은 투명함을 되찾았지만 목청은 여전히 흐느끼고 있었다.

야화는 정말로 화가 난 것 같았다. 야화와 만난 이후 대자명궁 유영전 앞에서 현녀와 싸울 때를 제외하고 이렇게 화를 내는 모습은 처음 보았다. 나는 호기심이 일어 부채를 받고도 나가지 않았다. 대신 찻잔에 뜨거운 물을 부은 뒤 구석에 앉아 조용히 찻물이 식기를 기다렸다.

실로 대단할 정도로 야화는 초지일관 흔들림이 없었다. 가만히 듣고 있기 힘들 만큼 가슴을 파고드는 목청 공주의 절절한 흐느낌에도 전혀 까딱하지 않고 묵묵히 공문만 읽었다.

동해 잔치에 참석했을 때 이미 목청 공주의 애절한 사랑에 감동받아 눈물 흘린 경험이 있어, 소금 측비가 몇 번이나 눈물을 훔치는 동안에도 나는 감정을 억제하며 침착함을 유지할 수 있었다.

한참 듣다보니 야화가 왜 그렇게 화를 내는지 대충 알 수 있었다. 동해의 목청 공주가 간 크게도 오늘밤 최음제를 탕에 풀어 야화를 유혹하려 했던 것이다. 하지만 좋은 약을 제대로 못 찾았는지, 야화가 탕을 받자마자 곧장 냄새로 알아채 정염 대신 노기가 등천했다.

야화 옆에서 필묵 시중을 들던 선녀는 큰일이 터진 것을 보고 천궁의 규율에 따라 야화의 후궁 중에 유일하게 명분을 지닌 측비에게 곧장 상황을 알렸다. 이 부분에서는 엄지손가락을 치켜들고 측비를 칭찬하지 않을 수 없었다. 야화의 소금 측비는 자기 부군을 유혹하려 약을 쓴 목청에게 일말의 증오도 보이지 않고 오히려 용서를 청했으니, 실로 사해팔황 모든 후궁의 모범이라 할 만했다.

이 소란이 일단락되고 잠시 휴정 상태에 놓였을 때 내가 부채를 가지러 들어왔던 것이다.

자초지종을 파악하고 나자 바닥에 꿇어앉아 흐느끼는 두 여인의 이야기를 더 듣고 싶지 않았다. 이런 유형의 갈등은 속계 화본이 훨씬 격동적이고 재미있었다.

마침 찻물도 알맞게 식어 두세 모금에 비운 뒤 이만 나가보려고 부채를 집어들었다.

하지만 막 자리를 뜨려는 순간 목청 공주가 와락 내 다리를 끌어안더니 처연하게 애원했다. "마마, 지난번에는 마마를 몰라뵈었습니다. 하지만 그때 도와주셔서 늘 감사하고 있었습니다. 부탁드리오니 이번 한 번만 더 도와주십시오."

나는 가만히 있다가 하는 수 없이 몸을 돌려 야화에게 말했다. "목청 공주가 이렇게 무릎 꿇고 애원하니 차마 모르는 척할 수가 없네요. 그게…… 몇 마디 좀 해도 될까요?"

야화가 공문에서 고개를 들고 나를 보았다. "하십시오."

가늘게 한숨을 쉬며 내가 입을 열었다. "사실 이번 일은 목청 공주만의 잘못이 아니에요. 처음부터 목청 공주의 마음을 잘 알면서 하늘로 데려오셨죠. 은혜를 갚기 위해서라고 말이에요. 서해 둘째 왕자와의 혼인을 피하도록 도와준 뒤 목청 공주의 마음이 정리되면 동해로 돌려보낸다고 하셨지만, 목청 공주는 당신 생각을 몰랐으니 마침내 당신이 마음을 열었다고 생각했을 거예요. 그런 오해를 심어주고 계속 정인군자처럼 미적미적 행동하면 목청 공주로서는 직접 움직일 수밖에요."

야화가 알 수 없는 눈빛으로 무심하게 목청에게 물었다. "하지만 세오궁의 시녀 자리로도 만족한다고 하지 않으셨소?"

내가 하품하며 말했다. "사랑에 빠진 여자의 말을 믿어요?"

목청의 얼굴은 너무 울어서 완전히 엉망이었다. 내가 부채 가장자리를 두드리며 목청에게 말했다. "제가 보기에는 동해로 돌아가는 게 좋을 것 같군요." 그런 다음 두어 걸음 물러나 소매를 정리하고 목청이 정신을 차리기 전에 부채를 챙겨 빠져나왔다.

바깥쪽 방의 문지방까지 왔을 때 뒤따라온 야화가 나를 붙잡았다. 고개를 돌려 흘낏 쳐다보자 야화는 손을 놓고 옆으로 와서 말했다. "날이 이렇게 어두워졌는데 거처를 찾아갈 수 있겠어요?"

내가 주변을 살펴본 뒤 자신 없는 목소리로 답했다. "찾을 수 있을 거예요."

야화가 잠시 침묵했다가 말했다. "데려다줄게요."

촛불이 어른거리는 문발 너머에서 희미하게 또 목청의 흐느낌이 들려왔다. 나는 잠시 생각에 잠겼다. 안에 꿇어앉은 저들도 머리가 복잡할 테니, 지금 야화가 나를 데려다주면 그 틈에 좀 쉬면서 마음을 가다듬을 수 있을 거야. 그러면 이따가 다시 힘껏 대응할 수 있을 테고. 잠깐 야화에게 길안내를 부탁한다고 큰 문제는 없을 것 같았다. 그래서 나는 야화와 함께 나가 그의 배려를 마음 편히 누렸다.

달빛이 서리처럼 차고 시원한 바람이 간들간들 불었다.

야화는 어쩌다 "거기 튀어나온 나뭇가지 조심해요"라든가 "그 쪽에는 돌이 있으니까 내 쪽으로 붙어요" 같은 주의만 줄 뿐 다른 말은 한마디도 하지 않았다. 길이 울퉁불퉁해 좋지 않은 눈으로 발밑을 살피느라 나도 말 붙일 틈을 낼 수가 없었다.

원래부터 조금 피곤했던데다 길을 걸으며 신경을 많이 썼더니 일람방화 대문 앞에 도착했을 때는 어서 들어가 침대에 눕고 싶다는 생각밖에 없었다.

또 문지방을 넘어갈 참이었다.

또 야화에게 붙들렸다.

내가 무척 불쌍한 표정으로 고개를 들고 말했다. "이제 그만 데려다줘도 돼요. 지금부터는 잘 아니까."

야화가 벙해졌다가 실소를 터뜨렸다. "여기가 아무리 크고 당신 방향 감각이 못 미더워도 설마 방에 가는 길도 모를 거라고 생각하지는 않아요." 그러고는 잠시 말을 멈추고 그윽한 눈으로 나를 바라보았다. "묻고 싶은 게 있을 뿐입니다. 아까 왜 목청 공주에게 동해로 돌아가라고 했어요?"

나는 반쯤 하던 하품을 가리며 이상하다는 듯 물었다. "당신도 돌려보낼 생각 아니었나요?"

야화의 눈빛이 어두워졌다. "단지 내가 돌려보내려 했기 때문이었어요?"

나는 부채를 팔꿈치 안쪽에 걸친 채 생각에 잠겼다. 야화의 말투가 심상치 않은데 솔직하게 그렇다고 하는 게 좋을까? 아니면 본심을 숨기고 고개를 저어? 그것도 아니면 모르는 척 가만히 있는 게 나으려나?

지금껏 살면서 내가 친분을 쌓은 신선들은 하나같이 활발하고 온순했다. 반면 성숙한 젊은이들은 늘 대하기 힘들었다. 그런데 야화는 애늙은이 가운데서도 독보적인 애늙은이에 요즘은 하는 일마다 헤살을 놓는 것처럼 종잡을 수가 없으니 더욱 맞춰주기 힘들었다. 어떻게 대답해야 야화의 비위를 맞출 수 있을지 알 수 없었다.

쉽게 대답하지 못하는 내 속을 꿰뚫어보고 야화가 이마를 짚으며 쓴웃음을 지었다. "역시 그렇군요."

어떤 신선이든 나 정도 수행하면 자연스럽게 세상 물정에 밝아져, 완전히는 아니어도 대략 팔 할 정도는 안색을 읽을 수 있다. 슬며시 살핀 야화의 쓴웃음에는 분노가 살짝 섞여 있었다. 조금 전 내 침묵이 적절하지 않았다는 뜻이다.

그래서 구제책으로 환하게 웃으며 야화의 차가운 얼굴에 대고 멋쩍게 말했다. "아름다운 측비를 맞도록 도와주겠다는 약속, 확실히 기억하고 있어요. 기왕 돕는 일 당신 뜻에 맞추려는 것이지요. 그렇지 않으면 내외가 서로 미워해 악업을 쌓을 테니까요. 동해의 목청 공주는 당신이 좋아하지 않으니까 당연히 남겨둘 필요가 없지요." 나는 부채로 손목을 치며 눈살을 찌푸렸다. "게다가 그 공주한테 마음이 놓이지도 않고요. 최음제를 쓴 사람이 다음에 또 무슨 경천동지할 일을 일으킬지 어떻게 알겠어요? 후궁으로는 깔끔한 사람이 좋지요."

야화는 한참 동안 아무 말도 하지 않았다. 눈빛도 헤아리기 어려웠다. 한참 뒤에야 야화가 담담하게 말했다. "차라리 묻지 말걸 그랬어요. 아까 당신을 서재로 부른 이유는 질투하게 만들고 싶어서였는데, 당신이 그렇게 시종일관 구경만 했을 줄이야."

순간 가슴이 철렁했다. 세상에, 단순히 부채를 가져가라고 부른 줄 알았지 설마, 그런 의도가 있을 줄 어떻게 알았겠는가.

야화가 고개를 들어 아주 무심하게 나를 훑어보고는 아무런 감정도 드러내지 않은 채 담담하게 말했다. "당신 마음속에 나는 털끝만큼도 없군요. 백천, 당신 가슴에는 그 사람뿐입니까? 언제까지 그를 기다릴 생각입니까?"

영문을 알 수 없이 가슴이 욱신거렸다.

야화는 안색이 몹시 안 좋아진 채 돌아갔다. 나는 내내를 깨우지 않고 곧장 방으로 돌아가 누웠다.

아까까지만 해도 졸음이 쏟아졌는데 부드러운 이불 속에 눕자 되레 잠기운이 사라졌다. 이리저리 뒤척이며 잠을 이루지 못했다. 조금 전 심장이 움츠러들던 상황만 줄곧 떠올랐다. 어리어리 잠들 때까지 야화의 좋지 않던 안색이 계속 머릿속을 맴돌았다.

# 17장
## 한줌 재가 되어

한밤중 한창 잠에 빠져 있을 때 누군가 문을 탁탁 두드렸다.

잠자리가 낯설어 깊이 잠들지 않았던 터라 얼른 일어나 옷을 걸친 뒤 문을 열었다.

서늘한 별빛 아래 내내가 새빨갛게 충혈된 눈으로 서 있고, 내내의 품에는 깊이 잠든 찹쌀경단이 안겨 있었다. 나를 보자 잔뜩 찌푸려졌던 내내의 눈꼬리가 꽤 풀어졌다. 내내가 다급하게 입을 열었다. "어제 상신께서 삼경이면 아기씨가 깨어날 거라고 하셨는데 삼경이 지나도록 깨어날 조짐은 보이지 않고 얼굴이 점점 더 붉어집니다. 마음만 급하고 다른 방법이 없어서 상신님을 찾아왔습니다."

순식간에 잠이 달아났다. 내내는 들어와 촛불을 켜고 나는 찹쌀경단을 침대에 눕힌 다음 머리부터 다리까지 만져보았다. 그제야 마음이 놓였다.

아이라 술이 약할 줄은 알았지만 이렇게까지 약하리라고는 생각하지 못했다. 나는 여전히 동동거리는 내내를 안심시키며 웃어 보였다. "보통 아이가 과실주를 먹고 취했다면 틀림없이 삼경에 깼을 게다. 이번에는 내가 찹쌀경단을 과소평가했나보네. 상황을 보니 내일 아침까지 잘 듯싶구나. 얼굴이 붉어진 것은 술기운이 발산되는 좋은 징조니까 걱정할 것 없어."

내내가 안도의 한숨을 내쉬었다.

내내의 충혈된 눈을 보자 마음이 짠해졌다. "찹쌀경단을 안고 돌아온 뒤 계속 눈을 못 붙인 게냐?"

내내가 겸연쩍게 웃었다.

이 몸은 자비롭고 이해심 많은 상신이라, 내내같이 좋은 아가씨가 밤새 뜬눈으로 동동거리도록 내버려둘 수가 없었다. 그래서 찹쌀경단의 옷을 벗기고 이불로 감싼 뒤 침대 안쪽으로 밀고는 내내에게 부드럽게 웃으며 말했다. "내일 아침에 다시 기운이 펄펄 넘치도록 계속 선기를 불어넣어야겠구나. 그나저나 아이가 술에서 깨면 걸쭉한 죽을 먹이는 게 좋을 듯싶으니, 너는 일단 돌아가서 눈 좀 붙이고 내일 아침에 죽을 끓여 오거라."

내내가 머뭇거렸다. "하지만 아기씨 때문에 상신께서 못 쉬시면……"

내가 찹쌀경단의 얼굴을 두드리며 대답했다. "아주 곯아떨어져서 둘둘 말아 경운전까지 굴려도 깰 것 같지 않은데 어떻게 내 잠을 방해하겠느냐."

내내가 피식 웃고는 몸을 구부려 인사한 뒤 촛불까지 꺼주고 공손하게 방을 나갔다.

크게 방해될 것은 없었지만 찹쌀경단의 몸과 얼굴에서 계속 땀이 흘렀다. 겉으로는 깊이 잠든 듯 보여도 사실은 몸이 버거운 모양이었다. 나는 대야에 물을 받아 오고 술법으로 방을 따뜻하게 만든 뒤 이불을 걷고 아이의 맨몸을 수시로 닦아주었다. 사경四更부터 묘일성군이 근무하러 나올 때까지 계속 반복했다.

확실히 편안한 휴식과는 거리가 먼 밤이었다. 나는 속으로 한탄하며 찹쌀경단에게 옷을 하나씩 입혔다. 비로소 육아의 어려움이 이해되면서 야화에 대해 경탄이 절로 터져나왔다.

찹쌀경단의 옷은 다 입혔지만 바닥의 대야까지는 치우지 못했을 때 내내가 죽을 가져왔다. 내내는 조용히 대야를 내려다보며 멍하게 있다가 쪼그려 앉아 대야에서 수건을 짠 뒤 물을 내다버리러 나갔다.

내내가 되돌아왔을 때 나는 세수를 마친 뒤 죽을 맛보고 있었다. 입에 잘 맞았다. 아이 입맛에 맞게 설탕도 조금 넣어서 달큼하기까지 했다. 어젯밤 돌아가서 죽을 끓이라고 한 것은 핑계에 불과했다. 그때 이미 찹쌀경단이 일찍 깨지 못할 것을 알고 있었다.

정말로 찹쌀경단은 아직까지도 깨지 않아 이 맛있는 죽을 맛볼 수 없었다.

나는 눈앞의 죽이 아까웠다.

죽한테도 생각이 있다면, 솥에서 힘들게 이리저리 굴러가며 한참을 끓다가 이제 겨우 그릇에 담겼는데 하릴없이 식어서 버려질 운명이라고 한탄할 것 같았다. 얼마나 슬프고 원망스러울까.

내가 실망스럽게 탄식했다. 그러자 내내가 입을 오므리며 가볍게 웃었다. "아기씨가 아직 깨어나지 않으셔서 죽이 식어버릴 것 같습니다. 상신님, 아직 아침진지 안 드셨지요? 괜찮으시다면 미천한 제 솜씨 좀 봐주십시오."

그렇게 정성껏 배려하니 어떻게 마다하겠는가, 나는 하하 웃으며 받아들였다.

죽을 다 비웠을 때 어제 샘가에서 시중들었던 열여덟 선녀가 기세등등하게 내 임시 거처로 찾아왔다. 제일 앞에 선 둘은 아침식사를 들고 나머지 열여섯 선녀는 과일과 술 같은 것을 들고 있었다. 나는 속으로 '역시 천계는 도량이 다르구나, 영보천존도 이렇게 후하고 세심하게 손님을 챙기니' 하고 감탄했다.

이미 아침식사를 마친 뒤라 앞쪽 두 선녀에게 식사를 도로 가져가라고 하려다가 대부분 떡인 것을 보고 생각을 바꿨다. 찹쌀경단이 하룻밤 반나절을 자고 깼을 때 먹이면 마침맞을 듯싶었다. 찹쌀경단을 돌보라고 내내만 방에 남겨놓은 뒤 나는 생기 넘치는 선녀들을 따라 영보천존의 왕천천으로 향했다.

구중천에는 기이한 석가산이 무척 많았다. 면면히 이어진 거대한 돌산들이 멋지고 흥미로웠지만 걸을 때는 자못 불편했다.

널찍한 대로 중간에 길고 커다란 바위를 놓아 큰길을 괜히 작은 길 두 개로 쪼개놓은 곳도 있었다. 그런 길에서는 주의가 필요하다. 가장 중요한 점은 절대 누군가를 훔보면 안 된다는 것. 바위 반대편에 훔보는 대상이 있으면 어쩌겠는가? 더군다나 그 대상이 성깔 있고 옹졸하다면 어떻게 수습하겠는가?

따라서 나와 바위 하나를 사이에 두고 있던, 어디 소속인지 모를 선녀 둘은 내가 옹졸하지 않고 너그러운 상신임에 정말로 감사해야 한다. 오늘 그들이 사명성군을 만났더라면 그 결과는 상상조차 하기 힘들 것이다.

처음 걸음을 멈춘 이유는 남몰래 뒷말을 즐기던 두 선녀가 목청 공주를 들먹였기 때문이었다.

어젯밤 나는 야화가 어떤 결론을 내리는지 보지 못한 채 돌아왔다. 목청과 소금이 벌인 소란이야 더는 관심 없었지만 결과에는 흥미가 있었다. 화본을 읽을 때와 비슷하다고 할까. 화본을 절반쯤 보면 과정과 결과를 대충 짐작할 수 있다. 그럴 때 남은 절반의 과정은 생략하고 넘어갈 수 있지만 내가 예상한 결과가 맞는지 확인하기 위해 어쨌든 마지막 장은 들춰보게 된다. 내 심정이 딱 그랬다.

두 선녀가 게으름을 피우며 수다를 떨었다.

"그 서해에서 왔다는 목청 말이야, 처음 봤을 때부터 분수를 모르는 것 같더라니 아니나 다를까 어제 사고 쳤잖아."

"대체 무슨 일인지 모르겠어. 어제 홍원 언니가 군상을 시중들어서 언니한테 물어봤는데 통 입을 안 열더라고. 되레 나를 야단치더라니까."

"엄청 꼴사나운 일이었나봐. 그러니까 군상께서 기어코 서해로 쫓아내시려는 거겠지. 어젯밤에 우리 마마도 목청을 용서해달라고 비느라 서재에서 한밤중까지 무릎 꿇고 계셨대."

"에이, 마마는 그렇게까지 하실 필요가 어디 있다고. 정말이지 우리 마마 같은 분은 둘도 없을 거야. 예쁘시지, 온화하시지, 대체 군상께서 왜 마다하시는지 모르겠어. 내가 마마 거처에 온 이후 군상께서 오시는 걸 한 번도 못 봤다니까. 지난번에 그 북해의 파사가 키웠다는 꼴같잖은 도령이 꼴같잖은 일을 벌였을 때 천군까지 진노하셨잖아. 그런데 설촉 언니가 서재로 달려가 군상께 보고했더니 군상께선 눈도 깜짝 않으시더래."

"우리 같은 시녀가 따질 일은 아니지만 마마는 분명 군상의 측비신데, 군상께서는 우리 마마를 세오궁에서 아예 없는 사람처럼 각박하게 대하시니 원. 마마가 정말 힘드실 것 같아."

"군상께서 요즘은 청구의 그 구미호 상신한테 정신이 팔리셨잖아. 구미호 선족은 사람 혼을 쏙 빼놓는대. 그 상신이 나중에 군상의 정비가 된다더라고. 지금 군상과 혼인하지도 않았는데 벌써 그렇게 꽉 잡고 있으니, 혼인한 뒤에는 얼마나 더 가관일지. 몇 달 전에도 군상께서 계속 청구에 붙들려 계셨잖아. 행여 군상께서 사사로운 정 때문에 일을 제대로 처리하지 못하실까봐 마마께서 특별히 경화 언니를 청구로 보내 간언하셨거든. 그런데 그 속마음을 헤아리기는커녕 내쫓아버리셨대."

"에이, 안타깝다니까. 우리 마마처럼 선량하고 자비로운 분이 앞으로 청구의 그 상신 때문에 얼마나 고생하실지."

두 선녀가 잠시 조용해졌다. 나와 같이 바위 이쪽에 있던 열여덟 선녀들도 모두 숨을 죽였다. 그때 열여덟 선녀 중 앞쪽의 두 선녀가 바위 반대편으로 가려고 했다.

나는 부채를 들어 그들을 막았다. 두 선녀가 두려운 시선으로 나를 쳐다보아 상냥하게 웃어주었다.

건너편 두 선녀는 한창 흥이 오른 상태였기 때문에 당연히 그 침묵은 짧은 휴식에 불과했다. 침묵하면서 소금의 상황을 가슴 깊이 안타까워하는 듯했다. 나 역시 그들처럼 젊은 시절이 있었던 터라,

다음 단계에서는 틀림없이 사람을 홀리는 구미호에 대해 떠들 것이라고 예상했다.

아니나 다를까 나도 이 오랜 세월 헛살지는 않았다.

두 선녀는 정말로 그 이야기로 넘어갔다.

"그거 알아? 청구의 그 상신은 이미 십사만 살이라는 것 같던데."

"뭐? 십사만 살? 그, 그럼 할머니 아니야? 군상보다 족히 구만 살이 많다는 거니까 군상의 할머니뻘이잖아. 세상에, 낯짝이 두껍기도 하네. 아무리 약혼했다지만 그 나이로 군상을 독점하다니, 좀 그렇다."

"맞아, 노인네가 창피한 줄 모르고. 분명 술법으로 군상을 유혹했겠지. 에이, 군상께서 어서 그 상신의 진면모를 알아차리셔야 할 텐데. 우리 마마의 마음을 알고 마마 곁으로 돌아오시면 좋겠다."

거의 막바지에 이른 듯했다. 두 선녀 모두 시원하게 뒷말을 즐겼을 테다.

원래는 목청에 대한 이야기를 듣고 싶었는데 뜻하지 않게 나에 대한 쑥덕공론을 듣고 말았다. 소금 측비의 시녀들은 정말 독하게도 떠들어댔다. 내가 곤륜허의 열일곱째이던 시절이었다면 틀림없이 부모도 못 알아볼 정도로 손봐주었을 것이다. 다행히 칠만 년을 수행한 덕분에 지금의 나는 무아의 경지에 이르러 세상사를 하늘가 뜬구름처럼 여겼다. 그들과 시시콜콜 따지고픈 마음이 들지 않았다. 다만 아까 바위 저쪽으로 건너가려 했던 이쪽의 선녀 둘을 불러 부채로 가리며 나직하게 물었다. "천계 규율 중 상신에 대해 함부로 논해서는 안 된다는 조항이 있었던 것 같은데?"

두 선녀가 멍하게 있다가 고개를 끄덕이고는 얼른 대답했다. "저들이 말도 안 되는 소리로 상신의 화를 건드렸으니 저희가 상부에 보고해 벌을 내리고 규율을 바로잡겠습니다."

내가 헛기침한 뒤 말했다. "화를 건드리기는, 그저 귀에 거슬렸을 뿐이네." 나는 부채를 접어 이쪽 선녀 둘의 어깨를 두드리며 자상하게 말했다. "말이 나와서 말인데, 자네들도 아까 너무 경솔했네. 뒷말을 할 때 가장 싫은 게 중간에 끊어지는 거지. 아까 자네들이 정말로 건너갔다면 저들이 얼마나 난처하고 창피했겠는가. 어차피 천계의 규율을 어긴 이상 조만간 벌을 받을 테니, 그럴 바에야 통쾌하게 말하도록 내버려두는 게 낫지. 저들은 실컷 떠들어서 속이 시원하고, 자네들도 저들을 벌할 이유가 충분하니 시원하지 않겠나. 천궁이 아무리 커도 규율이 장식품은 아니라는 것을 깨우치게 해줘야 하는 법, 그렇지 않나? 그나저나 후궁에서 입방정은 금물인데 저 둘은 지나치게 활발하군. 본인들과 맞지 않는 자리에 있는 듯하네. 자네들이 저들에게 어울리는 일을 따로 찾아보게."

이쪽 선녀 둘은 연신 고개를 끄덕이며 알겠다고 했다.

둘은 그렇게 천계의 법을 집행하러 가고 뒤에 남은 열여섯은 계속 나를 따랐다.

옆에서 물장난치는 참쌀경단 없이 혼자 왕천천에 있자니 조금 무료했다.

열여섯 선녀 중 음악에 능한 두 선녀가 비파를 연주해 한두 시간은 그런대로 보낼 수 있었다. 하지만 아무리 연주를 잘해도 그 옛날 음악을 관장하던 묵연에 비할 수 있겠는가. 처음에는 신선했지만 계속 듣다보니 지루해져 그만 멈추도록 했다.

시간이 조금 더 지나자 허전하기까지 했다. 그래서 옷을 입고 열여섯 선녀들에게 잠시 기다리라고 한 뒤 일람방화로 향했다. 책을 몇 권 가져다 읽으면서 몸을 담글 생각이었다.

일람방화에 도착해 대문을 밀려는 순간 문이 안에서 벌컥 열렸다. 야화가 한 손으로 깊이 잠든 찹쌀경단을 안고 다른 손으로 문을 잡은 채 나를 보고 멈칫했다가 미간을 찌푸렸다.

동해 수정궁에서 처음 만났을 때 나는 야화가 그다지 사근사근하지 않은 냉정한 젊은이라고 생각했다. 그러나 함께 지내는 동안 야화는 내 앞에서 냉정한 모습을 거의 보이지 않았다. 언제나 봄바람같이 웃어 그의 본성이 차갑다는 사실을 잊어버릴 정도였다. 그런데 지금 이 얼굴은 몸이 떨릴 만큼 차가웠다.

야화가 눈빛을 흐리며 무겁게 말했다. "아리가 술에 취한 듯합니다. 알아보니 어제부터 지금까지 깨지 않았다던데 어떻게 된 일입니까?"

나는 야화의 품에 안긴 발그레한 얼굴의 찹쌀경단을 바라보며 침착하게 대답했다. "어제 술을 반 병 마셔 취했을 뿐이에요."

야화가 이마를 찌푸리며 말했다. "취해서 지금껏 깨지 않았는데 왜 내게 한마디도 안 했습니까? 왜 약군부에 데려가지 않은 거죠?"

나는 깜짝 놀라지 않을 수 없었다. "아이를 그렇게 약하게 키우면 안 돼요. 나도 어렸을 때 절안의 술을 훔쳐 먹고 사오 일 동안 잠만 잔 적이 있지만, 우리 부모님도 의원을 부르지 않았어요. 찹쌀경단이 여자아이도 아니고 그렇게 응석받이로 키우다가는 나중에 계집애 같아질 거예요."

야화가 잠시 가만히 있다가 내 옆을 지나가면서 까칠하게 말했다. "아리를 직접 키우지 않았으니까, 당신은 늘 아리를 의붓아들로만 대하고 친아들처럼 아낀 적이 없지요. 아리가 정말 친아들이라도 지금처럼 말했을까요?"

나는 정신을 차릴 수가 없었다. 야화의 말에 뭐라고 대응하기 앞서 온몸의 피가 차가워지는 듯했다.

사람들이 심장을 엘 듯 차갑다는 표현을 쓸 때마다 대체 어느 정도로 차가운지 궁금했는데, 그게 어떤 느낌인지 이제야 생생하게 느껴졌다.

내가 아이를 낳은 적은 없지만, 설령 내 친아들이라도 그처럼 유난하게 굴지 않을 것은 확실했다. 게다가 나는 찹쌀경단이 어릴 때 친모가 주선대에서 뛰어내렸다는 일을 안타깝게 생각해왔다. 삼백 년 동안 친모의 보살핌을 못 받았다는 사정이 딱해서 항상 애지중지 온 마음을 다했다. 그런데 이런 대접을 받을 줄이야.

나는 소매를 털며 야화의 뒷모습에 대고 냉소를 퍼부었다. "이 몸이 어떻게 그렇게 활발하고 귀여운 아이를 낳을 수 있겠어요? 하지만 애석하게도 아리를 낳은 그 여인은 주선대에서 뛰어내렸다지요. 나는 곤륜허에서 소요도逍遙道를 수행했지, 서천범경西天梵境에서 보살의 마음을 수행한 것은 아니니 자연히 아리에게 제대로 못할 수밖에요. 야화군 궁중에 있는 그 측비가 아주 자비롭고 선량해 보이던데, 그 측비라면 당신의 귀한 아들을 친아들처럼 대할 겁니다. 앞으로는 그 측비에게 아리를 보살피라고 하세요. 내 곁에서 고생하게 하지 말고."

야화의 뒷모습이 굳어졌다. 한참 뒤 야화가 대꾸했다. "그런 말로 자극하지 마요. 내 말은 그런 뜻이 아니었으니까." 그러고는 찹쌀경단을 안고 약군부 쪽으로 서둘러 뛰어갔다.

점점 멀어지는 야화의 뒷모습을 나는 심드렁하게 바라보았다. 막 고개를 돌려 마당으로 들어가려던 순간 이번에는 내내가 맞은편에서 뛰어나왔다.

내내가 빨갛게 충혈된 눈으로 나를 보고는 서천범경의 대자대비한 관세음보살이라도 만난 것처럼 내 소매를 붙들며 떨리는 목소리로 물었다. "상신님, 방금 누가 마당에서 나갔는지 보셨어요?"

내가 이마를 문지르며 부드럽게 물었다. "왜?"

내내의 붉어진 눈가에서 토도독 맑은 눈물이 떨어지더니 흐느낌이 터져나왔다. "상신님, 소인을 벌하세요. 전부 소인 잘못입니다. 상신님이 아기씨에게 그렇게 정성을 다하셨는데, 제 주인님이 다시 살아오셔도 상신님께 감사드릴 정도로요. 그런데 이번에 저 때문에 아기씨가 소금 마마의 손에 떨어지면 소인은…… 소인은……"

내내가 한참이나 말을 늘어놓았지만 나는 도무지 무슨 얘긴지 알 수 없었다. 말에 조리도 없고 핵심도 없어서 결국 부채로 치며 부드럽게 지적했다. "다른 말은 그만두고, 찹쌀경단이 소금의 손에 떨어진다니, 무슨 뜻이지?"

내 말에 마침내 내내가 중심을 찾고 하나하나 순서대로 조리 있게 늘어놓았다. 내내의 말을 종합해보면, 내가 영보천존 상청경의 궁녀들과 나간 뒤 소금 측비가 네 명의 시녀를 이끌고 일람방화에 찾아왔다. 아침 산책을 나왔다가 신성불가침의 선기에 이끌려 걷다보니 이곳 부근에 이르렀다며 선기의 주인을 찾아뵙고 참쌀경단도 보고 싶다고 말했다.

사해팔황 어느 신선의 선기인들 침범할 수 있는가는 잠시 제쳐두고, 넓은 아량을 베풀어 일단 그다지 어울리지 않는 아침이라고 치자. 그런데 어젯밤 야화의 거처에서 목청과 언제까지 소란을 떨었는지는 몰라도 오늘 아침 일찍부터 이렇게 멀리까지 산책할 정신이 있었다니, 탄복이 절로 나왔다.

내내의 말에 따르면, 야화는 소금이 찹쌀경단을 만나지 못하도록 금했을 뿐만 아니라 일람방화에도 발을 들이지 못하도록 했다. 사해팔황의 모범으로서 소금 역시 금기를 어긴 적이 없었는데, 오늘은 무슨 바람이 불었는지 두 가지 조항을 모두 어기려 했다. 내내는 소금을 들일 생각이 전혀 없었다. 사실 저택을 지키는 일개 선녀가 충성스러운 천궁의 모범을 상대하기는 결코 쉽지 않았다. 하지만 어쨌든 책임을 완수했다. 소금이 불쾌해하며 일람방화를 떠난 뒤 내내는 아이를 잠시 살피다가 뒤뜰로 물을 길러 나갔다. 그런데 돌아와보니 아이가 보이지 않았다. 소금이 되돌아와 아이를 데려갔다고 생각한 내내는 급히 쫓아나오다가 나와 부딪힌 것이다.

내가 내내의 어깨를 두드리며 안심시켰다. "아리는 야화가 안고 갔어. 소금과는 아무 관련 없으니 안심하거라."

내내의 말을 듣다보니 내내가 거의 쥐를 경계하듯 야화의 측비를 꺼리는 게 느껴졌다. 사건의 경위가 대충 머릿속에 그려졌다. 아마 내내가 시중들었다던 그 부인, 주선대에서 뛰어내렸다는 참쌀경단의 친모가 주선대에 이르기 전에 소금과 안 좋게 지냈을 확률이 높았다.

소금을 대하는 야화의 태도도 결코 좋지 않았다.

나는 머릿속으로 번쩍 떠오르는 생각이 있어 내내의 말을 잘랐다. "설마, 찹쌀경단 친모가 주선대에서 뛰어내린 일이 소금 측비와 무슨 연관이 있는 게냐?"

내내의 얼굴이 순간 하얗게 질렸다. 내내가 한참 동안 가만히 있다가 입을 열었다. "천군께서 다시는 그때의 일을 거론하지 말라고 명하셨습니다. 애초에 그 일을 알고 있던 선녀들도 전부 각 선산으로 보내셨고요. 그래서 천궁에는 그 일을 아는 선녀가 없습니다."

내내의 대답은 대답이라 할 수 없었지만 얼굴이 하얗게 질린 모양을 보아 어느 정도 유추할 수 있었다. 내 생각이 칠팔 할까지는 아니어도 오륙 할 정도는 맞을 듯했다.

우리 구미호족은 다른 짐승과 달리 평생 한 배우자만 섬긴다. 암여우 둘이 수여우 하나를 두고 공공연하게 다투는 일은 내 십여만 년 평생 동안 한 번도 본 적이 없다. 그래서 암여우 둘이 수여우 하나를 두고 싸울 경우 어떤 방법을 동원할 수 있는지 잘은 모른다. 하지만 어쨌든 속계에서 관상을 봐줄 때 『여후전呂后傳』* 같은 야사를 두루 섭렵해 지금은 적절하게 추론할 수 있다. 과거의 소금 측비는 지금과 같은 모범적인 여인이 아니었고 총애를 얻기 위해 찹쌀경단의 친모를 주선대에서 뛰어내리게 만들었을 공산이 컸다.

찹쌀경단이 올해 삼백 살이니 친모의 투신 사건도 거의 삼백 년

* 한나라 고조 유방의 부인 여태후와 후궁들의 암투를 담은 이야기.

전에 일어났을 터였다. 틀림없이 엄청난 파장을 일으킨 사건이었을 것이다. 나는 오백여 년 전 경창과의 싸움에서 부상을 입어 이백 년 동안 잠들었다. 그런데 내가 긴 잠에서 깨어났을 때, 구중천에 관한 추문은 전혀 듣지 못했다. 내내의 말이 맞다면 그 경천동지할 일이 소문나지 않도록 천군이 막았다는 뜻이었다.

지금 천군은 인정도 있고 의리도 있는 모양이었다. 분명 소금이 자신의 첩이었던 점을 생각해 특별히 손을 써주었을 테다. 심지어 오늘날 소금이 모범적 여인이라는 칭송을 받을 수 있게끔 아주 제대로 개입했을 것이다.

아, 정말 피비린내 나는 과거가 아닌가.

야화와 내내가 일으킨 소란은 다행히도 책에 대한 내 흥미까지 떨어뜨리지는 않았다.

구중천은 상하 곳곳이 모두 단정하여 책도 신심수행에 관한 도가나 불가의 경전밖에 없으리라 예상했지만, 너무 무료해 경전이라도 상관없다는 심정이었다. 그런데 뜻밖에도 여기저기 뒤지다보니 화본이 꽤 나왔다. 대충 살펴보자 아직 읽어보지 못했으나 재미있어 보이는 화본도 몇 권 있었다. 내가 내내를 향해 은근하게 웃었다. "여기 살았던 부인은 꽤 품위가 있었구나."

화본을 들고 왕천천으로 돌아가려는데 마당 대문이 삐걱하면서 천천히 열렸다.

고개를 들어 보니 야화의 후궁에 사는 바로 그 모범이 살며시 미소를 지으며 문턱 뒤에 서 있었다.

나는 속으로 탄식을 내뱉었다. 이 모범이 너무 오래 본보기로 살아 심신이 피곤해졌나보군. 오늘 야화의 명을 공공연하게 두 번이나 어기네. 예전에 어떤 속인이 과유불급이라는 말을 즐겨 했는데 과연 뭐든지 지나치면 탈이로구나.

모범이 살짝 몸을 굽히며 인사했다. "아까 들렀었는데 언니 시간을 못 맞췄습니다. 언니께 꼭 인사드리고 싶어서 왕천천으로 갈 생각이었는데 언니가 돌아오셨다는 얘기를 듣고 급히 달려왔습니다. 다행히 이번에는 뵙네요."

어투는 무척 간곡했지만 얼굴은 땀방울 하나 없이 보송하고 호흡도 흐트러짐이 없어, 급히 달려왔다고는 전혀 보이지 않았다.

그렇지 않아도 아침 댓바람부터 모범의 시녀들에게 험담을 들어 심기가 조금 불편하던 차에 언니라는 호칭까지 계속 듣자 겨우 가라앉았던 화가 순식간에 다시 치밀어올랐다. 나는 언니라는 호칭이 늘 싫었다. 어린 시절 현녀와 함께 지낼 때 현녀가 주야장천 언니라고 불러댔던 때문이다. 모범이 언니라고 부르자, 가슴에 오랫동안 박혀 있는 현녀라는 가시까지 더해져 한층 더 불쾌해졌다.

그렇지만 천진하고 제멋대로였던 내 성격도 십만 년의 수행이 헛되지 않게 꽤 차분하고 담담하며 조용해졌다. 그래서 모범이 눈에 거슬려도 화본을 떠올리며 덤덤하게 응대할 수 있었다. "그렇게 간절하다면 어젯밤 처음 봤을 때 인사하지, 왜 지금 이러는 겁니까?"

모범의 웃는 얼굴이 순식간에 굳어졌다.

옆쪽 커다란 복숭아나무 아래로 돌탁자와 나지막한 돌의자 세 개가 보였다. 아무래도 이야기가 길어질 것 같아 의자로 걸어가 앉았다.

한참 동안 경직된 채로 서 있던 모범이 몸을 똑바로 펴며 웃는 얼굴로 말했다. "천궁은 조금 다릅니다. 합당한 예를 갖추어 알현해야 진심이 담겼다고 여기지요. 천궁의 예법에 따르면, 언니께서 천궁에 오시자마자 동생인 제가 인사를 올려야 했습니다만, 이렇게 중대한 일을 군상께서 말씀해주시지 않아 어제 몰라 뵙고 실례를 범했으니 부끄럽습니다. 오늘 아침에 정식으로 인사드리러 왔지만 시간을 못 맞춰 이제야 찾아뵙게 되어서 죄송합니다."

흠 잡을 데 없는 말이었다. 과연 사해팔황 후궁들의 모범이라 할 만했다. 하지만 언니라는 호칭은 머리가 지끈거릴 만큼 거부감이 들었다.

나는 이마를 문지르며 부채를 들고 고개를 끄덕였다. "내가 처음이라 구중천의 규율을 잘 몰랐네요. 괜찮습니다. 들어보니 꽤 재미있는 규율인 것 같군요. 그럼 규율대로 인사하시지요."

모범이 잠시 어리둥절해하다가 정신을 차리고 대꾸했다. "아까 인사 드렸는데요."

참 신선하기까지 했다. 처음부터 가만히 떠올려봐도 인사라고는 몸을 살짝 숙인 게 전부였다. 세상에, 살짝 숙인 몸짓이 별것도 없는 태자 측비가 십사만 년을 수행한 상신에게 올리는 절이라고? 천궁의 규율이란 듣기에만 그럴싸할 뿐 실제로는 별 볼 일 없구나!

내심 불쾌했지만 너그러운 신선으로서 그런 겉치레를 따지기 싫어, 기분 나쁜 감정을 억누른 뒤 엄숙한 표정으로 고개를 끄덕였다. "아, 그렇군요. 여기 인사법은 참 쉽고 간단하……"

내 말이 끝나기도 전에 멀쩡하게 서 있던 모범이, 방금 전에는 다리만 살짝 굽혔던 바로 그 모범이 풀썩 무릎을 꿇더니 두 손을 모으고 바닥에 엎드렸다. 그때 대문에서 언뜻 옷자락이 보이는 듯싶다가 사라졌다.

나는 입을 삐죽거리며 헛기침을 한번 하고 물었다. "이건 또 무슨 뜻인가요?"

모범이 강하면서도 부드러운 표정으로 머뭇머뭇 말했다. "아까는 측비로서 정비께 드린 인사였고 지금은 은인께 올리는 인사입니다. 지난 몇 달 동안 아리를 잘 보살펴주셔서 정말 감사합니다. 아리가 어려서 친모를 잃은 사실은 들으셨겠지요. 아리가 언니를 친모라고 생각하는 것은 언니가 눈을 가린 모습이 친모와 비슷해서이니 너그러이 양해해주세요. 군상은 아리의 친모에게 정이 무척 깊었습니다. 그때 아리의 친모가 주선대에서 뛰어내리자 군상도 따라서 뛰어내렸지요. 천군께서 군상을 구해오셨을 때는 숨이 넘어가기 직전이었고, 그동안의 수행도 전부 사라질 뻔했습니다. 자신전에 육십여 년을 누워 계셨지요. 그때 군상의 모친께서 매일 아리를 안고 침대로 가 아바마마라고 부르게 하지 않았다면 군상은 깨어나지 않았을지도 모릅니다. 여기 일람방화에 가득한 복숭아나무는 군상이 깨어난 뒤 아리의 친모를 기리기 위해 심은 것입니다. 군상은 지난 이백 년 동안 한순간도 행복하지 않았습니다. 언니가 아리의 친모와 닮은 것도 정말 인연인 것 같아요. 지금 제가 이렇게 절을 올리는 이유는 언니가 어서 군상과 혼인해 군상의 거의 죽어버린 마음을 위로해주셨으면 하기 때문입니다."

나는 조용히 모범을 쳐다보았다. 짚이는 바가 있었다.

모범의 말을 듣고 있자니 속에서 감탄이 절로 나왔다.

그래도 기왕 내가 찹쌀경단 친모를 대신해 아이 아버지 옆에 있는 거라고 지적하려면 좀더 통속적이고 간단해야 했다. 이렇게 빙빙 돌려서 말하면, 나야 워낙 총명한데다 속계를 떠돌 때 수많은 화본을 접해서 숨은 뜻을 꿰뚫을 수 있지만, 봉구처럼 고지식한 여자한테는 괜한 고생이 아니겠나? 어쨌든 큰절은 훌륭한 선택이었다. 무릎 한 번 꿇어 이간질 따위를 친절하고 자연스럽게, 심지어 진정성 있어 보이게 만드니.

모범의 숨은 의도는 파악했지만 유감스럽게도 그 뜻대로 움직일 생각은 없었다. 야화에게 쫓아가 그가 사랑하는 사람이 나인지, 찹쌀경단의 친모인지 따지며 세상이 떠나가라 싸울 마음은 추호도 들지 않았다.

사실 모범이 처한 상황도 쉽지 않아 보였다. 야화는 그녀를 시큰둥하게 대하는데 그녀는 야화를 애절하게 바라보았다. 무정한 낭군에게 여자 혼자 애태우는 사랑극이 아닌가. 낭군의 마음이 동서남북 어떤 바람에도 끄덕하지 않을 만큼 단단하니 짝사랑하는 여인은 남몰래 얼마나 많이 울었을까. 여인은 비통한 마음에도 불구하고 연적을 자극하기 위해, 사실 스스로를 자극하는 일이기도 한 지난 연애사까지 늘어놓았다. 다만 불행히도 연적은 전혀 흔들리지 않고 여인 자신만 상처받았으니, 이 얼마나 안타까운 일인가.

나는 자리에서 일어나 모범에게 다가간 뒤 부채로 모범의 어깨를 두드리며 냉랭하게 말했다. "그대가 원하는 것을 다른 사람도 원한다고 생각하지 마요. 신선으로서 너무 잔머리 굴리지도 말고. 아, 이건 꼭 알려줘야겠군요. 나는 청구의 예법에 따라 사해팔황 신선들의 인사를 받습니다. 내게 정식으로 인사하고 싶다면 삼일 전부터 목욕재계하고 삼궤구고三跪九叩*의 큰절을 하세요. 거창하기는 하지만 그대 부군인 야화군도 그렇게 절하지요. 나는 그런 인사를 받을 자격이 있고요. 사실 그런 정식 예법을 별로 좋아하지는 않아요. 마음을 다해 읍하는 것만으로 충분할 때도 있지요. 하지만 기왕 그대가 정식으로 인사하겠다면 청구의 예를 지키고, 그러지 못하겠다면 내 앞에서 천궁의 규율 같은 것은 언급하지 마세요. 또, 내 어머니는 동생을 낳아주신 적이 없답니다. 그대처럼 젊은 사람이 나를 언니라고 부르는 것도 적합하지 않으니 예법에 맞게 상신이라고 부르세요."

말을 끝내자 속이 다 시원했다. 바닥에 엎드린 모범의 손을 무심코 쳐다보았는데 주먹을 꽉 쥐고 있었다. 아직 젊어서인지 얼굴로는 빈틈을 드러내지 않아도 성질까지 참기는 힘든 모양이었다.

나는 쯧쯧 혀를 차고는 내내를 불렀다. 그런 다음 바닥에 엎드린 모범을 지나 다시 상천경의 샘으로 향했다.

야화가 그렇게 정이 깊을 줄은 전혀 몰랐다.

그런데 이상하게도 그 상황을 들었을 때 가슴이 살짝 답답했다.

애초에 찹쌀경단의 친모를 그렇게 사랑했다면, 정말로 내 추측대로 모범이 총애를 얻으려고 찹쌀경단의 친모를 주선대에서 뛰어내리게 만들었다면……

야화의 냉정한 성격으로는 진즉에 모범을 내쳤을 텐데?

나는 의혹에 깊이 빠진 나머지 나도 모르게 입 밖으로 소리 내어 말하고 말았다.

* 청나라 때 황제에게 행하던 인사법으로, 무릎 꿇고 세 번 절하기를 세 차례 반복한다.

옆에서 걷던 내내가 나직하게 "상신님 생각이 맞습니다. 한 번 내치셨어요"라고 말한 뒤 잠시 망설이다가 이어서 말했다. "당시 깨어나셨을 때 군상께서는 몸도 온전치 않고 마음도 완전히 무너지셨습니다. 생기라고는 하나도 없었지요. 하루종일 혼자 방에 틀어박혀 아기씨도 보지 않았습니다. 군상의 모친이신 악서樂胥 마마께서 몹시 걱정하시며 소인을 군상께 보내셨습니다. 소인이 저희 마마 이야기를 해드리면 그제야 반응을 보이셨지요. 그런데 군상께서 정신을 차리신 지 두 달도 안 되었을 때, 천군께서 갑자기 소금 마마를 세오궁에 들이셨습니다. 바람과 햇살 모두 좋은 길일이었지만, 소금 마마는 세오궁에 들어올 수 없었습니다. 군상께서 아무 표정 없이 마마의 가슴을 칼로 찌르는 것을 소인의 눈으로 직접 보았습니다. 아주 치명적이었는데 유감스럽게도 마침 천군께서 도착하셔서 목숨을 구해주셨지요. 상신께서도 보셨겠지만, 천군의 보호를 받아 소금 마마는 결국 세오궁에 들어왔습니다. 그러나 군상께서는 소금 마마를 저희 마마의 눈을 보관하는 단지로만 보십니다. 소금 마마를 시중드는 궁녀들은 마마를 가엽게 여기지만 저는 자업자득이라고 생각합니다."

내가 아연실색하며 물었다. "눈?"

내내가 이를 악물며 대답했다. "그 눈은 불쌍한 저희 마마한테서 훔친 것입니다."

나는 한참 동안 가만히 있었다. 평소에는 이상한 이야기를 들으면 끝까지 캐묻는데 이번에는 왠지 거부감이 들어 길게 한숨만 내쉬었다.

내내가 두 눈을 붉혔다. "그때는 소인도, 저희 마마도 너무 순진

했습니다. 나중에야 저희 마마께서 처음 삼 년을 편히 지낸 것이 사실은 어려운 일이었음을 알았습니다. 악서 마마께서 말씀하시기를 군상께서는 본인의 마음을 숨기면 저희 마마를 지킬 수 있으리라 여기셨답니다. 하지만 저희 마마를 포함해 천상의 모든 신선을 속였지만 정작 속이고 싶었던 천군만큼은 속이지 못하셨지요."

여기까지 말하고는 내내의 얼굴이 갑자기 새하얗게 질렸다. 돌연 정신을 차린 듯 입술을 파르르 떨기까지 했다. "소인이 실언을 했습니다."

내내는 꽤 많은 이야기를 들려주었다. 처음에는 그런대로 조리가 있었으나 뒷부분은 무슨 이야기인지 도무지 이해가 되지 않았다. 그리고 무슨 실언을 했다는 것인지도 알 수 없었다. 하지만 왠지 모르게 가슴이 움츠러들었다.

빠근하게 죄이는 가슴으로 일람방화의 모퉁이를 돌았을 때 맞은편에서 상서로운 기운이 불어왔다.

사해팔황 신선들 중 선기가 분명한 신선은 네댓에 불과했다. 그 네댓 가운데 최고는 취향도 우아하지만 품격은 더욱 우아한 절안상신이었다.

그 최고의 절안이 소매를 가지런히 모은 채 일람방화의 담벼락에 기대 싱글벙글 웃고 있었다.

나는 멍해졌다.

아까 소금이 절할 때 대문 사이로 언뜻 비친 옷자락을 보고 절안이 아닐까 추측은 했다. 하지만 넷째 오라버니와 청구에 있을 게 분명해 더는 마음에 두지 않았는데 그 울긋불긋한 옷자락의 주인이 정말 절안이었다니.

조금 전에 화가 나서 소금에게 퍼부었던 말들이 떠올랐다. 확실히 상신답지 못했다. 상신의 품위를 떨어뜨리는 그 말들을 절안이 모두 들었다고 생각하자 부끄러워 진땀이 났다.

절안이 계속 빙글거리며 두어 걸음 다가왔다. "네가 발끈하는 모습을 오랫동안 보지 못했는데 오늘 몰래 숨어서 아주 잘 들었다. 진진은 애초에 널 곤륜허로 보낸 게 잘못이었다며 두고두고 날 원망했지. 스승 밑에 들어가더니 애가 빛을 잃었다며, 자기가 데리고 있을 때의 천진하고 활발하던 모습이 전부 사라졌다고 말이야. 그런데 오늘 보니 구제불능 수준은 아니더구나."

나는 이미 십사만 살 고령으로, 속계 나이로 치면 거동도 굼뜬 상늙은이였다. 이 나이에 젊을 때처럼 천진하고 활발하다면…… 상상만으로도 치가 떨렸다.

나는 내 나이를 인정하고 사리 분별을 제대로 하지만 절안은 자기 나이를 통 인정하지 않으니, 나로서는 현명한 생각을 속으로 삼킬 수밖에 없었다. 절안의 말에 반박하는 대신 부채를 흔들며 겸손하게 말했다. "야화의 측비는 정말로 마음에 들지 않았어요. 제가 아무리 영민한 젊은 신선을 좋아해도 그 측비는 좀 지나치더라고요. 제 앞에서 그렇게 잘난 척을 하니 좋아할 수가 있어야죠. 그래서 어른으로서 젊은이를 아끼는 마음으로 몇 마디 훈계한 것뿐이지, 발끈해서 성질부린 게 아니에요. 과찬이세요."

절안이 살그머니 또 웃었다.

절안은 평소에 잘 웃지 않았는데 최근 일이 잘 풀리고 좋은 일이 많은지 웃음이 많아졌다. 절안이 충분히 웃었다 싶을 때에야 나는 다시 입을 열었다. "야화가 저를 구중천으로 데려온 게 어제인데 오늘 벌써 여기까지 찾아오시다니, 제 말을 엿듣기 위해서만은 절대 아니실 텐데요?"

절안이 헛기침을 뱉은 뒤 웃음을 거두고 내 옆에 서 있는 내내를 흘끔 쳐다보았다. 내내는 구중천에서 오래 지낸 사람답게 눈치가 아주 빨라 곧장 몸을 숙여 절하며 "소인은 상청경에서 상신을 기다리겠습니다" 하고 말했다.

내가 고개를 끄덕였다.

평소 점잖은 것과 거리가 먼 절안이건만 내내가 멀어지자 이내 위엄 있는 표정을 지었다.

그 모습에 심장이 철렁했다.

삼백 년 전, 내가 깊은 잠에서 깨어나 사부의 육신이 내 피 없이도 잘 보존된 것을 보았을 때도 절안은 바로 이런 표정을 지었다. 미간을 찌푸리며 무거운 얼굴로 염화동 얼음침대를 두드리면서 느릿하게 "묵연이 곧 돌아오겠구나" 하고 말했다. 그 위로 때문에 나는 헛된 기대를 품었었다.

멍하니 절안의 가느다란 눈을 보는 사이, 가슴속에서 또 그런 생각이 스멀스멀 피어났다. 하지만 이번에도 헛된 바람으로 끝날까봐 마음을 다잡고 피어오르려는 불씨에 필사적으로 찬물을 끼얹었다.

찌릿찌릿한 심장의 울림을 들으며 나는 꽉 쥔 두 손을 침착하게 소매로 집어넣고는 담담하게 말했다. "그렇게 뜸들여봤자예요. 저도 급할 것 없거든요."

절안이 심각한 표정을 풀고 호탕하게 웃었다. "묵연이 깨어날 거라고 말해도 급할 게 없을까?"

방금 전 불속에서 달궈진 여우의 심장이 목구멍까지 솟아오를 정도로 쿵쿵 뛰기 시작했다. "또…… 속이시는 거죠?"라고 말하는 내 쉰 목소리가 들렸다. 살짝 울음기가 섞여 있었다.

절안이 잠시 멍하게 쳐다보다가 보일 듯 말 듯했던 웃음기마저 거두었다. 그러고는 미간을 천川 자로 찌푸리며 다가와 내 등을 토닥였다. "녀석, 이번에는 진짜야. 며칠 전에 진진이랑 서해에 갔을 때 서해수군의 큰아들을 만났단다. 그때 그의 선기가 이상해서 추혼술로 살펴봤더니 혼이 두 개더라고. 하나는 그 아이의 혼이고 다른 하나는," 절안이 잠시 멈췄다가 나직하게 말했다. "바로 네 스승, 묵연이었어."

내가 고개를 숙인 채 치마 밑으로 살짝 드러난 꽃신을 보며 무심하게 말했다. "서해수군의 큰아들 몸에 있는 다른 혼이 묵연인 줄 어떻게 아세요? 기이한 이야기를 기록한 속계 소설을 많이 봤는데 남자도 아이를 가질 수 있대요. 그 다른 혼이 서해 큰 황자가 부모 몰래 가진 아들일 수도 있지요."

나는 고개를 숙인데다 왠지 모르게 눈앞이 축축해져 절안의 표정을 볼 수 없었지만 그의 탄식은 들을 수 있었다. "추혼술을 쓰면 당연히 혼의 근원을 따라가게 된단다. 서해 황자의 몸속에 잠든 혼을 추적해 들어갔더니, 자신의 부서진 영기로 혼의 파편들을 하나하나 모으고 있더라. 이 사해팔황에 어느 누가 조각난 영기로 산산이 부서진 영혼을 다시 모을 수 있겠니? 오직 묵연만이 그런 능력이 있을 게다. 게다가 묵연은 부신의 적자고 나도 부신 밑에서 자랐잖아. 어려서 늘 함께였기 때문에 묵연의 선기라면 내가 아주 잘 알지. 묵연이 사라지기 전에 너희 열일곱 제자들에게 자기를 기다리라고 했다며. 나는 그게 너희가 괴로워하지 않도록 유언처럼 남긴 말이라고 생각했단다. 아무리 지키지 못할 말은 안 하는 묵연이라도 천명은 이길 수 없으니까. 서해 큰 황자의 몸에서 깊이 잠든 묵연의 혼을 찾은 뒤에야 정말 탄복했지. 역시 묵연은 자기 곁의 사람들을 실망시킨 적이 없다니까. 그게 바로 뛰어난 남자의 본색일 거고. 아마 칠만 년 만에야 자신의 영혼을 다 모았을 게다. 영혼이 아직 완전하지 않아서 당장 원래 몸으로 돌아올 수는 없을 테고, 아직 다른 사람의 선기로 천천히 몸을 추슬러야 할 거야. 완전히 추스른 뒤에야 진짜 몸으로 돌아와 깨어날 거고. 바로 그런 이유로 묵연은 자신의 혼을 서해 큰 황자의 몸에 넣고 조리하고 있는 거겠지. 그런데 큰 황자의 기력이 평범하더구나. 자기 수행도 벅찬데 묵연까지 돌보려니 점점 약해질 수밖에. 그렇게 평범한 몸에 기탁했기 때문에 앞으로도 칠팔천 년은 더 추슬러야 할 거야. 이 사실을 알고는 곧장 너에게 알려주려 했는데 찾아와보니 네가 중상을 입었기에 괜히 마음만 어지럽힐 것 같아 숨겼던 거야. 어제 하루종일 샘에 몸을 담갔으면 거의 나았겠다 싶어서 오늘 당장 올라온 거고."

절안의 말은 장황했지만 한 글자 한 글자 빠짐없이 모두 내 귀로 들어왔다. 하지만 그 말들이 머릿속에서 끈적끈적한 풀처럼 한데 뭉치더니 멀쩡했던 정신까지 집어삼켜 구중천 밖으로 날아갔다. 나는 완전히 뒤죽박죽이 되어 정신을 차릴 수가 없었다.

지난 칠만 년 동안 전전긍긍하던 일이 드디어 끝을 보는 듯했다. 나는 감히 믿을 수 없어 한참을 아무 말도 하지 못했다. 그러다 문득 걸리는 게 있어서 급하게 물었다. "스승님이 서해 큰 황자의 선기로 몸조리를 하면 빚을 지는 셈인데 어떻게 보상하나요?"

절안이 헛기침을 하고는 천천히 말했다. "묵연이 서해 큰 황자를 고른 데에는 당연히 그럴 만한 이유가 있겠지. 아마 그나 그의 가족이 묵연에게 은혜를 입었을 게다. 이번에 보은하는 셈이고."

말을 마친 절안이 내 어깨를 잡고 한 손으로 내 얼굴을 들며 눈살을 찌푸렸다. "녀석아, 왜 울어?"

나는 대충 얼굴을 문질렀다. 정말로 물기가 흥건했다. 무릎에 힘이 빠지면서 바닥에 풀썩 꿇어앉았다. 그러고는 괜히 절안의 소매를 붙잡으며 머쓱하게 말했다. "그냥…… 그냥 또 헛된 꿈일까봐 겁이 나요."

# 18장
# 설렘과 두려움

절안의 얘기를 듣고 나자 구중천에 더 머물고 싶은 마음이 싹 사라졌다. 야화에게 살짝 화가 난 상태이긴 했지만 어쨌든 덕분에 상청경에서 상처를 치료할 수 있었기 때문에 아무 말도 없이 떠나는 것은 예의가 아닌 듯했다. 그렇다고 찾아가 작별인사를 하자니 체면이 살지 않았다. 결국 지난 며칠 동안 보살펴줘서 고맙다는 편지를 간곡한 어조로 쓴 다음 절안과 함께 남천문을 넘어 하계로 향했다.

서해 황자 몸에 잠든 혼에 불과할지라도 묵연을 한번 보고 싶었다. 서해로 달려가고 싶은 내 마음은 아침 일찍 먹이를 구하러 나선 어미 새가 통통한 벌레를 잡은 다음 얼른 아기 새가 기다리는 둥지로 돌아가려고 힘껏 날개를 퍼덕이는 마음과 비슷했다.

구중천에서 서해까지는 구름을 타고 한두 시간을 가야 했다. 절안은 무료함을 달래려고 가는 내내 주저리주저리 말을 늘어놓았다. 다행히 요즘 절안과 넷째 오라버니 사이가 좋아서 오라버니가 벌인 온갖 창피한 일들에 대해 끝없이 들어야 하는 불운은 피할 수 있었다.

이번에는 서해수군 집안의 비밀 이야기라 구름에 점잖게 앉아 흥미롭게 즐길 수 있었다.

동서남북 사해의 수군 가운데 유독 서해수군에 관해서는 그다지 떠올릴 만한 기억이 없었다. 내가 오랫동안 청구에만 틀어박혀 젊은 신선들에게 별 관심을 기울이지 않은 탓이려니 했는데, 절안의 말을 듣고 보니 현임과 바로 윗대 서해수군이 워낙 소극적이라 사해팔황에서 존재감이 없기 때문이었다. 그런데 줄곧 소극적인 기풍을 유지해오던 서해수군이 최근 전혀 소극적이지 않은 일을 벌였다.

사건은 묵연이 몸을 빌려 혼을 치유하고 있는 서해 큰 황자 첩옹疊雍에게서 시작되었다.

원래 건강하지 못했던 첩옹의 몸이 육백여 년 전부터 점점 더 나빠졌는데 서해 수정궁의 약사들은 원인을 찾을 수가 없었다. 오랫동안 온갖 공을 들여도 차도가 없자 서해수군은 천상의 약군에게 도움을 청했다. 약군은 동자 둘을 데리고 내려와 진맥한 뒤 수염을 어루만지며 약을 처방했다. 하지만 약은 첩옹의 각혈만 멈춰주었다. 약군은 떠나기 전에 서해수군을 조용히 구석으로 불러 첩옹 황자의 병은 몸에 있는 것 같지 않다며, 몸의 병이 아닌 이상 일개 약군인 자신으로서는 어쩔 도리가 없다고 말했다.

약군마저 방도가 없다고 하자 서해수군은 비통함에 눈시울을 붉혔다. 그러고는 한참을 고민한 끝에 명의를 구하는 방을 붙이기로

했다. 눈에 확 띄는 방문이 사해팔황 곳곳에 붙었다. 삼계三界의 누구든 서해 큰 황자의 병을 고친 자는 남자면 서해 큰 황자의 비로, 여자면 둘째 황자의 비로 삼겠다는 내용이 분명하게 적혀 있었다.

아, 그랬다. 서해 큰 황자 첩옹이 단수라는 소문이 있었다.

서해수군은 너무 다급해 정신이 혼미해졌는지 그렇게 말도 안 되는 방문을 내걸고 말았다. 물론 세상에는 이경의 아버지 경창처럼 능력 있는 단수도 많겠지만 그보다 더 많은 수의 실력자들은 단수가 아니었다. 비상식적인 문구 때문에 단수가 아닌 실력자들은 깜짝 놀라 한 걸음 물러나고 말았다. 방문의 문제를 깨달았을 때는 기름 솥에 찬물을 끼얹는 것처럼 이미 사해팔황이 들끓고 있었다.

그때부터 서해수군 궁전 앞에는 단수들이 황하의 물처럼 끝도 없이 밀려들었다. 하지만 그들이 진정한 재능을 가진 단수일지는 몰라도 진정한 재능을 가진 인재는 아니었다.

묵연의 혼이 워낙 깊이 숨어 있어 선법이 일정 경지를 넘은 신선이 아니고서는 첩옹의 몸에 선기를 공유하는 또다른 영혼이 있다는 사실을 알아차릴 수 없었다.

그래서 첩옹 황자는 갈수록 신선다운 풍채를 잃어갔다. 서해수군의 부인은 큰아들의 초췌해진 모습에 가슴이 미어져 매일 부군을 찾아가 눈물을 흘렸다. 서해수군도 마찬가지로 애달파했다.

하늘이 무너져도 솟아날 구멍이 있다고, 첩옹의 친동생인 둘째 황자 소맥섭蘇陌葉이 넷째 오라버니와 사이좋은 술친구였다. 서산에서 필방을 찾아 십리도림으로 돌아온 오라버니는 어느 날 절안과 말다툼을 벌인 뒤 홧김에 서해 수정궁으로 소맥섭을 찾아갔다.

그때 서해 수정궁은 수심의 그늘에 뒤덮여 있었다. 둘째 황자 소맥섭은 거나하게 취해 오라버니에게 그 기막힌 일을 시시콜콜 털어놓았다. 오라버니는 친구 집안의 딱한 상황을 듣자 측은지심이 생겨, 곧장 십리도림의 절안 상신께 도움을 청하겠노라 말했다. 비록 절안은 자신을 "세상에서 물러나 속세와 연을 끊은, 취향도 우아하지만 품격은 더욱 우아한 신비한 상신"이라고 분명히 밝히며 세상과 선을 그었지만, 연을 끊겠다는 오라버니의 위협을 당해낼 수 없어 결국 상신의 신분으로 서해에 갔다. 그 덕분에 절안은 묵연이 곧 깨어난다는 희소식으로 내 응어리를 달래줄 수 있게 되었다.

절안이 복숭아꽃 같은 눈을 치켜뜨며 말했다. "서해를 떠날 때, 며칠 뒤 첩옹을 돌볼 신선을 하나 보내겠다고 약속했단다. 묵연의 혼을 순조롭게 회복시키려면 확실히 첩옹의 몸을 세심하게 돌봐야 하니까."

옳은 말이었지만 나는 이맛살을 찌푸릴 수밖에 없었다. "도림에 그런 신선이 언제 생겼어요?"

절안이 호탕하게 웃었다. "지난번 동해수군의 잔치에서 하얀 비단을 눈에 감은 선녀가 도화주를 선물로 건네며 도림에서 온 하인이라고 했다더구나. 심지어 구중천 태자 야화의 친누이라고도 했다지? 그래서 몇몇 신선들이 구중천에 가서 보름 가까이 탐문했는데 야화군에게 누이가 있다는 소리는 전혀 듣지 못했다고 하더구나. 다시 동해수군에게 확인해보니 그 선녀는 선녀가 아니라 여장한 선군이었다지. 야화와 동성애 관계인 것을 숨기려고 여장한 뒤 누이라고 거짓말했다더구나."

내가 입을 삐죽거렸다. "동해수군도 참, 그런 말을 지어내다니 재미있네요. 하하! 정말 재미있어요."

서해 큰 황자의 몸을 직접 돌보며 묵연에게 보답하라는 절안의 배려는 정말 감격스러웠다. 하지만 반드시 남자로 분해 가야 한다는 통에 감격이 반으로 줄었다. 동해수군의 잔칫날에 넷째 오라버니가 막아줄 수도 없었는데 절안의 이름을 판 것은 좋은 선택이 아니었다는 후회가 들었다.

절안이 힐끗 나를 곁눈질했다. 나는 하늘을 돌아본 뒤 몸을 흔들어 청년으로 변신했다. 눈에는 여전히 손가락 네 마디 너비의 하얀 비단을 묶었다.

한두 시간쯤 지나자 서해에 도착했다.

절안이 근엄한 상신의 모습을 취하며 나를 데리고 바다로 들어갔다. 물속으로 한 식경쯤 가자 커다란 궁전 앞에 서해수군을 위시로 격식 있게 차려입고 늘어선 서해 신선들이 보였다.

숭상받는 절안 상신이 직접 데려온 때문에 절안이 말끝마다 심부름하는 신선이라고 말해도 서해수군은 나를 조금도 홀대하지 않았다. 예법에 따라 절안을 상석으로 안내한 뒤 좋은 차를 내오고 세심하게 시중들면서 선녀들에게 음식을 내오라고 명했다.

나도 절안과 함께 자리에 앉아 쉬었다.

수만 년 전 둘째 오라버니 백혁이 한동안 글에 심취해 속계의 시를 들고 다니며 나와 토론하곤 했다. 그중 부덕하지만 재능 있다고 인정받는 대시인의 시를 다른 구절은 잊어버리고 "고향이 가까워오자 마음이 한층 두려워져, 감히 오는 사람에게 묻지 못하네*"라는 구절만 기억하고 있다. 오라버니는 시인이 멀리 타향에서 지내느라 오랫동안 고향 소식을 듣지 못하다가 돌아가고 싶은 마음이 굴뚝같아져 고향으로 향하는데, 가까워질수록 아는 사람을 만나도 감히 집안 소식을 묻지 못하는 심정을 노래했다고 설명해주었다. 설레면서도 두려워하는 시인의 마음이 단 두 구절에 고스란히 투영됐다며 정말 대단한 시인이 아니고서는 그렇게 표현하지 못했을 거라고 칭찬했다. 당시 오라버니의 설명을 들었을 때 나는 속으로 수긍하지 않았다. 고향을 그리는 마음이 간절한데 머뭇거린다니, 이 무슨 분열적인 심리인가 생각했다.

오늘에서야 그 구절의 깊은 뜻을 이해하고 시를 쓴 속인이 얼마나 대단한 인재인지 절감할 수 있었다. 서해 수정궁의 대전에 앉아 있는 동안 내 심정이 바로 그렇게 설레면서도 두려웠다. 당장 묵연의 혼을 보고 싶으면서도 곧 만난다는 게 두려웠다.

절안은 얼마 쉬지 않았다. 눈을 감은 채 차를 몇 모금 마신 뒤 일이 있다면서 가야겠다고 말했다. 상신의 위엄 있는 자태로 말했기 때문에 서해수군은 좀더 붙들고 싶어도 그럴 수가 없었다. 절안의 웃음기 없는 엄숙한 표정에 그저 서해 소선들을 불러 다시 한번 우르르 절안을 배웅하는 수밖에 없었다.

절안을 배웅한 서해수군은 근심스러운 얼굴로 겸손하게 인사치레를 한 뒤 나를 큰아들 첩옹에게 직접 데려갔다. 나는 깊게 숨을 들이마시고, 행여 첩옹을 봤을 때 적절하지 못한 표정을 지을까봐 온몸을 팽팽하게 다잡았다.

---

* 당나라 시인 송지문(宋之問)의 시 「도한강(渡漢江)」 중 일부.

나는 묵연의 혼이 서해 황자 몸에 들어 있는 이상 황자 몸에서 어렴풋이나마 친근하고 익숙한 기운이 느껴지고, 생김새 또한 묵연의 혼백에서 어느 정도 영향을 받았을 거라 예상하고 있었다. 하지만 서해 황자의 부영전扶英殿에 도착해 궁녀 둘이 부드럽게 밀어주는 문을 지나 서해수군 뒤를 따라 들어간 뒤 머리카락을 반쯤 풀어헤친 채 넋 나간 표정으로 침대에 비스듬히 누운 첩옹을 보았을 때, 그 생각은 와르르 무너져내렸다.

침대에 누운 병약한 청년은 이목구비는 수려했지만 묵연과 비교할 여지가 손톱만큼도 없을 만큼 기백이 약했다. 바깥으로 풍기는 기 역시 깊이나 파장을 논할 수 없을 정도로 나른했다.

언뜻 봐서는 그 몸안에 한때 사해팔황을 뒤흔들었던 전쟁신의 혼백이 있다고 믿는 것보다 수탉이 알을, 그것도 완벽한 알을 낳을 수 있다고 믿는 게 더 쉬울 것 같았다.

묵연의 혼백은 정말 깊이 잠들어 첩옹에게 그 진중하고 강인한 기운을 조금도 주지 못하는 듯했다.

서해수군이 간곡한 어조로 한참 동안 큰아들에게 설명했다. 대충 여기 서 있는 상서로운 기운의 선군은 절안 상신의 수제자로 수백 년 동안 고치지 못한 네 고질병을 치료해보기로 했으니 감사한 마음으로 정성껏 협조하라는 내용이었다.

아, '선군'이라 함은 다름 아닌 본 상신이겠군.

서해수군의 잔소리는 정말 장황했다. 나와 첩옹은 아무 말 없이 서로 쳐다보기만 했다.

내가 진맥할 수 있도록 첩옹의 시녀가 침대 앞으로 걸상을 가져왔다. 나는 떨리는 손을 첩옹의 팔목에 올려놓았다. 맥박은 허하지도 실하지도 않고, 느리지도 빠르지도 않으며, 가볍지도 무겁지도 않아 절안의 말대로 지극히 정상이었다.

서해수군이 무척 초조해하며 얼른 다가왔다. "아들의 병은……"

내가 억지로 웃음을 지었다. "수군께서는 일단 여기 계신 분들을 데리고 밖으로 나가주시겠습니까?"

추혼술로 묵연의 혼을 찾기 위해서였다. 추혼술은 섬세한 술법이라 상신이 아니면 아무리 술법이 뛰어나도 행할 수 없었다. 게다가 추혼술을 할 때는 반드시 주변 백 척 내의 기운을 깨끗하고 평온하게 유지하며 절대 방해를 받아서는 안 됐다. 그래서 부영전의 사람들을 전부 내보냈다.

내가 부영전에 들어선 이후 줄곧 멍하게 넋을 놓고 있던 첩옹이 가볍게 나를 훑어보았다. 나는 다정하게 웃어 보이며 손날로 첩옹을 내리쳤다. 첩옹이 눈을 크게 뜨고 휘청하더니 비스듬히 침대로 쓰러졌다.

오랫동안 추혼술을 쓰지 않았지만 다행히 주문을 정확하게 기억해낼 수 있었다. 두 손 사이로 인계를 맺자 눈부신 하얀빛이 펼쳐졌다. 흰빛은 천천히 은색 띠가 되어 첩옹의 매끈한 이마로 연결된 뒤 희미해졌다. 나는 숨을 한 번 내쉰 다음 조심스럽게 의식을 몸에서 꺼내 방금 만들어진 은색 띠를 따라 천천히 첩옹의 원신元神, 영혼의 근원으로 들어갔다. 워낙 섬세한 술법인지라 조금이라도 흐트러지면 술법을 행한 이의 의식이 상대의 원신과 섞이기 때문에 완전한 집중이 필요했다.

첩옹의 원신은 허무의 은빛으로 가득차 있었다. 비록 밝았지만, 순수한 밝음으로, 암흑과 아무 차이가 없었다. 첩옹의 원신에서 한참을 돌아다녀도 묵연이 잠든 곳을 찾을 수가 없었다. 이리저리 오가며 찾는 것도 무척 힘겨워, 그만 나갔다가 나중에 다시 시도하리라 생각할 때 익숙한 음악소리가 아득하게 들려왔다. 진중하면서 조화롭고 광활하면서 차분한 그 곡조를 나는 어렴풋이나마 여전히 기억하고 있었다. 예전 동신 현명의 법회가 끝났을 때 묵연이 태고유음금太古遺音琴으로 연주한 대성불음大聖佛音이었다. 쿵쿵, 심장이 울렸다. 얼른 정신을 모으며 음악을 따라 비틀비틀 나아갔다.

뭔가에 걸려 넘어지는 순간 대성불음이 뚝 끊겼다.

나는 두 손을 부들부들 떨면서 방금 발에 걸렸던 물건을 더듬거리기 시작했다. 부드럽고 따뜻한 촉감과 함께 아주 희미한 선기가 천천히 손가락을 타고 올라와 손가락 사이를 감돌았다. 눈물은 흘릴 수 없었지만 눈가가 시큰거렸다. 눈과 머리가 온통 하얘졌다. 내가 만진 그것은 바로…… 다름 아니라 묵연의 혼이었다.

묵연의 혼은 이렇게 변해버렸다. 내 스승인 묵연, 사해팔황 유일의 전쟁신 묵연, 그 강인한 전쟁의 신이 이렇게 가느다란 선기에 의지해야 할 정도로 약해졌다니.

첩옹이 묵연과 조금도 닮지 않은 게 당연했다.

하지만, 그래도 좋았다. 결국 돌아왔으니까. 절안은 거짓말을 하지 않았다. 아버지보다도 친근한 묵연이 결국 돌아온 것이다.

첩옹의 원신에 너무 오래 머문데다 방금 내 의식도 한 차례 흔들렸기 때문에 더 지체하다가는 위험할 듯싶었다. 은백의 허공이 눈에 보이는 실체는 아니지만 걱정스러우면서도 기쁜 마음으로 무릎을 꿇고 묵연의 혼을 향해 두 번 절을 올렸다. 그런 다음 바깥의 혼탁한 기운을 따라 조심스럽게 빠져나왔다.

추혼술을 끝내자 첩옹도 천천히 정신을 차렸다.

첩옹이 눈을 뜨고 나를 보더니 멍하게 물었다. "왜 우십니까? 고칠 수 없는 병인가요? 그렇다 해도 선군이 슬퍼하며 우실 필요는 없습니다. 상심해서 울어야 한다면 제가 그래야지요. 울지 마십시오. 이런 식으로 연명하는 것도 괜찮습니다. 어쨌든 익숙해졌으니까요."

나는 눈을 감싼 비단을 만져보았다. 정말로 젖어 있었다. 방금 의식이 심하게 흔들리면서 몸에서도 눈물이 흘러나온 모양이었다. 나는 간단한 술법으로 젖은 비단을 말린 뒤 멋쩍게 웃었다. "기뻐서 울었습니다."

첩옹이 눈살을 찌푸렸다. "당신, 마음이 여려서 내 병에 공감하며 슬퍼한 줄 알았는데, 내 고통을 보고 오히려 기뻤다고?"

내가 얼른 대꾸했다. "그럴 리가요. 고칠 수 있기 때문에 기뻐한 겁니다." 그런 다음 첩옹의 어깨를 두드리며 옷 주름을 펴주었다. "걱정 마십시오. 기쁘지만 그렇게 많이 기쁘지는 않습니다. 어쨌든 황자님이 병으로 고통받고 계시니까요."

절안의 말이 옳았다. 첩옹의 건강하지 않은 몸에 의지하자면 최소 칠팔천 년은 더 있어야 묵연의 혼이 원래 몸으로 돌아올 듯했다. 하지만 천족의 결백등을 빌려 흩어진 혼을 모으고 내 십사만 년의 수행 가운데 절반의 기력을 불어넣는다면 얼마 걸리지 않을 터였다.

천족의 결백등은 나도 이렇게 나이가 들도록 책에서만 봤을 뿐 직접 본 적은 없었다. 기록에 따르면 홍황시대 부신이 만든 물건으로 신선의 혼을 모으고 속인의 혼을 만들 수 있다고 했다.

신선의 혼이 흩어졌을 때, 그다지 심하지 않은 경우에는 결백등을 침대머리에 사흘 동안 켜두면 흩어진 혼백이 처음처럼 완벽하게 결합된다. 속인의 경우는 더욱 대단하다. 이미 죽었다고 해도 속인의 숨결이 담긴 물건을 결백등에 넣고 태우면 그 숨결을 인식한 결백등이 반경 천 리 내에 남은 그 속인의 기를 천천히 흡수한다. 그렇게 천지간에 남은 기를 모두 빨아들인 다음 사라진 혼백을 모방해 비슷한 혼백을 만들어낼 수 있다.

음, 최고의 성물이라 할 만하지 않은가.

술법으로 첩옹을 재운 뒤 부영전 문을 나오자 아까 내보낸 사람들이 한쪽에 서서 불안해하고 있었다. 그런데 서해수군은 보이지 않았다. 내가 묻기도 전에 앞쪽의 궁녀가 눈치 빠르게 몸을 숙이며 다가와 말했다. "방금 귀빈이 오셔서 수군께서는 대전으로 손님을 맞으러 가셨습니다. 사소한 일들은 저희에게 분부하십시오."

오호, 서해에 또 귀빈이 오셨다니. 오늘이 서해수군 영광의 날이군. 나와 절안이라는 명성 자자한 상신이 둘이나 온 것만으로도 수정궁에 엄청난 영광인데, 그 행운으로 그치지 않고 또다른 귀빈을 맞이하다니. 아, 이 정도 운수대통은 서해수군 이만여 년 평생 이번 한 번뿐일 것이다.

나는 분부할 일은 없고 천군에게 결백등을 빌리러 당장 구중천으로 떠나야 했지만 지금의 별 볼 일 없는 신분으로는 마음대로 오갈 수가 없었다. 떠나기 전에 직접 서해수군에게 고해야 했다. 공손하게 늘어선 생기 가득한 궁녀들 가운데 대충 둘을 골라내 서해수군이 귀빈을 대접하는 대전으로 데려다달라고 하고 나머지는 돌아가 첩옹을 보살피라고 했다.

서해수군의 귀빈은 보통 인물이 아니었다.

서해 소선들이 하나같이 공손한 표정으로 손을 늘어뜨린 채 대전 문 앞에 두 줄로 길게 서 있었다. 차례차례 그 얼굴들을 보니 아까 서해수군이 절안을 맞이할 때 따라나왔던 신선들이었다.

즉, 대전에 있는 그 귀빈은 품계가 절안보다 높지 않더라도 직급은 절안보다 높다는 뜻이었다. 내가 급히 서해수군을 뵙고자 한다는 소식이 양쪽으로 늘어선 소선들을 따라 앞쪽으로 전달됐다. 얼마 뒤 화려한 옷차림의 궁녀 둘이 나와서는 대전으로 안내해주었다.

내 추측은 틀리지 않았다. 정말로 품계는 절안보다 높지 않지만 직책은 확실히 그보다 높은 귀빈이었다.

그 귀빈이란 바로, 아직도 내게 화가 난 구중천 천군의 태자 야화군이었다.

내가 대전에 들어섰을 때 야화는 손으로 뺨을 괸 채 자단목 의자에 앉아 지친 표정으로 눈살을 찌푸리고 있었다. 얼굴이 백짓장처럼 하얬다. 아침의 평상복 차림 그대로에 머리도 올리지 않은 채 청구에서처럼 검은 끈으로 끝부분만 묶었다.

좌우를 살폈지만 서해수군은 보이지 않았다. 야화가 일람방화 앞에서 찹쌀경단을 안고 했던 말이 다시 떠올라 화가 확 솟구쳤다. 나는 흥하며 콧방귀를 뀌고는 이내 몸을 돌려 나가려 했다.

야화와 예닐곱 발짝 거리를 두고 돌아서는데 갑자기 뒤에서 바람이 느껴졌다. 무슨 반응을 하기도 전에 나는 야화에게 붙잡혀버렸다.

시늉이 아니라 정말로 나갈 생각이었기 때문에 만일 살짝 잡아당겼다면 절대 그렇게 끌려가지 않았을 것이다.

분명히 야화도 알고 세게 잡아당겼을 터였다. 아무래도 오늘은 내가 주도면밀하지 못한 듯했다. 야화가 십사만 년이나 수행한 상신의 기개 따위는 아랑곳하지 않고 이렇게 대담하게 막아설 줄은 꿈에도 생각 못했다. 그래서 아차 하는 순간에 비틀거리며 그대로 야화 품에 안기고 말았다.

나는 선기로 늠연하게 야화를 서너 차례 몰아붙여 대전 한가운데의 커다란 수정 기둥까지 물러나게 했다. 하지만 야화는 입술을 꽉 다문 채 한사코 손을 놓지 않았다. 눈에서는 검은빛이 소용돌이쳤다.

야화의 손힘은 정말 대단했다. 한참이나 애를 썼지만 끝내 손을 빼낼 수 없었다. 다시 술법을 쓰려는데 야화가 갑자기 몸을 돌리더니 내 두 손을 꽉 잡은 채 몸을 붙여 나를 기둥으로 몰아세웠다.

이 자세는, 실로 눈꼴사나운 이 자세는, 속계의 채색 춘화에서 보았던 장면이 아닌가.

잠깐 얼이 빠진 사이 갑자기 목에서 가벼운 통증이 느껴졌다. 야화가, 물었다. 날카로운 그의 이가 느껴졌다!

최적의 시기에 강한 의지가 가미된 그 행동에 나는 반항할 수가 없었다. 야화의 무거운 숨결과 입술, 혀가 내 목에서 천천히 움직였다. 청명한 마음과 달리 몸이 계속 떨렸다. 문득 알 수 없는 감정이 엄습해왔다. 벗어나려고 안간힘을 쓰는 두 손이 사실은 밀어내기 위해 애쓰는 게 아니라 어렴풋하지만, 내 통제를 벗어나 야화를 꽉 끌어안으려는 듯했다.

머릿속 아득히 먼 곳에서 희미한 소리가 들렸다. "내게 아무것도 안 남는다 해도 함께 있고 싶어요?" 하고 야화가 묻자 곧장 어떤 여자가 가볍게 웃으며 "저기 구석에 있는 검 말고는 원래 아무것도 없잖아요. 검도 장작을 패거나 고기 구울 때를 빼면 쓸모도 없는데 당신을 왜 버리겠어요"라고 대답했다.

출처를 알 수 없는 이 대화가 청명하던 내 마음을 뒤죽박죽으로 휘저었다. 머리카락 끝부터 발가락 끝까지 전부 내가 아닌 것만 같고 가슴 깊은 곳에서 천년 묵은 열망이 솟아오르는 것 같았다. 그 열망이 나를 꽉 옥죄어 꼼짝할 수가 없었다. 야화가 한 손으로 내 앞섶을 열고 뜨거운 입술을 쇄골에서 가슴 한복판까지 옮겼다. 칠만 년 동안 묵연에게 피를 주느라 내 가슴엔 세 치 길이의 칼자국이 깊게 남아 있었다. 내 두 손을 잡은 야화의 왼손이 가볍게 굳는가 싶었지만 힘은 한층 더 세졌다. 야화의 입술이 또 한번 내 가슴의 상처를 미끄러지듯 훑었다. 내가 고개를 들고 신음소리를 냈다. 야화가 입맞추는 가슴 안쪽에서부터 칼로 찌를 때보다 더 강렬한 통증이 느껴졌다.

그 통증 때문에 살짝 정신이 돌아왔지만 온몸에서 기력이 빠진 터라 기둥을 따라 미끄러져내렸다.

마침내 야화가 손을 놓았다. 두 손이 자유로워지자 생각할 것도 없이 야화의 따귀부터 때렸다. 하지만 안타깝게도 내 손은 그 뺨에 이르지 못하고 중간에 가로막혀 다시 야화의 품안으로 끌려들어갔다. 야화의 오른손이 미처 추스르지 못한 앞섶으로 들어와 가슴 한 복판을 눌렀다. 그의 얼굴은 여전히 백짓장처럼 하얬지만 두 눈은 뜨겁게 타오르고 있었다.

"백천, 당신 여기에 내 자리가 조금은 있나요?"

야화는 이미 두 차례나 같은 질문을 했지만 나는 정말 어떻게 대답해야 할지 알 수 없었다. 당연히 야화는 내 마음속에서 자리를 차지하고 있었다. 그러나 그가 말하는 자리와 내가 말하는 자리가 같은지는 알 수 없었다. 그렇지 않아도 최근 며칠 동안 내 마음속에서 야화가 대체 어떤 자리를 차지하고 있는지 조용히 생각해보았지만, 아무리 생각해봐도 머리만 아플 뿐이었다.

내 가슴에 닿은 야화의 뜨거운 손이 점점 차갑게 식고, 타는 듯하던 눈동자도 어두워져 깊고 무거운 검은색만 남았다. 한참 뒤 야화가 손을 거두고 천천히 말했다. "이렇게 오래도록 당신은 그 사람이 돌아오기만 기다렸겠지요. 그가 돌아온 이상 이곳에 더는 다른 사람의 자리가 없을 텐데 내가 어리석었군요."

내가 획 고개를 들고는 야화를 바라보았다. "묵연이 돌아온 것을 어떻게 알았어요?" 사실 야화의 말이 무슨 뜻인지 이해할 수 없었다. 묵연은 묵연이고 야화는 야화이므로 묵연이 돌아온 것과 야화가 내 마음에서 어떤 자리를 차지하는가는 아무런 관련이 없었다. 하지만 묵연이 돌아온 일은 절안과 넷째 오라버니, 나 이렇게 셋만 알았다. 기껏해야 미곡과 필방 정도만 더 알 수 있는 일을 어디에서 들었단 말인가?

야화가 대전 바깥쪽으로 고개를 돌리며 냉랭하게 말했다. "천궁으로 돌아가기 전날 밤에 절안 상신이 알려줬어요. 방금 당신을 찾으러 청구로 가던 길에 절안 상신을 만나 또 들었고요. 그 사람이 돌아왔을 뿐만 아니라 그가 조속히 깨어나도록 당신이 결백등을 빌리려 한다는 사실도 알아요." 야화가 잠시 말을 멈췄다가 이었다. "결백등을 빌리고, 그다음엔요?"

보아하니 절안이 할 말 못할 말 전부 이야기한 듯했다. 나는 이마를 받치며 한숨을 내쉬었다. "영주瀛洲에서 신지초神芝草를 가져와 묵연에게 칠만 년의 신력을 나눠줄 거예요. 그러면 빨리 깨어나겠지요."

야화가 갑자기 고개를 돌렸다. 안 그래도 칠흑 같은 눈이 창백해진 얼굴 때문에 한층 더 검게 보였다. 야화가 나를 한참 쳐다보다가 한 글자 한 글자 똑똑히 말했다. "미쳤군요."

신선마다 기가 다르기 때문에 신력을 과하게 넘길 경우, 양쪽의 기가 뒤엉켜 신력이 흐트러지면서 주화입마走火入魔에 빠지는 수가 있다. 신지초는 신선의 기운을 정화시키는 영험한 풀이라, 묵연에게 칠만 년의 신력을 주입할 때 주화입마를 피하기 위해서는 신지초의 보호가 필수적이었다. 내 신력과 신지초를 단약으로 만들어 첩옹에게 먹이면 석 달도 되지 않아 묵연이 깨어날 것이다.

신지초의 이러한 효험 때문에 소선들이 제대로 수행하지 않을 수도 있다고 여긴 부신은 동해 영주에만 조금 남겨두고 사해팔황의 신지초를 모두 없앴다. 그리고 혼돈, 도올, 궁기, 도철 네 괴물에게 지키도록 했다. 부신이 혼돈의 세상으로 돌아간 뒤 그들 괴물은 부신의 신력 절반을 받아 한층 더 흉포해졌다. 예전에 염화동에서 어머니가 내게 신력을 넘겨줄 때 아버지는 신지초를 구하러 영주로 가서 상처투성이가 돼 돌아왔다. 아버지처럼 천상천하를 통틀어

네 괴물과 대적할 만한 능력을 가진 몇 안 되는 신선조차 가볍지 않은 부상을 당했으니, 내가 신선초를 구하러 가는 건 야화의 말처럼 미친 짓일지도 모른다. 심한 부상을 당할 확률이 아주 높았다.

야화는 나와 두세 걸음 정도 떨어져 있었다. 야화가 놓아준 뒤에도 나는 커다란 기둥에서 벗어날 수 없었다. 야화가 한 손으로 나를 기둥에 붙들어둔 채 빛을 잃은 두 눈으로 이를 악물며 말했다. "그를 위해서라면 목숨도 필요 없다는 겁니까?" 분명 붙들린 사람은 나인데 야화의 표정을 보면 서로 상황이 뒤바뀐 것 같았다.

야화의 말은 짚어보면 조금 이상했다. 괴물을 당해내지 못할 것 같으면 돌아오면 그만이었다. 목숨을 걸 필요는 없었다. 그런 부분에서 내 머리는 아주 잘 돌아갔다. 신지초를 얻지 못해도 다시 칠팔천 년만 기다리면 되니 심각한 문제가 아니었다.

그런데 야화의 창백하면서 무거운 얼굴을 보자 불현듯 더 중요한 일이 떠올랐다. 평소 내 수행 속도로 따지면 이렇게 중상을 입은데다 또 칠만 년의 수행까지 잃을 경우 최소한 이삼만 년은 지나야 회복될 터였다. 그 이삼만 년 사이에는 천후가 되기 위해 맞아야 하는 여든한 차례의 들불과 아홉 번의 벼락을 견뎌낼 수 없을 게 뻔했다. 즉위식 때 천후 없는 천제가 어디 있단 말인가. 이 혼약으로 나와 야화를 계속 묶어놓는 것은 야화에게 불합리한 일이었다.

내가 기침을 한 뒤 고개를 들어 야화를 바라보았다. "역시 우리 혼약은 파하는 게 좋겠어요."

야화가 휘청거렸다. "뭐라고요?"

나는 야화의 손을 치운 다음 찻상에서 찻잔을 들어 한 모금 마셨다. 건조하게 울리는 내 목소리가 들렸다. "이 일은 당신과 아무 관련이 없어요. 원래 상적의 잘못으로 우리 청구의 체면이 깎이니까 천군이 두 집안의 입장을 고려해 이 말도 안 되는 혼인을 정한 거예요. 이번에 우리 측에서 파혼을 제안하면 각자 한 번씩 파한 것이 되니 더이상 누구도 빚진 게 없는 셈이지요."

야화는 오랫동안 반응이 없었다. 나를 등진 채로 한참을 있다가 겨우 입을 열었다. "오늘밤 내 방에 들러요. 결백등은 천상이 아니라 내게 있으니까." 그런 다음 나를 돌아보지도 않고 대전 밖으로 향하다가 문 근처의 수정 기둥에 부딪힐 뻔했다.

굳은 말투로 내가 말했다. "조심해요."

야화가 몸을 바로잡은 뒤 이마를 문지르며 냉랭하게 말했다. "내가 계속 어리석은 생각을 했군요. 하지만 나나 당신이나 서로에게 빚진 게 많지요. 이미 엉킨 게 많아 깨끗이 정리하기 힘들 겁니다."

기다란 그의 뒷모습이 무척 쓸쓸해 보였다.

## 19장
# 두근대는 심장

한참을 망연하게 대전에 서 있었다. 가슴이 텅 빈 느낌이었다.

찻상에 있는 냉차로 바싹 마른 목을 좀 축인 뒤에야 흔들거리는 걸음으로 대전을 나설 수 있었다.

대전 밖에 양옆으로 늘어섰던 소선들은 야화를 안내하러 간 듯 절반쯤 사라지고 없었다. 그런데 남은 절반이 또 후다닥 수정궁 궁문 쪽으로 향하고 있었다.

또 손님이 온 모양이었다.

끝에 가는 소선을 붙들고 물어보자 아니나 다를까 얼굴을 찌푸리며 대답했다. "멀리서 손님이 오셔서 마중나가는 길입니다."

아무래도 오늘은 서해수군이 손님 맞는 날인 듯싶었다. 이제는 서천범경 연화좌에 앉은 석가모니가 온다고 해도 놀라지 않을 것 같았다. 윗대와 지금의 서해수군이 모두 소극적이라 우리처럼 늙은 신선들의 관심을 얻지 못했다더니, 오늘은 이렇게 속속 귀빈이 찾아와 그들 체면을 제대로 세워주는 듯했다.

결백등이 야화에게 있다면 구중천에 다시 갈 필요가 없었다. 그런데 수고가 줄어서 홀가분하기는커녕 이상하게 마음이 편치 않았다. 야화의 쓸쓸한 뒷모습이 눈앞에 어른거려 심장이 자꾸 빼근했다.

방금 전 안내했던 선녀 둘이 공손하게 원래의 길로 다시 안내했다. 묵연과 전혀 닮지 않은 첩옹의 모습을 보면 만감이 교차할 것 같아, 부영전 문을 열고 들어가는 대신 그 옆의 임시 거처로 곧장 데려다달라고 했다.

작명 수준이 뛰어난 동해수군과 달리 서해수군은 이름 짓는 데 재주가 없는 것 같았다. 부영전 좌우에 있는 건물을 하나는 붉은 해당화가 가득하다고 홍루紅樓라 짓고, 다른 하나는 푸른 파초가 가득하다고 청루靑樓라 지어놓았다.

재능이 부족한 이 몸은 청루에 묵었다.*

이름에 맞추느라 그런지 청루는 침대부터 의자까지 전부 푸른 나무였다. 걸상 위 화분과 탁자의 다기도 모두 청자고 심지어 시중드는 시녀들도 하나같이 푸른 옷을 입었다. 고개만 들면 푸른색 일색이라 비통해질 지경이었다.

푸르뎅뎅한 시녀들이 오가는 통에 머리가 어지러워 전부 밖으로 내보냈다.

순식간에 한산해지자 마음이 더욱 쓸쓸해졌다.

---

* 일반적으로 홍루에는 화려한 귀족가문의 여성이, 청루에는 계급이 낮은 여성이나 기녀가 기거한다.

허전함에 젖어 있을 때 뒤쪽 창문에서 삐걱 소리가 나 눈꺼풀을 들어올렸다. 방금 서해 소선들 절반이 부리나케 마중나간 귀빈은 서천범경 연화좌의 석가모니가 아닌 모양이었다.

나는 차를 따라 머리를 내밀며 들어오는 이에게 건넸다. "어서 오세요, 오라버니. 차 마셔요."

넷째 오라버니가 나를 머리부터 발끝까지 훑은 뒤 찻잔을 받아 한 모금 마시고는 눈썹을 찡그리며 말했다. "멀쩡한 아가씨가 왜 남장을 하고 있어? 체통 없이!"

내가 들보를 바라보며 사실대로 대답했다. "절안이 시켜서."

푸 하며 차를 뿜은 오라버니가 얼른 소매로 입가를 닦은 다음 태연하게 대꾸했다. "아, 그렇게 분장하니 정말 보기 좋구나."

넷째 오라버니는 툭하면 서해에 와서 둘째 황자 소맥섭과 술을 마셨다.

물론 이번에 헐레벌떡 달려온 이유는 소맥섭과 술을 마시기 위해서가 아니라 친동생인 이 몸을 보기 위해서였다.

원래는 절안과 함께 구중천으로 나를 찾아갈 생각이었지만 절안의 만류로 청구에서 기다렸는데, 한참을 기다려도 돌아오지 않자 틀림없이 곧장 서해로 갔을 것 같아 달려왔다며, 그 김에 소맥섭도 만날 계획이라고 했다.

오라버니가 푸른 등받이의자에 앉아 살짝 고개를 갸웃하며 말했다. "서해에 잘 들어왔는지 궁금해서 보러 왔는데, 음, 절안은 역시 일처리가 깔끔하다니까. 그런데 네 안색이 그게 뭐야? 하얗게 질려서는. 묵연이 돌아온 게 기쁘지 않아?"

내가 얼굴을 쓰다듬고 기쁜 표정을 지으며 대답했다. "좋아요, 계속 기뻐하고 있는걸. 기뻐하고 있어요."

오라버니가 눈살을 찌푸렸다. "그럼 왜 그렇게 넋 나간 표정인데?"

내가 얼굴을 만지며 억지로 웃었다. "방금 전에 추혼술을 썼더니 아직 정신이 덜 돌아왔나봐."

오라버니가 예리한 눈빛으로 나를 쳐다보았다.

나는 다시 억지웃음을 지었다. "아침에 야화 때문에 발끈한 것도 있고."

오라버니는 정확하게 꿰뚫어보았다. 확실히 나는 제정신이 아니었다. 다만 구중천에서 야화가 했던 말 때문이 아니라 방금 전 대전에서의 일 때문이었다. 하지만 이 일을 오라버니에게 털어놓았다가는 절안과 미곡, 필방 모두 알게 될 게 뻔했다.

절안과 오랫동안 함께 지내서인지 소문거리를 찾아내는 방면에서 넷째 오라버니는 별 노력 없이 고수가 되더니, 소문을 퍼뜨리는 데에서는 청출어람으로 절안이라는 고수를 한참 뛰어넘어 '초고수'가 되었다.

찹쌀경단 때문에 생긴 야화와의 불화는 소문거리도 못 되고, 아무 말도 하지 않으면 오후 내내 시달릴 것 같아서 이 일로 얼렁뚱땅 둘러대는 게 좋을 것 같았다. 나름 계산을 끝낸 나는 차로 목을 축인 다음 구중천에서 있었던 말다툼에 대해 모두 이야기했다.

오라버니는 의자에 비스듬히 앉은 채 귀를 쫑긋 세우고 열심히 들었다. 내 말이 끝나고 한참 뒤에야 고개를 들더니 묘한 웃음을 지었다. "너는 늘 스스로를 나이 많은 늙은이라며 철없는 젊은이들이 너한테 실수해도 별로 개의치 않았잖아. 그런데 야화와의 일을 들어보니, 감정상으로야 당연히 네 편이지만 의리상으로는 야화에게 잘못이 있다고 생각되지 않네. 아리 같은 어린애한테 그렇게 술을 많이 먹이고 일고여덟 시진이나 깨어나지 않는데도 알리지 않았으니 말이야. 천상의 용족이 싸움은 잘해도 의술은 별로잖아. 소중한 아들이 그 지경으로 취했는데 어떻게 아무 일도 아니라고 생각하겠니? 더구나 계모인 너는 어디 갔는지 보이지도 않고. 그런 상황에 마음이 전혀 흔들리지 않는다면 그게 더 대단한 거지." 오라버니는 잠시 말을 멈췄다가 탁자 너머로 내 머리를 쓰다듬고는 이어 말했다. "평소 네 성격이라면 웃고 넘겼을 일을, 이번에는 우아하지 못하게 측비까지 들먹이며 기를 쓰고 야화를 자극했구나. 음, 네 행동을 오라비로서는 칭찬할 수 있지만, 일단 그건 차치하고, 평소 너답지 않은 그런 행동은 혹시 질투 아닐까?"

순간 멍해졌다. 하얀빛이 번쩍하며 머릿속을 꿰뚫고 지나갔다. 구중천에 있던 이틀 동안 나도 모르게 자꾸만 가슴이 움찔대고 평소와 달리 성마르게 굴 때가 많았다. 소금을 봤을 때는 온몸이 불편해지고 야화가 나에 대해 나쁘게 말하는 것을 조금도 참을 수가 없었다. 게다가 오늘도 대전에서 한참이나 정신을 차릴 수 없었다. 그런데 그게 질투, 질투 때문이란 말인가? 내가 계속 질투하고 있었다고? 그렇게 오랫동안? 그렇게 오래 질투하면서 눈곱만큼도 몰랐다고?

들고 있던 찻잔을 놓쳐 쨍그랑 하고 바닥에 떨어졌다. 오라버니가 황급히 몸을 피한 뒤 오른손으로 왼손바닥을 탁 치면서 고개를 끄덕였다. "정말로 질투했구나."

나는 한참 동안 망연하게 있다가 오라버니를 뚫어져라 쳐다보며 강하게 부인했다. "아니, 그럴 리가 없어요. 내가 구만 살이나 많다고. 조금만 빨랐어도 야화만한 손자가 있었을 거야. 늘 미안해서 예쁜 측비를 얻어주리라 생각했는걸요. 게다가 이전에 야화가 고백했을 때도 전혀 가슴이 뛰지 않았다고요. 내가 연애 경험이 없는 것도 아니고, 정말 특별한 감정을 가졌다면 야화의 고백을 들었을 때 최소한 심장이 두근거리지 않았겠어?"

넷째 오라버니가 두 눈을 반짝거렸다. "고백했다고? 우와, 내가 키운 인재를 알아보다니 그 녀석 안목이 높네. 아주 높아." 한참을 키득거리다가 시원스럽게 말했다. "네가 계속 말하는 나이라는 건 애당초 별 문제가 안 돼. 우리 아버지도 어머니보다 만 오천 살이나 많잖아? 외모가 어울리면 되는 거라고. 내가 보기에 너희는 잘 어울려. 측비를 얻어주겠다는 생각은, 음, 예전에 절안도 내게 부인을 얻어주겠다고 조심스럽게 말을 꺼냈거든. 하지만 봐봐, 이렇게 오래 지나도록 안 됐잖아. 하하, 절안은 내게 어울리는 여신이 사해팔황에 없다고 생각하는 것 같아." 그러고는 내 어깨를 치며 경험자처럼 말했다. "가슴이 두근거리는 것도 좋지. 하지만 그러려면 여주인공이 민감하고 섬세해야 해. 아무리 친동생이라도 객관적으로 말해서, 너는 태생적으로 그런 건 좀 부족해. 여신으로는 괜찮은데 연애에는 확실히 젬병이지. 가슴이 두근거리는 유형의 연애를 하자면 훨씬 더 열정적이고 활발해야 한다고. 너처럼 둔감한 애는 가늘고 긴 게 딱 맞아."

내 이마에서 핏줄이 꿈틀거렸다.

오라버니가 탁자의 찻잔을 집어 손가락 사이에서 돌리며 웃었다. "미곡에게 듣자 하니 야화가 넉 달 가까이 청구에 있었다며. 음, 가늘고 짧았네. 일단 한 가지 묻자. 야화가 앞으로 다시는 청구에 오지 않는다면, 아쉽지 않겠어? 음, 됐다. 너처럼 둔감한 애는 아쉽다, 아쉽지 않다조차 몇 만 년쯤 지나야 느낄 테니까. 다르게 말해볼게. 야화가 떠난다면, 아무렇지 않게 적응할 수 있겠니?"

내 이마에서 또 핏줄이 팔딱거렸다. 핏줄이 팔딱거리는 사이 가슴도 요동쳤다.

야화가 청구에 왔을 때 확실히 처음 며칠은 익숙하지 않았다. 하지만 어쨌든 장차 혼인해 아침저녁으로 함께 있어야 할 사이이므로 맞춰주었다. 낮이면 산책에 끌려가주고, 요리할 때는 땔감을 넣어주고, 공문을 읽을 때는 옆에서 주전부리하며 책을 읽었다. 밤에는 바둑을 두었다. 혼인한 뒤에도 이렇게 천년만년 지낼 거라고 생각하자 점차 익숙해졌다. 이제 겨우 네 달이 지났을 뿐인데, 오라버니의 얘기를 듣고 보니 야화가 청구에 오기 전에 어떻게 지냈는지 생각도 나지 않았다.

가슴이 철렁 내려앉았다.

오라버니가 하하 웃었다. "아버지께 묵연의 일이 대충 정리되면 천군께 너희 혼사를 어서 진행하자고 권하라 말씀드려야겠네. 오늘 이 오라버니의 뛰어난 식견 덕분에 십중팔구 네가 야화를 다시 보겠구나. 결국 하늘이 네 인연을 틔워주었어. 다행히 내가 발견했으니, 너무 고민할 것 없어. 어쨌든 야화가 쫓아다니며 고백한 거 아니냐. 야화가 감히 그 맹세를 깨면……"

나는 귀를 쫑긋 세우고는 야화가 그 맹세를 깨면 어떻게 할 것인지 들으려고 기다렸다. 하지만 오라버니는 손에 들고 있던 찻잔을 탁 하고 내려놓으며 "지금 네 모습을 보니 마음이 놓인다. 그럼 나는 이만 갈게"라고 말한 다음 훌쩍 창문을 넘어 사라지고 말았다.

오라버니의 말을 속으로 곱씹어보았다.

그러자 수만 년 동안 사랑 앞에서 죽은 듯 고요하던 내 마음이 파도처럼 출렁거렸다.

오라버니의 말은 정확했다. 야화에게 아름다운 측비를 찾아주겠다고 마음먹었지만 아무리 젊은 신선을 봐도 그에게 어울린다는 생각이 들지 않았었다.

정말로 야화에게 마음이 끌린 거라면…… 십사만 년 동안 나이를 거꾸로 먹었나, 나보다 구만 살이나 어린, 연이 없었다면 나를 어른으로 모셔야 할 젊은이에게 마음이 흔들리다니.

텅 빈 방안에 서서 한참을 따져보고 한참을 고민하고 한참을 탄식했지만 아무런 결론도 내릴 수 없었다.

이 반나절 동안 정신 못 차릴 일이 너무 많았다. 여전히 답답한 마음으로 옷을 입은 채 침대에 누웠다. 하지만 누워도 편해지지가 않았다. 눈을 감자 아득한 어둠 속에서 야화의 창백한 얼굴이 떠올랐다.

침대에서 반 시진 가까이 뒤척였다. 야화에게 마음이 흔들렸는지까지는 잘 모르겠지만 어쨌든 오라버니의 말 덕분에 깨달았다. 아직 약혼관계에 있는 구중천 태자 야화는, 내 마음에서 특별한 자리를 차지하고 있었다.

이리저리 생각한 끝에 야화와의 파혼은 잠시 늦추고 좀더 지켜봐야겠다는 결론을 내렸다. 오후에 야화가 했던 이해할 수 없는 말들은, 음, 머리가 아프지만 잠시 따지지 말자. 일단 오늘밤에 결백등을 빌리러 가서 상신다운 품위를 유지하며 거드름 같은 건 피우지 않고 잘 화해하리라.

밤이 되어 야화의 처소에 도착했다. 야화는 마당 돌의자에 앉아 술을 마시고 있었다. 돌탁자 위에 동령옥 술병이 놓여 있고 바닥에는 술단지 몇 개가 이리저리 나뒹굴며 산호에 반사돼 영롱한 녹색을 뿜어내고 있었다. 어젯밤 찹쌀경단이 술에 취했을 때 내내가 아기씨의 주량이 부군을 닮아 무척 적다고 한없이 슬프게 한탄했던 게 떠올랐다.

야화와 실컷 마셔본 적이 없어서 그의 주량을 알지는 못했지만 발밑에 굴러다니는 술단지가 하나, 둘, 셋, 넷, 다섯인데다 잔을 든 손이 아직도 멀쩡한 것을 보니 결코 적지는 않을 듯했다.

나를 발견한 야화가 잠시 어리둥절해하다가 왼손으로 이마 가장자리를 문지르며 몸을 일으켰다. "아, 결백등을 가지러 왔군요." 야화의 몸이 휘청했다. 내가 얼른 손을 내밀어 부축하자 가볍게 밀치고는 담담하게 말했다. "괜찮습니다."

서해수군이 야화에게 내준 침전은 무척 웅장해 야화가 앉은 곳에서 건물까지 백여 걸음은 떨어져 있었다.

야화의 얼굴은 별 변화가 없어 보였다. 다만 오후보다 더 하얘져서 흐트러진 검은 머리카락에 대비돼 조금 초췌해 보일 뿐이었다. 몸을 돌려 건물 쪽으로 걸어가는 야화를 서너 걸음 뒤에서 따라갔다.

방금 전 휘청거렸던 사람 같지 않게 야화의 걸음은 무척 안정적이었다. 그저 평소보다 조금 느리고 수시로 손을 들어 이마를 문질렀을 뿐이다. 아, 역시 취했구나. 취했을 때조차 이렇게 침착하다니, 역시 그 성격이 어디 가지 않는구나.

방안에는 시녀가 하나도 없었다. 나는 손에 잡히는 대로 의자를 꺼내 앉은 뒤 고개를 들어 야화의 어두운 시선을 마주보았다.

야화의 눈은 무척 맹렬하면서도 아름답고, 깊고 무거운 검은빛을 품고 있었다. 웃지 않을 때는 냉기로 가득해 구중천의 위엄이 자연스럽게 드러났다.

내가 안색을 살피는 데에는 일가견이 있지만 눈빛은 그다지 잘 읽지 못했다. 그런데 오늘은 이상했다. 한참 동안 마주보고 있자 냉기 너머로 무력감과 슬픔이 설핏설핏 보였다.

야화는 시선을 돌린 뒤 한참을 가만히 있다가 손을 뒤집어 보이며 나직하게 중얼거렸다.

나는 야화의 손에 갑자기 나타난 기름등잔을 멍하니 바라보았다. "이게 결백등이군요? 아주 평범해 보이는데."

야화가 등잔을 내 손에 넘겨주고는 담담한 얼굴로 말했다. "첩옹의 침대머리에 사흘 동안 켜두면 묵연의 혼이 모일 거예요. 사흘 동안 불꽃이 꺼지지 않도록 잘 지켜요. 편하겠다고 선기를 쓰면 절대 안 돼요."

결백등이 내 손에 놓이자 익숙한 기운이 엄습해왔다. 속세 느낌이 감도는 게 신선의 기가 아니라 속인의 기 같았다. 속인과 친분이 없는 나로서는 어리둥절할 수밖에 없었다. 야화의 말에 정신을 차리고는 고개를 끄덕였다. "당연히 잘 보살펴야지요. 절대 대충하지 않을게요."

야화가 잠시 침묵했다가 대꾸했다. "쓸데없는 걱정을 했군요. 묵연을 보살피는 일에 온 마음을 다하는 사람한테."

결백등은 천족의 성물로 원래대로라면 천군이 보관하고 있어야 마땅했다. 구중천처럼 엄격한 곳이 규칙을 쉽게 바꿨을 리가 없었다. 천군이 아직 건재한데 태자에 불과한 야화에게 결백등이 있다는 사실에 나는 살짝 의문이 들었다. 천궁은 청구나 대자명궁과 달리 규율이 무척 엄격해 일족의 성물을 외부에 쉽게 빌려주지 않았다. 만일 천궁으로 가서 천군에게 이 성물을 빌렸다면 구중천이 우리 청구에게 진 빚이 모두 청산되었을 것이다. 그런 결백등을 야화가 이렇게 선뜻 내주다니 감동적이었다. 내가 결백등을 들고 격앙된 어조로 말했다. "이렇게 큰 도움을 주다니, 당신한테 너무 신세를 지네요. 무엇이든 원하는 게 있으면 말해요. 내가 도와줄 수 있는 일이라면 최선을 다해 도울게요."

야화가 맞은편 의자에 기대앉으며 피곤한 얼굴로 살짝 눈살을 찌푸렸다. "원하는 거 없어요."

야화의 표정과 태도를 보자 가슴이 욱신거렸다. 오라버니가 일깨워주지 않았다면 갑작스런 이 느낌에 의아했을 것이다. 하지만 이제 달라졌다. 오라버니가 지적해준 방향으로 살며시 마음을 들여다보자 이해할 수 있을 듯했다.

결백등을 받았으니 이만 돌아서서 가느냐, 아니면 남아서 야화에게 암시를 주느냐. 문제였다. 혹시 내가 남는 것보다 혼자 있고 싶은 게 아닐까? 나는 잠시 망설이면서 고민하다가 입을 열었다. "정말로 원하는 게 없어요? 없으면 이만 돌아갈게요."

야화가 갑자기 고개를 들어 나를 물끄러미 쳐다보더니 여전히 담담한 표정으로 느릿느릿 말했다. "내가 원하는 거요? 내가 원하는 것은 언제나……" 얼굴색 하나 변하지 않은 채 나를 쳐다보며 다음 말을 이었다. "당신 하나뿐이었어요."

온몸이 흔들리는 기분이었다. 오늘밤은 이상하게도 이런 닭살 돋는 말이 전혀 징그럽지 않고 오히려 감미롭게 들렸다. 그리고 야화의 표정에도 가슴이 설렜다. 그렇지 않아도 잘생긴 이가 감동까지 선사하니 세상에 거부할 수 있는 사람이 몇이나 될까. 나 역시 예외는 아니어서 야화의 깊게 가라앉은 눈빛을 보며 한마디 내뱉었다.

내가 뱉은 말이 무엇이었는지 머리까지 전달되었을 때 나는 곧장 내 입을 없애버리고 싶었다.

나 참, "본 상신과 하룻밤 어때요?"라니.

다행히 정신을 차렸을 때 야화는 아직도 놀라 멍한 상태였다. 나는 빨갛게 달아오른 얼굴로 결백등을 챙겨 얼른 돌아섰다. 하지만 문턱을 넘기도 전에 뒤쫓아 온 야화에게 안기고 말았다.

고개를 들어 들보를 올려다보았다. 백천, 정말 무덤을 파는구나, 왜 사니?

야화의 온몸에서 풍기는 술냄새 때문에 현기증이 났다. 워낙 꽉 안긴 터라 방금 전의 부끄러움이나 불안함은 전부 사라지고, 혼이 나간 듯 복숭아꽃처럼 찬란한 연무만 머릿속을 맴돌았다. 정말로 원신이 무너질 것 같았다. 내가 또 참지 못하고 혀를 뽑아버리고 싶은 말을 했기 때문이었다.

나 참, "문 앞에서는 좀 그렇잖아요. 침대로 가요"라니…… 심지어 말이 끝나기 무섭게 인계를 맺어 여자의 몸으로 돌아오기까지 했다.

야화에게 안겨 침대로 갈 때까지도 내가 대체 왜 그런 말을 하고 그런 행동을 했는지 이해할 수가 없었다. 야화는 술을 많이 마셨음에도 나를 번쩍 안아든 채 매우 안정적으로 걸었다. 정말 탄복하지 않을 수 없었다.

침대에 망연하게 누워 있을 때 문득 머릿속이 환해졌다.

그간 줄곧 야화를 향한 내 마음이 어떤 건지 고민해왔다. 오라버니의 말을 들은 뒤 대충 깨달았지만 너무 갑작스러워서 미심쩍은 부분이 많았다. 그런데 속계 화본에서 나오는 서생이나 소저, 재자가인 들을 보면 많은 여자들이 그 일을 치르고 남자에 대한 자신의 마음을 확인하곤 했다. 그 일을 치르면 나도 야화에 대한 마음을 확실히 알 수 있지 않을까?

야화가 몸을 기울이자 칠흑 같은 머리카락이 쏟아져내려 내 얼굴을 간지럽혔다. 이미 깨달은 이상 머뭇거릴 이유가 없었다. 몸을 반쯤 일으켜 야화의 옷을 벗기는데 그가 그윽한 눈길로 나를 바라보았다. 순간 눈이 반짝했지만 이내 다시 어두워졌다. 야화의 눈길에 내 손이 멈칫거렸고 심장은 찌릿했다. 야화가 자신의 허리띠를 잡아당기는 내 손을 치우며 살며시 웃었다. 머릿속으로 어떤 장면 하나가 언뜻, 뜬구름처럼 희미하게 지나갔다. 청죽 침대 같았다. 이마에 살짝 땀방울이 맺힌 야화가 나직하게 "조금 아플 수도 있지만 두려워 마요"라고 내 귓가에 대고 말했다.

하지만 그 오랜 세월 온갖 침대에 누워봤어도 청죽으로 만든 침대에 누운 적은 없었다. 아래에 누운 여자 얼굴이 안개에 싸인 것처럼 윤곽만 모호하게 보였다. 하지만 가느다란 헐떡임을 옆에서 멍하니 듣고 있으려니 정말 나와 비슷했다. 갑자기 얼굴이 새빨갛게 달아올랐다. 이런, 이런, 밤낮으로 생각한 때문인가? 야화에 대한 마음이 벌써…… 벌써 이 지경에 이르렀다고?

나는 망연하게 정신을 가다듬었다. 스스로의 마음을 새롭게 발견한 느낌이었다. 그동안 야화를 이런 식으로 보았을 줄이야, 실로 노인네가 주책이로구나, 창피하도다. 한탄이 나와 명치를 잡으려는데 아무것도 잡히지 않았다. 눈길을 아래로 돌리자, 세상에, 멀쩡하게 입고 있던 옷이 전부 사라진 게 아닌가?

야화는 여전히 내 위에서 몸을 숙인 채였다. 맹렬하게 타오르는 눈빛과 달리 표정은 무척 담담했다. "벗기기 힘들어서 술법을 썼어요."

내가 피식 웃었다. "더이상 못 참겠어서는 아니고요?"

방안에서 부드럽게 빛나는 야명주 불빛이 휘장을 뚫고 야화의 피부를 비췄다. 내가 호리동에서 애용하는 백자잔처럼 하얬지만 낭창낭창하지는 않았다. 살결이 단단하고 가슴에서 허리까지 깊게 패인 칼자국 때문에 남자다워 보였다. 아, 야화는 몸매가 정말 좋구나.

야화가 내 귀에 대고 나지막하게 웃었다. "맞아요, 못 참겠어요."

한밤중, 머릿속이 엉망진창 뒤죽박죽인 상태로 잠에서 깼다. 야명주 불빛은 야화가 술법으로 막은 듯했다. 얼굴이 야화의 가슴에 있는 흉터와 맞닿아 있을 정도로 나는 그의 품안에 꽉 안겨 있었다.

지난밤의 일을 떠올려봤지만 머리 위에서 출렁이는 휘장만 기억났다. 부산한 움직임이 끝난 뒤 몽롱하게 잠에 빠질 때 야화가 "이번 생에 다시 한번, 단 하룻밤이라도 당신을 온전히 가질 수 있다면, 그게 결백등 때문이든, 묵연 때문이든 나는 아무런 여한이 없소"라고 말한 듯했다. 워낙 비현실적이고 최근 며칠 동안 이상한 장면이 자꾸 떠오르던 터라 그 역시 환각인지 아닌지 정확하지 않았다.

야화와 일을 치렀지만 유감스럽게도 화본에 나오는 처녀들처럼 갑자기 빛이 보인다든가, 마음이 확 트인다든가 하는 일은 없었다. 처음으로 속계 화본들을 믿을 수 없다는 생각이 들었다.

야화는 깊은 잠에 빠져 있었다. 갑자기 깨어서는 더이상 잠이 오지 않아 야화 가슴의 칼자국을 어루만지는데 불현듯 예전에 떠돌던 이야기가 생각났다.

삼백여 년 전 남해 인어족이 독립하겠다며 반란을 일으켰을 때 열세에 몰린 남해수군이 구중천에 도움을 요청했었다. 천군은 야화에게 지원군을 이끌고 내려가라고 명했다. 그런데 생각보다 인어족의 저항이 거셌는지 야화는 남해에서 목숨을 잃을 뻔했다.

나는 청구에만 있어서 그런 소문에 거의 무지했지만, 그 일만큼은 긴 잠에서 깨어난 뒤 넷째 오라버니한테 하도 여러 차례 들어서 지금까지도 또렷하게 기억하고 있다. 오라버니는 고통스러운 표정에 주먹까지 쥐며 열변을 토했다. "남해 인어들은 멀쩡하게 있다가 뭔 반란이람? 요즘 젊은 신선들은 갈수록 엉망이라니까. 겨우 조용하게 지내나 했더니 이번에 아예 멸족을 당했잖아. 뭐, 구중천의 젊고 능력 있는 태자를 죽을 지경으로 몰아붙였으니까 억울할 것도 없지." 넷째 오라버니는 정말 말이 많았다. 하지만 그 덕분에 야화의 대단한 명성을 여러 차례 들을 수 있었다. 최근 이삼만 년 동안 사해팔황에서 벌어진 전쟁에 야화가 나서기만 하면 상대가 초토화되었는데, 뜻밖에도 인어와의 전쟁에서 열세에 몰려 오라버니가 깜짝 놀란 모양이었다.

조용히 그 일을 생각하고 있을 때 야화가 언제 깼는지 나직하게 물었다. "안 피곤해요? 왜 아직도 안 자요?"

나는 원래 궁금한 것을 못 참는 성미라 눈에 띄는 그 흉터를 어루만지며 잠시 고민하다가 결국 물어보았다. 나를 안은 야화의 팔이 뻣뻣해지는가 싶더니 그윽한 목소리가 들려왔다. "그 전쟁 얘기는 하지 맙시다. 그들은 멸족을 당했고 나 역시 원하는 것을 얻지 못했으니 양쪽 모두 피해를 입은 전쟁이었지요."

내가 살며시 웃었다. "하마터면 남해에 묻힐 뻔했다면서요. 살아 돌아온 것만으로도 다행이지, 무슨 이득이 있고 없고를 따져요."

야화가 담담하게 대꾸했다. "내가 일부러 져주지 않았다면 그들이 나를 그렇게 만들 수 있었을 것 같아요?"

머릿속이 윙윙거렸다. "져준…… 거라고요? 일부러 죽으려고?"

야화가 나를 안은 팔에 한층 힘을 주었다. "천군을 속이려고 그런 것뿐이에요."

무슨 말인지 알 것 같았다. "아, 죽은 척하려고 했군요." 그러고는 다시 깜짝 놀라 물었다. "천족의 태자를 포기하면서까지 죽은 척하려던 이유가 뭐예요?"

야화가 한참을 대답하지 않아 잠들었나 생각하고 있을 때 머리 위에서 씁쓸한 목소리가 들려왔다. "그때까지는 내 평생, 누군가를 부러워해본 적이 없어요. 부러움이 어떤 감정인지 알았을 때 그 상대는 상적 숙부님이었죠."

야화는 술이 그다지 세지 않았다. 저녁 때 네다섯 단지를 비우고도 아까까지 그럭저럭 정신을 유지한 것은 술기운이 올라오기 전이라서 그랬던 듯싶었다. 평소에 말이 거의 없던 야화가 천군의 둘째 아들 상적을 입에 올리더니 그 이후 주저리주저리 떠들기 시작했다. 저녁 때 마신 술이 마침내 머리까지 올라온 모양이었다.

야화는 무의식중에 놀라운 뒷이야기, 상적과 소신의 야반도주에 관해서도 털어놓았다. 나로서는 구미가 확 당기지 않을 수 없었다. 다만 술기운 때문에 각각의 문장은 조리 있어도 중간 중간 연결이 끊어졌다. 나는 야화의 품안에서 흥미진진하게 듣는 한편 이리저리 꿰어맞춰 사건의 전말을 대충 재구성했다.

당시 소신을 꾀어낸 상적이 천군의 어전에서 무릎 꿇고 간청하는 바람에, 하룻밤 사이 사해팔황 전체가 그들의 연애사로 떠들썩해졌다는 것이 내가 아는 전부였다. 그로 인해 우리 청구의 체면이 바닥에 떨어졌고 부모님과 오라버니들은 분개했다. 그런데 야화의 말에 따르면 그사이에 상당히 많은 사연이 있었다.

상적은 소신을 사랑해 구중천으로 데려가서도 매우 아꼈다. 상적은 늘 천군의 총애를 받았기 때문에 소신에 대한 자신의 사랑이 얼마나 깊은지 천군이 이해하면 자비를 베풀어 둘 사이를 인정해 줄 것이라고 생각했다. 하지만 소신에 대한 상적의 공공연한 사랑은 큰 화를 불러일으켰다. 천군은 그들을 부부로 인정하기는커녕 둘째 아들이 파사에게 빠져 체면이 깎였다고 생각하는 한편, 청구의 여신인 내가 시집와 상적에게 냉대라도 받으면 그들 용족과 우리 구미호족의 우의에 금이 갈 수도 있겠다고 걱정했다. 그때까지도 둘째 아들이 대담하게도 파혼서를 이미 호리동에 남긴 줄 몰랐기 때문에 천군은 두 종족의 우의를 위해 아들의 추문을 덮으려 했다. 그래서 구중천에서 상적의 총애를 받으며 행복한 나날을 보내던 소신을 어느 맑은 날 오후 마침내 꼬투리를 잡아 쇄요탑鎖妖塔에 가둬버렸다.

소식을 들은 상적은 큰 충격에 휩싸여 천군의 침전으로 뛰어가 이틀간 무릎을 꿇었다. 그러나 무릎이 시퍼레지도록 상적이 들은 말이라고는 보잘것없는 요괴 파사 주제에 감히 천족의 황자를 꾀어냈다며, 황자를 꾀어낸 것은 차치하고라도 대라천 청정지에서 물의를 일으켰으니 천궁의 규율에 따라 모든 신력을 없애고 속계로 내려보낸 뒤 영원히 승천하지 못하게 하겠노라는 것이었다. 어쨌든 황자에 불과했기 때문에 상적은 천군의 위엄 앞에서 소신을 구할 방법을 찾을 수가 없었다. 그저 체념에 빠져 목숨을 담보로 항의하는 게 전부였다. 정녕 그렇게 소신을 벌해 둘을 떼어놓겠다면 자신도 목숨을 내놓고 소신과 함께하겠다고, 재가 되어서라도 함께 있겠다고 말이다.

상적의 그 절망적이고 비통에 젖은 고백에 구중천의 모든 이들이 하나같이 슬퍼하며 눈물을 흘렸다. 하지만 천군은 역시 천군이었다. 천족의 우두머리답게 뛰어난 수완가인 천군은 단 몇 마디로 상적을 무너뜨렸다. 네가 정 죽겠다면 말리지 않겠다, 다만 저 파사의 생사는 여전히 내 손에 있으니 네가 스스로 원신을 멸해 근원으로 돌아간다면 나는 저 파사를 죽지도 살지도 못하게 철저히 괴롭히겠다.

말에 품위는 없어도 효과는 충분했다. 속수무책이 된 상적은 소신을 위해 죽겠다는 말을 싹 거둬들이고는 궁에 틀어박혀버렸다. 천군은 상적이 결국 단념했다고 생각해 무척 만족스러워했다. 그리고 그 불운한 연인에게 더는 신경쓰지 않았다. 천군의 감시가 소홀해지자 궁에 틀어박힌 척 잠잠했던 상적은 곧장 쇄요탑으로 뛰어들어 소신을 구해냈다. 그리고 사해팔황의 신선들이 모여 조회를 열고 있는 어전으로 들어가 천군 앞에 무릎을 꿇음으로써 그 일을 온 세상에 알렸다.

그 소동으로 절안과 우리 부모님도 구중천에 올라가 해명을 요구했다. 만일 그렇게 큰 소동이 일지 않았다면 천군이 소신을 조용히 처리했어도 아무런 소리소문 없었을 것이다. 하지만 일이 커진 데다 소신이 천궁에서 총애를 받아 조금 교만해진 것 외에는 이 일에 어떤 모략이 있는 건 아니어서 천군은 소신을 놓아줄 수밖에 없었다. 상적을 유배 보냈지만 결국 상적과 소신의 절절한 사랑을 인정한 셈이었다.

야화가 말했다. "숙부는 원하는 것을 얻었지요. 과정이 조금 험난했지만 결국에는 원만하게 해결되었어요. 그때 천군은 숙부를 총애했어도 태자로 공포하지는 않았어요. 태자라는 신분의 속박이 없었기 때문에 숙부는 그렇게 시원스럽게 벗어날 수 있었던 거죠."

나는 야화의 팔을 안으며 하품한 뒤 무심히 물었다. "당신은요?"

야화가 잠시 머뭇거리다가 대꾸했다. "나요? 나는 태어날 때 일흔두 마리 오색조가 들보 위에서 선회하고 안개와 노을이 동쪽에서 삼 년간 사라지지 않았다더군요. 묵연 상신이 태어났을 때와 똑같았다지요. 나는 태어나자마자 태자로 봉해졌어요. 천군은 전례 없이 하늘이 정한 태자라며 오만 년 뒤 즉위식만 거행하면 된다고 했어요. 어려서부터 내 정비가 청구의 백천이라는 것을 알았고요."

야화의 출생이 그렇게 대단한 줄은 몰랐다. 나는 생각에 잠긴 채 물었다. "어렸을 때 나에 대해 궁금하지 않았어요? 나를 좋아하지 못하면 어쩔 셈이었죠?"

야화가 잠시 침묵했다가 나를 더욱 세게 끌어안으며 느릿느릿 대답했다. "내가 사랑한 여자가 청구의 백천이 아니었다면 천상의 고리타분한 신선들을 속일 수밖에요. 내가 죽었다고 믿게 만든 다음 세상 밖 어딘가로 숨어 그 사랑을 지키는 거죠."

야화의 이야기를 들으며 어느새 몽롱해진 나는 그의 행운에 감탄했다. "다행히도 청구의 백천을 사랑하게 되었군요." 그런 다음 이불을 끌어올려 덮고 야화의 품에서 편안한 자리를 찾아 안온하게 잠을 청했다.

까무룩 잠이 들 무렵 갑자기 야화가 물었다. "예전에 누군가 당신 눈을 빼앗아 아무것도 볼 수 없었다면, 천천, 그 사람을 용서할 수 있겠어요?"

정말 말도 안 되는 질문이라 몽롱한 상태에서 대충 대답했다. "이 사해팔황에서 누가 감히 내 눈을 빼앗겠어요?"

야화가 한참을 가만히 있다가 내가 막 잠들 무렵 또 물었다. "그 사람이, 나라면요?"

나는 제자리에 멀쩡하게 있는 눈을 만져본 뒤 이건 또 무슨 엉뚱한 상상인가 생각하며 야화의 팔을 안고 대충 대답했다. "그럼 우리 사이는 여기서 끝이겠죠."

나와 딱 붙은 그의 가슴이 움찔했다. 한참 뒤 야화가 한층 더 세게 나를 끌어안으며 말했다. "잘 자요."

꿈을 꾸었다.

그럼에도 정신이 또랑또랑해 꿈속에서도 꿈이라는 것을 알았다.

복숭아꽃이 만발한 산꼭대기였다. 흐드러지게 핀 꽃물결이 절안의 십리도림에 비해도 손색이 없었다. 복숭아꽃이 작작한 숲, 안쪽 깊은 곳에 견고한 오두막이 보이고 주변에서 이따금씩 낭랑한 새소리가 들려왔다.

몇 걸음 걸어가 오두막으로 들어서자 볼품없고 낡은 구리거울 옆에서 흰색 옷을 입은 여자가 거울 앞에 앉은 검은 옷차림 남자의 머리를 빗기고 있었다. 두 사람 모두 나를 등지고 있었다. 거울에 희미하게 그들 모습이 비쳤지만 짙은 안개에 싸인 것처럼 아릿아릿했다.

앉아 있는 남자가 말했다. "새로 찾은 그곳에는 우리 둘뿐이오. 푸른 산이나 강도 없어서 당신이 잘 적응할 수 있을지 모르겠군."

서 있는 여자가 답했다. "복숭아나무를 심을 수 있어요? 복숭아나무만 심을 수 있으면 돼요. 나무로는 집을 짓고 복숭아로는 배를 채울 수 있으니까요. 그런데 여기 산꼭대기도 좋지 않나요? 며칠 전에 겨우 이엉을 올렸는데 왜 다른 곳으로 옮겨야 해요?"

온몸에서 감도는 선기를 보니 남자는 신선이었다. 반면 여자는 속인이 틀림없는 듯 무척 평범해 보였다. 그들의 목소리가 익숙했다. 하지만 어쨌든 꿈이라 현실성이 떨어질 수밖에 없고 대체 어디서 그 목소리를 들었는지도 기억나지 않았다.

남자가 잠시 침묵했다가 말했다. "여기와 토질이 달라서 복숭아나무를 심기 힘들 수도 있소. 그래도 당신이 원하면 시도해봐야지."

여자가 잠시 조용히 있다가 갑자기 몸을 숙여 남자의 어깨를 끌어안았다. 남자가 고개를 돌려 여자를 한참 바라보더니 기다란 손가락으로 여자의 귀밑을 어루만지며 입을 맞췄다. 둘의 모습은 여전히 선명하지 않았다.

두 사람이 뒤엉켜 입을 맞추었다. 그들 모습이 궁금한데다 꿈인 줄 알고 있어서 자리를 피할 마음이 전혀 들지 않았다. 백주대낮에 입을 맞추며 침대로 가는 그들을 눈을 커다랗게 뜬 채 지켜보았다.

두 사람의 생김새가 흐릿해 답답할 뿐, 젊었을 때 춘화를 워낙 많이 보았던 탓에 그들의 살아 움직이는 춘화도 전혀 부담스럽지 않았다. 그래서 묵묵히 참을성 있게 지켜볼 생각이었는데 갑자기 주변 광경이 바뀌었다.

역시 꿈이구나, 하고 속으로 탄식을 내뱉었다.

이번에는 복숭아숲 입구였다. 검은 옷의 남자가 흰 옷의 여자에게 신신당부했다. "절대 이곳에서 나가면 안 돼. 당신 뱃속에 아이가 있어서 우리 집안사람들에게 발견되기 쉽거든. 발각되면 큰일이오. 일을 처리하자마자 돌아오리다. 아, 그렇지, 거기에 복숭아나무를 심을 방법을 찾았소." 그런 다음 소매에서 구리거울을 꺼내 여자의 손에 쥐여주었다. "외로우면 거울에 대고 내 이름을 불러요. 바쁘지 않으면 당신과 이야기 나눌 수 있을 테니. 절대 복숭아숲을 벗어나면 안 돼. 한 걸음도 나가지 마요." 여자는 고개를 끄덕였지만 남자의 그림자가 사라지자 낮게 한숨을 내쉬며 말했다. "동황의 호수에서 혼인해놓고 집안 식구들에게는 데려가지 않다니, 꼭 첩 같네. 하아, 아이를 가져서는 숨기까지 해야 하고. 너무 심한 거 아닌가, 이게 뭐람." 그러고는 고개를 내저으며 안으로 들어갔다.

나 역시 고개를 내저었다.

신선과 속인의 연애가 분명했다. 자고로 신선과 속인의 사랑은 좋은 결말을 보기 힘들었다. 예전에 천오가 속인에게 반했을 때 오래도록 함께하기 위해 속인의 나이를 늘리려 얼마나 고생했던가. 하마터면 선기를 모두 쏟을 뻔했다가 묵연의 말을 듣고서야 포기했다. 하지만 결국 그 사랑 때문에 선기가 상해, 태고의 신 천오는 겁운을 피하지 못하고 목숨을 잃었다.

여자가 안으로 들어간 뒤 광경이 또 바뀌었다. 역시 복숭아숲이었지만 복숭아꽃이 절반 이상 떨어져 나뭇가지들이 초승달 아래에서 무척 스산해 보였다. 흰 옷의 여자가 거울을 들고 뭐라고 소리쳤다. 얼굴이 여전히 흐릿한 상태에서 입만 벌어졌다 다물어져 소리가 전혀 현실적으로 들리지 않았다. 여자가 비틀거리며 바깥으로 뛰어나갔다. 나는 가슴이 철렁해 꿈속이라는 것도 잊고 급히 뒤따라가며 "남편이 복숭아숲을 나가지 말라고 했잖아요"라고 외쳤다. 하지만 여자는 내 말을 듣지 못하고 계속 미친듯 내달렸다.

원래 복숭아숲의 백여 걸음 바깥에는 선기로 만든 두꺼운 장벽이 있어 인간 하나쯤은 간단하게 막을 수 있었다. 그러나 워낙 급하게 뛰는데다 조금의 망설임도 없어서인지 여자는 장벽에 걸리지 않고 휙 빠져나갔다.

하늘에서 갑자기 번개가 두어 번 내리쳤다. 나는 깜짝 놀라 잠에서 깼다.

아침 햇살이 눈부셨다. 곁의 야화는 온데간데없고 결백등만 얌전하게 침대머리에 놓여 있었다.

푸른 휘장 덕분에 내가 누워 있는 곳이 야화의 침대가 아니라 청루의 내 침대임을 알 수 있었다. 아, 역시 야화는 빈틈없구나.

짙푸른 옷을 입은 선녀 둘이 시중들러 들어왔지만 정돈할 게 아무것도 없었다. 온몸이 상쾌한 걸 보니 야화가 진즉에 수습해준 모양이었다.

잠에서 깬 뒤 방으로 들어오는 아침 햇살과 그 속에 가득한 초록 물결을 보면서 어느 때보다 정신이 맑아졌다. 새삼 깨닫는 바도 있었다.

어떤 화본이었는지 정확히 기억나진 않지만 이런 이야기가 있었다. 한 관리의 딸이 친척을 만나러 고향으로 가던 길에 강도를 만났다. 그리고 산 채로 끌려가 아내가 될 것을 강요받았다. 나는 이 강도가 꽤 마음에 들었다. 소설 속 강도는 양날 도끼를 자유자재로 다루어, 툭하면 공자 가라사대 하는 책벌레들과 비교도 안 되게 강했다. 하지만 관리의 딸은 정절을 고집하면서 도끼를 휘두르는 강도를 죽어도 받아들일 수 없다며 거부했다. 그런데 다음 편에 가자 정절을 고수하던 그 양가집 아가씨가 담장을 넘어온 서생을 위해 연꽃 휘장을 걷었다. 아가씨들이 아무에게나 휘장을 들추지 않는다는 뜻이며, 일을 치른 다음에 마음을 여는 게 아니라는 말이었다. 일을 치르기 전에 각자의 서생에게 사랑을 느꼈기 때문에 몸을 허락하는 게 틀림없었다.

어젯밤 나와 야화의 일을 따지자면 내가 먼저 유혹한 셈이었다. 처음에는 살짝 아팠지만 나중에는 사랑이라는 게 참 재미있다는 생각이 들었다. 야화가 나를 안았을 때 아주 좋았다.

지금 보니 넷째 오라버니의 말처럼 내가 나이차를 뛰어넘어 야화를 좋아하게 된 듯했다.

사랑이란 역시 피해 가고 싶다고 피할 수 있는 게 아니었다.

아, 지금까지 야화의 측비로 걸맞겠다 싶은 여신이 없었던 게 얼마나 다행인지.

야화와 마음이 통한 이상 당연히 혼인은 물릴 수 없었다.

아침식사를 마치면 부용전에서 결백등을 켜기 전에 야화부터 찾아가기로 결정했다. 나를 위해서 천후 없이 천군의 즉위식을 치를 수 있는지 물어볼 생각이었다.

내 생각으로는 틀림없이 좋다고 할 것 같았다.

득의양양하게 아침식사를 마친 뒤 득의양양하게 부용전을 지나 득의양양하게 야화의 침전으로 갔다.

흥이 극에 달하면 재앙이 온다더니, 문 앞에서 가로막히고 말았다. 침전을 지키는 선녀 둘이 "군상께서는 오늘 아침 일찍 천궁으로 돌아가셨습니다"라고 말했다.

야화도 태자 노릇이 정말 쉽지 않겠구나. 매일 수많은 공문을 처리해야 하니. 이렇게 총총히 서해에 왔다가 또 총총히 돌아간 걸 보면 뭔가 중요한 일이 있는 모양이었다.

야화는 정말 태자의 의무를 잘 수행한다고 이해했다. 두 선녀에게 고맙다고 말한 뒤 시무룩하게 부용전으로 향했다.

부용전에서 술법으로 첩옹을 재운 다음 조심스럽게 결백등에 불을 밝혔다.

첩옹의 침대머리에 결백등을 켜놓은 사흘 동안 나는 그 옆을 떠나지 않았다. 수군의 부인이 내가 아들을 죽이지는 않는지 감시하러 매일 시녀를 보내 어떻게든 안을 살피려 했지만, 다행히 문 앞 수군의 심복들이 막아주었다.

평소에는 첩옹의 시중을 다투던 부용전의 선녀들도 심각성을 인식해 이번에는 침대머리에서 세 척 이상 떨어져 있었다. 걸을 때조차 행여 동작이 커서 결백등의 불씨를 꺼뜨릴까봐 살금살금 움직였다.

침대 옆에서 잠든 첩옹을 살피는 일은 무료하기 짝이 없었다. 결백등에서 나오는 기에 정신이 아뜩해지면 옆에서 대기하는 선녀에게 견과를 가져다달라고 해서 호두나 씨앗을 까먹으며 정신을 가다듬었다.

사흘이 지나자 첩옹의 침대 앞 바닥에 씨앗 껍데기가 잔뜩 쌓이고 내 눈은 빨갛게 충혈되었다. 계속 결백등을 쳐다보고 있었더니 눈을 감아도 톡톡 움직이는 불씨가 아른거렸다.

사흘 동안의 잠으로 맑은 정신을 회복한 첩옹은 충만한 의욕을 드러냈다. 지난 육백여 년 동안 오늘처럼 정신이 또렷한 적은 없었다면서 주체할 수 없을 정도로 흥분해, 당장 서해로 나가 지난 세월 보지 못했던 경관을 둘러보겠다고 했다. 다행히 배려심은 있어서 내가 지난 사흘간 고생한 것을 감안해 내게 함께 가자고 청하지는 않았다.

이로써 묵연의 혼이 완전해진 셈이었다. 이제 남은 것은 동해 영주에서 신지초를 가져오는 일뿐이었다. 그러려면 다른 게 아니라 체력을 비축해야 했다. 나는 그대로 청루에 돌아와 선녀들에게 대문을 닫으라고 명했다. 그러고는 잠시 생각하다 방에 방어막까지 친 다음 침대로 들어가 노곤한 잠에 빠졌다.

대엿새를 내리 잤다.

깨어나 방어막을 걷은 나는 서해수군에게 말미를 청하러 가기 위해 방문을 열었다가 문 앞에 꿇어앉은 선녀 둘을 보고 깜짝 놀랐다. 꽤 오랫동안 그러고 있었던 듯 선녀들은 문밖으로 나온 나를 멍한 표정으로 바라보다가 얼른 고했다. "드디어 기침하셨습니까? 절안 상신께서 대청에서 이틀째 기다리고 계십니다."

나는 순간 멍해졌다.

요즘 내 인기가 얼마나 높은지 다들 나를 보러 찾아왔다. 서해수군과 서해수군의 부인은 차치하고 넷째 오라버니와 야화, 절안만 따져도 이미 세번째였다. 그런데 이번에는 무슨 일인지 감이 오지 않았다.

내가 앞서고 두 선녀가 자리에서 일어나 비틀비틀 뒤따라왔다.

계단을 내려가자 절안이 고개를 들어 나를 보고는 웃으며 말했다. "이리 와서 앉거라."

나는 느릿느릿 다가가 앉으면서 선녀들을 내보냈다. 그런 다음 탁자 위의 찻잔에 물을 반쯤 따라 목을 축였다.

절안이 나를 머리부터 발끝까지 훑어본 뒤 말했다. "보아하니 묵연의 혼이 다 모였겠구나. 며칠 전에 단약을 만들었는데 필요할 것 같아 특별히 가져왔다."

그러고는 투명한 선단 한 알을 내 손에 놓아주었다.

선단의 냄새를 맡아보자 희미하게 신지초의 향이 느껴졌다.

너무 놀라 입이 딱 벌어졌다. "여, 여, 여기에 직접 신력을 넣으셨어요? 제가 묵연에게 신력을 줄 거라고 예상하신 거예요?" 그러고는 절안을 이리저리 살피며 물었다. "영주에서 신지초를 가져오다가 괴물들에게 당하지는 않으셨어요?"

절안이 소매를 걷으며 기침을 두어 차례 한 뒤 말했다. "어? 네 신력을 묵연에게 줄 생각이었니? 그건 예상 못했는데. 예전에 너 혼자 경창을 봉인했을 때 신력이 꽤 많이 사라졌잖아. 내가 단약을 미리 만들었으니 망정이지, 신력을 묵연에게 주었다면 너는 상신이라는 칭호가 부끄러울 만큼 신력이 남지 않았을 게다." 절안이 손에 든 찻잔을 돌리며 말을 이었다. "부신이 길러주신 은혜를 내가 아직 못 갚았잖니. 아들이라고 둘을 남기셨는데 작은아들은 죽었고, 큰아들은 이렇게 남아 있으니 내가 도울 수 있는 한 도와야지."

무심해 보이는 설명이었지만 깊은 속마음이 느껴졌다. 나는 촉촉해진 눈으로 단약을 챙긴 다음 감사하다고 인사했다.

절안이 인사를 받으면서 아무 말 없이 길게 탄식했다.

나는 단약을 든 채 가만히 있었다.

절안이 눈을 들어 나를 쳐다본 뒤 뭔가 말을 하려다가 참았다. 그렇게 한참을 있더니 마침내 웃음을 지으며 말했다. "가야겠구나. 첩옹의 정신이 좋을 때 먹이거라. 그 몸으로 단약을 먹으면 견디지 못할 수도 있으니 옆에서 잘 지켜보고."

나는 고개를 끄덕이며 알았다고 답하고는 절안이 대청에서 나가는 모습을 눈으로 배웅했다.

최근 첩옹의 정신은 더할 나위 없이 좋았다. 서해수군과 부인은 물론 온 서해가 기쁨에 들썩였다. 다만 천성적으로 몸이 부실한 첩옹이 절안의 만 년 가까운 신력이 모인 십전대보단十全大補丹을 먹을 경우 한 달 가까이 침대에서 못 내려올 확률이 높았다. 그래서 자비로운 보살의 마음으로 침대에 갇히기 전에 며칠만이라도 실컷 돌아다니게 내버려두었다. 첩옹이 사방을 돌아다니는 며칠 동안 넷째 오라버니의 술친구 소맥섭이 술자리에 나를 초청하기도 했다.

보름 뒤 나는 절안의 단약을 직접 첩옹에게 먹였다. 첩옹의 몸은 확실히 부실했지만 나와 절안의 생각만큼 부실하지는 않았다. 단약을 삼킨 첩옹이 혼수상태에 빠진 시간은 이레에 불과했다.

그 이레 동안 첩옹의 어머니는 매일 침대머리에 앉아 눈물을 흘렸다. 정신을 보충하느라 조금 힘들어서 그럴 뿐이라고 설명해도 분노에 찬 표정을 풀지 않았다.

그 표정이야 안 보면 그만이라고 생각했는데 아들에 대한 어머니의 집착은 거기서 끝나지 않았다. 만약 첩옹에게 문제가 생겼을 때 내가 없으면 어떡하느냐면서 서해수군을 통해 내가 첩옹의 침대를 계속 지키게 해달라고 부탁한 것이다. 나는 서해수군의 체면을 생각해 굳은 얼굴로 받아들이는 수밖에 없었다. 첩옹의 어머니는 매일 침대머리에서 아들을 보며 슬퍼했고 내가 호두를 까는 행동조차 한없이 슬퍼하며 지켜보는 통에 나는 두세 번 만에 호두를 포기해야 했다. 결국 처량하게 시간을 보내는 수밖에 없었다.

이레째 되던 밤, 기력을 채운 첩옹이 마침내 숨을 고르며 깨어났다. 그 순간 방에는 나 혼자뿐이었다. 바로 직전까지 지키고 있던 첩옹의 어머니는 이레가 지나도록 아들은 깨어나지 않고 내게 화를 퍼부을 수도 없자 비통함이 밀려왔는지 정신을 잃고 서해수군에게 들려나갔던 참이었다.

나는 단약이 제대로 흡수되었는지 살펴보려고 가까이 다가갔다. 침대 옆에 이르렀을 때 첩옹이 느닷없이 내 손을 붙잡더니 복잡한 얼굴로 물었다. "제가 잠든 동안 계속 제 옆을 지킨 겁니까?"

내가 고개를 끄덕였다. "어디 불편한 곳이라도 있습니까?"

첩옹은 그에 대한 대답은 않고 눈살을 찌푸렸다. "선군도 단수라고 들었습니다."

동해수군은 정말 대단하구나. 이 소문이 서해까지 퍼졌다니.

하지만 이러한 일은 덧칠할수록 이상해지는 법. 나는 현 상태에서 대응하리라 생각하며 손을 빼고는 여유롭게 대답했다. "전하도 단수라고 들었습니다."

첩옹이 눈살을 한층 더 찌푸리며 말했다. "그렇습니다. 분명 단수이지만 선군 같은 유형에게는 관심이 없습니다."

나는 손을 뻗어 첩옹을 진맥하면서 대충 대꾸했다. "아, 전하처럼 가냘픈 분이 저 같은 유형을 좋아하실 리 없겠지요. 야화군 같은 유형이면 몰라도요."

야화는 내가 아는 남자 신선 가운데 가장 잘생겼고, 묵연과 용모는 비슷해도 표정이 냉담해 훨씬 강인해 보였다. 서생처럼 야리야리하고 우수에 쉽게 빠지는 첩옹이라면 스스로를 유약하다고 생각할 테니 강인한 남자를 좋아할 것 같아서 대충 그렇게 대답했는데,

첩옹의 얼굴이 순식간에 빨갛게 달아오르더니 황망히 눈을 돌리는 게 아닌가.

순간 심장이 철렁했다. 진맥하는 손까지 떨렸다. "정말로…… 야화군을 사모하십니까?"

첩옹이 고개를 돌려 난처한 표정으로 나를 쳐다보았다. "이런 일은 정말 억지로 되지 않습니다. 선군께서 정성껏 저를 돌봐주신 점은 무척 감사하고 있습니다. 침전의 시녀들이 말해주지 않았다면 선군의 마음을 알아채지 못했을 겁니다. 선군의 마음을 알기 전에는 선군의 정성스런 보살핌이 편안하면서도…… 선군과 군상의 그 소문 때문에 의문이 좀 들었습니다. 그런데 뜻밖에도 제게 마음을 두셨을 줄이야. 선군의 진심은 알겠지만 저는 호응해드릴 수가 없습니다. 정말 가슴 아프고 미안할 뿐입니다." 그러고는 잠시 말을 멈추고 한없이 슬프게 탄식했다. "이런 일은 오래전 소맥섭이 건네준 화본에서만 보았는데, 소설에나 나올 법한 일이 우리에게도 일어나는군요." 첩옹이 다시 한번 탄식한 뒤 물었다. "선군과 군상의 일은 사실입니까? 군상은 동성애를 거부하지 않았습니까?"

나는 얼이 빠져버렸다. 한참이 지난 뒤에야 첩옹이 그려낸 삼각관계에서 정신을 차릴 수 있었다. 나는 입을 삐죽거리다가 이를 악물며 웃었다. "군상이 거부했습니다. 제가 온갖 방법을 동원했지만 끝내 받아주지 않아서 포기하고 전하에게로 마음을 돌린 것입니다."

새빨갰던 첩옹의 얼굴이 조금씩 하얘졌다.

그간 야화의 얼굴이 여자를 부른다고만 생각했지, 남자까지 유혹하리라고는 전혀 생각하지 못했었다. 넷째 오라버니의 말이 옳았다. 올해는 정말로 골치 아픈 해였다. 아, 야화에게 다시는 서해에 오지 말라고 해야겠구나.

첩옹은 맥도 안정적이고 기도 평화로웠다.

하지만 정확히 확인하기 위해 추혼술을 다시 한번 사용해보기로 결정했다. 첩옹의 몸안에서 절안의 선기가 내 바람대로 자리잡아 묵연의 혼백을 잘 보호하고 있는지 살펴보고 싶었다.

첩옹은 지난번에 당하고도 배운 바가 없는지 또 내 손날에 쓰러졌다. 이미 한 번 추혼술을 썼던 몸이라 아무 문제없이 원신까지 들어갈 수 있었다. 이번에는 대성불음의 인도 없이도 순조롭게 묵연을 찾았다.

지난번에는 미약한 선기에 기탁했던 묵연이 이번에는 힘차고 거대한 선기에 둘러싸여 가까이 다가갈 수도 없었다. 수만 년을 수련하지 않고는 얻을 수 없는 강력한 기였다. 보아하니 얼마 안 있어 묵연이 깨어날 듯싶었다.

하지만…… 묵연을 보호하고 있는 기는 절안의 기가 아니었다. 이렇게 세차면서 고요하고 함축적이면서 충만한 기는…… 내 가슴이 차갑게 식었다. 절안이 단약을 주러 왔을 때 왜 뭔가 말을 하려다 말았는지 마침내 이해할 수 있었다. 그리고 신지초를 가지러 영주에 갔었다면서 왜 상처가 하나도 없는지도.

영주에 가지 않았기 때문에 신지초를 지키는 괴물들과 만날 일도 없었던 것이다.

절안은 진중하지는 않아도 거짓말하거나 남의 공을 가로챈 적은 한 번도 없었다. 그때 절안은 야화가 단약을 만들었다고 말하고 싶었던 것이다. 그런데 왜 나를 속였을까, 설마…… 설마……

나는 정신을 가다듬으며 첩옹의 원신에서 빠져나와 비틀비틀 찻상으로 달려가 차를 따랐다. 하지만 차를 마시기도 전에 피를 토하고 말았다. 방금 의식이 심하게 흔들린 때문이었다.

갑자기 심장이 쿵쿵 뛰기 시작했다. 다리가 풀려 무릎이 꺾이면서 찻잔을 바닥에 떨어뜨렸다. 첩옹이 머리를 문지르며 침대에서 일어나 앉은 뒤 멍하게 쳐다보았다. "왜 그러시죠?"

나는 억지로 웃으며 탁자를 잡고 일어났다. "전하는 이제 완쾌하셔서 더이상 제 도움이 필요치 않습니다. 죄송하오나 수군께 제가 급한 일로 먼저 도림에 돌아갔다고 전해주십시오."

## 20장
# 드러낼 수 없는 마음

이웃 산기슭 물속에 살았다던 촉음의 이야기가 다시 떠올랐다. 촉음은 자신을 달갑게 여기지 않는 집으로 시집가 밤낮없이 시어머니의 구박을 받았다 했다. 딸의 처지를 알게 된 촉음의 친정아버지는 화가 머리끝까지 치솟아 사돈집을 완전히 짓밟아버렸다. 촉음의 시어머니는 바깥사돈을 이길 수도 없고 그대로 분을 삼킬 수도 없어 소장訴狀을 들고 호리동으로 찾아와 우리 아버지에게 며느리를 내쫓도록 나서달라고 청했다. 촉음 아버지가 딸의 시댁에 상해를 가한 행동은 어쨌든 도리에 맞지 않았다. 아버지는 더 큰 화를 막기 위해 이리저리 고민한 끝에 촉음의 시댁에서 제출한 소장을 받아들여 두 집안의 인연을 끝내는 방향으로 결정했다.

그런데 막상 어머니가 촉음의 입장에 공감하며 아버지에게 사정을 좀 봐달라고 청했다. 생김새도 별로이고 버릇없이 자란 탓에 시댁에서 버림받으면 다시 결혼하기 힘들 거라고 말이다. 그들 집안

일이 커지면서 여러 사람들이 복잡하게 얽혀버렸다. 하지만 아버지는 언제나처럼 공평무사하게 판결해 촉음은 결국 시댁에서 버림받고 말았다.

당시 나와 넷째 오라버니는 촉음을 두고 결혼운이 정말 없다고 동정했다. 오라버니는 내 얼굴을 받쳐들고 이리저리 살펴본 다음 "촉음 소저만큼 응석받이지만 확실히 예뻐. 한 번 실패해도 다시 시집 못 갈 정도는 아니야"라고 결론내린 뒤에야 마음을 놓았다. 그런데 오라버니의 안심은 조금 이른 경향이 있었다. 그로부터 만 년쯤 지난 후, 연분과 외모에는 아무런 관련이 없다는 진리를 깨달았다.

그뒤 몇 만 년 동안, 어머니가 못생겼다고 동정했던 촉음은 연애운이 트였는지 뭇 남신의 구애를 받았다. 구혼하러 오는 남신들 때문에 촉음동이 무너질 지경이었다. 그들 덕분에 촉음도 나름 대처법을 갈고 닦아 남신들을 좌지우지할 정도의 고수가 되었다.

반면 같은 기간 동안, 넷째 오라버니의 기대를 한몸에 받던 미모의 본 상신은 손가락을 아무리 꼽아봐도 연분의 꽃이라고는 다섯 송이밖에 만나지 못했다.

첫번째 송이는 비익조比翼鳥 일족의 아홉째 황자였다. 황자는 부모님을 따라 청구에 왔을 때 당시 이만 살에 불과했던 계집아이인 나에게 반했다. 떠나기 전에 황자는 우리 부모님 몰래 나를 한쪽으로 데려가서는 본인의 깃털 두 개를 뽑아 사랑의 징표라며 건넸다. 자신이 조금 더 크면 오색구름을 타고 나를 맞으러 오겠다며. 그의 깃털은 붉은색과 푸른색 두 종류였다. 나는 단지 그 깃털이 예뻐서 비익조에게 시집가는 것도 괜찮겠다고 생각했다. 하지만 한참 뒤 미곡한테서 황자에 관한 소식을 전해들었다. 원래 비익조는 다른 종족과 혼인하지 않는데 아홉째 황자가 나와의 결혼을 맹세하며 단식과 강물 투신 등 소동을 벌이자, 그의 부모가 더이상 참지 못하고 어느 밤 그가 잠든 사이에 최음제를 먹여 예쁘장한 비익조 아가씨의 침대로 들여보냈다는 것이다. 아, 내게 면목없는 일을 저질렀기 때문에 그는 오색구름을 타고 나를 맞으러 올 수 없게 되었다. 나는 그의 깃털을 꿩 깃털과 섞어 먼지떨이를 만들어버렸다. 청소할 때 아주 유용했다.

두번째 송이는 귀족의 둘째 황자 이경이었다. 그와는 얼마간 달콤한 시간을 보냈지만 나는 결국 그와 현녀를 연결해준 얼간이가 되고 말았다.

세번째는 천군의 둘째 아들 상적이었다. 부모님이 억지로 맺어준 인연이었는데 나는 그 인연을 누릴 운명이 아니었다. 상적은 나를 만나러 청구에 왔다가 내 시녀와 눈이 맞아 함께 달아났다.

네번째는 넷째 오라버니가 타고 다니는 필방이었다. 하지만 필방은 축음을 사모하는 신선들과 달리 호방한 구석이 하나도 없었다. 자기 마음을 깊이 숨기고 있다가 어렵게 내게 털어놓았지만 그때 나는 이미 정혼한 뒤였다.

이들 네 인연 가운데 셋은 시들어버린 꽃이고 하나는 피지 못한 꽃봉오리라고 할 수 있다.

그리고 마지막 다섯번째 송이가 바로 야화다.

미래의 부군인 야화를 가장 아름다운 시절에 만나지 못한 게 한스러울 뿐이다.

안개와 노을이 자욱한 서해에서 구름을 타고 구중천으로 향했는데 도중에 구름에서 곤두박질치는 바람에 몰골이 엉망이 되었다. 남천문에 도착하자 수문병 둘이 냉정하게 나를 막아섰다.

내 차림새를 살펴보니 확실히 청구의 위엄을 크게 떨어뜨릴 정도로 형편없었다. 하지만 야화를 만나야겠다는 마음이 간절해 어쩔 수 없이 또 절안의 이름을 팔았다. 절안을 시중드는 선사이며 명을 받아 구중천의 태자이신 야화군을 뵈러 왔다고 말했다.

수문병은 매우 신중해, 한쪽에서 기다려달라고 정중하게 청한 다음 세오궁으로 전갈을 보냈다. 애가 타서 안달하던 나는 그들이 능소전이 아니라 세오궁에 통보하는 것을 보고는 야화에게 큰일은 없나보다고 짐작하며 조금은 마음을 놓았다.

통보하러 갔던 병사가 금세 나를 안내해줄 선녀를 데리고 돌아왔다. 선녀의 모습이 살짝 익숙했다. 야화의 서재에서 시중들던 선녀 같았다. 나를 발견한 선녀도 눈을 동그랗게 떴지만 야화의 시녀답게 눈치가 밝아서 눈만 부침개처럼 동그래졌을 뿐 입은 침착하게 놀렸다. 선녀는 옷차림을 가다듬고 내게 절한 다음 부지런히 앞장서 길을 안내했다.

부드러운 바람을 따라 연꽃 향이 어렴풋하게 느껴졌다.

세오궁이 가까워졌을 때 내가 소리 낮춰 물었다. "요즘 군상은 어떠신가? 지금은 무얼 하고 계시지?"

앞서 가던 선녀가 돌아서서 공손하게 대답했다. "매우 좋으십니다. 방금 탐랑, 거문, 염정 등 성군들과 회의를 마치시고 서재에서 상신을 기다리고 계십니다."

내가 고개를 끄덕였다.

보름 전 만여 년의 신력을 잃은 사람이 오늘 서재에서 안정적으로 공무를 보았다니 회복이 꽤 빠른 모양이었다.

선녀는 막힘없이 야화의 서재까지 안내한 뒤 공손히 물러갔다.

나는 다급하게 서재 문을 열고 다급하게 문턱을 넘어 다급하게 내실 문발을 젖혔다. 다급하게 움직여 빨리 들어온 것까지는 좋았지만, 걱정이 앞서 앞을 제대로 못 보고 화병과 골동품을 치는 바람에 요란스러운 소리가 났다.

야화가 책상의 문서 더미에서 고개를 들고 웃는 듯 아닌 듯한 표정으로 관자놀이를 문질렀다. "서재 철거하려고 왔어요?" 책상 위 문서 더미 옆에는 장부도 몇 권 펼쳐져 있었다.

안색이 서해 수정궁에서처럼 창백하지는 않았지만 무척 수척해 보였다.

나는 더이상 어렸을 때처럼 무지하지 않다. 이제는 누구든 마음만 먹으면 자신의 안 좋은 상황을 전혀 티내지 않고 속일 수 있음을 잘 알았다.

얼른 야화에게 다가가 맥을 짚으려고 손을 뻗었다. 하지만 야화가 돌연 웃음기를 거두더니 내 손을 피해 내 옷소매를 잡고는 눈살을 찌푸렸다. "이게 뭐죠?"

내가 고개를 숙이고 쳐다보았다. "아, 아무것도 아니에요. 한 시진쯤 전에 서해 황자에게 추혼술을 썼는데 순간 정신이 흔들려서 각혈을 조금 했어요."

야화가 의자에서 일어나 찻잔을 들고 돌아서서는 물을 따르며 말했다. "묵연을 보살피려는 마음이 아무리 절실해도 스스로도 좀 챙겨요. 묵연은 깨어났는데 당신이 쓰러지면 되겠어요?"

내가 야화의 뒷모습을 바라보며 부드럽게 물었다. "서해 황자의 원신에 들어갔을 때 뭘 봤게요?"

야화가 몸을 돌려 찻잔을 건네며 고개를 갸웃했다. "묵연?"

나는 찻잔을 받은 뒤 탄식했다. "야화, 신지초를 지키는 영주의 괴수들은 어떻게 생겼던가요? 절안이 가져다준 단약, 당신이 만든 거죠? 지금 당신 몸에 신력이 얼마 남지 않았죠?"

야화는 찻잔을 든 채 멈칫했지만 표정에는 별 변화가 없었다. 곧 이어 대수롭지 않게 웃으며 말했다. "아, 그 일이요. 얼마 전에 천군의 명으로 동해를 둘러보다가 영주를 지나는데, 갑자기 당신이 신지초가 필요하다고 했던 게 생각나서 몇 포기 가져왔어요. 신지초를 지키는 괴수들은 흉측하게 생겼더군요. 조금만 괜찮게 생겼어도 한 마리 잡아와 당신한테 줬을 텐데. 길들여서 한가할 때 데리고 놀라고요. 당신은 한가할 때가 많으니까."

무척 가벼운 말투였지만 나는 예전에 아버지가 영주에서 상처투성이가 되어 돌아왔던 것을 똑똑히 기억하고 있었다. 내 목소리가 딱딱해지는 게 느껴졌다. "그 단약에 몇 년치의 신력을 쏟았어요? 절안에게 전해달라고 부탁하면서 왜 나를 속이려 했죠?"

야화가 눈썹을 치켜세우며 놀란 척했다. "에? 그랬어요? 내가 만들었다고 절안이 말 안했어요?" 그러고는 또 웃으며 말했다. "역시 절안한테 부탁하는 게 아니었어요. 멀쩡한 내 공을 가로채려 하다니." 이어 책상의 공문을 다시 뒤적이며 말했다. "나는 타고난 신력이 보통 신선들보다 센데다 예전에 천군에게 전수받은 신력

또한 적지 않죠. 단약 하나 만드는 건 아무것도 아니에요. 일도 아니죠."

소매에 가려진 야화의 오른팔을 바라보며 부드럽게 물었다. "차를 따르고 공문을 볼 때 계속 왼손만 쓰네요? 오른손도 좀 움직여봐요."

공문을 넘기던 야화의 왼손이 멈추었다.

하지만 잠시 멈췄을 뿐 이내 급하지도 느리지도 않게 움직이며 야화가 말했다. "아, 신지초를 가져오다 도철한테 살짝 물렸어요. 하필 오른손이라 좀 불편하네요. 하지만 별거 아니에요. 약군도 한두 달이면 나을 거라고 했어요."

내가 다시 야화의 나이만큼 젊어진다면 그 터무니없는 허세를 믿을지도 모르겠다. 하지만 이렇게 나이를 먹다보니 야화의 변명이 얼마나 얼토당토않은지 잘 보였다.

야화는 천군이 신력을 주었다 했지만 천군이 아무 이유 없이 신력을 주었을 리 없었다. 틀림없이 주선대에서 뛰어내렸을 때 목숨을 부지하기 힘들 듯 보이자 신력을 주입해주었을 것이다. 칠만 년 전에 우리 어머니가 내게 그랬던 것처럼. 그렇다면 천군이 건네준 신력이라봐야 당연히 야화가 잃은 신력을 보충하는 수준일 터, 모두 합해봐야 그의 오만 년 수행을 넘을 리 없었다. 지금 야화에게 남아 있을 선기를 어림잡아보니 보통 신선의 사오만 년 정도의 신력밖에 되지 않을 듯했다.

야화는 또 도철에게 오른팔을 살짝 물렸다며 작은 상처라 조금 쉬면 좋아질 거라고 했지만, 우리 같은 태고신들은 도철이 얼마나 집착이 강한 괴물인지 잘 알았다. 무엇이든 한 번 물었다하면 뼈까지 통째로 삼켜버리는 도철한테 물렸는데 어떻게 작은 상처겠는가.

하지만 야화가 터무니없는 말들을 늘어놓는 이유는 분명 나를 안심시키기 위해서였다. 나는 야화를 실망시키지 않으려고 가슴이 무너지는데도 그 거짓말을 믿는 척 길게 안도의 한숨을 내쉬었다.

"다행이네요. 이제 안심이에요."

야화가 눈썹을 치켜세우며 웃었다. "걱정할 게 뭐 있다고. 그나저나 서해 황자에게 단약을 먹인 지 얼마 안 돼서 부작용이 있을까봐 걱정되는데, 이런 때 여기로 뛰어오다니요. 변고가 없도록 잘 보살펴야지요."

완곡하게 돌려 말했지만 분명히 그만 가달라는 말이었다. 방금 전까지 그런대로 괜찮았던 안색도 점점 초췌해지고 있었다. 그의 강한 정신력으로도 오래 버티기 힘든 모양이었다.

야화의 체면을 고려해 그제야 깨달은 것처럼 호들갑을 떨었다.

"어머, 그 생각을 못했네요. 그럼 이만 갈 테니 몸조리 잘해요."

그렇게 말하면서 얼마나 가슴이 아프고 쓰리던지.

청구로 돌아가 절안에게 야화의 상태가 대체 어느 정도인지 물어보려 했다.

노심초사하며 부랴부랴 돌아갔지만 절안은 청구에 없었다.

넷째 오라버니가 호리동 바깥 풀밭에서 강아지풀을 입에 물고 일광욕을 즐기며 말했다. "절안은 며칠 전에 도림으로 돌아갔어. 뭔가 양심에 부끄러운 일을 했다던데. 오랫동안 그런 일이 없어서인지 이번에는 양심에 많이 걸린다고, 도림으로 돌아가 쉬어야겠다더라."

나는 처량하게 욕을 내뱉으며 구름을 타고 십리도림으로 날아갔다.

십리도림 뒷산의 벽요지에서 절안을 찾았을 때는 해가 중천에 걸린 오시였는데 야화와 관련된 일들을 모두 듣고 나니 달이 높이 뜬 자시가 되었다.

보름 전인 유월 열이틀 밤, 절안과 넷째 오라버니가 호리동 바깥의 대나무숲에서 달구경을 하고 있을 때 하늘에서 갑자기 선군 둘이 내려왔다. 그들은 천군의 어명을 받들고 매우 다급하게 청구 골짜기까지 찾아왔다며 절안에게 구중천으로 가서 목숨을 하나 구해달라고 부탁했다. 하늘에 약군이 있음에도 이 멀리까지 절안을 부르러 왔다면 약군조차 손쓸 도리가 없을 정도로 병세가 심각하다는 뜻이 분명했다. 절안은 지금의 천군에게 별 호감이 없었지만 마음의 빚을 만들어주는 것도 좋겠다 싶어서 선군들을 따라 하늘로 올라갔다.

구중천에 이른 뒤에야 절안은 천군이 그 멀리까지 선군을 보내 구해달라고 청한 이가 백가의 예비 사위인 야화라는 사실을 알았다.

야화의 상태를 살펴보니 백약이 무효한 지경까지는 아니었지만 매우 좋지 않았다. 오른팔이 도철에게 완전히 먹혀 텅 빈 소매만 덜렁거리고 신력도 일이만 년밖에 남지 않은 상태였다.

거기까지 말한 뒤 절안은 살짝 비탄에 잠겼다. "네 부군이 나이는 어려도 매사에 아주 진중하더구나. 얼마 전, 음, 네가 서해로 간 이튿날이었지, 천군에게 상주를 올려 동해 영주에서 자라는 신지초가 이러저러한 이유로 선계의 법도를 위반한다고 그 근거를 수도 없이 늘어놓으며 영주의 신지초를 전부 없애도록 허락해달라고 청했다더구나. 천군은 모두 옳은 말이라며 윤허했고. 야화가 영주로 가고 이틀 뒤에 영주가 동해로 가라앉았다는 소식이 들려와 천군은 매우 기뻐했다지. 그런데 다음날 야화가 아주 심한 중상을 입은 채로 돌아왔다는거야. 천군은 손자가 신지초를 지키는 괴수 넷에 그 지경으로 당했다고 생각해 자신이 손자를 너무 높이 평가했다며 혼자 보내서는 안 됐다고 무척 후회했지. 나도 원래는 야화가 신지초를 없애다가 괴수들에게 당해 신력을 잃었다고 생각했단다. 나중에 야화가 몰래 단약을 건넸을 때에야 네 마리 괴수는 야화의 팔 하나를 삼켰을 뿐, 더 어쩌지 못하고 그의 칼 아래 깨끗하게 사라졌다는 것을 알았지. 야화가 그 지경으로 쇠잔해진 것은 신지초를 얻은 뒤 온몸의 신력을 단약 만드는 데 썼기 때문이야. 그 상처는, 음, 내가 이미 약을 먹였으니 걱정할 것 없다. 천천히 요양하면 돼. 하지만 팔은 못 쓰게 됐어. 아, 완전히 못 쓰게 된 것은 아니고, 너도 봤겠지만 내가 만들어준 그 팔은 지금 당장은 쓸 수 없어도 만 년쯤 지나면 신경이 통하게 되어 천천히 쓸 수 있을 게야."

나뭇가지에 비스듬히 걸린 둥글고 커다란 달이 한없이 차가웠다.

절안이 또 탄식했다. "주변을 믿을 수 없어서 내게 전해달라고 부탁하는 거라고 하더구나. 야화는 자신이 미래의 네 부군이니까 네가 묵연에게 진 빚을 대신 좀 갚아도 된다고 생각한 게야. 비밀로 해달라고 한 이유는 네가 워낙 고지식해서 자신의 신력 절반을 들여 만든 단약이라고 하면 사용하지 않을 것 같아서고. 아, 네가 걱정할까봐이기도 하고. 평소에 그다지 꼼꼼하지 않은 네가 서해 황자에게 단약을 먹인 뒤 원신으로 들어가 살펴볼 줄 누가 알았겠니? 어쨌든 모든 일에 책임을 다하는 야화에게 나도 감탄했다. 아주 강인하고 결연한 성격이더구나." 절안의 탄식이 이어졌다. "오만 살에 도철, 궁기, 혼돈, 도올 네 괴수를 모두 죽이다니 전도가 양양한데, 훌륭한 신력이 그렇게 사라져서 정말 애석하구나."

자꾸 목이 메고 마음이 무겁게 가라앉았다.

하룻밤 묵어가라는 절안의 호의는 감사했지만, 기력을 보해주는 단약만 얻어 밝은 달빛을 받으며 구름에 올랐다. 야화는 이미 절안의 치료를 받았기 때문에, 절안의 말처럼 당장 올라가봐야 아무 도움이 되지 않을 게 분명했다. 하지만 야화를 돌봐줄 수만 있더라도 충분했다. 설령 도움이 못 되는 사소한 일밖에 할 수 없어도 야화의 옆을 지키고 싶었다.

나는 나방으로 변신해 남천문 앞에서 졸고 있는 수문병과 호랑이를 통과했다. 그리고 아까 낮에 힘겹게 외워둔 길을 더듬어 야화의 자신전으로 들어갔다.

자신전 안이 어찌나 어둡던지 착지하다가 걸상을 넘어뜨리고 말았다. 쿵 하는 소리가 울리자 곧장 침전이 밝아졌다. 하얀 장포를 입은 야화가 침대머리에 기댄 채 의아해하는 표정으로 나를 바라보았다. 늘 검은색 옷차림만 보다가 얇은 하얀 옷을 입은 모습을 보니 음, 무척 보기 좋았다. 새까만 머리카락이 흘러내린 모습이, 아주 멋졌다.

야화가 나를 뚫어져라 쳐다보다가 살짝 눈살을 찌푸리며 물었다. "서해 황자를 보살피러 돌아가지 않았나요? 한밤중에 이렇게 다급히 내 침소까지 오다니, 첩옹에게 무슨 일이 생겼습니까?" 눈살을 찌푸린 모습도, 보기 좋았다.

내가 억지로 웃음을 지으며 침착하게 말했다. "첩옹은 괜찮아요.

내려가서 일을 마무리짓고 나니까 당신이 그 손으로는 물 한 잔 따라 마시기 불편하겠다는 생각이 들더라고요. 그래서 도와주려고 올라왔지요."

내게 걱정 끼치기 싫어서 애써 숨기겠다면, 야화의 마음이 편하도록 계속 모르는 척해주리라 생각했다.

야화는 한층 더 알 수 없는 눈빛으로 나를 한참 쳐다보다가 살며시 웃으면서 침대 바깥쪽으로 몸을 옮긴 다음 말했다. "천천, 이리 와요."

무겁게 가라앉은 그 음성에 귓불이 빨갛게 달아올라 나는 마른 기침을 한 뒤 대꾸했다. "아니에요. 찹쌀경단이랑 자면 되니까 당신은 편히 쉬어요. 내일 다시 올게요." 그러고는 몸을 돌렸지만 문을 채 나가기도 전에 침전이 도로 깜깜해졌다. 나는 발을 제대로 내딛지 못했고 당연하게도 걸상을 또 넘어뜨렸다.

야화가 등뒤에서 나를 끌어안으며 말했다. "지금은 한 손으로밖에 못 안으니까 원치 않으면 얼마든 빠져나갈 수 있어요."

예전에 어머니가 아내로서의 몸가짐을 가르쳐줄 때 부부간의 잠자리에 대해 이런 상황을 특히 강조했다. 처음 아내가 되어 남편의 요구를 받으면 전통에 따라 부드럽게 밀어내야 여자로서의 존귀함과 조신함을 드러낼 수 있다고 말이다.

나는 방금 전 마른기침으로 분명하고도 완곡하게 거절의 뜻을 밝혔다고 생각했지만 야화는 결코 그렇게 받아들이지 않은 듯했다. 안타깝게도 어머니는 남편이 거부를 받아들이지 않을 경우 어떻게 해야 존귀함과 조신함을 드러낼 수 있는지는 가르쳐주지 않았다.

길게 늘어진 야화의 머리카락이 닿아 귓가가 간질간질했다. 나는 한참을 고민하다가 조용히 돌아서서 야화를 끌어안았다. "침대 절반만 쓸게요. 어때요?"

야화가 기침을 콜록 내뱉은 뒤 웃으며 말했다. "당신 몸으로는 반도 차지하지 못할걸요."

나는 멋쩍게 야화를 밀어내고 더듬더듬 침대로 갔다. 그러고는 잠시 생각하다가 겉옷을 벗고 이불을 들춘 다음 안으로 들어가 웅크린 채 이불을 몸 위로 끌어올렸다. 야화가 침대에 오른 뒤에는 좀더 안으로 비켰다. 야화가 내 쪽으로 손을 뻗어 이불을 잡고 자기 쪽으로 획 잡아당겼다. 이불이 어찌나 작은지 그렇게 한번 잡아당겼다고 내 몸 위에 있던 이불이 전부 야화에게로 끌려갔다. 칠월 한여름이라지만 구중천의 밤은 썰렁했다. 더구나 겉옷마저 벗은 상태여서 이렇게 하룻밤을 보냈다가는 내가 야화를 돌보는 게 아니라 야화가 나를 돌봐야할 게 뻔했다.

체면 따위는 문제가 아니었다. 나는 야화 쪽으로 가까이, 조금 더 가까이 다가갔다. 야화가 침대 가장자리 쪽으로 몸을 돌리는 바람에 다시 또 다가가야 했다. 그렇게 연거푸 세 번을 다가갔는데도 이불 끝자락조차 얻을 수가 없었다. 하는 수 없이 조금 더 가까이, 조금 더 많이 몸을 옮기는데 야화가 갑자기 돌아눕는 바람에 그 품 안으로 쏙 들어가고 말았다. 야화가 왼손으로 나를 끌어안으며 말했다. "오늘밤 내 품에서 편안하게 이불 덮고 잘래요, 아니면 구석에서 이불도 없이 웅크리고 잘래요?"

잠시 멍하게 있다가 대꾸했다. "둘이 함께 구석에 웅크린 채 이불 덮고 잘 수도 있어요." 내가 무슨 소리를 하고 있는지 나도 알 수가 없었다.

야화가 나를 안으며 나직하게 웃었다. "그 생각도 괜찮은데요."

그 밤 우리는 한 쌍의 비익조처럼 꼭 끌어안고 구석에서 잤다.

조금 비좁았지만 야화의 가슴에 안긴 채 편안히 잘 잤다. 어렴풋하게 야화가, 다 알고 왔군요, 다른 사람한테 신세 지기 싫어하는 성격은 여전하네요, 하고 말하는 것을 들은 듯했다. 그의 말이 맞다. 나는 확실히 남한테 신세 지는 것을 싫어하기 때문에 꿈결에서도 애매하게 몇 마디 대꾸했다. 하지만 야화 곁에서 마음이 놓여 깊이 잠든 탓에 정확히 무슨 대꾸를 했는지는 기억나지 않았다.

한밤중, 흐릿하게 들리는 기침소리에 놀라 정신이 들었다. 야화가 조용히 침대에서 내려가더니 내게 이불을 잘 여며주고는 급히 문을 열고 나갔다. 바깥쪽으로 신경을 집중시키자 억누른 기침소리가 연이어 들렸다. 우리 여우의 밝은 귀가 아니거나 신경을 집중하지 않았다면 듣지 못했을 소리였다. 나는 방금 전에 야화가 누웠던 자리를 더듬으며 슬픔에 빠졌다.

야화는 밖에서 한참 숨을 고른 뒤에야 돌아왔다. 내가 그럴싸하게 잠든 척했는지 깨어 있다는 것을 전혀 눈치채지 못한 채 이불을 들추고 누웠다. 피비린내가 옅게 풍겨 왔다. 가만히 기대 있다가 야화가 잠들었다 싶었을 때 다시 품안을 파고들어 꽉 끌어안았다. 나는 슬픔에 젖은 채로 천천히 잠들었다. 이튿날 눈을 뜨자 야화는 머리부터 발끝까지 어디에도 병자 같은 기색이 없었다. 어제 내가 슬픔과 기쁨, 걱정과 두려움 사이에서 너무 크게 오가는 바람에 비정상적인 상태로 잠들어 악몽을 꾸었나 하고 의심이 들 정도였다.

하지만 분명 꿈이 아니었음을 나는 잘 알고 있었다.

야화를 돌보다보니 찹쌀경단이 보고 싶었다. 찹쌀경단은 영산에서 열린 법회에 갔다고 했다. 석가모니가 중생을 교화하는 설법을 펼쳐 성옥원군이 찹쌀경단을 데리고 구경을 갔다는 것이다.

서천의 불교가 너무 딱딱해 찹쌀경단 같은 어린아이는 지루할 거라고 걱정하자 야화가 그렇지 않다며 말했다. "아리는 영산에서 나는 사탕수수를 먹으러 갔을 뿐이에요. 게다가 성옥원군이 함께 있잖아요. 단상 아래 다른 신선이 모두 졸 만큼 지루해도 아리는 끄떡없을 거예요." 생각해보니 그도 그럴 것 같았다.

야화의 안색은 여전히 좋지 않았다. 절안은 야화의 오른팔이 완전히 망가졌다고 했다. 팔을 볼 때마다 울화가 치밀었지만 야화는 전혀 개의치 않아했다. 야화가 부상을 입은 일은 구중천 최고인 황제부터 아래 구품 선인들까지 모두가 알아서, 사소한 일로 야화를 귀찮게 하는 이는 전혀 없었다. 덕분에 야화는 실로 오랜만에 한가했다.

나는 야화의 상처가 걱정스러워 가까이에서 지내고 싶었다. 일람방화는 자신전과 너무 먼데다 야화의 전 부인이 묵었던 곳이라 역시 가깝고 편리한 위치에 있는 찹쌀경단의 경운전에서 잠시 머무는 게 좋을 듯했다. 천궁의 규율에서는 찾아보기 힘든 사례였지만 내가 청구의 초야에서 왔다는 점을 감안해 너그럽게도 경운전에 내 침상을 마련해주었다.

처음 며칠은 새벽 일찍 일어나 여명 전의 어둠을 뚫고 자신전으로 가서 야화가 옷을 갈아입고 식사하는 것을 도왔다. 하지만 지난 수만 년 동안 이렇게 일찍 일어난 적이 없었기 때문에 나는 잠기운을 떨치지 못하고 하품을 하곤 했다.

그러던 어느 날 힘겹게 꿈에서 벗어나 몽롱한 상태로 자신전에 가려고 눈을 떴더니, 야화가 내 옆에서 반쯤 누운 채 책을 보고 있었다.

나는 야화의 움직일 수 없는 오른팔을 베고 있었다. 야화는 왼손에 군사작전용 진법서를 들고 있다가 내가 깬 것을 보고 책장을 넘기며 말했다. "아직 날이 밝지 않았으니 조금 더 자요. 시간이 되면 내가 깨워줄게요."

말하자면 창피하지만, 그뒤로 다시는 아침 일찍 자신전에 가지 않았다. 대신 야화가 경운전으로 건너왔다. 당연히 아침식사도 자신전에서 경운전으로 옮겨졌다.

천궁에서의 일상은 청구에서와 다를 게 없었다. 아침을 먹은 뒤 산책을 하고, 산책이 끝나면 함께 서재로 가서 차를 두 주전자 우린 다음 각자의 일을 했다. 그리고 밤이 되면 아른거리는 촛불 아래서 바둑을 몇 판 두었다.

약군이 수시로 세오궁에 왔지만 내가 있을 때는 별말을 하지 않았다. 약군을 보면 야화가 다쳤다는 사실이 떠올라 나는 약군이 과히 달갑지 않았다. 약군의 방문만 빼고는 이곳에서 보내는 시간이 전부 마음에 들었다. 나이가 있어서 젊은 시절의 일을 또렷이 기억할 수는 없어도 그 시절들이 어떠했는지는 정확히 보였다. 옛날, 이경과 함께할 때 아무리 좋았어도 지금처럼 좋지는 않았다.

나이만 많이 먹었지, 지금껏 살아오면서 나는 시적인 감성을 제대로 발휘할 수 있는 연애를 거의 하지 못했다. 그러다 이제 감성을 자극받아 가끔씩은 야화와 달빛이나 꽃을 감상하며 사랑을 속삭이고 싶었다. 문제는 세오궁이 달보다 훨씬 높은 곳에 있다는 점이었다. 달을 제대로 감상하려면 걸음을 멈추고 내려다봐야 하고 그나마도 운이 좋아야 가능하니, 달빛에 온몸이 부드럽게 감싸이는 몽롱하고 환상적인 경지란 기대할 수가 없었다. 안타깝게도 시를 읊으며 달을 논하는 일은 포기해야 했다. 다행히 산책길에 온갖 꽃이 가득해 아쉬운 대로 꽃 감상은 즐길 수 있었다.

청구에서 아침 일찍 야화에게 이끌려 산책을 나갔을 때는 호리동 부근의 연못과 대나무숲을 몇 바퀴 돌면서 점심때 뭘 먹고 싶으냐는 그의 질문에 이런저런 의견을 나누는 게 대부분이었다. 그런 다음 미곡의 오두막을 지나며 신선한 식재료를 부탁했었다.

천궁에서는 식사 준비 걱정이 없어진 관계로 야화의 취미도 달라졌다. 산책할 때마다 내게 전날 읽은 화본 이야기를 해달라고 했다. 사실 나는 시간을 때울 목적으로 설렁설렁 책을 보기 때문에 다 읽은 뒤에도 서생이나 소저의 이름조차 제대로 기억하지 못했다. 대충 줄거리만 기억하는 수준이었다.

하지만 야화의 취미가 바뀌면서 다음날 야화에게 이야기해주기 위해 훨씬 신경써서 책을 읽게 되었다. 며칠 뒤 나는 내게 이야기꾼의 천부적인 재능이 있음을 발견했다.

칠월 열이레, 영산의 법회가 끝났다. 계산해보니 찹쌀경단도 천궁에 도착할 때가 다 되었다.

그날 밤 시원한 바람이 간들간들 불자 달에서 일찌감치 피어난 계화 향기가 구중천까지 날아왔다.

나와 야화는 요지 옆의 정자에 앉아 있었다. 정자 위쪽에 초롱 몇 개를 걸고 돌탁자에 호롱불을 놓았다. 야화는 왼손으로 붓을 들고 등불 아래서 진법을 그렸다.

옛날 곤륜허에서 묵연의 제자로 있을 때 진법 때문에 이만 년이나 고생했던 기억이 났다. 진법은 영광스럽게도 도법과 불법을 넘어 내가 싫어하는 최고의 과목이 되었다. 진법서를 보기만 하면 머리뿐만 아니라 온몸이 전부 아팠다. 그래서 붓을 움직이는 야화의 손놀림만 잠시 감상하고는 비스듬히 의자에 기대앉아 눈을 감았다.

눈을 막 감았을 때 멀리서 어머니, 어머니 하고 나를 부르는 찹쌀경단의 맑은 목소리가 들렸다.

몸을 일으켜 바라다보니 과연 찹쌀경단이었다.

반짝이는 푸른색 저고리를 입은 찹쌀경단이 작은 손으로 왼쪽 어깨에 걸친 보따리를 잡고 있었다. 보따리가 제법 무거운지 찹쌀경단이 비틀비틀 걸어왔다. 야화가 붓을 내려놓고 정자 계단으로 나가 아이를 바라보았다. 나도 의자에서 내려와 천천히 그쪽으로 걸어갔다. 백여 걸음 밖에서 찹쌀경단이 또 어머니 하고 부르기에 이번에는 나도 대답해주었다. 아이는 작고 통통한 몸을 천천히 숙여 어깨에 멘 보따리를 조심스럽게 내려놓았다. 그러고는 작은 손으로 얼굴의 땀을 닦으며 소리쳤다. “어머니, 어머니께 드리려고 아리가 영산의 사탕수수를 가져왔어요. 제가 직접 벤 사탕수수예요.” 잠시 생각하는가 싶더니 덧붙였다. “제일 크고 튼실한 것을 가져왔어요. 헤헤헤……” 그러고는 몸을 돌려 보따리의 잘 묶인 주둥이를 잡고 힘들게 한 걸음씩 내 쪽으로 끌고 왔다.

달려가 도와주려고 하자 야화가 막았다. "혼자 가져오게 둬요."

마음이 온통 찹쌀경단에게 쏠려서 이름 모를 꽃 뒤에서 갑자기 누가 튀어나오는 것은 미처 눈치채지 못했다. 그 사람 손에도 보따리가 있었지만 찹쌀경단 것보다 훨씬 작았다.

그가 우리 쪽으로 두어 걸음 다가왔다. 그런데 초롱의 부드러운 불빛 아래까지 왔을 때 그의 곱고 하얀 얼굴이 갑자기 굳어졌다.

찹쌀경단이 뒤에서 소리쳤다. "성옥, 그 사람이 바로 우리 어머니야. 봐봐, 정말 예쁘지?"

아, 이 곱고 하얀 사람이 바로 호랑이 꼬리에서 털을 뽑고 태세신이 지나는 곳에 집을 짓는 성옥원군이로구나.

성옥원군이 어리둥절한 표정으로 한참 동안 나를 쳐다보다가 손을 뻗어 자기 허벅지를 꼬집었다. 아픈지 이를 드러내고 소리를 지르더니 그 와중에도 "군상, 소선이 마마를 만져봐도 되겠습니까?" 하고 물었다.

야화가 쿨럭 기침을 했다. 나는 깜짝 놀랐다.

성옥은 넓은 소매의 남자 도포를 입었지만 목소리가 부드럽고 나긋했다. 가슴도 굴곡이 꽤 있어 전혀 남자로 보이지 않았다. 오랫동안 남장했던 경험에 비춰볼 때 이 성옥원군은 여자가 틀림없었다.

야화가 뭐라 대꾸하기도 전에 찹쌀경단이 통통통 뛰어와 내 앞을 가로막으며 고개를 쳐들고 말했다. "신기한 물건을 보면 만져보고 싶어하는 버릇을 셋째 할아버지한테 그렇게 당하고도 못 고쳤어? 우리 어머니는 아바마마 거야. 아바마마만 만질 수 있는데 성옥이 어떻게 만져?"

야화가 가볍게 웃었고 나는 기침을 했다.

성옥은 파랗게 질린 얼굴로 의기소침하게 대꾸했다. "이 나이가 되도록 여자 상신은 처음 봅니다. 한 번 만져보는 것도 안 돼요?"

찹쌀경단이 "흥" 하고 콧방귀를 뀌었다.

성옥이 계속 풀이 죽은 채로 물었다. "그냥 한 번, 딱 한 번만 만져보면 안 될까요?"

찹쌀경단은 여전히 "흥" 하며 콧방귀만 뀌었다.

성옥이 소매에서 손수건을 꺼내 눈가를 훔치며 말했다. "저는 어린 나이에 아무 이유도 없이 천궁으로 승천되었습니다. 신선이 된 이후로는 셋째 전하 밑에서 힘겹게 지내고 있지요. 이렇게 오래도록 처량하게 말입니다. 다른 희망은 아무것도 없고 평생 소원이라고는 여자 상신을 한 번 만져보는 것뿐인데, 이렇게 작은 소원도 이룰 수 없다니, 사명은 제게 너무 가혹합니다."

성옥은 부모라도 죽은 것처럼 매우 비통해했다. 나는 재빨리 머리를 굴려 성옥이 말한 셋째 전하와 찹쌀경단이 말한 셋째 할아버지란 바로 상적의 동생, 즉 야화의 셋째 숙부인 연송군連宋君이라는 사실을 파악했다.

찹쌀경단이 입을 벌린 채 나와 야화를 한참 동안 번갈아보며 동동거리다가 결국 허락했다. "좋아, 만져봐, 하지만 딱 한 번만이야."

야화가 성옥을 힐끗 쳐다본 다음 다시 돌탁자의 그림 앞으로 돌아갔다. 그러고는 붓을 들기 전에 가볍게 말했다. "내 앞에서 내 아내를 희롱하고 내 아들을 속이다니. 성옥, 요즘 갈수록 대단해지네."

신이 나서 손을 들었던 성옥이 내 옷자락 끝도 못 건드려보고 얌전히 손을 내려놓았다.

찹쌀경단이 무거운 보따리를 정자로 끌고 와서는 의기양양하게 풀었다. 과연 토막토막 잘린 사탕수수가 들어 있었다. 아이가 튼실한 토막을 하나 골라서 내게 건네고 비슷한 토막을 또 하나 골라 야화에게 주었다. 하지만 야화는 왼손에 붓을 들었고 오른손은 망가졌기 때문에 받을 수가 없었다.

찹쌀경단이 꾸물꾸물 다가와 까치발로 야화의 감각 없는 오른손을 안았다. 그러고는 코를 찡그리더니 투두둑 눈물을 흘리며 울먹거렸다. "아바마마의 손은 아직도 낫지 않았어요? 아바마마는 언제 다시 아리를 안아줄 수 있나요?"

나도 코가 시큰거렸다. 절안은 만 년 동안 그 손을 쓸 수 없다고 했다. 하지만 야화는 찹쌀경단과 나를 속이며 해야 할 일을 다 하고 그다지 대수롭지 않은 척했다. 야화의 연기에 장단을 맞추느라 나도 대수롭지 않은 척 행동했다. 이미 엎질러진 물이니 아무리 아파해도 소용없었다. 나 때문에 오른팔을 잃었으므로 지금부터 내가 그의 오른팔이 될 작정이었다.

야화가 붓을 내려놓고 한 팔로 찹쌀경단을 안으며 말했다. "한 손으로도 얼마든지 안아줄 수 있단다. 사내 녀석이 걸핏하면 눈물을 흘리다니, 체통 없게." 그런 다음 나를 흘낏 쳐다보며 웃는 듯 마는 듯한 표정으로 말했다. "지금까지 우수에 잠긴 미인은 독특한 매력이 있다고 생각했는데 당신의 그 걱정스러운 표정은 정말 별로네요. 그제부터 이미 팔에 감각이 돌아왔으니까 걱정하지 마요."

나는 속으로 탄식하면서도 겉으로는 기쁜 표정을 지었다. "당신

팔이 금방 완쾌될 거야 당연히 알고 있지만, 완쾌된 후에도 예전처럼 민첩할지는 모르겠네요. 초상화를 그렇게 잘 그리더니 이제 그릴 수 없을 거 아니에요. 앞으로는 나와 찹쌀경단의 그림을 다른 사람에게 부탁해야 하니까 그게 좀 불편하겠네요."

야화가 고개를 숙이며 웃더니 찹쌀경단을 내려놓고 말했다. "나는 오른손보다 왼손이 훨씬 편해서 오른손이 낫지 않아도 별 상관없어요. 못 믿겠으면 지금 당장 그려볼까요?"

입이 떡 벌어졌다. 누가 천군이 선발한 차기 제왕 아니랄까봐, 전투는 물론 이런 능력까지 있다니.

옆에서 줄곧 가만히 있던 성옥이 활기차게 끼어들었다. "마마처럼 뛰어난 기품은 보통 화가들이 감히 그릴 수 없을 것입니다. 군상만이 마마의 자태를 표현할 수 있을 테니 소선이 지금 가서 지필묵을 가져오겠습니다."

성옥원군은 말솜씨가 뛰어나고 듣는 이를 기분좋게 만드는 재주가 있었다. 그 말이 무척 마음에 들어 손을 들어 허락했다.

성옥이 바람처럼 지필묵과 필세, 탁자를 가져왔다. 나는 야화의 지시대로 찹쌀경단을 안고 의자에 비스듬히 기댔다. 성옥이 옆에 멀뚱하게 서 있기에 야화가 함께 그릴 수 있도록 내 옆에 와서 앉으라고 친근하게 불렀다.

찹쌀경단이 내 품에서 몸을 흔들었다.

야화는 살짝 눈썹을 치켜세울 뿐 아무 말도 하지 않았다. 하지만 붓을 놀릴 때는 내게 살며시 미소를 지었다. 뒤쪽으로 드리워진 천연의 검은 장막을 바탕으로 부드러운 촛불에 반사되는 야화의 미소에 온 세상이 환해지는 듯했다. 심장이 쿵 내려앉고 뜨거운 열기가 귓불을 따라 퍼졌다.

오른손을 전혀 움직이지 못하면서도 먹을 쓰고 색을 입히는 야화의 자태는 호방하고 아름다웠다. 아, 부군을 고르는 내 눈은 어쩌면 이렇게도 훌륭한지.

시간이 얼마 흐르지 않아 그림이 완성된 듯했다. 찹쌀경단은 그새 내 품에서 잠들어 있었다. 성옥이 야화에게 다가가 그림을 보고는 감히 화는 내지 못하고 울먹거리며 말했다. "소선이 이렇게 오래 앉아 있었는데 소선의 옷자락조차 그려주지 않으시다니, 군상도 정말 대단하십니다."

나도 찹쌀경단을 안고 건너갔다.

야화가 왼손으로 그린 그림은 정말로 오른손으로 그린 그림 못지않았다. 둘째 오라버니가 이런 대단한 인재를 알면 틀림없이 좋은 친구로 삼을 것 같았다.

내가 움직이는 바람에 찹쌀경단이 잠에서 깼다. 찹쌀경단이 눈을 끔뻑거리며 내 무릎에서 내려가 그림을 보고는 와 소리쳤다. "성옥, 어째 너는 없니?"

성옥이 원망스럽게 찹쌀경단을 흘겨보았다.

나는 성옥이 안쓰러워서 어깨를 토닥여주며 위로했다. "야화가 요즘 기력이 좀 달려요. 한 손으로만 오래 그려서 피곤해 그럴 테니 이해해요."

성옥이 오른손으로 입을 가리면서 헛기침을 했다. "기, 기력이 달리신다고요?"

필세에 붓을 넣던 야화의 동작이 순간 멈칫하는가 싶더니 백옥으로 된 자색 붓이 그의 손에서 두 동강 났다.

콜록콜록, 말을 잘못하고 말았다.

찹쌀경단이 천진하게 성옥을 바라보며 물었다. "기력이 달린다는 게 무슨 말이야? 아바마마가 아리는 안을 수 있어도 어머니는 못 안는다는 뜻이야?"

내가 하하 억지로 웃으며 뒤로 한 걸음 물러났다. 하지만 제대로 발을 내딛기도 전에 갑자기 세상이 뒤집혔다. 정신을 차리고 보니 나는 이미 야화의 어깨에 들려 있었다.

깜짝 놀랐다.

야화가 성옥에게 대충 명했다. "탁자의 물건을 정리하고 아리를 경운전에 데려다줘."

성옥이 소매를 모으며 알았다고 대답했다. 찹쌀경단은 작은 손으로 눈을 가린 채 얼레리꼴레리, 하고 소리쳤다. 성옥이 안절부절못하며 찹쌀경단의 입을 막았다.

오만여 년 전 내가 상적과 정혼했을 때 어머니는 천궁 규율에 맞춰서 신부의 할 도리를 가르쳐주셨다. 하지만 나와의 일에서 야화는 천궁의 규율을 따른 적이 한 번도 없었다. 예전에 이경과 함께했을 때는 워낙 어리고 단순해 잠자리에서 선례나 참고로 삼을 만한 일을 행하지 못했다. 결국 지금까지의 상황을 돌아본 뒤 기왕 이렇게 된 일, 청구의 풍습을 따르기로 했다.

셋째 오라버니 백기白頎가 예전에 '동생아 너는 대범하게 나아가렴, 마음에 들면 곧장 행동으로 옮겨라, 밧줄로 묶고 대막대로 낚아채렴, 네가 만일 늦으면, 마음에 둔 그는 다른 사람이 채간단다'

라는 곡을 만든 적이 있었다. 우리 청구의 풍습을 그 곡조에 아주 소박하게 담아냈으니, 오라버니는 정말 대단한 인재다.

궁전 곳곳의 현란한 불빛이 나와 야화의 엉킨 그림자를 비췄다. 야화의 발걸음은 무척 빨랐다. 어느새 회랑을 빠져나와 세오궁으로 접어드는 것을 보며 내가 당황해 물었다. "천궁은 체통을 중시하는데 이렇게 들쳐 메고 가면 체통 없지 않겠어요?"

야화가 낮게 웃으며 대꾸했다. "계속 체통만 따지다가는 분위기를 망쳐요. 가끔은 나도 체통을 내던지고 싶고."

그래서 우리는 그렇게 체통 없는 모양새로 자신전까지 갔다. 야화는 한 팔로 내 이 커다란 몸을 들쳐 메고 가면서도 숨 한 번 헐떡이지 않고 안정적으로 걸었다. 우리 모습을 본 자신전 선녀들이 상황을 짐작하고는 얼른 물러났다. 마지막에 나가는 선녀는 볼이 빨갛게 달아오른 채 문까지 닫아주었다.

나와 야화 사이에는 당연하고 자연스러운 일인데 그 선녀는 세상 물정을 전혀 모르는 것처럼 얼굴을 붉혔다.

지난번 서해 수정궁에서는 세심하고 부드럽더니 오늘밤 야화는 왜인지, 음, 조금 거칠었다.

야화가 나를 침대에 내려놓았다. 내가 그의 불편한 오른팔을 베자 왼손으로 나를 꽉 돌리더니 입술을 찾아 낮게 웃으며 깨물었다. 아프지 않게 살짝 깨물었지만 당하고 있을 수만은 없어서 나도 물어주려 했는데 어느새 야화의 입술이 내 귀로 옮아갔다.

야화가 내 귓불을 입에 넣고 여러 차례 빨았다. 살짝 아플 정도로 빨다가 가볍게 깨물자 찌릿찌릿한 기운이 사지 뼛속까지 전달돼 나는 모깃소리 같은 신음을 내뱉었다.

내 신음소리 속에서 야화의 입술이 천천히 미끄러져 내려가다가 유감스럽게도 붉은 치마에 걸리고 말았다. 둘째 새언니가 설을 쇠러 호리동에 왔을 때 무슨 명주실로 만든 진귀한 것이라면서 선물한 치마였다. 치마가 얼마나 대단한지는 모르겠고, 입기도 불편하지만 벗기는 더 불편하다는 것은 확실히 알았다. 그런데 야화는 한 손을 기민하게 놀려 벗기 어려운 그 치마를 아주 간단하게 벗겨버렸다. 방금까지 몸을 감쌌던 옷이 눈 깜짝할 사이에 바닥으로 휙 던져졌다.

내 옷은 그렇게 막힘없이 벗긴 야화가 막상 자기 옷을 벗을 때는 둔하기 그지없었다. 나는 참지 못하고 그를 돕기 위해 몸을 일으켰다. 야화가 소리 내 웃었다. 야화의 겉옷을 벗기는데 그가 몸을 붙이더니 내 목을 따라 입술을 움직였다. 저항할 수도 없고 손에 힘도 없어서 야화의 옷을 손에 감아쥐고 좌우로 잡아당겼다.

스스로에게 감탄이 절로 나왔다. 그렇게 몇 번 잡아당겼을 뿐인데 옷이 고스란히 벗겨졌다.

야화가 머리를 내 가슴에 묻고 내 흉터를 때로는 살짝, 때로는 세게 빨았다. 이미 오백여 년이나 된 상처라서 아무 감각도 없었지만 그렇게 빈틈없는 입맞춤을 받자 왜인지 머리끝부터 발끝까지 전부 나른하고 시큰해졌다. 가슴 밑바닥도 고양이가 긁는 것처럼 뭐라 표현할 수 없는, 참기 힘든 기분에 출렁였다. 나는 두 손으로 야화의 목을 감쌌다. 야화의 검은 머리카락이 내 팔로 흘러내려 그가 움직일 때마다 부드럽게 스쳤다. 나는 고개를 들고 숨을 헐떡거렸다. 야화가 내 귀 가까이에 대고 "괜찮아요?" 하고 물었다. 입으로는 그렇게 부드럽고 달콤하게 물었지만 손은 완전히 달랐다. 내 등을 따라 아래쪽으로 강하게 힘을 주며 계속 내려갔다.

늘 차갑던 야화의 손이 이 순간에는 불같이 뜨거웠다. 그가 애무하고 지나간 곳은 방금 기름에 튀겨낸 과자처럼 한 입 물면 바사삭 하고 부서질 것 같았다. 그의 입술이 내 턱으로 다시 올라와 살짝 살짝 깨물었다. 나는 입술을 오므린 채 점점 더 커지는 신음소리를 꾹 눌렀다. 몸에서 무엇인가가 빠르게 뿌리내리고 싹을 틔운 뒤 순식간에 하늘을 찌를 듯 커다란 나무로 자라나는 것 같았다.

그 나무가 내가 안고 있는 야화를 친친 동여매려 했다.

야화의 입술이 턱을 따라 내 입가로 옮겨와서는 부드럽게 입을 맞추었다. 그러고는 내 아랫입술을 깨물고 꽉 다문 내 이를 벌렸다. 나는 더이상 참을 수가 없어서 진하게 입맞춤을 되돌려주고는 여세를 몰아 그대로 내 혀를 야화의 입으로 집어넣었다. 그가 순간 멈칫했다가 손으로 내 허리 뒤쪽을 애무하며 세게 끌어안았다. 나는 온몸이 흔들릴 정도로 찌릿해져 혀조차 움직일 수 없었다. 정신을 차렸을 때는 이미 야화의 혀가 내 입으로 들어와 있었다.

그런 뒤엉킴과 애무에 충분히 감정이 끓어올랐건만 언제까지 전희만 할 건지 알 수 없어서 그의 혀가 내 입에서 나갔을 때 나도 모르게 "어서, 빨리요!" 하고 재촉하고 말았다. 순간 끈적끈적하고 부드러운 내 어조에 나도 놀라고 말았다.

야화가 멈칫했다가 웃으며 말했다. "손이 좀 불편하니까 천천, 당신이 올라와요."

그 묵직한 음성이 정말 듣기 좋았다. 나는 몽롱하게 도취된 상태로 야화의 말을 따라 위로 조금 올라갔다.

야화가 몸을 세우며 들어올 때 그를 안고 있던 내 손이 자제력을 잃고 손톱으로 그의 피부를 할퀴었다. 야화가 둔탁하게 신음하고는 내 귀에 대고 나직하게 헐떡이며 말했다. “내일 당신 손톱 좀 다 듬어줘야겠어요.”

예전에 속계에서 점을 봐주던 시절, 손님이 뜸하면 화본은 물론 가벼운 책들도 종종 읽었다. 그중 한 권에 “정에서 시작하고 예에서 그친다”는 말이 있었다. 사랑이 감정에서 시작될 수 있지만 반드시 도덕과 예의에 따라 끝내야 한다는 의미였다. 나와 함께 노점을 벌였던 열째 사형이 이런 말을 하는 속인은 정신병자일 거라고 말했다. 나는 사형의 생각에 전적으로 동의한다. 지난 십만 팔천 년 동안 제대로 된 인연을 못 만난 내가 아직도 더 절제해야 한다면 그것은 자학일 것이다.

일을 치른 뒤 나는 야화의 품에 기대고 야화는 모로 누운 채 내 머리카락을 만지작거렸다. 무슨 생각을 하는지는 알 수 없었다. 내 머릿속은 여전히 끈적끈적 모호한 상태였다.

한참을 흐릿하고 몽롱하게 있던 중 갑자기 중요한 일이 떠올랐다.

아미타불! 넷째 오라버니의 말이 전부 틀린 건 아니었다. 확실히 나는 아주 드물지만 멍해질 때가 있었다. 구중천에서 이렇게 오래 머물면서, 야화를 만나자마나 꺼내려던 그 중요한 일을 완전히 잊어버렸다니.

나는 몸을 뒤집어 야화의 가슴을 누르고는 눈을 똑바로 맞추며 물었다. "서해에서 내가 파혼하자고 했던 말 기억해요?"

야화가 딱딱하게 굳은 채 눈꺼풀을 내리깔며 대답했다. "기억해요."

나는 몸을 숙여 야화에게 입을 맞춘 다음 코끝을 그의 코끝에 맞댔다. "그때는 내 마음을 몰라서 그랬으니까 마음에 담아두지 마요. 이제 서로 사랑하는데 당연히 파혼할 수 없지요. 음, 서해에서 한가할 때 날짜를 뽑아봤더니 구월 초이틀이 결혼, 건축, 도축, 제사에 두루 좋은 길일이더군요. 당신 할아버지에게 구월 초이틀에 혼인식을 치러달라고 하면 어때요?"

야화가 갑자기 눈꺼풀을 들어올려 그의 새까만 눈동자에 내 얼굴 절반이 고스란히 비쳤다. 한참 뒤 야화가 낮고 쉰 목소리로 물었다. "방금 뭐라고 했어요?"

내 말을 다시 떠올려봤지만 예의에 어긋나는 말은 없었다. 하지만 또 생각해보니, 어쩌면 천궁의 규율상 야화가 직접 천군과 혼인 날짜를 상의하는 게 체통에 어긋날 수도 있겠구나 싶었다.

천궁의 규율은 정말 번거롭구나.

나는 잠시 생각한 뒤 야화에게 바싹 다가가 얼굴을 맞대며 말했다. "내 생각이 짧았어요. 이런 일은 당신이 나서면 별로 진중해 보이지 않는 것을. 그럼 내가 우리 부모님께 이야기할게요. 어쨌든 우리 혼인은 큰 사건이니까 노인네들이 나서는 게 훨씬 타당할 거예요."

말을 마쳤을 때 야화가 세게 끌어안는 바람에 나는 끙 신음소리를 냈다. 야화가 나를 꽉 끌어안은 뒤 한참을 가만히 있다가 말했다. "다시 한번 말해봐요. 나랑 뭘 하고 싶다고요?"

순간 멍해졌다. 무엇을 하고 싶냐니, 분명 방금 말하지 않았나? 다시 대답하려 하는데 갑자기 머릿속이 밝아졌다. 아하, 나한테서 달콤한 말을 듣고 싶어서 그러는구나.

야화의 새까만 머리카락이 내 머리카락과 섞이고 역시 새까만 그의 눈동자가 호수처럼 깊어졌다. 침대 휘장에서 은은하게 복숭아꽃 향기가 풍겼다. 나는 얼굴을 붉히며 목구멍에서 두세 가지 밀어를 준비했다. 그냥 삼키려 했는데 뭐에 씌었는지 살짝 긴장을 푼 사이 말들이 내 입술에서 튀어나갔다. "사랑해요. 언제나 당신과 함께 있고 싶어요."

야화는 아무 말도 하지 않았다.

우리 청구의 여자는 늘 이렇게 솔직했다. 하나가 있으면 하나를, 둘이 있으면 둘을 그대로 말했다. 하지만 야화는 어려서부터 단정한 구중천에서 지냈다. 그렇다고 설마, 너무 경박스럽다며 싫어하지는 않겠지?

내가 고민하는 사이, 침묵하던 야화가 갑자기 몸을 뒤집어 내 위로 온몸을 붙였다. 내가 힘껏 그의 매끄러운 등을 끌어안자 우리 둘의 몸이 틈 하나 없이 딱 붙었다. 야화가 내 귓불을 깨물며 나직하게 말했다. "천천, 아이를 하나 더 낳아줘요."

쾅 소리가 울리는 듯하더니 온몸의 피가 곧장 귀뿌리로 쏠렸다. 귀뿌리가 고추즙을 바른 것처럼 뜨겁게 달아올랐다. 어딘가 맞지 않는 말 같기도 했지만 대체 어디가 이상한지는 알 수 없었다.

그 밤은 기분이 오르락내리락해 묘일성군이 나온 뒤에야 잠들 수 있었다. 연인과의 밤이 짧다는 말을 평생 처음으로 실감했다.

눈을 떴을 때 침전은 컴컴하고 야화는 여전히 깊은 잠에 빠져 있었다. 이렇게 깨어나 야화를 볼 수 있다니 무척 행복했다.

살짝 위쪽으로 움직여 야화의 얼굴을 가까이서 찬찬히 훑어보았다. 묵연과 정말 닮았지만 한 번도 야화를 묵연이라고 생각한 적이 없었다. 지금 살펴보니 살짝 다른 점도 보였다. 묵연의 눈은 야화처럼 이렇게 까맣지 않고 이렇게 고요하지도 않았다.

묵연의 얼굴은 장엄한 불상을 보듯 무한한 존경의 시선으로 바라보았다면 야화의 얼굴은, 최근에는 특히, 뭐라 표현하기 힘든 설렘을 안고 보았다.

그렇게 얼굴을 맞댄 채 한참 동안 바라보고 있었더니 다시 졸음이 쏟아졌다. 야화가 깊이 잠들었다고 생각하며 돌아누워 눈을 감으려 할 때, 야화의 손이 나를 다시 그의 가슴으로 끌어당겨 깜짝 놀랐다. 야화가 여전히 눈을 감은 채로 말했다. "조금 더 봐도 괜찮아요. 질리게 본 다음에는 내 품에 기대고. 어쨌든 구석보다는 내 품이 따뜻할걸요."

귀가 또 붉게 달아올라 멋쩍게 웃으며 말했다. "당신 얼굴에 모기가 있어서요. 하하, 잡아주려고 했는데 당신이 말하는 바람에 날아갔네요."

"아하, 그래요? 괜찮네요, 모기 잡을 힘이 아직 남아 있다니." 야화가 나를 자기 몸 쪽으로 힘껏 끌어당긴 다음 이어서 물었다. "일어날 거예요, 아니면 더 잘 거예요?"

나는 한 손으로 야화의 어깨를 너무 세지 않게 밀치며 다른 손으로는 그의 코끝을 어루만졌다. "더 자고 싶지만 몸이 너무 끈끈해서 잠이 오지를 않아요. 물을 좀 가져오라고 해줘요. 씻고 나서 더 잘래요."

야화가 일어나 옷을 걸치고는 침대에서 내려가 선녀들에게 물을 가져오라고 시켰다.

그 밤을 보내면서 나는 야화의 상처가 거의 완치된 것 같아 안심했다. 그래서 야화 몰래 찻물에 넣었던 기력 보강 단약을 언제쯤 줄이는 게 좋을지 고민하기 시작했다.

나와 야화의 정혼은 천군이 공표하고 작은 선물만 보내왔을 뿐 정식 예물이 오간 것은 아니었다. 나는 날짜를 고른 다음에 아버지께 청해 천군을 찾아가 서둘러 날을 확정해달라고 할 작정이었다. 음, 물론, 가장 좋은 날은 구월 초이틀이었다.

야화는 지금 신력이 얼마 없어서 즉위식 때 아홉 차례의 벼락과 여든한 번의 들불을 견딜 수 없을 확률이 높았다. 자고로 이 대업은 차기 천군과 천후가 함께 맞아야 하지만 나는 야화와의 혼인을 앞당기고 싶어서 혼자서 모두 맞을 생각이었다. 내 신력도 경창을 봉인할 때 많이 사라지긴 했지만 들불과 벼락 정도는 혼자서 견딜 수 있을 터였다. 다만 그때 야화가 나오지 못하도록 어떻게 속일지가 문제였다. 야화는 젊은 시절의 나와는 달리 쉽게 속을 것 같지 않았다.

한참을 생각하다가 목욕을 끝낸 뒤 잠에 빠졌다.

모든 일이 쉽게 풀릴 거라고 생각했는데 잠에서 깬 뒤 상황이 바뀌었다. 야화의 말로 내 계획은 완전히 뒤집혔다.

야화는 나를 가슴에 안은 채 무거운 어조로 구월 초이틀은 무리라며 혼인을 최소 두 달 이상 미뤄야 할 것 같다고 말했다.

그 두 달여 동안 속계로 내려가 겁운을 겪어야 한다고 했다.

야화의 겁운은 네 마리 괴수와 관련이 있었다.

천군은 영주에서 신지초를 없애라고만 명했지, 부신이 남긴 네 괴수까지 베라고 명하지는 않았다. 부신이 혼돈으로 돌아간 뒤 이렇게 오랜 시간이 흐르면서 부신과 관련된 것이라면 이가 빠진 그릇 하나까지도 천족들의 추앙을 받게 되었으니 부신의 신력 절반을 받은 괴수 네 마리는 더 말할 것도 없었다.

따라서 야화가 신지초를 없앤 것은 큰 공이지만 신지초를 지키는 네 마리 괴수를 죽인 것은 엄청난 죄였다. 공로로 과실을 상쇄하긴 했으나 그러고도 죄가 남아 속계에서 겁운을 겪으라는 벌이 떨어졌다.

다행히 삼천대천세계三千大千世界* 십억 개의 속세 중에서 천군이 야화에게 골라준 속세는 우리 사해팔황 신선의 세계와 시간차가 꽤 났다. 우리 세상의 하루가 그곳에서는 꼬박 일 년이었다. 야화가 제대로 속세에 환생해 육십 년 생사의 겁운을 치러도 나와 떨어져 있는 시간은 두 달여에 불과하다는 뜻이었다.

하지만 두세 달이라도 헤어지기 싫었다. 야화에 대한 내 마음이 언제 이 정도까지 되었는지는 몰라도 그런 마음 때문에 달콤한 한편 쓸쓸하기도 했다.

나와 야화 모두 올해 운수가 좋지 못한지 함께하는 복을 누릴 수 없는 듯했다. 그런 생각이 들자 한숨이 나면서 조금 서글퍼졌다.

"두 달 동안 기다려줄래요?"

* 불교에서 온 우주를 가리키는 말.

야화의 질문에 손가락을 꼽아 계산해보고 대답했다. "팔월 초에 속계로 내려가 두 달 정도 지내면, 혼인을 시월로 미뤄야겠네요. 시월이면 소춘小春이라 복숭아꽃과 자두꽃이 필 테니 그때도 좋지요." 그러고는 뭔가가 생각나 걱정스럽게 말을 이었다. "나한테야 두 달에 불과하지만 당신한테는 긴 평생인데, 사명이 짜놓은 운명은 봤어요?"

지난번 사명이 원정에게 만들어준 운명을 읽어본 뒤 나는 사명의 필력에 탄복했다.

당시 소신의 부탁으로 속계에 내려가 원정의 운명을 살짝 바꾸는 바람에 사명이 힘들게 만들어놓은 판이 제대로 연출되지 못했다. 그러니 사명이 나를 좋게 기억할 리 없었다. 그 빚을 야화에게 갚겠다며 삼각, 사각 관계를 만들기라도 하면…… 나는 몸서리를 쳤다.

야화가 가볍게 웃으며 내 이마에 입을 맞추었다. "이번 속계행은 사명이 운명을 정하지 않아요. 천군이 다른 천존들과 상의해 명부에서 내 부분을 비워두라고 사명성군에게 명했거든요. 어떤 인연을 만날지는 개인적인 조화에 달린 거지요."

나는 살짝 마음이 놓였지만 보험 차원에서 신신당부했다. "이번에 속계에 내려가면, 아무리 유명사 명주전의 망천수忘川水를 마셨어도 절대 아내를 들이면 안 돼요." 야화가 아무 말도 하지 않자 나는 잠시 주저하다가 또 말했다. "아무것도 걱정하지 않지만, 음, 아무래도 겁운을 겪기 위해 환생하는 거니까 전혀 상관없는 여자에게 빠질 수도 있잖아요. 당신도 대충 알겠지만 나는 대의명분을 잘 따지지 못하고 불편한 건 조금도 못 참아요."

야화가 내 귀를 덮은 머리카락을 젖히고 얼굴을 어루만졌다. "아직 여자 그림자도 없는데 벌써 질투하는 거예요?"

나는 멋쩍은 마음에 헛기침을 했다. 야화의 마음이야 믿었다. 만일 환생해도 나를 기억할 수만 있다면 당연히 이렇게 지레 걱정하지 않을 것이다. 하지만 신선이 속계로 겁운을 치르러 갈 때는 망천수를 마셔 과거를 완전히 지워야 한다는 변태 같은 규칙이 있었다. 모든 기억은 원래 자리로 돌아온 뒤에야 되돌아왔다.

야화가 내 머리카락을 한데 모으며 웃었다. "내가 여자를 만들면 어떡할 건데요?"

나는 잠시 생각에 잠겼다. 뭔가 독한 말을 할 시점인 것 같아 정색하며 어두운 표정으로 말했다. "그러면 당신을 청구로 납치해 호리동에 가둔 다음, 날마다 나 한 사람만 만날 수 있게 할 거예요. 밥을 먹을 때도 나만 보고, 책을 읽을 때도 나만 보고, 그림을 그릴 때도 나만 볼 수 있게. 당신이 좋든 싫든 상관없어, 나만 좋으면 그만이니까." 그 상황을 떠올려본 뒤 덧붙였다. "그렇게 되면 나는 좋을 것 같아요."

야화의 눈이 반짝 빛나더니 손으로 내 이마의 머리카락을 치우며 콧등에 입을 맞춘 다음 무겁게 말했다. "지금 당장 납치해주면 좋겠는데."

## 21장
## 되돌아온 혼백

팔월 보름 중추절이 되자 세목에 담근 광한궁廣寒宮*의 계화주가 잘 익었다. 항아는 오강**에게 나무를 베고 나면 술단지를 파내어 첫번째부터 서른여섯번째 하늘의 궁실마다 한 병씩 보내라고 했다. 나는 세오궁에 도착한 술을 데워 야화와 한 잔씩 마시며 송별식을 대신했다.

나도 속계에 따라가려 했지만 야화가 반대하며 청구로 돌아가 기다리라고 했다.

아마도 내가 속계에서 사사건건 그를 보호한다며 금기를 깨고 술법을 부리다가 역풍을 맞을까봐 염려하여 그러는 듯했다. 하지만 나로서는 야화의 고생을 덜어줄 수만 있다면 술법을 사용한 대

---

* 중국 전설 속 달에 있는 궁.

** 중국 전설에서 항아는 달의 여신, 오강은 베어도 베어도 되살아나는 달의 계수나무를 베어야 하는 운명을 지닌 사내.

가 정도는 한두 차례 치러도 상관없었다. 그래서 일단 청구로 돌아가는 척해 안심시킨 뒤 야화가 망천수를 마시고 환생하면 뻔뻔하게 쫓아갈 계획이었다.

누군가를 사랑하면 어떤 상황에서든 그 사람이 잘되기만 바라고 그 사람이 좋으면 나도 좋은 법이다. 이것이 바로 사랑의 묘미가 아니겠는가. 설령 힘들고 괴로워도 가슴속에 누군가를 품고 있으면 그 고통마저 달콤해진다.

사명성군이 호의를 베풀어 야화에게 가는 길을 알려주었다.

야화는 강남에서 대대로 유명한 학자 집안에서 환생했다. 조부부터 백부, 숙부 모두 조정에서 요직을 맡은 명문세족이었다.

사명은 운명의 판도를 결정해온 다년간의 경험에 비춰볼 때, 이러한 집안 출신의 아이는 나중에 틀림없이 선대의 길을 이어간다며, 야화 또한 붓대를 놀려 세상을 뒤흔드는 인재가 될 것이라고 흥분을 감추지 못하며 찬탄했다. 야화는 본래 붓을 잘 썼으니 이번 환생이 아주 잘 어울린다고도 했다.

나는 속계의 명문대가가 얼마나 격식을 따지는지 잘 알고 있었다. 자녀를 틀에 가둬 정말 재미없게 양육하기 때문에 아이들도 융통성이라고는 하나 없이 고루하게 성장했다. 초야를 뛰어다니며 자란 아이들처럼 영리하고 활발하지 못했다. 야화는 본디 활발한 성격이 아닌지라 활기찬 성격으로 환생하리라 기대하지는 않았지만 그런 집안에서 어린 시절을 보낸다니 적적하고 외로울까 걱정스러웠다.

야화는 류씨 가문 장자의 부인에게서 태어나 그 권문세가의 장손이 되었다. 이름은 류영柳映, 자는 조가照歌였다. 나는 글 냄새가 강한 그 이름이 별로 마음에 들지 않았다. 위풍당당한 야화와 전혀 어울리지 않았다.

청구로 돌아온 뒤 옷 몇 벌을 골라 보따리를 꾸리고는 냉차를 따라 목만 축인 뒤 부랴부랴 절안의 십리도림으로 향했다. 염치없지만 단약을 더 달라고 부탁할 생각이었다.

절반쯤 갔을 때 구름을 타고 급하게 날아오는 절안과 마주쳤다. 그 뒤에는 필방을 탄 넷째 오라버니도 있었다.

두 사람이 내 앞에서 구름을 멈추었다.

오라버니가 눈을 반짝이며 말했다. "막내야, 오늘 너의 오랜 숙원이 이뤄질 것 같다. 지금 서해에서 돌아오는 길이야. 첩옹이 어젯밤 내내 괴로워했다고 해서 오늘 아침 절안이 추혼술로 들여다봤는데, 묵연의 혼이 첩옹의 원신에서 사라졌다는구나. 그래서 염화동으로 가보려고. 칠만 년이나 잠들어 있던 묵연이 아무래도 오늘, 이 좋은 날에 깨어날 것 같구나."

나는 얼이 빠져 한참 동안이나 멍하게 있었다. 마침내 정신을 차린 뒤 내 눈앞에서 흔들리는 오라버니의 오른손을 붙잡고 더듬더듬 말을 뱉었다. "스…… 스승님이 깨어나셨어요? 정말 깨어나셨어?"

오라버니가 고개를 끄덕이고는 눈살을 찌푸리며 말했다. "네 보따리, 구름 밑으로 떨어졌다야."

묵연의 회생이 석 달을 넘기지는 않을 것이라고 예상했다. 하지만 첩옹에게 단약을 먹인 날짜를 꼽아보니 두 달도 채 되지 않았다. 이렇게 금방 깨어나다니. 정말로 깨어났을까?

칠만 년 동안 나는 사해와 육합六合을 통틀어 오로지 청구에만 틀어박혀 있었다. 백성이 도탄에 빠지거나 천지가 뒤바뀌는 상황은 겪지 않았지만, 청구의 연못이 칠백칠십구 번 마르는 것과 백년에 한 장씩 움직이는 알후산이 촉음동에서 부모님의 호리동 옆까지 옮겨오는 것까지 목도했다. 칠만 년이면 내 인생의 절반이다. 일생의 절반 동안 나는 오직 스승이 깨어나기만을 기다렸다. 그리고 오늘, 마침내 스승이 깨어났다.

절안이 옆에서 나직하게 탄식했다. "야화 그 녀석이 신력을 쏟은 게 헛되지 않았구나."

내가 시큰거리는 눈시울로 고개를 끄덕였다.

오라버니가 웃으며 말했다. "야화의 일은 절안에게 들었어. 정말 대단한 사랑꾼이더구나. 하지만 너도 참 안됐다. 이제 겨우 묵연의 빚을 갚나 했더니 야화에게 또 빚을 졌네. 묵연에게는 칠만 년 동안 피를 내주었는데, 야화의 사만 년 신력은 어떻게 갚을 거니?"

나는 접부채를 꺼내 시큰거리는 눈가를 가리며 대답했다. "야화랑은 어쨌든 부부잖아. 부부란 서로 이해하고 사랑하는 사이니까 누가 누구에게 빚을 졌는지 따질 필요가 있나요."

구름 끝에 서 있던 절안이 웃으며 대꾸했다. "네가 이번에는 제대로 깨달았구나."

필방이 경쾌하게 축하한다고 말해 고맙다고 대답해주었다.

절안과 오라버니가 앞서고 나는 구름을 돌려 뒤따랐다. 야화에게 가는 것은 잠시 늦추기로 했다. 곤륜허에서 제자로 있을 때 내가 워낙 천방지축이라 제자로서의 도리를 제대로 한 적이 거의 없었다. 나중에 철이 좀 들고 공경의 의미를 깨달았을 때는 스승 묵연이 이미 염화동에 누운 뒤였다.

이제 묵연이 깨어났으니, 사랑의 기쁨은 접어두고 어서 스승께 달려가 막내 제자가 성숙해졌음을, 진중해졌음을, 다른 사람을 아낄 줄 알게 되었음을 보여드리고 싶었다.

열일곱째는 잘 지내고 있었다.

묵연의 제자였을 때 남자였으므로 당시의 모습으로 변신하려는데 절안이 손을 들어 말렸다. "묵연의 신력이라면 네가 여자아이인 줄 진즉에 알았을 게다. 네 부모 체면을 고려해 모르는 척했을 텐데, 설마 묵연을 이만 년이나 속였다고 믿은 거니?"

나는 부채를 접으며 웃었다. "그렇네요. 어머니의 술법으로는 열여섯 사형들이나 속였겠지요. 그렇지 않아도 스승님을 속이는 게 가능한지 의심스러웠어요."

풍이산 산허리에 도착하자마자 내가 제일 먼저 구름에서 내렸다. 산 중턱의 월계나무에서 그윽한 향이 풍겨왔다.

팔월 가을의 기운을 밟으며 곧장 염화동으로 뛰어들어갔다.

자욱한 안개로 가득한 동굴 끝에 묵연이 오랫동안 잠들어 있던 얼음침대가 있었다.

이렇게 중요한 순간에 눈앞이 흐릿해졌다. 대충 손으로 문질렀는데 손등과 손가락 끝에 물기가 묻어났다.

얼음침대에 누군가 앉아 있는 모습이 어렴풋하게 보였다.

나는 비틀비틀 다가갔다.

얼음침대에 비스듬히 기대앉은 사람은 바로, 다름 아니라 오랫동안 잠들었던 스승 묵연이었다.

묵연은 머리를 옆으로 기울인 채 화병에 담긴 보잘것없는 야생화를 바라보고 있었다. 그 표정과 자태 모두 칠만 년 전과 조금도 다르지 않았다. 내 눈이 자꾸 젖어들려 했다.

칠만 년 전, 사형들과 번갈아 묵연의 방을 청소할 때 방안 작은 화병에 한창때의 꽃을 꽂아두었었다. 묵연은 늘 저렇게 자세히 살펴본 다음 내게 칭찬의 웃음을 지어주었다.

그 웃음을 받을 때마다 얼마나 뿌듯했던지.

내가 뛰어들어가자 묵연이 깜짝 놀라 고개를 돌리더니 다리를 구부리고 손으로 뺨을 받치며 담담하게 웃었다. "열일곱째? 와, 정말 열일곱째로구나. 어서 가까이 와보거라. 그동안 얼마나 달라졌는지 보자."

나는 발걸음을 늦추었다. 심장이 다급하게 쿵쾅거리고 눈가가 뜨겁게 달아올랐다. 마침내 비틀비틀 달려들며 떨리는 목소리로 스승님을 불렀다. 슬픔과 기쁨, 온갖 감정이 뒤섞인 목소리로.

묵연이 나를 안아주며 말했다. "왜 울려고 그러느냐. 아, 치마가 예쁘구나."

절안이 안개를 헤치며 들어왔다. 뒤따라온 오라버니가 웃으며 말했다. "칠만 년을 주무시더니 드디어 일어나셨네요."

염화동이 서늘해 재채기를 하자 오라버니가 나를 밖으로 끌고 나왔다. 이어 절안과 묵연은 천천히 걸어나왔다.

옛날 곤륜허에는 내 위로 사형이 열여섯 명 있었다. 그중 아홉째인 영우 사형만 묵연이 데려왔을 뿐, 나머지 열다섯 명은 천족에서 나름 한자리하는 집안 출신들이었다. 칠만 년 전 묵연이 사라진 뒤 사형들은 몇천 년 동안 나를 찾다가 아무런 성과도 거두지 못하자 하나둘 집안의 호출을 받고 돌아가 각자의 사명을 수행하게 되었다.

예전에 넷째 오라버니가 남몰래 곤륜허를 돌아보고 왔을 때, 사람들로 북적이던 곤륜허에 지금은 영우와 몇몇 동자들만 남았다며 안타깝다고 탄식했었다.

만약 묵연이 곤륜허에 대해 물으면 이 한탄스러운 일을 어떻게 전해야 할지 고민스러웠다.

그래서 호리동까지 돌아가는 내내 마음이 불편했다.

뜻밖에도, 묵연이 가장 먼저 물어본 것은 곤륜허에 대한 일이 아니었다.

묵연이 자리를 잡고 앉자 미곡이 차를 가져왔고 내가 한 사람씩 차를 따라주었다. 그때 묵연이 절안에게 물었다. "내가 잠든 사이에 나랑 비슷하게 생긴 아이를 보지 못했나?"

내 손에 있던 주전자가 기우뚱하면서 오라버니의 무릎에 물이 쏟아졌다.

오라버니가 이를 악물며 내게 웃음을 지었다. 그러고는 꾹 참으며 무릎에서 물을 떨어냈다.

사해팔황에서 이렇게 오랜 시간을 보내는 동안 묵연과 비슷하게 생긴 사람은 딱 한 명이었다. 나의 약혼자 야화.

두 사람이 놀라울 만큼 닮아서 처음에는 조금 이상했지만 그렇다고 어떤 관련이 있으리라고는 생각하지 못했다.

극도로 잘생긴 남자는 모두 그렇게 생긴 줄 알았다. 야화가 극도로 잘생겨서 자연스럽게 그리됐다고 생각했다.

하지만 묵연의 어투로 볼 때 단순히 그런 까닭이 아니라 매우 밀접한 관계가 있는 사이인 듯했다.

두 귀를 쫑긋 세우고 있는데 절안이 하하 웃고는 나를 힐끔 쳐다보았다. "확실히 그런 사람이 있지. 자네 막내 제자가 아주 잘 알고."

묵연이 나를 쳐다보았고 나는 얼굴이 빨갛게 달아올랐다. 마치 사랑하는 낭군과 몰래 결혼을 약속한 젊은 처자가 운수 사납게 고자질쟁이 여동생에게 걸려 그동안 감춰왔던 연애사를 부모님한테 들킨 형상이었다. 송구하고 부끄러웠다.

절안이 계속해서 눈짓을 했다. 나는 쥐가 날 정도로 곁눈질하는 절안을 보면서 하는 수 없이 대수롭지 않은 척 입을 열었다. "스승님께서 말씀하신 사람은, 흠흠, 제 약혼자인 것 같습니다. 흠흠, 천족의 태자예요. 하하하……"

차를 들고 있던 묵연의 손이 멈칫했다. 묵연이 고개를 숙여 목을 축인 뒤 한참 있다가 침착하게 말했다. "아내를 고르는 눈이, 음." 그런 다음 고개를 들고 물었다. "그래, 약혼자의 이름이 무엇이냐? 출생일은 언제고?"

내가 성실하게 대답했다.

묵연이 손가락을 꼽아가며 계산해보더니 담담하게 차를 마셨다. "열일곱째, 이렇게 내 아우를 채가는구나."

청천벽력 같은 말이었다. "네?"

눈이 휘둥그레진 것은 나 혼자만이 아니었다. 나보다 견문이 훨씬 넓은 절안과 오라버니도 벼락을 맞은 것처럼 아연실색하며 아무 말도 하지 못했다.

묵연이 찻잔을 돌리며 말했다. "놀라는 것도 당연하지. 나도 아버지가 돌아가실 때에야 알았으니까. 어머니가 나 하나만 낳으셨는데 내게 아우가 있다니."

묵연의 이야기에 따르면 그 일은 모신이 그들 형제를 가졌을 때 시작되었다.

그해에 사극四極이 부러지고 구주가 무너졌다. 모신은 하늘의 네 기둥을 기우다가 태기가 크게 불안정해졌다. 결국 분만 때 큰아이만 보전하고 작은아이는 잃고 말았다. 부신은 작은아이에게 너무 미안해 천지간으로 사라져야 할 어린 혼백을 억지로 붙들어 자신의 원신 안에서 키웠다. 그러면서 작은아들을 다시 살릴 선태仙胎를 만들 수 있는지 운수와 인연을 살펴보았다. 부신은 법력의 절반을 써서 선태를 만들었지만 어떻게 해도 작은아들의 혼백을 깨울 수 없었다. 그래서 선태를 금빛 찬란한 새알로 만든 다음 작은아들의 혼백이 깨어날 때 사용하려고 곤륜허 뒷산에 묻었다.

하지만 천명에 따라 모신과 부신은 작은아들의 혼백이 깨어나기 전에 모두 혼돈으로 돌아가고 말았다.

부신은 돌아가기 전에야 이 일을 묵연에게 이야기하고 원신에서 작은아들의 혼을 꺼내 묵연에게 맡겼다. 묵연은 아우의 혼백을 받아 부신처럼 원신에 넣었다. 상전벽해하는 오랜 시간이 흘러도 원신에 품고 있는 아우는 깨어나지 못했다.

묵연이 말했다. "아마 원신으로 동황종을 부릴 때 깨어난 것 같네. 지금 내가 돌아올 수 있었던 것도 내 혼백이 흩어졌을 때 그애가 혼백 조각들을 모아준 때문인 것 같고. 어린아이가 내 옆에 앉아 혼백을 기워주던 게 어렴풋하게 기억나거든. 칠팔천 년쯤 모으니까 절반쯤 모였지. 그런데 금색 빛줄기가 갑자기 동굴로 들어오더니 그애를 데려갔다네. 그애가 사라진 뒤에는 내가 직접 메울 수밖에 없어서 무척 불편하고 속도도 느려졌지. 자네들 말을 들으니 천족의 태자라고? 아마 천상의 한 부인이 곤륜허에 왔다가 부신이 묻어둔 새알을 삼킨 듯하네. 선태가 그 부인의 뱃속에 자리를 잡아서 그애를 데려간 거겠지."

절안이 억지웃음을 지으며 말했다. "어쩐지 야화가 태어났을 때 일흔두 마리 오색조가 여든하루 동안 들보 위에서 선회하고 안개와 노을이 동쪽에서 삼 년간 사라지지 않았다더니, 자네 친동생이라 그랬군."

처음에는 묵연과 이런 친분을 맺게 될 줄 상상도 못해서 날벼락을 맞은 것 같았는데, 자초지종을 듣다보니 대경실색에서 벗어나 심신이 안정됐다. 나아가 야화의 생김새만 봐도 묵연의 친동생인 게 당연하다는 생각마저 들었다.

구중천 역사서에는 명명백백히 부신에겐 묵연이라는 아들 하나밖에 없다고 기록되어 있다. 그 말인즉 역사를 기록하는 신관들도 완전히 신뢰할 수 없다는 뜻이 아닌가. 사료를 믿느니 사명이 한가할 때 끄적거리는 화본을 믿는 게 낫겠구나.

묵연은 야화를 보고 싶어했지만 묵연이 이제 막 깨어난 터라 예전처럼 회복하려면 앞으로 몇 년은 폐관 수련에 전념할 필요가 있었다. 아직 둔중한 상태에 속계까지 내려갔다가는 회복에 무리가 될 것 같았다. 그래서 나는 대충 둘러대며 수련이 끝날 때 야화를 데려오겠노라 약속했다.

염화동은 신령한 기운이 많지만 한기도 강해 묵연이 수련하기에는 좋지 않았다. 묵연 역시 예전에 폐관 수련하던 곤륜허 뒷산의 동굴로 가기를 원했다. 나는 썰렁하게 변해버린 곤륜허 앞에서 묵연이 상심하는 모습을 보고 싶지 않았지만 그렇다고 계속 숨길 수도 없어 받아들이기로 했다. 상심을 해도 빨리하는 게 나을 것 같아 아예 차를 몇 잔 마신 뒤 바로 묵연과 함께 곤륜허로 향했다. 절안과 오라버니도 특별한 일이 없어 함께 나서고 필방도 따라왔다.

우리는 구름을 타고 곤륜허로 날아갔다. 예전에 오라버니가 지금의 곤륜허는 탄식이 절로 나올 정도라 한 적이 있다.

과연 절로 탄식이 나왔다.

산 입구, 서거나 앉은 신선들이 자색과 청색의 기운을 내뿜어 운무를 이루고 있었다. 신선들 기운이 자욱하게 휘감아오르니 산은 누가 봐도 신령스러워 보일 듯했다.

어라, 내가 제자로 있던 이만 년 동안은 늘 조용했는데 칠만 년 만에 곤륜허가 이렇게 대단해졌단 말인가?

오라버니를 태운 필방이 발을 오므리며 밑으로 내려갔다. 오라버니는 선해 보이는 신선에게 무슨 일인지 물었다.

신선이 눈을 껌벅거리며 대답했다. "저도 모릅니다. 지나가다 구경 왔을 뿐인걸요. 용의 기운이 사나흘째 이 산을 휘감고 있다면서 다른 신선들이 구경 오기에 저도 따라왔습니다. 실로 저 용의 기운은, 허허 참, 보통 기운이 아닙니다. 정말 아름답지요. 이곳에 앉아 이틀째 감상하고 있습니다. 새는 벌레를 잡으라고 풀어두시고 이리 와서 함께 눈요기를 하십시오. 여기 자리가 있으니 함께 앉읍시다."

오라버니는 고맙지만 괜찮다며 호의를 거절한 뒤 묵묵히 돌아와 헛기침을 내뱉었다. "아무것도 아닙니다. 곤륜허의 풍광을 흠모해 경배하러 왔을 뿐입니다."

절안이 팔을 소매에 넣으며 기침한 뒤 야유의 웃음이 가득한 눈으로 묵연에게 말했다. "곤륜허가 원래 용뼈에서 솟아난 산이지. 아마 자네가 돌아오는 것을 알아채고 흥분해서 기를 뿜었나보군. 그 바람에 주변의 미숙한 신선들이 모여들었고."

묵연은 아무 표정 없이 입가를 삐죽거렸다.

산에서 구경하는 신선들을 방해하지 않기 위해 우리 다섯은 몸을 숨긴 채 문을 지나갔다. 아홉째 사형은 수만 년이 지나도록 옛날 방식 그대로 입구를 엄중하게 지키고 있었다. 달라진 것은 아무것도 없었다.

우리는 영우만 만날 수 있을 거라 생각하며 들어섰다가 십여 걸음 앞의 광경에 깜짝 놀랐다. 열여섯 사형이 전부 그 옛날 곤륜허 제자 시절의 도포 차림에 당시의 머리 모양을 하고 한 장 너비의 돌길 양쪽으로 늘어서 있었다.

마당의 나무도 옛날 서천범경의 불타 몇이 차를 마시러 왔을 때 가져온 사라쌍수沙羅雙樹* 그대로였다. 그 사라쌍수 아래에, 사형들이 두 손을 늘어뜨린 채 칠만 년 동안 계속 그렇게 서 있었던 것처럼 공손하게 서 있었다.

큰 사형이 제일 먼저 눈시울을 붉히며 털썩 꿇어앉고는 떨리는 목소리로 입을 열었다. "며칠 전에 아홉째 사제가 곤륜허에서 용 기운이 치솟고 용의 울부짖음도 들린다면서 무슨 징조인지 모르겠다고 전해왔습니다. 저희들은 그날 밤으로 달려왔습니다. 혹시 스승님이 돌아오시려는 길조가 아닐까 생각했지만 믿을 수가 없었습니다. 그러다 조금 전 대전에 있을 때, 입구 바깥에서 스승님의 기운이 느껴져 서둘러 나왔는데 미처 입구까지는 못 나갔습니다. 스승님, 칠만 년 만에 드디어 돌아오셨군요." 큰 사형은 흐느끼며 말을 끝냈다. 젊을 때의 모습이 아직 남아 있긴 해도 이미 꽤 나이를 먹은 사형이 그렇게 울자 코끝이 시큰해졌다. 다른 열다섯 사형들도 전부 무릎을 꿇고 흐느꼈다. 열여섯째 사형 자란은 특히 심하게 울었다.

묵연이 무겁게 가라앉은 눈빛으로 말했다. "오래 기다리게 했구나. 모두 일어나거라. 안에 들어가 회포를 풀자꾸나."

사형들의 한바탕 울음으로 시작된 회포는 이어 그들이 부주의하게 잃어버린 본 상신, 사음 신군의 이야기로 이어졌다.

나를 언급할 때 큰 사형은 숨을 쉬기 힘들 정도로 슬퍼했다. 그날 밤 사형들에게 약을 먹이고 묵연의 몸을 곤륜허에서 빼낸 내 잘못은 한마디도 꺼내지 않고, 계속 나를 지키지 못하고 잃어버린 것

* 석가모니가 열반할 때 사방에 한 쌍씩 서 있었던 사라수.

이 본인들 책임이라고만 했다. 이후에도 계속 찾았지만 아무런 소식도 듣지 못했다며 안 좋은 일을 당한 것 같다고, 큰 사형으로서 막내를 지켜야 하는 소임을 다하지 못했다며 스승께 벌을 청했다.

오라버니 옆에서 듣고 있던 나는 눈시울을 붉히며 얼른 고백했다. "저는 아무 문제 없이 여기 이렇게 잘 있습니다. 옷을 바꿔 입었을 뿐인걸요. 제가 사음입니다."

사형들이 전부 멍하니 쳐다보았다. 큰 사형은 비틀비틀 바닥에 주저앉아 한참 동안 숨을 고른 뒤에야 일어났다. 그러고는 나를 안고 눈물을 닦으며 슬퍼했다. "사람마다 동성애에 대한 환상이 있다고 아홉째가 말했었지. 예전에 귀족의 둘째 왕자가 너를 꾀어냈을 때 호된 매질로 그런 생각을 끊어주었는데 네 환상은 끊어내지 못했구나. 불쌍한 열일곱째, 정말로 단수가 되다니, 그것도 여장을 좋아하는……"

오라버니가 더이상 참지 못하고 피식 웃음을 터뜨렸다.

나는 눈물을 참으며 서글프게 물었다. "큰 사형, 제 얼굴이 여장한 남자 같아요?"

열째 사형이 큰 사형을 잡아끌며 더듬더듬 말했다. "그래서 우리랑 함께 목욕하지 않았구나. 열일곱째, 너 정말 여자였어!"

오라버니가 소리를 길게 끌며 강조했다.

"얘는 아리—따운—여자—"

오라버니를 발로 차버렸다.

나이를 먹어서인지 큰 사형은 옛날과 달리 무척 감상적이 되었다.

내 이야기가 끝난 뒤로는 칠만 년 동안 사형들이 세운 공적으로

화제가 바뀌었다.

젊은 시절 열여섯 사형들은 대부분 별 볼 일 없었다. 나무 열매를 따거나 물고기를 잡는 건 진작 졸업하고, 나는 사형들을 따라다니며 닭싸움, 개싸움, 귀뚜라미싸움을 배우고 연애를 걸거나 술을 마시며 춘화를 품평하는 등 부잣집 도령들이 하는 짓을 배웠다. 스승님을 속인 채 속계에서 온갖 엉뚱한 일을 벌이면서 천 년에 한 번 나올까 말까 한 풍류가처럼 굴었다.

나를 그렇게 만든 데에는 사형들의 공이 컸다. 한데 나를 그렇게 만든 사형들이, 지금은 하나같이 인재가 되었다. 하늘이 그들의 운명을 정할 때 틀림없이 졸았으리라.

하지만 하늘이 졸아서 정말 기뻤다. 스승님도 분명 기뻐했을 것이다.

그렇게 기쁜 마음으로 사형들의 공적을 듣다보니, 문득 그들이 공적을 세우는 동안 나는 무엇을 하고 있었나 하는 생각이 들었다. 나도 모르게 참담함이 등줄기를 따라 퍼졌다.

옆에서 오라버니가 일일이 기록하며 수시로 "대단하군, 대단해" 하고 박수치며 환호했다. 참담함뿐만 아니라 창피한 마음까지 들었다.

열째 사형이 나를 위로했다. "너는 여자잖아. 아, '아리따운 여자.' 아리따운 여자가 공을 세울 필요가 뭐 있겠니. 내 여동생들도 하루종일 좋은 집안에 시집갈 생각만 하더라. 열일곱째 너는 좋은 집에 시집가는 게 성공하는 거야."

열여섯째 사형이 싱글벙글 웃으며 말했다. "열일곱째 나이면 이제 시집가는 게 아니라 벌써 아이가 몇일걸. 맞다, 언제 사형들한테 남편 좀 보여줘. 네 용모와 품성으로 어떤 부군을 얻었으려나?"

그 말은 구구절절 아픈 곳을 찔렀다. 나는 이마의 땀을 닦으며 멋쩍게 웃었다. "그럼요, 그럼요. 다다음 달에 혼례를 올릴 예정이니까 그때 모두들 초청할게요."

묵연은 한옆에 앉아 눈꺼풀을 살짝 든 채 듣고 있었다. 그런데 내 입에서 혼례라는 말이 나오자 묵연의 손에 들린 찻잔이 기울어지며 물이 반쯤 쏟아졌다. 내가 얼른 달려가 치웠다. 절안이 두어 번 기침을 했다.

아홉째 사형 영우는 곤륜허를 아주 잘 관리했다. 넷째 오라버니가 한두 달만 호리동을 비워도 방에 먼지가 잔뜩 쌓이는데, 칠만 년 동안 비워둔 곤륜허의 내 방에는 먼지 하나 없었다. 나는 살짝 부끄러워하며 침대에 누워 몸을 뒤척였다.

옆방에는 열여섯째 사형 자란이 묵었다. 사형이 벽을 두드리며 말했다. "열일곱째, 자니?"

나는 잠들지 않았다는 뜻으로 흐흠 하고 콧소리를 냈다. 하지만 이렇게 모기 같은 소리는 듣지 못할 것 같아 다시 "아직 안 자요"라고 대답했다.

잠시 후 벽을 넘어 사형의 목소리가 들려왔다. "지금껏 칠만 년 동안 스승님 때문에 고생이 많았다."

기억 속 열여섯째 사형은 툭하면 내 꼬투리를 잡고 시비를 걸었다. 내가 이게 옳다고 하면 그는 저게 옳다고 하고, 이게 좋다고 하면 하나 쓸모없다고 퉁을 놓았다. 그런 사형에게서 이런 말을 들으니 정말 열여섯째 사형이 맞나 의심이 들어 목소리를 높였다. "정말로 자란 사형이에요?"

잠시 침묵이 이어지다 콧방귀 소리가 났다. "이러니까 여태 시집을 못 갔지."

자란이 맞았다.

나는 하하 웃고는 더이상 따지지 않고 침대에 누워 몸을 돌렸다.

이렇게 오래 살면서 실망스러운 일을 참 많이도 겪었다. 하지만 곤륜허의 소박한 침대에 누워 있는 지금, 그 옛날의 실망스러운 일들이 별로 유감스럽게 느껴지지 않았다. 달빛은 부드럽게 들어오고 창밖은 평화로웠다.

둘째 오라버니는 늘 안분지족이라는 말로 내 심성을 가꿔주려 했다. 옛날의 나는 안분지족을 제대로 깨닫지 못했다. 그보다는 할 수 있는 한 잊고 최대한 즐기는 게 낫다고 생각해 대충 되는대로 살았다. 지금은 잊는다는 건 안온해지기 위해 스스로를 속이는 행위에 불과하고, 안분지족할 때에야 진심으로 마음이 편하다는 것을 알고 있다. 진심으로 마음이 편해야 안락함이 오래간다. 거기까지 헤아리자 갑자기 내가 무척 행복하다는 생각이 들었다. 야화에게 말해주고 싶어 견딜 수가 없었다.

하지만 지금 야화는 내 말을 이해할 수 없을 터였다. 지금 야화는 한 살일 테니까. 아, 이제 돌이 된 야화는 어떻게 생겼을까? 눈이 여전히 차가운 심연 같을까? 코는 원래처럼 오뚝할까? 찹쌀경단과 닮았을지도 모르겠네.

이런저런 생각을 하다가 점점 잠에 빠져들었다.

묵연이 돌아왔다는 소식이 어떻게 퍼졌는지, 이튿날 새벽이 되자 조금이라도 영기를 가진 하늘과 땅의 생물은 전부 음악과 전쟁의 태고신이 돌아왔다는 사실을 알았다.

소문의 내용은 이러했다. 묵연은 자금관紫金冠과 흑수정 갑옷, 검은 장화 차림에 헌원검을 들고 야리야리한 처자를 가슴에 안은 채 팔월 열엿새 미시未時 삼각에 위풍당당하게 곤륜허 산꼭대기로 내려왔다. 또한 묵연이 내려왔을 때 곤륜허 산맥 전체가 세 차례 진동하고 날짐승과 들짐승이 하늘을 보고 길게 울부짖으며 물속의 물고기와 용도 전부 수면으로 올라와 기쁨의 눈물을 흘렸다.

이런 황당한 소문에 우리 열일곱 제자들은 얼마나 놀라고 당황했던지 눈물까지 흘릴 뻔했다.

자금관에 흑수정 갑옷, 검은 장화와 헌원검은 묵연이 출정할 때의 차림으로 칠만 년 내내 곤륜허 중앙 대청에 모셔둔, 우리 제자들이 늘 우러러보는 바로 그 형상이었다. 야리야리한 처자란 나와 오라버니가 고민해본 결과 바로 나를 지칭하는 듯했다.

그런 말 같지도 않은 소문이 팔황 곳곳으로 퍼지면서 신선들이 삼삼오오 찾아오기 시작했다.

원래 계획대로라면 묵연은 곤륜허에 돌아온 이튿날 바로 폐관 수련에 들어가려 했지만 상황이 상황인지라 날짜를 미루는 수밖에 없었다.

알현하러 온 신선들 가운데에는 특별한 사람이 없었다. 큰 사형과 둘째 사형이 묵연에게 안내해 몇 마디 나누는 경우도 있지만 바깥 대청에서 차만 마시고 돌아가는 신선도 많았다. 그런데 셋째 날 점심 때 찾아온 청년은 조금 특별했다.

하얀 도포를 입은 청년은 분위기가 차분하고 생김새도 온화했다.

청년을 본 묵연의 표정이 살짝 흔들렸다.

하얀 도포의 청년은 묵연을 보고도 예를 갖춰 인사하지 않았다. 그저 아름다운 눈을 치켜들며 말할 뿐이었다. "오랜만에 상신을 뵙습니다. 예전 그대로시군요. 중윤仲尹이 곤륜허를 찾은 이유는 어젯밤 누님이 꿈에 나타나 상신께 전해달라는 말이 있어서입니다. 누님은," 청년이 한차례 웃고 나서 말을 이었다. "혼자서 무척 외롭다고 하시더군요."

나는 일곱째 사형 옆의 동자를 불러 중윤이라는 청년에게 차를 더 따라주라고 명했다.

묵연은 아무 말 없이 뺨을 괸 채 담담하게 의자 팔걸이에 기대앉아 있었다.

절안이 묵연을 힐끗 쳐다본 뒤 중윤에게 부드럽게 말했다. "중윤 아우. 그 무슨 농담인가. 자네 누님 소관少綰은 십여만 년 전에 소멸했는데 어떻게 자네 꿈에 나타나 그런 부탁을 한다는 겐가?"

중윤이 눈언저리를 부드럽게 찡그리며 대꾸했다. "절안 상신, 저를 오해하고 계시는군요. 저는 정말로 누님의 말을 전하러 왔을 뿐이지, 다른 뜻은 전혀 없습니다. 저도 이런 데 신경쓰고 싶지 않으나, 꿈속의 누님이 너무 가련해 참을 수가 없어서 오늘 이렇게 곤륜허를 찾았습니다. 절안 상신께서는 제 누님이 소멸했으므로 꿈에 나타날 수 없다는 말씀이십니까? 하지만 여기 계신 묵연 상신 역시 소멸했다더니 지금 돌아오지 않았습니까? 제 누님도 소멸했으나 혼백이 어디에 흩어져 있을지도 모르지요. 그러다가 꿈에 나타났을 수도 있지 않겠습니까?"

말을 마친 중윤은 몸을 구부려 인사한 뒤 중앙 대청에서 나갔다.

중윤이라는 자가 대청을 나가자 절안이 아미타불을 외쳤다.

묵연이 자리에서 내려와 아무 말 없이 뒷마당으로 나갔다. 나는 뒤꿈치를 들고 따라가 살피려다가 절안에게 제지당했다.

둘째 사형이 얼굴을 찡그리며 다가왔다. "스승님이 이렇게 나가셨으니 신선들이 찾아오면 어떻게 해야 할까요?"

절안이 쓸쓸하게 하늘을 쳐다보며 대답했다. "바깥 대청에서 차를 대접하게. 충분히 마시면 배웅하고. 아, 차는 충분한가?"

내가 계산해보고 고개를 끄덕였다. "충분해요, 충분해."

늘 묵연을 보면서 뭔가 많은 사연을 간직하고 있는 것 같다고 생각했었다. 무슨 일이든 오목함이 있으면 볼록함도 있는 법. 과연 내 생각이 틀리지 않은 듯했다. 중윤의 단편적이고 추상적인 말을 짚어보니 뭔가 피비린내 나는 사연 같았다. 슬금슬금 걱정이 밀려왔다. 나는 제자로서의 도리를 다하기 위해서, 바깥 대청의 신선들을 모두 대접하고 나면 묵연의 방으로 가서 마음을 풀어드려야겠다고 생각했다.

밤. 묵연의 방문을 두드린 뒤 들어가니 그는 칠현금 앞에서 생각에 잠겨 있었다. 노란 촛불에 비친 묵연의 표정은 온갖 풍파를 다 겪은 듯 지쳐보였다. 내가 문가에서 멍하니 서 있자 묵연이 칠현금에서 눈을 떼고 옅은 미소를 지으며 말했다. "문 앞에 서서 뭐하느냐, 들어오거라."

나는 아무 말 없이 느릿느릿 다가갔다. 마음을 풀어드릴 생각으로 찾아왔지만 한참이 지나도록 한마디도 하지 못했다. 낮에 들은 일에 대해 나는 아는 게 하나도 없었다. 그저 청년의 말투로 미루어보건대 남녀 문제에 관한 일이 틀림없다고 짐작할 뿐이었다. 위로를 대체 어떻게 시작해야 할지 감이 오지 않았다.

내가 생각에 빠져 있을 때 불현듯 칠현금 소리가 귀를 파고들었다. 묵연이 오른손으로 대충 현을 튕기며 말했다. "툭하면 정신을 놓는 버릇은 수만 년이 지나도 똑같구나."

나는 코를 만지작거리며 웃었다. 그런 다음 묵연에게 다가가 다정한 어투로 조심스레 말을 꺼냈다. "스승님, 사람이 죽으면 돌아올 수 없는 법이잖아요. 중윤이란 자는 누나가 몹시 그리워서 그랬나보니, 너무 마음 쓰지 마세요."

묵연이 잠시 멍하게 있다가 고개를 숙이고는 또 되는대로 두어 번 현을 튕긴 다음 담담하게 말했다. "오늘밤 찾아온 이유가 그 일 때문이냐?"

내가 고개를 끄덕였다.

칠현금 소리가 어지러이 뒤섞이다가 갑자기 뚝 끊어졌다.

묵연이 고개를 들어 나를 한참 동안 쳐다보다가 뜬금없는 질문을 던졌다. "그에 대한 네 마음은 진심이냐?"

한참 뒤에야 묵연이 야화에 대해 묻고 있다는 것을 알았다. 어른 앞에서 감정을 솔직히 털어놓는 게 부끄럽다고 생각했지만 배배 꼬는 것은 또 내 성격에 맞지 않아서 코를 문지르며 솔직하게 대답했다. "진심입니다. 완전히 진심이에요."

묵연이 눈을 돌려 창밖을 한참 쳐다보다 말했다. "그럼 됐다. 마음이 놓이는구나."

이런, 오늘밤 스승의 표정이 좀 이상했다. 설마, 설마 내가 여자답지 못해 시집가서도 제대로 못 지낼까봐 걱정하셨나? 그럴 것이라 생각한 나는 활짝 웃으며 안심시켜드렸다. "스승님, 걱정하지 마세요. 야화는 정말 좋습니다. 저희는 뜻이 잘 맞아요. 서로에게 진심입니다."

묵연이 여전히 고개를 돌린 채로 담담하게 말했다. "밤이 늦었구나. 돌아가 쉬어라."

그 이후 묵연은 대청에 잘 나오지 않았다. 그날 밤 스승님을 위로하겠답시고 정원을 한참이나 걸어 찾아가놓고도 정작 아무런 위로도 못했다는 사실은 방을 나온 뒤에야 깨달았다. 살짝 부끄러웠다. 하지만 이런 일은 역시 당사자가 털어야지, 옆에서 끼어들어 해결해줄 수는 없다.

묵연을 만날 수 없으면 찾아오는 신선들의 열정도 누그러들 줄 알았는데 여전히 방문객이 줄을 이었다. 심지어 갈수록 머무는 시간이 길어져 차를 마시는 횟수도 계속 늘어났다. 오라버니는 그게 다 남에게 지기 싫어 허세를 부리려고 하기 때문이라고 단정했다. 어렸을 때 우리가 절안의 도림에서 누가 복숭아를 더 많이 따고 술을 더 많이 마시는지 내기하며 허세를 떨었던 것처럼 말이다. 그래서 어쩔 수 없이 공고를 붙였다. 곤륜허에 찾아오는 신선들은 차를 한 잔씩만 마실 수 있다는 내용이었다. 그럼에도 축하하러 찾아오는 신선들이 끊이지 않아 짜증이 날 지경이었다.

대청에서 차 박사 노릇을 한 지 열이틀 째 되던 밤, 더는 참을 수 없어서 오라버니를 마당에 있는 대추나무 아래로 끌고 갔다. 그러고는 속계에서 야화를 보고 올 테니 일고여덟 시간만 눈속임을 해달라고 부탁했다.

대추나무에 엄지손가락만한 대추가 열렸지만 아직 파래서 먹을 수는 없었다. 오라버니가 대추를 두 개 따서 손에 들고 말했다. "사형들이 알면 사랑에 눈이 멀었다고 놀릴까봐 몰래 가는 거지?"

오라버니도 잘못 볼 때가 있다니.

사형들 때문이 아니었다. 겁운을 겪는 친동생을 보러 묵연이 속계로 내려갈까봐 걱정이 되어서였다. 속계는 기운이 탁해서 묵연의 회복에 도움이 될 리 없었다. 오라버니는 무릇 여자란 부끄러움을 많이 타고, 나 또한 아무리 나이가 많아도 예외일 리 없다고 생각하는 듯했다. 내가 오라버니의 생각보다 훨씬 뻔뻔하다는 점을 모르는 듯해 살짝 진땀이 났다.

오라버니가 손가락을 하나 내밀며 말했다. "일고여덟 시간이면 오늘밤을 새워야 된다고. 한 시간이 최대야. 야화가 속계에서 겁운을 겪는 건 그리 큰일도 아닌데 굳이 보러 가겠다니, 너무 집착하는 거 아니냐?"

아무 내색도 하지 않으려 했지만 귀가 빨갛게 달아올랐다. 아무래도 오늘 날짜를 잘못 잡은 듯했다. 아까 오후에 회랑에서 오라버니가 절안과 말다툼한 것을 깜빡하고 말았다. 하지만 한 시간이라도 다행이다 싶어서 오라버니에게 고맙다고 한 뒤 그대로 입구로 향했다.

오라버니가 손에 들고 있던 대추 두 알을 연못으로 던지며 시큰둥하게 말했다. "한 시간이 지나도 돌아오지 않으면 오라비로서 직접 데리러 갈 테니 원망 마라." 아무래도 오늘 오라버니가 절안에게 단단히 화가 난 모양이었다.

곤륜허는 은하수가 빛나는 깊은 밤이었지만 속계에는 푸른 하늘이 드넓게 펼쳐져 있었다. 어느 서당 바깥으로 내려가 몸을 숨겼다. 낭랑하게 "숙향견한선자叔向見韓宣子 하니, 선자우빈宣子憂貧 하고, 숙향하지叔向賀之……"* 하며 책 읽는 소리가 들렸다.

낭랑한 목소리를 따라 안을 들여다보자 제일 뒤쪽에 앉은 수려한 용모의 아이가 눈에 들어왔다. 아이의 얼굴은 속인들 사이에서 한눈에 뜨일 만큼 수려했지만 어딘지 미흡해 보였다. 이 아이가 성인이 되더라도 야화처럼 잘생길 것 같지 않았다. 하지만 냉담한 표정만큼은 야화와 완전히 똑같았다.

글 읽는 소리가 끝나자 선생이 눈을 뜨고 교재를 쳐다보며 말했다. "류영, 일어나서 해석해보거라." 차가운 얼굴의 아이가 대답하며 일어났다. 심장이 덜컹했다. 정말로 야화라니, 내 눈썰미에 감탄이 절로 나왔다. 이제 야화가 어떤 모습으로 변하든 알아볼 수 있을 듯했다.

아이가 구절구절 조리 있게 해석하는 동안 선생은 염소수염을 꼬면서 수시로 훌륭하다고 칭찬했다. 옛날 열여섯째 사형 자란이 수업받을 때가 떠올랐다.

말하자면 창피한 과거였다. 당시 나는 어리고 철이 없어서 사형들로부터 좋지 않은 습관을 배웠다. 특히 묵연의 수업은 흥미를 느끼지 못해 나와 비슷한 열다섯째 사형과 쪽지를 주고받으며 시시

---

* 1695년 청나라 때 오초재(吳楚材)와 그의 조카인 오조후(吳調侯)가 제자들을 가르치기 위해 교재로 편찬한 고문집본 『고문관지(古文觀止)』의 일부.

덕거리기 일쑤였다. 하지만 그 행동들이 워낙 어수룩하다보니 열에 아홉은 묵연에게 들켰다. 묵연의 벌은 언제나 똑같았다. 다른 사형들 앞에서 길고 지루한 불타의 교리를 외우는 것이었다. 불쌍하게도 나는 묵연이 지적한 교리를 제대로 이해하지 못했으니 외우는 것은 더 말할 필요도 없었다. 우물쭈물, 더듬더듬할 수밖에. 그때마다 열여섯째 사형이 호명돼 일어나서는 우리 앞에서 유창하게 외우고 세세히 설명하곤 했다. 그러다보니 식견 있는 사람이라면 누구나 내가 능력 없는 제자임을 한눈에 알아볼 수 있었다. 솔직히 말해서 실제로 무능한 제자였다.

열다섯째 사형은 나와 같은 부류였다. 우리는 자란의 총명함에 치를 떨면서, 평생 저 총명한 인간과는 어울리지 않겠노라 하늘과 땅에 대고 맹세했다. 심지어 글로 쓰고 지장까지 찍은 뒤 곤륜허 마당의 대추나무 아래에 증거로 묻기까지 했다.

그런데 지금 서당에서 보는 야화의 총명함은, 정말 사랑스러웠다.

나는 서당 밖에서 몸을 숨긴 채 수업이 파하기를 기다렸다.

시동 둘이 야화를 도와 책상을 정리한 뒤 야화를 데리고 나왔다. 나는 어떻게 해야 자연스럽게 몸을 드러내고 다가가 인사할 수 있을지 고민하며 뒤따라갔다. 전전긍긍하며 망설이고 있는데 갑자기 뒤에서 휙 하는 소리가 들려 반사적으로 소매를 흔들었다. 빠르게 날아오던 돌멩이 두 개가 방향이 바뀌면서 퉁퉁, 길가의 늙은 버드나무를 때렸다.

그 소리에 야화가 고개를 돌렸다. 크지도 작지도 않은 아이들 서너 명이 침을 뱉으며 달아났다. 아이들은 뛰어가며 "쌀도 귀하고 기름도 귀한데 류씨 집안에 병신이 태어났다네. 전생의 잘못을 이제 갚느라 천도의 윤회는 바뀔 여지가 없으니. 신동이라 글을 잘 알아도 병신이 어떡하려나" 하고 노래를 불렀다. 머릿속이 윙윙거렸다. 눈을 들어 야화의 오른팔을 보았다.

세상에나. 천군은 친손자인 야화에게 어쩌면 이리도 독할 수 있단 말인가. 환생할 때조차 제대로 된 육신을 주지 않다니. 야화의 오른쪽 소매는 확실히…… 확실히 텅 비어 있었다.

야화 곁의 시동들이 충심으로 주인을 보호하며 달아난 아이들을 쫓으려다가 야화에게 제지당했다. 달아나는 아이들이 눈에 익어서 떠올려보니 함께 서당에 있던 학생들이었다. 경험자로서 그 아이들의 마음은 아주 잘 이해할 수 있었다. 본인들의 실력이 좋지 못해 기재奇才를 타고난 야화를 질투하는 것이다. 하지만 질투는 질투로 끝내고 속으로 싫어하고 말 일이지, 저렇게 악독한 노래를 지어 부르다니. 흥, 저런 돼먹지 못한 녀석들은 나중에 고생을 겪게 되면 옛날 자신들이 저질렀던 짓거리가 얼마나 어리석었는지 깨달을 것이다.

야화는 왼손으로 텅 빈 오른쪽 소매를 털고 살짝 눈살을 찌푸린 뒤 아무 말 없이 돌아서 가던 길을 갔다. 그 모습에 가슴이 아팠지만 당장 모습을 드러냈다가는 모두들 깜짝 놀랄 게 분명해 쓰린 마음을 삼키는 수밖에 없었다.

황혼 무렵부터 한밤중까지 계속 따라다녔지만 야화 앞에 모습을 드러낼 적당한 시기를 찾을 수 없었다. 시동 둘이 항상 야화 곁에 붙어 있는 통에 애간장이 탈 지경이었다. 술시가 다 지날 무렵 야화가 드디어 침대로 올라갔다. 시동들은 야화의 옷을 벗기고 잠들 때까지 시중들다가 불을 끈 다음에도 잠시 서 있었다. 그리고 마침내 하품을 하며 자러 갔다.

나는 입김으로 은신술을 풀어 몸을 드러내고는 침대 가장자리에 앉았다. 창밖 달빛에 의지해 다가가서 자세히 살펴본 다음 이불 위로 야화를 흔들어 깨웠다. 야화가 음 소리와 함께 돌아눕더니 반쯤 몸을 일으키며 몽롱한 눈으로 물었다. "무슨 일이야?" 잠시 뒤 자기 앞에 앉아 있는 사람이 시동이 아니라 나라는 것을 확인한 야화는 얼빠진 표정으로 한참을 멍하니 있었다. 그러고는 눈을 감고 다시 누우며 웅얼거렸다. "꿈이로구나."

나는 가슴이 철렁해 얼른 야화를 다시 깨운 다음 야화가 뭐라 입을 열기 전에 "나를 알아보겠어요?" 하고 물었다. 알아볼 리 만무했고 방금 전에 한 말도 잠결에 무심코 내뱉은 것이 분명했지만 미련을 버릴 수가 없어서 기어코 물어보았다.

아니나 다를까 야화는 모른다고 대답했다. 졸음이 달아났는지 눈살을 찌푸린 채 한참을 가만히 있다가 말했다. "꿈이 아닌가?"

나는 소매에서 비둘기 알만한 야명주를 꺼내 살짝 빛을 밝힌 다음 야화의 손을 내 얼굴에 가져다대고 웃었다. "아직도 꿈속 같아요?"

야화의 얼굴이 점점 붉어졌다.

나는 깜짝 놀라서 감탄했다. 환생한 야화가 이렇게 부끄러움을 탈 줄이야.

조금 가까이 다가앉자 야화가 뒤로 물러나며 얼굴을 또 붉혔다. 그런 야화는 처음이라 무척 신선했다. 조금 더 다가앉자 야화는 아예 구석으로 물러났다. 하얗고 깨끗한 얼굴이 완전히 빨개졌는데도 야화는 여전히 침착한 척하며 말했다. "누구세요? 어떻게 내 방에 들어왔죠?"

예전에 보았던 연극 장면이 떠올랐다. 백추련이라는 백상어 정령이 모섬궁이라는 공자에게 반해 상사병을 앓다가 한밤중에 찾아가 뜻을 이룬다는 내용이었다. 야화의 모습을 보자 조금 놀려주고 싶어서 얼굴을 가리며 우울하게 말했다. "이 몸은 청구의 소선이온데 며칠 전 하계에 놀러왔다가 공자님의 풍모에 반해 사모하게 되었습니다. 사모하는 마음이 깊어질수록 날로 초췌해져, 이러다가는 큰일이 날 것 같아 공자님과 하룻밤을 보내러 왔습니다." 그런 다음 수줍게 야화를 힐끗거렸다. 온몸이 오그라들 정도로 낯간지러운 말이었지만 야화의 눈을 보니 아주 잘했다는 생각이 들었다.

야화는 완전히 얼이 빠진 표정이었다. 한참 뒤 핏빛으로 달아오른 얼굴을 소매로 가리며 두어 번 기침을 한 뒤 야화가 말했다. "하…… 하지만 저는 이제 겨우 열한 살인걸요."

"……"

한 시간은 매우 빠르게 지나갔다. 환생한 야화는 평소보다 훨씬 재미있었다. 속계 류씨 가문의 교육방식이 구중천에서 홀로 고독하게 지내야 했던 천군의 교육방식보다 좋아 보여 조금 마음이 놓였다.

야화에게 전생에 관한 일은 전혀 말하지 않았다. 야화는 내가 정말로 우연히 그의 풍모에 반해 절절하게 짝사랑하게 된 소선이라고 믿었다. 하지만 이제 겨우 열한 살에 불과하고 심지어 팔도 하나밖에 없는 자신한테 어떻게 나처럼 성숙한 신선이 반하게 됐는지 이해하지 못했다.

그런 야화를 설득하기란 상당히 힘들었다.

보통 아이들처럼 쉽게 구슬릴 수 있기를 바랐지만 야화가 환생한 이 아이는 신동이며 장차 재자가 될 몸이었다. 재자라는 사람들은 보통 사람들보다 설득하기 어려운 법이라, 나는 하늘과 땅에 맹세하는 동시에 연약하고 낙담한 눈빛과 낮은 흐느낌까지 수시로 곁들인 뒤에야 야화의 신뢰를 얻을 수 있었다.

헤어지기 전 우리는 사랑의 징표를 교환했다. 나는 예전에 원정을 도우러 하계에 내려올 때 야화가 주었던 구슬 팔찌를 주었다. 그 팔찌는 야화의 평안을 지켜줄 수 있을 터였다. 내가 옆에 없어도 팔찌를 차고 있으면 그다지 걱정할 필요가 없었다. 야화는 목에 걸고 있던 옥패를 내 목에 걸어주었다. 나는 야화의 귓가에 다시 한번 당부하는 것을 잊지 않았다. "절대로 다른 여자와 혼인하면 안 됩니다. 시간이 날 때마다 올게요. 당신이 자라면 당신에게 시집올 거예요." 야화가 얼굴을 붉히고는 진지하게 고개를 끄덕였다.

틈이 날 때마다 보러 오겠노라 말했지만 곤륜허로 돌아온 뒤 도저히 짬을 낼 수가 없었다.

마침내 묵연이 폐관 수련의 날을 이레 뒤로 정했다. 절안은 묵연이 폐관할 때 동굴로 가져갈 단약을 만들겠다며 내게 옆에서 보필해달라고 했다. 나는 목을 축일 틈조차 없을 만큼 하루종일 바쁘게 단약방을 오갔다. 구월 초이틀 오전, 절안이 완성된 단약을 옥병에 담아 묵연에게 가져가라며 건넸다. 묵연은 동굴에 들어가기 직전에 피곤한 얼굴로 다른 사형들에게는 아무 말 없이 내게만 "야화가 잘해주니?"라고 물었다. 내가 그렇다고 진지하게 대답하자 고개를 끄덕인 뒤 동굴로 들어갔다.

묵연이 폐관한 뒤 더이상 신선들도 찾아오지 않았다. 찻잎을 살펴보자 일부러 맞춘 것처럼 똑 떨어졌다.

열다섯 사형들도 하나둘 작별인사를 하고 아홉째 사형을 돕도록 자기 시동들을 남겨둔 채 본업으로 돌아갔다. 나도 절안과 오라버니를 따라 작별인사를 하고 산을 내려왔다.

하산한 뒤 곧장 속계로 날아갔다.

야화가 이미 열일곱 살쯤 되었을 터였다. 속인들은 이 나이 때 인물이 가장 좋았다. 엿새 전 열한 살이었던 어린 야화가 한창 시절일 지금은 어떤 모습일지 궁금했다.

나는 떨리는 가슴을 안고 류씨 집안 대문 앞으로 가볍게 내려갔다.

하지만 집안 곳곳을 샅샅이 뒤져봐도 야화를 찾을 수가 없었다. 들떴던 마음이 차갑게 식어버렸다.

실망한 채 류씨 집을 나온 나는 후미진 곳에서 몸을 드러낸 뒤 잠시 생각하다가 대문을 지키는 하인에게 가서 물었다. 그제야 야화가 일찌감치 과거에 급제해 속계 천자天子의 관료가 되었음을 알았다.

하인이 한껏 자랑스럽게 말했다. "우리 도련님은 백 년에 한 번 날까 말까 한 신동이랍니다. 타고난 기재예요, 기재. 열두 살에 태학에 들어가고, 그해 황제 폐하께서 특별 과거를 열었을 때 장원을 하셨답니다. 한림원 편수에서 승승장구해 지금 벌써 호부상서시니 정말 기재지요, 기재예요."

야화의 관직에는 흥미가 없었지만 그가 어디 있는지 알아서 무척 기뻤다. 다시 정신을 가다듬은 나는 인계를 맺어 구름을 타고 천자의 궁궐로 날아갔다.

## 22장
# 슬픈 과거

상서부尚書府 뒤뜰에서 야화를 찾았다.

야화는 평상복인 검은 비단옷 차림으로 하얀 옷을 입은 여자와 술잔을 마주한 채 복숭아꽃을 감상하고 있었다. 야화가 앉은 곳 위쪽으로 복숭아꽃이 안개처럼 만개했다.

야화와 마주앉은 하얀 옷의 여자가 뭐라고 말을 하자 야화가 술잔을 들고 환하게 웃었다. 여자는 곧장 수줍어하며 고개를 숙였다.

야화의 웃음은 따스하고 부드러웠지만 내 눈에는 무척 거슬렸다.

엿새 동안 보지 못했다고 내 징표가 없는 듯 행동하다니, 굳이 너더분한 감정의 빚을 만들겠다는 것인가? 질투심이 끓어올랐다. 가까이 다가가 어찌된 일인지 자세히 알아보려는데 뒤쪽에서 갑자기 목소리가 들려왔다. "오랜만에 뵙습니다. 소금이 상신께 안부를 여쭙습니다."

나는 당황하며 몸을 돌렸다.

은신술이 인간의 눈은 속여도 신선의 눈은 속일 수 없었다. 나는 긴 치마를 소박하게 차려입은 소금을 보면서 자못 거슬린다는 어투로 물었다. "왜 여기 있죠?"

나를 바라보는 소금의 눈에 살짝 웃음이 어렸다. "군상 혼자 속계에서 겁운을 겪으시니 적적하실 듯해서, 군상이 마음에 그리는 사람을 만들어 곁에 데려다두었습니다. 오늘은 서왕모의 다과회에 초대돼 지나가다가 제가 군상께 보내드린 사람이 잘 보필하고 있는지 살피러 왔습니다."

나는 잠시 멈칫했다가 고개를 돌려 야화와 함께 있는 하얀 옷의 여자를 바라보았다. 아까는 주의깊게 살펴보지 않았는데 다시 보니 정말로 인피를 씌운 인형이었다. 나는 부채를 꺼내들며 담담하게 응대했다. "애썼네요."

소금이 곡진하게 나를 쳐다보았다. "누구를 본떠서 만든 인형인지 아시겠습니까?"

고개를 기울여 자세히 살펴보았지만 하얀 옷의 여자가 특별해 보이지는 않았다.

소금이 은근한 눈빛으로 말했다. "상신께서는 소소라는 이름을 들어보셨는지요?"

가슴이 철렁 내려앉았다. 소금, 이 어린 신선이 장족의 발전을 했구나. 소금은 정확하게 내 아픈 곳을 찔렀다. 주선대에서 뛰어내린 잡쌀경단의 친모, 야화가 그토록 사랑했던 전 부인의 이름을 내가 어떻게 모르겠는가? 하지만 야화에 대한 내 마음을 인정한 뒤로 찹쌀경단의 친모와 관련된 모든 소문을 꽁꽁 싸매 상자에 집어넣고 삼중으로 자물쇠를 채운 나였다. 그러고는 절대 그 상자를 열어

보고 마음 아파하지 않으리라 맹세했다. 야화가 사랑한 첫번째 여인이 내가 아니라는 사실은 생각할 때마다 유감스러웠지만 운명이 그렇다면 원망해서 무엇 하겠는가. 시운이 좋지 못한 기구한 사랑이라고 탄식할 수밖에.

소금이 내 안색을 살피며 말했다. "신경쓰실 필요 없습니다. 지금 군상은 속인이라서 눈앞의 대상이 인형인 줄 모릅니다. 군상이 늘 가슴에 담고 있던 소망을 실현해드리는 것뿐입니다. 나중에 속계 생활을 끝내고 원래 몸으로 돌아오시면 인형이 제아무리 소소의 얼굴이라 해도 군상의 성격으로 어찌 안중에 두겠습니까?"

그 말은 곧 지금 야화가 인형을 안중에 두고 있다는 뜻 아니겠는가.

나는 하하 웃으며 대꾸했다. "야화가 원래대로 돌아왔을 때 본인을 기만했다며 추궁해도 별 상관 없나보군요."

소금이 살짝 굳은 얼굴로 억지웃음을 지었다. "저는 인형을 만들어 군상의 거처 앞 저잣거리에 두었을 뿐입니다. 군상이 관심을 두지 않았다면 두 사람은 스쳐지났겠지요. 하지만 군상은 한눈에 반해서 저 여인을 안으로 들였습니다. 그래도 나중에 군상이 죄를 묻는다면 저도 할말은 없습니다."

가슴이 답답해졌다. 부채를 쓰다듬으며 아무 말도 하지 않았다.

소금이 빙그레 웃으며 말했다. "누군가를 뼈에 사무치도록 좋아하면 유명사의 망천수를 마셔도 완전히 잊지는 못하나봅니다. 그래서 또다시 그 사람을 사랑하게 되고요. 아참." 소금이 잠시 멈췄다가 천천히 말을 이었다. "상신께서는 지난 삼백 년 동안 군상이 결백등으로 소소의 기를 모은 사실을 아십니까?"

갑자기 징소리가 울리듯 머릿속이 윙윙거려 동서남북을 파악할 수 없고 거센 파도가 솟구치듯 가슴이 일렁거렸다.

그는…… 야화는 소소를 다시 불러낼 생각이었단 말인가?

엿새 전 그날 밤, 야화의 침대 가장자리에서 나를 알아보겠느냐고 물었을 때 야화는 모른다고 했다. 그런데 육 년 뒤에는 몰라봐야 하는 여자를 길에서 만나 집으로 데려왔다. 역시 야화는 나를 소소만큼은 사랑하지 않았기 때문에 몰라보았던 것일까. 혹시…… 삼중으로 잠가두었던 상자가 덜컥 열렸다. 혹시, 눈을 가린 내 모습이 전 부인과 닮아서 야화가 내게 빠져든 게 아닐까? 마음이 혼란스럽고 머릿속이 뒤엉키면서 심장마저 찌릿찌릿 아파왔다.

비록 머릿속이 엉망이었음에도, 나는 스스로도 감탄스럽게 상신으로서의 품위를 잃지 않고 태연을 가장하며 응대했다. "사랑에 대해 아주 면밀하게 살폈군요. 이렇게 훤히 꿰뚫고 있으니 야화의 홀대를 참으며 측비의 자리를 이백여 년 동안 지킬 수 있었겠지요. 지금 젊은 연배 가운데 대세를 읽을 줄 아는 사람은 그대 정도인 것 같네요. 저렇게 정교한 인형을 만들어 야화를 시중들게 하는 것도 좋고요. 덕분에 내 일도 줄었군요. 나중에 야화가 본인을 속였다며 그대를 추궁하면 내가 옆에서 대신 용서를 빌어주지요."

소금의 웃는 얼굴이 그대로 굳었다. 그러고는 한참 동안 아무런 반응도 없다가 마침내 입가를 찡그리며 말했다. "상신께 감사드립니다."

내가 손을 내저으며 말했다. "서왕모의 다과회에 늦으면 안 되지요."

소금이 고개를 숙이고 무릎을 살짝 구부려 예를 표했다. "그럼 소금은 물러가겠습니다."

소금이 떠난 뒤 고개를 돌리자 마침 인형이 야화에게 술을 따르고 있었다. 복숭아꽃이 바람을 따라 야화 머리 위로 떨어졌다. 인형이 하얀 손을 뻗어 가볍게 꽃잎을 떨어주었다. 인형은 고개를 들어 수줍게 웃으며 야화를 쳐다보고 야화는 아무 말 없이 술을 마셨다. 갑자기 머리가 지끈거렸다.

넷째 오라버니는 늘 내 머릿속 근육이 제대로 자라지 않아서 일을 제멋대로 처리한다며 타박했다. 부모님 덕분에 다행히 큰 손해는 보고 있지 않지만 역시 구미호족의 체면을 많이 깎아먹는다면서. 사실 체면을 깎는 것으로 따지면 오라버니가 나보다 몇 배는 심했지만 오라버니가 연장자임을 감안해 반박하지 않았다.

지금 생각해보니 오라버니의 말이 모두 옳았다. 나는 무슨 일이든 마음대로 저지르고 별로 고민하지 않았다. 야화가 처음 고백했을 때도 좋아한다는 그의 말을 듣고만 있었지, 사해팔황 여신들 가운데 왜 하필 나를 사랑하게 되었는지 의문을 갖지 않았다. 나중에 나도 야화를 좋아하게 되어 서로 마음이 맞았을 때도 이 중요한 문제를 물어볼 생각조차 하지 못했다. 야화가 정말 찹쌀경단 친모 때문에 나를 좋아한다면 이 백천은 대체품일 뿐이니, 눈앞에서 야화에게 술을 따르는 저 인형과 무슨 차이가 있단 말인가? 죽은 사람과 비교하는 것은 분명 속 좁은 일이지만 사랑이란 원래가 그다지 넉넉하거나 근사한 감정이 아니다.

한참이 지나도 울화가 가라앉지 않았다. 관자놀이를 문지르며 야화와의 일을 곰곰이 생각해봐야겠다 싶어, 멍한 상태로 구름을 타고 청구로 돌아왔다.

그날 밤 결백등을 꺼내 야명주로 비춰가며 살펴보았다. 서해 첫째 황자가 정신을 가다듬을 수 있도록 옆에 놓아두었던 것으로, 묵연이 깨어나자 절안이 청구로 가져다주었다. 구중천에 갔을 때 야화도 결백등에 대해 묻지 않고 나도 돌려주는 것을 깜빡해 계속 청구에 두고 있었다.

야명주의 하얀 빛 아래에서 타오르는 결백등의 콩알만한 불씨는 별로 특별해 보이지 않았다. 하지만 이 특별해 보이지 않는 등잔에 속인의 삼백 년 기가 담겨 있다는 것을 누가 알겠는가.

생각할수록 마음이 가라앉았다. 소금의 말을 완전히 믿지는 않지만 천궁에서 내내가 했던 말이 떠올랐다. 하나하나 되짚어보니 지난 삼백여 년 동안 찹쌀경단 친모에 대한 야화의 사랑은 정말 바다처럼 깊었다. 그렇게 삼백 년 동안 끝내 떨치지 못하고 지고지순하게 사랑을 간직했던 사람이 왜 나를 보자마자 마음이 변했을까?

따져볼수록 속에서 열불이 나고 심지어 조금씩 억울해지기까지 했다. 야화를 있는 모습 그대로 사랑해왔다. 스승 묵연과 무척 닮았지만 한 순간도 야화를 묵연이라고 생각한 적이 없었다. 만일 묵연 대신이라고 생각했다면 야화를 만날 때마다 전혀 얕보지 못하고 공손하게 행동했을 것이다.

내가 그랬기 때문에 야화도 나를 그렇게 대해주기를 바랐다. 내가 찹쌀경단의 친모와 닮았기 때문에, 이룰 수 없는 그 사랑의 대체품으로 나를 선택했다면 나 백천은 절대 그의 바람을 들어줄 수 없다.

밖에서 미곡이 나직하게 물었다. "고모님, 술을 가져다드릴까요?"
나는 침묵으로 동의했다.

미곡이 가져온 술은 설익은 새 술이었다. 강한 기운이 흙속에서 유화되기 전이라 들이켜자 목구멍이 칼칼하게 뜨거워지면서 가뜩이나 어지러운 머릿속이 한층 더 어지러워졌다. 아마 얼이 빠진 채로 돌아온 내 모습을 보고 미곡이 내 속을 헤아려 특별히 독한 술을 골라두었다가 명이 떨어지자마자 방으로 들여온 듯했다.

눈앞의 결백등이 열 개로 보일 때에야 마실 만큼 마셨다고 생각하며 비틀비틀 침대로 향했다. 하지만 몽롱하기만 할 뿐 잠은 오지 않았다. 탁자 위에서 뭔가 눈이 부실 정도로 빛나니 잠 못 드는 게 당연했다. 나는 침대 가장자리에 앉아 눈을 가늘게 뜨고 쳐다보았다. 어렴풋이 등잔이 보였다. 아, 저건…… 결 뭐라는 등인데?

한참을 생각해도 이름이 떠오르지 않았다.

환한 불빛에 가슴이 턱턱 막혔다. 허나 몸이 나른해 일어날 수가 없어 일고여덟 발짝 거리에 있는 심지를 입김으로 끄려 해보았지만 아무리 불어도 꺼지지 않았다. 술법을 쓰려고 했더니 불을 끄는 술법이 갑자기 떠오르지 않았다. 나는 재수가 없다고 탄식하며 인계를 맺어 결 뭐라는 등을 향해 날렸다. 퍼억 소리와 함께 등이 부서지는 듯했다. 상관없었다. 마침내 불이 꺼졌다.

그렇게 난리를 치고 나자 세상이 빙빙 돌기 시작했다. 곧장 침대에 쓰러져 죽은 듯이 잠에 빠졌다.

꼬박 이틀을 자고 일어났더니 옛일이 수도 없이 떠올랐다.

오백여 년 전 경창이 동황종을 부수고 나왔을 때 나는 힘겹게 경창을 다시 가둔 뒤, 부모님 말씀처럼 호리동에서 편안히 이백십이 년 동안 잠을 잤던 게 아니라 경창에게 봉인돼 동황 준질산에 떨어졌던 것이다.

주선대에서 몸을 날린 소소라는 이름의 속인, 찹쌀경단의 친모는 당시 무능하고 무지하던 본 상신, 바로 나였다.

그렇지 않아도 상신으로 승격될 때의 겁운을 어떻게 그렇게 쉽게 지나왔는지 의아하긴 했다. 경창과 싸운 다음 이백십이 년 잠깐 잠든 사이에 상신으로 승격되다니, 너무 간단하지 않은가. 그럼에도 삼백 년 전 호리동에서 깨어났을 때에는 은빛이던 원신이 금빛 찬란하게 빛나는 것을 보고 어리둥절해하면서도 하늘이 인정을 베풀었다고 생각해 그 인자함에 감사할 뿐이었다.

경창과의 싸움이 서막에 불과했던 줄은 상상도 못했다. 내가 상신으로 오르기 위한 겁운은 애정에 관한 겁운이었다. 그 대가로 나는 진심뿐만 아니라 눈까지 내놓았다. 경창이 그때 내 원기를 봉인하지 않았다면 주선대에서 뛰어내릴 때 신력까지 잃었을 것이다. 하늘은 조금도 손해를 보지 않았다. 인자는 무슨, 말도 안 되는 소리.

야화가 청구에 있을 때 왜 늘 뭔가 말하려다 마는 듯했는지 나는 마침내 이해할 수 있었다. 속계 객잔에 묵었던 밤 어렴풋하게 들은 말 또한 잠결의 환청이 아니라는 것을 깨달았다. "당신이 기억해내길 바라면서도 영원히 기억하지 못하기를 바라고 있어." 그 모두가 앞뒤가 맞는 말이었음을, 그 옛날 내게 행했던 부당한 처사를 야화가 미안해하고 있음을 이제야 알았다.

야화는 당시 내가 왜 찹쌀경단에게 아리라는 이름을 지어주었는지, 왜 주선대에서 뛰어내렸는지 영원히 이해할 수 없을 것이다.

옛 기억이 연속해서 떠오르자 삼백 년 전에 겪은 그 삼 년의 고통이 어제의 일처럼 선명해졌다. 무슨 대의니 도리니, 나라는 속인을 제대로 보호하기 위해서 어쩔 수 없는 선택이었느니 하는 말들은 전혀 관심 없고, 신경쓰고 싶은 마음도 없었다. 잠에서 깨어나니 그 삼 년만 떠오르고 내 거처였던 일람방화에서 혼자 외로웠던 밤과 조금씩 사라져간 보잘것없던 희망만 떠올랐다. 그 감정이 일시에 달려들어 나는 한없는 처량함과 슬픔에 휩싸였다. 그 삼 년 동안 본 상신은 왜 그렇게 나약하고 슬퍼했는지.

이런 마음으로는 시월에 야화와 혼례를 올리기 힘들 것 같았다. 여전히 야화를 사랑하고 있다는 것은 잘 알았다. 삼백 년 전에도 그에게 미혹돼 제정신이 아니었고 삼백 년 뒤에도 정신을 못 차릴 정도로 그에게 빠졌다. 업보 같았다. 야화에 대한 사랑은 내가 스스로의 마음을 다스릴 수 있는 종류의 감정이 아닌 듯했다. 삼백 년 전 일을 떠올릴 때마다 가슴속 응어리가 단단해졌다. 용서할 수 없었다.

세숫물을 가지고 들어온 미곡이 나를 잠시 쳐다본 뒤 물었다. "고모님, 술을 더 가져올까요?"

손을 내밀어 얼굴을 만져본 뒤에야 얼굴이 물기로 가득하다는 것을 알았다.

미곡이 또 술을 가져왔다. 지난번에 일고여덟 단지를 비웠으니 넷째 오라버니가 저장해둔 술을 전부 마셨을 거라고 생각했는데 또 대여섯 단지를 가져오다니, 미곡의 오두막에도 술이 상당량 숨겨져 있던 모양이다.

마시다 취하면 자고, 자다 깨면 또 마시고, 다시 취해서 잠들기를 사나흘 반복했다. 닷새째 되던 날 밤 눈을 뜨자 미곡이 내 방에 앉아 있었다. 미곡이 이마를 찌푸리며 눈을 껌뻑거렸다. "고모님, 몸 좀 챙기세요. 이제 창고에도 술이 다 떨어졌습니다."

미곡은 걱정도 많았다. 내 몸은 별문제 없었다. 기운이 좀 없을 뿐이지, 봉구처럼 인사불성이 되도록 마셔 쓸개를 토할 정도는 아니었다. 게다가 이번 일로 주량도 꽤 는 것 같았다.

독한 술기운이 사라지면서 정신이 반쯤 돌아왔다. 그러자 어떠한 상황에서도 잊을 수 없는 중요한 일이 떠올랐다. 소금이 가져간 내 눈을 찾아와야 한다는 것이었다.

내가 겁운을 겪는 동안 소금은 기다렸다는 듯 내 눈을 빼앗아갔다. 이제 겁운이 끝났으니 내 눈이 소금에게 있는 것은 타당하지 않았다. 소금 또한 내 눈을 가지고 있는 것이 편하지 않을 테고.

쇠뿔도 단김에 빼란다고, 나는 곤륜선을 불러낸 뒤 거울을 보며 매무새를 다듬었다. 안색이 좋지 않았다. 청구의 체면을 위해 연지를 꺼내 얼굴에 꼼꼼히 발랐다.

환한 얼굴로 구중천에 오른 나는 인계를 맺어 남천문의 수문병을 가볍게 지난 뒤 세오궁에 있는 소금의 거처 창화전暢和殿으로 곧장 날아갔다.

누가 모범 아니랄까봐 소금은 정말 편안해 보였다. 귀비용 침상에 느긋하게 기대 눈을 감고 쉬고 있었다.

내가 모습을 나타내자 차 시중을 들러 침전으로 들어오던 시녀가 깜짝 놀라 소리쳤다. 모범이 눈을 번쩍 뜨고 나를 보더니 잠시 어리둥절해하다가 말했다. "상신께서 찾아주시니 황공하기 그지없습니다." 몸을 돌려 침대에서 천천히 내려오는 모습이 과연 황공하기 그지없는 듯 보였다.

내가 한쪽으로 앉자 소금이 머뭇거리다 대범하게 웃으며 말했다. "상신께서 오신 이유를 생각해보니, 군상의 근황이 궁금하신 게 아닌가 싶습니다. 군상에 대해 말씀드리자면," 그러고는 잠시 말을 끊었다가 그 대범한 웃음을 한층 더 대범하게 드러내며 말을 이었다. "속계의 그 소소는 군상과 아주 잘 지내며 군상을 잘 보필하고 있습니다."

웃음과 어우러진 때문인지 소금의 눈동자가 영롱하게 빛났다. 나는 부채를 만지며 태연한 표정으로 말했다. "그러면 좋지요. 그대의 보살핌 덕에 야화에 대해서는 마음을 놓았어요. 그런데 오늘은 그대에게 관심이 있어서 왔답니다."

소금이 의아한 눈으로 나를 바라보았다.

내가 진중하게 웃었다. "소금, 본 상신의 눈을 삼백 년 동안 잘 썼나요?"

소금이 갑자기 고개를 들었다. 낯빛이 매끄러운 붉은색에서 복숭앗빛으로 바뀌었다가 하얗게 질렸다. 순식간에 세 가지 색을 보니 재미있었다. 소금이 떨리는 목소리로 물었다. "방금, 방금 뭐라 하셨습니까?"

내가 부채를 펼치며 웃었다. "삼백 년 전에 본 상신이 겁운을 겪을 때 그대에게 두 눈을 잃었지요. 오늘 그 일이 생각나 특별히 가지러 왔답니다. 그대가 직접 손을 쓸래요, 아니면 본 상신이 손을 쓸까요?"

소금이 뒤로 두어 발짝 물러나다 침상 팔걸이에 부딪혔다. 하지만 아무 감각이 없는 듯 입술만 벌벌 떨었다. "그럼 상신이…… 소소란 말입니까?"

내가 짜증스럽게 부채를 휙 내밀며 다시 물었다. "그대가 직접 빼겠소, 아니면 본 상신이 뺄까요? 대체 어느 쪽이죠?"

소금이 완전히 어두워진 눈빛으로 소매를 꽉 잡은 채 입을 벌렸지만 온전한 말을 내뱉지는 못했다. 한참 만에야 우는 듯 웃는 듯 말했다. "그 여자는…… 소소는 분명히 속인이었습니다. 어떻게 상신이겠습니까? 분명히 속인이었다고요."

나는 탁자 위에서 김이 모락모락 올라오고 있는 차를 들며 말했다. "속인이면 어떻고 상신이면 또 어떤가요? 삼백 년 전 속인으로 환생해 무능했기 때문에 그대 같은 신선에게 눈을 빼앗기고, 속아서 주선대에서 뛰어내린 것 아니겠어요?"

다리가 풀렸는지 소금이 풀썩 주저앉았다. "저…… 저는" 하며 한참을 '저'라고만 할 뿐 말을 잇지 못했다.

내가 다가가 소금의 눈을 문지르며 부드럽게 말했다. "최근 본 상신이 좋은 일이 많아서 술을 몇 단지 마셨더니 손이 좀 떨린답니다. 그대가 직접 빼는 것보다 아파도 양해해요."

아직 손을 쓰지도 않았는데 소금이 질겁하며 소리치기 시작했다. 나는 소금의 시동이나 시녀가 그 비명소리에 뛰쳐들어오지 못하도록 얼른 창화전 앞에 장막을 쳤다.

소금이 흔들리는 눈빛으로 내 손을 꽉 움켜쥐고 말했다. "그럴 리가 없습니다. 그럴 수는 없어요."

나는 가소롭다는 듯 소금의 얼굴을 두드렸다. "삼백 년 전 그대는 늘 연약한 척했지요. 만날 때마다 너무도 연약해 보여서 본 상신은 그대를 제대로 파악할 수 없었어요. 그대의 연약하지 않은 모습을 보지 못했으니까요. 야화가 내 눈을 빼내면서 빚은 반드시 갚아야 한다고 말하더군요. 애초에 그대가 어떻게 눈을 잃었는지 우리 두 사람은 잘 알고 있지요. 내 눈이 왜 그대에게 있는지도 잘 알고요. 이제 말해봐요. 내가 왜 내 눈을 가져갈 수 없지요? 설마 삼백 년 동안 가지고 있었다고 내 눈이 그대 것이라고 생각하고 있었나요?"

말을 마치자마자 나는 민첩하게 손을 놀렸다. 소금의 처참한 비명이 울려퍼졌다. 내가 소금의 귀에 대고 말했다. "삼백 년 전 그 일을 천군은 조용히 처리했지요. 나도 오늘 이 일을 조용히 처리합니다. 애초에 그대는 두 가지를 내게 빚졌어요. 눈과 주선대. 눈에 대한 빚은 오늘 받은 것으로 치겠어요. 주선대의 빚은 그대도 똑같이 뛰어내리든가, 아니면 천군을 찾아가 변변찮은 신력이지만 약수에서 경창을 가둔 동황종을 지키며 영원히 하늘에 오르지 않겠다고 말해요."

소금이 고통스러운지 몸을 움찔거렸다. 그 고통은 나도 겪어보았다. 심지어 당시에 나는 속인이었던지라 훨씬 더 고통스러웠다. 소금은 숨도 제대로 쉬지 못할 만큼 고통스러워하면서도 이를 악물며 "나는…… 절대 안 해……"라고 말했다.

좋아. 이제야 내 앞에서 연약한 척하지 않고 강하게 나오는군. 나는 피로 얼룩진 소금의 얼굴을 쳐들고 웃었다. "아하, 그럼 본 상신이 직접 천군에게 말하길 바라는군요. 그런데 나란 사람은 항상 때에 따라서 다른 이야기를 하거든요. 내가 천군에게 이야기하면 지금 했던 말과 다른 말을 할 수도 있답니다."

손 밑에서 소금의 몸이 굳어지더니 곧이어 고통으로 움츠러들었다. 나는 속으로 아미타불, 인과응보로다, 하고 중얼거렸다.

필방이 또 가출을 해서 넷째 오라버니 역시 또 찾으러 나갔다. 십리도림에는 절안 혼자뿐이었다.

피가 뚝뚝 떨어지는 눈동자를 건네자 절안이 깜짝 놀라서는 햇빛에 자세히 비춰본 다음 말했다. "삼백 년이 지났는데 용케 찾아오다니 신기하구나." 그러고는 이어 말했다. "내가 준 약을 마시고도 가슴 아픈 옛일을 도로 기억해낸 것도 신기하고."

원래 눈동자는 몸에서 떨어진 뒤 사십구 일이 넘어가면 쓸 수 없게 망가져버린다. 절안은 당시 내가 눈을 잃어버린 줄로만 알고 있어서 신기해하는 것이다. 다른 사람 얼굴에 멀쩡하게 잘 있었기 때문에 오늘 되찾아와도 쓸 수 있으리라고는 상상도 못할 터였다.

나는 억지웃음을 지어보였다.

절안이 내 안색을 살피고는 내가 과거에 대해 이야기하고 싶어 하지 않는 것을 눈치챘다. 알겠다는 듯 기침을 두어 번 하고는 더 이상 묻지 않았다.

절안은 시간이 좀 걸리겠지만 눈에서 탁한 기운을 모두 빼낸 다음에 바꾸는 게 좋겠다고 했다. 나는 흔쾌히 눈을 맡긴 다음 절안의 뒷산에서 술 몇 단지를 챙겨 구름을 타고 청구로 돌아왔다.

취하고 자는 일이 다시 반복되었다. 미곡에게 구중천 태자 측비의 동태를 알아봐달라고 한 뒤 청구를 폐쇄하고 누구도 만나지 않겠노라 말했다.

과연 절안의 술은 미곡이 숨겨놓은 술과 차원이 달랐다. 어제 위액을 토할 정도로 마셨더니 이마를 왼쪽에서 오른쪽까지 칼로 그어버리고 싶을 만큼 머리가 아팠다. 하지만 그래서 좋았다. 눈을 감으면 세상이 빙빙 돌아 다른 생각을 할 틈이 없었다.

미곡이 좀 쉬라고, 최소한 하루이틀씩 쉬어가며 마셔야 몸이 상하지 않는다고 권했다.

하지만 이번에는 지난번과 또다른 방식으로 가슴이 아팠다. 취하지 않으면 잠을 이룰 수 없었다.

너무 심하게 취해 아무것도 기억나지 않았다. 하지만 인사불성이 되기 전 미곡이 했던 말은 어렴풋하게 기억났다. 미곡이 들려준 많은 말들 대부분이 그다지 중요하지 않았다. 내가 정확히 기억하는 사건은 두 가지였다. 하나는 미곡에게 알아봐달라고 부탁했던 구중천 태자 측비의 소식이었다. 태자 측비가 무슨 자극을 받았는지 마침내 정신을 차리고, 천족의 신분을 벗어나 약수에서 수행하며 동황종을 지키겠다는 상서를 천군에게 올리자 천군이 그 선덕에 감동하여 허락했다고 했다. 다른 하나는 속계에서 겁운을 겪은 태자 야화에 관한 이야기였다. 원래 망천수를 마시면 아무것도 기억하지 못하는 법인데 야화는 진심으로 귀신을 믿으며 평생 청구의 선경을 찾았다. 재상에까지 오르고도 혼인하지 않고 스물일곱살에 우울증으로 병사했으며, 시신을 화장해 몸에 지니고 있던 팔찌와 합장해달라는 유언을 남겼다고 했다.

미곡이 그 이야기를 할 때 눈물을 흘렸는지는 모르겠다. 눈물을 흘렸다면 왜였을까? 너무 많이 마셔서 머리가 제대로 돌아가지 않아 알 수 없었다.

며칠이 지났는지 확실치 않은 어느 날, 미곡이 할말이 있다면서 급히 호리동으로 들어왔다. 구중천의 태자 야화가 골짜기 입구에서 나를 만나고 싶다며 이레째 기다린다고 했다.

미곡은 내 명을 받은 이상 누구도, 심지어 야화라 해도 들여보내지 않았지만 이레가 지나도록 야화가 물러갈 기미가 없다며 더이상 어쩔 수 없어 내 뜻을 물으러 왔다고 했다.

며칠 동안 굴러가지 않던 머리가 드디어 움직이기 시작했다.

아, 야화가 속계에서 스물일곱 살에 병사해 재가 되었다고 했으니 제자리로 돌아온 것이구나.

무엇 때문인지 가슴에서 격한 진통이 느껴졌다. 나는 명치를 누르며 탁자 다리를 따라 주저앉았다. 미곡이 부축하려 했지만 거부했다.

탁자 다리에 기댄 채 들보를 올려다보았다. 야화가 보고 싶었다.

야화에게 삼백 년 전 소금이 그를 배신하고 천군에게 시집가서, 속인이 된 나를 홧김에 맞이했느냐고 묻고 싶었다.

야화는 진심으로 나를 사랑했을까? 천궁에서 나를 홀대한 그 삼 년은 정말 나를 위해서였을까? 야화는 나를 사랑하면서 동시에 소금도 사랑한 게 아닐까? 만약 사랑했다면 얼마나 깊이 사랑한 걸까? 내가 속아서 주선대에서 뛰어내리지 않았다면 기쁘게 소금을 맞이했을까? 지금 나를 사랑하는 것은 삼백 년 전의 회한 때문이 아닐까?

더이상 생각을 이어갈 수가 없었다. 손으로 눈을 가렸다. 손가락 사이로 물줄기가 흘러나왔다. 야화가 이 모든 가정들이 맞다고 하면? 전부 사실이라고 하면?

그땐 그를 죽일 수도 있을 것만 같았다.

미곡이 옆에서 걱정스럽게 물었다. "고모님, 만나실 건가요, 안 만나실 건가요?"

내가 길게 숨을 들이마신 뒤 대답했다. "안 만나. 다시는 청구에 오지 말라고 전해. 내일 천군을 찾아가 파혼할 거야."

한참 뒤 되돌아온 미곡이 잠시 침묵하다가 입을 열었다. "태자 저하의 안색이 무척 나쁩니다. 이레 동안 입구에서 한 발짝도 움직이지 않았어요."

나는 미곡을 힐끗 쳐다보고는 아무 말 없이 술을 들이켰다.

미곡이 미루적미루적 입을 열었다. "태자 저하께서 고모님께 전해달라고 했습니다. 그때 고모님이, 속계에서 여자 문제를 일으키면 청구로 납치해 가둬버리겠다고 했는데 고모님이 속인일 때와 비슷하게 생긴 시녀를 데려와 병든 모친을 간호하도록 한 것 외에는 여자를 쳐다보지도 않았다고요. 그 정도면 약속을 지킨 것 아니냐고 물었습니다."

내가 술 단지를 내던지며 실성한 것처럼 소리쳤다. "아니 됐어, 그런 말 같지도 않은 약속 따위. 꺼지라고 해, 내쫓아버려, 전혀 보고 싶지 않다고."

하지만 속으로는 절절하고 명확히 알고 있었다. 야화를 보기 싫은 게 아니었다. 그저 가슴속 응어리 때문에 어떻게 그를 봐야할지 모를 뿐이었다.

이튿날이 됐지만 파혼하러 구중천에 가지는 않았다. 일단 좀 미뤘다가 나중에 그럴 마음이 들면 가리라 생각했다. 하지만 한동안 그럴 마음이 들 것 같지는 않았다.

그뒤 사흘, 나흘, 닷새가 되도록 야화는 여전히 골짜기 입구에 서서 한 발짝도 움직이지 않는다고 했다. 나는 미곡에게 또다시 야화의 이름을 꺼냈다가는 원래 모습으로 바꿔 만 년 동안 미곡수로 살게 하겠노라 으름장을 놓았다. 그러자 미곡이 마침내 입을 다물었다.

술은 진즉부터 마시지 않았다. 야화가 청구 바깥에 있다는 것을 안 이후 술을 마실수록 정신이 또렷해졌다. 정신이 또렷해질수록 가슴이 아팠고 가슴이 아플수록 잠을 잘 수 없었다.

엎친 데 덮친 격이라고, 가뜩이나 제정신이 아닌데 어느 날 새벽, 잠에서 깨자 오백 년 전 경창을 동황종에 가둘 때 썼던 신력이 크게 흔들리는 게 느껴졌다.

심장이 쿵쿵 울렸다. 정말로 다사다난한 가을이었다. 가을을 가장 번거로운 계절이라고 하는 이유를 실감할 정도로 요즘 들어 온갖 일들이 꼬리에 꼬리를 물고 터졌다. 이번에는 전대의 귀군 경창이 다시 한번 공력을 모아 동황종을 빠져나오려는 듯했다.

나는 얼른 얼굴을 씻고 미곡에게 빨리 십리도림으로 가 절안에게 도움을 청하라고 명했다.

오백 년 전 경창이 처음 동황종을 부수고 나왔을 때 나는 가까스로 경창을 다시 가둘 수 있었다. 그런데 싸움 도중 동황종이 상당히 파손되어 보수하는 데 신력의 절반을 부어야 했다. 현재 나에게 남은 신력을 대충 계산해보니 공력으로 따지든 지력으로 따지든,

객관적으로 볼 때 어떤 상황에서도 경창을 이길 수 없었다.

경창은 만만한 상대가 아니었다. 오랫동안 갇혀 있었으니 이번에 나오면 광기를 부릴 확률이 높았다. 그 팔황신기 가운데 최고인 동황종을 가동해 세상을 집어삼키려 한다면 팔황사해와 삼천대천세계는 모두 잿더미로 변할 터였다.

그런 생각이 들자 방금 전까지 꿈결에서도 고민하던 내 연애사가 부질없게 느껴졌다. 나는 곤륜선을 챙겨 구름에 올라탄 뒤 부리나케 약수로 향했다. 절안이 오기 전까지 경창이 동황종을 열지 못하도록 어떻게든 막을 작정이었다.

골짜기 입구에서 야화를 마주칠 것은 예상하고 있었다. 줄곧 거기서 기다리고 있었으니 청구를 나서면 만날 수밖에 없었다. 나는 눈을 질끈 감고 무심한 척 스쳐갔지만 야화에게 소매를 붙들렸다. 깜짝 놀랄 정도로 창백한 그의 얼굴은 초췌하고 피곤해 보였다.

그러나 이렇게 중요한 순간에 야화에게 허비할 시간이 어디 있겠는가. 나는 고개를 돌리고 부채로 야화에게 붙들린 소매를 잘라냈다. 찌익 소리가 났다. 야화가 멍한 얼굴로 잠시 쳐다보다가 쉰 목소리로 "천……천……" 하고 불렀다.

나는 상대하지 않고 몸을 돌려 계속 약수로 향했다. 언뜻 보니 야화도 구름에 올라타 뒤따라오고 있었다.

그후 몇 년이 지나고 그때, 그 순간에 야화에게 다정하게 말했더라면, 설령 단 한마디라도 좋게 말했더라면, 하고 늘 후회했다. 하지만 나는 차갑게 야화를 쳐다보았을 뿐이다. 한마디도 하지 않고서.

망망하게 펼쳐진 약수에 도착하니 하얀 파도가 하늘을 덮을 듯 넘실거리고 하늘에는 먹구름이 시커멓게 끼어 있었다. 높은 탑처럼 생긴 동황종이 약수 기슭에 우뚝 솟아 격렬하게 요동칠 때마다 근처 땅까지 출렁거렸다. 동황종을 지켜야 할 소금은 흔적도 보이지 않았다. 그 광경에 놀라서 어딘가로 숨은 모양이었다.

구름 사이로 약수 들판의 토지신이 머리를 반쯤 내밀고 있었다. 오백 년 전에 만났던 토지신이었다. 동황종의 움직임을 구름 사이에서 걱정스럽게 바라보던 그가 고개를 돌렸다가 나와 야화를 발견하고는 얼른 인사한 다음 불안에 찬 목소리로 말했다. "고모님 오셨습니까? 약수 신군은 이미 하늘에 구원병을 요청하러 가셨습니다. 소선에게 이곳을 살피라고 하셨지요. 이번 경창의 노기는 아주 심합니다. 약수의 신군부가 전부 들썩이고 소선의 사당도……" 토지신이 주절주절 말하고 있는데 갑자기 동황종에서 거대한 백색 광선이 뿜어져 나오더니 그 속으로 어렴풋이 사람의 형상이 보였다.

좋지 않은 징조라 생각하며 구름에서 내리려는 순간, 갑자기 몸이 움직이지 않았다.

내가 정신이 팔린 사이 야화가 뒤에서 속박 주문을 외우고는 전광석화처럼 법기를 꺼내 내 팔다리를 묶은 것이다. 나는 꼼짝할 수 없는 상태로 동황종에서 나오려는 경창을 보며 다급하게 외쳤다. "풀어줘요."

야화는 아무 대답도 없이 나를 약수의 토지신 쪽으로 밀며 시들하게 말했다. "잘 지켜드려라. 무슨 일이 있어도 구름에서 뛰어내리시지 못하게 해." 말을 마친 야화가 왼손을 뒤집자 섬뜩하게 번쩍이는 보검이 나왔다.

보검을 든 야화가 바람을 맞으며 구름에서 내렸다. 동황종의 은빛 광선으로 곧장 다가가는 야화의 모습에 나는 하늘이 무너지는 것만 같았다. 몇 번이나 입을 벌렸지만 말이 나오지 않고 차가운 바람에 눈이 시렸다. 야화가 은빛 광선에 가까워졌을 때 나는 절망에 찬 내 목소리를 들었다. "토지신, 놓아다오. 어떻게든 풀어다오. 야화는 죽으려는 게야. 저 신력으로는 죽을 수밖에 없다고!"

토지신이 뭐라고 웅얼거렸다. 법기에 무슨 장치가 있는지 자신은 열 수 없다고, 무슨 영문인지 속박 주문도 풀 수 없다고 말하는 듯했다.

남이 도와줄 수 없다면 스스로 하는 수밖에. 나는 기를 모아 원신을 체내에서 뽑아올렸다. 하지만 법기는 육체뿐만 아니라 원신까지 옥죄고 있었다. 내 몸부림은 아무 소용이 없었다. 눈물이 어려 앞이 흐릿해졌어도 동황종에서 사방으로 뿜어져 나오던 은빛 광선이 점점 흩어지는 장면은 보였다. 야화와 경창의 싸움에 번개와 우레가 하늘을 뒤흔들었다. 그 난폭한 기운에 내가 다치지 않도록 토지신이 주변에 작은 보호막을 쳤다.

나를 묶은 야화의 법기는 실로 대단했다. 땀을 뻘뻘 흘리며 속박 주문은 풀었지만 아무리 발버둥쳐도 법기는 풀 수 없었다.

천지가 어두워지자 토지신이 내 귀에 대고 말했다. "고모님, 이곳은 위험합니다. 제 보호막도 얼마나 버틸지 모르겠으니 다른 곳으로 옮기시는 게 좋겠습니다."

나는 흔들리는 내 목소리를 들을 수 있었다. "너는 가라. 나는 여기 야화 옆에 있겠다."

꽉 묶여 야화에게 아무 도움도 안 되는 무능한 상태였지만, 그럼에도 야화의 옆에서 그를 보고 싶었다.

야화가 검을 든 모습은 처음 보았다. 저런 모습이었구나.

소문으로는 검술이 워낙 뛰어나, 야화를 흠숭하는 신선들은 야화의 청명검이 나타나면 구주가 실색한다는 말로 칭송한다고 했다. 처음 그 말을 들었을 때는 젊은 신선들이라 과장이 심하다고 생각했는데, 오늘 실제로 청명검의 검기를 보니 구주가 실색한다는 말은 살짝 과장이라도, 확실히 검에서 뿜어져나오는 빛에 눈이 어리어리해지며 벽력같은 그 기세에 제대로 뜨고 있기도 힘들었다.

두 사람이 뒤엉켜 싸우는데다 나는 너무 높은 곳에서 내려다보고 있어 누가 우세한지 구분하기가 힘들었다. 하지만 야화가 얼마 버티지 못할 것은 확실했다. 절안이 올 때까지, 혹은 야화의 할아버지가 파견했을 별 쓸모없는 지원군이 도착할 때까지라도 버텨주기만 바랄 뿐이었다.

약수 기슭으로 세찬 바람이 불어와 모래와 돌이 어지러이 휘날리고 황토가 하늘을 뒤덮었다. 그때 갑자기 경창이 길게 세 번 웃더니 한바탕 기침을 하고 천천히 말했다. "오늘 네놈에게 진 것에 승복할 수 없다. 오백 년 전에 입은 중상을 치유하고 동황종에서 나오느라 신력을 많이 쏟지 않았더라면, 너 같은 하룻강아지에게 절대 지지 않았을 것이다."

짙은 연기와 먼지가 점점 가라앉았다. 야화는 검을 세운 채 한쪽 무릎을 꿇고 있었다. "어쨌든 당신이 졌어."

조마조마하던 심장이 마침내 편안해졌다. 나는 몸을 떨면서 토지신에게 말했다. "내려가도 될 듯하니 어서 아래로 가자."

토지신이 허둥지둥 보호막을 거두는데 동황종이 갑자기 핏빛 광선을 뿜었다. 정신이 반쯤 나간 상태에서도 의문이 들었다. 경창이 진 게 아닌가? 졌는데 동황종이 왜 열리지?

야화도 다급하게 고개를 들고는 낮은 목소리로 물었다. "동황종에 무슨 짓을 한 게냐?"

경창이 먼지 위에 누운 채 힘없이 말했다. "내가 건드리지도 않았는데 동황종이 왜 열리는지 궁금하지? 하하, 칠만 년의 시간 동안 내 목숨과 동황종을 연결하느라 애를 썼지. 내가 죽으면 동황종이 저절로 가동된다는 말씀. 아무래도 나는 죽을 건가보군. 나와 같이 묻힐 사람이 하룻강아지 너일까, 아니면 팔황의 모든 신선……"

경창의 말이 끝나기도 전에 야화가 시뻘건 불빛으로 뛰어드는 모습이 눈에 고스란히 들어왔다.

그리고 가슴이 찢어지는 듯한 "안 돼!"라는 누군가의 비명도 들렸다.

하면 안 된다는 건가? 혹은, 가면 안 된다는 뜻? 이렇게는 안 된다는 뜻? 동황종이 열리면 어떻고, 팔황 모든 신선이 재가 되면 또 어떻다고. 어쨌든 우리 둘이 함께 있으니 재가 되어도 같이 재가 되는데. 어떻게 당신은…… 어떻게 나를 혼자 내버려두고?

야화가 시뻘겋게 타오르는 동황종 불빛 속으로 뛰어들 때 내 팔다리를 죄고 있던 법기가 갑자기 느슨해졌다. 주인의 신력이 사라지자 법기도 따라서 힘을 쓸 수 없게 된 것이다.

시뻘건 화염이 하늘 절반을 핏빛으로 물들이고 약수 주변에 음산한 기운이 가득 퍼졌다. 나는 온몸의 신력을 모아 곤륜선으로 동황종을 공격했다. 동황종이 휘청했다. 하지만 붉은 광선 속에서 야화의 모습을 찾을 수는 없었다.

바닥에서부터 악귀가 혼을 빨아들이는 듯한 소리가 울리더니 천군만마가 내달리듯 우르르 한곳으로 모여들었다. 콰쾅, 동황종의 비명이 울렸다.

붉은 광선이 번뜩거리다 사라졌다. 동황종 꼭대기에서 검은 그림자가 떨어졌다.

나는 비틀비틀 다가가 검은 그림자를 받아 안았다. 그러고는 두어 발짝 물러나며 바닥에 쓰러졌다. 창백한 야화의 얼굴에서 입가를 따라 피가 가느다랗게 흘러나왔다. 내 팔에 기댄 그, 눈동자는 깊고도 어두운 검정이었다. 새까만 도포는 선혈에 완전히 젖었지만 색깔 때문에 야화가 피투성이라는 것이 보이지 않았다.

절안이 했던 말이 떠올랐다. "항상 검은 옷만 입는 게 이상해서 함께 술을 마실 때 물어봤단다. 검은색을 좋아하는 건가 싶었지. 그런데 야화가 한참 술잔을 들고 있다가 농담을 하는 거야. 별로 예쁘지는 않아도 무척 실용적이라고. 칼에 맞아 피가 흘러도 별로 티 나지 않으니까 물동이를 엎어서 물에 젖었다고 생각할 수 있다고 말이다. 다친 게 보이지 않으니 주변 사람들이 걱정할 일 없고, 적도 기껏 베어놓고 기뻐할 수 없다고 하더구나." 절안이 그 말을 했을 때 나 역시 야화처럼 답답한 사람이 농담을 할 줄 안다며 재미있어 했다. 그런데 지금 보니 그 말은 진담이었다.

삼백 년 전 어리석고 무지한 소소였을 때 나는 야화를 뼛속 깊이 사랑한다고 생각했다. 그때의 기억을 잃고 청구의 백천이 되어 야화의 고백을 받은 뒤 사랑에 빠져들 때도 야화를 진심으로 사랑한다고 생각했다.

야화가 상황을 알지도 못하면서 내 눈을 빼앗고 주선대에서 뛰어내리게 만든 일을 용서할 수 없었다. 사랑한다는 그의 고백들이 예전에 내게 진 빚 때문에 양심에 찔려서 내뱉는 말이었던 것 같아 용서할 수 없었다. 처음부터 끝까지 나를 이해하지 못했다는 사실을 용서할 수 없었다. 결국 나 백천은 이렇게 나이를 먹고도 사랑 앞에서 철저하게 이기적으로 굴며 한 치의 잘못도 용인하지 않은 셈이었다. 지난 생과 이번 생 두 차례 모두 야화를 만나 두 번 모두 깊게 사랑했다면서 지금 돌아보니 나 역시 야화를 이해하지 못했다.

야화가 왜 검은 옷만 입는지조차 몰랐다. 검은색을 좋아해서가 아니라 주변 사람들이 걱정할까봐, 적에게 약해 보이기 싫어서였다는 사실을 알지 못했다. 나는 야화가 이를 악문 채 피를 삼키는 사람이라는 것도 잊었다.

칠만 년 전 묵연이 원신을 써서 동황종을 부렸을 때 묵연은 지금 야화의 입가에서 흘러나오는 피보다 백 배는 많은 피를 토했다. 야화의 신력은 당시의 묵연에 비할 수 없으니 응당 그보다 많은 피를 토해야 했다. 그렇다면 피가 대체 다 어디로 갔단 말인가?

나는 고개를 숙여 야화의 입술을 깨물었다. 야화의 몸이 가냘프게 들썩이는 것은 상관하지 않고 혀로 그의 이를 벌린 다음 입안으로 깊숙이 집어넣었다. 비릿하고 뜨거운 무언가가 우리의 입술이 맞닿은 틈새로 쿨렁쿨렁 흘러나오는 게 느껴졌다. 야화의 눈동자가 점점 더 짙은 검정으로 변했다.

내가 백천으로서 야화와 사랑한 시간은 구중천에서 보낸 한두 달이 전부였고 친밀했던 날도 몇 날 밤에 불과했다.

야화가 나를 밀어내더니 심하게 기침하기 시작했다. 쿨럭쿨럭하며 기침과 함께 쏟아져나오는 피에 눈앞이 아득해졌다. 마지막 힘을 다해 밀어냈던 것인지 야화는 이내 바닥으로 쓰러졌다. 가슴만 쉴새없이 오르락내리락할 뿐 꼼짝하지 못했다.

나는 기어가 야화를 다시 품에 안았다. "또 전부 삼킬 생각이에요? 이제 겨우 몇 살 먹은 사람이, 좀 약한 모습 보여도 실망하지 않는다고요."

야화가 가까스로 기침을 가라앉혔다. 손을 들어올리고 싶은데 뜻대로 되지 않는 듯했다. 분명 말하는 것조차 힘들 텐데 태연한 척 담담하게 말했다. "괜찮아요. 이 정도 상처는 아무것도 아니니까…… 울지 마요."

두 손으로 야화를 끌어안고 있느라 얼굴을 닦을 수 없어서 나는 그의 눈만 바라보았다. "원신을 써서 동황종을 부리고도 소멸하지 않은 사람은 묵연밖에 보지 못했어요. 심지어 묵연도 칠만 년을 잤다고요. 야화, 나를 속일 수는 없어요. 죽는 거죠?"

야화의 몸이 굳어졌다. 야화가 눈을 감은 채 말했다. "묵연이 깨어났다는 소식은 들었어요. 묵연과 잘 지내도록 해요. 당신을 잘 보살펴줄 거예요. 나보다 더 잘해줄 테니 안심이에요. 나는 잊어요."

내가 멍하니 야화를 바라보았다.

그 순간이 영원처럼 길게 느껴졌다. 그런데 야화가 갑자기 눈을 번쩍 뜨더니 헐떡거리며 말했다. "죽어도 그런 말은 못하겠네요. 평생 당신 하나만 사랑했는데, 천천, 영원히 나를 잊지 마요. 당신이 감히 나를 잊는다면, 감히 나를……" 소리가 점점 가라앉더니 다시 나직하게 울렸다. "그런다고 내가 뭘 어쩔 수 있겠어요?"

나는 야화의 귀에 대고 말했다. "죽으면 안 돼요. 야화. 버텨봐요. 묵연에게 가면 방법이 있을 거예요." 하지만 야화의 몸은 천천히 가라앉았다.

나는 야화의 귀에 대고 소리쳤다. "당신이 죽으면 나는 곧장 절안을 찾아가 약을 달라고 해서 당신을 완전히, 하나도 남김없이 잊어버릴 거예요. 그런 다음에 묵연과 절안, 넷째 오라버니와 아주 잘 지내면서 영원히 당신을 떠올리지 않을 거라고요."

야화의 몸이 떨렸다. 그러고 한참 뒤 야화가 웃으며 말했다. "그것도 좋겠네요."

그 한마디가 야화가 이 세상에서 내게 남긴 마지막 말이었다. 그것도 좋겠네요.

## 23장
# 세 번의 삶과 세 번의 사랑

속계의 누각에서 연극을 보고 있었다. 야화가 떠난 지 꼭 삼 년이 되었다.

삼 년 전 약수에서 벌어진 전투로 경창은 죽고 야화는 원신으로 동황종을 부리다 혼백을 잃었다. 내가 옥청곤륜선에 반평생의 신력을 부어 동황종에 날리자 동황종은 이레 동안 비명을 질렀다.

절안의 말에 따르면, 절안이 도착했을 때 야화는 이미 숨이 끊어진 상태였고 나는 피투성이에 산발한 채 동황종 아래에 앉아 누구도 다가갈 수 없을 정도로 두꺼운 장벽을 쳐놓았다고 했다. 동황종이 이레 동안 계속 울자 팔황의 모든 신선이 약수로 몰려들었다. 천군의 명으로 야화의 시신을 수습하러 내려온 열네 명의 노신선은 장벽 밖에서 칠 일 밤낮으로 천둥과 번개를 날렸지만 장벽에 틈 하나 낼 수 없었다.

절안은 내가 야화를 끌어안고 약수 물가에서 평생 앉아 있으려는 줄 알았다고 했다. 다행히 동황종의 소리가 멀리까지 퍼져 수련에 들어갔던 묵연이 여드레째 되던 날 찾아왔다고.

아무것도 기억나지 않았다. 당시 나는 야화가 죽었고 나도 죽었다고 느꼈다. 야화를 안은 채 평생 약수에 있었어도 좋을 텐데. 설령 그가 다시는 눈을 뜰 수 없어도, 입꼬리를 올리며 담담하게 웃을 수 없어도, 내 귓가에 대고 나직하게 내 이름을 부를 수 없어도, 다시는…… 그래도 최소한 그의 얼굴을 볼 수 있고 그가 내 옆에 있을 테니.

절안은 묵연이 여드레째에 도착했다고 했다. 묵연이 언제 왔는지 기억나지는 않지만 어렴풋이 기억나는 장면은 있다. 당시 동황종 아래에 앉아 있던 나는 머리가 텅 빈 상태여서 전후 상황을 전혀 몰랐다. 문득 눈을 뜬 순간 묵연이 장벽 밖에서 눈살을 찌푸린 채 나를 쳐다보고 있는 장면은 기억한다.

바싹 말라버린 마음에 감각이 조금 돌아왔다. 그제야 내가 아직 살아 있고 야화는 원신을 써서 혼백이 흩어졌다는 것이, 야화가 죽었다는 사실이 떠올랐다. 장벽 바깥의 묵연을 보자 야화를 구할 방법이 있을지도 모른다는 생각이 들었다. 묵연은 동황종의 겁운을 겪고도 결국 돌아왔으니까. 야화를 구할 수만 있다면, 그가 다시 입을 열어 천천이라고 부를 수만 있게 된다면 칠만 년이 아니라 칠십만 년이라도 기꺼이 기다릴 수 있다.

마침내 장벽을 거뒀다. 야화를 안고 묵연 앞에 무릎 꿇은 다음 살려달라고 청할 생각이었지만 몸을 일으킬 힘이 하나도 남아 있지 않았다. 묵연이 얼른 다가와 한참을 살펴보고는 길게 탄식하며 무겁게 말했다. "관을 준비해서 야화를 잘 보내주자꾸나."

묵연은 곤륜허로 돌아가고 나는 야화를 청구로 데려왔다. 노신선 열네 명도 하릴없이 뒤따라왔다. 야화는 내 것이라고 생각했기 때문에 누구에게도 넘겨줄 마음이 없었다. 노신선들은 골짜기 입구에서 보름을 기다리다가 빈손으로 구중천 천군에게 보고하러 돌아갔다.

이튿날, 야화의 부모가 청구로 찾아왔다.

온화하고 부드러운 인상의 어머니가 분노로 온몸을 부들부들 떨면서 축축하게 젖은 손수건으로 눈가를 닦았다. "오늘에서야 당신이 옛날 그 소소라는 속인이었음을 알았어요. 내 아들 야화가 무슨 죄를 지었기에 두 번이나 당신에게 당한 건지. 당신이 소소일 때 야화는 온통 당신만 생각하며 태자 자리까지 버리려고 했어요. 당신이 소인昭仁 공주에게 빚을 졌을 때, 천군께서는 당신에게 눈을 배상하고 아리를 낳은 뒤 삼 개월 간 벼락을 맞으라는 판결을 내리셨죠. 당신은 눈을 잃었을 뿐이지만 내 아들은 당신 대신 벼락을 맞았어요. 그런데도 당신은 기어코 주선대에서 뛰어내렸고, 당신이 뛰어내리자 내 아들 야화도 따라서 뛰어내렸지요. 당신한테야 상신이 되기 위한 겁운이라지만 야화는, 주선대에서 뛰어내린 탓에 육십 년 넘게 잠들어 있었어요. 그래놓고 삼백 년 뒤에 또 당신 때문에, 당신 때문에 소멸되고 말다니. 내 아들, 야화는 당신을 만난 뒤 한순간도 행복하지 못했어요. 아들은 당신을 위해 그렇게 많은 일을 했는데 당신은 야화를 위해 무엇을 했지요? 아무것도 하지 않고도 마음 편하게 야화를 차지했잖아요. 이제 야화가 죽었는데 시신까지 독점하겠다는 건가요? 하나만, 딱 하나만 묻고 싶군요. 대체 당신이 뭔데요?"

나는 목구멍이 깔깔해지면서 비틀비틀 뒤로 물러났다. 미곡이 그런 나를 붙잡아주었다.

야화의 아버지가 "됐소"라고 한 다음 몸을 돌려 내게 말했다. "야화는 귀군 경창을 죽이고 원신으로 동황종의 폭주를 막았으니 세상 대의를 위해 희생한 것입니다. 천군께서도 이미 상을 내리셨지요. 아내 악서의 말은 부녀자의 소견일 뿐이니 상신은 마음에 담아두지 마십시오. 하지만 아들의 시신은 돌려줘야겠습니다. 상신이 야화와 혼약한 것은 사실이나 아직 정식 혼례를 치르지 않았으니 시신을 가지고 있는 것은 감정상으로나 도리상으로 합당하지 않습니다. 야화는 천족의 태자입니다. 천궁에는 지켜야 할 규율이 있습니다. 제 아들은 서른여섯번째 하늘의 무망해無妄海에 묻혀야 하니 상신은 이를 받아들여주십시오."

야화가 구중천으로 돌아간 날은 흐리고 바람이 살짝 불었다.

야화의 눈썹과 눈, 뺨, 코에 입을 맞춘 다음 그의 입술로 향했다. 그가 깨어나 내 이마에 머리를 부딪치며 "장난이었어요"라고 말한다면 얼마나 좋을까. 하지만 모든 게 내 어리석은 망상에 불과했다.

야화의 부모는 그를 얼음관에 넣고 내가 보는 앞에서 청구를 떠났다. 내게는 피로 물든 검은색 도포만 남았다.

예전에 절안에게 받은 복숭아나무를 호리동 앞에 심고 날마다 물과 비료를 주었더니 금세 가지가 무성해졌었다. 복숭아나무에 처음 꽃이 핀 날, 나는 야화가 남긴 도포를 관에 넣고 나무 아래에 묻어 옷 무덤을 만들었다. 가지마다 꽃이 가득 피면 어떤 광경일지 상상이 되지 않았다.

미곡이 물었다. "고모님, 고모님께 아들이 있다는 거 기억하시지요? 아기씨를 청구로 데려오실 건가요?"

나는 손을 내저었다. 아들이 있고 그 아이에게 아리라는 이름을 지어준 것까지 모두 기억하고 있었다. 하지만 나 스스로를 건사하기도 힘든데 어떻게 아리를 돌볼 수 있겠는가. 천궁에서 어련히 잘 보살필까 싶었다.

야화의 부모가 그를 데려간 뒤 나는 나무 아래에서 보름을 우두커니 앉아 있었다. 하루종일 멍했고 항상 야화의 환영이 보였다. 야화는 늘 검은 도포를 입고 부드럽게 흘러내리는 머리카락을 비단끈으로 묶고 있었다. 내 무릎에 기대 책을 뒤적이거나 맞은편에 앉아 그림을 그리거나, 수군이 비를 뿌릴 때는 내가 비에 젖지 않도록 품안에 안아주었다. 복숭아나무 아래에 멍하니 앉아 있던 보름 동안, 나는 야화가 늘 곁에 있는 것 같아 무척 만족스러웠다.

나는 만족스러웠지만 절안과 넷째 오라버니, 미곡, 필방은 그렇게 만족스러워 보이지 않았다. 열엿새째 밤, 오라버니가 결국 참지 못하고 나를 호리동으로 끌고 들어가 거울 앞에 앉히고는 화를 꾹 누르며 말했다. "네 꼴을 좀 봐라. 야화가 죽으니 너도 살 수 없다는 거야?"

오라버니의 말이 맞았다. 살 수 없을 것 같았다. 하지만 죽고 나서 내 영혼이 야화를 찾을 수 있을지 알 수 없었다. 죽음은 아무것도 남지 않고 전부 흙으로 돌아가는 느낌이었다. 죽고 나서 야화를 기억할 수 없다면 죽지 않는 게 나았다. 그래도 지금은 내 앞에서 나를 향해 웃고 있는 야화를 항상 볼 수 있으니, 그게 훨씬 좋았다.

거울에 비친 여자는 창백하고 초췌했다. 눈에 감은 두꺼운 비단 위에 마른 잎이 몇 개 붙어 있었다. 예전에 감았던 하얀 비단과 어딘가 좀 달라 보였다. 그제야 천천히 머리가 움직였다. 아, 지난달에 절안이 눈을 바꿔주고 약물이 묻은 이 비단을 주었지. 그래서 아버지가 준 것과 다르구나.

오라버니가 길게 탄식한 뒤 무거운 어조로 말했다. "정신 차려. 이렇게 오래 살고도 생리사별에 초월하지 못한 거야?"

초월하지 못한 게 아니었다. 어떻게 초월해야 하는지 모를 뿐이었다. 초월할 수 있는 방법을 안다면 기꺼이 그럴 의향이 있었다. 술김에 결백등을 깨서 삼백 년 전의 과거를 되찾았을 때, 왜인지 야화의 좋은 점은 하나도 기억나지 않고 나쁜 점만 떠올랐었다. 그런데 야화가 떠난 뒤로는 그의 단점은 하나도 기억나지 않고 항상 장점만 반짝반짝 떠올랐다. 예전에 이경에게, 평생 가질 수 없는 것만 쫓아다니다 일단 얻으면 귀하게 여기지 못한다고 장황하게 떠들었는데. 이제 내가 딱 그 꼴이었다.

긴 강줄기 위로 달이 둥글고, 밤이 깊어 인적이 드물었다. 달리 할 수 있는 일이 없으니 그저 잠을 청하는 수밖에 없었다.

꿈에서 야화를 볼 수 있으리라 생각하지 못했는데 그날 나는 야화의 꿈을 꾸었다.

야화는 책상에 기댄 채 한참 동안 공문을 검토하다가 한쪽으로 밀어놓은 다음 살짝 눈살을 찌푸리며 차를 마셨다. 그러고는 찻잔을 내려놓으며 고개를 들고 환하게 웃었다. "천천, 이리 와서 어제 무슨 화본을 읽었는지 얘기해줘요."

깨고 싶지 않았다. 그 꿈은 하늘이 내려준 은덕이었다. 복숭아나무 아래에 멍하니 앉아 있을 때의 환영들은 내게 말을 걸지 않았지만 꿈속의 야화는 살아 있을 때와 똑같았다. 함께 산책하거나 장기를 둘 뿐만 아니라 이야기를 나눌 수도 있었다.

그 이후 나는 매일 야화의 꿈을 꾸었다. 잠드는 게 행복했다.

또다른 의미에서 마음이 놓이기도 했다. 속계의 장주지몽이라는 고사가 생각났다. 장자라는 속인이 꿈에서 나비가 되어 훨훨 날아다니며 매우 즐거워했는데 눈을 떠 보니 자신은 나비가 아니라 인간이었다. 장자는 자신이 나비 꿈을 꾸었는지, 나비가 인간인 장자의 꿈을 꾸는 것인지 알 수 없었다. 이전까지 나는 착실하게 하루하루를 보내며 꿈을 환상이라고만 여겼었다. 지금은 현실이 너무 고통스러워 차라리 꿈을 현실이라 생각하고, 현실을 환상이라 생각하자 싶었다. 그렇게 살아가는 방법을 바꾸고 나니 삶은 달라지지 않았어도 무척 만족스러웠다. 그 역시 현실을 초월하는 방법 같았다.

절안과 오라버니는 내가 비록 잠이 많아지긴 했지만 안색이 점점 좋아지자 찾아오는 횟수를 줄였다. 어느 정도 마음을 놓는 눈치였다.

구중천에서는 새로운 태자를 세웠다는 소식은 없고 소인 공주인 소금이 영원히 쫓겨났다는 소식만 들려왔다. 소금이 동황종을 지키는 선녀로서 동황종의 움직임이 심상치 않을 때 곧장 보고할 책임을 다하지 않았기 때문이었다. 태자 야화가 아무 지원도 받지 못한 채 경창과 싸우고, 원신으로 동황종을 부려 소멸하게 된 데에 소금의 책임 방기가 간접적 원인이 됐다는 이유였다. 천군은 장손을 잃은 고통에 크게 노하여 소금을 구중천에서 내쫓고 여섯 번의 윤회 속에서 백 번의 겁운을 겪도록 했다.

나는 천군의 벌이 조금 과하다고 생각했다. 소금에게 화풀이한다는 느낌이었지만, 어쨌든 나와는 무관한 일이라 한 귀로 듣고 한 귀로 흘렸다.

현실과 꿈을 맞바꾼 뒤로 나는 제법 잘 살아갔다. 그 삶에서는 야화가 살아 있다고 믿었다.

그러자 야화의 옷 무덤이 눈에 거슬렸다. 모든 것이 내가 만든 허상일 뿐이라고, 야화는 갔다고, 죽었다고 그 무덤이 시시각각 일깨워주었던 것이다. 무덤을 볼 때마다 공포가 찾아들고 자꾸 마음이 약해져 하마터면 미곡에게 무덤을 없애버리라고 명할 뻔했다. 결국 호리동 다른 쪽에 새로운 출입구를 만들었다.

오라버니는 내 마음도 풀고 자기 마음도 풀겠다며 시간이 날 때마다 나를 속계로 데려갔다. 산을 유람할 때면 "구름을 뚫을 정도로 높이 솟은 산 좀 봐봐. 이렇게 정상에서 내려다보니 세상만사가 보잘것없어지면서 마음이 탁 트이지 않니? 남녀의 사랑 따위는 하늘의 뜬구름 같아서 손을 휘저으면 사라질 것 같지?"라 하고, 폭포를 구경할 때는 "까마득히 높은 곳에서 떨어지는 폭포 좀 봐봐. 밤낮 없이 강으로 뛰어든 다음 절대 돌아보지 않잖아. 폭포를 보고 있으면 인생도 똑같다는 생각 안 들어? 돌아갈 수 없으니 앞만 보며 전진해야 할 것 같지 않아?"라고 했다. 저잣거리를 구경할 때는 "여기 땅강아지와 개미 같은 사람들 좀 봐. 고작 수십 번의 봄과 가을을 보낼 뿐인데다 사명이 만들어놓은 온갖 운명에 휘둘리지. 농사짓는 사람 대부분이 평생 가난에서 벗어나지 못하고 글 읽는 사람 대부분은 뜻을 제대로 펼칠 수 없어. 규방에서 고이 자란 좋은 여자들은 대부분 멍청한 남편에게 시집가고. 그런데도 저들은 희희낙락하면서 지내. 속인을 보면 네가 훨씬 낫다는 생각이 들지?"라고 말했다.

처음에는 귀담아들었지만 갈수록 물렸다. 항상 그런 식으로 말하니 오라버니의 수다가 싫어져 속계로 갈 때에는 혼자 나서게 되었다.

야화가 떠나고 삼 년 뒤 구월 초삼일, 속계에서 연극을 보다가 우연히 방호선산의 직월織越이라는 젊은 신선을 만났다. 속계에서 연극을 감상하려면 속계의 방식에 따라야 한다. 배우가 노래를 잘하는 것 같으면 돈주머니를 풀고, 갈채를 보낼 때도 무대로 얼마간 던져주어야 배우들의 노고를 격려할 수 있었다.

직월은 속계에 처음 나와본 듯했다. 붉은 울타리 뒤에서 구경꾼들이 신나게 은전을 던지자 부러워하며 자기도 던지고 싶어했다. 하지만 주머니가 텅 비어 체면을 차리지 못하다가 내가 신선이라는 것을 한눈에 알아보고 무척 기뻐하며 자기 신분을 밝힌 다음 은전을 좀 빌려달라고 했다. 신선이라면 당연히 변화술을 배웠을 테니 은전 한두 개 만드는 것은 일도 아닐 텐데 싶어 이상하게 생각하면서도 야명주를 몇 개 빌려주었다. 나중에야 직월의 부모가 혹시라도 속계에서 사달을 만들까봐 신력을 봉했음을 알았다.

원래는 인사 정도 나누는 사이였지만 이후 속계에 연극을 보러 갈 때마다 만나다보니 점점 친해졌다. 직월은 화끈하고 활발한 성격이면서 내 가문이나 나이 등은 굳이 캐묻지 않아서 꽤 괜찮게 느껴졌다. 게다가 연극을 볼 때 누군가와 이야기할 수 있는 것도, 또 그게 오라버니의 "저 우여곡절 많은 연극 좀 봐봐……" 같은 말이 아니라서 무척 좋았다.

이럭저럭하는 사이 직월과 십여 편의 연극을 함께 보았다. 날짜를 따져보니 한 달 남짓했다.

오늘도 예의 누각에 앉아 연극을 보고 있었다. 분위기에 딱 맞는 〈모란정牡丹亭〉이었다. 시월 초닷새, 결혼하거나 외출하기는 좋고 전쟁은 피하는 때였다. 삼 년 전 이맘때 야화가 내 곁을 떠났다. 나는 술을 들이켜며 무대에서 긴 덧소매를 거침없이 흔드는 청의青衣*를 바라보았다.

배우가 "꽃송이처럼 아름다운 그대의 모습, 흐르는 물과 같은 세월이 야속해라. 그대를 찾아 곳곳을 헤맸건만, 깊은 규방에서 홀로 한탄하고 있었구려" 하는 대목을 부를 때 직월 소선이 느릿느릿 들

* 중국 전통극에서 젊은 여성이나 중년 여성의 배역.

어와 쭈뼛거리며 내 옆에 자리를 잡고 앉았다.

연극이 절반쯤 지났을 때 직월이 입을 가리며 바싹 다가와 속닥거렸다. "전에 얘기했었는데 엄청난 기재였지만 요절했다던 먼 친척 오라버니 기억하세요?"

나는 기억난다는 뜻으로 고개를 끄덕였다.

직월 소선은 나를 만나면 연극뿐만 아니라 그 먼 친척에 대해서도 수시로 말했다. 직월의 말에 따르면 그 먼 친척 오라버니는 문무를 겸비한 불세지재였지만 안타깝게도 명이 짧아 젊은 나이에 전쟁터에서 죽었다. 슬픔에 초주검이 된 노부모와 하루종일 울부짖는 어린 아들만 남아 불쌍하고 가엾다고 했다. 입으로 불쌍하다고 말하는 동시에 얼굴로도 정말 안됐다는 표정을 지었다. 하지만 나는 최근 생사를 초월해서인지 그들 가족이 별로 불쌍하게 여겨지지 않았다.

직월이 찻주전자에서 냉차를 따라 목을 축이고는 좌우를 살펴본 뒤 다시 입을 가리며 다가왔다. "그 오라버니가 세상을 뜬 지 삼 년이 됐다고 했잖아요? 삼 년 전에 집안사람들 모두 오라버니가 시신만 남고 원신은 소멸했다고 생각했어요. 그래서 흑수정으로 얼음관을 만들어 호수에 묻었지요. 그때 저도 가서 봤거든요. 그런데 어제 수십만 년 동안 조용했던 그 호수가 갑자기 시끌시끌해졌어요. 호숫물이 쏴아 하면서 그 얼음관을 떠받친 채 열 장 높이까지 솟구쳤다니까요. 관을 감싼 기 때문에 호숫물이 솟은 거 같다고들 하더라고요. 정말 기이하지요? 오라버니의 원신은 소멸됐는데 아직도 그렇게 강한 기가 남아 있다니요. 무슨 일이 벌어진 건지 아무도 모르시더라고요. 저처럼 어린 신선들은 다 밖으로 쫓겨났는데, 나오면서 보니까 족장님이 한 소선에게 종족의 높은 분을 모셔 오라고 하는 거 같았어요. 저희 부모님은 오라버니가 죽지 않았던 것 같다고 하셨고요. 에이, 죽지 않았던 거라면 아리가 그렇게 매일 울고불고 할 필요도 없었는데."

더이상 아무 소리도 들리지 않았다. 손에 들고 있던 술잔이 쨍그랑 바닥으로 떨어졌고 나는 메마른 내 목소리를 들었다. "그 호수가 무망해니? 네 사촌이, 사촌 오라버니가 태자 야화? 구중천 천군의 장손 태자 야화?"

직월이 더듬거리며 말했다. "어, 언니가…… 어떻게 알아요?"

비틀거리며 누각을 뛰쳐나와 거리에 이른 뒤에야 구중천에 가려면 구름을 타야 한다는 것이 떠올랐다. 비틀거리며 구름에 올라타고 보니 땅바닥에 꿇어앉은 속인들이 눈에 들어왔다. 그제야 내가 저잣거리에서 구름과 보랏빛 안개를 불렀음을 알았다.

구름을 타고 하늘로 올라갔다. 하늘 높이 올라가자 하계가 까마득하게 내려다보였다. 머릿속이 텅 비어 아무리 해도 남천문으로 가는 길이 떠오르지 않았다. 마음이 급해질수록 머릿속은 더 하얘졌다. 나는 구름을 탄 채 하늘을 몇 바퀴나 돌았지만 어떻게 해야 좋을지 알 수가 없었다.

그러다 발이 미끄러져 하마터면 구름에서 떨어질 뻔했는데 다행히 누군가가 붙잡아주었다.

뒤에서 묵연의 목소리가 들렸다. "어째 이렇게 조심성이 없느냐, 구름 하나도 제대로 못 타는 게야?"

내가 몸을 돌려 묵연의 손목을 꽉 붙들고는 다급하게 물었다. "야화는요? 스승님, 야화는요?"

묵연이 눈살을 찌푸리며 대답했다. "우선 눈물부터 닦아라. 그 일 때문에 너를 찾아가려던 참이었다."

묵연이 상황을 설명해주었다. 예전에 야화를 살리기 위해 부신이 신력의 절반을 들여 선태를 만들었고, 야화가 환생한 뒤에도 부신의 신력은 야화의 의식 속에 줄곧 남아 있었다. 삼 년 전, 묵연은 야화가 영주의 괴수 네 마리를 없애고 부신의 나머지 신력 절반을 얻은 줄 몰랐기 때문에 야화가 죽었다고 판단했다. 당시 야화는 부신의 온전한 신력으로 천지를 멸하려는 동황종의 힘을 눌렀고, 그 두 힘이 충돌할 때 원신이 손상돼 깊은 잠에 빠진 것이었다. 하지만 모두들 야화의 혼백이 소멸했다고 여겼다. 심지어 야화 본인조차 그렇게 생각했던 것 같았다.

일반적인 경우라면 수십 년을 자야 하지만 흑수정 얼음관이 매우 좋은 기물인데다 천족의 시신을 묻는 무망해가 최적의 휴양 장소이기도 해 삼 년 만에 깰 수 있었다며 행운이 따랐다고 했다.

이런 묵연의 말은 대부분 귀에 들어오지 않았다. 그럼에도 열일곱째, 야화가 돌아왔단다, 오자마자 너를 찾아 청구로 갔으니 어서 돌아가거라, 라는 말은 명확히 들렸다.

야화가 살아 돌아오리라고는 상상도 못했다. 속으로는 천만 번도 더 바랐지만 헛된 희망임을 분명하게 알고 있었다. 야화는 삼 년 전에 소멸했다. 호리동 앞 복숭아나무 밑에 야화가 죽었을 때 입었던 도포를 묻지 않았던가. 죽기 전에 야화는 나더러 자기를 잊고 자유롭게 살라고 말했다.

하지만 묵연은 야화가 깨어났다고, 죽지 않았다고, 줄곧 살아 있었다고 말했다.

구름을 타고 청구로 돌아가는 길에 구름에서 네 번이나 떨어졌다.

골짜기 입구에 도착해서는 아예 구름에서 내려 휘청휘청 호리동으로 달려갔다. 길에서 신선들이 인사를 건네오는 것도 몰랐다. 야화를 보지 못할까봐, 묵연의 말이 전부 거짓말일까봐 나도 모르게 손발이 덜덜 떨렸다.

호리동이 눈앞에 나타나자 걸음을 늦췄다. 아주 오랫동안 정문으로 드나들지 않아 삼 년 전에 심었던 복숭아나무에 꽃이 만발한 걸 전혀 몰랐다. 푸른 산과 초록빛 나무, 옥색 담수까지 삼 년 만에 처음으로 청구의 모습을 제대로 보았다.

구름을 뚫고 나온 햇살 아래 청산과 벽수를 배경으로 피어 있는 복숭아꽃이 절대 꺼지지 않는 구중천의 찬란한 안개 같았다.

복숭아꽃 안개 속에서 검은 옷의 청년이 살짝 몸을 숙인 채 기다란 손가락으로 바로 앞에 서 있는 묘비를 어루만지고 있었다.

꿈결 같았다.

숨을 참고 두어 발짝을 내디뎠다. 큰 보폭으로 움직였다가는 눈앞의 광경이 모두 사라질 것 같아 두려웠다.

야화가 고개를 돌렸다. 바람이 불자 나무 위 안개가 붉은 파도로 변해 넘실거렸다. 그가 살며시 웃음을 지었다. 처음 보았을 때와 조금도 다름 없는 그림 같은 용모와 칠흑 같은 머리카락. 붉은 파도 속에서 꽃잎이 나부꼈다. 천지간에 다른 색은 없었다. 다른 소리도 없었다.

그가 손을 내밀며 속삭였다. “천천, 이리 와요.”

**번외 1**

# 첫번째 겁운

**그해 드넓은 요지 못에 연꽃이 찬란하게 피었다. 그가 사랑하던 여자는 결연히, 그의 앞에서 까마득히 높은 주선대에서 뛰어내렸다.**

## 상편

지독한 난산이었다. 아이 어머니는 꼬박 이레 동안 진통을 겪었다. 하늘에서 그렇게 애를 먹이며 태어난 아이는 처음이었다. 아이가 울음을 터뜨리며 태어났을 때 삼십육천이 일순간 금빛을 발산하고 동황 학명준질산의 일흔두 마리 오색조가 아이 어머니의 침소로 날아와 여든하루 동안 춤추며 선회했다.

그러한 광경은 아이의 둘째 숙부인 상적이 태어났을 때도 펼쳐진 적이 있었다. 다만 당시 천후 마마의 침전을 선회한 오색조는 서른여섯 마리에 불과했다.

천군은 기쁨의 눈물을 흘리며 능소전의 신하들 앞에서 두 손을 모으고는 동쪽을 향해 절했다. "감개무량이로다. 우리 천족이 마침내 또 한 명의 황태자를 맞이했으니, 이는 하늘이 정해준 황태자로다."

하늘이 정해준 황태자는 천군의 뜻에 따라 살았다. 천군의 기대를 저버린 적도 없고 저버릴 수도 없었다.

당시에는 삼계가 평화로워 하늘의 신선들 모두 여유롭게 지냈다.

아홉 살의 그는 문지방을 만지작거리며 부친의 영월궁 궁문에 기대 아래를 내다보곤 했다. 머리를 양쪽으로 둥글게 말아올린 어린 신선들이 삼삼오오 모여서 술래잡기나 귀뚜라미싸움을 하는 풍경이 늘 눈에 들어왔다. 그는 아이들을 무척 부러워했다.

어떤 아이든 누구나 천성적으로 놀기를 좋아하지만 그는 누군가와 놀아본 적이 거의 없었다.

천군은 영보천존의 수하인 동시에 사해팔황에서 유일하게 불교와 도교를 모두 수행한 자항진인慈航眞人에게 그의 수업을 부탁했다. 그리하여 그는 매일 진시부터 시작해 등불을 밝히는 술시 말까지 꼬박 일곱 시진을 서재의 금과 옥으로 만들어진 커다란 의자에 앉아 있어야 했다.

아홉 살이면 부모의 품에서 애지중지 보호받을 나이였다. 그의 숙부들도 그렇게 사랑받으며 어린 시절을 보냈고, 그의 부친 또한 이런 고통을 받으며 자라지는 않았다.

그와 나이가 비슷하거나 심지어 더 많은 아이들까지 즐겁고 여유롭게 지낼 때, 그는 하루종일 서재에서 자항진인의 엄숙한 얼굴과 엄청난 책들만 마주해야 했다. 어머니만이 그를 가엾게 생각해 수시로 달달한 탕을 끓여 서재에 찾아올 뿐이었다. 아직 걸음걸이조차 야무지지 못한 아홉 살짜리에게 도법과 불법 같은 것들이 쉬울 리 만무했다. 그는 어머니 앞에서 한차례 눈물을 쏟았다. 어머니는 안타까운 마음을 참지 못하고 천군을 찾아가 인정을 베풀어달라고 호소했다. 천군은 불같이 화를 내며 그가 이만 살에 상선이 될 때까지 다시는 어머니를 만나지 못하도록 했다.

하루는 자항진인이 서천범경의 석가모니가 개최한 법회에 참석하느라 자리를 비웠다. 그는 공부를 감시하는 사람이 부재하자 몰래 빠져나가 태상노군 산하에서 짐승을 돌보는 동자 둘과 노군의 진귀한 짐승을 데리고 놀았다. 그러다 부친에게 붙들려 호되게 몽둥이찜질을 당했다. 그때 그의 부친이 말했다. "왜 이렇게 진취적이질 못한 것이냐. 앞으로 천군의 자리를 이을 몸으로 보통 사람 같아서는 안 되지. 네 둘째 숙부는 출생 때 날아든 오색조가 서른여섯 마리에 불과했는데도 삼만 살에 상선이 되었다. 잘 생각해보거라. 학명준질산의 일흔두 마리 오색조가 네 출생을 축하하였는데 삼만 살에 상선이 되지 못한다면 그 멀리서 구중천까지 날아온 일흔두 마리 오색조의 은정에 부끄럽지 않겠느냐?"

그의 부친은 나이 어린 그를 속이느라 그럴싸하게 이야기했지만 속으로는 자기 아들이 상적을 넘어서길 바라는 옹졸한 마음에서 그렇게 엄격하게 대한 것이었다. 그는 살짝 미심쩍었지만 깊이 생각하지 않고 풀이 죽은 채 움츠러들었다.

이후 그의 곁에는 소금이라는 어린 선녀가 붙어 있게 되었다. 부친은 놀이 친구라고 했지만 그가 아무리 어려도 자신을 감시할 사람이라는 것 정도는 눈치챌 수 있었다. 밤낮 구분 없이 불법과 도법을 배우느라 놀 시간 따위는 애당초 없는데 놀이 친구라니 천부당만부당했다.

만일 소금이 보통 선녀였다면 그도 어떻게든 철저히 괴롭혀줄 방법을 찾았을지도 모른다. 어쨌든 그는 천족의 미래 황태자이니, 혼이 나갈 정도로 선녀의 따귀를 때린데도 천군에게서 한바탕 벌을 받는 것으로 끝날 뿐, 천군의 손자이자 천족의 황태자라는 지위는 변함이 없을 터였다. 하지만 소금 선녀에게는 그리 대할 수 없는 독특한 배경이 있었다.

천족에게는 방계傍系 가문이 하나 있었다. 오천여 명 되는 그들은 무武를 숭상해 남녀 상관없이 전부 무관으로 봉직하다 아예 천족의 수령을 위한 직속 부대를 편성했다. 소금의 부친은 이 방계 가문의 수장이자 직속 부대의 수장이었다. 이만 년 전 귀족의 난이 발발하자 전대 천군은 십만의 장병과 전쟁의 신 묵연을 친히 파견하며 귀족을 평정하라 명했다. 소금의 부친이 이끄는 부대 역시 십만 대병에 포함되었다.

귀족과의 전투는 매우 처참했다. 귀족의 둘째 황자비가 천족의 진법도를 훔쳐가는 바람에 묵연은 어쩔 수 없이 기습 공격을 계획했다. 기습 공격에는 성동격서聲東擊西의 작전이 중요했고, 그 작전을 수행하려면 미끼가 될 부대가 필요했다. 그때 소금의 부친이 자청하고 나섰다. 묵연은 칠만여 귀족의 정예부대 속에서 돌파구를 마련했고, 소금의 부친이 이끄는 오천여 명은 묵연이 파죽지세로 나아가기 위한 밑거름이 되었다.

귀족의 난을 평정한 뒤, 살아남은 구만 명의 천족 장병들은 소금의 부친이 남긴 피 묻은 유서를 가지고 구중천으로 돌아왔다. 피로 범벅된 유서의 내용은 자신의 자택에 그들 집안의 유일한 생존자인 아기가 있으니, 일족의 명성을 재건할 수 있도록 아이를 당당하게 키워달라는 것이었다.

전대 천군은 소금 부친의 은덕을 기리며 일족에게 큰 상을 내렸으나 소금을 제외하고는 아무도 남지 않아 모든 영예와 상이 소금에게 돌아갔다. 심지어 천군은 호덕 63,083년에 소금을 소인 공주로 봉한 다음 당시 막 결혼한 장손, 즉 그의 부친에게 부양토록 했다.

소금은 그보다 이만 살밖에 많지 않았지만 항렬로는 그의 고모할머니였다.

처음 소금이 서재에 왔을 때 그는 조금 불편했다. 그러나 시간이 흐르면서 소금을 책상 위의 붓이나 먹, 종이, 벼루처럼 여기게 되었다. 원래도 그다지 활발하지 않던 그는 소금이 온 뒤로 더욱 조용해졌다. 그는 무척 잘생겼지만 말이 별로 없는 소년이었다. 아직 이만 살에 불과해 소녀의 감성이 남아 있던 소금은 자항진인이 쉴 때면 항상 그에게 말을 건넸다. 그는 소금이 말을 걸 때마다 귀찮아하며 눈살을 찌푸렸다. 그때 이후로 툭하면 눈살을 찌푸리는 버릇이 생겼다.

그의 스승인 자항진인은 서천범경에서는 대자대비구고구난관세음이라 불렸다. 재난에 처한 사람을 구제한다는 의미의 호칭에 걸맞게 자항진인은 자신이 이렇게 여린 아이를 말수가 적어지도록 괴롭혔다는 자책감에 시달렸다. 그래서 천군을 찾아가 완곡하게,

그의 도법과 불법은 이미 어느 정도 수준에 다다랐으니 서재를 벗어나 신선들의 술법을 가르치는 게 좋겠다고 청했다.

지난 수십 년 동안 그는 날마다 서재에서 수행했다. 처음 몇 년간만 너무 어려서 따라가기 힘들었을 뿐, 자항진인의 수업은 그에게 매우 적절했다. 가장 힘든 순간을 넘어서자 그는 천천히 흥미를 느끼기 시작해, 갈수록 불교와 도교에 대한 이해가 깊어졌다. 하지만 결국은 이론에 불과했다. 세상물정을 직접 경험해본 적이 없으니 속세를 파악할 수 없었다.

천군은 대라천계 상청경의 원시천존에게 그를 마지막 제자로 받아달라고 청했다. 천계의 삼청사어三清四御* 신들 가운데 삼청의 최고가 원시천존이었다. 원시천존은 영보천존 한 명만 제자로 들였을 만큼 제자를 받는 기준이 매우 엄격했다. 천군도 원시천존이 자신의 아들을 마음에 들어할지 자신할 수 없었다. 그가 자항진인을 따라 상청경으로 원시천존을 만나러 갔을 때, 천존은 그를 몇 번 쳐다보고는 아무 트집도 잡지 않고 아주 순조롭게 제자로 받아들였다. 당시 그는 머리를 양쪽으로 둥글게 말아올린 어린아이에 불과했다.

그가 원시천존에게 술법을 배우게 되었으니 자연히 소금은 함께 할 수 없게 되었다. 소금의 감시에서 벗어나게 되자 그는 뛸듯이 기뻐했다. 다른 아이들은 기쁘면 환하게 웃으며 껑충껑충 뛰겠지만, 그는 이미 진중함이 몸에 배어 얼굴의 어떤 근육을 움직여야 환하

---

* 삼청은 도교에서 숭상하는 최고의 신인 원시천존, 영보천존, 태상노군을, 혹은 이들이 각각 사는 옥청(玉淸), 상청(上淸), 태청(太淸)을 가리키는 말이다. 이들 삼청존신(三淸尊神)에 버금가며 천지만물을 주재하는 네 명의 천제를 사어라 한다.

게 웃을 수 있는지조차 잊어버렸다. 아무리 뛸듯이 기뻐도 속으로만 그랬을 뿐이다. 원래 총명한데다 원시천존과 자신뿐이라 자유롭기까지 해 그는 빠른 속도로 흥미진진하게 술법을 배울 수 있었다. 원시천존은 그저 수염을 쓰다듬으며 웃을 뿐이었다.

어린아이에서 소년으로 자라나면서 그는 갈수록 많은 신선들이 자신을 두고 귀족의 난 이후 사라진 음악과 전쟁의 신 묵연 상신과 닮았다고 수군거린다는 것을 알게 되었다.

한번은 천군도 그의 얼굴을 찬찬히 살펴보고는 탄식했다. "묵연 상신이 젊었을 때 지금의 네 얼굴과 비슷했단다. 묵연 상신이 소멸한 지 삼만여 년이 지났는데, 소멸이라는 것이 보통 신선에게는 확실히 삶의 끝을 의미하지만, 묵연 상신은 보통 신선이 아니니까 어쩌면 혼백을 보존할 방법이 있었을지도 모른다. 이만여 년 동안 추슬러서 네 어미의 뱃속으로 환생했을지도 모르겠구나."

천군의 말은 그가 묵연 상신의 환생일지도 모른다는 의미였다. 그는 놀란 한편 황당하기도 했다. 놀란 것은 귀족의 난 이후 묵연 상신이 제자와 은거했다는 천계의 기록이 있는데, 실은 그 용맹한 상신이 은거한 게 아니라 진즉에 전쟁터에서 전사했다는 뜻이었기 때문이었고, 황당했던 건 저승 사명의 책자에 이름이 기록되지 않고서 어떻게 환생할 수 있나 의문이 들어서였다.

사실 신선의 환생은 삼계 오행의 근본을 위반하는 일이라 그를 두고 묵연의 환생이라 생각하는 사람은 그다지 많지 않았다. 그럼에도 천궁의 많은 노신선들은 그와 묵연을 비교하기 좋아했다. 혈기왕성한 나이였던 그는 학업이 힘든 것만 빼면 모든 일이 대부분

순조롭게 풀렸는데 뒤에서 노신선들이 그가 예전의 묵연만 못하다고 쑥덕거려 자존심이 상할 때가 많았다. 그래서 자항진인과 원시천존 밑에서 한층 더 열심히 수행했다.

이만 살을 바라보던 어느 해, 서천범경의 석가모니가 법회를 개최해 그도 자항진인과 함께 참석했다. 영산에서 석가모니 수하의 나무약사유리광왕불, 나무과거현재미래불과 사흘 동안 도법으로 불법을 논한 뒤 그는 두 부처로부터 칭찬을 받아 삽시간에 명성을 떨쳤다.

천군도 무척 기뻐하며 칭찬했다. "옛날 상적도 깨달음이 깊은 편이었지만 너만큼은 아니었다. 이번에 크게 상을 내려야겠구나. 그래, 무엇을 원하느냐?"

그는 별 감흥 없이 고개를 숙이며 대답했다. "어마마마를 뵙고 싶습니다."

천군이 파랗게 변한 얼굴로 차갑게 대꾸했다. "자애로운 어미는 아들을 망치는 법, 너는 내 뒤를 이어야 하거늘 네 어미는 너를 기를 그릇이 못 된다. 너를 우유부단한 성격으로 기를 뿐이지. 네 청을 불허하는 것이 네게 이로울 것이다."

그가 고개를 들어 할아버지를 보았다가 다시 고개를 숙이고 말했다. "그저 한 번만 뵙고 싶을 뿐입니다."

천군이 불같이 화를 냈다. "내 허락을 받고 싶다면 이만 살이 되기 전에 상선이 되거라."

그것은 억지였다. 사해팔황 어디에도 이만 살에 상선이 된 신선은 없었다. 천계에서 존경받는 묵연 상신조차 이만 오천 살에야 상선이 되었다. 묵연 이후 수많은 시간이 흐른 뒤 상적이 세상에 나왔지만 상적 역시 삼만 살에 겁운을 겪고 승격되었다.

게다가 이만 살까지 겨우 삼사 년밖에 남지 않았다. 원시천존은 그 소식을 듣고 의미심장하게 웃기만 했다. 그의 부친이 타일렀다. "네 어미는 잘 지내니까 걱정할 것 없다. 천군께서 이리 널 아끼시니 매사에 천군의 뜻을 따르거라. 뜻을 거슬러 노여움을 살 필요가 무엇이더냐?"

그 말을 들었을 때 그는 살짝 마음이 흔들렸다. 자신에게 어떻게 이런 나약한 부친이 있는지 이해할 수 없었다. 허나 슬프지는 않았다. 천군은 어려서부터 그를 그렇게 가르쳤다. 골육의 정을 끊어내고 정신을 맑게 하며 육근六根*을 깨끗이 해야, 나중에 천지를 제대로 관장하고 사해팔황을 다스리며 최고 자리의 쓸쓸함을 기꺼이 감내하는 천군이 될 수 있다고.

사실 그가 어머니를 보고 싶어한 이유는 어린 시절 어머니의 사랑을 받았기 때문이 아니었다. 그 일은 너무 오래되어서 이미 잊어버렸고 어머니의 얼굴마저 떠오르지 않았다. 그때 겨우 아홉 살이 아니었던가. 그는 자신에게도 어머니가 있다는 것을 확인하고 최소한 어머니가 어떻게 생겼는지 그 모습을 보고 싶을 뿐이었다.

그의 부친이 소금에게 더이상 그를 지키지 않아도 된다고 말했다. 이만 년이라는 시간이 흐르면서 그는 소인 공주를 책상 위의 붓걸이쯤으로 여기며 그 존재에 무감각해졌다. 소금이 계속 책상

* 불교에서 세상을 인식하는 여섯 가지 근원적인 기관. 눈, 귀, 코, 혀, 몸, 뜻을 가리킨다.

머리에 서 있건 말건 그에게는 별 차이가 없었다.

그는 소금도 이만 년 동안 감시하느라 힘들었을 테니 드디어 모두가 해방이라고 생각했다. 그런데 예상과 달리 소금은 그 이후에도 날마다 그의 책상을 지켰고, 그가 원시천존에게 가면 상청경 입구에서 기다렸다. 그는 이만 살 이전에 상선이 되기 위해 수행에 집중하느라 소금에게 신경쓸 겨를이 없었다.

그의 이만 살 생일이 가까웠을 때 정작 천군은 그와의 약속을 잊고 있었다.

그의 생일 하루 전, 소금은 구중천 곳곳을 다 뒤졌지만 그를 찾을 수 없었다. 그런데 갑자기 서른여섯번째 하늘에서 우레가 쾅쾅 울리더니 벼락이 번쩍 구름을 가르고 하계 동황까지 내리꽂혔다. 휘몰아치는 듯한 엄청난 기세에 돌과 나무들이 순식간에 재로 변했다. 신선이라면 누구나 그 벼락이 신선의 승격 때 떨어지는 겁운임을 알았다.

능소전에 있던 천군의 얼굴이 갑자기 하얗게 질렸다. 일단 벼락이 떨어지면 피할 수 없었다. 목숨을 걸어야 했다. 견뎌내지 못하면 말 그대로 끝이었다.

천군이 하얗게 질린 얼굴로 다른 신선들과 남천문 앞으로 나갔다.

일다경쯤 뒤 피투성이가 되어 쓰러진 그가 색깔을 알 수 없는 구름을 타고 천천히 돌아왔다.

그는 남천문 앞에 나온 천군을 보고는 힘겹게 구름에서 내려와 천군 앞으로 비틀거리며 가 절했다. 눈가와 입가에서는 아직도 피가 새어나왔지만 무척 침착한 표정으로 담담하면서 공손하게 말했다. "천군께서는 소손이 이만 살 전에 상선으로 승격하면 어마마마를 만날 수 있게 해주신다고 약속하셨습니다. 오늘 겁운을 견뎌 승격했으니 언제 어마마마를 만날 수 있을지요?"

천군이 복잡한 표정으로 그를 잠시 쳐다보다가 마침내 허락했다. "상처부터 치료한 뒤에 가거라. 네 어미가 걱정하지 않도록."

이만 살에 상선이 된 것은 전대미문의 기록이었다. 그의 행보는 즉시 사해팔황을 떠들썩하게 만들었고 이후로 어떤 신선도 그를 묵연과 비교하지 않았다. 그의 스승인 원시천존만이 현도옥경玄都玉京에서 함께 도를 논하던 영보천존에게 모호하게 칭찬했을 뿐이었다. "그렇게 생긴 사람은 뛰어난 골격을 타고나는가보군. 옛날 묵연 상신도 그렇더니 야화도 그러니."

다른 신선들은 그가 어린 나이에 상선이 되었다는 영예에만 집중할 뿐, 그가 얼마나 큰 상처를 입었는지에는 별 관심을 기울이지 않았다. 세 차례 벼락을 맞았으니 보통 상처가 아니었다. 그날 구름에서 내려와 천군에게 절할 때 마지막 남은 힘을 모두 써버리고는 한참 동안 영월궁에 누워 있었고 이후 먹고 걸을 때는 부축을 받아야 했다.

이만 년을 함께 지내면서도 줄곧 그의 마음에 두지 않았던 소인 공주 소금이 매일 그의 침상을 지키며 차를 따라주고 약을 챙기고 걸을 때는 부축하며 음식 시중도 들었다. 그는 자신을 돌보라는 천군의 명을 받았기 때문이라고만 알았지, 다른 쪽으로는 전혀 생각하지 못했다. 소인 공주의 보살핌은 삼사 년이나 지속되었다. 그러던 어느 날, 그는 우연히 궁녀 둘이 소곤거리는 소리를 들었다. 소인 공주가 그를 사모해 그가 부상을 입자 몇 번이나 몰래 눈물 흘렸다는 내용이었다.

당시 그는 이미 멋진 소년이었다. 수행하면서 전례 없는 공적을 많이 세웠으며 술법도 뛰어났다. 표정이 살짝 엄숙하고 차가웠지만 그 역시 미래의 천계 황태자다운 위엄으로 보였다. 소인 공주뿐만 아니라 천족의 수많은 소녀들이 그를 짝사랑하고 있었다.

이만 년 내내 천군의 압박 속에 수행에만 전념하느라 그는 연애 감정에 신경쓸 여력이 없었다. 그러다 갑자기 누가 자신을 사모한다는 말에 깜짝 놀랐는데, 심지어 그 주인공이 소인 공주라니 황당하기까지 했다. 소인 공주 소금은 전대 천군이 공주로 봉했기 때문에 명의상으로는 현 천군의 여동생이었다. 그의 부친조차 고모라 불러야 하니 그에게는 고모할머니가 되는 셈이었다. 고모할머니가 손자를 좋아한다니, 실제로 혈연관계는 아니라 해도 이해할 수 없었다.

워낙 냉담한 성격인데다 번거로운 일을 자초할 생각도 없었다. 소금이 마음을 숨긴 채 아무 내색도 하지 않는 이상 그로서는 아는 척할 이유가 없었다. 하지만 소금의 극진한 보살핌을 어떻게든 거절하게 되는 건 어쩔 수 없었다. 몇 차례 거절이 반복되자 어느 날 소금이 하얗게 질린 얼굴로 물었다. "다 알고 있지?"

그는 소금이 그 일을 언급하지 않았으면 했다. 비록 연애에 대해 문외한인 그였지만 어떤 일은 공개하는 것보다 마음에 담아두는 편이 좋다는 것쯤은 알고 있었다. 그는 조용히 고개를 흔들고는 차를 마시러 가려 했다. 그러자 소금이 그의 소매를 움켜쥐고 손을 떨면서 말했다. "다 아는 거 알아. 전부 다 알면서 왜 이래?" 그가 차갑게 반문했다. "제가 뭘 알아야 하나요?" 소금의 하얀 얼굴이 점점 붉어졌다. 손도 한층 더 떨렸다. 한참 뒤에야 소금이 작은 소리로 말했다. "나…… 나…… 널 좋아해."

소금의 고백은 당연히 아무런 호응도 얻지 못했다. 그는 소금의 가슴에 깊은 상처가 되는 말을 남겼다. "하지만 저는 늘 고모할머니로만 생각해서 할아버지를 존경하듯 존경할 뿐인걸요."

소금의 눈가가 살짝 붉어졌다. "너, 내가 너보다 이만 살 많다고 싫은 거야? 하지만…… 네 미래의 정비인 청구국 백천 상신은 너보다 구만 살이나 많다고."

어려서부터 후대 천군으로 여겨지며 자란 그였다. 그간 힘든 수행을 겪어야 했지만 천군과 그의 두 스승, 부친을 제외하고는 누구도 감히 이렇게 불경한 어조로 그에게 말한 적은 없었다. 그는 살짝 화난 투로 대꾸했다. "그럼 백천처럼 능력이 있든가요. 제가 받아들이지 않을 수 없을 만큼요."

이후 한참 뒤까지도 그는 그때 소금에게 했던 말을 기억했다. 바로 그 말 때문에 죽음보다 더한 대가를 치러야 했기 때문이다.

## 하편

어느새 이만여 년이 흘러 오만 살이 코앞으로 다가왔다.

구중천에는 규율이 수천수만 개에 이를 정도로 많았다. 그 가운데 신선으로 태어나지 않았으나 인연이 닿아 선계에 등록된 영물들은 천지의 조화를 어기고 신선이 되었으므로 칠정과 육욕을 끊어야 한다는 조항이 있었다. 그래야만 하늘에서 오래도록 신선으로 살 수 있으며, 만일 그 규율을 어기면 윤회 속으로 돌아가 다시는 신선이 될 수 없었다.

요괴나 속인의 경우 수행 자체가 애초부터 어려운 일이라, 득도해 하늘에 오른 뒤에는 전전긍긍하며 규율을 잘 지켰다. 속세의 감정을 삼청까지 끌고 오는 것은 감히 생각도 못한 채 틀에 매인 듯 반듯하게 살았다. 그들 가운데 가장 착실하고 반듯한 사람이 수장이 되었기에 수장은 규율에 관한 기준이 유달리 높았다. 그런 수장조차도 삼십육천을 통틀어 매사에 단정하고 엄격하며 진중하고 냉정한 인물로는 오만 살도 안 된 태자 야화군이 최고라고 인정했다.

그의 셋째 숙부인 연송은 그를 찾아와 술을 마시며 수시로 농담을 건넸다. 한번은 구중천 아래의 달이 화제로 올랐다. 달이 차고 기우는 것을 원만한 인생에 비유하던 연송은 그에게 말문이 막히자 체면을 되찾으려 애매한 표정으로 그의 어깨를 두드리며 말했다. "네 인생이 아직 원만하지 못한데 원만함에 대해 말해봐야 뭐 하겠니, 탁상공론에 불과하지."

그가 술잔을 돌리며 물었다. "제 인생이 왜 원만하지 못한데요?"

연송은 온갖 풍파를 겪어본 경험자처럼 거드름을 피우며 곧장 말을 받았다. "전망대에서 눈으로만 밤하늘을 바라보면 달이 차고 기우는 것만 보이지. 삼청 밖으로 나가 정이 무엇인지 직접 경험해봐야 인생이 차고 기우는 게 어떤 의미인지 알 수 있을 게다."

연송의 말이 별로 와닿지 않아서 그는 담담하게 웃기만 했다. 그때까지 그는 정이란 게 얼마나 대단한지 알지 못했다.

칠월 말이 되자, 천군이 그에게 하계로 내려가 황무지에서 생겨

난 적염금예수赤炎金猊獸를 처리하라고 명했다.

흉포하고 잔혹한 적염금예수가 십여 년 전 남황에서 동황의 중용국中容國으로 옮겨가는 바람에 중용국은 십 년간 가뭄이 지속돼 국토가 초토화되고 삶의 터전을 잃은 백성들이 사방을 떠돌게 되었다. 원래 중용국 국왕은 참을성이 많은 이였다. 그러나 적염금예수가 온 지 십 년째 되던 해에 중용국 왕비에게 반해 왕비를 납치해 가 겁탈하자 분을 참지 못하고 자결해버렸다. 그런 다음 혼백이 되어 표표히 유명사에 가서는 적염금예수의 악행을 낱낱이 고했다.

적염금예수는 도철이나 궁기 등 상고시대의 신수神獸처럼 유명하지는 않아도 능력은 뛰어났다. 천군이 그에게 혼자 제압하라고 명한 데에는 계승자로서의 그를 시험해보려는 마음도 있었다.

그는 중용국 국경에서 이레 동안 전투를 벌인 끝에 천지가 색을 잃을 무렵 마침내 적염금예수를 베었다. 하지만 자신 역시 기력을 소진해 원래 모습으로 돌아가고 말았다. 그의 본모습은 위풍당당한 흑룡이었다. 하지만 그 모습으로는 너무 눈에 띌 것 같아서 뱀처럼 몸을 줄인 뒤 근처 준질산의 어느 볼품없는 동굴로 들어갔다. 준질산 정상에 가득한 복숭아나무의 열매들이 마침맞게 익어 있었다. 그는 침착하게 동굴을 둘러본 뒤 긴장을 풀고 눈을 붙였다.

한바탕 긴 잠에 빠졌다. 며칠이 지났는지 모르게 푹 자고 마침내 눈을 떴을 때, 그는 자신이 축축한 동굴이 아니라 어느 속인의 오두막집에 있다는 것을 발견했다. 주저앉을 듯한 오두막집과 그보다 한층 더 주저앉을 듯한 나무문 때문에 문을 밀어 열면 오두막 전체가 무너질 것만 같았다.

밖에서 사스락사스락 나뭇잎 쓸리는 소리가 나더니 작은 나무문이 열렸다. 먼저 신발이, 이어서 하얀 옷이, 그다음 여자의 얼굴이 보였다.

오랫동안 수행해온 그의 진중함이 와르르 무너지고 머릿속이 흐릿해졌다. 눈앞에 나타난 여자의 아리따운 자태와 언제인지 알 수 없지만 기억 속에 박힌 모호한 그림자가 겹치면서 말로 표현할 수 없는 감정이 온몸 깊숙이 퍼졌다. 전생에 잃어버리고 줄곧 찾지 못했던 무엇인가를 천만 년이 지난 다음 마침내 찾은 기분이었다. 연송이라면 무심하게 부채를 흔들며 사랑에 빠졌다고 말하고, 불자라면 아미타불을 읊으며 망상이라고 할, 처음 느껴보는 감정이었다.

결과에는 반드시 원인이 있는 법. 사실 그가 기억하지 못할 뿐이었다. 칠만 년 전 묵연이 원신으로 동황종을 부렸을 때 그는 누군가의 쉰 목소리를 듣고 깨어났었다. 한없이 비통해하며 "스승님, 일어나세요, 눈 좀 뜨세요……" 하는 목소리가 계속 귓가를 맴돌았고, 그 목소리가 그를 부른 게 아님에도 깨어났던 것이다. 그 목소리의 주인공이 바로 그의 눈앞에 있는 여자였다.

천군의 장손으로 환생하면서 그는 전생의 모든 기억을 잊었다. 하지만 홍련의 불꽃 속에서 순간적으로 생겨난 인연은 그의 내세 운명에 깊이 뿌리를 내렸다. 불꽃 속에서 깨어난 뒤 그가 처음 본 것은 하늘도 땅도 아닌, 바로 지금 그에게 환한 웃음을 짓는 이 여자였다. 당시 여자는 남장을 했고 사음이라 불렸다.

그는 침대에 앉아 있었다. 고요하던 그의 눈이 뭔가에 찔리기라도 한듯 검은색 풍랑에 휩싸였다.

여자가 이리저리 한참을 살펴보다가 아, 하고는 기쁜 어조로 "깼구나" 하고 말했다. 그러고는 그의 뿔을 또 한참 만지작거리더니 만족스럽게 말했다. "내가 아는 뱀 중에 너처럼 잘생긴 녀석은 없어. 넌 정말 특이한 뱀이로구나. 머리에 뿔까지 있고. 이 뿔, 매끌매끌한 게, 헤헤, 촉감이 아주 좋네."

그는 눈을 가늘게 뜬 채 조용히 그녀를 바라보았다.

위풍당당한 흑룡이건만, 여자는 학식도 얕고 용을 본 적도 없는 듯 그를 특이한 뱀으로만 생각하며 애완용으로 길들이려 했다. 애완용 뱀으로 지내는 것도 나름 장점이 많았다. 예를 들어 여자가 품에 안고 말을 건다든지, 부드러운 손으로 음식을 입에 넣어준다든지, 침대 절반을 내준다든지, 밤마다 옆에서 재워줄 뿐만 아니라 도톰한 이불까지 덮어준다든지…… 뱀에게 침대나 이불이 필요 없다는 것도 모르니 여자는 뱀을 길러본 적이 없는 듯했다. 물론 용은 더더욱 말할 필요가 없었다.

그는 수많은 밤 동안 여자가 잠들고 나면 인간으로 변해 여자를 안고 있다가 이튿날 여자가 깨기 전에 다시 작은 흑룡으로 돌아갔다.

여자는 천을 염색하지 않고 늘 하얀 옷을 입었다. 천상의 여신들이 입는 색색의 비단옷에 비하면 한참 떨어질 정도로 소박했지만 그는 하얀 옷이 가장 아름답게 느껴졌다. 그는 여자에게 소소라는 이름을 붙여주었다. 소소, 소소.

어느새 구월이 되어 사해팔황 곳곳에 계화 향기가 퍼졌다. 설핏한 계화 향기 속에서 소소가 이번에는 새끼 잃은 어미 까마귀를 데려왔다. 하루종일 까마귀를 먹이고 돌보느라 그에 대한 관심이 확 줄어들었다. 그는 감정을 드러내지 않았지만 소소의 눈에 자신은 뱀일 뿐이겠다는 위기감에 빠졌다. 까마귀와 아무 차이도 없을까 봐 두려웠다. 이렇게는 안 되겠다는 생각이 든 그는 소소가 까마귀를 데리고 먹이를 구하러 나갔을 때 인간으로 변한 뒤 구름을 타고 구중천으로 올라갔다.

구중천에서 사랑에 가장 정통한 사람은 역시 셋째 숙부 연송이었다. 현재의 천군도 젊었을 때 풍류를 즐겼다지만 연송은 한층 더 심해 고대 신족 가운데 손꼽히는 바람둥이였다.

바람둥이가 말했다. "속계 여자는 안 만나봤지만 적절한 비유가 있지. 기생은 돈을 좋아하고 아가씨는 미남을 좋아한다. 속계 묘령의 여자치고 잘생긴 남자를 싫어하는 사람이 없다니, 네가 웃어주면 그 여자는 뼈까지 녹아내릴 게다."

그는 차만 한 모금 마시고는 가타부타 대꾸하지 않았다.

바람둥이가 또 말했다. "자고로 미인은 영웅을 좋아하는 법이지. 요괴 하나를 그 산에 보내 여자를 겁주렴. 여자가 혼비백산했을 때 청명검을 들고 멋지게 등장해서 요괴를 없애는 거야. 그러면 너는 생명의 은인이 되고 여자는 네게 보답할 길이 없으니 몸을 허락하겠지."

그가 찻잔을 탁자에 놓고 돌리며 무심하게 말했다. "나중에 제가 한가할 때 숙부님을 위해 요괴로 성옥을 겁주겠습니다. 아, 보통 요괴로는 눈 하나 깜짝하지 않을 테니 성옥을 이길 만한 아주 무서운 놈으로 골라야겠네요. 싸우다 숨이 끊어질 때쯤 돼서 숙부님이 구해주시면 성옥도 보답할 길이 없다며 몸을 허락하겠지요."

바람둥이가 억지로 웃고는 부채를 흔들며 체념하듯 탄식했다.

"미인계는 마음에 안 든다, 영웅계는 여자가 겁먹을까 안쓰러워서 싫다. 그럼 거꾸로 고육책을 쓰든가. 네 몸에 상처를 낸 다음 오두막 앞에 쓰러지는 거야. 집 앞에서 누가 죽는 꼴을 볼 수 없을 테니 어떻게든 구해주겠지. 그럼 너는 그 은혜에 보답하겠다며 다 나은 뒤에도 눌러앉아서 몸종처럼 수발을 들려므나. 그러면 여자가 어쩌겠니?"

그가 탁, 찻잔을 탁자에 내려놓았다. 무척 좋은 계책 같았다.

고육책을 쓰겠다고 정말로 몸에 칼집을 낼 필요는 없었다. 신선의 눈속임 술법으로 충분했다.

그는 연송과 차를 마신 뒤 곧장 구름을 타고 하계로 향했다. 이번에는 천상의 이목을 피하기 위해 준질산에 두꺼운 장벽을 쳤다. 소소의 오두막에 도달한 그는 인계를 맺어 옛날 상선으로 승격될 때 생긴 상처를 따라 온몸을 피투성이로 만들었다.

고육책은 과연 성공이었다. 덜컹거리는 나무문을 밀고 나온 소소는 그의 모습에 화들짝 놀라서는 곧장 안으로 옮겼다. 소소의 지혈은 서툴기 그지없었다. 그는 침대에 누운 채 소소가 땀을 뻘뻘 흘리며 약초 찧는 모습을 만족스럽게 쳐다보았다. 너무 놀랐는지 약을 바르는 손이 바들바들 떨렸다. 그 바람에 약물 절반은 바닥에 떨어지고 남은 절반에서도 상당수가 옷에 떨어져 정작 상처에는 몇 방울 닿지 않았다. 그는 소소의 창백한 옆얼굴과 살짝살짝 들썩이는 입술을 보면서 양심에 찔리고 마음도 약해졌다. 결국 소소가 약초를 더 가져오려고 몸을 돌렸을 때 손가락을 움직여 상처를 재빨리 봉합했다. 약초를 더 넣어 되돌아온 소소는 그의 상처가 어느새 나은 것을 보고 놀라서 눈을 동그랗게 떴다. 그는 어리둥절해하는 그 모습이 무척 귀엽다고 생각했다.

소소는 마음이 놓이지 않는다면서 그에게 며칠 더 머물며 쉬라고 했다. 바라던 바였다. 소소가 떠나라는 말을 꺼내지 않아서 그도 모르는 척, 상처가 다 나은 뒤에도 떠나겠다는 의사를 표하지 않았다. 열이틀째 되던 날 오전까지 그랬다.

열이틀 날 아침, 소소가 죽을 가져와서는 연약한 여인의 몸으로 작은 동물을 돌보는 것은 아무 문제가 없지만 커다란 성인을 돌보는 것은 힘겹다며, 상처도 거의 다 나은 것 같으니 이제 떠날 때가 된 듯하다고 완곡하게 말했다. 우물쭈물 더듬거리는 모습이 확실히 손님을 쫓아내는 게 미안한 눈치였다.

그는 죽을 한입 먹고는 담담하게 말했다. "저를 구해주셨으니 이곳에 남아 보답해야지요."

소소가 필요 없다며 얼른 손사래를 쳤다. 그는 일단 아무 말 없이 애써 삼키는 시늉으로 죽을 급하지도, 느리지도 않게 다 먹었다. 그러고 나서 멍하니 기다리는 소소를 보며 담담하게 웃었다. "보답하지 않으면 배은망덕한 사람이 아니겠어요? 받아주시든, 아니든 이 은혜를 꼭 갚아야겠습니다."

소소의 얼굴이 붉으락푸르락 변했다. 그는 뺨을 받친 채 난처해 죽겠으면서도 체면 때문에 심한 말은 못하는 소소의 모습을 바라보며 정말 사랑스럽다고 생각했다. 그런데 예상과 완전히 다르게, 소소의 입에서 방금 전 모습보다 백배는 더 사랑스러운 말이 튀어나왔다. "그럼 몸으로 갚으시든가요."

그들은 동황의 호수 앞에서 천지에 절하며 맹세했다. 동방화촉을 밝힌 그날 밤, 전율의 시간을 보낸 뒤 그는 깊이 잠든 소소를 안고 모든 게 원만하다고 생각했다.

그러나 운명이란 얼마나 현묘한가. 사람들은 모든 것이 운명이라고, 자기 뜻대로 되는 것은 아무것도 없다고 말한다. 속인의 운명은 신선이 정하고 신선의 운명은 천명을 따르기 때문에 순간순간 운수가 트이기도 하고 막히기도 한다는 것이다. 그는 하늘이 정한 미래의 천군이었다. 둘째 숙부 상적이 사달을 벌인 뒤 천군이 청구국 백가와 확실히 약조했기 때문에 사해팔황에는 그가 훗날 청구의 백천 상선과 혼인한다는 사실을 모르는 이가 없었다. 이전까지는 인생에 특별한 게 없다고 생각해 청구의 백천이든, 백구의 청천이든 상관없던 그였다. 그저 침대 옆자리에 한 사람이 더해지는 것뿐이라고 여겼다. 하지만 사랑하는 여자가 생겼으니 모든 것을 처음부터 다시 따져봐야 했다.

상적의 전례가 너무도 생생하게 펼쳐져 있고 왕손의 자리 역시 버리고 싶다고 버릴 수 있는 게 아니었다. 그런데다 오만 살이 돼 태자로 봉해지면 소소와의 일은 한층 더 처리하기 힘들 게 뻔했다. 그는 며칠 동안 모든 방법을 주도면밀하게 따져본 뒤 가장 위험하지만 절대 후환이 없는 방법을 선택했다. 때마침 남해 인어족의 움직임이 심상치 않아서 그 기회를 잘 활용해 천궁의 그물에서 벗어날 계획이었다. 하지만 혼자 처리할 경우 의심을 사기 쉬웠다. 천군 앞에서 상황을 덮어줄 조력자가 필요했다. 그는 이 사람 저 사람 따져보다가 미안하지만 연송에게 맡기기로 결정했다.

연송은 부채를 흔들며 위아래로 그를 훑어본 뒤 유감스럽게 말했다. “지금 상황이라면 확실히 남해에서 전투가 벌어질 것 같구나. 그때 아바마마 앞에서 네가 흔적 하나 남기지 않고 완전히 소멸했다고 증언해줄 수는 있어. 하지만 정말로 속인 하나 때문에 천군의 자리를 그렇게 쉽게 버릴 작정이니? 음, 속계에서 이런 걸 뭐라고 하더라? 그래, 천하가 아니라 미인을 사랑하는 것은 명군의 행동이 아니다.”

그가 찻잔을 돌리며 웃는 듯 아닌 듯 모호한 표정으로 말했다. “저는 이 삼천대천세계 중생을 조금도 사랑하지 않으니 자리에 오른들 좋은 군주가 되지 못할 거예요. 그럴 바에야 일찌감치 덕 있는 사람에게 자리를 양보하는 게 낫죠. 상적 숙부님이 유배되고 삼 년째 되던 해에 제가 나왔어요. 제가 사라지면, 또 모르죠, 삼 년도 되지 않아 더 나은 계승자가 나올지도요.”

연송이 눈을 동그랗게 뜨며 웃고는 딱 한마디를 던졌다. “그건 어렵지.”

얼마 뒤 소소가 아이를 가졌다. 그는 어쩔 줄 모를 만큼 기뻤지만 오랜 수행에 따른 진중한 성격 때문에 처음 아버지가 되는 다른 사람들보다 훨씬 침착해 보였다. 임신한 뒤 소소의 입맛이 까다로워지면서 그의 요리 솜씨도 날로 좋아졌다.

모든 것이 그의 계획대로 차근차근 진행되었다. 두 달 뒤 인어족이 반란을 일으키자 연송이 바둑판 앞에서 흰 돌을 들고 웃었다. “원래 인어족 수장은 이 정도로 성격이 급하지는 않은데 말이야. 그 주도면밀한 성격이라면 최소 한 달은 더 미뤘을 테지. 아무래도 네가 중간에서 뭔가 수작을 부렸나보구나.”

그는 바둑판을 쓱 훑어본 뒤 담담하게 대꾸했다. "인어족이 어서 실행에 옮겨야 천군의 제압 명령이 떨어지고 저도 승산이 커지지요."

연송이 흰 돌을 내려놓으며 하하 웃었다. "내 앞에서까지 그럴싸하게 포장할 것 없다. 네 마누라가 임신해서 급해진 거잖아?"

그가 검지와 중지 사이에 끼고 있던 검은 돌을 탁, 바둑판에 내려놓자 흰 돌 상당수가 검은 돌에 포위되었다. 그가 고개를 들고 가볍게 웃었다. "그냥 일거양득일 뿐이에요."

아니나 다를까 그에게 남해 인어족을 제압하라는 천군의 명이 떨어졌다. 그동안 천궁에서 행보를 잘 드러내지 않던 연송도 참전하겠다며 나서서는 천군의 허락을 받아냈다. 그는 소소가 걱정할까봐 중요한 일 때문에 멀리 나간다고만 말했다. 그리고 소소가 적적하지 않게 소매에서 구리거울을 꺼내주며 바쁘지 않을 때라면 대화 상대가 되어주겠노라 약속했다.

천군을 속이기 위해 그는 남해 전투에서 인어족 수장이 온힘을 다해 휘두른 칼을 일부러 맞았다. 인어족이 사당에 천만 년 동안 모셔온 참백신도斬魄神刀가 그의 가슴에서 허리까지 가늘고 긴 칼자국을 남겼다. 칼에 가해진 힘도 적절하고 상처의 깊이도 적당했다. 조금만 더 깊었으면 정말로 소멸해버렸을 테고, 조금만 얕았으면 죽을 정도의 상처로 보이지 않았을 것이다.

그가 당하자 연송이 곧장 그의 자리를 이었다. 비장한 군대는 반드시 승리하는 법. 태자가 인어족 수장에게 당해 생사를 알 수 없다는 소식이 전해지자 장병들이 극도로 분노해 사흘 만에 남해를 뒤엎으며 인어족을 몰살시켰다.

이제 연송이 천궁으로 돌아가 그럴싸한 말로 그가 남해에서 목숨을 잃었노라 천군에게 고하기만 하면 모든 것이 완벽하게 끝날 터였다. 하지만 바로 그 순간 소소가 준질산에 쳐놓은 장벽을 뚫고 나와 천궁에 발각되리라고는 정말 꿈에도, 티끌만큼도 생각하지 못했다. 그는 이제 연극을 계속할 수 없었다. 그가 천궁으로 들려가던 날, 오랜 가뭄에 시달리던 남해에 비가 내렸다.

그때까지 살면서 그는 후회가 무엇인지 알지 못했다. 하지만 자신전 침대에 몽롱한 상태로 누워서는 준질산의 장벽을 더 두껍게 했어야 한다고 얼마나 후회했는지 모른다. 남해에서 그가 중상을 입으면서 장벽이 약해져 소소가 뛰어나왔다고 생각했기 때문이다. 사실 장벽을 성벽 열 개 두께로 만들었다 해도 자신의 아내는 뛰어나올 수 있는 능력이 있다는 사실을 그는 전혀 알지 못했다.

천군이 세오궁으로 찾아와 먼저 상처에 대해 묻고는 잠시 뒤 느릿느릿 물었다. "며칠 전에 우연히 네 자식을 품은 속인을 보았다. 어찌된 일이냐?"

그가 침대에 누운 채 그렇다고 인정하며 담담하게 설명했다. "적염금예수를 제압할 때 상처 입은 소손을 그 속인 여자가 구해주었습니다. 뱃속의 아이는 그 은혜에 대한 소손의 답례입니다."

천군이 고개를 끄덕였다. "보답일 뿐이라면 아무 문제 아니지. 너는 앞으로 내 뒤를 이을 몸이니 감정을 중시하는 것은 좋지 못하다. 이 점만 명심한다면 나도 걱정할 필요 없겠지. 네 아이를 가졌으니 여자를 하늘로 데려오너라."

그가 침대 휘장에 수놓인 만개한 연꽃을 힐끗 쳐다보고는 여전히 담담한 어조로 말했다. "속인을 하늘로 데려오면 체통에 어긋날 듯합니다. 속세에 속한 여인이니 굳이 힘들여 하늘로 데려올 필요가 어디 있겠습니까?"

그의 표정이 마음에 들었는지 천군이 기쁘게 웃었다. 하지만 조금 뒤 천군이 또 말했다. "하늘의 아이니 하늘에서 태어나야지, 들판에서 떠돌게 하는 것이 더욱 체통에 어긋날 터. 네 상처가 낫거든 데려오너라."

그가 말한 체통은 당연히 천군이 말한 체통을 넘어설 수 없었다. 실은 체통의 문제가 아니며 천군이 그의 핑계를 믿지 않는다는 것을 알고 있었다. 예전에 상적의 운이 나빴다면 소신이 어떤 파국을 맞았을지 그는 누구보다 잘 알았다. 하지만 그도 상적의 전철을 밟아 소소를 천궁에 데려오는 수밖에 없었다.

이제 소소와 끝났다는 것을 그는 잘 알았다. 앞으로는 이 넓은 천궁에서 서로 모르는 척 사는 수밖에 없을 터였다. 그로서는 소소를 흙탕물에 끌어들일 수도, 아프게 할 수도 없었다. 소소가 아직 그를 사랑하지 않고 그 혼자만 절절히 사랑한다는 점이 다행스럽기까지 했다. 준질산에서 누린 다섯 달의 시간이 있으니 앞으로 소소가 그를 완전히 잊어도 전혀 유감스럽지 않았다. 딱 삼 년만, 소소를 삼 년 동안만 잘 보호하면 아이를 낳은 소소를 천군이 천궁에 붙들어둘 이유가 없었다. 그는 소소에게 유명사의 망천수를 먹인 뒤 준질산으로 돌려보낼 작정이었다. 준질산에서 즐겁고 여유롭게 늙어가는 소소를 수경水鏡을 통해 수시로 살펴볼 수만 있다면 그것으로 충분했다.

그는 소소를 하늘로 데려와 일람방화를 내주고, 하계에서 막 올라온 신선들 가운데 가장 성실하고 충실한 선녀에게 소소의 시중을 맡겼다. 눈 깜짝할 사이에 두 해가 흘러갔다. 그 이 년 동안 제법 눈치 빠르다는 이들 중에서도 그가 속인에게 관심이 있다고 생각하는 사람은 하나도 없었다. 천군도 마찬가지였다. 하지만 소소와 단둘이 있을 때면 그는 소소에 대한 살가운 마음을 감추지 못했다. 다행히 수위를 벗어난 그의 행동을 아는 사람은 그와 소소뿐이었다.

운이 좋았는지 두 해 동안은 소소를 귀찮게 하는 사람이 없었다. 소소는 천궁에 있었지만 다행히 진흙탕에 빠지지 않고 구중천과 무관하게 살았다.

반면 그는 칠백여 일 밤 동안 단 하루도 눈을 제대로 붙이지 못했다.

삼 년째 초봄, 북황의 형세가 좋지 못하자 천군은 그에게 북황에 주둔하며 수시로 동향을 보고하라는 명을 내렸다. 그는 수하의 괴성 몇을 데리고 북황으로 갔다. 그것이 그를 떼어놓기 위한 천군의 계책일 줄은 전혀 예상하지 못했다.

그에게 오만 년 동안 심혈을 기울여온 천군으로서는 만의 하나라도 불상사가 생기는 것을 용납할 수 없었다.

그가 떠난 다음날, 천군이 얼마 전 새로 들인 비, 소인 공주 소금이 그의 서재에서 혼자 연극을 벌였다. 소금은 그의 책상 위 붓걸이에 대고 생동감 있게 떠들었다. "내가 당신을 버리고 천군께 시집갔기 때문에 속인을 아내로 얻은 것 아닌가요? 하지만 내게 무슨 방법이 있었겠어요? 사해팔황의 어느 여자가 천군의 은총을 거부할 수 있죠? 하, 말해봐요. 야화, 아직도 날 사랑하죠? 그 여자의 소소라는 이름도 내 이름에서 따온 것이잖아요, 그렇죠?"

그는 소인 공주 이름인 소금의 '소素'자가 그렇게 연결될 수 있으리라고는 생각해본 적이 없었다. 구중천 일품부터 구품까지 모든 신선의 품계와 이름은 공문을 검토하면서 익히 알고 있었지만 소인 공주의 이름은 신경쓸 여유도, 마음도 없었다.

그가 소금의 말을 들었다면 말도 안 되는 소리라고 코웃음을 치거나 어디 아프냐고 물었을 것이다. 그러나 소금의 연극을 들은 사람은 그가 아니라 소소였다.

당연히 그는 소소가 이미 자신을 겨냥해 조작된 수많은 소문을 접해온 줄 전혀 몰랐다.

여섯 달 뒤 천궁으로 돌아왔을 때 그는 세오궁에 들어서기도 전에 소소의 시녀 내내가 종종거리며 달려오는 것을 보았다. 내내는 울먹이면서 소소가 주선대에서 소금 마마와 다투고 있다고 말했다.

주선대라면 신선에게 불길한 곳이었다. 보통 신선이라면 서 있는 것만으로도 법력을 전혀 사용할 수 없었다. 하지만 소소는 별 상관 없을 테니 조금 마음이 놓였다. 눈살을 찌푸린 채 달려갔을 때, 그의 눈에 들어온 광경은 소금이 소소를 괴롭히는 게 아니라 소소가 한 손으로 소금을 떠미는 모습이었다. 소금의 화려한 옷이 울타리에 걸려 흔들리고 있었다. 그의 가슴이 철렁 내려앉았다. 만일 소인 공주에게 무슨 일이 생기면……

그가 주선대에서 내려가 소금을 구해왔을 때 소금의 눈은 이미 난폭한 기운에 손상된 뒤였다. 순간 머릿속으로 오만 년 전 상적의 일이 번쩍 스쳤다. 상적이 사랑한 파사는 천궁에서 오만하게 굴었다는 이유로 쇄요탑에 갇혔다. 소금이 무엇이라고 말하는 듯했지만 그는 신경쓸 여력이 없었다. 삼 년 전 그가 인어족의 참백신도에 몸을 내주었을 때도 마음이 이 정도로 무겁지는 않았다. 소소가 달려와 말했다. "내가 아니에요, 내가 그런 게 아니에요. 밀지 않았어요. 야화, 믿어줘요, 정말로……"

쉬지 않고 해명하는 소소의 모습이 가련해 그는 가슴이 아팠다. 지난 이 년 동안 워낙 잘 보호받아서인지 소소는 지금 이 상황을 파악조차 못하고 있었다. 이런 모습이라면 남에게 꼬투리 잡히기 십상이었다. 소금이 눈을 가리며 신음을 내뱉었다. 멀리서 선녀 몇이 치마를 들고 잰걸음으로 달려왔다.

오랫동안 전장을 누비며 길러진 침착함으로 그는 곧 정신을 차리고 원만한 해결책을 구상하기 시작했다. 하지만 이 일은 애당초 천군의 계획으로 누구의 행동이 더 빠른가, 누구의 시간이 더 많은가의 문제였다. 그러니 북황에서 여섯 달 넘게 머문 그가 어떻게 천군을 이길 수 있겠는가. 그의 계획은 시작하기도 전에 천군 산하의 노신선들에 의해 꺾이고 말았다.

천군은 천족 방계의 수장들과 서재에서 논의중이었다. 수장들은 그동안 소인 공주의 처지를 불쌍히 여겨 늘 챙겨왔던 터라 소금의 상황에 무척 분개하고 있었다.

평소처럼 근엄하게 어좌에 앉은 천군이 차를 마시고는 담담한 어조로 입을 열었다. "소금은 충신의 후예로, 그들 종족은 남녀노소를 불문하고 천지의 도를 위해 목숨을 내놓으며 뜨거운 피를 흘렸다. 우리 천족은 응당 그 후예를 잘 돌봐야 하거늘 이번에 일개 속인 때문에 이렇게 다쳤으니, 이 일을 제대로 해결하지 않는다면 여러 경들이 실망할 것이다."

그동안 구중천의 혼탁한 물로 소소를 끌어들이고 싶지 않아 조심하고 또 조심했건만, 그는 결국 피해갈 수 없는 상황에 처하고 말았다.

소금이 분위기를 몰아가듯 두어 차례 흐느꼈다. 옆에서 고개를 숙인 채 서 있는 수장들은 감히 드러내지 못할 뿐 완전히 격분한 상태였다. 천군은 여전히 근엄한 표정으로 그를 바라보고만 있었다. 어좌에 앉은 바로 그 노인에게서 제왕술의 절반을 배운 그였다. 때문에 상적의 일에 비추어 천군이 무슨 생각인지 대략 짐작할 수 있었다.

소소가 소금을 주선대에서 밀었는지 아닌지는 이미 중요하지 않았다. 천군이 연출한 연극이 이제 막바지에 접어들었다. 천군은 자신의 진취적이지 못한 손자가 속인을 살리기 위해 앞뒤 따지지 않고 덤벼들기를, 그래서 자신이 특별히 골라온 이 우악스러운 신하들을 분노하게 만들기를 기다리는 중이었다. 그러면 신하들의 입을 통해 속인에게 소멸을 판결할 생각이었다. 높디높은 군주의 자리에 앉은 천군은 자신의 계승자에게 무엇이 좋고 나쁜지 누구보다 잘 알고 있었다.

서재에 잠시 침묵이 감돌고 그 사이로 소금의 낮은 흐느낌이 한 차례, 또 한 차례 맴돌았다.

그가 두 손이 하얗게 질리도록 꽉 쥐고는 공손하게 응대했다.

"천군의 말씀이 옳으십니다. 방금 소손은 제대로 파악하지 못하고, 소소의 행동이 고의가 아니었다는 천비의 말씀만 염두에 두었습니다. 고의가 아니었다고 하나 지금 천비의 눈이 심하게 손상되었으므로 소소는 당연히 배상해야 합니다. 속인으로서 천비를 주선대에서 떠밀었으니, 비록 고의가 아니었음을 천비가 알았다고 해도 씻을 수 없는 죄라는 점은 변함이 없사옵니다. 소소에게 삼 년간 벼락을 내리면 천비와 여러 경들께서 만족하실는지요?"

한참 만에 나온 그의 대답은 천군의 예상과 달리 대세를 인정하는 발언이었다. 신하들은 트집 잡을 게 없는 대답이 나오자 태자의 덕을 칭송했다. 태자가 사적인 감정에 조금도 치우치지 않으니 신하로서 매우 만족한다고 목청들을 높였다.

천군은 차가운 얼굴로 고개를 끄덕일 수밖에 없었다.

그가 다시 앞으로 한 걸음 나아가 여전히 공손하게 말했다. "소소는 과거에 소손에게 은혜를 베풀었습니다. 천군께서는 은혜를 갚지 않으면 군자가 아니라고 소손을 가르치셨지요. 애당초 소소를 천궁으로 데려온 것도 소손이고 오늘 이런 일이 벌어졌으니, 당연히 소손이 그 책임을 져야 한다고 생각합니다. 또한 소소의 태중에 소손의 혈육이 들었으니 감정으로 보나 이치로 따지나 소손의 책임이옵니다. 소손, 천군께 다시 한번 청하옵니다. 소소를 대신해 삼 년의 벼락을 맞도록 윤허해주십시오."

그의 말은 구구절절 모두 이치에 맞았다. 천군은 아무런 표정 변화 없이 그의 말을 다 듣고는 고개를 숙이고 차를 한 모금 마셨다. 그런 다음 자상한 표정으로 다시 고개를 들어 윤허했다.

그는 소소가 주선대에서 소금을 떠미는 광경을 직접 목격했다. 눈을 배상하는 것은 천군의 체면을 고려하고 소금과 수장들의 체면을 고려한 때문도 있지만, 무엇보다 소금에게 빚진 것을 온전히 다 갚기 위해서였다. 신선이 속인과 관계를 맺었다는 사실 자체가 이미 천명을 어지럽힌 일이라 분쟁은 절대적인 금기에 가까웠다. 분쟁이 생기면 하늘은 자연히 합리적으로 청산하려 할 터였다. 소소가 소금에게 진 빚을 지금 갚지 않으면 언제든 소소의 운명을 통해 원금에 이자까지 철저하게 받아낼 것이 분명했다.

그는 소소가 다치는 상황만큼은 정말 원치 않았다. 사실 그 겁운은 그녀의 운명이라 그에게 아무리 대단한 능력이 있어도 그녀를 완전히 보호할 수 없었지만, 그는 그런 상황을 전혀 알지 못했다.

소소의 눈을 도려낸 뒤 그는 곧장 벼락 만 번의 형벌을 받으러 서른세번째 하늘의 신소옥부神霄玉府로 갔다. 벼락의 신인 구천응원뢰성보화천존은 매우 엄정하여 태자라고 절대 봐주지 않았다. 만 번의 벼락은 생명에는 아무 지장이 없지만 매 차례 원신이 찢기는 듯한 고통을 안겨주었다. 실로 안전하면서도 괴로운 형벌이었다. 그는 매일 마흔아홉 번씩 벼락을 맞아야 했다. 소소가 분만하던 날도 예외가 아니었다. 매일 늘어나는 상처로 그의 몸은 차마 보기 힘들 지경이 되었다. 소소가 이런 그를 보면 걱정할까봐 더는 일람방화에서 밤을 보낼 수 없었다.

소소가 아이를 낳으면 준질산으로 되돌려 보내려는 계획은 이미 가망 없는 바람이 되어버렸다. 아무리 해도 화를 피할 수 없다면 소소를 평생 곁에 두리라 그는 결심했다. 그것이 혼자만의 어리석은 망상임을 전혀 알지 못한 채. 그가 깊이 사랑한 여인은, 그때에는 그가 아무리 노력해도 행복을 나눌 수 있는 사람이 아니었다. 사실 그는 그녀가 승격하기 위해 거쳐야 하는 겁운의 상대일 뿐이었다. 그녀가 상신이 되기 위해 운명적으로 만나야 하는 겁운의 상대, 다른 사람으로 대체될 수 있는 상대였다. 그는 운명의 잔혹함을 미처 알지 못했다.

소소가 주선대에서 뛰어내리자 그도 결연하게 투신했다. 주선대는 신선의 수행을 없앨 뿐인지라 보통 때라면 목숨에 아무런 지장이 없었을 것이다. 허나 벼락을 맞아 기운이 하나도 없는 상태였던 그에게 그 행동은 자살행위나 다름없었다. 천군은 속인의 여자를 죽음으로 내몰고 나면 손자가 며칠 괴로워하다가 이내 구중천의 가장 완벽한 후계자로 거듭나리라 예상했지, 그 여자를 그렇게까지 중요하게 여기는 줄은 전혀 몰랐다. 능소전에서 주선대로 달려가 손자를 구해왔을 때 그는 이미 숨이 넘어가기 직전이었다. 그 순간 최고 자리에 있는 천군조차 폭삭 늙어버렸다.

그는 육십여 년 동안 잠들었다. 잠에서 깨어난 뒤에도 모든 의욕을 상실해 자신이 왜 살아 있어야 하는지 의미를 찾지 못했다. 그의 모친인 악서는 차마 가만히 지켜볼 수가 없어 약군에게서 망정단忘情丹을 받아다 그에게 주었다. 하지만 아들은 한번 쳐다보고 그만이었다. 사랑의 상처는 예리한 칼로 살을 도려내듯 고통스럽게 시시각각 엄습해왔다. 사실이었다. 하지만 소소는 그의 오만 년 삶에서 유일하게 빛나는 색이었다. 그 유일한 색마저 지우고 나면 그는 더이상 그 자신이 아닐 듯했다. 고통스럽지만 잊고 싶지 않았다.

소소를 향한 그의 집착은 그를 향한 소금의 집착과 같았다. 하지만 소금의 집착이 소소를 죽음으로 내몰았으니, 그는 진심으로 소금을 죽이고 싶었다. 세오궁 앞에서 청명검으로 가슴을 찔렀을 때 붉은 혼례복을 입은 소금은 믿을 수 없다는 듯 낮은 목소리로 왜냐고 물었다. 그는 무료하다고 생각하며 손을 돌려 검을 뽑은 다음 차갑게 소금을 한번 쳐다보았다. 그러고는 돌아서 궁문을 넘어간 뒤 손을 흔들어 세오궁 대문을 굳게 닫아버렸다.

하지만 소금은 포기할 줄 몰랐다. 어려서 고아가 되고도 칠만 년 동안 막힘없이 뜻을 이뤄온 소금에게 거듭된 좌절을 안겨준 사람은 오직 그 한 사람뿐이었다. 소금은 팔황의 모든 신들 앞에서 종족의 성물인 결백등을 천군에게 바치고 석 달 뒤 세오궁으로 들어왔다.

눈 깜짝할 사이 삼백 년이 흘렀다.

다행히 하늘은 상상했던 것만큼 부덕하지 않았다. 겁운과 인연이 반복되니, 그와 그녀의 겁운이 지나가자 인연이 시작되었다.

삼백 년 뒤 그는 절안의 복숭아숲에서 한 여자를 만났다. 이튿날 동해수군의 수정궁에서 다시 만났을 때, 그 여자는 돌의자에 앉아 오른손에 부채를 쥐고 왼손은 엄지와 검지로 원을 만든 뒤 나머지 세 손가락으로 돌탁자를 가볍게 두드리며 둘째 숙모를 야단치고 있었다. 그것은 소소가 무의식중에 늘 하던 동작이었다. 훈계하는 말투도 소소와 매우 비슷했다.

그의 머릿속에서 쿵 하는 소리가 났다. 아왜나무 그늘에서 걸어 나오는 그의 얼굴에 지난 삼백 년 동안 사라졌던 웃음이 다시 나타났다. "저 야화는 아가씨가 청구의 백천 상신이신 줄 몰랐습니다."

**번외 2**

# 정복

백지제군의 넷째가 첫돌을 맞을 때, 십리도림의 절안이 호리동을 찾아왔다.

청구의 여우들은 신선이지만 태어날 때만큼은 인간이 아니라 여우의 모습이었다. 천지의 정기와 어머니의 젖을 마시고 돌이 지난 뒤에야 비로소 인간의 형상, 갓 태어난 아기의 모습이 되었다.

갓 태어난 아기의 모습은 당연하게도 쭈글쭈글했다.

훗날 깜짝 놀랄 만한 용모를 갖는 청구 백가의 넷째도 그때에는 쭈글쭈글하고 두 척밖에 되지 않는 아기에 불과했다.

꼬리가 아홉 개인 백여우족은 태생적으로 아름다운 용모를 타고 나는 특혜를 누렸다. 아름다운 사람일수록 자신이 한때, 심지어 단 하루라도 아주 못생겼었다는 사실을 받아들이기 힘든 법이다.

백가의 넷째는 특히 심했다.

백여우는 평생토록 빛나는 아름다움을 누렸다. 굳이 그렇지 않을 때를 꼽으라면 처음 인간의 모습으로 바뀔 때뿐이었다. 그러나 그때는 예쁘고 못생긴 게 무엇인지조차 모를 정도로 어리기 때문에 자신의 용모에 연연하지 않았다. 나중에 다 자라서야 아기였을 때 정말 못났었다고 떠올리지만 아기가 어떻게 예쁘고 말고를 구분할 수 있겠느냐며 대수롭지 않게 넘어갔다.

하지만 백가의 넷째는 달랐다. 아는 게 병이었다. 넷째가 인간형이 되기 전 새끼 여우였을 때 백가의 셋째가 그를 돌보았다. 그때 넷째는 아주 예쁜 새끼 여우여서 셋째는 늘 넷째를 안고 다니며 "이 새끼 여우 정말 예쁘죠. 이렇게 예쁜 여우 보셨어요? 헤헤헤, 제 남동생이에요. 어머니가 얼마 전에 낳아주셨어요"라고 여기저기에 자랑했다. 별로 예쁘지 못한 다른 새끼 여우를 보게 되면 셋째는 슬며시 입을 삐죽이며 넷째의 귀에 대고 "에이, 저렇게 못생겼다니, 쯧쯧……" 하고 속삭였다.

바로 그런 이유로, 돌도 되지 않았지만 무척 영리했던 백가의 넷째는 미에 대한 개념을 갖게 되었다.

백가 넷째가 돌이 되자 백지제군은 조촐하게 잔치를 열었다. 호리동과 친분이 두터운 절안도 참석했다.

셋째가 조심스럽게 남동생을 안고 나왔을 때 절안이 술을 한 모금 마신 뒤 눈을 가늘게 뜨고 한참을 쳐다보았다. "어이, 백지, 자네 막내는 왜 이렇게 못생겼나?"

절안은 결혼하지 않아 아이가 없었기 때문에 세상의 모든 갓난아기가 원래 그렇게 못생겼다는 사실을 몰랐다. 백가의 넷째는 뛰어난 미모를 갖출 운명이라 쭈글쭈글한 얼굴이라도 자세히 살펴보면 그런대로 귀여운 구석이 많았다.

단 한 번도 못생겼다는 말을 들어본 적이 없던 넷째는 절안의 말에 그 작은 몸을 부르르 떨었다.

너무 분하고 억울해 눈가에 눈물마저 그렁그렁 맺혔다.

하지만 아무리 어려도 사내대장부고, 사내대장부는 피를 흘릴지언정 눈물은 흘리지 않는다는 형들의 가르침을 분명히 새겼기 때문에 입술을 꽉 깨물며 억지로 눈물을 삼키려 했다. 그런데 아직 이가 없어서 제대로 깨물 수가 없었다. 그 모습이 다른 사람 눈에는 입을 삐죽거리며 울음을 참는 것 같아 더 못생겨 보였다.

절안이 넷째의 가슴을 토닥이며 웃었다. "자라면 그다지 못생기지 않을 수도 있겠구나."

백가의 넷째가 마침내 으앙 울음을 터뜨렸다.

백여우족 돌잔치의 백미는 이름을 짓는 데 있었지만, 넷째가 난처할 정도로 계속 울어대 제대로 진행할 수가 없었다. 청구에서는 아이의 이름을 지을 때 신중을 기해야 한다고 여겼다. 그래서 이름을 정한 뒤 반드시 아기에게 먼저 들려주고 아기가 웃어야만 이름을 인정했다. 정말로 알아들은 것은 아닐지라도 웃는다면 마음에 들어서일 것이라고 받아들였다. 그러다보니 아기에게 이름을 들려줄 때면 누군가가 옆에서 아기를 얼르곤 했다. 하지만 그날 백가의 넷째는 정말로 슬펐기 때문에 절대 웃지 않았다.

결국 작명식은 두번째 생일로 연기되었다.

그사이 백가의 넷째는 하얗고 포동포동하며 영리하고 귀엽게 자라났다. 절안은 십리도림에서 한가하게 지내던 터라 참석하지 않을 이유가 없었다.

생일 전날, 백가의 넷째는 작년의 그 아저씨도 오시느냐고 아버지에게 콕 집어서 물었다. 백지제군이 놀라서 "어떤 아저씨?"라고 묻자 넷째가 우물쭈물 옷자락을 꼬면서 대답했다. "저더러 못생겼다고 말했던 잘생긴 아저씨요."

백지제군은 어린 아들의 비상한 기억력에 놀라며 고개를 끄덕였다. "당연히 오시지."

백가의 넷째는 무척 기뻐하며 호리동 바깥의 연못으로 나가 반나절 내내 표정 연습을 했다. 귀여운 표정, 미혹적인 표정, 불쌍한 표정, 천진난만한 표정……

이튿날, 부드러운 바람이 불고 하늘이 쾌청했다. 백가의 넷째는 일찌감치 이불에서 빠져나와 작은 걸상을 호리동 앞으로 들고 나가서는 눈이 빠져라 절안을 기다렸다.

기다리고 기다리고 또 기다리고 기다렸다. 그러면서 수시로 연못가로 달려가 물에 비춰가며 옷매무새를 가다듬고 물을 찍어 머리카락을 정리했다. 그런 다음에는 다시 걸상에 앉아 기다렸다.

오시가 가까울 무렵 마침내 절안이 구름을 타고 호리동으로 왔다. 절안은 걸상에 얌전하게 앉아 있는 넷째를 발견하고는 눈을 반짝이며 안아들었다. "이렇게 예쁜 아가가 어디에서 나왔나?"

예쁜 아가인 백가의 넷째가 절안의 품으로 폭 안겼다. 살짝 현기증이 났지만 겉으로는 아주 담담한 척했다. 아저씨가 예쁘다고 했다, 마침내 예쁘다고 인정했다……

절안의 품에 안긴 백가의 넷째가 조심스럽게 입술을 오므리고 쪽, 절안에게 뽀뽀했다.

## 번외 3
# 복숭아꽃

야화군이 오랜 잠에서 깨어난 이듬해, 구중천 능소전의 주인인 천군은 일만 세 축하연을 계획했다.

천군이 생일잔치를 성대하게 열기로 한 데에는 팔황의 신들로부터 축하를 받고자 하는 것도 있지만, 그 기회에 야화군을 구중천으로 돌려보내준 천은에 감사하겠다는 더 깊은 뜻이 있었다.

그런 의미에서 고대 상신부터 말단의 토지신까지 모두 초대하기로 했다.

그래서 상신들도 이번만큼은 천군의 체면을 살려주느라 평소 구중천을 상대하지 않던 절안 상신까지 초대장을 받았다고 전했다.

이 놀라운 소식이 전해지자 사해팔황이 떠들썩해졌다. 특히 혼기에 접어든 딸을 가진 천족 신선들은 격한 반응을 보였다.

묵연, 절안, 백진 상신이라는 화려한 미혼의 상신들이 한자리에 모이는 일은 억만 년에 한 번 있을까 말까 한 일이었기 때문이다.

혹 어느 규수가 그날 밤 운수대통해 연회에서 세 상신 가운데 누구의 눈에라도 든다면 단번에 신분이 상승할 테니…… 또, 야화군에게는 백천 상신이라는 정비가 있지만 측비의 자리는 여전히 비어 있지 않은가.

속으로 수지 타산을 맞춰본 신선들은 모두들 가족을 이끌고 축하연에 참석했다. 그 바람에 능소전 규모로는 인원을 감당할 수 없어서 결국 노군이 법회를 여는 서른두번째 하늘 보월광원寶月光苑으로 장소를 옮겼다.

팔황의 신선들이 모두들 행동을 삼가고 자신을 공경할 뿐만 아니라 가족들에게도 그리하자 천군은 무척 만족스러웠다. 그래서 예법에 조금 어긋나긴 하나 어느 집 여식이 노래나 춤을 선보이고 싶다고 청하면 흔쾌히 허락했다.

보월광원이 춤과 노래로 들썩거리며 흥겨워졌다. 연회에 참석한 선녀들이 저마다의 장기로 아름다움을 뽐내자 정원을 채우던 향불 냄새가 선녀들의 지분 향으로 완전히 가려졌다.

야화군의 태자 자리에는 백천 상신이 함께 있었다. 붉은 치마를 입어 한층 돋보이는 천하일색의 미모에 신선들은 감히 그녀를 똑바로 쳐다보지도 못했다. 상신은 부드러운 표정을 짓고 있었지만 선녀들이 태자에게 눈길을 줄 때면, 물론 대부분은 그럴 마음조차 먹지 못했지만 아직 어려서 철없는 선녀들이 눈길을 보내려 하면 무심한 듯 눈빛으로 가볍게 저지했다. 그러면 선녀들의 눈길은 절반도 가지 못하고 얼어붙어 바스러졌다.

태자는 따뜻한 찻잔에 손을 녹이면서 담담하게 미소만 지을 뿐 거의 말이 없었다. 하지만 대부분의 선녀들은 세심한 주의력으로, 나비처럼 아름답게 꾸민 자신들의 모습에 태자 저하의 시선이 조금도 머물지 않는다는 사실을 알아차렸다. 선녀들은 자신이 눈길을 끌 정도로 충분히 아름답게 치장하지 않았나보다고 생각했다.

그때 태자는 아주 흥미롭다는 듯 탁자를 쳐다보고 있었다. 기다란 탁자 앞에서는 백천 상신이 정신을 집중해 호두를 까는 중이었다. 호두 껍데기가 옆에 잔뜩 쌓이고 빈 잔에 호두가 절반 정도 찼다. 호두는 머리에 좋다고 했다.

한참을 쳐다보던 태자가 손을 뻗어 호두를 집자 백천 상신이 얼른 막았다. "조금만 더 기다려요. 그 호두를 좀 보라고요. 아직 속껍질이 있죠? 속껍질은 쓰기 때문에 같이 먹으면 호두 맛을 제대로 느낄 수 없어요. 이 호두만 까고 속껍질을 벗겨줄 테니까 우선 옆에 있는 떡부터 들어요." 그러고는 눈살을 찌푸린 채 잠시 생각하다가 가느다란 대나무 막대를 들고는 걱정스럽게 말했다. "에이, 그 속껍질부터 까줄게요. 기다리는 동안 입맛이 사라지면 안 되지." 그런 다음 고개를 돌려 절안 상신의 탁자에 놓인 토실토실한 알밤을 몇 개 집어들고는 살갑게 말했다. "호두만 먹으면 느끼할 테니 밤이랑 같이 먹는 게 좋겠어요. 밤 몇 개 깔 때까지만 기다려요."

절안 상신이 두 손가락으로 탁자를 두드렸다. "에이, 다 가져가지 마. 반은 남기라고. 진진도 먹어야지."

태자가 기침을 한 뒤 "형님이 좋아하시면 형님께 드려요"라고 말했다. 그런 다음 반쯤 감은 눈으로 예비 태자비 백천 상신을 바라보며 부드럽게 웃었다. "내 상처는 이미 다 나았으니까 아리처럼 대하지 않아도 돼요."

백천 상신이 손을 들어 태자의 오른손을 잡은 다음 가볍게 쓰다듬으며 태자의 눈을 바라보았다. "다 나았다니요?"

그 순간 백천 상신이 살짝 고개를 들었는데 반짝거리는 두 눈동자에 슬픔과 근심이 어른거렸다. 그 얼굴로 그런 표정을 짓자 선녀들조차 제정신을 차릴 수가 없었다. 하지만 태자는 전혀 흔들림이 없었다. 그 모습에 선녀들은 진심으로 탄복했다. 물론 태자의 침착함이 정말인지 아닌지는 선녀들의 안목에 따라 다르게 해석되었다.

태자 야화에 대해서는 혁혁한 전설이 수도 없이 많았다. 전설들은 하나같이 산과 바다를 넘어 모든 선녀의 귀로 전해졌고 더불어 흠모의 감정에 지속적으로 불을 지폈다. 이러한 흠모가 세월을 따라 차곡차곡 천여 년 가까이 쌓이자 야화군은 선녀들이 꿈꾸는 최고의 이상형이 되었다.

부모들은 묵연과 절안, 백진 상신에게 관심을 가지라고 했지만 어려서부터 야화군을 가슴 깊이 품고 있던 선녀들이 어떻게 한 순간에 포기할 수 있겠는가. 연회가 시작되자마자 선녀들은 부모의 당부를 잊어버린 채 의식적으로, 혹은 무의식적으로 태자 쪽을 흘끔거렸다. 물론 비밀스럽게 훔쳐보았다.

일찍이 선녀들은 어떤 여자가 태자에게 어울릴지 수도 없이 상상하곤 했다. 그래서 처음 청구의 백천 상신에 대해 들었을 때 백천의 나이 때문에 자신들의 태자 저하가 손해라고 억울해했다.

그런 억울함은 시간이 흐르면서 점점 모종의 기대감으로 변해갔다. 백천이 그렇게 늙었는데도 야화의 정비가 되었다면 자신들처럼 한창 피어나는 젊고 예쁜 선녀가 야화군에게 어울리지 않을 리 없다고 생각한 것이다. 그러면서 살짝 자신감이 붙었다.

하지만 오늘 전설로만 듣던 백천 상신의 모습을 보자 어렵게 끌어낸 자신감은 한껏 부풀었던 물거품이 뜨거운 햇살에 펑 하며 터져버리듯 사라져버렸다.

선녀들 열에 여덟아홉은 상황을 받아들이며 미인에게 패했다고 인정했다. 하지만 남은 한둘은 고집스럽게 인정하지 않았다. 신선이라면 그렇게 천박한 기준만 적용할 수 없다고, 어쩌면 백천 상신이 겉모습만 멀쩡할 뿐 성격은 괴팍해 태자 저하에게 거칠고 불손할지도 모른다고, 그래서 조금만 노력하면 백천 상신을 내몰 수 있을지도 모른다고 생각했다.

술잔이 세 순배쯤 돌았을 때 자못 대담하게 굴던 선녀들도 결국은 포기하고 물러났다. 상신이 태자에게 어찌나 상냥하고 순종적인지 모든 행동에서 '총애'라는 단어가 떠올랐던 것이다.

총애라는 표현에 선녀들 스스로도 깜짝 놀랐다. 그 표현은 위풍당당한 야화군에게 전혀 어울리지 않았다.

선녀들은 백천 상신이 야화군을 위해 호두와 밤을 까고 땅콩과 개암, 잣을 까는 모습을 보았다. 또 시녀가 차를 따르면 먼저 온도를 살핀 뒤 야화군에게 주었으며, 오랜만에 구중천을 방문한 품계 높은 진인이 야화군에게 술을 올릴 때조차 백천 상신이 나서서 막거나 도저히 거부할 수 없으면 본인이 직접 마셔버리는 광경도 모두 지켜보았다.

그렇게 철저히 야화군을 챙기는 모습에 빈틈을 노리던 선녀들은 거대한 압박을 느끼며 갑자기 의욕을 잃어버렸다.

하지만 정말 어렵게 태자를 만났는데 이대로 물러선다면 열 근 넘는 금비녀와 몸에 두른 하늘하늘한 비단에 어떻게 낯이 서겠는가? 선녀들은 생각에 빠졌다.

곰곰이 생각하던 중 한 가지 이해할 수 없는 일이 떠올랐다. 방금 상신이 야화군에게 견과류를 주자 야화군은 상신이 한눈을 팔 때 그것을 잘 싸서 상신의 소매에 넣은 것이었다.

상신에 대한 야화군의 마음이 그 정도라면 왜 하급 신선들이 술을 올릴 때 상신을 말리지 않고 굳이 빈 잔을 들며 맞춰준 것일까?

선녀들은 기회가 있을 수도 있겠다고 생각했다.

하지만 일각쯤 지나자 모든 게 자명해졌다.

언제 미인의 매력이 가장 돋보이는가?

서시가 마음의 병으로 가슴을 움켜쥐자 오히려 더 아름다워 보였다거나 왕소군의 근심 어린 모습이 어여뻤다는 속계의 고사가 있지 않은가. 미인에게 수심이 곁들여지면 한층 더 아름답게 보이는 법이다.

그런 고사 외에 양귀비가 술에 취하는 이야기도 있었다.

수심 어린 미인이 살짝 술까지 취하니……

선녀들은 야명주의 부드러운 불빛 아래에서 술에 취해 태자의 어깨에 기댄 백천 상신을 보면서 모든 상황을 이해했다. 수심에 찬 미인이 술에 살짝 취한 모습은 더할 나위 없이 고혹적이었다. 태자는 그 모습을 조용히 기다렸을 뿐이었다. 선녀들은 무너지는 가슴을 안고 태자 저하에게 접근하기란 너무도 어렵겠다며 한탄했다.

고명한 태자 저하가 살짝 취한 미인을 반쯤 안아 부축했다. 그런데 미인이 아니라 나무토막을 안는 듯 그 준수한 얼굴에 드러난 표정은 근엄하기 짝이 없었다.

혹시 너무 많이 생각했나? 젊은 선녀들의 마음이 다시 한번 세차게 출렁거렸다.

가무가 잠깐 끊어진 사이 태자가 천군 곁에서 시중드는 선관을 불러 몇 마디 분부하자 선관이 단상 위의 옥좌로 조용히 달려가 천군의 귀에 무언가 속닥거렸다. 그러자 천군이 태자를 향해 고개를 끄덕였고, 태자는 상신을 부축해 자리를 떠났다.

선녀들은 태자가 고개를 숙이자 백천 상신이 품으로 기대오고, 태자가 웃으며 "이런 모습이라니, 오래 기다린 보람이 있군"이라고 말하는 것을 똑똑히 보고 들었다. 백천 상신이 뭐라 중얼거리더니 온몸을 완전히 태자에게 기댔다. 젊은 선녀들의 마음이 일시에 와르르 무너졌다.

태자는 백천 상신을 품에 안은 채 따스한 웃음을 지었다. 고개를 들고 상신을 부축해 떠날 때는 근엄한 표정을 되찾았지만 발걸음은 표정처럼 반듯하거나 근엄하지만은 않았다.

젊은 선녀들은 슬픔과 원망에 가득찬 시선으로 태자의 뒷모습을 바라보며 한참을 훌쩍거리고 또 한참을 아쉬워했다. 부모들이 옳았다. 확실히 어린 선녀들의 경험은 부모에 비하면 한참 모자랐다. 선녀들은 묵연과 절안, 백진 세 상신에게 눈길을 주었어야 했다. 그랬더라면 이 정도로 충격을 받으며 시간 낭비할 일도 없었을 것이다.

선녀들은 부서진 마음을 수습한 다음 정신을 가다듬고 얼굴과 매무새를 단장한 뒤 헛헛한 시선을 묵연 상신에게로 돌렸다.

그런데 상석 어디에도 묵연의 그림자가 보이지 않았다.

듣자 하니 그 존귀한 상신은 연회를 좋아하지 않아서 오늘 천군의 잔치에 참석한 자체가 이미 드문 사건이라고 했다. 그러니 끝까지 자리를 지킬 가능성은 처음부터 희박했다.

또한 묵연 상신은 지위가 너무 높고 숭고했다. 전설 같은 이미지인 묵연과의 연애란 감히 상상조차 하기 힘들었다. 애당초 욕심이 없었기 때문에 선녀들은 묵연 상신이 중간에 자리를 떴어도 별로 실망하지 않았다. 이제 절안과 백진 두 상신에게로 시선을 돌렸다.

그들 두 상신은 자리를 지키고 있었다.

하지만 절안 상신의 시선은 선녀들에게 있지 않았다. 절안 상신은 백진 상신을 위해 포도 껍질을 까는 중이고 백진 상신은 탁자에 엎드려 졸고 있었다. 백진 상신이 잠결에 재채기를 하자 절안 상신이 눈살을 찌푸리며 가지고 있던 외투를 덮어주었다. 그런 다음 온화한 눈길로 백진 상신의 잠든 얼굴을 바라보다가 고개를 숙여 옷깃을 정리해주고 손수건으로 입가의 침을 닦아준 뒤 백진 상신의 귀밑머리를 부드럽게 쓰다듬었다.

선녀들은 돌처럼 굳어서 알 듯 말 듯 애매한 기분에 빠졌다.

몇 해가 지난 뒤에도 그 연회를 언급할 때마다 천군은 기억을 생생하게 떠올리며 한없는 감흥에 빠졌다. 이후 천궁에서 개최한 어떤 연회에도 그렇게 많은 선녀들이 참석해 경쟁적으로 가무를 펼친 적이 없었다. 그 점 하나만으로도 귀하고 특별한 연회라 할 만

했다.

연송군이 진지한 표정으로 부채를 흔들며 천군을 위로했다. "선녀들은 모두 아바마마를 위해 참석했던 것입니다. 이후에는 생신 잔치를 열지 않으셨으니, 천궁의 보통 연회에 선녀들이 어찌 귀한 걸음을 옮기겠습니까? 그 마음을 헤아리시어 책망하지 마시옵소서." 그 말에 천군의 기분이 곧장 밝아졌다.

천군을 시중드는 신선과 선관들은 천군이 왜 세 아들과 손자, 천후, 비빈들 가운데 셋째 아들과 대화하기를 제일 좋아하는지 깨닫고 그럴 만하다고 인정했다.

소문을 들은 백천 상신은 호기심을 누를 수가 없었다. 결국 어느 날 희선천喜善天 천문 앞에서 연송군을 붙들고 물었다. "젊은 선녀들이 천궁에 오지 않는 이유가 정말로 천군 때문인가요? 천군의 보도가 아직 녹슬지 않은 줄 정말 몰랐습니다. 여전히 젊은 선녀들의 마음을 휘어잡을 수 있다니 정말 탄복했습니다. 대단하십니다."

연송이 부채를 펼쳐들고 알 수 없는 웃음을 지으며 말했다. "그 질문은 부군에게 하는 게 좋을 듯합니다."

부채를 접으면서 연송은 축하연 다음날 남천문에서 야화군과 나눴던 대화를 떠올렸다.

"천상천하의 얼마나 많은 사람들이 백천을 보고 싶어하고 남모르는 마음을 품었는데…… 나는 네가 백천을 연회에 데려오지 않을 줄 알았더니 함께 참석했더구나. 정말 의외였다. 하지만 기왕 참석해놓고, 평소에는 늘 격식을 차리던 녀석이 그처럼 큰 행사 도중에 빠져나가다니. 평소의 네 태도가 아니던데. 그리고 언뜻 보니 떠날 때 전음입밀傳音入密*로 절안 상신에게 뭐라 하더구나?"

야화가 가벼운 어조로 대꾸했다. "그들이 어떤 마음으로 가족을 데려왔는지는 저나 숙부님이나 잘 알고 있잖아요. 어떤 생각은 빨리 끊어내는 게 좋지요. 천천에 대한 남자 신선들의 마음도 마찬가지고요. 그렇게 해서 평화로워지지 않았나요?" 태자는 말을 마치고 뭔가가 생각난 듯 눈살을 부드럽게 찌푸렸다.

오랜 시간 수많은 세상사를 겪고 난 뒤, 구중천의 내로라하는 바람둥이 연송군은 문득 그때의 대화를 떠올리고는 한참을 곱씹다가 참 재미있는 말이라고 생각했다.

춘삼월, 안개와 노을이 갈마들고 복숭아꽃이 십리 가득 흐드러지게 피었다. 하지만 가슴에는 한 송이만으로 충분했다.

---

* 원하는 상대에게만 소리를 전하는 무공.

## 번외 4
# 후한 상

세오궁의 선관과 시녀들은 요즘 군상의 기분이 별로라는 것을 절절하게 느끼고 있었다.

워낙 냉정하고 진중한 성격의 군상인지라 오래 시중을 든 이들도 군상에게서 큰 표정 변화를 본 적이 없었다. 하지만 백천 상신이 구중천에 온 뒤 군상은 상신 앞에서만큼은 언제나 따뜻한 표정을 지었다.

그런데 최근 들어 상신이 곁에 있을 때에도 군상이 눈살을 찌푸리곤 했다.

선관과 시녀들은 속으로 정말 이상하다고 생각했다.

어제만 해도 그랬다.

며칠 연속 공무에 바빴던 군상이 어렵게 시간을 내서 백천 상신과 요지로 꽃구경을 나갔다.

마침 안개가 아스라이 깔려 연꽃들이 신비로운 자태로 새하얀 꽃을 드러내고 있었다. 백천 상신은 무척 좋아하며 감상하다가 군상의 손을 꽉 잡고는 그의 건강을 걱정했다. "며칠 내내 바빴으면서 나까지 챙기니, 피곤하지 않아요? 피곤하면 저기 앞쪽 정자에 가서 좀 앉아요. 내 다리를 베고 누워도 좋고."

군상이 웃음 어린 눈으로 상신의 손을 잡으며 대답하려 할 때, 갑자기 어디선가 천손 아리가 튀어나왔다. "어머니, 어머니, 저기 앞에 커다란 나비가 있는데 한참을 좇아도 못 잡겠어요. 얼른 와서 도와주세요!" 그러더니 쏜살같이 상신을 끌고 뛰어갔다. 그 작은 다리가 얼마나 빠른지 풍화륜처럼 눈 깜짝 할 사이에 앞쪽 오작교 아래로 사라졌다.

선관과 시녀들은 요지 옆에 혼자 남겨진 군상이 눈살 찌푸리는 모습을 똑똑히 보았다.

오늘도 또 그랬다.

갑자기 무슨 영감이 떠올랐는지 상신이 군상에게 잠옷을 직접 지어주겠다며 장승전에서 군상의 몸 치수를 재기 시작했다.

상신은 옷감 견본을 잔뜩 가져와 군상의 앞과 뒤에 대보다가 머리를 흔들며 "어쩌면 전부 이렇게 잘 어울리는지"라고 한 다음 고민스럽게 말했다. "옷감별로 하나씩 만들어야 하나……" 군상이 조용히 웃었다. "그런 말은 당신한테 해야 어울리지요."

눈치 빠른 시녀들은 물러나야 할 때임을 당연히 알아챘다.

그런데 바로 그 순간, 천손 아리가 또 어디선가 튀어나와 작고 통통한 손으로 상신의 다리를 껴안았다. "어머니, 어머니, 스승님

수업이 너무 어려워서 도저히 모르겠는 부분이 많아요. 어머니가 얼른 와서 도와주세요!"

시녀들이 정신을 차리기도 전에 천손은 상신의 손을 잡고 총총총 뛰어나갔다. 문지방을 넘다가 넘어질 뻔하자 상신이 천손을 품에 안고는 일말의 미련도 없이 문지방을 넘어 나갔다.

대전에 혼자 남겨진 군상의 발밑에서 옷감이 나뒹굴었다. 시녀들은 군상의 눈살이 구겨질 뿐 아니라 이마에서 핏줄까지 불끈거리는 것을 보았다.

밤에도 또 비슷한 일이 벌어졌다.

밤에 일어난 일이야 선관과 시녀들은 당연히 목격할 수 없었다.

그 비밀스러운 밤, 찹쌀경단 아리는 모친의 장승전에서 배가 빵빵해지도록 저녁을 먹었다. 그러자 움직이기조차 싫어져 평소처럼 또 어머니의 침대에 누워버렸다.

괴성들과 공무를 끝낸 야화군은 돌아오는 길에 막 꽃봉오리가 맺힌 무우화를 꺾었다. 그러고는 새하얀 별빛을 밟으며 장승전으로 돌아와 침대 휘장을 걷어올렸다. 순간 무우화가 툭 바닥에 떨어졌다. 쿨쿨 잠에 빠진 찹쌀경단이 빵빵한 배를 쓰다듬으며 몸을 뒤집었다. 야화군은 눈살을 찌푸리고 이마의 핏줄을 불끈거렸다.

이번에는 도저히 참을 수 없었는지 야화군은 백천 상신의 품에서 찹쌀경단을 빼내 바람처럼 경운전으로 데려갔다. 그리고 장승전으로 돌아와서는 빗장을 대신해 청명검을 꺼내 단단하게 대문을 걸었다.

백천 상신이 등불 아래에서 뺨을 괸 채 야화군을 보며 웃다가 야화군이 다가오자 몸을 일으켜 그의 목을 감싸안고는 아름다운 눈을 반짝반짝 빛냈다. 보통 때와 달리 깊은 뜻이 담긴 듯한 눈망울이 그림 같았다. 상신이 좀더 몸을 붙이며 "당신 오늘 참 재미있네요. 찹쌀경단한테 왜 짜증을 부려요?" 하더니 야화군의 귀에 난초 같은 숨을 후욱 불고 그의 어깨에 턱을 걸쳤다.

야화군의 검은 눈빛이 한층 짙어졌다. 이어서 백천 상신을 안고 내실로 들어가려는데 갑자기 밖에서 손톱으로 문을 긁는 소리가 났다. 이어 돌로 문을 찧는 소리와 함께 흑흑거리며 더듬거리는 찹쌀경단의 목소리가 들려왔다. "아바마마, 아리를 들여보내주세요. 어머니와 함께 잘래요. 왜 같이 못 자게 하세요? 어머니 침대는 그렇게 큰데 아리가 한구석 차지하는 게 왜 안 되나요? 으아앙……" 야화군의 걸음이 휘청 흔들리자 백천 상신이 얼른 부축했다.

그날 밤 야화군의 찌그러진 미간은 다시 펴지지 않았다.

찹쌀경단은 결국 장승전으로 들어왔다. 들어와보니 오후에 어머니와 함께 있을 때보다 훨씬 추워진 것 같았다. 아바마마가 잔뜩 가라앉은 얼굴로 자신을 쳐다봐 찹쌀경단은 몸을 부르르 떨고는 이불을 두 개나 덮고 잠을 청했다. 그래놓고 아바마마가 또 안아다 옮기지 못하도록 이불 속에서 자기 손과 어머니 손을 손수건으로 묶었다. 찹쌀경단은 요즘 아바마마가 좀 쩨쩨해졌다고 생각했다.

그러나 찹쌀경단의 여유로운 나날은 오래 지속되지 못했다.

사흘 뒤 서당에서 쪽지시험을 보겠다며 사해팔황의 천존부터 지상의 수만 신선들의 품계와 관직을 외우라고 공표한 것이다. 또한 이번 시험은 예전과 달리 일등에게 후한 상을 내린다고도 했다.

찹쌀경단의 스승은 천계 계적桂籍과 천하 문운文運을 관장하는 문창제 진문신군이었다. 진문신군은 선계 관직 일품이며 재력이 막강한 다보원군과 막역한 사이라 그가 후하다고 하면 정말로 대단한 상이 틀림없었다. 그래서 천족 귀족가문의 후예들은 주먹을 불끈 쥐며 전례 없이 시험 준비에 몰두했다.

찹쌀경단도 당연히 그중 하나였다. 그렇지 않아도 석 달 후면 어머니 생신이라 어떤 선물을 해야 할지 찹쌀경단은 골머리를 앓고 있었다. 아직 어려서 독립하지 못했으니 찹쌀경단의 것은 모두 아바마마의 것이었다. 아바마마의 물건을 어머니에게 준다면 무슨 의미가 있겠는가, 어머니에 대한 마음이 전혀 드러나지 않을 터라 찹쌀경단은 무척 고민하고 있었다. 그럴 때 마침 하늘에서 선물이 떨어졌으니 찹쌀경단은 이것이 바로 성옥이 늘 말하던 하늘의 뜻이라고 생각했다. 하늘도 구중천의 천손을 알아보나 싶어서 정말 보는 눈이 있다고 즐거워했다.

찹쌀경단은 아주 진지하게 시험을 준비했다. 자기 실력으로 상을 받으면 어머니가 틀림없이 감동할 테고, 아주 영리하다면서 자신을 볼 때마다 기뻐하다가 나중에는 아예 경운전에서 장승전으로 불러들일 것이라고 생각했다. 그러면 앞으로는 아바마마한테 쫓겨날 일이 없겠다 싶어서 절로 헤헤 웃음이 나왔다.

그렇게 행복한 꿈에 빠져 헤헤거리며 찹쌀경단은 열흘 내내 열심히 공부했다. 열흘 동안에는 어머니를 찾아가지도 않았다. 어머니가 보고 싶을 때면 '어머니가 있는 아이는 보배 같고 없는 아이는 풀 같다. 오늘 고생하면 내일은 쫓겨나지 않아!'라고 스스로를 격려했다. 붓을 꽉 붙들고 주먹을 쥔 채 묵묵히 그 말을 되뇌고 나면 다시 끈기가 생겼다.

하늘은 스스로 돕는 자를 돕는다더니, 그 말은 천고의 진리였다. 찹쌀경단은 열흘 동안 열심히 공부했을 뿐만 아니라 천손이라는 신분으로 원래 천상천하 모든 신의 품계와 관직을 어느 정도 알고 있어서 순조롭게 일등을 거머쥘 수 있었다.

진문신군이 함박웃음을 지으며 찹쌀경단을 칭찬했다. "천손이 일등을 하다니 이번에 정말로 열심히 준비했나봅니다. 이번 상은 천손에게 돌아가야겠군요."

진문신군에게 크게 칭찬받은 천손은 이마에 두른 필승의 띠를 푸는 것도 잊은 채 실망으로 낮게 탄식하는 친구들을 득의양양하게 바라보았다. 가슴에서 달콤한 기대가 솟구쳤다. 틀림없이 아주 특별한 상을 받을 테고 어머니가 분명 자랑스러워하며 기뻐할 거라고 생각했다.

찹쌀경단의 생각은 옳았다. 찹쌀경단이 일등을 해서 진문신군의 상을 받자 어머니는 정말로 매우 기뻐했다. 그런데 제일 기뻐한 사람은 뜻밖에도 아버지였다.

야화군은 늘 침착해 표정이 잘 드러나지 않았지만 세오궁의 선관과 시녀들은 태자 저하 얼굴에 희색이 도는 게 보통 수준으로 기뻐하는 것이 아니라 아주 많이, 특별히 기뻐한다는 것을 본능적으로 느낄 수 있었다. 대단한 시험도 아닌데 아들이 좋은 성적을 받았다고 저렇게 좋아하다니, 정말 자상한 아버지다 싶어서 태자 저하에 대한 존경심이 한층 더 높아졌다.

곤륜허의 마당에서 영우 상신이 며칠 전 어머니의 손에 이끌려 온 찹쌀경단에게 말했다. "진문의 말을 들으니 아리 너는 이 상을 간절히 원해 열흘 동안 침식을 잊을 정도로 열심히 공부했다던데, 뜻대로 상을 받아놓고 왜 이렇게 기분이 안 좋은 게냐?"

찹쌀경단이 우울하게 머리를 감싸며 울먹거렸다. "저…… 저는 상이, 물릴 수도 없는 이 상이, 곤륜허에서 묵연 백부님 아래 삼 년 동안 수학하는 것인 줄 몰랐어요. 으아앙……"

## 번외 5
# 이름

요즘 찹쌀경단은 살짝 우울했다.

어머니는 뱃속에 아기가 들어섰다며 온통 거기에만 신경쓰고 찹쌀경단이 침전으로 찾아가면 잠들어 있기 일쑤였다. 아바마마도 이제는 예전처럼 자유롭게 내버려두지 않고 수시로 공부하라고 압박했다. 이제 곧 형이나 오빠가 될 테니 동생들 모범이 되어야 한다는 훈계와 함께. 심지어 마음을 잘 알아주는 성옥도 하계 신선들에게 설법하러 셋째 할아버지와 방호산으로 내려가 마음을 털어놓을 대상이 하나도 없었다.

찹쌀경단은 천손 노릇이 참 재미없다고 생각했다. 그래서 한참을 고민한 끝에 가출을 결심하고 보따리를 꾸렸다. 옷 두 벌과 반도원에서 금방 따 온 복숭아 세 개를 비상식량으로 챙겨 나름대로 그럴싸하게 보따리를 꾸려서는 어깨에 메고 남천문까지 나갔다. 그런데 순간, 이번에 나가면 언제 돌아올지 모르는데 가기 전에 어머니를 한번 더 봐야겠다는 생각이 들었다.

느릿느릿 어머니 침전까지 갔더니 선녀들이 문을 지키고 있었다. 가출이란 원래 극비로 진행해야 하는 법, 소란을 떨면 안 되는 지라, 찹쌀경단은 가슴을 문지르며 생각에 잠겼다가 결국 창문으로 방향을 바꿨다. 창문 너머로 몰래 어머니를 볼 작정이었다.

창문 가까이 다가가 귀를 기울이자 대화 소리가 들렸다. 낮은 목소리의 아바마마와 나른한 목소리의 어머니가 이야기중이었다.

어머니가 말했다. "아야, 방금 이 꼬맹이가 또 움직였어요. 만져볼래요?"

아바마마가 좋다고 하면서 물었다. "이제 겨우 일곱 달이니 제대로 크지도 않았을 텐데 왜 이렇게 들썩대나. 아리도 뱃속에 있을 때 이랬어요?"

찹쌀경단은 자기 이름이 들리자 귀를 쫑긋 세웠다.

어머니가 대답했다. "찹쌀경단은 이 녀석과 달리 정말 착했어요. 내 기억으로는 삼 년째 접어들어서야 움직였는걸요. 두 해 동안은 잠든 달걀 같아서 아주 가뿐했어요. 그러고 보니 요 며칠 찹쌀경단이 보이지 않네요. 좋은 일이 있는데, 들려주면 틀림없이 기뻐할 거예요."

찹쌀경단은 순간 마음이 흔들려 창문을 넘어 들어갈 뻔했다. 하지만 꾹 참았다.

아바마마가 궁금한 듯 물었다. "좋은 일?"

어머니가 곧장 대답했다. "좋은 일, 아주 좋은 일이에요. 찹쌀경단은 아리라는 아명만 있잖아요. 지금이야 어리니까 이상하지 않지만 나중에 성인이 돼서도 아리라고 부르면 이상할 거예요. 내가 며칠 동안 책들을 뒤져서 마침내 정식 이름을 결정했어요."

찹쌀경단은 흥분한 나머지 몸을 드러낼 뻔했다. 하지만 이번에도 꾹 참았다.

"이하李賀*라는 속인의 기세당당한 시를 보는데 마음에 쏙 들더라고요. '검은 구름이 성을 무너뜨릴 듯 내리누르고, 갑옷이 태양을 향하니 금빛 비늘이 열리는구나'라는 구절에서 검을 '흑'자가 아주 생생한 게 좋았어요. 또 속인들이 존경을 표할 때 이름 뒤에 '자'를 붙이는 것도 괜찮아 보였고."

어머니의 설명에 아바마마가 물었다. "그래서요?"

"그래서 찹쌀경단 이름을 흑자라고 정했어요."

흑자가 쿵 바닥으로 쓰러졌다.

아바마마가 "이름이……" 하고 머뭇거리자 어머니가 불안한 듯 물었다. "이틀 내내 생각했는데 별로예요?"

흑자는 속으로 '안 좋다고 하세요. 얼른 안 좋다고 하세요. 아니면 정말로 가출할 거예요. 정말 정말로 나가버릴 거예요' 하고 외쳤다.

아바마마가 한참을 망설이다가 말했다. "나중에 아리가 제위에 오르면 흑자군이 되는 거군요?"

어머니가 잠시 "흑자군……" 하고 낮게 읊조렸다.

아바마마가 진지하게 말했다. "아주 좋네요. 그 이름."

흑자는 바닥에 쓰러진 채 몸을 일으킬 줄 몰랐다.

---

* 시귀(詩鬼)라는 별칭이 있는 당나라 시인.

이튿날 구중천에 큰 소동이 일고 선동과 선녀들이 다급하게 오갔다. "천손께서 사라지셨습니다. 가출하셨다고 합니다."

집을 나온 흑자는 청구의 호리동에 앉아 있었다. 넷째 외삼촌 백진이 강아지풀을 입에 문 채 물었다. "사실대로 말해봐. 왜 갑자기 청구에 왔니? 아버지랑 어머니가 못 살게 굴어?"

흑자가 눈물이 그렁그렁한 눈으로 비통하게 말했다. "어머니가 제 이름을 흑자라고 지었어요. 으아앙……"

**번외 6**

# 세세연년

경창의 원신이 소멸되었다는 소식이 전해졌을 때 그는 곤륜허 뒷산의 복숭아나무 밑에서 저녁 수행을 하고 있었다. 구월이라 무성함을 잃어가는 복숭아나무 너머로 아스라이 운무가 보였다.

옆에서 동자 형생荊生이 걱정스럽게 말했다. "두루미가 가져온 소식에 따르면, 백천 상신은 오래전에 숨이 끊어진 야화군을 부둥켜안고 정신이 나간 듯 동황종 아래에 앉아 있다고 합니다. 주변에 두꺼운 장벽을 쳐서 아무 말도 듣지 못한다고요. 천지의 뭇 신들이 약수로 모였지만 장벽 때문에 그들에게 다가갈 수 없답니다. 십리도림의 절안 상신마저 손을 못 쓰고 있고, 백천 상신의 불같은 성격이라면 야화군과 순장하겠다며 천지를 불사를지도 모른다고 하셨답니다. 그래서 더 큰 화가 발생하지 않도록 두루미를 보내 스승님을 청하는 거라고요. 하지만 스승님은 폐관하시면서 방해하지 말라고 하셨으니, 저 혼자 한참을 고민하다가 영우 상신께 말씀드럽니다. 상신께서 결정해주셔야 할 듯합니다."

운무가 서서히 흩어지고 푸른 산봉우리가 드러났다. 영우는 손에 들고 있던 도경을 한참 동안 쓰다듬은 뒤 입을 열었다. "귀군 경창이 죽기 전에 무슨 말을 남겼다더냐?"

형생이 어리둥절한 표정을 지었다. "그런 얘기는 없었습니다. 그저 피투성이가 되어 참혹하게 죽었다고만 들었습니다. 야화군의 청명검에 벌집이 된 듯합니다."

영우의 손에 있던 도경이 흔들렸다. 문득 처음 경창을 만났던 날이 떠올랐다.

바람이 부드럽고 화창한 날이었다. 열일곱째 사제의 등쌀에 영우는 사제와 함께 정위精衛*를 잡으러 발구산으로 갔다.

그들이 장수漳水를 따라 살금살금 새끼 새 한 마리를 쫓다가 마침내 손에 넣으려는 순간 갑자기 숲속 깊은 곳에서 자홍색 말이 뛰쳐나왔다. 정위는 깜짝 놀라 날카로운 비명과 함께 하늘로 흔적도 없이 사라졌다.

열일곱째가 소매를 걷어붙이며 말에 탄 청년에게 따지려 하기에 영우가 얼른 말렸다. 그런데 그 아름다운 청년이 가볍게 웃더니 손에 든 밧줄을 휘둘러 순식간에 그들 두 사람을 묶는 게 아닌가. 열일곱째는 청년의 등뒤에 내쳐지고 영우는 청년의 가슴에 안겼다. 묵연 수하로 들어온 뒤 손도 못 써보고 당하기는 처음이라 부끄럽

* 동해에서 목숨을 잃은 염제의 딸이 환생한 새. 동해를 메우려 서산의 나뭇가지와 돌을 물어 나른다.

고 분했다. 그때 청년이 영우의 귀에 대고 나직하게 웃었다. "이름이 무엇이냐? 내 부인이 되면 어떻겠느냐?"

처음 청년을 만난 날은 하늘도 파랗고 물도 파랬다. 청년의 담청색 기마복 뒤로 푸르고 무성한 숲이 펼쳐졌다.

이백여 년 전 약수의 토지신과 술을 마신 적이 있었다. 거나하게 취했을 때 토지신이 영우의 귀에 대고 말했다. "이 말을 전해서는 안 되겠지만, 그렇게 오래 갇혀 있으면서도 상신을 그리워하는 경창의 모습이 좀 안쓰러웠습니다."

영우의 술잔이 기우뚱하며 술이 몇 방울 흘렀다.

약수의 토지신이 말을 이었다. "사실 이백여 년 전에 경창이 동황종을 부수고 나온 적이 있습니다. 다행히도 그때 마침 청구의 백천 상신이 약수에 와서 제때 가둘 수 있었지요. 일이 커지지 않았기에 망정이지, 아니었으면 제가 실직했을 겁니다."

영우는 감정을 숨긴 채 술을 털어넣었다.

토지신이 이마의 땀을 닦으며 어렵게 말을 꺼냈다. "저…… 혹시 이백육십이 년 전이 상신의 십삼만 세 생신이셨습니까?"

술잔이 쨍하며 바닥으로 떨어졌다.

토지신이 또 이마의 땀을 닦으며 모기 같은 소리로 말했다. "그 선대 귀군이 백천 상신에 의해 동황종에 갇힐 때 계속 상신의 이름을 불렀습니다. 꼭 상신을 한번 만나야 한다고, 직접 만나서 십삼만 세 생신을 축하해야 한다고, 얼굴을 보면서 칠만 년 전 대자명궁의 경창을 아직 기억하느냐고 물어야 한다고 계속 말했습니다."

영우는 기억력이 별로 좋지 않았지만 그때의 일만큼은 명확히 기억하고 있었다.

형생이 영우를 부축해 일으켰다. 영우가 매무새를 가다듬으며 말했다. "먼저 돌아가거라. 나는 스승님께 알리러 가겠다."

영우의 눈에 눈물이 한 방울 맺혔다. 영우는 얼른 눈물을 닦아낸 뒤 천천히 묵연이 폐관한 곳으로 걸음을 옮겼다. 등뒤로 시들어가는 복숭아나무만 남았다.

옮긴이 **문현선**
이화여대 중어중문학과를 졸업하고, 같은 대학 통번역대학원 한중과를 졸업했다. 현재 이화여대 통번역대학원에서 강의하며 프리랜서 번역가로 중국어권 도서를 기획, 번역하고 있다. 옮긴 책으로 『평원』 『마술 피리』 『작렬지』 『문학의 선율, 음악의 서술』 『열여섯 밤의 주방』 『제7일』 『경화연』 『사서』 『물처럼 단단하게』 등이 있다.

문학동네 세계문학
삼생삼세 십리도화

1판 1쇄 2017년 6월 20일 | 1판 15쇄 2021년 10월 15일

지은이 당칠공자 | 옮긴이 문현선
책임편집 박인숙 | 편집 이현정 이원주
디자인 고은이 이원경 | 저작권 김지영 이영은 김하림
마케팅 정민호 정진아 김혜연 정유선 | 홍보 김희숙 함유지 김현지 이소정 이미희
제작 강신은 김동욱 임현식 | 제작처 한영문화사

펴낸곳 (주)문학동네 | 펴낸이 염현숙
출판등록 1993년 10월 22일 제406-2003-000045호
주소 10881 경기도 파주시 회동길 210
전자우편 editor@munhak.com | 대표전화 031) 955-8888 | 팩스 031) 955-8855
문의전화 031) 955-8896(마케팅) 031) 955-2699(편집)
문학동네카페 http://cafe.naver.com/mhdn | 트위터 @munhakdongne
북클럽문학동네 http://bookclubmunhak.com

ISBN 978-89-546-4593-5 03820

잘못된 책은 구입하신 서점에서 교환해드립니다.
기타 교환 문의 031) 955-2661, 3580

www.munhak.com